PERDONA PERO QUIERO CASARME CONTIGO

W9-BFK-949

3 1668 04342 4172

ESPAÑOL FICTION MOCCIA 2010
Moccia, Federico
Perdona pero quiero casarme
contigo

Seminary   07/27/2010

SEMINARY SOUTH BRANCH

Federico Moccia

PERDONA PERO QUIERO CASARME CONTIGO

Traducción de Patricia Orts

 Planeta

Obra editada en colaboración con Editorial Planeta – España

Título original: *Scusa ma ti voglio sposare*

© 2009, Federico Moccia
© 2010, Patricia Orts, por la traducción
© 2010, Editorial Planeta, S.A. – Barcelona, España

Derechos reservados

© 2010, Editorial Planeta Mexicana, S.A. de C.V.
Avenida Presidente Masarik núm. 111, 2o. piso
Colonia Chapultepec Morales
C.P. 11570 México, D.F.
www.editorialplaneta.com.mx

Primera edición impresa en España: enero de 2010
ISBN: 978-84-08-08940-7
ISBN: 978-88-17-03230-8, editor Rizzoli, Milán, edición original

Primera edición impresa en México: febrero de 2010
ISBN: 978-607-07-0330-0

Ninguna parte de esta publicación, incluido el diseño de la portada,
puede ser reproducida, almacenada o transmitida en manera alguna
ni por ningún medio, sin permiso previo del editor.

Impreso en los talleres de Litográfica Ingramex, S.A. de C.V.
Centeno núm. 162, colonia Granjas Esmeralda, México, D.F.
Impreso en México - *Printed in Mexico*

A mis amigos. Casados o no.
Y a todos los que están pensando en hacerlo.

Ti sposerò perché
mi sai comprendere
e nessuno lo sa fare come te.

Ti sposerò perché
ti piace ridere
e sei mezza matta proprio come me.

Ti sposerò perciò
ci puoi scommettere
quando un giorno quando io ti troverò.

Eros Ramazzotti, *Ti sposerò perché*

Uno

«Te quiero.»

Casi le gustaría pronunciarlo en silencio, susurrarlo. En cambio, Alex se limita a sonreírle y a mirarla. Duerme despreocupada envuelta entre las sábanas. Dulce, suave, sensual, con una ligera mueca de enojo en la boca, con los labios entreabiertos que todavía saben a amor. Su amor. Su gran amor. Se detiene, se yergue. Una duda. ¿Alguna vez te ha gustado otro, Niki? Alex permanece absorto, en silencio, inmóvil, se aparta un poco de ella como si pretendiese enfocarla. Sonríe. No, no es posible. ¿Qué estoy diciendo? A Niki le gusta otro... Eso es imposible. Pero de nuevo lo asalta la duda, una penumbra breve, un espacio de la vida al que él no ha tenido acceso. Y su frágil seguridad se deshace en un abrir y cerrar de ojos, como un helado en manos de alguien resuelto a hacer dieta un día de mediados de agosto, en la playa.

Ha pasado ya un año desde que regresaron de aquel faro, de la Isla Azul, de la espléndida isla de los enamorados.

Regresa en un instante a ese lugar.

Finales de septiembre.

–Alex, mira... Mira... ¡No tengo miedo!

Niki está en lo alto de un peñasco, completamente desnuda, recortada por el sol que se encuentra a sus espaldas. Sonríe a contraluz y grita:

–¡Me tirooo! –y salta al vacío.

Su melena oscura con algunas mechas aclaradas por el sol y el mar, por todos esos días que han pasado en la isla, la sigue ligeramente rezagada. ¡Plof! Está en el agua. Mil burbujas en torno a ella, que desaparece en el azul del mar.

Alex sonríe y sacude la cabeza, divertido.

—No me lo creo, no me lo creo...

Se levanta de un peñasco más bajo donde estaba leyendo el periódico y se tira también. En un abrir y cerrar de ojos, emerge junto a las burbujitas y la ve reaparecer risueña.

—Entonces, ¿qué?, ¿te ha gustado? Tú no te atreves...

—Pero ¿qué dices?

—En ese caso, vamos, prueba... No tengo todo el día...

Se ríen divertidos y se abrazan, desnudos, agitando los pies bajo el agua a toda velocidad para mantenerse a flote. Se dan un beso salado, prolongado, suave, con el sabor dulce del amor. Sus cuerpos calientes se aproximan y se unen en el agua fresca. Están solos. Solos en medio del mar. Y un beso, y otro, y otro más. De repente se levanta una ráfaga de viento. El periódico sale volando, abandona el peñasco, se levanta, revolotea a lo lejos, arriba, más arriba, como una cometa sin hilo que, furiosa y rebelde, se abre de repente desplegando sus alas y parece multiplicarse en otros diarios idénticos que, plof, se abren también con el viento y a continuación caen en picado sobre Alex y Niki.

—¡Nooo! Mi periódico...

—¡Qué más da, Alex! ¿Hay algo indispensable que debas saber?

Se separan y nadan veloces para recoger las páginas mojadas: anuncios, malas noticias, datos económicos, crónicas, política y espectáculos.

—Aquí está, ¿ves?..., es mi periódico...

Pero el interés dura un instante, Alex esboza una sonrisa. Es cierto, ¿qué debería saber? ¿Qué necesito? Nada. Lo tengo todo. La tengo a ella.

Alex mira a Niki, que suspira y se da media vuelta en la cama como si hubiese sentido todos sus recuerdos. Acto seguido vuelve a exhalar un suspiro, esta vez más prolongado, y sigue durmiendo como si nada. Entonces Alex regresa a la isla como por encanto, se ve delante del fuego que encendieron en la playa esa misma noche, comiendo el pescado fresco del día que asaron sobre la leña que habían recogido en un matorral cercano. Después permanecieron durante horas frente a las llamas que se fueron apagando poco a poco, escuchando la respiración del mar, y se bañaron a la luz de la luna en los charcos que había dejado tras de sí la marea alta. El sol había calentado durante todo el día el agua de mar que había quedado aprisionada.

—Ven, vamos, entremos en la cueva secreta; mejor dicho, en la cueva de los reflejos o en la cueva del arco iris... —Han atribuido un nombre a todos los rincones de la playa, desde los charcos naturales a los árboles, a las rocas y a los escollos—. ¡Sí, eso es, el peñasco elefante! —Sólo porque tiene una extraña curva que recuerda a una cómica oreja—. Ése, en cambio, es el escollo luna, y ése el gato... ¿Reconoces ése?

—No, ¿qué es?

—Es el peñasco del sexo... —Niki se acerca y muerde a Alex.

—Ay, Niki...

—Qué aburrido eres... ¡Creía que en esta isla viviríamos como los protagonistas de *El lago azul*!

—La verdad es que yo pensaba más bien en Robinson y en su Viernes...

—¿Ah, sí?... ¡En ese caso imitaré a un salvaje de verdad! —y vuelve a morder a Alex.

—Ah, pero, Niki...

Perder el sentido de los días, de las noches, del fluir del tiempo, la ausencia de citas, comer y beber tan sólo cuando se siente la verdadera necesidad de hacerlo, vivir sin problemas, discusiones o celos.

—Esto es el paraíso...

—Puede que sí; en cualquier caso, tenemos que acercarnos mucho...

—¡Eh...! —Niki esboza una sonrisa—. ¿Qué haces?

—Tengo ganas de...

—Entonces iremos al infierno...

—Al paraíso, perdona, porque si te llamo amor tengo salvoconducto...

Niki hace burbujas con los labios, como si fuese una niña pequeña y borbotease porque no sabe realmente qué decir, como si tuviera la necesidad de que le presten atención. Y de que la quieran. Alex la mira risueño.

Hace más de un año que regresaron a Roma, y desde entonces todos los días han sido diferentes. Da la impresión de que ambos se han tomado al pie de la letra esa canción de los Subsonica: «Debemos evitar a toda costa que la costumbre se instale entre nosotros, entre las frases de dolor y alegría, en el deseo, debemos rechazarla en todo momento...»

Niki se matriculó en filología, empezó a estudiar en seguida, y ha hecho ya varios exámenes. Alex, por su parte, volvió al trabajo, pero el tiempo que pasaron en la Isla Azul los marcó, los hizo mágicos, les dio una gran seguridad... Sólo que a Alex, algunos días después de regresar, le pareció extraño volver sin más a la consabida y vieja realidad. Y tomó una decisión. Quiso dejarlo todo a sus espaldas para que ninguna de las páginas de su nueva vida pudiese tener el regusto del pasado.

Así pues, ese día se produjo la magnífica sorpresa.

—Alex, parecemos dos chalados...

—De eso nada... No pienses y ya está.

—Pero ¿cómo no voy a pensar?

—No pienses y punto. Hemos llegado.

Alex se apea del coche y se apresura a rodearlo.

—Espera, te ayudo.

—Claro que me ayudas... ¡Si te parece, bajo sola del coche con los ojos vendados! Quizá salga por el lado equivocado, después cruce la calle y...

—¡Amor! No lo digas ni en broma... Pero bueno, si eso llegase a suceder, nunca te olvidaría.

—¡Imbécil!

Niki, con los ojos todavía vendados, prueba a asestarle un golpe en el hombro, pero como no ve, da en el aire. Después vuelve a intentarlo y esta vez le hace blanco en el cuello.

—¡Ay!

—Te lo mereces...

—¿A qué te refieres?

—Sí..., por decir esas maldades.

Alex se masajea la nuca ante la mirada asombrada del portero.

—Pero, cariño, has sido tú quien ha dicho...

—¡Sí, pero después tú has soltado esa tontería!

—¿Cuál?

—Sabes de sobra a qué me refiero..., que nunca me olvidarás en caso de que acabe bajo las ruedas de un coche...

Alex le coge la mano y la lleva hasta el portón.

—¿Has entendido lo que he dicho, Alex?

Niki le da un pellizco.

—¡Ay! Claro que sí, amor...

—No debes olvidarme jamás, salvo que...

—Está bien, pero de esa forma el recuerdo se intensifica. Por ejemplo, si ahora acabas bajo las ruedas de una moto vendada de esa forma...

—¡Imbécil! —Niki intenta golpearlo de nuevo, pero en esta ocasión Alex se agacha a toda prisa y se pone en seguida detrás de ella para esquivarla.

—Estaba bromeando, cariño...

Niki trata de pellizcarlo otra vez.

—¡Yo también!

Alex intenta eludir su mano, que, sin embargo, consigue alcanzarlo también en esta ocasión.

—¡Ay!

—¿Lo entiendes o no? —Niki se echa a reír y sigue tratando de pellizcarlo mientras Alex la empuja hacia adelante apoyando las manos en sus hombros y echándose él hacia atrás.

—Buenos días, señor Belli —el portero lo saluda divertido.

Alex se lleva el dedo índice a los labios para indicarle que guarde silencio.

—¡Chsss!

Niki se vuelve desconfiada con la venda todavía en los ojos.

—¿Quién era?

—Un señor.

—Sí, lo sé, lo he oído..., ¡y te conoce! Pero ¿dónde estamos?

—¡Es una sorpresa! Llevas los ojos vendados... ¿Quieres que te diga dónde estamos? Perdona, ¿eh?... Deténte aquí un momento.

Alex se adelanta y abre el portal.

—Quieta, ¿eh?...

—Ya ves que no me muevo.

Niki resopla y cruza los brazos sobre el pecho. Alex entra, llama el ascensor y a continuación vuelve a por ella.

—Venga, adelante, adelante..., así, cuidado con el escalón, todo recto... ¡Cuidado!

Niki se asusta y da un brinco hacia atrás.

—¿Qué es?

—Oh, no, nada... ¡Me he equivocado!

—¡Imbécil! ¡Me has dado un susto de muerte, idiota!

—Amor mío... Estás diciendo demasiadas palabrotas... ¡Me tratas fatal!

—¡Y tú estás haciendo el idiota!

Alex se ríe y hace ademán de pulsar el botón del ascensor, pero antes de que las puertas se cierren entra un señor con una cara alegre y rechoncha. Debe de rondar los sesenta años. Se queda perplejo por unos instantes, mira a Alex divertido, a continuación a Niki con los ojos vendados, y luego de nuevo a Alex. Entonces arquea las cejas y pone la expresión propia de un hombre que ha vivido mucho, muchísimo.

—Subid, ¡subid solos!

Y acto seguido sale con una sonrisa maliciosa en los labios. Alex asiente y pulsa el botón. Las puertas se cierran, Niki siente curiosidad y está ligeramente inquieta.

—Pero ¿se puede saber qué está pasando?

—Nada, cariño, nada, todo va bien.

El ascensor llega al piso.

—Ya está, sígueme. —Alex le coge la mano y la guía por el rellano, abre la puerta a toda prisa, hace entrar a Niki y la cierra a sus espaldas—. Ven, Niki... Ven conmigo. Cuidado, eso es, pasa por aquí.

La ayuda a esquivar una mesita baja, un sofá todavía envuelto en plástico, un perchero y un televisor embalado. Acto seguido, abre la puerta de una gran habitación.

—¿Estás lista? Tachán...

Alex le quita la venda de los ojos.

—No me lo puedo creer... ¡Pero si estoy en mi habitación! —Niki mira a su alrededor.

—¿Cómo has conseguido entrar en mi casa?... ¿Qué sorpresa es ésta? ¿Las personas de antes eran mis padres? Pero su voz... No me parecieron ellos.

Niki sale de la habitación y se queda estupefacta. El salón, el pasillo, las otras habitaciones, los baños y la cocina han cambiado por completo. Regresa a su dormitorio.

—Pero ¿cómo es posible? —Ve la mesa, los pósteres, las cortinas y los peluches de siempre—. Todas mis cosas... aquí, ¡en otra casa!

—Sí, he cambiado el cuarto por ti, quería que sintieses esta nueva casa como si fuese tuya. —A continuación, la abraza—. Cuando quieras venir aquí, tendrás tu propia habitación...

Alex saca su teléfono móvil y le enseña las fotografías de la habitación de Niki que todavía conserva.

—Pero ¿cómo lo has hecho?

—Una foto cada vez... —Alex sonríe y vuelve a meterse el móvil en el bolsillo—. Lo más difícil fue encontrar los peluches... ¿Te gusta? No puedes decir que no... ¡Todo lo has elegido tú! —Niki se echa a reír y Alex se aproxima a ella y la abraza—. ¿La estrenamos? —Y le da un beso ligero, suave, alegre. A continuación se separa de ella, sonríe y le susurra entre el pelo, junto a la oreja—: Estamos en tu habitación... ¡Pero tus padres no pueden entrar! Es perfecto. Adrenalina..., pero sin riesgo.

Acaban echados sobre la cama nueva. La cama de ella, la de ellos. Y en un instante se dejan llevar por la risa, los suspiros, en ese nuevo nido que no tarda en impregnarse con el aroma del amor.

Más tarde.

—Ah... Debajo de la mesa tienes también tus cajones... —Alex se acerca y abre los tres a la vez—. Éstos, en cambio, son falsos, los he convertido en un pequeño minibar... —Saca una botella de champán—. A saber lo que había en los de tu casa... Probé a abrirlos, pero siempre estaban cerrados con llave...

Niki sonríe.

—Pequeños o grandes... secretos.

Alex la mira, en un principio sonriente, inquieto después. Pero luego se dan un beso, y otro, y otro más. Y beben un poco de champán, y brindan:

—¡Por la nueva casa!

Y esas burbujas, esas risas y esa mirada repentinamente distinta... Los celos se desvanecen de su mente como por encanto, plof, el sabor del amor que sienten los aleja.

Alex le coge la mano y le muestra el resto de la casa: el salón, la cocina, los cuartos de baño, todas las cosas que todavía deben elegir juntos. Entran en el dormitorio de él.

—Es precioso...

Alex ve su agenda sobre la mesilla de noche. Recuerda lo que ha escrito en ella, las palabras y las tontas e inútiles pruebas que ha hecho en su despacho. Y luego esa frase: «En la vida hay un instante en que se sabe perfectamente que ha llegado el momento de saltar. Ahora o nunca. Ahora, o nada será como antes. Y el momento es éste.» Saltar. Saltar. De improviso, su voz. De nuevo ahora, esa noche.

—Alex...

Se vuelve hacia ella.

—¿Eh? Sí, cariño, dime...

Niki tiene los ojos ligeramente entornados.

—¿Qué hora es? ¿Por qué no duermes?

—Estoy pensando...

—De vez en cuando, deberías dejar de trabajar, amor mío... Eres incorregible...

Niki se vuelve poco a poco hacia el otro lado, mostrando parcialmente sus piernas y encendiendo en un instante su deseo. Alex esboza una sonrisa. No. La dejaré descansar.

—Duerme, tesoro. Te quiero...

—Mmm... Yo también.

Una última mirada a la agenda. Ahora o nunca. Y Alex se desliza bajo las sábanas con una sonrisa en los labios, como si todo hubiese ocurrido ya. Y la abraza por detrás. Niki también sonríe. Y él estrecha el abrazo. Sí. Es lo correcto.

Dos

—Amor, tengo que marcharme... Ven, vamos, el desayuno está listo.

Niki vierte un poco de café de la cafetera humeante en las dos tazas grandes e idénticas. Llega Alex. Se sienta todavía medio dormido delante de ella. Niki le sonríe.

—Buenos días, ¿eh?... ¿Has dormido bien?

—Más o menos...

—No sé por qué, pero creo que volverás a meterte en la cama...

—De eso nada, yo también tengo que salir.

Niki acaba de servir el café y vuelve a sentarse.

—Aquí tienes la leche caliente, aquí la fría y aquí las galletas de chocolate que compré el otro día. Están riquísimas, pero he visto que no las has abierto.

Alex apoya la jarra en el borde de la taza y se sirve un poco de leche. Niki se acerca su taza a la boca y a continuación sonríe casi oculta por la misma.

—¿Te acuerdas de éstas, cariño?

Alex coge la taza y la hace girar entre las manos.

—¿Éstas? ¡No las he visto en mi vida!

—¡Pero, cariño, si son las que compramos la primera vez que nos fugamos a París! ¿Te acuerdas? Cuando te las regalé me dijiste: «Un día desayunaremos con estas tazas sentados a la mesa de nuestra propia casa.» ¿Recuerdas?

Alex da un sorbo a su capuchino y niega con la cabeza, risueño.

—No...

—Mientes. Bueno, da igual, no lo he dicho con segundas.

Alex casi se atraganta. Coge una galleta de chocolate, se la lleva a la boca y empieza a masticarla.

—Mmm..., qué buena...

—Ya lo creo... Bueno, yo me marcho, hoy tengo clase y será demasiado... —Niki coge la chaqueta del armario y se la pone—. Ah, a propósito, no creo que esta noche me quede a dormir; iré a casa a estudiar, luego al gimnasio y después cenaré con mis padres. Tengo la impresión de que el hecho de que me quede a dormir de vez en cuando en casa de «Olly» los está exasperando un poco.

—¿Por qué?

—Porque han entendido de sobra que «Olly» eres tú.

—Ah..., claro...

Alex se queda con una galleta a medio morder en la boca. Niki le sonríe y hace ademán de salir.

—Oye, no bebas demasiado café, que luego no duermes por la noche..., ¿eh? lo mira con intención.

Alex se hace el sueco.

—Sí, tienes razón. Ayer me bebí el último demasiado tarde, cuando estaba en el despacho...

Niki reflexiona por un momento y luego se detiene.

—Oye, Alex... No, nada.

Él se levanta y se encamina hacia ella.

—¿Qué pasa, Niki? Dime.

—No, no, nada... —Hace ademán de abrir la puerta. Alex se lo impide y se planta delante de ella.

—O me lo dices o te haré llegar tarde a clase. Venga, ¿qué te ronda por la cabeza?

—¿A mí?

—Pues sí... ¿A quién, si no?

Niki sonríe.

—Siento curiosidad. ¿En qué pensabas esta noche mientras mirabas cómo dormía?

—Ah... —Alex exhala un suspiro y se dirige hacia la mesa—. Y yo que creía... —Se sienta y le sonríe—. Pensaba en la suerte que tengo.

Pensaba: esta chica es realmente guapa. Y además pensaba en el momento que estamos viviendo y que... Mira, casi tengo miedo de decírtelo.

Niki se acerca y lo observa con ojos exultantes, resplandecientes, llenos de entusiasmo.

—No tengas miedo, cariño, te lo ruego, dilo.

Alex la mira a los ojos, inspira profundamente y al final lo suelta.

—Pues bien, que jamás he sido tan feliz en mi vida.

—Amor mío, eso es maravilloso —Niki lo abraza extasiada, y llena de entusiasmo.

Alex la observa con disimulo mientras ella permanece entre sus brazos. Está un poco enfadado consigo mismo. Le gustaría haber dicho algo más. Pero aun así sonríe, no muestra lo que piensa. Niki se separa de él.

—Bueno, me marcho; si no, llegaré realmente tarde. —Le da un beso fugaz en los labios—. ¡Te llamo luego! —y sale dejándolo así, con media galleta en la mano y media sonrisa en la cara.

—Sí... Adiós, cariño...

Recuerda por un instante la canción de Mina: «Ahora o nunca, te lo ruego. Ahora o nunca más, estoy segura de que tú también me amas.» Sonríe y se come el último trozo de galleta. Debe dar ese salto, ahora o nunca. Bueno, tampoco es realmente así. Todavía hay tiempo. Apura el capuchino. Al menos un poco, espero.

Tres

El vestíbulo del edificio es inmenso. Todo está pintado de blanco y la luz es abundante y difusa. Los suelos son de resina y transmiten una sensación casi lunar. Una gran escalinata en espiral abraza una de las paredes en su ascenso. Las gigantografías de las campañas publicitarias de las colecciones de otros años están colgadas por todas partes, dando testimonio de la importancia y la solidez de la casa de modas. Al otro lado de las puertas de cristal, dos jóvenes agraciadas y bien vestidas reciben a los recién llegados. Están sentadas frente a sendos pequeños escritorios y ambas tienen el portátil abierto y el teléfono inalámbrico a su lado. Junto a la recepción, una barra de bar ofrece un poco de todo para entretener a los invitados que deben esperar. Al otro lado hay una larga mesa baja de madreperla con varias revistas de moda y unos cuantos periódicos desperdigados por encima, y delante, un sofá blanco, comodísimo e inmenso. Dos mujeres de unos cuarenta años aguardan sentadas en él. Lucen unos trajes de chaqueta ajustados y unas botas beis con tacón de aguja. Van bien maquilladas y peinadas, y una de ellas lleva un maletín de piel. Hablan de manera sofisticada y parecen ignorar a propósito lo que sucede a su alrededor. En un momento dado, una de ellas mira su reloj y sacude la cabeza. Salta a la vista que alguien les está haciendo esperar demasiado.

Las puertas de cristal se abren de golpe y entra una guapísima chica de color vestida sencillamente con un par de vaqueros, un suéter y unas zapatillas de deporte. La siguen varias mujeres con algunas perchas que acaban de descargar del Suv que está aparcado delante de la entrada. La chica se sienta en el sofá junto a las dos señoras, que de inmediato la observan tratando de mostrar indiferencia. La saludan con frialdad y a continuación retoman su conversación. Ella les devuelve el saludo con una sonrisa y comprueba aburrida su móvil. Mientras tanto, las mujeres que la acompañan siguen descargando los vestidos cubiertos con plásticos. Tal vez se trate de una modelo que deba desfilar para algún cliente.

Olly camina arriba y abajo, nerviosa. Trata de mantener la calma. Ha elegido con esmero todos los detalles de su indumentaria. Viste un par de pantalones blancos preciosos, una camiseta y una cazadora ajustada de color lila con un gran cinturón. Lleva una carpeta con varios dibujos y fotografías impresas en un soporte rígido. Y, claro está, el currículum que mandó con anterioridad junto a la solicitud para poder realizar las prácticas. El corazón le late a toda velocidad. ¿Cómo irá la entrevista? Quién sabe cuántas preguntas le harán. A pesar de que pagan una miseria por las prácticas, éstas pueden suponer una buena ocasión para ella. Pasar unos meses allí, trabajar en alguna campaña, ganarse la simpatía de alguien, todo eso podría abrirle numerosas puertas. Incluso la posibilidad de conseguir un trabajo de verdad. Ojalá.

La chica de color se levanta del sofá. Una de las dos recepcionistas le ha indicado que se acerque con un ademán. Olly consigue oír lo que dicen: la están esperando en el piso de arriba. Se vuelve y les dice a las mujeres que están con ella que la sigan. Acto seguido, empieza a subir la escalera con unos movimientos elegantes e inequívocos.

Caramba, piensa Olly, es despampanante. Pero ¿y yo? ¿Cuándo me tocará a mí? Mira el reloj. Son ya las seis. Me dijeron que viniera a las cinco y media. Uf. Hasta los zapatos empiezan a dolerme. Los llevo puestos desde esta mañana. No estoy acostumbrada. Los tacones son demasiado altos. Lanza una última ojeada a la modelo, que en esos momentos desaparece en lo alto de la escalinata. Menuda suerte tiene de llevar zapatillas de deporte. Pero ella tiene la vida resuelta. Ya trabaja.

Al cabo de unos instantes, una de las dos recepcionistas se asoma.

—Perdone, señora Crocetti...

Olly se vuelve.

—¿Sí?

–Acaban de avisarme de que puede usted subir. Egidio Lamberti la está esperando. Suba y llame a la primera puerta de la derecha. De todas formas, el nombre está escrito en la placa... –y le sonríe de manera afable, aunque circunspecta.

Olly le da las gracias y empieza a subir. Egidio. Menudo nombrecito. ¿Quién será? ¿Un tipo del año mil antes de Cristo? Más que un nombre, es una antigualla. Mientras sube tropieza con la carpeta, que ha golpeado un escalón. Olly se vuelve para ver si en el vestíbulo alguien se ha dado cuenta. Como no podía ser menos, las dos señoras que están sentadas en el sofá, sí. La escrutan. Olly se vuelve de nuevo hacia adelante. Se sobrepone. No, no quiero saber qué cara han puesto o si se están riendo de mí. No quiero que esas dos tristonas almidonadas me traigan mala suerte. Así pues, prosigue su ascenso con la cabeza bien alta. Llega al piso de arriba. Mira a su derecha. Ve la puerta y la placa: «Egidio Lamberti.» Llama con delicadeza. Nadie responde. Llama de nuevo, esta vez con un poco más de energía. Sigue sin haber respuesta. Prueba por tercera vez, pero en esta ocasión lo hace con demasiada fuerza. Se mete la mano en la boca como diciendo: «¡Huy, qué exagerada!» Por fin oye una voz en el interior.

–Menos mal... Entre, entre...

Olly arquea las cejas. ¿Por qué «menos mal»? No es culpa mía que me haya hecho esperar más de media hora. Yo he llegado puntual. Más aún, con antelación. Por si fuera poco, menuda voz, nasal. Qué sensación tan espantosa.

Baja el picaporte poco a poco.

–¿Se puede?

Mantiene la puerta entreabierta durante unos segundos y asoma sólo la cabeza para echar un vistazo. Espera una señal, algo, en plan «por favor». Pero nada. Entonces hace acopio de valor, abre la puerta de par en par, entra y la cierra a sus espaldas.

Detrás de una mesa de cristal muy grande hay un hombre de unos cuarenta años, con entradas en la frente y unas gafas de montura muy llamativa. Va vestido con un suéter fino de color rosa, una camisa roja debajo y un sombrero tipo borsalino de cuadros en la cabeza. Está sentado y concentrado en la pantalla de un Mac. Debe de tener unos cuarenta años. El nombre le sienta aún peor, piensa Olly.

El tipo no alza la mirada, sino que se limita a hacer un gesto para indicarle que se acerque.

Olly da algunos pasos, vacilante.

—Buenos días, me llamo Olimpia...

Ni siquiera le da tiempo a decir su apellido.

—Sí, sí, Crocetti..., lo sé —le dice él, siempre sin mirarla—. Fui yo quien concertó la cita, así que supongo que, cuando menos, debo de saber cómo se llama, ¿no? Siéntese. Olimpia, vaya nombre...

El corazón de Olly late cada vez con más fuerza. ¿Qué pretende? ¿No le gusta el nombre de Olimpia? Pues anda que el suyo... De nuevo, esa terrible sensación. No, no, no. Así no. Repónte. Ánimo. Respira, venga, que no es nada. Lo que pasa es que está enfadado, quizá haya dormido poco, haya comido mal, no haya hecho el amor esta noche o a saber desde cuándo..., pero no por eso deja de ser un hombre... Ahora me lo trabajaré un poco. Olly cambia de expresión y adorna su cara con la mejor de sus sonrisas. Seductora. Abierta. Serena. Intrigante. La sonrisa de Olly al ataque.

—Bien. He venido para solicitar un período de prácticas... Sería un honor para mí...

—Claro que sería un honor para usted..., somos una de las casas de moda más importantes del mundo... —y sigue tecleando en el ordenador sin mirarla.

Olly traga saliva. Extrasuperterrible sensación. No. En su caso no se trata de un mal día. La acidez es suya. Sí. Tiene uno de esos caracteres difíciles y estresados, una persona que trabaja demasiado, que se pasa la vida en el despacho y que jamás se relaja. Pero lo conseguiré. Tengo que hacerlo.

—Cierto. Precisamente por eso los he elegido a ustedes...

—No, usted no nos ha elegido a nosotros. A nosotros no se nos elige. Somos nosotros los que elegimos —y esta vez alza los ojos de la pantalla del ordenador y la escruta. Así, directo, sin preámbulos.

Olly nota que sus mejillas enrojecen. Y también la punta de las orejas. Menos mal que no se ha recogido el pelo, porque de ser así se notaría. Inspira profundamente. Lo odio. Lo odio. Lo odio. Pero ¿quién es este tío? ¿Quién se ha creído que es?

—Justo. Es obvio. Sólo decía que...

—Usted no tiene nada que decir. Debe enseñarme sus trabajos y punto. Ellos hablarán por usted... Vamos... —dice, y hace un ademán apremiante con la mano—. Ha venido para eso, ¿no? Veamos qué es lo que sabe hacer... y, sobre todo, cuánto tiempo perderemos con usted.

Olly empieza a inquietarse de verdad. Pero resiste. A veces es necesario saber encajar las cosas para obtener lo que se desea. Es inútil enfrentarse con él ahora, pese a que es un verdadero capullo... Inspira de nuevo. Coge la carpeta y la abre sobre la mesa. Saca sus trabajos. Varios diseños realizados con diferentes técnicas, algunos también de vestidos. Y luego las fotografías. De Niki. Diletta. Erica. De desconocidos en la calle. Retratos. Escorzos. Paisajes. Los pasa uno a uno para enseñárselos a Egidio. Él los va cogiendo, los hace girar varias veces y desecha algunos con aire desdeñoso. Masculla algo entre dientes. Olly no consigue entenderlo, se esfuerza y se inclina un poco sobre la mesa.

—Mmm... Banal... Previsible... Horrendo... Semipasable... —Egidio dispara una retahíla de adjetivos en voz baja mientras va examinando los trabajos.

Olly se siente desfallecer. Sus trabajos. El fruto de tanto esfuerzo y fantasía, de noches en blanco, de intuiciones captadas al vuelo con la esperanza de tener al alcance de la mano papel y lápiz o la cámara fotográfica, tratado así, con arrogancia, peor aún, con desprecio, por un tipo que se llama Egidio y que se viste de rojo y rosa. Como un geranio. Llegan al último. Una reelaboración con Photoshop de una de las últimas campañas publicitarias de una casa de modas. De la casa de modas donde se encuentra ahora mismo, para ser más exactos. Egidio la mira. La observa. La escruta. Y masculla de nuevo entre dientes.

Eso sí que no. Esta vez no. Olly prueba a intervenir:

—Ésta la hice para sentirme ya un poco parte de ustedes...

Egidio la mira por encima de la montura de sus gafas. La escruta intensamente. Olly se siente cohibida y desvía la mirada hacia la pared que tiene a su derecha. Y lo ve. Allí, a la vista de todos, encima de un valioso mueble de madera de estilo moderno. Un gran y precioso trofeo con una placa debajo: «A Egidio Lamberti, el Eddy de la moda y del buen gusto. British Fashion Awards.» Sigue mirando. En la pared hay colgados otros reconocimientos. Mittelmoda. Premio al mejor estilista joven de 1995. Y varios diplomas y placas más. Y todos llevan su nombre. No Egidio, sino Eddy. Esto mejora; al menos, el nombre.

Olly se vuelve de nuevo y lo mira. Egidio-Eddy sigue escrutándola con la reelaboración de Photoshop todavía en la mano.

—A ver si lo entiendo... ¿Me está diciendo que para sentirse más próxima a nosotros nos ha robado un anuncio? ¿Es ése su concepto de creatividad?

Olly está desconcertada. No logra reaccionar. Siente que se le saltan las lágrimas, pero recupera el dominio de sí misma una vez más. Contiene el llanto y la recuerda. La frase que siempre escribía en el diario del colegio. Todos los años, copiándola una y otra vez bajo el horario de tutoría de los profesores. «Los buenos artistas copian, los grandes artistas roban.» Y, sin darse cuenta, la dice en voz alta.

Egidio-Eddy la mira. Acto seguido mira los diseños. Luego de nuevo a Olly.

—Por el momento, usted no pasa de ser una copia.

Olly, a punto de reventar de rabia, piensa por un momento en coger todos sus trabajos y en volver a meterlos en la carpeta. Pero después, sin saber a ciencia cierta por qué, inspira profundamente por enésima vez y se contiene. Mira a Egidio-Eddy a los ojos. No se había percatado de hasta qué punto son azules. Y espera la frase conteniendo el aliento. En estado de apnea.

—Entonces, ¿he sido seleccionada para las prácticas o no?

Él se queda pensativo. Vuelve a mirar la pantalla del ordenador portátil. Teclea algo.

—De todas las personas que he visto hasta ahora usted es, de todas formas, la menos desastrosa. Pero sólo porque parece lista... —Acto seguido, alza los ojos y la mira—. Y, según parece, tiene carácter. Sus trabajos, en cambio, son lamentables. Puedo asignarla al departamento de Marketing, dado que le gustan tanto nuestras campañas publicitarias... Claro está, al principio tendrá que limitarse a las consabidas fotocopias y al café, y a ordenar algunos de los archivos de direcciones que usamos para mandar invitaciones y publicidad. Pero no debe sentirse denigrada por eso. Nadie entiende nunca, en especial ustedes, los jóvenes de hoy, cuánto se puede aprender escuchando y moviéndose aparentemente al margen del centro de la escena. Donde las cosas suceden. Veamos si es lo bastante humilde para resistir..., después hablaremos... Ahora coja esos dibujos dignos de un alumno de preescolar y váyase. Nos vemos mañana por la mañana a las ocho y media. —La mira por última vez a los ojos—. Sea puntual.

Puntual como tú, piensa Olly mientras recoge sus dibujos y sus fotografías y los mete de nuevo en la carpeta. Egidio-Eddy vuelve a concentrarse en el ordenador.

Olly se levanta.

—Entonces, hasta mañana. Buenas tardes.

Él no le contesta. Olly cierra la puerta a sus espaldas. Nada más salir, se apoya en ella. Alza la mirada al techo. Después cierra los ojos y resopla.

—Es duro, ¿eh? —Olly abre los ojos de golpe. Un chico casi tan alto como ella, moreno, con unos ojos verdes intensísimos, un par de gafas de montura al aire y una expresión divertida la está observando—. Lo sé, Eddy parece despiadado. A decir verdad, lo es, pero si lo convences todo irá sobre ruedas.

—¿Seguro? No lo sé... ¡Además, es la primera vez que un hombre no me mira ni por un instante! Quiero decir que, mientras estaba ahí dentro, se me ha ocurrido de todo: ¿tengo veinte años y estoy envejeciendo ya? ¿Soy cada vez más fea? En fin..., ¡que ese tipo te deprime al instante! ¡Me ha destrozado!

—No, eso no tiene nada que ver..., él es así. Excéntrico. Perfeccionista. Despiadado. Pero también es fantástico, genial y, sobre todo, capaz de descubrir nuevos talentos como nadie de los que trabajan aquí. Pero bueno, dime, ¿te ha echado o no?

—Me ha dicho que mañana me pondrá a hacer fotocopias. Un bonito comienzo...

—¿Bromeas? ¡Es un comienzo estupendo! No tienes ni idea de a cuánta gente le gustaría estar en tu lugar.

—Caramba..., pues estamos buenos en Italia si la gente sólo aspira a hacer fotocopias. Sin embargo, dado que, por lo visto, es la única manera de aprender algo sobre moda y diseño aquí, acepto...

El chico sonríe.

—¡Muy bien, eso es! Sabia y paciente. Por cierto, me llamo... —y mientras tiende la mano para presentarse, los folios que lleva bajo el brazo caen al suelo y se desperdigan por todas partes. Algunos bajan volando por la gran escalinata.

Olly se echa a reír. El chico se ruboriza avergonzado.

—Me llamo Torpe, así me... —dice, y se agacha para recogerlos.

Ella se arrodilla para ayudarlo.

—Sí, Torpe es el apellido..., ¿y el nombre? —le sonríe.

El chico se siente aliviado.

—Simone, me llamo Simone... Trabajo aquí desde hace dos años, en el departamento de Marketing.

—No, no me lo puedo creer.

—Créetelo..., trabajo allí.

—Yo también. A partir de mañana, si tienes que hacer fotocopias, dámelas a mí. Eddy ha decidido que empezaré por ahí, dado que mis dibujos dan pena.

—¡Caramba! ¡En ese caso te pasaré un montón de folios!

—¡Eh! Me parece que ya has empezado... —y mientras habla sigue recogiendo.

Simone la mira abochornado.

—Es verdad, perdóname..., tienes razón. Yo lo haré, has sido muy amable. Si tienes que marcharte, vete...

Olly recoge unos cuantos folios más, baja algunos peldaños de la escalinata y busca los que han ido a parar ahí. Sube de nuevo y se los da a Simone. Después mira el reloj. ¡Ostras! Las siete.

—Bueno, me voy.

Simone agrupa todas las hojas y se levanta.

—Claro, imagino que tendrás muchas cosas que hacer. ¡Mira que a partir de mañana tendrás poco tiempo libre! ¡Aprovecha esta noche!

Olly se despide y baja la escalinata. Esa frase le huele a sentencia. En cualquier caso, es cómico. Un poco torpe pero cómico. Simone la contempla mientras ella se aleja. Ágil, esbelta, erguida. Guapa. Sí, es muy guapa. Y la idea de poder verla al día siguiente haciendo fotocopias lo anima. Olly espera a que la puerta de cristal se abra. Saluda a las dos recepcionistas. Acto seguido, abandona el edificio. Da algunos pasos, cruza el gran portón eléctrico y cuando está a punto de llegar junto a su moto lo ve. Está en el coche. En su nuevo Fiat 500 blanco con bandas negras a los lados. Le hace luces. Olly levanta la mano y lo saluda risueña. Se acerca a él corriendo y abre al vuelo la puerta.

—¡Caramba, Giampi! ¿Qué haces aquí? —Le planta un beso en la boca—. ¡Me alegro mucho de verte! ¡No me lo esperaba!

—Cariño, sabía que era un día importante para ti y he pensado en pasar a recogerte. Deja la moto aquí, después te traigo yo —dice Giampi mientras mete la primera.

—¡Está bien, genial! Es una de esas veces en que realmente me alegro de que existas...

Giampi la mira, falsamente disgustado.

—¿Por qué? ¿Las otras no?

—También..., ¡pero hoy necesito un poco de amor!

Giampi vuelve a sonreír. Si bien esa palabra lo agobia un poco, disimula.

—Cuéntame..., ¿cómo te ha ido?

—Diría que ha sido poco menos que desastroso... Pero lo conseguiré... —y Olly decide contárselo todo mientras se dirigen hacia el centro dejando a sus espaldas el gran edificio.

Cuatro

Niki llega corriendo a la universidad. Aparca la moto fuera, bloquea la rueda y cruza la verja que lleva al jardín rodeada de un numeroso grupo de gente. Avanza a toda prisa entre los setos verdes, muy cuidados, entre los surtidores de las fuentes que hay a los bordes del camino hasta llegar a la escalinata de su facultad. En los escalones hay sentados varios chicos. Reconoce a los de su curso en el murete: Marco y Sara, Luca y Barbara, y a su nueva amiga Giulia.

—Eh, ¿qué hacéis aquí fuera? ¿Por qué no estáis en clase?

Luca hojea veloz las páginas de *Repubblica,* que por lo visto ha leído ya.

—Es por la ocupación de la Ola, el movimiento estudiantil...

Por un instante, a Niki le entran ganas de echarse a reír. Piensa en Diletta, en Erica y, sobre todo, en Olly. Una Ola «ocupada» por... ¡vete a saber quién! ¡Ojalá eso nunca ocurra! Pero luego vuelve a ponerse seria. Sabe de sobra que no se trata de una de ellas.

—¡Hoy también! Menudo coñazo. Tenía una clase genial de literatura comparada. Por una vez que hay algo interesante...

Luego, de repente, esa voz a sus espaldas. Nueva, desconocida, que oculta una sonrisa...

—«Tú, forma silenciosa, atormentas y despedazas nuestra razón como la eternidad.»

Le gustan esas palabras. Se vuelve risueña y ve a un chico desconocido. Alto, delgado, con el pelo largo y un poco rizado. Tiene una bonita sonrisa. Gira alrededor de ella casi olfateándola, perdiéndose en su pelo, y sin embargo, sin acercarse demasiado, sin tocarla, rozándola con la respiración. Y con otras palabras.

—«Nada es estable en el mundo. El tumulto es vuestra única música.»

Niki arquea las cejas.

—No es tuya.

Él sonríe.

—Es cierto. De hecho, es de Keats, pero te la regalo si quieres.

Luca abraza a Barbara.

—No le hagas caso, Niki, es Guido... Nos conocemos desde que éramos pequeños. Ha vivido fuera porque su padre es diplomático. Volvió el año pasado.

Guido lo interrumpe.

—Kenia, Japón, Brasil..., Argentina. He estado en el punto en el que confluyen ambos países, en las cataratas de Iguazú. Donde se forman unos arco iris mágicos. Donde van a beber los capibaras cansados y los jóvenes jaguares, donde los animales de la selva viven tranquilos.

Luca sonríe.

—Y donde las mujeres de las tribus van a bañarse al atardecer. Todavía conservo las fotos que me mandaste.

—Tienes el alma sucia, era un reportaje fotográfico de inocentes crepúsculos, sobre la mágica armonía que une a los hombres con los animales.

—Bah, puede ser... Yo sólo recuerdo a unas mujeres guapísimas... y, sobre todo, completamente desnudas.

—Porque sólo reparaste en esas...

Barbara da un empujón a Luca.

—Perdona, ¿eh?..., pero ¿dónde están esas fotos? Yo jamás las he visto.

Él la abraza sonriente.

—Las tiré hace dos años... Poco antes de conocerte... —dice, e intenta besarla, pero Barbara se escabulle por debajo.

—Sí, sí, en cuanto vaya a tu casa las buscaré por los cajones...

Luca abre los brazos y, a continuación, se lleva una mano al pecho y levanta la otra hacia el cielo.

—Te lo juro, tesoro... ¡Las tiré! Y, en cualquier caso, era él quien me llevaba por el camino de la perdición...

Barbara lo empuja de nuevo.

—¿Lo has entendido, Niki? Cuidado con Guido: le gustan la poesía y el surf... pero, sobre todo, las chicas guapas.

Guido abre los brazos.

—No entiendo por qué me describís así... Me matriculé en filología con la única intención de estudiar. Sí..., es verdad, me gusta el surf. Me encantan las olas porque, como decía Eugene O'Neill, sólo somos verdaderamente libres en el mar. Y en lo referente a las chicas guapas..., bueno, es cierto... —se acerca a Niki y le sonríe—, uno las mira... —vuelve a rodearla examinándola de arriba abajo—, observa cómo van vestidas, se divierte apreciando lo que han elegido... Imagina... ¿Para qué sirve una mujer guapa sin más? Para alardear frente a los demás. ¿Y quiénes son los demás? La apariencia por sí sola no basta para vivir. ¿Y la belleza de su espíritu, en cambio? Ésa se reserva a los verdaderos amigos; pues bien, de ésa me gustaría vivir...

Guido tiende la mano en dirección a Niki.

—¿Quieres que seamos amigos?

Niki lo mira, después observa su mano, luego de nuevo sus ojos. Son bonitos, piensa. Aun así, opta por salirse por la tangente.

—Lo siento..., pero este año he conocido ya a demasiada gente.

—Se encoge de hombros y se aleja.

Giulia baja del murete.

—Espera, Niki, te acompaño...

Guido se vuelve sorprendido hacia Luca y Marco, que se están riendo de él.

—¡Te ha ido de pena!

—Gracias a vuestra publicidad...

—Es amiga nuestra...

—Me gustaría que fuese también mi...

—Sí, claro, tu... ¡presa!

Guido sacude la cabeza.

—No tengo remedio... Me juzgáis muy mal... En cualquier caso, la tal Niki ha sido clara como el agua.

—¿Qué quieres decir?

—Bueno..., casi resulta banal decirlo, pero quien desprecia compra.

—Eh, ¡eso sí que no es de Keats! —Barbara baja sorprendida del murete.

—No..., pero ella me ha retado y, como dice Tucídides, «Sin lugar a dudas, los verdaderos valientes son los que tienen una visión más clara de lo que les espera, ya sea la gloria o el peligro, y a pesar de ello lo afrontan».

Marco se echa a reír.

—¡Sí, sí, eres un temerario!

Luca asiente con la cabeza.

—A saber si habrías estado dispuesto a enfrentarte a todos esos peligros si Niki hubiese sido un adefesio...

Cinco

Erica alza los ojos del libro que está estudiando para el examen de etnología y antropología cultural. Trata de repetir mentalmente un párrafo que le parece relevante. Se rinde a la mitad y mira la página. Levanta de nuevo los ojos y vuelve a intentarlo. Nada. No le entra. Cuando pasa eso no sirve de nada insistir. De manera que se dirige hacia la cocina, llena de agua el hervidor y espera a que se caliente. Coge la tetera, el azúcar moreno y una cuchara y los coloca sobre la mesa. A continuación busca en la despensa la caja de hojalata donde guarda las bolsitas de las tisanas. La encuentra. La abre. Empieza a elegir. No tiene tantas. Ésta, no. Ésta la bebí ayer. Ésta es insípida. Ya está. Ésta está bien. Grosella, vainilla y ginseng. La saca del papel y espera. Apenas el agua rompe a hervir, apaga el fuego, la vierte en la tetera, mete la bolsita y cubre la taza con la tapa. Pasados los dos o tres minutos de rigor, la levanta, añade el azúcar y se sienta. Sopla un poco para enfriarla y bebe un sorbo. Está rica. Sabe mucho a grosella. Da otro sorbo saboreando la mezcla de aromas. Después mira la taza. Es blanca y tiene un dibujo de flores naranjas en lo alto. Marca Thun. Recuerda perfectamente la noche en que Giò se la regaló. Era antes de Navidad, hace tres años. Él sabía que Erica adoraba las tisanas y todos los utensilios para prepararlas. De manera que apareció con una caja grande de cartón que contenía la tetera, el filtro y la tapa, junto con una mezcla de té blanco, malva y carcadé. A pesar de estar cerrada, se percibía el perfume. A Erica le encantó el regalo. Sencillo pero meditado, elegido con todo cuidado, adrede. Como deben ser las sorpresas hechas con el corazón. Desde entonces la ha usado siempre. Y es un milagro que aún no la haya roto, como, en cambio, suele sucederle con las tazas. Giò. Su Giò. Qué raro. A pesar de haberlo dejado no consigo separarme de él. Las Olas me toman el pelo por eso. Dicen que no lo suelto porque no sé cortar el cordón umbilical. Que lo arrastro como si fuese un felpudo. Pero no es verdad. Quiero mucho a Giò. Es una persona estupenda. Digo yo que tengo derecho a conservarlo como amigo, ¿no? Además, si a él le parece bien... Podría decirme basta, pero no lo hace. Y, en el fondo, ¿qué tiene de extraño? Hablamos, nos tomamos alguna cerveza por la tarde, nos mandamos mensajes, *e-mails*, chateamos en Facebook, salimos a pasear, vamos al cine, a conciertos. Y punto. No nos acostamos juntos, por descontado. Sólo somos amigos. Mejor dicho, más que amigos, porque ya hemos experimentado lo que significa estar juntos, con todas las complicaciones que eso supone, y ahora nos limitamos a lo mejor. ¿Qué tiene de extraño? ¿Sólo porque no todos son lo suficientemente maduros como para saber transformar una relación de amor en una amistad? Me alegro de no haber perdido a Giò. Erica da otro sorbo a la tisana. Además, ¿qué tiene que ver?, sé que quizá le sienta mal cuando salgo con éste o con aquél, pero yo no quiero tener novio. Y tampoco se lo cuento todo. Ni siquiera a las Olas. ¿Te imaginas, por ejemplo, que Diletta llegase a saber con cuántos chicos he salido desde que ya no estoy con Giò? Me diría que soy una superficial. Que me estoy jugando la reputación. La reputación, ésa es otra. Todo depende siempre de cómo se hacen las cosas. No es cierto. A ellas les resulta demasiado fácil hablar. Niki está con Alex. Olly se ha enamorado de Giampi. Diletta tiene a Filippo. Mantienen una relación. Se han detenido. Han decidido que así está bien, que no tienen necesidad de conocer a nadie más. Pero ¿cómo pueden saber que eso es lo que está bien? Yo, en cambio, quiero entender. Experimentar. Quiero conocer gente. Comparar. Sólo así un día podré saber si he encontrado al hombre más adecuado para mí. Lo reconoceré precisamente por eso: gracias a todos aquellos con los que he salido antes. Además, son historias sin importancia. No hago daño a nadie. Me comporto como los hombres, ¿no? A ellos no se los critica si coquetean con muchas chicas. Es la vieja historia de siempre: lo que hacen las mujeres nunca es destacable; los hombres, en cambio, son unos campeones. Por otra parte, ¿no era eso lo que hacía Olly? Y a todos les resultaba simpática por ello. Pues bien, ahora me toca a mí. Es mi vida y la vivo como me parece. Además, las únicas chicas con las que me llevo realmente bien son las Olas. Las demás son simples conocidas. Con los hombres, en cambio, todo es mucho más sencillo. Son directos, sinceros y simpáticos. Con ellos no hay problemas de competición, no tengo que preocuparme de los celos para conquistar a uno. Somos iguales. Ellos y yo. Y muchas veces son incluso mejores que nosotras, las mujeres. De verdad. Por ejemplo, con Francesco ocurre eso mismo. Me gusta, es simpático, amable, estoy bien con él, pero no es mi novio. Creo que él lo ha entendido y que le parece bien. Además, si me comporto de forma sincera y espontánea, no puede ser un error. El corazón siempre lleva razón. Lo dicen las canciones, los libros, las películas. Bien mirado, lo dice hasta mi libro de etnología.

Erica apura su tisana. Acto seguido, coge la taza, la enjuaga, la pone a secar y hace lo mismo con la cucharilla. Deja el hervidor allí, con un poco de agua todavía tibia. Luego coloca el azucarero en su sitio. Hecho. Mientras se dirige a su habitación para repasar, suena el interfono. ¿Y ahora quién será? Erica mira el reloj. Son las cinco. No espero a nadie. Pasa junto a su habitación. Mira dentro. Menos mal. No se ha dado cuenta. Francesco sigue durmiendo en la cama. No ha oído nada. Erica llega a la puerta y coge el auricular del interfono.

—¿Quién es? —pregunta, tratando de no gritar demasiado.

—Hola, corazón, ¿estás ocupada?

Erica se aparta por un instante. No es posible. ¿Qué hace allí?

—Antonio, ¿eres tú?

—Claro que soy yo, ¿quién si no? Pero ¿por qué hablas tan bajo? No entiendo nada con este tráfico... Oye, ¿te apetece ir al Baretto, en el Trastevere? Esta noche han organizado un *dj-set* durante el aperitivo.

Erica permanece en silencio unos segundos.

—Mira, no puedo, no me encuentro muy bien, prefiero quedarme en casa —responde finalmente—. Lo dejamos para otro día, ¿te parece?

—Bueno..., de acuerdo. Qué lástima. ¿Me dejas subir de todas formas a saludarte?

Erica resopla levemente.

—No, mira, me he puesto ya el pijama, de verdad. Nos vemos mañana por la mañana en la facultad, ¿vale?

Antonio guarda silencio un momento. A continuación hace una pequeña mueca.

—Está bien, como quieras —y se aleja un poco molesto, ajustándose los pantalones de cintura baja de los que asoma una cinta elástica donde figura escrita la marca Richmond.

Le apetecía mucho tomar el aperitivo con ella. Desde que se conocen sólo han salido algunas veces, pero le gustaría profundizar. Sólo que ella parece siempre tan huidiza...

Erica se aleja del interfono y vuelve a su dormitorio. Francesco sigue durmiendo. Salta sobre la cama.

—Oh, vamos..., ¡te pasas la vida durmiendo! —exclama, y lo sacude un poco.

Él abre un ojo y la mira de medio lado. Después se vuelve sobre un costado.

—Pero bueno, ¿te despiertas o no? ¡¿Cómo puedes dormir con una mujer tan guapa a tu lado?!

Francesco se incorpora ligeramente.

—Bueno..., en fin..., eso de una mujer tan guapa...

Erica le da un golpe en el hombro.

—¡Ay! Es verdad... —Francesco parece haberse despertado—. Ahora que te miro mejor, sí, perdona, eres preciosa..., mucho más. ¿Te habré conocido en un sueño?

—Sí, vale..., por esta vez pase, pero la próxima te echo de casa desnudo...

Erica baja de la cama y se sienta de nuevo delante del libro.

—¿Me ayudas a repasar esto para ver si lo sé?

Francesco resopla.

—No, vamos, no me apetece... Dame el iPod, quiero escuchar un poco de música... y volver a soñar contigo...

Erica sonríe. Bueno, al menos sabe hacer cumplidos. Se inclina sobre el escritorio, coge el reproductor de música y se lo lanza a Francesco. A continuación mira el libro. Bueno, repasaré sola. Quiero quedar bien con el profesor Giannotti en el examen de la semana próxima. Tengo que dejarlo boquiabierto. Y no porque ese examen me importe demasiado..., ¡sino porque el profe está como un tren! Me gusta muchísimo. Y hacer un buen examen es, a buen seguro, el mejor modo de impresionarlo.

Seis

Cristina está ordenando algunos cajones del mueble de su dormitorio. Encuentra algunas camisetas de Flavio dobladas. Las coge. Las mira. Siente ternura y rabia hacia su marido. Las aprieta, las olfatea. Recuerda cuando las compró, cuando se las vio puestas. Todos los momentos. ¿Cuántos años llevan casados? Ocho. Han superado la denominada crisis de los siete años. Pero eso son sólo habladurías. Leyendas urbanas. Asignar un número al amor, una edad a la crisis. ¿Para qué sirve? Estúpido cinismo humano. Y, de repente, se acuerda del día en que compró esa camiseta en particular, cuando él se la puso por primera vez. Después, al meterla de nuevo en el cajón nota, escondida un poco más abajo, una nota. Se extraña. El papel es de color marfil, tipo pergamino. En un principio no le recuerda nada. Después la abre. El corazón le da un vuelco. Reconoce la caligrafía. Precisa. Seca. Ligeramente inclinada hacia adelante. Lee la fecha escrita a la derecha. Año 2000. El primero del nuevo milenio. 14 de febrero. San Valentín. Y empieza a leerla.

Amor. La palabra de San Valentín. La palabra de este día que acaba de empezar. Amor. Tu segundo nombre. Estoy sentado a la mesa de la cocina. A buen seguro, tú estarás durmiendo. Es de noche. Mañana te dejaré esta carta bajo la puerta. Te imagino mientras sales de casa todavía medio dormida y la ves. Tus preciosos ojos se iluminan. Te agachas, la coges y la abres. Y empiezas a leerla. Y, espero, a sonreír. Una carta, una pequeña carta que trata de contener una gran historia, la nuestra. Mi agradecimiento por el modo en que haces que me sienta. No creo que dos folios sean suficientes, pero aun así lo intentaré. Porque no puedo evitarlo.

Dicen que no se puede hablar de amor, sino sólo vivirlo. Es cierto. Yo también lo creo así. Si conozco el amor es únicamente porque tú me lo has hecho vivir y respirar. Lo he aprendido contigo. Aunque después he entendido que, en realidad, no se aprende nada.

Se vive y basta, juntos, cercanos y cómplices. El amor eres tú. El amor soy yo cuando estoy contigo. Feliz. Sereno. Mejor. Todavía recuerdo la primera vez que te vi. Guapísima. En medio de la pista de esa pequeña discoteca del Trastevere. Bailabas, te movías suavemente junto a tu amiga. Llevabas un vestidito azul claro con unas hombreras finas que se balanceaban contigo. El pelo oscuro, rizado y suelto sobre los hombros. Seguías el ritmo con los ojos cerrados. Te vi y de golpe no pude dejar de mirarte. Mis amigos querían cambiar de local, pero yo quise quedarme. Me precipité a la barra del bar, pedí dos bebidas, me deslicé entre la gente con los vasos en alto para que nadie pudiese darles un golpe, y me acerqué a ti de espaldas mientras bailabas. Tu amiga se dio cuenta, te hizo un gesto con la barbilla y tú te volviste. De cerca eras aún más guapa. Te sonreí y te ofrecí uno de los vasos. Al principio pusiste cara seria, hiciste una especie de mueca, pero luego me sonreíste. Aceptaste el vaso y brindamos, dos desconocidos en medio de una pista de baile. Después hablamos. No sólo eras guapa, también simpática. A medida que te he ido conociendo he ido descubriendo tus mil cualidades. Soy un hombre afortunado. Mucho. Y cuando pienso en todo lo que hemos hecho juntos sonrío de felicidad. Nuestras minivacaciones en Londres, cuando cogimos el avión el viernes y regresamos el domingo. Los locos paseos por el Soho, la cena, hacer el amor en ese parque a riesgo de ser descubiertos. Y reír. E intentar hablar bien el inglés. Y meter la pata. Y luego, la vez que fuimos a Stromboli, en que caminamos cogidos de la mano por esos callejones estrechos y flanqueados por unas casas blancas y bajas, preciosas, llenas de plantas y de flores. Y la subida al volcán. Y las cenas de pescado en las terrazas de los pequeños restaurantes. Y la risa que me entró cuando te su-

biste a ese burro que se hacía el sueco cada vez que querías que doblase a la izquierda, y tú con esa cara tan cómica, un poco desesperada, propia del que se rinde. Y de nuevo nuestras veladas romanas, nuestros paseos hasta altas horas de la noche en los que jamás nos aburríamos, siempre teníamos mil cosas que decirnos y que contarnos. Después nos besábamos de repente y sentía la suavidad de tus labios apenas cubiertos de ese brillo con sabor a fruta que tanto te gusta. Cualquier noche, incluso la más sencilla, resulta especial contigo. No hace falta nada. Poco importa dónde estemos, a mí me parece siempre una fiesta. E incluso cuando reñimos, en contadas ocasiones, a decir verdad, en el fondo me diviertes. Porque dura poco y después hacemos siempre las paces.

Tengo mil recuerdos espléndidos de ti. A medida que pasa el tiempo me enamoro más y más de ti. Más de lo que creía posible. Te quiero cuando sonríes. Te quiero cuando te conmueves. Te quiero mientras comes. Te quiero el sábado por la noche cuando vamos al pub. Te quiero el lunes por la mañana, mientras sigues somnolienta. Te quiero cuando cantas a voz en grito en los conciertos. Te quiero cuando nos despertamos juntos por la mañana y no encuentras las zapatillas para ir al baño. Te quiero bajo la ducha. Te quiero en la playa. Te quiero por la noche. Te quiero al atardecer. Te quiero a mediodía. Te quiero ahora mientras lees mi carta, mi felicitación de San Valentín, y quizá te preguntas si no estaré un poco loco. Y no te equivocas. Y ahora, arréglate. Sal. Vive tu día. Disfruta de mi pensamiento que trata de arrancarte una nueva sonrisa para verte resplandecer con toda tu belleza. Felicidades, amor mío... Pasaré a recogerte dentro de una hora. ¡Las sorpresas no se acaban aquí!

A los ojos de Cristina asoman dos lágrimas, permanecen suspendidas durante unos segundos y a continuación se deslizan por sus mejillas. Qué dulce era. Qué diferente era todo. Cuántas ganas de sorprender, de estar juntos, de quererse. Éramos especiales. Creíamos que éramos únicos, el uno para el otro. Nosotros. Los demás quedaban en segundo lugar. El mundo. ¿Y ahora? ¿Adónde ha ido a parar todo eso? ¿Dónde se ha perdido? ¿Por qué me siento así? Sigue leyendo las hermosas palabras que Flavio escribió hace tantos años sin dejar de llorar. Pensando en su larga historia, en la primera vez que lo vio. En lo mucho que le gustó. Era guapísimo. Y le parece imposible que todo haya cambiado tanto.

Siete

El sol cae en picado sobre las rampas del Pincio. Algún turista vestido con ropa multicolor observa admirado la piazza del Popolo, señala con el dedo algún detalle, un escorzo, o quizá una nueva meta que alcanzar. Una pareja de japoneses manejan una minúscula cámara digital estudiando los diferentes encuadres y sueltan una risita chillona cuando por fin dan con el mejor.

—Cuidado, vas a pasar por delante de ellos.

—Y a mí qué me importa, oye.

Diletta camina de improviso un poco más altiva y, con una sonrisa socarrona, se interpone entre el objetivo y el blanco destinado a ser inmortalizado. El japonés se detiene, risueño. Espera. Diletta pasa y le sonríe a su vez. El japonés vuelve a intentarlo pero se ve obligado a detenerse de nuevo.

—Diletta...

—Oh, vamos, yo no tengo la culpa de que se me haya olvidado decirte una cosa —y regresa exactamente al punto de partida, en tanto que el japonés empieza a ponerse nervioso—. Quería decirte que... —Le planta un beso en la boca.

Filippo se echa a reír.

—Qué idiota eres... ¿No podías esperar?

—No. Ya sabes lo que dicen: no dejes para mañana lo que puedas hacer hoy.

—¡Estoy con un genio! ¡Una redactora publicitaria! —Filippo le da unos pellizcos en las mejillas.

—¡Ay! ¡No, el talento para la publicidad es de otro! A propósito, tengo que confirmar la cita con Niki... —y saca el móvil del bolsillo de la cazadora. Lo abre y empieza a teclear un sms a toda velocidad.

—¿Qué confirmas?

—Pues la cena. Ya te he dicho que esta noche voy a casa de Niki... ¡Es más, luego hemos quedado para hacer la compra!

—¡Vaya! ¿Y quién cocina?

—Qué más te da, a ti no te han invitado...

—¡No, pero no quiero que envenenen a mi amor! Aún recuerdo la última vez, ¡el dolor de tripa te duró todo el día!

—¡Me enfrié!

—¡Eso, tú siempre defendiendo a tus Olas!

—Por supuesto, quisiste hundirlas para ocupar su puesto en mi corazón... Pero tú ocupas ya todo el espacio... ¿Acaso pretendes convertirte en un tirano cruel y despiadado?

Filippo se ríe e intenta morderle.

—Sí, quiero comerte entera. Toda mía, sólo mía.

Y siguen bromeando mientras caminan por la hierba y observan a los transeúntes. Alguna madre lee una revista mientras sus hijos juegan junto al banco donde ella está sentada o un poco apartados, lo suficiente para eludir su control y poder, quizá, ensuciarse los pantalones cuando se lanzan sobre la hierba para detener el balón. Una pareja de ancianos pasea por su lado conversando. Ella sonríe, él la abraza ligeramente.

Diletta se vuelve de golpe.

—Espero que no me dejes cuando sea así...

—Depende.

—¿De qué, perdona?

—¡De que tú no me hayas dejado antes!

El móvil de Diletta vibra emitiendo un leve sonido semejante al tintineo de las monedas.

—¡Oh, se te está cayendo el dinero!

—¡De eso nada! Es el sonido de los mensajes; parece el ruido que hacen los céntimos al caer, es genial, la gente se lo traga siempre. ¡Incluso tú! —Diletta abre el móvil y lee de prisa—. Perfecto. Confirmado.

Dentro de una hora en la piazza dei Giuochi Istmici... ¿Sabes qué voy a hacer? Llevaré ese helado tan rico de San Crispino... Nunca lo han probado, todavía se pirran por el chocolate que venden en el Alaska... ¿Qué me dices?

Filippo empieza a canturrear sin apenas escucharla.

—Helado de chocolate con tomate, tú, helado de chocolate... —y hace un amago de morder a Diletta, que se echa a reír.

Abandonan el Pincio abrazados, serenos, ignorando el nuevo e increíble cambio que está a punto de producirse en sus vidas.

Ocho

El despacho de Alex. Todo como siempre. El consabido caos bajo la calma y el control aparentes.

Leonardo entra con un paquete y lo deja sobre el escritorio.

—Buenos días, esto es para ti...

Alex arquea una ceja.

—No es mi fiesta. No me parece que celebremos ningún acontecimiento, no creo haberme olvidado de nada y ni por asomo pienso que tú debas pedirme un favor especial..., ¿me equivoco?

—Desconfiado. —Leonardo se sienta en el borde del escritorio de Alex—. ¿No podría ser simplemente que me alegro de que hayas vuelto y que esté encantado de tenerte de nuevo aquí?

—Ya me lo has demostrado con el aumento...

Leonardo esboza una sonrisa.

—No era bastante o, mejor dicho..., sí, es mucho. Pero esto es un pequeño capricho personal...

Alex arquea la otra ceja.

—En cualquier caso, este repentino gesto de afecto me inquieta. —Desenvuelve el regalo y se queda estupefacto—. ¿Un miniordenador y una cámara?

Leonardo está entusiasmado.

—¿Te gustan? Es el último grito en tecnología, se pueden filmar películas en alta definición y montarlas en el ordenador, elegir las canciones de iTunes e introducir fundidos y efectos directamente de las memorias. Lleva incorporado un software muy sofisticado... En fin, que si quieres puedes filmar una película y proyectarla un instante después, justo como hace Spielberg.

Alex está perplejo.

–Gracias..., pero ¿eso quiere decir que quizá nos dediquemos también a la producción cinematográfica?

–No. –Leonardo baja del escritorio y se dirige hacia la puerta–. Eso sólo significa que estoy encantado de que hayas vuelto y que, si debes hacer una de tus películas sobre la isla, el faro y, en fin, toda esa historia que me has contado..., puedes filmarla tranquilamente desde aquí, sin desaparecer de nuevo.

Leonardo sale del despacho y un segundo después entra Alessia, la leal secretaria y ayudante de Alex.

–¿Y bien? ¿Te lo ha comentado?

–¿A qué te refieres?

–A lo del nuevo trabajo, supongo...

–No. Está tan contento de que haya regresado que sólo quería darme un regalo... ¡Esto! –y le enseña la cámara y el pequeño ordenador.

–¡Fantástico! –Alessia lo coge–. Es la última novedad de Apple, el MacBook Air, es muy ligero. ¿Sabes que tiene un sistema incorporado que te permite montar...?

–Directamente una película...

–Ah, lo sabes... Prácticamente podrías ser el nuevo Tarantino.

–Él ha dicho Spielberg.

–Eso es porque es viejo.

Justo en ese momento entra Andrea Soldini, el magnífico diseñador gráfico publicitario.

–Chicos, mirad esto... Tengo una noticia increíble. –Se aproxima sigilosamente a ellos. Alex y Alessia lo miran. Andrea Soldini saca del bolsillo de sus pantalones un folio doblado–. He encontrado este e-mail...

Alex le sonríe.

–No te cansas nunca, ¿eh?

–Nunca...

Alex rememora por un instante aquella ocasión... Otro e-mail, otra verdad. Una historia ya lejana. Abre el folio que le entrega Andrea Soldini y lo lee al vuelo.

—«A la sociedad Osvaldo Festa...» —Mira a Soldini y a Alessia—. Somos nosotros... «A la vista de sus grandes éxitos internacionales, hemos decidido comunicarles la posibilidad de participar en el concurso para la nueva campaña del coche que estamos a punto de lanzar al mercado...» —Alex lee apresuradamente el resto de las frases y se detiene en la noticia más relevante—, ¡que prevé la realización de un cortometraje! —Luego baja el folio—. Ahora entiendo lo de la cámara y el ordenador... «Estoy encantado de tenerte aquí...» Quiere que trabaje el doble, eso es todo.

Andrea Soldini se encoge de hombros.

—Quizá lo haya hecho sin pensar.

—¿Él? Lo dudo mucho.

Alessia sonríe, contenta.

—Bueno, es un reto fantástico.

Soldini está de acuerdo con ella.

—¡Sí! Y sin ese presuntuoso de Marcello. ¡Venga, Alex, será coser y cantar!

Los dos avanzan hacia la salida, pero Alessia se detiene junto a la puerta.

—¿Sabes una cosa, Alex? Me alegro mucho de que hayas vuelto.

—Sí, yo también... —dice Soldini, y salen sonriendo del despacho y cierran la puerta a sus espaldas.

Alex mira la cámara, después el ordenador y por último la puerta cerrada. Y de repente todo le resulta meridianamente claro. Me están embrollando. Luego lo piensa mejor. Aunque, en realidad, ninguno de ellos me ha empujado o ha insistido para que volviera al trabajo... Si estoy aquí es porque lo he decidido yo. Si estoy trabajando como antes, mejor dicho, mucho más que antes, es por propia elección. Y ahora está a punto de ponerse en marcha un desafío fantástico. De manera que a Alex sólo le resta una última y dramática consideración. Me he embrollado yo solo.

Nueve

Última hora de la tarde. Un bonito sol inesperado contradice las previsiones de Giuliacci, que lo había cubierto con algunas cuantas nubes juguetonas. Pero no. En cuatro zonas distintas de la ciudad, cuatro chicas están subiendo a sus respectivos coches o motos. Cada una de ellas se ha arreglado vistiéndose de forma cómoda, alegre, adecuada para pasar varias horas de absoluta libertad. Zapatillas deportivas, camisetas, cazadoras, gabardinas. En marcha hacia la amistad.

Niki pone en marcha su SH50. Se pone el casco y se ajusta la ropa. Parte como un rayo, como suele tener por costumbre, esquivando por un pelo una bicicleta que pasaba por allí. Con los años, todo se vuelve más difícil. Nuevos compromisos, otros conocidos, ritmos diferentes. Y a veces uno tiene la impresión de que se ha perdido, de que no ha dado la importancia adecuada a las relaciones. Los sms ya no llegan al ritmo de antes, las salidas nocturnas se reducen, las promesas de volver a verse se posponen por una razón u otra. El período del instituto, durante el que podían pasar juntas tardes interminables, parece haberse perdido en la noche de los tiempos. Eran como una segunda familia y no pueden dejar de creer en eso. Tienen que esforzarse. Defender las relaciones. Renovarlas. Tratar de atravesar el tiempo sin perderse. Pero bueno, lo cierto es que todavía estamos aquí. Las Olas. Dispuestas a dejarlo todo para poder vernos unas horas. Qué maravilla. Tengo muchas ganas de pasear, de reírme sin más, de comer con ellas un buen helado comprado en el Alaska. Sí. Niki esboza una sonrisa. Es cierto.

Olly introduce un nuevo CD en el reproductor del Smart. El «Best of» de Gianna Nannini. *Grazie*. Gracias, sí. Gracias a nosotras. A nuestro modo de ser. Al hecho de que, a pesar de todo, seguimos aquí, como cuando simulábamos que desfilábamos en la piazza dei Giuochi Istmici. Como cuando fingíamos que dormíamos en mi casa y, en cambio, nos escapábamos a las fiestas. Como el día en que compramos la Moleskine para que cada una escribiese lo que pensaba y pudiésemos leerlo después mientras bebíamos una taza de té. Y el día que la enterramos. Y también la vez en que elegimos nuestro nombre, las Olas, haciendo un montón de suposiciones absurdas con las iniciales de nuestros nombres mientras estábamos sentadas a una mesa de Alaska.

Qué divertido, todavía me acuerdo. Olimpia... Erica... Niki... Diletta... OlErNiDi...NiErODi... DiNiErO... ¡Ya está! ¡Diniero! Las Diniero, pagas y te llevas cuatro. Vaya risa. Y también N.E.D.O. ¡El hermano tonto del pez Nemo! Y un sinfín de ocurrencias absurdas más hasta llegar al auténtico nombre, el único posible: las OLAS, las Olas. Sí. Olas grandes, fuertes, que buscan una orilla segura de la que poder partir de inmediato. Olas de un mar que aún existe. Para demostrar a sus detractores que la amistad que nace en el bachillerato puede perdurar en el tiempo.

Erica tropieza con el borde de la acera. Vaya por Dios. ¿Por qué será que siempre me caigo aquí? Hace una vida que me sucede. Una vida. Y, de improviso, pensando en el lugar al que se dirige, le vienen a la mente muchas cosas. El viaje a Londres. El de Grecia. El hospital. Cuando Diletta tuvo el accidente. Qué miedo pasó esos días. ¿Y si no hubiese salido de ésa? Imposible. Un mar huérfano de una ola. No. No se lo habríamos permitido. Y después, el concierto a escondidas, la fuga a la playa para arrojar sal al mar antes de la selectividad. Y el amor. Y el ordenador que encontré. Ese chico escritor. Pensar que era amor. Y lo feliz que me sentía cuando se lo contaba a ellas. Ellas, que siguen estando a mi lado, si bien ahora son más mayores y un poco distintas. Mis amigas. A continuación Erica sube al Lancia Ypsilon bicolor, rasca al meter la marcha y arranca.

Diletta contempla su reflejo en el retrovisor del coche. Hoy tiene el pelo un poco abultado, debe de ser cosa del nuevo bálsamo. Ya lo decía el anuncio, que daba volumen. No mentía. Se ajusta el pasador en forma de corazón que lleva a la izquierda, sobre la oreja, y sube a su Matiz rojo. Enciende la radio, pasa de una emisora a otra y, después de algún que otro crujido, encuentra algún noticiario y unos programas sobre economía y sociedad, detiene el dedo y deja de apretar. No. No quiero eso. De manera que saca una funda múltiple del bolsillo de la puerta. Abre la cremallera y empieza a hojear los CD. Uno, dos, tres... Aquí está. A veces uno tiene la impresión de que las canciones salen a su encuentro porque saben que las necesita. Diletta coge el CD y lo introduce en el reproductor. Oh. El recopilatorio que nos regalamos en septiembre, después de las vacaciones, antes de comenzar las clases en la universidad. Cada una eligió unas canciones y después hicimos cuatro copias. Quizá porque teníamos miedo de perdernos. Pone una. Giorgia. *Che amica sei.* Diletta canta mientras conduce. Y en parte se conmueve también pensando en todos los momentos que han pasado juntas. Sí. «Qué buena amiga eres, no me traiciones nunca, los amores pasan, tú permanecerás.» Es cierto. Aunque prefiero que mi amor no se vaya. ¡Porque, de lo contrario, Filippo, juro que te parto los brazos! «Qué buena amiga eres, llama cuando necesites reírte. El tiempo pasa volando, nosotras esperaremos aquí entre un secreto y otro...» Sí, esperaremos y permaneceremos. «Fíate de mí, yo me fiaré de ti y pasaremos horas hablando y contándonos nuestras cosas. Estoy a tu lado, jamás estarás sola...» No, y espero de verdad que vosotras tampoco me dejéis nunca sola. «Qué buena amiga eres, no cambies nunca, si necesito una mano sé que puedo contar contigo...» Diletta se adentra en el tráfico cantando a voz en grito. Casi ha llegado. Puntual. Semáforo rojo. Cabecea dulcemente al ritmo de la música. Luego se vuelve de golpe. Increíble.

—¡Erica! —Diletta baja la ventanilla y la llama otra vez—. ¡Erica!

Su amiga no se da cuenta. El semáforo se pone en verde y arranca. Diletta sacude la cabeza. Está completamente ciega. ¡Y, además, circula por el carril equivocado! Será gamberra. Diletta se coloca detrás de ella y la sigue. A fin de cuentas, se dirigen al mismo sitio. Empieza a hacer destellos con los faros y a tocar la bocina, riéndose.

—Oh, pero ¿quién es el que está dando el coñazo? ¿Se puede saber qué quiere? —A Erica poco le falta para hacer un gesto obsceno, pero antes mira por el espejo retrovisor y reconoce la masa de rizos claros.

Pero bueno, ¿es ella? ¡Está loca! La saluda con la mano y le saca la lengua. Se persiguen un poco hasta llegar al lugar donde han quedado. Aparcan de milagro. Se apean del coche y se precipitan la una en brazos de la otra saltando como unas chifladas.

—¡Caramba, da la impresión de que no nos hemos visto en años!

—¡Y eso qué tiene que ver! ¡Te quiero mucho! —Y siguen saltando pegadas la una a la otra como dos futbolistas después de haber marcado un gol importante. Pasados unos instantes llegan también Niki y Olly.

—¿Se puede saber qué estáis haciendo? ¿Qué pasa, ahora salís juntas? —y sin pensarlo dos veces se unen a ese abrazo loco, intenso, alegre, allí, en medio del aparcamiento y de la gente que pasa por su lado sin entender lo que les ocurre a esas cuatro chicas que giran en corro gritando.

—Venga, ya está bien... ¡Tenemos que ir a hacer la compra!

—Pero mira que eres aburrida...

—Sí, sí... Os advierto que yo no cocino, ¿eh?

—Bueno, en ese caso compremos unas pizzas.

—He traído un helado nuevo y delicioso, lo he comprado en San Crispino, ¿os parece bien?

—Esperad... Esperad... Niki, ¿a qué se debe que ahora quieras salvarnos la vida? ¿Nos concedes la gracia?

—¿Qué quieres decir?

—¡Que, dado que no cocinas, no puedes envenenarnos!

—¡Imbéciles!

Y siguen bromeando en medio de la calle, empujándose y riéndose, sin edad, dueñas del mundo como sólo se puede ser en ciertos momentos de felicidad.

Diez

Por la noche. Alex regresa a casa. Entra de prisa y empieza a preparar la bolsa. Abre el armario.

—Joder, vete tú a saber dónde me habrá puesto los pantalones cortos la asistenta... —Cierra de golpe dos o tres cajones—. Ah, aquí está la camiseta...

En ese preciso momento suena su móvil. Mira la pantalla. Es Pietro. ¿Qué querrá? No me digas que también esta vez tengo que pasar a recogerlo. Responde.

—Ya lo sé...

—¿A qué te refieres? ¿Cómo has podido saberlo? No puedo creer que lo sepas ya, ¿cómo lo has hecho?

Alex resopla.

—Porque la historia se repite una y otra vez. Siempre me pides que pase a recogerte.

—No, esta vez es peor: no jugamos.

—¿Qué? ¿Quieres decir que he vuelto a casa a toda velocidad para ir a jugar a futbito y ahora resulta que no vamos? No, eso me lo explicas ahora mismo, debe de haber ocurrido algo grave para que se haya suspendido el partido.

—Así es... Camilla ha dejado a Enrico.

—Paso en seguida a recogerte.

Un poco más tarde. Alex y Pietro están en el coche.

—Pero ¿cómo ha ocurrido?

—Nada, no sé nada; me colgaba el teléfono, i.
Creo que en ciertos momentos sollozaba.

—¡Sí, claro! Anda que no exageras ni nada.

—Te lo juro, ¿por qué debería decirte una estupide
no ser verdad?

Ring. El móvil de Alex vuelve a sonar.

—Es Niki.

—No le digas nada. Dile que vamos a jugar de todas formas...

—Pero deberíamos estar ya en el campo, son las ocho y diez.

—En ese caso dile que esta noche jugaremos más tarde.

—Pero ¿por qué?

—Luego te lo explico.

Alex sacude la cabeza y a continuación abre el móvil.

—Cariño...

—¡Eh, hola! Imaginaba que estarías ya en el campo...

Alex mira enojado a Pietro, que, curioso, cabecea en su dirección como si quisiera enterarse.

—Esto…, no..., hoy jugaremos un poco más tarde porque, como de costumbre, Pietro se equivocó cuando reservó el campo...

—¿De verdad? ¿No me estás mintiendo?

—¿Yo? ¿Por qué debería hacerlo, cariño? ¿Qué razón podría tener para contarte una mentira?

Alex vuelve a mirar cabreado a Pietro y sacude la cabeza.

—Bah, no lo sé..., lo siento... En cualquier caso, quería decirte que voy a casa de Olly. Nos vamos a reunir todas allí. Pero tengo el teléfono sin batería; te llamaré más tarde, cuando vuelva a casa.

—¿No puedes cargarlo ahora? ¿O llevarte el cargador?

—No... Ya estoy fuera y acaba de sonar el bip que indica que la batería está descargada...

—Ah... Bueno, en ese caso puedes cargarlo en casa de Olly...

—Ninguna de mis amigas tiene el mismo cargador que yo... Pero bueno, cariño, ¿se puede saber por qué te preocupas tanto? Tú estarás jugando a la pelota...

—Ah, sí... Qué tonto..., hasta luego.

—¡Claro! Si marcas un gol dedícamelo como hacen los grandes campeones, ¿eh?

—¡Faltaría más!

—¡En lugar de como el Pibe de Oro como el pibe de plata!

Alex cuelga el teléfono y sonríe falsamente a Pietro.

—Felicidades. Siempre consigues meterme en líos, incluso cuando no hace ninguna falta.

—¿Qué quieres decir?

—Que ahora cree que vamos a jugar a futbito y no es verdad.

—¿Y qué problema hay?

—Que le he mentido.

—¿Quieres decir que es la primera vez que lo haces?

—Sí.

Pietro lo mira poco convencido. Arquea las cejas, incrédulo. Alex se siente observado, echa un vistazo a la calle y a continuación mira a Pietro, después de nuevo la calle, luego a Pietro otra vez. Al final da su brazo a torcer.

—Está bien..., excepto la vez en que no le dije que Elena había vuelto a casa...

—¡Y te parece poco! Tampoco le dijiste que os habíais reconciliado...

—Sí, sí, ¡vale! Pero eso fue hace un año.

—¿Y bien?

—No, «y bien» me corresponde decirlo a mí. ¿Me estás interrogando? El caso es que esta noche, un año después, le estoy mintiendo otra vez y, por si fuera poco, sin una razón de peso.

—Te equivocas, la razón existe.

—¿Y cuál es?

—Imagínate que Niki se encuentra mañana con Susanna y que ésta le cuenta que no hemos jugado.

—Eh... ¿Y qué tiene eso de malo?

—Pues que esta noche yo llegaré muy tarde a casa porque le he dicho a Susanna que empezábamos a jugar a las once...

—¿A las once?

—Sí, le he dicho que tú te habías olvidado de reservar el campo y que por eso nos habían dado la última hora disponible para jugar...

—¡Lo que me faltaba!

Alex sacude la cabeza mientras sigue conduciendo. Pietro lo abraza.

—Gracias..., estoy orgulloso de tener un amigo como tú...

Alex sonríe.

—Me gustaría poder decir lo mismo.

—Ah... —Pietro se aparta de él y se sobrepone—. ¿En serio?

—No...

Y Alex, naturalmente, se echa a reír y sacude de nuevo la cabeza.

Once

Enrico está sentado en la butaca del salón. La pequeña Ingrid duerme entre sus brazos.

—A ver si lo entendéis, me llamó... Me llamó al despacho y se limitó a decirme: «Dora se queda hasta las siete y después se marcha. Procura volver a esa hora porque, de lo contrario, Ingrid se quedará sola...»

Enrico mira a Ingrid, que duerme. La mece un poco, después le toca con un dedo el babero que tiene debajo de la barbilla y se lo coloca mejor.

—¿Me habéis entendido?

Alex, Pietro y Flavio están sentados frente a él en el sofá. Los tres están boquiabiertos. Enrico los mira y sacude la cabeza. Alex parece el más intrigado.

—¿Y qué pasó después?

—Pues que regresé justo a tiempo, porque Dora estaba a punto de marcharse.

—Sí, pero Camilla..., quiero decir, ¿dónde está Camilla?

Enrico lo mira sereno. A continuación echa un vistazo a su reloj.

—Debe de estar volando. Dentro de tres o cuatro horas llegará a las Maldivas. ¡Si el avión no se precipita antes al suelo, como me gustaría que sucediera!

—¿Se ha ido a las Maldivas? ¿Y con quién?

—Con un abogado llamado Beretti, un tipo muy distinguido de mi club que yo mismo le presenté.

—¿Tú? ¿Y por qué?

—Camilla quiso hacer algunas reformas en la nueva casa, los obreros metieron la pata con las junturas en el baño y eso causó unas terribles filtraciones de agua. El abogado Beretti nos ayudó a demandar a la empresa...

—¿Conclusión?

—Conclusión: Beretti perdió la causa con la empresa y yo he perdido a mi mujer, que se ha ido con él...

Flavio se levanta del sofá. Pietro cae entonces en la cuenta.

—Pero si vas vestido de futbolista...

—Puede que no te acuerdes, pero esta noche debíamos jugar juntos.

—¡Es verdad!

—Como iba a llegar con mucho retraso, decidí cambiarme para no hacer esperar a los demás en el campo. Lo normal, en caso de que hubiésemos jugado... Luego se produjo este pequeño contratiempo...

—¡Pequeño contratiempo, dices!

Enrico se encoge de hombros.

—Qué más da, habríamos perdido de todas formas.

—No estoy tan seguro... En mi opinión, hoy hubiera sido el día en que, por fin, habríamos ganado.

—Es cierto. —Enrico los mira y abre los brazos—. Ahora encima me siento culpable por haber impedido esa victoria.

—Bueno, recuerda que teníamos pensado jugar a las once.

Flavio mira a Pietro sin entender lo que dice, pero, de repente, cae en la cuenta.

—Entonces, ¿jugamos de todos modos?

Alex niega con la cabeza.

—De eso nada, hoy no se juega...

Pietro, en cambio, asiente.

—Se juega, se juega.

Ahora sí que Flavio no entiende nada.

—Pero bueno, ¿jugamos o no? ¿Me lo explicas, Pietro?

—Escuchad, es muy sencillo: se juega pero no se juega..., ¿vale?

—Bueno, a mí no me resulta tan claro...

Pietro se sienta y abre los brazos.

—Está bien. Veamos, chicos, os explicaré cómo entiendo yo la situación desde mi modesto punto de vista. El quid de la cuestión es la fidelidad.

Flavio lo mira curioso.

—¿A qué te refieres?

Pietro sigue sonriendo.

—Es inútil buscar la fidelidad... La fidelidad no es de este mundo... O, mejor dicho, de esta era. Oscar Wilde decía que la fidelidad es a la vida sentimental lo mismo que la coherencia a la vida intelectual: la confesión de un fracaso, ni más ni menos. De manera que yo, en lugar de entrar a las once en el campo..., me meteré bajo las sábanas de una mujer felizmente casada con un marido que... ¡juega fuera de casa!

Flavio se encamina hacia la cocina.

—Lo siento, pero no estoy de acuerdo... ¿Puedo servirme algo de beber?

—Claro, en la nevera hay Coca-Cola, cervezas y algunos zumos.

Flavio sube el tono para que se lo oiga desde la cocina.

—La fidelidad resulta natural cuando una relación funciona. Es evidente que ahora las cosas no te van bien... ¿Queréis algo?

—¡Chsss! —Enrico comprueba que Ingrid siga durmiendo—. ¿Podrías dejar de gritar, Flavio?

Su amigo entra de nuevo en el salón con una cerveza y sigue hablando en voz baja:

—Estamos tratando temas existenciales.

Alex hace un gesto con la mano como diciendo: «Pues sí.»

—Claro, cómo no... Dado que no está bien acostarse con una mujer casada aprovechando que su marido está fuera de casa...

Flavio abre la cerveza.

—Entiendo, pero ¿no podrías meter a Ingrid en la cuna, dejando al margen los problemas de Pietro?

—Tienes razón... —Enrico lleva a la niña a su dormitorio.

—No puede separarse de ella, ¿eh?

Pietro niega con un movimiento de cabeza.

—No. Imagínate si Camilla se hubiese marchado con la niña... Se habría suicidado.

Enrico vuelve al salón. Flavio está sentado ahora en el sofá e intenta tranquilizarlo.

—En cualquier caso, no debes enojarte con Camilla. Debes pensar que hasta ayer todo iba de maravilla... Por desgracia, algo se ha roto de repente.

—Sí, una tubería del cuarto de baño...

—Es una relación de amor... —Flavio apura su bebida y, al parecer, una idea acude entonces a su mente—. Un momento, el detective no encontró nada hace dos años..., ¿verdad?

Enrico mira a Alex. Alex mira a Flavio. Flavio mira a Pietro. Enrico está consternado.

—Me dejas de piedra... Alex..., ¿se lo has contado a todos?

Alex mira fijamente a Pietro. En realidad, sólo se lo dijo a él. Esta vez sí que la ha hecho buena, ha metido la pata hasta el fondo, no le queda más alternativa que mentir por segunda vez.

—Perdóname, Enrico... Era una carga demasiado grande para mí y no podía sobrellevarla solo...

Pietro comprende su error y trata de remediarlo.

—Está bien, lo sabemos desde siempre, Enrico; me refiero a que buscaste la ayuda de un detective porque no te fiabas de Camilla, pero no te lo tomes a mal. Somos un grupo de amigos y debemos afrontar las cosas como tal. Hoy te ha tocado a ti, pero mañana la víctima podría ser yo, o cualquiera de ellos.

Flavio y Alex se tocan de inmediato tratando de ahuyentar la mala suerte. Pietro se da cuenta.

—Es inútil, no hay ningún conjuro que pueda alejar la desgracia. Cuando toca..., ¡toca! Alex quizá tenga algo de culpa. ¡Debería haberle dado a Enrico las dos carpetas del detective! Pero ahora ya no hay nada que pueda hacer.

Pietro da una palmada en el hombro a Enrico.

—Debemos suponer que el detective hizo bien su trabajo... Sólo que a veces no queremos aceptar que el amor se acaba y punto.

—¡Vaya, hombre, gracias! ¡Gracias, de verdad, gracias! —Enrico se levanta, molesto—. Te lo agradezco, eres justo lo que necesito en este momento, eres la aspirina para el dolor de cabeza, el jarabe para la tos...

—¡Sí, el preservativo para la prostituta! ¿Queréis dejar de ser tan ilusos? —Pietro mira a sus tres amigos cabeceando—. ¿Cómo es posible que sigáis creyendo en las fábulas? Hoy más que nunca, gracias a los móviles, a los chats y a los sms, las mujeres traicionan, se distraen, coquetean, sueñan, vuelcan su romanticismo en otro..., en fin, que les gusta engañar tanto como a los hombres. De no ser así, no se explicaría mi tremendo éxito, incluida esta velada. —Mira el reloj—. Es más, no hagáis que llegue tarde, ¿eh?

Pietro se percata de que sus amigos lo miran con malos ojos.

—Vale, os lo explicaré de otra manera... Pasado cierto tiempo, la mujer se harta igual que el hombre; esa historia de que tiene que estar enamorada para acostarse con alguien no es cierta, os la habéis inventado vosotros, mejor dicho, todos nosotros, los hombres, ¡porque nos gusta creer que sólo están con nosotros por amor! ¡Pero no es así! Les gusta tanto como a nosotros, puede que incluso más. Y todo ese cuento de hablar sin cesar para convencerlas... ¡Nada más lejos de la realidad! Como dice Woody Allen, hacer el amor es mejor que hablar... Hablar es el sufrimiento por el que es inevitable pasar para llegar al sexo. Os diré otra frase aún mejor de Balzac: «Es más fácil ser amante que marido, porque es más difícil estar de buen humor todos los días que halagar de vez en cuando.» ¡Verdad de la buena! Yo lo he constatado con Susanna: a veces, no me apetece mucho, ¡pero cuando interpreto el papel del amante doy lo mejor de mí mismo!

Flavio decide intervenir:

—Perdona, Pietro, pero yo no estoy en absoluto de acuerdo. ¿Dónde queda entonces el placer de construir juntos y el deseo de exclusividad? ¡Yo hago cosas por mi mujer, aunque a veces me cueste, porque quiero que se sienta realizada, feliz y satisfecha!

—¡Anda ya! No digo que no se pueda ser feliz en parte, pero al final es una cuestión de costumbre pura y dura, ¡y a las mujeres les asustan las novedades! ¿Sabes a cuántas mujeres he conocido que de repente querían dejar a sus maridos sólo porque se habían acostado conmigo? Se sentían como una especie de heroínas ansiosas de dar un giro a sus vidas... Pero, después, apenas comprendían que yo no tenía ninguna intención de entablar una relación con ellas por temor a la misma historia del *ménage* que me habían contado en repetidas ocasiones, curiosamente volvían con su marido más enamoradas que antes. ¡Y siempre decidían marcharse en seguida de vacaciones! ¡De manera que, para varias de ellas, he sido incluso terapéutico! Venga, chicos, a veces el amor es realmente ridículo...

Enrico lo mira sorprendido.

—Eso quiere decir que Camilla..., en fin, que dado que se ha comportado así la estás alabando, consideras que es una mujer valiente..., ¡una temeraria!

—Escucha, no me apetece seguir hablando de vuestros líos. No se puede generalizar. Las mujeres os hacen creer que son fieles, os dan seguridad... —Pietro mira luego a Alex y arquea las cejas—. Quizá os aseguran que tienen el móvil descargado porque no pueden deciros sin más que han salido con otro... Las parejas ya no son abiertas. ¡Vivimos como antes del año 68! Todos traicionan y todos disimulan.

Alex lo mira irritado.

—Oye, que Niki tenía el teléfono descargado de verdad...

—Ah, ¿y cómo puedes estar tan seguro?

—Porque me lo ha dicho ella...

—Bonita respuesta.

—Y, sobre todo, ¡porque si tuviese ganas de salir con otro me lo diría!

—Ésa me gusta aún más... Siempre me ha encantado la ciencia ficción... Victor Hugo dijo una gran verdad: «Una mujer que tiene un amante es un ángel; una mujer que tiene dos amantes es un monstruo; una mujer que tiene tres amantes es una mujer.» ¿Sabéis cuántas esposas o chicas con novio han tenido una historia conmigo? Las cortejo, les hago revivir el entusiasmo de las primeras salidas, de las sorpresas en la cama... y por un instante piensan en dejar a su marido, o quizá incluso lo dejan por un período de tiempo, sólo en su imaginación, ¿eh?..., pero luego vuelven a su lado, son miedosas, como nosotros, ¡y en lo que concierne a «ese aspecto» son idénticas! Las mujeres son hombres con tetas..., pero sin huevos.

—Eres terrible. Entonces, ¿por qué te casaste?

—Porque llegado un punto debes dar a una mujer esa tranquilidad... Además, tenéis que reconocer que es útil... «La familia es la asociación instituida por la naturaleza para satisfacer las necesidades del hombre», decía Aristóteles. Y Susanna era la persona adecuada para dar ese paso. Pero todos los matrimonios son así: llega un punto en el que ninguno de los dos está contento, no bastan ni los hijos ni la casa... «Ejercer de marido es un trabajo a tiempo completo, por eso muchos maridos no consiguen dedicar toda su atención», decía Arnold Bennet. Y tenía razón, ¡caramba! Todos quieren enamorarse, deseamos el amor..., ¡y lo buscamos donde podemos! ¡Soñamos con él, lo perseguimos!

Alex sacude la cabeza.

—Pero ¿se puede saber quién eres tú? ¿La Wikiquote con patas? Nos estás acribillando con tus citas...

Pietro compone una expresión solemne.

—Claro, me he trabajado mucho el tema para dejar asombradas a mis dulces presas: adoran las citas, ¿qué te crees?... Ésta, por ejemplo, la uso cuando alguien me ataca, escucha: «Inmediatamente después del creador de una buena frase viene, por orden de importancia, el primero que la cita», Ralph Waldo Emerson.

Alex vuelve a sacudir la cabeza.

—Eres un caso perdido. De todos modos, no estoy ni estaré nunca de acuerdo contigo. Mis padres están casados y siempre han sido felices.

—Son la excepción que confirma la regla.

—También los de Niki.

—Demasiado pronto para estar seguros: son de nuestra edad... Y nosotros, como ves... —señala con los ojos a Enrico, procurando que éste no lo vea—, estamos empezando a caer...

En ese preciso momento suena el móvil de Alex.

—Es Niki... —Abre el teléfono—. ¡Cariño! ¿No tenías el móvil descargado?

Alex mira ufano a Pietro y le hace un gesto obsceno.

—Sí, pero he visto que el cargador de Olly me servía... ¡Estamos en su casa! ¿Habéis acabado de jugar?

—Esto... —Alex se levanta del sofá y se dirige al dormitorio.

Pietro lo mira y suspira.

–Creo que él también tiene algún problema que otro –dice dirigiéndose a los demás.

Apenas queda fuera del alcance de sus amigos, Alex prosigue la conversación con Niki.

–Sí, lo hemos dejado porque uno de nosotros se ha hecho daño...

–¿En serio? ¿Quién?

–No, no lo conoces, uno del equipo... Ah, y después hemos venido a casa de Enrico porque él no ha jugado...

–Ah, ¿no está bien?

–Peor...

–¿Qué quieres decir?

–Su mujer lo ha dejado.

–Ah. –Niki enmudece.

–¿Niki?

–¿Sí?

–Por desgracia, puede suceder.

–Oh, claro, sí..., uno hace una promesa ante Dios y le gustaría que todo fuese sobre ruedas... En cambio...

Alex está a la expectativa, siente curiosidad.

–¿En cambio?

–Nada... Que no somos capaces de hacer realidad un sueño.

–Sí, Niki, pero no te lo tomes a mal.

–No, lo que ocurre es que lo siento. Veo la incapacidad de las personas para llegar hasta el fondo de las cosas.

–Quizá ambos lo desean, pero después algo cambia...

–Espero que no.

–Yo también... –Su voz se anima a continuación–. De todas formas, nosotros no hemos hecho ninguna promesa, ¿no? No. Bueno, vuelvo con mis amigas.

–Vale, hablamos más tarde.

Alex mira el teléfono cerrado y se queda estupefacto por un instante. Esa frase... «No hemos hecho ninguna promesa.» ¿A qué ha venido? ¿Por qué lo habrá dicho? Además, lo ha dicho con voz alegre. ¿Qué habrá querido decir? ¿Menos mal que no hemos prometido

nada? Siente que el estómago se le encoge ligeramente. Bah. A continuación se mete de nuevo el móvil en el bolsillo y vuelve al salón.

—¿Todo bien? —pregunta Pietro risueño y particularmente curioso.

—Sí..., genial.

Enrico lo mira boquiabierto.

—Os agradezco el interés y el afecto que me habéis demostrado.
Siempre he sabido que podía contar con vosotros.

Pietro gesticula con las manos de manera exagerada.

—Sí, vale, ahora intentarás hacernos creer que esto te ha sucedido
de la noche a la mañana, cuando todo estaba bien... Ella no estaba
contenta, se lamentaba, no estaba satisfecha.

Enrico lo mira perplejo. Alex y Flavio también.

—Perdona, pero ¿tú que sabes?

—Bueno... —Pietro mira a su alrededor sintiendo que lo han pillado
ligeramente desprevenido—, algunas cosas se deducen... Se leía en su
cara, claro que para darse cuenta se requiere cierta sensibilidad y eso
es algo de lo que no carezco, desde luego. Y ahora me perdonaréis,
pero tengo que ir a follarme a esa mujer que está sola en casa. —Mira el
reloj—. Sí... Sus hijos estarán durmiendo y él le habrá hecho ya la consabida llamadita tranquilizadora. Adiós, chicos, hablamos mañana.

Y sale dando un portazo a sus espaldas.

—No le falta sensibilidad, ¿eh?... ¡Un pedazo de animal, eso es lo
que es!

—Bueno —Flavio se encoge de hombros—, sea como sea, tiene razón: vive de maravilla, todo le importa un comino y se divierte como
si tuviese dieciocho años.

Alex parece sorprendido.

—Me resulta extraño que pienses así... ¡Olvidas que tiene una esposa y dos hijos! Si decides tenerlos, debes optar automáticamente
por otro tipo de vida, no puedes ser tan irresponsable...

En ese mismo momento Enrico coge una fotografía de la mesita.
En ella aparece Camilla con Ingrid recién nacida en brazos.

—¿Y qué me dices de esta foto? ¿Qué es? ¿Un fotomontaje? ¡Una
madre con una hija! —Arroja con rabia la fotografía contra la pared y
ésta se rompe en mil pedazos.

–Calma, Enrico. –Alex intenta tranquilizarlo–. Conozco a una que tuvo un hijo y después lo dejó aquí, en Roma, con su padre, porque deseaba probar una nueva vida y cogió un avión con rumbo a América... Otra abandonó también al marido y se marchó a vivir a Londres, otra hizo lo mismo y ahora trabaja en París...

–Entiendo... En ese caso, el hecho de que Camilla nos haya dejado a Ingrid y a mí para irse *sólo* una semana de vacaciones con otro a las Maldivas es casi normal, ¿no?

–Quizá cambie de idea.

–Quizá vuelva.

–Sí, quizá, quizá... Lo único que sé es que tengo que buscar a una nueva canguro.

–¿Y Dora?

–No sé por qué, pero nos la había recomendado el abogado Beretti...

–¿Y eso qué tiene que ver?

–Pues que, por solidaridad, ella también se ha marchado...

Flavio está desconcertado.

–Pero ¿solidaridad con quién? Da la impresión de que aquí están todos locos...

–El caso es que he puesto un anuncio, ¡tengo que entrevistar también a varias canguros!

–¿Qué es esto?, ¿«Factor X»?

–Sí..., ¡ojalá!

–¡Bueno, siempre puedes comprobar quién le canta mejor las canciones de cuna!

–Afortunados vosotros, que siempre tenéis ganas de bromear...

Enrico se arroja de nuevo sobre el sofá con las piernas abiertas y echa la cabeza hacia atrás. Flavio y Alex lo observan. A continuación, sus miradas se cruzan. Flavio se encoge de hombros. La verdad es que es muy difícil saber qué decirle a un amigo que sufre por amor. Está inmerso en su dolor, se siente acribillado por mil preguntas inútiles, y lo único que puedes hacer es brindarle tus respuestas personales, relativas, que en el fondo nada tienen que ver con su vida. Alex se sienta junto a él.

–Sólo quería que vieras el lado bueno...

—Es que no hay un lado bueno...

—¿Sabes lo que decía Friedrich Christoph Oetinger? «Que Dios me conceda serenidad para aceptar las cosas que no puedo cambiar, valor para cambiar las que puedo cambiar, y sabiduría para distinguir unas de otras.»

—Pareces Pietro con todas esas citas para justificar sus ansias de sexo...

—Con una única diferencia: ésta es útil y sólo sirve para hacerte reflexionar sobre la situación en que te encuentras.

—Pero ¿quién era ese Friedrich Cris Tinger? Nunca he oído ese nombre...

—Friedrich Christoph Oetinger, un padre espiritual.

—Entiendo. Gracias por el consejo, Alex, ¡pero en pocas palabras, me estás diciendo que debo meterme a cura!

—Bueno, esa frase se cita también en la película *El jardín de la alegría,* en la que personas de todas las edades fuman porros sin parar... En resumen, que en este mundo hay innumerables cosas; el único problema es el uso que hacemos de ellas.

Enrico sonríe.

—¿Sabes? A veces las palabras me encantan... Pero después me detengo y pienso: caramba, cuánto echo de menos a Camilla. Y entonces todos los pensamientos pierden su valor, incluso todas esas bonitas frases de ese padre espiritual tuyo... A mí sólo me viene a la mente una de Vasco: «El dolor de tripa lo tengo yo, no tú.»

Alex esboza una sonrisa. Es cierto, el dolor pertenece a quien lo experimenta y no hay palabra que baste para explicarlo o para hacer que el que sufre se sienta mejor. No puedo por menos que darle la razón.

Doce

Olly nota que Niki está rara.

—Eh, ¿qué pasa?

—¿Por qué lo dices?

—Tienes una cara...

—No, nada. Enrico se ha separado de su esposa.

Erica está preparando un batido para todas: fresas, plátanos, melocotones y leche. Apaga la batidora. Se queda pensativa por un instante.

—¿Cuál es Enrico? Ah, sí... No me gusta...

—¡Erica!

—Escuchad, chicas, estoy pasando un momento un poco así...

—¡Hace años que estás pasando un momento un poco así!

—Pero ¿qué dices? Empecé a salir con el tal Stefano, creía que era escritor y, en cambio, trabajaba tan sólo como lector para una editorial...

—Entiendo, pero ¿qué era más importante? ¿Su trabajo o cómo te hacía sentir y lo que representaba para ti?

—No lo sé, ¡en cierta manera me sentí estafada!

—¡Pero si te montaste una película tú sola con ese ordenador que habías encontrado, y pretendías que el que estaba al otro lado era tu príncipe azul!

—Pero ¿qué dices? ¡Si ni siquiera era un lector de novelas rosas!

—En cualquier caso, después del lector saliste con Sergio, el pintor, con Giancarlo, el médico, y con Francesco, el jugador... ¿Cómo es posible que con ninguno de ellos te haya ido bien y que no te hayan durado más de un mes?

Erica resopla. Enciende de nuevo la batidora. Acto seguido, alza la voz para que sus amigas puedan oírla por encima del estruendo que causa el aparato.

—Vale. Estaba experimentando. ¿Qué tiene de malo eso? Debéis reconocer que una sola historia no basta para entender lo que es el amor. Además, si es Olly quien lo hace, no hay problema, pero si, en cambio, soy yo...

—¿Y yo qué tengo que ver con eso? —Olly salta sobre el sofá, agarra un cojín y se lo lanza a Erica gritando—: ¡Además, a mí me duran más de unas cuantas horas! ¡Venga, dinos de quién se trata! ¡¿Es Osvaldo el domador?! ¡¿O Saverio el conductor?!

Niki sonríe.

—¡No, es Saverio el batidor! ¿Quieres apagar de una vez esa cosa?

—Muy bien..., tomadme el pelo si queréis. Se llama Giovanni y es dentista.

—Bueno, al menos puede sernos útil...

—A mí me parece que, en el fondo, sigues enamorada de Giò.

—Pero ¿qué dices?

—Siempre dices: «Pero ¿qué dices?» —Olly imita a Erica con voz de falsete—. Pero, en mi opinión —le guiña un ojo—, ¡en el fondo sabes que estoy diciendo la verdad!

—Estoy de acuerdo. Nunca has conseguido superar el hecho de que el chico de «A tres metros sobre el cielo», tu primera historia importante, no resistiese el paso del tiempo... Resígnate, es natural: una crece, cambia...

—De hecho, querida Olly, tengo la impresión de que tú creces demasiado de prisa. Tu Mauro, el fontanero, apenas te duró tres semanas.

—Incompatibilidad cultural.

—Ya. Y ahora estás con Giampi, te mueres de celos y os pasáis la vida riñendo.

—Incompatibilidad de caracteres.

—Me parece que lo que ocurre es que tú eres incompatible y punto.

—Pero ¿qué dices? ¡Esta vez te digo que funciona! He cambiado: antes tenía un novio cada semana, ahora llevo seis meses saliendo con Giampi. Erica siempre había estado con Giò y ahora cambia una vez cada semana.

—Cada dos...

—¡Pues vaya! —Diletta sonríe—. Antes de que me traigáis mala suerte, ¿puedo contaros cuál es mi situación? Mi relación es serena y tranquila, va viento en popa, por buen camino...

—¡Siempre que no resbales!

—¡Ay, ya habló la gafe!

—Perdona, pero todas nos hemos acostado al menos con otro hombre, además del que tenemos ahora. Puede que incluso con más...

Erica se encoge de hombros.

—Vamos, no nos andemos ahora con sutilezas...

—El primero con el que salí no la tenía precisamente sutil...

—¡Olly! ¡No seas ordinaria!

—Las cosas como son.

Niki sacude la cabeza.

—Bueno, yo hablaba en serio. Veamos, explícame una cosa, Diletta: tú ahora estás con Filippo, pero ¿piensas seguir toda la vida con él? Sólo con él... Quiero decir, ¿no piensas probar cómo es el sexo con otros hombres?

Diletta se encoge de hombros.

—Mi madre hizo eso mismo con mi padre...

Olly asiente.

—Ahora lo entiendo: ¡se trata de una enfermedad hereditaria!

Diletta no está de acuerdo.

—¡O una cualidad transmisible! ¿Por qué lo consideras algo negativo?

—Porque no se puede amar de una manera absoluta sin comparar. Erica lo ha dicho antes. ¡Es pura filosofía!

—Sí, filosofía del mercado. —Diletta se sienta en el sofá—. Sea como sea, es demasiado pronto para saberlo; quizá todas cambiaremos en los próximos años.

Erica llega con una bandeja y cuatro vasos grandes de batido.

—Aquí está, para que os dulcifiquéis un poco, víboras. ¡En cualquier caso, no estáis teniendo en justa consideración a Niki mientras habláis! Ella es todo un fenómeno, un milagro italiano... Bueno, exceptuando la fuga a la isla de la que ha regresado, Alex no ha vuelto con Elena, y no sólo eso... ¡Él y Niki siguen juntos!

—Ése es uno de los casos en los que una mujer debería tener huevos...

—¿Por qué?

—¡Para tocárselos y ahuyentar la mala suerte!

Las tres se echan a reír mientras Erica bebe su batido.

—Yo, que los observo desde fuera, los veo como una pareja feliz, mejor dicho, archifeliz, igual que todas ésas en las que existe cierta diferencia de edad como Melanie Griffith y Antonio Banderas, Joan Collins y Percy Gibson..., Demi Moore y Ashton Kutcher, Gwyneth Paltrow y Chris Martin... Tengo que reconocer que duran mucho... ¡Incluso se han casado!

—¡A propósito! —Olly, Diletta y Erica miran en ese momento a Niki, muertas de curiosidad.

—A propósito, ¿qué?

—No, digo... A propósito..., ¿ha salido el tema?

Niki la mira por un instante.

—¡¿Qué queréis saber?!

—¡Si es pronto para que riñamos entre nosotras para ver quién hará de testigo!

Niki arquea una ceja.

—Hemos hablado de tener hijos, pero no de boda.

—¿Por qué?

—¿Y yo qué sé? Ha surgido así. Ya sabes, dices algo mientras conversas... ¡Nos gustaría tener cuatro, dos chicos y dos chicas!

—¡Caray! Estáis locos...

Erica rompe a reír.

—Cuatro... Me parece una locura. Yo me olvidaría hasta de los nombres. ¡La cena se enfriaría mientras los llamo para que se sienten a la mesa!

—Perdonad, pero si uno sueña, vale más hacerlo a lo grande, ¿no?

Siempre hay tiempo para hacer reajustes. En cualquier caso, en cuanto tenga noticias al respecto os lo comunicaré. Ah, a propósito: hoy,
en la universidad, he conocido a uno que no está nada mal...

—¡Niki!

—Bueno, en realidad no lo he conocido porque le he dicho que
este año me habían presentado ya a demasiada gente.

—¡Ja, ja! ¡Ésa sí que es buena! ¡Eres un genio, Niki!

—De eso nada..., la frase la he robado de *Charada,* esa bonita película de Audrey Hepburn y Cary Grant.

—¡Lástima, creía que era tuya!

—Es cierto; ahora que lo pienso, podría hacerla pasar por mía.

—¡Nada te lo impide!

—Te equivocas... —Diletta sonríe—. Quizá todo el mundo conozca
esa película o se acuerde de esa frase.

—Él, sin embargo, no la recordaba.

Olly se pone seria.

—Pero bueno, Niki, ¿estás poniendo en peligro tu relación con
Alex y el feliz proyecto de tener cuatro hijos por un tipo a quien ni siquiera has querido conocer?

—¿Estáis locas? Mi intención era proponerlo para vosotras. Si a ti,
Olly, te molesta sentir celos de Giampi; si tú, Diletta, quieres, justamente, experimentar algo fuera de tu «amor absoluto», y si, sobre
todo tú, Erica, como de costumbre, después de una semana...

—¡Dos!

—Está bien, si después de dos semanas, rompes con el dentista recién llegado... ¡Bueno, pues ahora tenéis a un hombre de recambio!

—Ya... Algunos tienen una rueda, ¡y nosotras tenemos un hombre
de repuesto!

—Os advierto que no está nada mal.

—¡Ves cómo te gusta!

—¡Lo digo por vosotras!

—Sí, sí, claro... —y siguen riéndose y bromeando, bebiendo el delicioso batido que acaba de prepararles Erica, mirándose a los ojos, sin
sombras o dudas.

—No obstante, ¿sabéis lo que os digo?... Que lo he pensado mejor.

No habéis sabido apreciar mi gesto..., ¡así que no os prestaré a mi hombrecito de repuesto! ¡Me gusta demasiado!

Y las Olas se tiran a la vez sobre el sofá.

—Socorro... Estáis locas... Bromeaba...

—¡No, no, tú estás hablando en serio!

Hay frases que se dicen a la ligera, pese a que son más ciertas de lo que parece. Las Olas siguen jugando, se empujan, se arrojan cojines, se placan como en el rugby, se beben el batido antes de que se desparrame por todas partes, sobre la ropa y el sofá. Amigas. Desde siempre. Como siempre. La amistad es un hilo sutil e indestructible que atraviesa la vida y todos sus cambios.

Trece

Alex y Flavio salen de casa de Enrico. Flavio se ha cambiado, viste de nuevo un par de vaqueros y se está poniendo bien el suéter.

—Pobre Enrico... Lo siento mucho por él. Todavía recuerdo su boda; era el hombre más feliz del mundo. ¿Cuánto tiempo hace que se casó?

—Seis años. Ni siquiera ha llegado a la crisis del séptimo, pero aun así ha durado demasiado. Hay algunos que resisten un año, seis meses... Por no hablar de la gente del mundo del espectáculo. ¿Recuerdas esa historia de hace algunos años? Esa actriz..., ¿cómo se llamaba? Ah, sí, Claudia Pandolfi. Pues bien, los superó a todos: se casó y se separó a los setenta y cinco días...

—Sí, pero te olvidas del mito de Paul Newman, que siempre estuvo casado con la misma mujer, y ambos vivieron felices y enamorados. Es suya la famosa frase que dice: «¿Por qué debería comer una hamburguesa en cualquier sitio cuando en casa me espera un sano y delicioso filete?».

—Explícaselo a Pietro... ¡Ése se contenta incluso con un perrito caliente frío con tal de comer fuera de casa!

Flavio se detiene en el patio y abre la bolsa de deporte.

—¿Qué haces?

—Nada... —Coge la camiseta y el albornoz, abre la bomba del agua y moja las prendas.

—Pero si están limpios...

—Precisamente, a ver quién le explica a Cristina por qué no hemos jugado...

—Chicos, sois unos paranoicos...

—La prudencia nunca está de más... Y ya sabes que incluso el más limpio...

—¿Qué quieres decir?

—Que nuestras respectivas esposas jamás se creerán que no hemos ido a jugar para consolar a Enrico... ¡De manera que es mejor que hayamos jugado!

Alex se encamina hacia el coche.

—Me he quedado de piedra.

Flavio se acerca a él sin perder un segundo.

—En ese caso, ¿puedo decirte algo, Alex? Te lo digo por experiencia: ellas no deben tener jamás la menor sombra de duda; de lo contrario, será el fin. Tienes que demostrar seguridad.

—¿Incluso cuando ya estás casado?

—¡Por supuesto! ¡Sobre todo entonces! ¿Te das cuenta de cómo lo has dicho? Incluso cuando *ya* estás casado... ¡Pero es que todo empieza ahí!

—No, escucha, lo que quería decir es que si has llegado a tomar la decisión de casarte con ella es porque has encontrado a la mujer adecuada, ella era la que buscabas. Ya no puede haber tensión entre vosotros, sino sólo armonía, complicidad, confianza... En fin, como un equipo ganador. ¡Y debería ser siempre así!

—¡Eso es, has dicho la frase justa! —Flavio entra en su coche—. Debería ser así... Pero ¿lo es? Antes te ha llamado Niki y su móvil funcionaba. Pero ¿ahora? ¿Funcionará o lo tendrá apagado? ¿Tienes confianza en ella? ¿Estará de verdad en casa de sus amigas? ¿Y con ellas? O haces como yo, que jamás he tenido la menor duda sobre Cristina, vivo sin sentir celos y hasta creo que ella aprecia mi confianza ilimitada..., o dentro de diez minutos haces una prueba y llamas a Niki. Y no sólo para oír su voz. Eso sólo puedes saberlo tú. —Flavio sonríe ampliamente y cierra la puerta. Pone en marcha el coche y baja la ventanilla—. Sólo tú. Tú y nadie más. Confianza o celos..., ¡ése es el dilema! —y se aleja dejándolo así, solo, en medio de la calle.

Alex no ve la hora de que Flavio doble la esquina. Saca de inmediato el móvil de su bolsillo y teclea el número. Permanece por un instante en silencio, conteniendo el aliento y también los latidos de su corazón, porque teme que el teléfono de Niki esté apagado.

Por fin oye la señal. «Tuuu... Tuuu...» Alex sonríe. Está libre. Encendido. ¿Y ahora? Ahora contestará..., ¿verdad?

Catorce

Niki sigue en casa de Olly, riéndose y bromeando con sus amigas.

—¡Parad, antes me habéis tirado el batido por encima! ¡Ay..., vamos!

—¡Pero si no es nada, está frío, así que te hará bien en las piernas!

—¡De eso nada, me las mancha!

—¿Y quién te va a ver?... Sólo Alex, ¿me equivoco?

—No lo sé...

—¿Ah, no? —y se abalanzan de nuevo sobre ella y empiezan a hacerle cosquillas.

—No, os lo ruego, cosquillas no, no me encuentro bien. He comido. Socorro, ¡basta o vomitaré encima de vosotras! Os juro que lo haré...

—¡En ese caso, dinos de inmediato el nombre de ese tío tan bueno que has conocido!

Niki se ríe y forcejea bajo sus manos, que siguen haciéndole cosquillas.

—Socorro, ay, basta, os juro que no me acuerdo...

Luego consigue escabullirse por debajo, resbala del sofá y escapa hasta que se detiene junto a su bolso.

Justo en ese momento oye el móvil, que había puesto en modo de vibración. Es Alex, que prueba a llamarla. Una, dos, tres llamadas. Niki busca el teléfono en el bolso, lo encuentra y responde en el último momento.

—¡Por fin! Pero ¿qué sucede? ¿Por qué no contestabas? —Es obvio que Alex está agitado.

Niki mira a sus amigas por un instante y se le ocurre una idea.

–Ah, hola... ¿Cómo estás? ¡Qué sorpresa! –Acto seguido tapa el micrófono con la mano y se dirige a sus amigas–: Es él, es él. ¡No me lo puedo creer! –salta en el sitio con una alegría incontenible.

–Nosotras tampoco –susurra Olly acercándose a ella.

Todas la rodean de inmediato, se pegan a ella aproximando la oreja al móvil para escuchar la voz y, sobre todo, lo que dirá el nuevo.

Alex mira boquiabierto el teléfono.

–¡Qué sorpresa ni que ocho cuartos! ¡Pero si acabamos de hablar!

Niki entiende que sus amigas están a punto de reconocerlo y se aparta de repente del grupo.

–Bueno, pero para mí es una sorpresa oírte de nuevo... ¿Sabes que hoy estás encantador?

–¿Hoy? ¿Y cuándo nos hemos visto? Pero si cuando me despedí de ti todavía iba en pijama...

–Por eso mismo, estabas perfecto así..., con ese pijama...

Alex cada vez entiende menos lo que está ocurriendo.

–¿Qué te pasa, Niki? ¿Has bebido? –Un instante después, Niki ya no puede mantenerse alejada de las Olas, que al final logran inmovilizarla. Trata de no soltar el móvil, lo cubre con la mano–. No, vamos, quietas, es mío, es mío...

Alex oye todo el revuelo.

–¿Qué es tuyo? ¿Niki?

Olly le arrebata el Nokia mientras Alex intenta entender algo.

–¿Hola? ¿Hola?... ¿Niki? Pero ¿qué pasa?

Olly escucha por el móvil.

–No, quieta, devuélvemelo... ¡Devuélvemelo! –Niki forcejea mientras Erica y Diletta la sujetan, tratando de recuperar el móvil.

Pero Olly lo ha reconocido ya.

–¡Hola, Alex!

–¿Quién es? ¿Olly?

–¡Claro! Soy yo... ¿Cómo estás?

–De maravilla, pero ¿se puede saber qué le pasa a Niki?

Olly mira a la prisionera de las Olas.

–Ha tenido que ir corriendo al baño. Hacía ya una hora que se estaba haciendo pipí... Hemos bebido unos batidos, tisanas..., ya sabes cómo son esas cosas... Ah, aquí está, ya ha vuelto, te la paso.

Las Olas la liberan.

—¿Hola?

Alex sigue patidifuso en medio de la calle.

—Niki, pero ¿qué pasa? ¿Qué sucede?

—Te lo acaba de decir Olly, ¿no? Tenía que hacer pipí, ¡no podía aguantarme más!

—Perdona, pero... ¿no podías llevarme al cuarto de baño contigo?

—¿A hacer pipí? ¿Mientras hablamos por el móvil? ¡Guarro! Con el mío también pueden hacerse videollamadas, ya lo sabes... Querías espiarme, ¿eh?

—¿Yo? Estáis locas. Bueno, me voy a casa. ¿Hablamos luego?

—De acuerdo, cuando llegue a casa te llamo. —Niki cuelga.

Erica la mira sorprendida.

—Eh, pero ¿cuántas veces habláis por teléfono al día?

—Muchas... Muchísimas, cada vez que nos apetece.

—Peor que Giò y yo.

—¡Sólo espero que a nosotros nos vaya mejor! ¡Sin ánimo de ofender, ¿eh?!

—Estaba segura de que no era ese tipo.

Olly se encoge de hombros, divertida.

—Y yo también.

—Pero ¿qué estáis diciendo? El hecho de que quisieseis oír su voz demuestra que no lo teníais tan claro. Sois unas mentirosas...

Diletta se sienta en el sofá.

—Yo estaba convencida de que era Alex.

—¿Por qué?

—No sé, era una sensación... Tú no serías capaz de dejarlo de buenas a primeras y empezar a salir con otro.

Niki se hace de rogar.

—¿Cómo puedes estar tan segura? La gente cambia, vosotras mismas lo habéis dicho. Además, nunca se sabe. ¡Claro que tú también, Olly, podrías haberte inventado algo mejor, no hay quien se trague la historia de las ganas irreprimibles de orinar!

—Pero él se lo ha creído...

—Digamos que ha preferido creérselo...

—¡Erica!

—Tengo la impresión de que a veces los hombres saben de sobra lo que pasa y disimulan, no quieren aceptar la realidad. Mirad si no lo de Giò: piensa que cuando rompimos yo tuve una historia, pero lo cierto es que jamás he salido con nadie.

—Imagínate si supiese la verdad.

—¡No se lo creería!

—Sí... Estoy de acuerdo...

—Creo que lo dejarías tan destrozado que optaría por pasarse a la acera de enfrente.

—¡Olly!

—¡Claro que sí! Si un hombre descubre que su mujer ha cambiado hasta ese punto, a buen seguro empezará a rechazar de plano al sexo femenino en general. Además, yo no tengo nada contra los homosexuales, al contrario...

—¿Qué quieres decir?

—¡Esta noche os he invitado para celebrar algo! ¡Me han aceptado para hacer unas prácticas con un diseñador! ¡Y ésos son todos homosexuales!

—¡Genial!

—¿Que sean homosexuales?

—No, ¡las prácticas!

—Sí, estoy muy feliz.

—¡Fantástico! Felicidades...

Olly se precipita a la cocina, coge una tarta blanca y rosa llena de copos de azúcar, con las siguientes palabras escritas encima con signos de exclamación: «En prácticas... ¡Sin riesgos!», y la coloca en el centro de la mesa de la sala.

Todas se acercan.

—¿Qué significa?

—Que no correré la suerte de la Lewinsky... ¡Ya te lo he dicho! ¡Mi jefe es marica!

—¡Eres demasiado, Olly!

—¡Soy demasiado feliz! Al menos ganaré un poco de dinero y no dependeré exclusivamente de mi madre...

—¡Pero si esta casa se la debes sobre todo a ella!

—¡Claro! A ver quién podría permitírsela, si no...

—Míranos a nosotras, vivimos en casa de nuestros padres, seremos unas niñatas el resto de nuestras vidas...

—No, hay una forma de evitarlo —Olly pasa el primer trozo de tarta. Erica lo coge.

—Sí, claro, que nos adopte tu madre y que nos financie.

—Siempre podéis casaros.

—¡Qué triste!

—¿Casarse?

Niki se apodera del segundo pedazo.

—No, quiero decir hacerlo con la única intención de salir de casa...

—No sabes cuánta gente lo hace sólo por eso... —A Diletta le corresponde el último.

—De acuerdo, pero debe seguir siendo un sueño... Si se convierte en un mero trámite, ¿qué gracia tiene?

—Sí, tienes razón.

Y esta vez todas están de acuerdo, al menos en eso. Y se comen la tarta hecha con nata y cubierta de unos ligeros copos rosas de azúcar, risueñas, pensativas y en silencio, exclamando de vez en cuando: «Mmm... ¡Qué rica!»

—Sí... Otro kilo más... Todo aquí...

Con la alegría en los ojos, el futuro incierto, pero con mucha dulzura en la boca y todas con ese pequeño gran sueño en el corazón. Una casa propia donde sentirse libres y protegidas. Una casa que decorar, construir e inventar. Una manera de sentirse aún más mayores.

Quince

Noche ciudadana. Noche de personas que se adormecen y de otras que no lo consiguen. Noche de pensamientos ligeros que mecen el sueño. Noche de miedos y de incertidumbres que lo hacen desaparecer. «Noche de pensamientos y de amores para abrir estos brazos a nuevos mundos», como canta Michele Zarrillo.

Un poco más tarde, Niki, divertida y satisfecha, se mete en la cama y manda un sms a Alex: «Hola, amor mío, acabo de volver a casa y me voy a la cama. Te echo de menos.»

Alex sonríe al leerlo y le contesta: «Yo también te echo de menos... Siempre. Eres mi sol nocturno, mi luna de día, mi mejor sonrisa. Te quiero.»

Y todo parece sereno. Una ligera brisa nocturna, alguna que otra nube parece deslizarse sobre esa alfombra azul. Y, sin embargo, la noche no es en modo alguno tranquila.

Más lejos. En otra casa. Alguien no consigue conciliar el sueño.

Enrico camina arriba y abajo por la sala, después entra sigilosamente en el dormitorio de la niña, la mira preocupado en la penumbra, una cara menuda oculta por una sábana, una respiración ligera, tan ligera que Enrico debe acercarse a ella para poder oírla. Y respira profundamente, su fragancia delicada, su olor a recién nacido, esa frescura, el encanto que transmiten esas manos tan minúsculas, tan inciertas, abiertas, aferradas al pequeño almohadón, a su nuevo y personalísimo nuevo mundo, y después, dulcemente, otra vez cerradas, pero expresando en todo momento una serenidad increíble. Enrico inspira profundamente y a continuación sale del cuarto dejando un pequeño resquicio de luz. Reforzado, revigorizado por su criatura, que es sólo suya, el milagro de la vida. Por un instante su mente se desplaza a toda velocidad a través de los mares, las montañas, otros países, ríos, lagos, y de nuevo la tierra para llegar allí, a esa playa. Y se imagina a Camilla caminando bajo la luz del sol por esa arena, a orillas del mar, con un pareo atado a la cintura, riéndose, bromeando y charlando con el tipo que la acompaña. Pero sólo la ve a ella, nada más, su sonrisa, sus carcajadas, sus bonitos dientes blancos, su piel ya ligeramente morena, y siente que casi se acerca a ella, que la acaricia y que hacen el amor por última vez. Como si fuese Denzel Washington en *Déjà vu* con aquella guapísima mujer de color. Luego Enrico la ve entrar en el *bungalow* y él se queda fuera. Solo, abandonado, intruso, fuera de lugar, indeseado, de más. Mientras tanto, otro entra en su lugar, sonriendo, y cierra la puerta. Y él debe limitarse a mirar desde lejos, a imaginar, y sufre al recordar el deseo, la pasión, el sabor de sus besos, la excitación que sentía cuando la desnudaba, sus vestidos elegantes, su modo de agitar el pelo, de quitarse las medias, de echarse sobre la cama, de acariciarse... Y el sufrimiento se hace enorme y se transforma en rabia, y nota en silencio sus ojos empañados y un vacío enorme en su interior. Sufre, pero antes de que caiga la primera lágrima, se acerca al ordenador. Y la calma vuelve lentamente, de forma difusa, como esa luz que ilumina la pantalla. Inspira profundamente. Otra vez. De nuevo. Y el dolor se aplaca poco a poco. Un pensamiento ligero que se aleja como una gaviota volando a ras de las olas maldivas. Siente una amarga certeza: creces, experimentas, aprendes, crees saber cómo funcionan las cosas, estás convencido de haber encontrado la clave que te permitirá entender y enfrentarte a todo. Pero después, cuando menos te lo esperas, cuando el equilibrio parece perfecto, cuando crees haber dado todas las respuestas o, al menos, la mayor parte de ellas, surge una nueva adivinanza. Y no sabes qué responder. Te pilla por sorpresa. Lo único que consigues entender es que el amor no te pertenece, que es ese mágico momento en que dos personas deciden a la vez vivir, saborear a fondo las cosas, soñando, cantando en el alma, sintiéndose ligeras y únicas. Sin posibilidad de razonar demasiado. Hasta que ambas lo deseen. Hasta que una de las dos se marche. Y no habrá manera, hechos o palabras que puedan hacer entrar en razón al otro. Porque el amor no responde a razones... Enrico mira a la persona que ya no está ahí. Ahora sólo puede admirar a esa gaviota. Roza el agua, las olas, y da la impresión de que, cuando planea sobre el mar, escribe la palabra «fin».

Enrico exhala un último suspiro, entra en Google, teclea esa palabra y después hace clic en «buscar». En la pantalla aparece de improviso la única y auténtica solución posible a ese momento: canguro.

Olly acaba de lavar los platos en los que han comido la tarta sus amigas las Olas. Los mete en la pila y deja correr el agua. Recoge las cuatro cucharillas y las mete en un vaso; después vuelve a la sala a recuperar los restos de la tarta. Qué risa, se la han comido cortándola justo por la mitad, de forma que el significado de la frase que había escrita encima ha cambiado. ¿Será una broma del destino o el desesperado intento de las Olas por hacer un poco de dieta? El hecho es que el «sin» ha desaparecido, y Olly mete la tarta en la nevera experimentando un extraño presentimiento, casi una amenaza, el peligro que sugieren las letras que sobresalen en medio de toda esa dulzura dejando un pensamiento amargo: «En prácticas... riesgos!»

Son las dos de la madrugada. Pietro sale sigilosamente del portal. Intenta ocultar su cara, como si se tratara de un ladrón que acaba de desvalijar un piso. Aunque, en realidad, son dos los que han dado el golpe después de reconocer que no son capaces de vivir exclusivamente con lo que tienen. Quieren más, quieren algo distinto. Quieren lo que no tienen y se lo roban el uno al otro.

Pietro entra en el coche, lo pone en marcha y arranca a toda velocidad en medio de la noche. Da la impresión de que ahora se siente casi satisfecho, exhala un largo suspiro. También esta vez las cosas han salido rodadas, piensa, como si se tratara de un extraño campeonato, un torneo ridículo donde el primero y el último son una única persona, dado que en en la competición sólo participa ella y, por tanto, no se enfrenta a nadie.

Erica entra a hurtadillas en su casa. Contempla la sala. Mierda, lo que me faltaba. Siempre sucede lo mismo. Mi padre ha vuelto a dormirse delante de la televisión. Pasa por delante de él tratando de hacer el menor ruido posible y se dirige hacia el dormitorio, pero después cambia de opinión y regresa a la sala.

Es irremediable, la curiosidad supera al riesgo. Se acerca a la agenda que hay sobre la mesita, justo en la esquina más próxima al sofá donde duerme su padre. Veamos quién me ha llamado. Casi lo susurra para sus adentros: «Para Erica: Silvio, Giorgio y Dario.» Qué coñazo... Ninguno de los que me interesan.

Rrrrr. El fuerte ruido la sobresalta. Su padre ha emitido una especie de ronquido repentino, un gruñido nocturno; en fin, que le ha dado un buen susto. Erica alza el brazo al cielo como si pretendiese mandarlo a hacer puñetas, pero después sonríe, escucha su corazón con la mano apoyada en su pecho y nota que late a toda velocidad. Sacude la cabeza y se encamina hacia su dormitorio. No puede apagar la tele porque la última vez que lo hizo su padre se despertó de golpe, estuvo a punto de darle un patatús, y se levantó del sofá de un salto. El repentino silencio que se produjo al apagar el televisor había sido como un ruido absurdo para alguien que dormía a pierna suelta en medio de todo aquel estruendo.

Erica cierra la puerta de la sala, ahora avanza más rápidamente por el pasillo, dado que su madre duerme profundamente, entra en su cuarto y se desnuda en un tiempo récord. Camiseta, zapatos, pantalones cortos y cinturón. Es una hacha. Conseguiría desprenderse de cualquier cosa en la oscuridad, incluso aunque estuviera llena de botones. Lo arroja todo sobre el sillón. A oscuras, sin embargo, la puntería no puede ser muy buena, de manera que la camiseta acaba en el suelo. Lo notará a la mañana siguiente. Lo importante es que le dé tiempo de colocarlo todo en su sitio antes de que alguien entre en la habitación. Va en seguida al cuarto de baño, se lava los dientes, se pasa el cepillo por el pelo, se enjuaga la cara rápidamente y se pone el pijama.

Antes de meterse en la cama coge el móvil para cargarlo. No tiene ningún mensaje. Ningún sobrecito parpadeante. Ninguna novedad. Uf. Escribe a toda velocidad: «¿Estás ahí?» Y se lo manda a Giò. Espera un minuto. Dos. Al final se encoge de hombros. Da igual, se habrá dormido ya. Después Erica sonríe. Quizá esté soñando conmigo. Y con esa última idea en la cabeza, llena de confianza, se desliza bajo las sábanas y se adormece feliz. No piensa que cuando has dejado de querer a una persona no debes mantenerla ligada a ti por el mero hecho de que te da seguridad y te hace sentir importante. El coste de la independencia es la libertad, y ésta sólo puede ser total cuando uno es honesto consigo mismo y con las personas a las que ha amado.

Alex se revuelve inquieto en la cama. Suda ligeramente. Tiene una pesadilla. Se despierta sobresaltado. Mira de inmediato el reloj. Las seis y cuarenta. Bebe un vaso de agua y, por primera vez en mucho tiempo, recuerda el sueño que acaba de tener. Por lo general, los olvida siempre. Esta vez, en cambio, se acuerda de todos los detalles. Está en un tribunal. Todos los abogados van tocados con pelucas blancas y vestidos con largas togas y birretes negros. Cuando se vuelve, de improviso ve que sus abogados defensores no son sino sus amigos Pietro, Enrico y Flavio, mientras que los de la otra parte, los de la acusación, son sus esposas: Susanna, Camilla y Cristina. Tienen la cara empolvada de blanco. El jurado lo componen las amigas de Niki: Olly, Erica y Diletta, con sus respectivos novios, los padres de Niki, ¡y los suyos propios! Y luego, de repente, oye una voz: «En pie, va a entrar la jueza.» En el centro de la sala, detrás de una gran mesa de madera, hay un sillón enorme de piel donde se sienta ella, la jueza: Niki. Está guapísima, pero parece más mujer, más adulta, da la impresión de que ha crecido. Está serena. Da unos fuertes golpes con el mazo sobre la mesa.

—Silencio. Declaro al imputado... culpable.

Alex se queda petrificado, desconcertado, y se vuelve, mira alrededor, pero todos asienten con un movimiento de cabeza. Él, en cambio, busca una explicación.

—Pero ¿por qué? ¿Qué he hecho?...

—Qué no has hecho... —Pietro le sonríe asintiendo con la cabeza y a continuación le guiña un ojo—. Nosotros te consideramos inocente.

Justo en ese momento se ha despertado.

Alex camina por la casa, son ya las siete y veinte. Reflexiona sobre el sueño sin lograr entenderlo, de manera que se acerca al ordenador. ¿Qué reuniones tenemos hoy? Abre la página de las citas. Ah sí, *briefing* a las doce, pero no es muy importante, y por la tarde el control de esos diseños... En ese instante, como por arte de magia, se da cuenta de que Niki no ha cerrado su página de Facebook. Lo decide en un instante, en un momento que parece eterno, envuelto en un silencio hechizado, casi suspendido. Sí, siento curiosidad. Quiero saber. De manera que, repentinamente débil, ávido, mezquino, hace clic y, plop, se le abre un mundo. Una serie de chicos de los que nunca ha oído hablar y a quienes no conoce, y todos sus mensajes en el muro.

«¡Eh, guapa! ¿Qué haces?, ¿sales? ¿Cuándo nos vemos? ¿Sabes que eres un auténtico bombón? ¿De verdad tienes novio o es sólo una tapadera?» Giorgio, Giovanni, Francesco y Alfio. Los nombres más absurdos, los comentarios más absurdos y las fotografías aún más absurdas. Unos tipos con gafas de espejo, cadena de oro, camiseta blanca, vaqueros ajustados, cazadora de piel, unos cinturones con unas hebillas enormes y unos músculos prominentes. Otros con el pelo largo y escalonado, con un mechón sobre los ojos, delgados, y con unas camisas ajustadas estilo roquero. Alguno que otro más intelectual, con gafitas y cara anónima. Pero ¿quién es toda esta gente, quiénes son, qué quieren y, sobre todo, qué hacen en el espacio de Niki? Dan miedo, muerden en lugar de cortejar. Alex palidece, vuelve a verse en esa sala con los abogados amigos y enemigos que asienten como antes. Y de repente comprende el sueño. ¡Culpable! Sí, culpable de haberla dejado escapar.

Dieciséis

Alex desayuna, se afeita, se ducha, se viste, y en un abrir y cerrar de ojos se encuentra en el coche. No puede ser... Tú, con treinta y siete años cumplidos, y vuelves a hacer esto... No, no puede ser. Pero después oye un eco lejano, una frase que ha oído ya: «Pero Alex, el amor no tiene edad...» Es cierto; sonríe: es justo así. Luego su sonrisa se hace más cauta. Es cierto, no tiene edad. Para bien y para mal.

Suena el timbre. Enrico mira el reloj. Bien. Han llegado. Va a abrir. En el rellano hay una fila de chicas esperando. De aspecto y estilos completamente diferentes. Una rubia con muchas trencitas y un pantalón de peto vaquero. Otra con una gorra con el ala azul y un vestidito de flores. Otra está leyendo un libro y lleva unos auriculares en las orejas. Enrico las cuenta rápidamente. Deben de ser unas diez. Bien. Su anuncio ha tenido resonancia.

La primera chica de la fila, la que ha llamado al timbre, lo saluda:

—Hola, ¿es aquí?

—¡Buenos días! Sí... —responde Enrico mirándola. Viste un par de vaqueros de dos colores, modelo *skinny*, de cintura alta, y una camiseta ligera de manga larga, negra y completamente transparente que deja entrever el sujetador.

—Bien... —le sonríe masticando chicle—. Estoy lista.

—Entra..., por favor.

La chica pasa por su lado y se detiene en medio de la sala.

—¿Dónde me pongo?

Enrico saluda a las otras chicas que se encuentran en el rellano y les dice que las llamará en seguida. Acto seguido cierra la puerta.

—Bueno, ahí está bien, junto a la mesita, estaremos más cómodos.

—Pero yo sentada no puedo...

Enrico la mira asombrado.

—Perdona, pero ¿a qué te refieres? En cualquier caso, si lo prefieres puedes quedarte de pie; vale, hablaremos de pie.

La chica lo escruta y esboza una sonrisa.

—Bien. Veamos, me llamo Rachele, tengo veinte años y canto desde que tenía seis.

Enrico la escucha. Se rasca levemente la frente.

—¿Ah sí? Bien... A Ingrid le gustan las canciones.

Rachele lo mira.

—¿Ingrid? ¿Quién es? ¿Otra examinadora?

Enrico se echa a reír.

—Bueno, la verdad es que debería elegir ella, sólo que no puede... Es mejor que lo haga yo.

—Ah..., pues bien, lo que más me gusta es el pop. Y me sé todas las canciones de Elisa y de Gianna Nannini.

Enrico la mira con mayor atención. Por lo visto, ésta se concentra en el repertorio musical. Se ve que a los críos los entretiene así.

—Bien, ¿tienes mucha experiencia con los niños?

—¿Te refieres a los coros?

Enrico arquea las cejas.

—No, quiero decir con los niños. ¿Te las arreglas?

Rachele parece pasmada.

—¿Puedes explicarme qué tipo de espectátulo pretendes montar?

—¿Espectáculo? —Enrico la mira estupefacto.

—Sí, la prueba. ¿Para qué espectáculo nos estás seleccionando?

—Aquí el único espectáculo es mi hija Ingrid.

—¿Tu hija? ¿Ingrid? Perdona, pero...

—¿Se puede saber por qué has venido, Rachele?

—¿Cómo que por qué? ¡Para hacer una prueba como cantante!

Enrico la mira y suelta una carcajada.

—¿Cantante? ¡Pero si yo estoy buscando una canguro!

Rachele coge bruscamente su bolso, lo abre y saca un periódico.

—No..., me he equivocado. ¡Qué coñazo!

—¡Pese a todo, la idea de tener una canguro que canta no está nada mal! —dice Enrico.

—Bueno, pero caramba...

Enrico se percata de su decepción.

—Venga, ya verás cómo lo consigues... la próxima vez —y hace ademán de acompañarla a la puerta.

La abre, pero cuando está a punto de salir, Rachele se vuelve.

—¿Por casualidad no conocerás a alguien que busque una cantante?

Enrico la mira negando con la cabeza. Rachele hace una mueca y se aleja.

—En fin...

—Hola, ¿quién es la próxima?

—¡Yo!

Una chica con el pelo corto y pelirrojo se precipita en dirección al salón. Enrico vuelve a cerrar la puerta.

—Buenas tardes, me llamo Katiuscia y me he permitido preparar una cosa... —Saca de su mochila dos folios doblados y los abre. Los mira con aire grave y carraspea—. Veamos, se me ha ocurrido que quizá el mejor papel sea el de Scarlett Johansson en *Diario de una niñera*, ¿no? Cuando interpreta a Annie Braddock, la joven licenciada que nunca encuentra trabajo y después se convierte en la niñera de Grayer, cuya madre está forrada y completamente volcada en su carrera... Ésta es la escena de cuando están juntos, ella y el niño, puedo representarla aquí, de pie... —Katiuscia habla a toda velocidad y se dispone a recitar algo.

Enrico la interrumpe:

—No, no, espera, espera... Pero ¿qué haces? No tienes que representar nada para demostrarme si vales para el puesto o no.

—¿Cómo que no? ¿Y cómo se supone que puedes saberlo, si no?

—Te haré una entrevista, eso es todo... ¿Qué horarios puedes hacer? Porque yo necesito a alguien que esté con Ingrid casi hasta las siete de la tarde..., en fin, que sea un poco flexible.

—Perdona, pero... ¿ésta no es la prueba para el papel de niñera en una película?

Enrico apenas puede dar crédito. Pero ¿qué clase de gente ha ido a su casa? Nadie ha entendido una palabra.

—No, escucha, yo sólo estoy buscando una canguro para mi hija...

—Joder, pues podrías haberlo escrito, ¿no?

—¡Y lo he hecho! ¡En el periódico!

—¡De eso nada, deberías haberlo explicado mejor!

Es increíble. Enrico decide cortar por lo sano.

—Vale, vale. Venga, no pasa nada...

—Puede que para ti no, pero yo me he pasado la noche preparando el papel. —Katiuscia coge la mochila, se arregla la ropa y hace ademán de marcharse—. No deberías tomarle el pelo a la gente de esta manera. —A continuación sale dando un portazo a sus espaldas.

Enrico la sigue. Vuelve a abrir la puerta y la ve desaparecer hecha un basilisco. Enrico abre los brazos.

—Veamos, ¿a quién le toca ahora?

Y una tras otra entrevista a todas las chicas. Habla. Pregunta. Al menos, éstas lo han entendido. ¡Son canguros de verdad! Algunas parecen convencerlo; otras, no tanto. Va a buscar a Ingrid, intenta ver cómo se relaciona con las aspirantes a canguro, piensa, sopesa, hace alguna que otra pregunta más. A todas les dice: «Te llamaré.» Y cuando acompaña a la última a la puerta y ella se despide de él y se aleja dándole las gracias, Enrico ve a una chica que en ese momento pasa por el rellano. Lleva en las manos dos bolsas de la compra de tela verde y una mochila a la espalda. Escucha música con unos auriculares.

—Ah, bien, eres la última. Entra, por favor... —hace un ademán con el brazo para indicarle que entre en la casa.

La chica es rubia, con el pelo liso peinado hacia atrás y sujeto por una pequeña diadema azul, viste unos pantalones blancos y un suéter azul; nota el gesto pero no lo oye. Lo mira un poco sorprendida. Se detiene, deja las bolsas en el suelo y se quita uno de los auriculares.

—¿Estás hablando conmigo?

—Claro, ¿con quién si no? Eres la última de hoy... Venga, pasa.

Ella hace una pequeña mueca. Luego se quita el otro auricular.

Comprueba su reloj. Escruta por unos instantes delante de ella como si tratara de divisar algo o a alguien al fondo del rellano.

—La verdad es que yo...

—¿Yo, qué? Se ha hecho un poco tarde, pero todavía tenemos tiempo. Tengo que ir al despacho, de manera que si no lo hacemos ahora tendremos que dejarlo para mañana. Entra, no tardaremos nada.

La chica parece cada vez más sorprendida por la situación. Pero ¿qué quiere ese tipo? Aunque la verdad es que tiene una cara simpática, parece agradable. Me muero de curiosidad. Sólo que, a decir verdad, en el fondo ni siquiera lo conozco. No debería estar aquí perdiendo tiempo. Al final, sin embargo, la curiosidad puede con ella. Esboza una sonrisa. Coge las dos bolsas del suelo.

—¿Has hecho la compra?

—Sí, ¿por qué?

—No, por nada...

Enrico sacude la cabeza y reflexiona durante unos minutos. Es cierto, ella tiene razón, ¿qué tiene de malo? Al contrario, hasta parece una chica más práctica que las demás, va a hacer una entrevista y aun así aprovecha bien el tiempo.

—Pasa, por favor... —Enrico la guía al interior del piso.

La chica lo sigue todavía vacilante. Entra, mira alrededor. Ve una serie de cosas tiradas de cualquier manera sobre el sofá, zapatillas de andar por casa boca abajo y un póster colgado de la pared. Una fotografía. Representa a un hombre que abraza a un recién nacido con una camiseta rosa y un chupete. Una niña, entonces. Reconoce al tipo de la foto, es el mismo que la ha invitado a entrar.

—Puedes sentarte ahí. Veamos, ¿cómo te llamas?

La chica vuelve a dejar las bolsas en el suelo y se sienta.

—Anna.

—Encantado, yo, supongo que ya lo sabes, me llamo Enrico..., papá Enrico... —Se ríe un poco cohibido.

Anna lo mira. La verdad es que no sabía que te llamaras Enrico. Ni tampoco que fueras padre. Sigue sin entender la situación, la encuentra cada vez más cómica y decide seguirle el juego.

—¿Cuántos años tienes?

—Veintisiete. Estoy acabando la universidad. Estudio psicología.

—¿Psicología? ¡Perfecto! ¿Y cuánto tiempo libre te queda al día?

—Bah..., no trabajo, de manera que, quitando algunas pocas clases a las que asisto en la facultad…, para serte sincera estoy en casa...

—Bueno, eso sería perfecto... ¿Dónde vives? ¿Lejos de aquí?

Anna sigue sin entender una palabra.

—La verdad es que vivo en el piso de arriba... De hecho, antes...

—No..., no me lo puedo creer. ¿Aquí arriba? Nunca te había visto. De manera que te has quedado a hacer la entrevista antes de volver a casa. ¡Estupendo! Así sería mucho más cómodo, la verdad...

—Sí, me mudé hace poco. Mi tía me dejó la casa. Quizá la hayas visto alguna vez: es una señora alta, pelirroja... Y mi novio vino a vivir conmigo hace algunas semanas. —¿Por qué le estoy dando tantas explicaciones?

—Ah, sea como sea, me pareces perfecta. Estudias y por eso tienes un horario más flexible. Vives en el piso de arriba. Sí, decididamente eres perfecta. ¿Cuándo empiezas?

—¿Empezar, qué?

—¿Cómo que qué? Pues a ser la canguro de mi hija. Has venido para eso, ¿no?

—La verdad es que no. Al ver que insistías, entré. Yo sólo pasaba por el rellano para ir a mi casa. Jamás cojo el ascensor. Así hago un poco de ejercicio...

Enrico la mira fijamente.

—¿Eso quiere decir... que no estás buscando trabajo? ¿Que no estás aquí para hacer la entrevista?

—Eh, no. Ya te lo he dicho, ha sido una coincidencia, pasaba por aquí...

—Ah —Enrico parece decepcionado. Mira por la puerta cristalera que da a la terraza—. Ya decía yo que era demasiado bonito...

Anna percibe su inquietud y sonríe.

—En cualquier caso, eres un hombre afortunado...

—Anda ya. La única que me parecía un poco buena después de toda una tarde de entrevistas va y entra aquí por casualidad y, por si fuera poco, ni siquiera busca trabajo. Muy afortunado, sí. Mañana tendré que volver a empezar desde el principio.

–Eres un pesimista crónico. ¿No crees en el destino? ¿En las coincidencias? Antes te he dicho que no tengo trabajo..., pero no que no lo esté buscando. El tuyo me parece perfecto. De haberlo sabido, habría bastado con bajar la escalera...

Enrico la mira y se le ilumina el rostro.

–¡Fantástico! A partir de mañana trabajarás aquí –dice, y ni siquiera se le ocurre ir a buscar de nuevo a Ingrid. Sabe de antemano que las dos se llevarán bien.

Anna sonríe. Se levanta. Coge sus bolsas.

–Genial... ¡Pero ten cuidado con confundir con el fontanero a cualquier inquilino que pase casualmente por el rellano! –Se encamina hacia la puerta. Enrico se levanta de golpe, la sigue, se adelanta a ella y le abre la puerta. Anna pasa por delante de él–. ¡Hasta mañana, entonces! –y se aleja.

Enrico la contempla mientras desaparece al doblar la esquina. Sí. Parece simpática. Y además es muy mona. Pero eso a Ingrid no le interesa...

Diecisiete

Alex se detiene y aparca a escasos metros del portal de Niki. Mira el reloj. Son las nueve y media. Me dijo que tenía clase a las diez, debería salir ahora. En ese preciso momento se abre la puerta. Y sale... Niki. Parece mayor, más mujer. Claro... ¡Es Simona, su madre! Dios mío, como me vea ahora... ¡Alex! ¡Precisamente tú! Pero bueno, creíamos que tú eras el mayor de la pareja. El más maduro y fiable. Y, en cambio..., ¿qué haces? ¿Espías a mi hija? ¿Por qué? ¿Se comporta mal? ¿Hay algo en ella que te hace dudar? Bueno, que tenga nuevos amigos me parece normal, una nueva escuela, la facultad... Pero todo eso no tiene ninguna importancia.

Alex se desliza hacia abajo en el asiento, casi desaparece bajo el volante, se esconde avergonzado de lo absurdo de su idea. Y en seguida busca algún argumento de defensa. Perdone, señora... No hay amor sin celos. «Los celos..., cuanto más los alejas más los sientes... La serpiente ya está aquí, ha llegado, se ha instalado entre nosotros, engulle tu corazón como si fuese un tomate, y te vuelve loco, es como un toro y, como tal, no obedece a razones...» Pero ¿qué estoy haciendo? ¿Canto a Celentano? ¡No! ¡Eso es! Tengo que simplificar. Señora, he venido... ¡por amor! Justo en ese momento mira de nuevo a Simona, la madre de Niki, y ve que sube a un coche, se vuelve, abre la ventanilla y saluda a la chica que está saliendo en moto. Sí. Es ella. ¡Niki! Alex pone en marcha el motor y arranca, oculta la cara cuando se cruza con Simona, que conduce en dirección opuesta. Después dobla la esquina y sigue su carrera en pos de la moto. Increíble. Como en las mejores películas: «Siga a ese coche.» Alex se ríe solo. «Mejor dicho, a esa moto...» Y por un instante casi le entran ganas de abandonarlo todo, de sonreír y de tomarse las cosas con calma. Sí, es justo que tenga su independencia, su libertad, sus contactos, sus mensajes. Debe querer que estemos juntos por encima de todo y de todos, pero no puede ser una obligación. Es más, casi es mejor que tenga varios pretendientes, al menos así podrá comparar entre unos y otros, y si me elige, al final, será porque soy su preferido. Es demasiado fácil ganar cuando se juega solo. Venga, casi que iré antes al despacho y así intentaré hacer algunos progresos sobre la idea de la película.

Luego se produce una vorágine, una extraña circunstancia, una conjunción astral, en fin, a saber por qué razón el volumen de la radio se eleva de repente, irrumpe en sus pensamientos y borra su sonrisa. Ram Power 102.70. Una la vives, una la recuerdas. «Te estás equivocando, la persona a la que has visto no es..., no es Francesca. Ella siempre está en casa esperándome. No es Francesca... Si, además, estaba con otro..., no, no puede ser ella...» Y en un instante Mogol y Battisti se convierten en los diablos tentadores, y le vienen a la mente todas las imágenes del mundo, como si se tratara de una película montada por el mejor director de todos los tiempos. Amor. Traición. Engaño. Y ahí está. *Dos vidas en un instante,* cuando Gwyneth Paltrow, por una extraña fatalidad del destino, vuelve a casa y lo encuentra a él con su amante. Fundido en negro y ahora *Infiel,* cuando a Richard Gere le llega una multa de tráfico de su mujer que lo conduce hasta la casa donde vive ese joven que vende libros usados... y descubre que tiene una historia con ella, nada que ver con los libros... Un nuevo fundido y aparece *Hombres, hombres,* de Doris Dörrie, cuando el marido olvida un folleto en casa, vuelve a por él y ve salir a la calle a su mujer, que poco antes estaba en la cama con los rulos puestos. Entonces la sigue y la ve rodar por un prado con una especie de hijo de las flores... Luego Alex piensa en Enrico y en su mujer, que se ha fugado con un abogado que él mismo le presentó. En Pietro y en todas sus amantes. Y deja de dudar, pisa el acelerador y empieza a correr con una única certeza. Pues sí, Celentano tiene razón. Soy celoso.

Dieciocho

Alex ve que Niki baja de la moto, bloquea la rueda y cruza apresuradamente la verja de la universidad. Está desesperado. Y ahora, ¿dónde aparco? ¿Cómo puedo saber adónde va? De repente, un coche se pone en marcha y deja un sitio libre. ¡Justo ahora! Es increíble. Caprichos del destino. ¿Qué significará? ¿Qué querrá decir? En ese mismo momento la radio le hace llegar otra señal. Carmen Consoli. «Primera luz de la mañana, te he esperado cantando en voz baja y no es la primera vez; incluso te he seguido con la mirada por encima de la mesa, entre los restos del día anterior, y entre las sillas vacías algo flota en el aire. En el fondo no hay demasiada prisa. Mientras acariciaba la idea de las coincidencias, recogía las señales... Explícame qué he descuidado, ¿es ese eslabón que falta la fuente de todas las incertidumbres? Explícame qué he pasado por alto...» Pues sí, las señales. Niki, ¿me estoy perdiendo alguna? Es extraño cómo a veces las palabras más inocentes se transforman en coartadas de nuestras acciones.

Pero Alex no tiene tiempo de pensar. Ni de preocuparse. Se apea del coche y lo cierra. Segundos después, corre ya por las pequeñas avenidas de la universidad... Dios mío... La he perdido. Mira alrededor y la ve. Ahí está, justo delante de él, camina entre los estudiantes, casi saltando, ve su pelo recogido moverse con el viento. Niki sonríe y roza las plantas con la mano derecha, como si pretendiese acariciarlas, como si de algún modo quisiera formar parte de ese trozo de naturaleza que a duras penas se asoma en esas salpicaduras de terreno, que todavía respira entre las grandes losas de mármol blanco y el cemento.

–Hola, Niki... –alguien la saluda llamándola por su nombre.

–¡Niki, guapa! –otro lo hace valiéndose de un extraño apodo.

«Niki guapa.» Pero ¿qué querrá decir? Claro que es guapa... No hace falta que nadie me lo diga, pero ¿qué necesidad hay de proclamarlo a los cuatro vientos? Además, ¿quién eres...? No le da tiempo a concluir. Un frenazo repentino a sus espaldas. Un hombre de mediana edad se asoma en seguida a la ventanilla del coche.

–¡Muy bien, sí, señor! ¿Dónde tiene la cabeza? Aunque, a fin de cuentas, ¿qué más le da? Si muere, serán sus padres quienes lloren, ¿no? –y sigue desgañitándose como un loco.

–Chsss, se lo ruego...

–Ah, ¿es eso lo único que sabe decir? «Se lo ruego»... Pero ¿en qué mundo vive? ¿Dónde está su capacidad dialéctica?

Alex se vuelve preocupado. Los chicos que están sentados en el murete contemplan curiosos y divertidos lo que está sucediendo. Niki sigue avanzando dándole la espalda. Uf... Menos mal, no me ha visto.

–Perdone, tiene razón... Estaba distraído.

Alex aprieta el paso y se aleja intentando no perder de vista a Niki, que, mientras tanto, ha girado hacia la derecha al fondo de la avenida. Pasa por delante del grupo de jóvenes que antes la ha saludado. Uno de ellos, que ha presenciado toda la escena, baja del muro.

–Ese tipo es así... Está como una cabra, sabemos cómo es...

–Sí –añade otro–, lo hemos sufrido en nuestras propias carnes. ¡Y nuestros boletines de notas también!

–Sí, señor, ¡no se preocupe!

Alex sonríe. Después, un poco menos. Lo han llamado «señor». Señor. ¡Madre mía, menuda impresión! Señor. Mayor. Adulto. ¡Pero también viejo! Señor... ¡Es la primera vez que me llaman señor! Y sólo ahora nota cuántos jóvenes hay a su alrededor y la cantidad de años que lo separan de ellos. Jóvenes como Niki. Sigue caminando hasta llegar al fondo de la avenida. Pues sí, para ellos soy un señor. Es decir, señor equivale a matusalén, viejo, arcaico, antiguo... ¿También seré así para Niki? Y con esta última gran pregunta en la cabeza, entra en la Facultad de Filología.

Diecinueve

En la gran aula, el profesor camina delante de su escritorio, se mueve, se agita, participa divertido de su clase.

—«Si soy celoso, sufro cuatro veces: porque soy celoso, porque me reprocho el hecho de serlo, porque temo que mis celos acaben hiriendo al otro y porque me dejo someter por una banalidad, es decir, tengo miedo de ser excluido, de ser agresivo, de estar loco y de ser como los demás.» Pues bien, esto es lo que dice Roland Barthes en sus *Fragmentos de un discurso amoroso*. Hablaba de los celos. ¿Qué es más morboso, más difícil de determinar? Los celos siempre han existido... Pensad que, por lo visto, tenemos una endorfina que los genera de manera automática, como un indicador que se enciende, que señala el peligro o, mejor dicho, la avería... Y nuestro Barthes, ensayista, crítico literario y lingüista francés, da, en mi opinión, una definición excelente de ellos.

Alex no se lo puede creer. Una lección sobre los celos. ¡Vaya día! Luego se asoma sigilosamente al aula y la ve: está un poco más abajo. Se dirige a la última fila y sigue mirándola mientras avanza entre los bancos antes de acabar detrás de un estudiante con una melena a lo Giovanni Allevi; un escondite perfecto, en pocas palabras. El profesor prosigue.

—Y si, en opinión de La Rochefoucauld, en los celos hay más amor propio que amor, podréis entender cuántos motivos tenemos hoy a nuestra disposición para debatir con profundidad sobre los celos en la literatura, un tema que no sólo concierne a vuestros colegas de psicología...

El profesor sigue explicando mientras Niki se inclina y saca de su mochila un cuaderno grande que coloca sobre la mesa, unos bolígrafos y unos rotuladores fluorescentes. Abre el cuaderno mientras escucha las palabras del profesor. De vez en cuando anota algo, a continuación se acoda en el banco y apoya un poco la cabeza. Bosteza alguna que otra vez y al final, sólo al final, se tapa la boca con la mano. Alex sonríe, pero poco después Niki parece ver a alguien un poco más abajo, a la izquierda, y lo saluda. «¡Hola, hola!», parece decir desde su sitio mientras agita los brazos en silencio. A continuación le indica con otro gesto que se verán luego. Alex recela y, curioso, deja al joven Allevi a su derecha y se inclina hacia adelante para ver con quién está hablando Niki. Justo a tiempo. Una chica le hace la señal de «OK» con los dedos, le sonríe y acto seguido sigue escuchando al profesor. Niki la mira una vez más y después se concentra de nuevo en la lección. Qué mona. Es una amiga suya. Y yo que me imaginaba... Pero ¿qué debo imaginarme?... Soy un estúpido. En ese momento, como si sus dudas hubiesen adquirido de repente peso y forma, como si se hubiesen acercado curiosos para espiarla aún más de cerca, Niki se vuelve y mira hacia atrás. Alex se oculta de nuevo al vuelo detrás del estudiante, se esconde por completo convirtiéndose en una especie de estatua, perfectamente alineado con el joven que tiene delante, como si fuese su sombra. Está preocupado, casi sin aliento. Después, poco a poco, se inclina hacia la derecha. Niki se ha vuelto de nuevo, ahora mira hacia adelante y escucha al profesor.

—Pero nuestro François de La Rochefoucauld no se detuvo ahí; añadió que hay una única clase de amor, aunque existen innumerables parejas diferentes...

Alex suspira. Menos mal. No me ha descubierto.

—¿Jefe? ¿Jefe?

Alex se sobresalta. En su fila, escondido debajo del banco y apoyado con una mano en la silla, hay un extraño tipo. Lleva una cazadora militar, con estrellitas desperdigadas aquí y allá sobre los hombros, el pelo largo y un poco rizado, rasta, y recogido con una cinta roja. El joven sonríe.

–Perdona, jefe, no quería asustarte... ¿Qué quieres? Hachís, marihuana, éxtasis, coca... Tengo de todo...

–No, gracias.

El tipo se encoge de hombros y sale de la clase evaporándose de la misma forma en que ha hecho su aparición. Alex sacude la cabeza. Pero ¿qué respuesta le he dado? «No, gracias.» ¿Se puede saber qué estoy haciendo aquí? De modo que sale del aula con sigilo, tratando de pasar desapercibido. Mejor que me vaya al despacho... Y se dirige apresuradamente hacia el coche. Salta feliz por la avenida, de nuevo sereno, sin saber cuántas cosas podrían haber sucedido de otra forma si se hubiera quedado hasta el final de la clase.

Veinte

Olly está haciendo fotocopias. Ha pasado ya algo de tiempo desde que empezó las prácticas. Y se aburre. Sólo a veces, cuando se encuentra con Simone en los pasillos, su humor cambia. A decir verdad, ese chico es un poco distraído, un desastre, pero también es cómico, amable y sincero. Y es el único que le cuenta cómo funcionan realmente las cosas en la empresa. El único dispuesto a echarle un cable.

La habitación donde se encuentra el pequeño escritorio que han asignado a Olly es grande y está bien iluminada. Ha colocado sobre el escritorio algunos muñecos y la fotografía de las Olas. La de Giampi ha preferido evitarla. Tal vez por pudor, quién sabe. Guarda en uno de los cajones sus hojas de dibujo. De vez en cuando, a última hora de la tarde, cuando ha acabado con las pequeñas tareas que le asignan —siempre poca cosa y, en cualquier caso, en modo alguno relacionadas con sus verdaderas aspiraciones—, se entretiene dibujando inspirándose en lo que ve alrededor. En el fondo trabaja en la sede central de una casa de modas. El comienzo. Recuerda una entrevista a Luciano Ligabue que vio en la televisión. Le impresionó mucho. Decía: «He comprobado que el éxito no es como te lo esperas, no se corresponde con la famosa ecuación éxito = felicidad. Resuelve un montón de cosas, muchas de ellas son guays, pero no es lo que creías. Y, de alguna forma, para justificar que, a fin de cuentas, me lo merezco un poco, compuse *Una vita da mediano* (Una vida corriente). Para decir: que sepáis que el éxito no me llegó de la nada. Escribí esa canción en un momento en que sentía la necesidad de justificar mi éxito, cosa que, por otra parte, es una soberana estupidez. Pero, a la vez, es una fase por la que debo pasar.» Olly sonríe. Esperemos que a mí me ocurra algo parecido, pese a que no voy muy encarrilada. En estos momentos ni siquiera me siento una de la media. ¡Estoy muy por debajo!

Varias de las chicas escriben en el ordenador, una llama por teléfono para hacer un pedido, otra teclea en una PDA. Se están realizando los preparativos del nuevo desfile interno destinado a los compradores y la agitación es palpable. Simone le ha explicado a Olly que la empresa ha revolucionado el concepto de distribución respecto a lo que suele suceder en el mundo de la alta costura. En lugar de obligar a los clientes a comprar grandes cantidades de prendas con varios meses de antelación, han abierto unas *showrooms* por toda Italia que los minoristas visitan con regularidad, a fin de tener en la tienda sólo las últimas novedades y cambiarlas a menudo, como suele hacer el «pronto moda». No obstante, el concepto se aplica en este caso a la alta costura. Ni que decir tiene que la *showroom* más importante es la de la empresa. Y de ahí toda esa excitación: mañana llegarán los minoristas para la cita quincenal.

De repente entra Eddy. Las chicas se detienen y se callan, después de haberlo saludado. Sus visitas no son frecuentes. Olly las imita.

—Buenos días, ¿qué hacéis? ¿Dormís? Quiero volver a ver los carteles para mañana.

Una chica abre rápidamente el ordenador portátil que tiene en su mesa, lo invita a acercarse y le enseña algo.

—Los carteles se han impreso ya. Y, según nos dijo el director, son éstos... Mire...

Eddy mira impasible la pantalla. No dice una palabra. No deja traslucir ninguna expresión. Olly lo observa. Está a cierta distancia de ellos, pero eso no le impide sentir rabia. Ese hombre le provoca un malestar instintivo. Es más fuerte que ella.

—Qué porquería... ¿Se supone que mañana haremos el desfile con *esta cosa* colgando alrededor?

La chica traga saliva. Es evidente que sabe de sobra lo que está a punto de suceder.

—Bueno..., señor Eddy..., el director dijo...

—Sé lo que dijo. El caso es que, viéndolos hoy, estos carteles dan asco. ¡Asco! Jamás se os ocurre nada nuevo, provocador o diferente. Jamás conseguís sorprenderme.

—Pero al director le gustan —el tono de voz de la chica es cada vez más imperceptible.

—Ah, de eso no me cabe ninguna duda. Él firma los papeles, pone el dinero. Pero ¿quién es el creativo aquí, eh? ¿Quién es el creativo? —y alza el tono.

Todas las chicas y dos chicos que se encuentran algo apartados le responden a coro, como si respondiesen a una orden:

—Usted.

Justo en ese momento entra Simone, quien, al percatarse de la presencia de Eddy, se detiene en el umbral.

—Exacto. Y yo digo que me dan asco. Y que si no me gustan, el desfile no se hace. A menos que vosotros, hombres y mujeres del marketing, los operativos, los técnicos del sector, los que sacan adelante los proyectos, no inventéis otra cosa para mañana. Y, sobre todo, algo que me convenza. Para combinarlo con esta porquería.

—Pero el director...

—Con el director ya hablaré yo. Vosotros haced el trabajo por el que se os paga. Demasiado, en cualquier caso.

Dos chicas se miran y ponen los ojos en blanco. Una hace un ligero ademán con la mano procurando que Eddy no la vea. Parece querer decir: «Pues sí, si supieses cuánto nos pagan...»

Eddy da media vuelta y, cuando está a punto de salir, la ve. Olly ha permanecido todo el tiempo de pie delante de su escritorio.

—Oh, mira..., si hasta tenemos servicio de guardería. —Olly se esfuerza por no reaccionar. Eddy se acerca a ella—. Dime, ¿cómo te va? ¿Es excitante hacer fotocopias?

Olly lo mira y esboza una sonrisa de circunstancias.

—Bueno..., sí..., es decir..., preferiría hacer otra cosa, como diseñar, pero me doy por satisfecha con tal de estar aquí...

Eddy la escruta. A continuación se vuelve y mira al resto del personal.

—¿Lo habéis oído, gente? ¡Ella está dispuesta a hacer las fotocopias con tal de estar aquí! —Después mira la mesa de Olly. Ve el ordenador portátil. El marco con la fotografía. Vuelve a mirarla a ella–. ¿Y cómo van los dibujos de guardería? ¿Hemos pasado al menos a la escuela primaria?

Olly exhala un suspiro. Se inclina. Abre el cajón. Coge su carpeta. Coloca varios dibujos sobre la mesa y vuelve a incorporarse muy erguida. En silencio. Eddy la observa. Luego baja la mirada en dirección al escritorio. Mira por un momento los folios. Coge uno. Mantiene la misma expresión impasible de hace unos momentos. Vuelve a dejarlo sobre el escritorio. Mira a Olly. Fijamente. Ella tiembla. Jadea. El corazón le late a toda velocidad. Le sudan las manos pero intenta mantener la calma.

–Digamos que de segundo de primaria, venga... ¿Ves como estás mejorando con la fotografía? –y se vuelve sin añadir nada más, sin esperar siquiera una respuesta.

Abandona la estancia de la misma forma que entró, y todos recuperan el aliento aliviados. Dos chicas resoplan, otra se precipita al teléfono y un chico empieza a devanarse los sesos tratando de idear algo.

Simone se acerca a Olly.

–¡Caramba! –le dice asombrado.

–¿Caramba, qué? ¡Todavía estoy temblando! –dice Olly, que sólo ahora consigue volver a colocar en su sitio los folios poco a poco.

–¡Es increíble!

–¿Qué quieres decir? ¿Que siempre me humille de este modo?

–¿Humillarte? ¿No te has dado cuenta de que te ha hecho un cumplido? ¡Y anda que no es raro!

–Ah, ¿eso era un cumplido?

–Te aseguro que sí. Hay que saber interpretar a Eddy. Él es un artista, tiene su propio lenguaje.

–Ah..., ¿y dónde puede comprarse un traductor?

Veintiuno

La clase acaba de terminar. Niki está metiendo de nuevo el cuaderno y los rotuladores en la mochila cuando alguien se sienta a su lado.

—¿Te ha gustado la lección?

Ella se vuelve sorprendida. Es Guido. Mira por un instante al fondo de la clase, como si supiese algo. Después vuelve a concentrarse en sus apuntes.

—Oh, sí..., me encanta este profesor.

—¿Ah, sí? ¿Y qué te parece? ¿Un tipo sincero, falso, delicado, insensible, oportunista, altruista o mujeriego?

Niki se echa a reír.

—Mujeriego..., pero ¿qué palabras usas?

—J. M. Coetzee dice que sólo los hombres detestan a los mujeriegos, por celos. A las mujeres, en cambio, les gustan. Mujeres y mujeriegos son inseparables.

—Bueno..., sea como sea, creo que a Trasarti le gustan las humanidades, que es una persona amable y sensible y que quizá, quizá..., por su modo de moverse, por la feminidad que trasluce su ánimo, sí, podría ser también homosexual... Lo sea o no, lo digo como un cumplido, ¿eh?

—Bien, deja que te la lleve yo... —Guido se echa al hombro la mochila de Niki.

—No, si puedo hacerlo yo.

—Pero me gusta llevártela.

—En ese caso, de acuerdo —Niki se encoge de hombros poco convencida—, como quieras...

Guido la precede, risueño.

—¿Adónde te acompaño?

—Tengo que ir a Secretaría a inscribirme para el examen y ver cuándo son los próximos.

—Vale, perfecto. No me creerás pero es justo lo que tenía que hacer yo también.

—De hecho, no te creo.

Guido se detiene y la mira arqueando las cejas.

—¿Por qué no? ¿Porque la alegría y la felicidad que demuestro cuando te veo te hacen pensar en otra cosa?

—Quizá.

—¿Sabes que yo también me he matriculado en filología y que quizá deba hacer tu mismo examen?

—Puede. Pero antes de que yo marque los exámenes, tú tienes que decirme cuáles tienes ya intención de hacer, ¿vale?

—Vale, vale —Guido asiente repetidamente con la cabeza—. Lo que han dicho mis amigos perjudica a mi persona...

—O tal vez tu imagen.

—¿Mi imagen?

—¿Quieres saber la verdad? Pero no debes ofenderte.

—Vale.

—Júralo.

—Lo juro.

—Tu imagen, tu modo de comportarte...

—¿Qué quieres decir?

—Que salta a la vista que eres..., que eres...

—¿Que soy...?

—Usando tus propias palabras, un mujeriego... Estudias las frases más efectivas para impresionar, te vistes para que te recuerden, eres afable y educado con todas las personas para ver quién muerde el anzuelo...

—¿Ah, sí? ¿Y no piensas que quizá te equivocas?

—Si tú lo dices...

—Claro, yo lo sabré, ¿no? Además, ¿qué tiene de malo ser amable con las mujeres? ¿Hacer que se sientan guapísimas, tenidas en consideración, el centro de atención? Yo no soy un mujeriego. Tal vez sea el último de los románticos, eso sí.

Niki lo mira risueña.

—Mira, quitando eso último, no has dicho ninguna mentira.

—¿Ah, no? —También Guido sonríe—. En ese caso, te diré otra cosa. El profesor Trasarti está casado y el año pasado estuvo con una del curso, Lucilla. Según parece, le hizo romper incluso con su novio, la dejó embarazada y después la obligó a abortar.

—Venga ya, no me creo una palabra.

—Bueno, quizá la historia del hijo... Tienes razón, puede que eso no sea verdad.

—¿Y el resto?

—El resto sí que lo es: la chica se llamaba Lucilla, tenía un novio y mantuvo una relación con el profesor durante todo el curso.

—¿Y tú cómo lo sabes?

—Muy sencillo: porque yo era su novio. —Guido sonríe, abre los brazos y apoya la mochila de Niki sobre el murete—. Ahora tienes que perdonarme, pero había olvidado que he quedado. El mujeriego te saluda.

Y se aleja así. Niki se queda asombrada y también disgustada por un instante. No pretendía que Guido se sintiera mal. Coge la mochila y sube la escalera para ir al departamento, pero justo en ese momento se cruza con el profesor Trasarti.

—Hola —la saluda él con una bonita sonrisa—. ¿Necesita algo?

Recordando la historia que acaba de contarle Guido, Niki se imagina que el profesor la mira con otros ojos, lo ve como un hombre ávido, y no sensible y delicado, de manera que, sin querer, se ruboriza.

—No, gracias, profesor, sólo he venido a apuntarme para los exámenes.

—Ah.

Sin darle tiempo a añadir nada más, Niki pasa por delante de él.

—Perdone, pero llego tarde —y desaparece de prisa y corriendo.

Niki camina a toda velocidad y, cuando llega al fondo del pasillo, se vuelve. Menos mal. El profesor se ha marchado. Después aminora el paso y al final sonríe para sus adentros. A saber si serán verdad todas esas historias. Soy demasiado sugestionable. Pero no, deben de ser ciertas. Además, ¿por qué me habría dicho Guido una cosa semejante, si no? ¿Para aprovecharse de la ternura, de la pena que podía producirme el saber que su novia lo dejó por el profesor?... Ya ves tú... Niki comprueba la lista de exámenes. Claro que sus amigos le describieron a Guido como a un tipo que haría de todo para impresionar a una chica. Se matricula en las próximas pruebas y a continuación cierra la lista. Ahora bien, para impresionarla no necesita todas esas artimañas. Es un chico atractivo, simpático y divertido... Y al final incluso me ha despertado ternura. Pero luego cambia de idea. Niki, pero ¿qué estás diciendo? ¿Te has vuelto loca? Por lo visto Alex tiene razón... Después casi se echa a reír y se le ocurre una idea. ¡Sí! Estupendo. Ésa se la quiero hacer. Se la merece. Y sale corriendo del departamento, baja la escalinata y salta de golpe los últimos peldaños. Da la vuelta al rellano y empieza a bajar de nuevo a toda prisa. Salta otra vez y, pum, se abalanza sobre el profesor Trasarti, quien, víctima del empellón, da de bruces en el suelo.

—Ay...

—Oh, perdone, profesor. —Niki lo ayuda a levantarse.

Él se limpia los pantalones sacudiendo vigorosamente el polvo con las manos.

—Es obvio que usted no llega tarde... ¡Llega supertarde!

Niki sonríe y se siente incluso un poco avergonzada. El profesor parece haberse tranquilizado.

—Puedo llevarla, si quiere.

—No, gracias, tengo moto... Quizá en otra ocasión —y se aleja de nuevo de él a toda prisa.

—¡Claro! —el profesor la contempla con una sonrisa impresa en la cara.

Niki, ¡maldita sea! Hoy no haces una a derechas. No sólo lo has tirado al suelo, sino que cuando se ofrece a acompañarte le respondes: «Quizá en otra ocasión.» Pero ¿a qué viene ese «quizá»? Da a entender la posibilidad, la esperanza, el deseo... de que te acompañe. ¡Caramba! Eso sí que no debe suceder. Sacude la cabeza. Al menos, de algo está segura: Guido no le ha mentido. Algunas cosas se perciben sin más. Pobre, no se merecía que lo tratasen así. Tengo que aclarar las cosas con él. Y se lo dice con la mayor tranquilidad. Quizá demasiada. Sin saber que, una vez más, está volviendo a equivocarse.

Veintidós

—¿Se puede, Leonardo? —El director ve que Alex asoma medio cuerpo por la puerta.

—¡Claro! Sabes que siempre es un placer verte... Mejor dicho, mi despacho está siempre abierto para ti.

Alex sonríe.

—Gracias. —Pero no se cree ni una sola de sus palabras—. Te he traído algo... —Coloca un regalo sobre el escritorio.

Leonardo lo coge y lo sopesa.

—¿Qué es? —Lo gira curioso entre las manos. Parece un CD o un pequeño libro.

—Ábrelo.

—Pero si no celebro nada.

—Tampoco yo celebraba nada.

—Bueno, ¿y eso qué tiene que ver? El mío era para demostrarte mi alegría por tenerte aquí de nuevo entre nosotros.

—Y el mío es para manifestarte el placer de estar de nuevo aquí con vosotros.

—Hum... —Leonardo entiende que la cosa va con segundas.

Lo desenvuelve. Es un DVD. «¿Sabes qué contiene?», puede leerse en la espléndida tapa en papel cuché.

—Nunca lo había oído.

—Yo creo que lo conoces... Echémosle un vistazo.

Leonardo le sonríe y se encoge de hombros. La verdad es que no tiene ni idea de lo que puede ser. Lo introduce en el reproductor y enciende una gran pantalla de plasma que cuelga de la pared. Se oye una música tribal. Tum, tum, tum. Aparecen unos chimpancés golpeando rítmicamente unos gruesos troncos. E inmediatamente después, a toda velocidad, todos los colaboradores, los gráficos y los diseñadores de la Osvaldo Festa. Luego, de repente, pasa al vídeo de Pink Floyd: «We don't need no education...» Varios estudiantes caminan en lugar de los famosos martillos, moviendo acompasadamente las piernas, y después se ve de nuevo a los animales.

La película continúa, Leonardo aparece hablando al ralentí con el poderoso rugido de un león de fondo, e inmediatamente después Charlie Chaplin en *El gran dictador,* y luego de nuevo Leonardo dando instrucciones, y acto seguido Chaplin apretando unos pernos con una llave inglesa hasta acabar en los engranajes. De repente todo chirría y se oye una especie de frenazo. Los fotogramas de Chaplin se bloquean. Una cámara subjetiva se centra rápidamente en un hombre que está bebiendo sentado en un sillón. Se vuelve. Desglose. Y Alex que sonríe a la cámara y dice: «¡Yo no caeré en la trampa!»

Leonardo se queda boquiabierto.

—Pero..., pero...

—Lo he hecho con la cámara y el ordenador de montaje acelerando los fotogramas de la película interna de la agencia, la que presentamos el año pasado durante las grandes reuniones.

—¡Pero es genial! Estaba a punto de proponértelo... ¿Sabes que tenemos que rodar una película, un cortometraje? Es la primera vez que nos encargan la producción de un filme; ya no somos una simple agencia: ahora somos también una productora, y todo gracias a ti, al éxito de LaLuna. Hasta ahora, los japoneses jamás habían creído verdaderamente en nosotros... Si conseguimos aumentar las ventas aunque sólo sea el diez por ciento, tendremos un aumento de los beneficios. ¿Sabes una cosa?

—No, ¿qué?

—Que hemos logrado el doscientos por ciento, hemos ganado mucho, muchísimo más de lo que podíamos imaginar.

—¿Hemos? Leonardo..., has...

—Sí, pero...

—Pero ahora no vas a parar, ¿verdad?

—¡Tenemos que trabajar aún más! Tenemos la posibilidad de producir esa película... Y tú lo has demostrado ya... Eres una hacha.

—Sí, pero ¿has visto el título del corto? Yo no caeré en la trampa. —Alex se encamina hacia la puerta—. No cuentes conmigo. Quiero hacer el mínimo indispensable, ya te lo he dicho.

—Pero ¿a qué viene eso? Te he dado incluso el despacho más grande...

—Yo no te lo pedí.

—Te he concedido un aumento significativo.

—Tampoco te pedí eso.

—Te he asignado una nueva ayudante.

—Eso sí que te lo pedí, pero hasta la fecha todavía no he visto a nadie.

—Te espera en tu despacho...

Alex se queda sorprendido.

—¿Y a qué se debe que sea precisamente hoy?

—Es que he estado buscando mucho. Quería contratar a la mejor...

—Eso aún está por ver.

—En todos los sentidos...

Pero Alex ha salido ya del despacho de Leonardo y en esos momentos se está dirigiendo rápidamente hacia el suyo. Se cruza con Alessia, su ayudante de siempre.

—Alex, hay una persona...

—Sí, gracias... Lo sé.

Andrea Soldini lo escruta con un semblante casi desconcertado y cabecea. Está boquiabierto. Alex lo mira preocupado.

—Eh, no te habrás vuelto a meter...

—¡De eso nada! —Soldini se ríe—. Es que no encuentro las palabras... Veamos... Imagínate a las rusas..., pues mucho más...

—Ya será menos... —Alex sacude la cabeza y entra en su despacho.

—Hola —saluda, y se levanta de la silla. Es alta, con el pelo castaño y rizado. Una bonita sonrisa. Mejor dicho, una sonrisa preciosa. Y no sólo eso.

—Buenos días.

–Hola..., Alex...

Un segundo después se da cuenta de que se ha dirigido a ella sin mantener las formas, aunque ella se encarga de mantener cierta formalidad.

–El director me ha indicado que esperase aquí dentro. Espero que no le moleste. Me llamo Raffaella, encantada.

Alex y Raffaella se estrechan la mano. La joven tiene las piernas largas, un físico perfecto, y luce un gracioso vestido, ligero y elegante. Todo en orden. Demasiado en orden. Es un bombón.

–Le he dejado mis trabajos sobre la mesa.

Alex los examina con aire profesional, y después la mira por encima de un folio. Ella sigue de pie.

–Siéntese, por favor.

–Gracias. –De nuevo esa sonrisa maravillosa.

Alex intenta concentrarse en los dibujos, pero no es fácil. Por si fuera poco, es además muy buena. Por si fuera poco... ¿Alex? Ya te has equivocado.

–¿Le gustan?

–Sí... Son muy buenos, en serio, diría incluso que óptimos... Felicidades –Alex sonríe. Ella también. Sus miradas se cruzan y se quedan suspendidas por cierto tiempo. Alex mete de nuevo los dibujos en la carpeta, desvía la mirada–. Bien..., muy bien.

–Ah, he traído también esto... –Raffaella saca de su bolsa un ordenador idéntico al que Leonardo le ha regalado a Alex, pulsa una tecla y lo enciende. Luego lo coloca sobre la mesa y lo vuelve hacia él–. Es un breve clip... Nada especial, pero al director le ha gustado mucho...

Alex mira curioso la película.

–Se trata de un vídeo que filmé durante las vacaciones de este año... Estaba en Los Roques, lo hice por bromear, mi padre lo rodó... Yo no quería ser la modelo, me molestaba un poco... En parte porque había reñido con mi novio y estaba furiosa... –indica Raffaella–. Aquí estaba llorando... –En el vídeo se ve, en efecto, que trata de apartar al padre, que la está filmando; en un primer momento parece molesta, pero después rompe a reír–. Y luego lo monté con una serie de combinaciones con dibujos animados...

De hecho, poco después empieza el vídeo con fragmentos de los primeros dibujos de Disney, Mickey Mouse en blanco y negro, Dumbo y otras imágenes muy bellas. De esta forma se produce un juego de alternancias entre Raffaella, que camina al ralentí por la playa, y Mickey Mouse en el papel del aprendiz de brujo en *Fantasía.*

—En fin, no sé por qué, pero al director, a Leonardo..., le ha gustado muchísimo.

Alex sonríe. Faltaría más. Nunca he visto a una tía con un cuerpazo tan increíble, y además no parece darle la menor importancia.

—Está muy bien hecho... Se nota la creatividad y las ganas de sorprender. —Pero ¿qué estoy diciendo? Alex, basta.

—Gracias. Me ha dicho que quizá trabajemos juntos en algo parecido...

—Ya... —Alex cierra el ordenador y se lo devuelve—. En realidad todavía no hemos tomado ninguna decisión...

Justo en ese momento suena el intercomunicador. Alex pulsa el botón y responde.

—¿Sí?

—Acaban de llegar los diseños para la nueva campaña. ¿Te los puedo llevar?

—Ah, sí... Sí, claro...

Raffaella mete de nuevo el ordenador en la bolsa, coge la carpeta y coloca mejor los diseños dentro de ella.

—Si me necesita, estaré en mi despacho.

—Perfecto, gracias.

—Ha sido un placer conocerte —ahora lo tutea.

—Lo mismo digo... —Alex la contempla mientras sale—. Deja la puerta abierta, por favor...

Ella sonríe. Él sigue escrutándola. Raffaella se vuelve para mirarlo mientras se aleja. La verdad es que es realmente guapa. Mejor dicho, demasiado guapa. Y por un instante Alex piensa que tendrán que trabajar juntos. Un día detrás de otro, hombro con hombro, lado a lado. La mira por última vez. ¿Cómo se titulaba mi vídeo? Pero justo en ese momento Raffaella, antes de entrar en su despacho, se vuelve por última vez como si se imaginara, como si supiera que él sigue observándola. Y le dedica una última sonrisa. Fantasía, creatividad o simple complicidad. Alex alza la barbilla y le responde con una sonrisa estúpida, tan estúpida que no puede por menos que sentirse como un auténtico imbécil. Luego reflexiona, sacude la cabeza, se levanta y cierra la puerta. Y en ese instante recuerda el título del vídeo: *Yo no caeré en la trampa.* Y nunca como ahora su elección le parece una burla del destino.

Veintitrés

Enrico está ordenando varios muñecos de Ingrid. La niña está durmiendo ya. Hoy ha jugado mucho con Anna. Cuando volvió a casa se las encontró juntas sobre la alfombra. Después Anna cogió su mochila, lo saludó con su sonrisa habitual y se marchó. Es de verdad una buena chica. He tenido mucha suerte de encontrarla. Coge un osito amarillo y lo coloca sobre un silloncito de plástico de Ingrid. De repente oye un ruido fuerte procedente del techo. Una especie de golpe seco. Enrico alza la mirada. Otra vez. No entiende nada. No es la primera vez que sucede. Pasados unos instantes se produce otro golpe y se oye cómo alguien arrastra una silla por el suelo. Enrico se detiene y escucha con más atención. Poco después se oye un nuevo golpe y una voz masculina amortiguada y procedente de arriba. Enrico trata de distinguir las palabras. Le parece oír algo del tipo: «¿Ah, sí? ¿Qué crees? ¿Que soy gilipollas?», una voz grave, de hombre, y a continuación una voz femenina que intenta aplacarlo: «Pero ¿no entiendes que no sirve de nada? ¡Eres demasiado celoso!», y a continuación otras palabras que no logra entender. Y otro golpe. Algo cae rebotando sobre el suelo, un palo de hierro o algo parecido. Enrico reflexiona por un instante. Claro. El piso de arriba. Anna. El ruido procede del piso de Anna. Caramba. Pero ¿qué están haciendo? Enrico recoge otro juguete de Ingrid que se ha quedado enganchado detrás del sofá. Le dijo que vivía con su novio. Debe de ser él el que está armando todo ese alboroto. Entretanto, sigue escuchando. Se entristece y se preocupa. Qué lástima que una chica tan mona y tan amable tenga que estar con un tipo como ése. ¿Cómo es posible?

Veinticuatro

Por la tarde. Mucho después.

—Hola, amor, ¿qué estás haciendo?

—¡Niki! Qué sorpresa tan agradable... Estoy trabajando...

—Ah. ¿Cómo te ha ido esta mañana?

Alex se queda perplejo por un momento.

—¿Por qué?

—No sé, por saberlo... Nunca hablamos de nuestras cosas.

—Ah, esta mañana... —Alex se siente un poco culpable. Pero ¿por qué? ¿Qué motivo hay? A medida que trata de averiguarlo, el sentimiento de culpa se va acrecentando—. Esta mañana... Esta mañana... Bueno, todo ha ido a pedir de boca. He echado un vistazo a los diseños de la nueva campaña, son muy buenos y vamos bien de tiempo, quizá tengamos que modificar un poco los colores, pero eso se hace de prisa...

—Ah, entonces, ninguna novedad...

Segundos después, alguien llama a la puerta.

—Adelante.

Raffaella entra con una carpeta en la mano. Alex la mira ligeramente avergonzado y tapa el móvil con la mano.

—¿Qué pasa? —le pregunta en voz baja.

—Quería enseñarte éstos... Me había olvidado.

—Ah, sí, un momento...

Raffaella sonríe y sale del despacho. Alex retoma la conversación con Niki.

—Perdona, ¿decías?

—No te preocupes, te preguntaba si no había ninguna novedad.

—No, no... Nada, ¿por qué? —Se siente un poco mentiroso por no mencionarle esa novedad especial de rizos oscuros y piernas larguísimas. Y una sonrisa cautivadora. Y un físico que quita el hipo. Y...

—Por nada, Alex, ya te lo he dicho... Pura curiosidad. En cualquier caso, estaba estudiando en casa y se me ha ocurrido una idea: me gustaría invitarte a cenar.

—¿A cenar?

—Sí... ¿Se puede saber qué te ocurre hoy, Alex?

—Es que nunca me habías invitado a cenar...

—Pues porque jamás se había terciado. Considéralo una casualidad... Sea como sea, un amigo mío ha abierto un nuevo local, es un restaurante muy guay, en la via della Balduina.

—Está bien. —Alex se tranquiliza un poco—. Sólo que no sé a qué hora terminaré hoy.

—Como quieras. Entonces, nos vemos alrededor de las nueve y media, ¿crees que podrás a esa hora?

—Sí, sí.

—Te mando un sms con la dirección exacta...

—Vale, hasta luego.

Alex cuelga y se queda pensativo. Mmm. Qué extraño. Aquí hay algo que no encaja. ¿A qué vienen todas esas preguntas? Dios mío... ¿Y si la tal Raffaella es amiga suya? Y se imagina una supuesta llamada telefónica entre Niki y Raffaella. Bueno, ¿y eso qué tiene que ver? Siempre puedo decirle que cuando hablamos por teléfono todavía no la conocía. Es más, que me habían fijado la entrevista para conocerla a última hora de la tarde. Después palidece. ¿Y si han hablado ya? En ese caso seguro que ahora Niki se estará preguntando: ¿por qué no me lo habrá dicho? De ser así, ¿qué puedo decirle? Dios mío, pero ¿qué estoy haciendo? Me estoy volviendo como Pietro. ¿Busco excusas antes incluso de que me acusen? ¿Intento justificarme solo? ¿De qué? ¿Qué he hecho? Y en un instante vuelve a verse en sueños, con todos sus amigos vestidos de abogados que asienten con la cabeza. Y de nuevo lo declaran culpable.

Así pues, Alex sólo puede hacer una cosa: abre la puerta y la llama.

—Raffaella, ven...

—Sí... Perdona, no quería molestarte, es que me había olvidado de enseñarte éstos —pone sobre la mesa varios diseños—. Es una campaña hecha por otra empresa que ha tenido mucho éxito en Japón.

—Ah... —Alex mira sus diseños, aunque da la impresión de que no los ve—. Oye, ¿por casualidad no conocerás a Niki Cavalli?

Raffaella sonríe de manera ingenua, quizá demasiado.

—No... o, al menos, creo que no. ¿Por qué? ¿Debería?

Alex exhala un suspiro de alivio, pero la duda persiste. No las tiene todas consigo.

—No, no, te lo preguntaba porque..., porque la usamos en una campaña japonesa... LaLuna —y en el preciso momento en que lo dice nota que ese «la usamos» suena de forma terrible en su boca—. Y, además, es mi novia.

Raffaella sonríe.

—Ah, sí... Ya entiendo. Felicidades. Pero no, no la conozco... Lo siento. —Tras encogerse impasible de hombros, abandona el despacho.

¿«Lo siento»? ¿Qué habrá querido decir? Quizá sea sólo una muletilla. Pero bueno, ¿a qué vienen todas estas preguntas? ¿Qué me sucede? Aunque que Niki pregunte sin cesar si hay novedades tampoco es normal. ¿Y esa repentina invitación a cenar? Sí, aquí hay gato encerrado. Pero bueno, una invitación a cenar puede ser sin más un pretexto para celebrar algo, para dar una buena noticia. De repente lo asalta una duda. ¿Y si la novedad la tuviera Niki? Una de esas noticias increíbles que dan un vuelco a la vida y que suelen decirse después de un bonito brindis. «Cariño, tengo una cosa importante que decirte.» Se imagina a Niki mirándolo y sonriendo detrás de la copa de champán. «Alex..., ¡vas a ser papá!» Y eso que he tenido mucho cuidado. Sí, el suficiente. Aunque también podría ser de otro. Y en ese momento reaparecen en su mente sus amigos con las togas de abogados. Sus semblantes son aún más severos y tienen los ojos desmesuradamente abiertos. Culpable por el mero hecho de haberlo pensado. Inspira profundamente, aún más profundamente. Alex sólo está seguro de una cosa: es culpable. ¿Otra vez? Sí. No ve la hora de salir a cenar con Niki. Después, su mirada se posa en su escritorio. Los últimos diseños de Raffaella. Y la nota sobre la agenda: cena con Niki a las nueve y media. Imposible. Hay algo que no encaja.

Veinticinco

Cristina está parada en el semáforo. Mira a su alrededor. Ve a una pareja que camina abrazada por la acera. Otra se besa en el coche de al lado. Otra se persigue bromeando. Hay que ver cuánta gente feliz y enamorada hay en el mundo. Salvo yo. Parezco Nanni Moretti en *Bianca*, cuando, delgado como una cerilla y con la canción *Scalo a Grado* de Franco Battiato como música de fondo, muestra una panorámica de una playa en un bonito día de sol. Y ve una serie de parejas que se quieren, se abrazan, se besan sobre las toallas o las tumbonas. Y entonces Moretti, con el pelo bien seco y unas gafas enormes marrones de principios de los años ochenta, primero impasible y después sonriendo, decide que él también desea el amor. De manera que echa a andar hasta que vislumbra a una chica guapa y rubia que está tumbaba boca abajo haciendo *topless*. Se detiene y se tumba sobre ella. Y ella, como no podía ser menos, se debate, protesta y se levanta. Varias personas se acercan y obligan a Moretti a marcharse. Qué escena. Sí, pero echaba de menos el amor. Yo, en cambio, lo tengo. No estoy soltera. Estoy con Flavio.

El semáforo se pone en verde. Cristina mete la primera y arranca. Sonríe. Sí. Yo también he tomado una decisión. No me tumbaré encima de nadie. Cuidaré a mi amor. Lo mimaré. Prepararé su tarta preferida. Chocolate y coco. Hace demasiado tiempo que no se la preparo. No puedo quejarme de los demás si yo, por mi parte, no muevo un dedo.

Cristina llega a casa. Aparca. Sube la escalera. Se siente feliz como una niña, repentinamente feliz de dar una sorpresa a alguien. Abre la puerta, la cierra a sus espaldas, echa el bolso sobre el sofá y se precipita a la cocina. Busca los ingredientes: dos tabletas de chocolate *fondant*. Un poco de mantequilla. Huevos. Leche. Harina. Azúcar. Y coco rallado. Enciende la radio y empieza a cocinar. Con pasión. Divertida. De vez en cuando se lame los dedos que ha metido en la masa. Enciende el horno para calentarlo. Unta el molde de mantequilla. Y casi sin darse cuenta se pone a canturrear su versión personal de Vasco: «Una tarta para ti..., no te la esperabas, di..., y, en cambio, aquí la tienes..., ¿cómo habrá salido?, sabes...»

Suena el móvil. Está en uno de los bolsillos de los vaqueros. Lo saca con las manos todavía blancas de harina. Lo abre. Es Flavio.

–Hola, cariño, soy yo... Oye, perdona pero esto va para largo. Llegaré tarde. Tengo que acabar de redactar un informe para mañana por la mañana y voy muy retrasado... Un beso.

Cristina sujeta el teléfono ya silencioso con los dedos. Lo cierra y lo deja sobre la encimera. Mira el horno donde en esos momentos se cuece la tarta. Después esboza una amarga sonrisa. Cuando quieres dar una sorpresa. Cuando piensas en los detalles, te esfuerzas y eres feliz pensando en la felicidad que suscitarás. Y la espera se transforma en alegría. Y luego, plof, basta una llamada, una frase inocente o un retraso para que todo salte por los aires y tú te quedes con las manos vacías. A saber dónde está ahora. De verdad, quiero decir. ¿Qué estará haciendo? ¿Y con quién? A ver quién es el imbécil que se cree que tiene que acabar de redactar un informe. Puede que lo que esté tratando de dar por zanjado sea nuestra relación. ¿Y si me estuviese engañando? ¿Y si ahora está con otra y se ha inventado esa excusa? Cristina se imagina la escena. Flavio y una mujer. Puede que guapa. Puede que en su despacho. Juntos. Próximos. Se besan. Se tocan. ¿Qué experimento? ¿Qué siento? Hace unos años la mera idea me habría matado. ¿Y ahora? Ahora tengo la impresión de que en el fondo me trae sin cuidado. Y esa constatación la asusta. Se siente mal, culpable. ¿Cómo es posible que la idea de que Claudio me traicione me deje indiferente? Flavio y otra mujer. A saber... Quizá sería incluso más feliz. Y recuerda lo que le decía su amiga Katia durante el bachillerato, esto es, que las historias de amor no duran más de siete años y que la crisis se inicia ya en el sexto. Que la pasión, incluso la más fuerte, se desvanece. Y el aburrimiento pasa a ocupar su lugar. La costumbre. Y todo parece igual. Apagado. Sin estímulos. Y el amor, ése que se describe en los libros y en las películas, resulta ser una mera fantasía. En ese momento se abren dos opciones: romper o engañar. Para renovarse. Para recordar cómo era esa poderosa sensación que te devoraba el estómago cuando pensabas en él. O en ella. En estar juntos. Y se sigue así, atrapados en un círculo vicioso de hipocresía en el que ninguno de los dos tiene el valor de decirle al otro que el sentimiento ha cambiado, que se ha agotado, que ha desaparecido. Qué tristeza. ¿Así es la vida? ¿Uno se vuelve así?

Suena el temporizador del horno.

La tarta está lista. Cristina se pone la manopla, abre la puerta y saca el molde. Lo coloca sobre la mesa. Coge un gran plato de cristal y vuelca la tarta en él. A continuación saca un cuchillo de un cajón. Y vuelve a pensar en Flavio. En él con otra mujer. Y no siente nada. La pena aumenta. Se come un pedazo. Como si fuese una niña, hunde los dedos en el chocolate dulce y todavía caliente del horno. Y sus lágrimas se deslizan saladas, contrastando con el azúcar del postre, aunque la melancolía que las produce es asimismo ardiente.

Veintiséis

Velada romana. Las calles están casi vacías. Mérito de la hora de cenar. Se circula bien. Alex conduce con calma, llega a tiempo. La tarde ha transcurrido sin sobresaltos. O novedades. Son las nueve y media. Alex aparca el coche, se inclina hacia el asiento de al lado para ver si ha llegado al número que Niki le ha escrito en su mensaje. Sí, aquí es, via della Balduina, 138. Y, de hecho, ve por encima de su cabeza el letrero bien iluminado: «Restaurante.» Sin embargo, es extraño, hay poca gente, no parece una inauguración. Bah. Quizá la gente llegará más tarde. Alex se apea del coche y entra en el local. Ve a Niki sentada sola a una mesa hojeando el menú. Parece serena, tranquila. Con la mano izquierda tamborilea sobre la mesa mientras que con la derecha sujeta el menú abierto en el que lee las especialidades del local. Alex sólo piensa una cosa al verla: ¡qué guapa es! Y esa constatación borra de golpe todas sus dudas.

Se acerca a ella y se sienta a la mesa.

—Aquí estoy, amor... —Le da un ligero beso en los labios—. Me he dado toda la prisa que he podido...

Nike sonríe y se encoge de hombros.

—Me parece perfecto.

Alex abre su servilleta y la extiende sobre su regazo. Luego mira alrededor.

—Hay poca gente... ¿Todavía tienen que llegar?

Niki sonríe.

—No... No creo...

—Ah...

Alex observa con más detenimiento el local. No le parece particularmente nuevo. Es agradable, acogedor, sencillo, pero da la impresión de llevar mucho tiempo abierto. Al fondo de la sala está el propietario. Está sentado frente a la caja, es un tipo rollizo, de cara bonachona, sin pelo y con las gafas caladas en la nariz. Está comprobando algo con el bolígrafo en la mano y parece distraído y aburrido. Cualquier cosa menos un tipo que desborda adrenalina debido a la inauguración de su nuevo restaurante y, aún menos, un posible amigo de Niki. Alex escudriña el fondo del local. La verdad es que hay cuatro gatos. Algo falla. Luego su mirada se cruza con la de Niki.

—Hay algo que no te encaja, ¿verdad?

Alex sonríe, curioso.

—Sí, en efecto... No me parece un local... antes de la inauguración...

—Y tienes razón. —Niki abre de nuevo el menú y lo alza, para esconderse detrás, o como si pretendiera leer mejor la lista de los platos para pedir algo. Después se asoma por encima y le sonríe—. Te he mentido. Hoy no inauguran nada.

—Ah... —Alex entiende que la situación se está torciendo, de manera que trata de ocultarse también detrás de la carta.

Niki alarga una mano y la aparta para poder verle la cara.

—Ah, también te he contado otra mentira: el propietario no es amigo mío...

Alex vuelve a mirar al señor que está sentado frente a la caja. Le parece aún más gordo, más viejo y aburrido que antes. Luego sonríe un poco avergonzado.

—Pues sí, la verdad es que no lo parece... —y alza una vez más el menú como si la situación fuese del todo normal.

Niki se inclina y se lo vuelve a bajar. Alex sabe que no tiene escapatoria. Niki le sonríe de nuevo. Esta vez, de manera forzada.

—¿Quieres saber por qué he elegido este sitio?

Alex asiente tratando de parecer tranquilo, pero está seriamente preocupado.

—Sí, claro...

—En un instante todo se precipita de nuevo en su cabeza. Raffaella me ha mentido, son amigas íntimas. Más aún: Niki ha hablado con Leonardo y ambos se han puesto de acuerdo, la ha asignado adrede a mi despacho. No, eso no. Niki está embarazada y quizá el niño sea mío. Después, sin saber qué buscar ya en el interior de su mente, retrocede en el tiempo, excava, hace suposiciones, piensa, reflexiona. No me lo puedo creer. Se ha encontrado con Elena, y a saber qué cosas se habrá inventado ésta. O puede que no se la haya encontrado, sino que piense que yo he vuelto a verla. Y ese voltear entre recuerdos, deducciones, suposiciones y miedos lo va agotando poco a poco, hasta que Niki le sonríe por última vez mientras le muestra el menú.

–¿No te dice nada este sitio?

Alex lee por primera vez el nombre del restaurante: Entre Ceja y Ceja. Acto seguido recorre con la mirada el comedor. Varias personas comen y charlan tranquilamente, el propietario sigue en la caja y ahora, quizá debido a una extraña circunstancia, alza la mirada y echa un vistazo a las mesas. Su mirada se cruza con la de Alex y le sonríe. ¿Quizá de forma excesivamente afable? ¿Querrá decir algo, es una señal, una indicación, un código secreto? No. ¡Es increíble! ¿Será un local de intercambio de parejas? Alex observa con mayor atención. Hay también una familia con hijos y suegra incluidos. Y en una fracción de segundo ve por enésima vez a sus amigos vestidos de abogados revolcándose de risa y llevándose las manos a la cabeza. No, mejor pasar por alto este último pensamiento absurdo, se avergüenza de él.

—Cariño, perdona..., pero no entiendo nada.

Niki se pone terriblemente seria.

—Me lo imaginaba... —Después vuelve a sonreír divertida—. Te he traído... —se inclina, saca algo del bolso que tiene bajo la mesa y se lo tiende— ¡un regalo! Ten...

—¿Es para mí?

—¿Para quién si no? Ábrelo...

—Pero, cariño...

El cerebro de Alex huye de nuevo en todas direcciones. Pero, ¿por qué? ¿Qué día es hoy? ¿Cuándo nos conocimos? ¿Cuándo empezamos a salir juntos? ¿La primera vez que hicimos el amor? ¿Cuándo fuimos a París? ¿Cuándo rompimos? No consigue relacionarlo con nada. Aún menos después de desenvolver el paquete. Un DVD... Lo mira haciéndolo girar entre las manos. James Bond apuntando con su pistola y rodeado de varias chicas guapísimas. Por un instante vuelve a ver la sombra de Raffaella.

—Esto... —Alex ya no sabe realmente qué pensar—. No entiendo...

—No entiendes, ¿eh? ¡¿Cómo se titula?!

Alex lo mira. *La espía que me amó.*

Niki le sonríe.

—Tú me quieres, ¿verdad, Alex?

—Claro... Pero ¿qué preguntas me haces, Niki? Lo sabes, ¿no?

—Claro... Pero quizá estés pensando en hacer el *remake* de la película en el papel de... ¿espía? —Niki cambia de tono de repente. Ahora es severo, duro e inquieto—. ¿Se puede saber qué hacías hoy en la universidad? ¿Por qué me has seguido? ¿Por qué me espiabas? ¿Qué tienes entre ceja y ceja? —le pregunta mostrándole el menú—. ¿Qué te ha pasado?

—Yo, la verdad...

En un abrir y cerrar de ojos, Alex comprende que está perdido, se siente como uno de los protagonistas de los mejores dibujos animados que veía cuando era pequeño. De repente se encuentra suspendido en el vacío y a continuación se precipita como el Coyote en uno de sus vanos intentos de atrapar al Correcaminos, o como el gato Silvestre cuando resbala por el hielo hacia el precipicio tratando de frenar la caída con sus garras mientras Piolín lo sobrevuela riéndose, o mejor aún, cuando Tom persigue a Jerry y acaba su carrera estampándose contra una pared mientras el roedor entra en la ratonera que hay debajo. En resumen, un desastre de dibujo animado: Alex, el osito perdido.

Dada la situación, enrojece de golpe.

—Yo, la verdad...

—¿Quizá sólo querías asistir a una clase, ver cómo es la universidad hoy en día para matricularte después en filología? —Niki le sonríe.

Sí, le ha ofrecido una escapatoria. Porque cuando uno ama de verdad lo hace. Sólo se ensaña cuando se trata de algo grave. Puede que ésa sea la respuesta que Niki desea oír. Pero cuando está a punto de contestarle se percata de que es una trampa... mortal. Si asiente, Niki comprenderá que no es una persona sincera, sino un payaso, un tipo ridículo, un charlatán. Un hombre que no sabe reconocer sus errores, sus limitaciones y sus debilidades. En fin, mejor que me haya pillado en la universidad y no que sea amiga de Raffaella. De manera que alza los ojos y habla con sinceridad.

—No, Niki..., no quería matricularme en filología.

—Ah... —Ella parece aliviada—. Empezaba a preocuparme...

Alex esboza una sonrisa e intenta bromear.

—¿Te preocupaba que pudiera irme mejor que a ti?

—No. Que no fueses capaz de decir la verdad. —Alex permanece en silencio y baja la mirada. Niki lo observa disgustada—. ¿Por qué, Alex? ¿Por qué me has seguido? ¿Qué es lo que te preocupa? ¿Crees que me callo cosas, que te oculto algo?

—Tienes razón, lo siento.

Niki se calma un poco.

—Lo de hoy me ha parecido muy extraño, de improviso me he sentido insegura.

—¿Tú?

—Sí, yo. He estado dándole vueltas durante todo el día. Si tú, de buenas a primeras, dejas de creer en mí y piensas que puedo ser una persona diferente o que te miento... Mira, me tiembla la voz con sólo decirlo. Me siento mal, te lo juro; de repente tengo ganas de echarme a llorar, se me retuerce el estómago, y eso que no he comido nada...

En ese preciso momento el tipo rollizo, dueño del local y supuesto amigo de Niki, se acerca a su mesa.

—Bueno, ¿os habéis decidido ya? ¿Qué vais a comer?

Alex y Niki se vuelven al mismo tiempo hacia él. La tensión les ha endurecido hasta tal punto el semblante que al propietario le basta un nanosegundo para comprender que el momento no es el más adecuado.

—Oh, perdonadme. Esto..., veo que todavía lo estáis pensando. Volveré luego…, mejor dicho, llamadme vosotros... —Retrocede y vuelve a la caja.

Alex y Niki lo contemplan mientras se aleja. Luego ella retoma la conversación.

—Si has pensado eso de mí es porque tú has hecho algo antes... Cuando uno sospecha es porque no tiene la conciencia tranquila.

Alex se sorprende.

—¿Yo? —Por un instante le viene a la mente Raffaella, pero entiende que eso no tiene nada que ver con ella. Después reaparecen sus amigos vestidos de abogados, que asienten con la cabeza. Alex se deshace de ese pensamiento—. Eso no lo digas ni en broma, Niki. ¿Cómo se te puede haber ocurrido una cosa así?

—Porque tú lo has pensado de mí... —Mientras habla se le saltan las lágrimas, aunque se quedan así, suspendidas, retenidas por sus grandes y espléndidos ojos, como si fuesen pequeñas burbujas a punto de reventar.

Alex alarga la mano a través de la mesa y toma la de Niki, la aprieta con fuerza y se siente un miserable por haber pensado una cosa como ésa.

—Perdóname, cariño...

Niki lo escruta sin pronunciar palabra, sin saber a ciencia cierta qué decir, el labio inferior le tiembla. Siente una punzada inusual en el corazón. Un vacío bajo sus pies. El equilibrio que se tambalea. El deseo de saltar por encima de la mesa para abrazarlo a la vez que la rabia por haber dudado de ella de una manera tan estúpida.

—No sé qué me ha sucedido, Niki, jamás se me había ocurrido una cosa así. Quizá sea culpa de Camilla, que, de repente, ha dejado a Enrico y se ha escapado con un desconocido... Ver cómo se derrumba lo que me parecía una certeza... Ellos, que además están casados...

—En mi vida te haré una cosa así... Nunca te decepcionaré de esa forma. No necesito prometer nada al Señor para mantener lo que siento en mi corazón. Pero bueno, si llega a ocurrir serás el primero en saberlo.

Alex cambia de silla para acercarse a ella. El dueño los ve desde la caja, los observa por un momento, masculla algo y vuelve a concentrarse en sus cosas. Los dos se dan cuenta, aunque es Alex el que lo expresa en voz alta.

–Oh..., ahora entiendo por qué se llama así este sitio: ese tipo es demasiado curioso... Nos tiene... ¡entre ceja y ceja!

Niki suelta una carcajada, algunas lágrimas se deslizan por sus mejillas, empieza a sorber por la nariz, se echa a reír de nuevo y se suena con la servilleta. Ríe, llora y se siente como una idiota. Al final se queda mirando la servilleta.

–Lo sabía... ¡Se me ha corrido el rímel, vaya!

Con un dedo, Alex le acaricia la mejilla con delicadeza y a continuación le besa levemente los párpados.

–Perdóname, cariño, me siento culpable por haberlo pensado... –La estrecha entre sus brazos y respira con la cabeza hundida en su pelo. Ella sigue temblando. La siente cálida, tierna, frágil, pequeña, y en un instante piensa que lo único que quiere hacer en este mundo es protegerla, amarla sin preocupaciones, sin problemas, sin dudas, entregarse a ella en cuerpo y alma. Sí, vivir exclusivamente para verla sonreír. Alex la abraza más fuerte y le susurra–: Te quiero... –Y a continuación se aparta y la ve sonreír con los ojos de nuevo brillantes, sólo que esta vez de felicidad, de nuevo parecen tranquilos y confiados. Y es cosa de un instante, de ese instante. Decide desentrañar la duda: ¿ahora o nunca? Se decide. Ahora. Saltar. Ahora. Está sereno, tranquilo, y vuelve a su sitio mientras Niki empieza de nuevo a parlotear.

–¿Sabes? No me lo podía creer... Quiero decir, por un lado me gustaba la idea de que frecuentases conmigo la universidad... Incluso he llegado a pensar que me encantaría estudiar contigo... Que fueses mi compañero...

Todavía ignora lo que Alex acaba de decidir, porque a veces las decisiones, poco importa que sean graves o pequeñas, se toman por las razones más variopintas y nadie sabe verdaderamente cuál ha sido el instante, la sensación, la molestia o la conmoción que nos ha empujado a hacerlo. Y, sin embargo, ocurre. Como en ese caso. Alex la ve sentada enfrente de él y le parece mayor, suya para siempre. La mira con otros ojos y simula escuchar; asiente, feliz de la decisión que acaba de tomar. Ahora. Para siempre. A saber si ella se habrá percatado de algo, si podrá adivinar lo que piensa, su espléndida decisión...

¿Cuál será su respuesta? Pero, sobre todo, lo que es más importante, ¿cómo se lo pido?

—¿Alex?

—¿Eh?

—¿En qué estás pensando?

—Te estoy escuchando...

—Mentiroso... —No obstante, Niki no insiste en esta ocasión, ha recuperado la calma. Coge el DVD de *La espía que me amó*—. Tenemos que verla... El tipo de la tienda me ha asegurado que es fantástica... Es una de las mejores de Roger Moore, aunque la verdad es que dudaba si regalarte otra...

—¿Cuál?

—*Austin Powers 2: La espía que me achuchó*. Estabas tan cómico en la facultad... —Ríen y bromean.

Viendo que la tormenta ha pasado, el propietario se acerca de nuevo a la mesa.

—Entonces, ¿ya sabéis qué pedir? Si no, la cocina cierra...

Por fin asienten con la cabeza divertidos, juegan con el menú, hablan de tonterías, comentan, piden y a continuación cambian de idea obligando al dueño a tachar lo que acaba de escribir en su cuaderno y a anotar otra cosa. El hombre resopla.

—Está bien, ya basta, yo ya me he decidido. Ensalada de frutos del mar.

—En ese caso yo pediré lo mismo.

—¿Te apetece pescado al horno?

—Sí, perfecto.

—Está bien, entonces quizá el más fresco que tenga, para dos, y un poco de vino blanco...

—¿Qué os apetece?

Alex la mira por un instante.

—¿Qué te parece si cenamos con champán?

—Oh, sí, me encanta.

—Muy bien, pues en ese caso una botella de champán francés, bien fresca, eso sí.

El propietario se aleja satisfecho. A veces esas peleas... ¡Si después hacen las paces así! Niki mira a Alex y asiente convencida con la cabeza.

—Has entendido que debes ganarte mi perdón, ¿eh?

—Ya... —Alex esboza una sonrisa sin saber muy bien por qué ha pedido el champán. Se le ha ocurrido así, embriagado por el momento, por la alegría de haber salvado lo que podría haberse convertido en una velada terrible terrible.

El propietario vuelve en un abrir y cerrar de ojos con una botella de agua mineral.

—Por el momento os dejo ésta —y se aleja sin más.

Niki hace ademán de cogerla para servirse, pero Alex se le adelanta.

—Gracias... —le dice ella risueña.

—De nada..., faltaría más.

—Me encantan todas estas atenciones. ¡Deberías venir más a menudo a la facultad! —Tras beber un poco vuelve a dejar el vaso sobre la mesa—. Mmm. ¿Sabes que casi me muero de la risa?

—¿Cuándo?

—¡Cuando el profesor Borghi estuvo a punto de atropellarte con su coche!

—¡También te diste cuenta de eso!

—¡Te había visto ya frente a mi casa!

—¿De verdad?

—Claro, esperaba que me llamases... Hasta llegué a pensar que me había equivocado, pero después te vi aparcar en la facultad.

Alex reflexiona mientras bebe... Se ha percatado de todo, es increíble. ¿Por qué? ¿A qué se debe tanta atención? Oculta algo... Pero en un instante sus temores se desvanecen y vuelve a sentirse feliz de su decisión. Llega el champán, lo descorcha y lo sirve en las dos copas. Alex levanta la suya y busca la mirada de Niki. Ojos. Silencio. Después una sonrisa.

—Amor mío...

—¿Sí?

—¡Me gustaría poder pasarme la vida espiándote!

Ríen, brindan y beben mirándose a los ojos. De los altavoces del restaurante llega de improviso una canción: «La felicidad es no pensar en nada, eh... La felicidad es algo inconsciente. La felicidad es un beso de la fortuna en la frente.» Es cierto. Es justo como canta Paola Turci. La felicidad consiste en sentirse bien así, por el mero hecho de estar juntos. Claro que la felicidad es también mucho más, es poder decirle algo al otro. A Alex le encantaría poder revelarle su decisión, pero para eso necesita una idea verdaderamente extraordinaria. Algo diferente de Entre Ceja y Ceja. Algo distinto del simple letrero de un restaurante del centro de la ciudad. Le aprieta de nuevo la mano y siente un agradable estremecimiento. Como cuando sabes que todo irá bien.

Veintisiete

Mañana soleada. Es pronto. Apenas hay gente. Las ventanas resplandecen con una luz agradable y blanca que se refleja en las paredes del edificio de enfrente. Alex entra en el despacho de Leonardo, que se sorprende.

—¡Buenos días! ¡Qué alegría verte de buena mañana! ¿Me traes otro regalo?

Alex se sienta delante de él.

—Querido director... ¿Acaso crees que te lo mereces?

Leonardo arquea las cejas presagiando la tormenta.

—Entiendo. ¿Quieres un café?

—¡Ya he tomado uno!

—¿Una tila?

Alex ladea la cabeza y Leonardo sonríe para disculparse.

—Vale, estaba bromeando. Pero me parece que he hecho todo lo posible para que te sintieras mejor en el trabajo. Nadie tiene una ayudante como la tuya. Quería que te sintieras feliz...

—Precisamente, yo ya lo era...

—¿Y bien?

—Búscame otra.

—Pero es la mejor, la más competente, la más...

—Sí, ya imagino todo lo que podrías añadir. Puedo intuirlo sin necesidad de que me eches una mano...

—¿Entonces?

—Asígnala a otro. Con una ayudante así trabajaré menos, de modo que tú también saldrás perdiendo. Es una distracción...

—Pensaba que te gustaría... Que te haría feliz...

—Ya te he dicho que soy feliz, muy feliz... Y, sobre todo, quiero seguir siéndolo.

—Bien, como quieras. —Leonardo se levanta del escritorio—. De acuerdo. Lo he entendido. Ha firmado un contrato por un año, de manera que no puedo despedirla. La mantendremos a nuestra disposición y la haré trabajar en otro de mis proyectos.

—Me parece perfecto.

—Sólo pretendía darte gusto.

—¿De verdad quieres hacer algo por mí?

—¡Claro! Te lo digo en serio, con toda sinceridad.

Alex sonríe y decide fiarse de él. Le cuenta su plan y se queda sorprendido del entusiasmo que demuestra Leonardo al oírlo.

—¡Muy bien! ¡No acabo de entender qué piensas hacer allí, pero te lo mereces! Además, estoy seguro de una cosa: eso te dará ideas para trabajar después en nuestro cortometraje.

Alex se vuelve y lo mira irritado. Leonardo abre los brazos.

—Solo. Máxima creatividad, sin ayudante o posibles distracciones...

—Vale.

Alex le estrecha la mano.

—De acuerdo entonces.

Y sale a toda prisa de su despacho, se precipita hacia el ascensor, pero se encuentra con Raffaella en el pasillo.

—Hola, Alex, mira, he recopilado unas cuantas películas que podrían darnos algunas ideas para nuestro proyecto.

Él sigue caminando hacia el ascensor.

—Lo siento, pero voy a salir a hacer unas gestiones. El director ha decidido asignarte a uno de sus proyectos personales... —Alex llega al ascensor y aprieta el botón de llamada.

—¿Cómo? —Raffaella parece visiblemente decepcionada—. No sabía nada...

Alex entra en el ascensor.

—Lo siento. A mí tampoco me ha gustado la idea. Me lo acaba de decir... Pero ya sabes cómo es, ¿no? En menos que canta un gallo cambia las cartas que hay sobre la mesa...

Pulsa un botón y el ascensor se cierra sin darle la posibilidad de responder. Como última imagen, Alex ve su cara enfurruñada. Y por el resquicio que dejan las puertas ve que ella se vuelve sobre sus magníficas piernas.

Habría sido imposible resistir a la tentación. También eso es amor.

Veintiocho

El *outlet* de la Levi's está abarrotado de gente. Diletta siente curiosidad por la sección infantil. Está mirando unos pantaloncitos de peto muy monos. Olly y Niki se dan cuenta y le toman un poco el pelo mientras eligen unos vestidos no muy lejos de ella.

Hay cola delante de los probadores. Erica ha encontrado dos pares de vaqueros y dos camisetas y está esperando a que alguno quede libre para probárselos. Llama la atención de un chico que está a su lado.

—Menudo jaleo, ¿eh?

Erica se vuelve.

—¿Eh?, sí... Todo está muy rebajado, es normal —sonríe.

El chico sujeta varios pares de pantalones que lleva en la mano y que se le están resbalando.

—Yo he cogido éstos... —y se los enseña a Erica, que lo mira un poco perpleja.

—Eh..., genial. Yo no.

El chico se percata de que su ocurrencia no ha sido, lo que se dice, brillante. En ese momento queda libre el probador que está delante de ellos. Él se vuelve de inmediato hacia Erica.

—Entra tú, venga, yo espero...

Erica lo mira estupefacta y esboza una sonrisa.

—¡Ah, gracias, perfecto! —y entra. Se desnuda y se prueba el primer conjunto: unos Levi's Slim Fit y una camiseta ajustada de color azul que le resalta el pecho. Sale del probador y gira sobre sí misma. Mira al chico—. ¿Qué tal me sienta?

Él asiente con un movimiento de cabeza, algo avergonzado.

—De maravilla...

Erica sonríe maliciosa.

—Bien..., espera. Me pruebo otro.

Corre la cortina y entra de nuevo en la cabina. Un par de minutos después vuelve a salir. Esta vez luce un modelo 609 Hotstuff y una camiseta blanca de manga larga. Improvisa un pequeño desfile delante del chico. Mientras tanto, Olly y Niki se han acercado a ellos con varias prendas en la mano. Se percatan de la escena. Se miran y se echan a reír. El chico, siempre un poco cohibido, observa a Erica, que se detiene de golpe delante de él.

—¿Y bien? ¿Qué te parece éste?

Él balbucea.

—Bueno, también te sienta bien, sí...

—En ese caso, ¿con cuál me quedo? —pregunta Erica sin dejar de moverse delante del espejo.

El chico no contesta. Olly y Niki se aproximan a él.

—Venga, aconseja a nuestra amiga; de lo contrario es capaz de pasarse aquí toda la tarde...

Erica se vuelve.

—Venga, ¿qué dices?

—Quizá me quedaría con los dos... —responde él en tono poco convincente.

—¡Sí, claro! ¡¿No serás por casualidad un empleado de la tienda vestido de incógnito?! No puede ser, tengo que elegir. Uno u otro. —Se mira al espejo por última vez—. Con el primero estoy más sexy. Ya está, decidido —y vuelve a entrar en el probador para cambiarse.

El chico está pasmado.

—¿Vuestra amiga es siempre así?

—Peor..., pero es simpática, ¿no?

Él, por descontado, no tiene ganas de contradecirles.

—Sí..., sí...

Olly y Niki se miran riéndose. Al cabo de unos minutos, Erica sale de la cabina vestida con su ropa y llevando en la mano las prendas que ha elegido. Se para un momento y mira al chico.

–Gracias por haberme dejado pasar. Oye, mis amigas también quieren probarse ropa, ¿las dejas entrar?

Él no puede creer lo que está oyendo. ¡Tendrá cara! Sólo que no le da tiempo a decirle que no porque Niki y Olly ya se han colado en el probador. Erica sonríe.

–¡Eres un sol, gracias! –y se aleja.

El chico se encoge de hombros y se queda esperando delante de los probadores.

Erica se acerca a Diletta.

–¿Y bien? ¿Has elegido algo?

–No..., pero ¿has visto qué mona es la ropa de niño? ¡Se parece a la de los mayores! –dice Diletta.

–Sí, ya veo, pero ¿has escogido algo?

Diletta mira por unos segundos a su alrededor.

–Bah, no hay nada que acabe de convencerme...

–A mí, sí, mira –le enseña a Diletta los vaqueros y la camiseta azul.

–¡Precioso!

–He decidido que me vestiré así para el examen de Giannotti.

–¿No te parece demasiado ajustado?

–¡Precisamente por eso! ¡Al menos llamaré su atención! No sabes lo bueno que está...

–¡Pero, Erica, es tu profesor!

–¿Y qué? ¡Es un hombre! Que está como un tren y, además, es joven. No debe de haber cumplido los cuarenta. Si vieras cómo se viste: todo a la última, polos de lana peinada y Dockers, ¿entiendes? Muy *casual*. Y si vieras cómo le sientan... Tiene un culo...

–¡Erica!

–¿Qué pasa? ¡Los hombres son hombres, profesores o no! ¡Además, si llamo su atención quizá me suba la nota!

Diletta se lleva la mano a la frente.

–Eres un caso perdido. ¡Eres peor que la Olly de antaño!

–¡Evolución, Diletta, eso se llama evolución! –y se encamina hacia la caja.

Mientras tanto, Niki y Olly han salido del probador con la ropa que han elegido. Parecen satisfechas. Se miran la una a la otra contoneándose, bromeando, mientras el chico sigue haciendo cola hasta que la cabina de al lado queda libre. Entra en ella al vuelo huyendo de esa situación embarazosa. Olly y Niki se ríen como locas y vuelven al probador.

Al cabo de un rato las Olas abandonan el *outlet*. Todas llevan una bolsa en la mano, salvo Diletta.

–¿Sabéis que Erica está obsesionada con su profesor de antropología?

Niki y Olly se miran.

–¡Pero será viejo, Erica!

–¡De eso nada! Debe de tener la edad de Alex, ¡de manera que si Alex no os parece viejo, el mío tampoco! –replica esbozando una sonrisita falsa.

Niki se vuelve.

–Sí, de acuerdo, pero lo mío es diferente... Él es tu profesor, es decir, en tu caso hay también un conflicto de intereses...

–¿De qué conflicto hablas? ¡Al contrario! ¡Tal vez así se le escape una buena nota!

Siguen caminando así, bromeando, empujándose de vez en cuando, alegres y ligeras.

Veintinueve

Delante de la puerta, varias propuestas escritas en colores llamativos. Varios folletos con ofertas cuelgan de un tablero de anuncios que hay detrás de un cristal. Alex sube los escalones y entra. Allí sí que saben cómo tratarlo.

—¡Hola, Chiara! Veamos, esta vez debemos hacer algo verdaderamente especial... En fin, importante...

—¿Qué quieres decir? ¿Que la última vez no quedaste satisfecho?

—No... De eso nada, todo fue de maravilla, perfecto, pero en esta ocasión, bueno..., sí..., en fin..., ¡debe serlo aún más!

—¿Y se puede saber quién es la nueva afortunada?

Alex arquea las cejas.

—¿Por qué?

—Bueno, te veo muy entusiasmado...

Salta a la vista que a algunas personas les resulta extraño que uno trate de hacer siempre cosas diferentes para la misma persona.

—Es Niki Cavalli.

Chiara parece un poco decepcionada. Alex se da cuenta. Quizá para ella el amor sea ya una pura cuestión de rutina. Lástima. Alex se sienta delante de ella.

—Veamos, tengo cuatro días libres y he pensado que... Podría ser bonito... Sí, en fin, esta tarde, mientras estaba en el despacho, he navegado un poco por Internet y he encontrado unas cosas realmente estupendas...

Dispone varios folios sobre la mesa. Ella los mira. Están llenos de apuntes, subrayados, dibujos y lugares marcados además de un mapa trazado con gran esmero y, sobre todo..., con amor. Eso debe de ser lo que le sorprende tanto a Chiara, piensa Alex. Y, en efecto, así es. Chiara recorre con la mirada las hojas de papel mientras se pregunta cómo es posible que después de dos años un hombre de éxito como él, guapo, divertido y simpático, un tipo que, en pocas palabras, podría tener muchas mujeres, todavía sea feliz como un niño por el mero hecho de darle una sorpresa a esa bendita de Niki Cavalli. A saber por qué ella le resulta tan especial. Chiara escucha risueña esa especie de mar borrascoso de palabras. Alex y sus propuestas. Alex y sus ideas fantasiosas, sus suposiciones y sus curiosidades. Y asiente con la cabeza mientras le lee varias direcciones que ha anotado. Luego se mira al espejo que está a espaldas de él y se arregla el pelo. Y piensa. ¿Qué tendrá esa tal Nicoletta que no tenga yo? ¿Por qué una chica como yo, guapa, simpática y divertida, una treintañera de muy buen ver, no le gusto?

Alex alza la mirada de los folios.

—Pero ¿me estás escuchando?

—¡Por supuesto que sí! —Chiara vuelve a la realidad—. ¡Claro!

Abre una página en el ordenador, comprueba algunos datos, luego abre otra, hojea un folleto, hace una serie de consideraciones mentales y se pone manos a la obra. Por enésima vez, estudiará el mejor paquete posible para contentar al cliente, el mismo paquete que, al menos una vez, una sola vez, le gustaría recibir como regalo de alguien que la sorprenda y la rapte por un día, un fin de semana, toda la vida. Programar las vacaciones a los demás es para Chiara un sufrimiento increíble. Le encantaría ocupar el lugar de esa «cría», como la llama sin cesar en su fuero interno... A continuación hace la pregunta de rigor:

—¿Cuánto quieres gastar?

Alex le sonríe.

—No me he marcado ningún límite.

Chiara sacude la cabeza.

—Bien... Claro —y se sumerge de nuevo en el ordenador.

De repente cae en la cuenta. No hay lucha posible. Sonríe una vez más a Alex desde detrás de la pantalla a la vez que entiende que jamás podrá ser suyo por una sencilla, sencillísima, razón: él está perdidamente enamorado de ella.

Alex la mira. Hay que reconocer que Chiara se esfuerza de verdad cuando hace las cosas. No hay nada más bonito que ver a una persona que ama su trabajo. Es maravilloso conocer a gente así. Si Alex supiera... Pero él ignora la verdad, como a menudo sucede con muchos de los que viven a nuestro lado y son amables con nosotros. Jamás sabremos por qué lo son, y qué es lo que sienten en el fondo.

Pasada una media hora, Alex se despide, cierra la puerta a sus espaldas y baja los escalones. Está encantado con su plan. En esa agencia son muy competentes. Coge el móvil y llama a varias personas para que lo ayuden a materializar su idea. Entiende que es absurdo y sonríe mientras lo cuenta. Sí, hay que reconocer que no es fácil. Pero el mero hecho de haberlo imaginado implica haber realizado ya la mitad de ese sueño.

Treinta

Alex empieza a preparar la bolsa para ir a jugar a futbito. Mete la camiseta azul y también la blanca. Esta vez no han llegado las alineaciones, de forma que más le vale llevarse al campo las dos camisetas. Además, siempre hay alguien que olvida la suya y te la pide prestada.

El móvil suena de repente. Un mensaje. Dios mío, ¿y ahora qué pasa? No me digas que... Alex corre a sacar el teléfono del bolsillo de la chaqueta, pulsa la tecla y abre el sobrecito. Lee: «Ven en cuanto puedas a casa de Enrico. Problemas. Flavio.»

¡Oh, no! De nuevo se suspende el partido. Menudo coñazo. Alex teclea el número de Flavio, que responde a la segunda llamada.

—¡Hola, Alex! —De fondo se oye un gran bullicio.

—¡Ay! ¡Me tiro, déjame!

—¡Ven de inmediato, Alex!

—Pero ¿qué sucede?

—No logramos dominar la situación.

—Camilla ha vuelto.

—Peor. —Se oye un grito—: ¡Yo me tiro! —y un ruido de cristales.

—¡Quieto, quieto! —grita Flavio—. Tengo que dejarte, Alex —e interrumpe bruscamente la conversación.

Alex se queda mirando atónito el teléfono mudo. También él se ha quedado sin palabras. No es capaz de imaginar lo que puede haber sucedido. Se pone la chaqueta y baja corriendo la escalera. Mientras tanto teclea un número en el móvil.

—¿Niki?

–Hola, ¿qué pasa? Veo que tienes prisa. ¿Vas a jugar a futbito? –Niki mira el reloj–. ¿No es un poco pronto?

–No, esta noche no jugamos –Alex recuerda la mentira que contó la semana anterior y se da cuenta de que en esta ocasión no vale en absoluto la pena mentir.

–¿Adónde vas entonces? Espero que no tengas que espiar a nadie más.

–De eso nada, voy a casa de Enrico.

–No te habrá contratado para sustituir al detective de la otra vez, ¿no? ¿Cómo se llamaba...? Costa... No sacó nada en claro.

Alex recuerda la segunda carpeta con las fotos de alguien desconocido y se maldice por eso. También le viene a la mente el ridículo que hizo espiándola en la facultad y se avergüenza.

–No, se trata de mis amigos; deben de haberse metido en otro lío...

–¿De qué tipo?

–No lo sé...

–Alex... No me estarás ocultando algo, ¿verdad?

–¿Por qué debería hacerlo? Sea lo que sea, seré yo el primero en decírtelo.

Niki sonríe al oír cómo usa su misma frase.

–Así me gusta.

Alex también sonríe.

–Es que tengo una maestra fantástica.

–Sí, sí, ¡tómame el pelo si quieres! Pero llámame más tarde, me muero de curiosidad...

–De acuerdo, amor, hasta luego.

Al cabo de unos minutos llama a la puerta de Enrico.

–¿Quién es?

–Soy yo.

–¿Yo, quién?

–¿Cómo que «yo, quién»? Alex...

Enrico abre la puerta. Salta a la vista que está furioso.

–Entra. –Cierra la puerta y acto seguido cruza los brazos sobre el pecho, señal evidente de su enojo. Flavio se pasea por la habitación.

–Hola.

Pietro, en cambio, está sentado en el sofá, con la mano en alto sujeta un poco de hielo envuelto en un paño sobre la ceja derecha, que tiene hinchada. Alex mira boquiabierto a sus amigos.

–¿Se puede saber qué pasa? ¿Habéis discutido? ¿Os habéis pegado? ¿Me lo podéis explicar?

Flavio sacude la cabeza, todavía le cuesta creer lo que ha ocurrido, está confundido. Enrico pisotea nervioso el parquet.

–Yo lo único que sé es que estoy solo. Había conseguido dormir a Ingrid... y ahora debe de haberse despertado con todo este jaleo.

–¡Aaah! –se oye gritar a la niña desde el dormitorio que hay al fondo del pasillo.

Enrico junta el pulgar y el índice y traza una línea recta en el aire.

–¿Veis lo que os decía? ¡Un sentido de la oportunidad perfecto!

Flavio abre los brazos.

–¡Siempre quejándote!

–Sí, sí, claro... Yo, ¿eh? ¡Los líos los organizáis siempre vosotros!

Enrico se precipita hacia el cuarto de la niña.

Alex parece más tranquilo.

–En fin, ¿me podéis explicar de una vez lo que ha pasado? –Mientras habla se da cuenta de que una de las ventanas del salón de Enrico está rota–. ¿Y eso? ¿Quién ha sido?

Flavio señala a Pietro.

–Él. ¡Quería tirarse!

–Perdona, pero podrías haberla abierto.

–¡Qué simpático eres! Por eso Enrico está tan enfadado...

–Me las arreglo, bromas aparte.

Pietro retira el paño del ojo, coloca bien el hielo y vuelve a apoyarlo contra la ceja.

–A mí no me hace ninguna gracia.

Alex empieza a irritarse.

–O me explicáis lo que ha sucedido o me marcho. Joder, otra vez nos quedamos sin jugar...

Pietro lo mira desconsolado.

–No puedo. Díselo tú, Flavio. Yo me taparé los oídos.. No me lo puedo creer, me niego a pensar eso...

Así pues, suelta el trapo y se tapa los oídos. Flavio lo mira resoplando.

—Susanna ha dejado a Pietro.

—¿También? No me lo puedo creer. Pero ¿qué es esto? ¿Una epidemia? Primero Enrico y ahora Pietro...

Alex se sienta en el sofá.

—Estamos cayendo como moscas... —Luego piensa: Y precisamente ahora. No debería haber ocurrido—. ¿Y se puede saber por qué?

Treinta y uno

Algunas horas antes. Por la tarde. Susanna se acerca al teléfono, lo coge y teclea rápidamente unos números.

—¿Pietro?

—Lo siento, pero el abogado no está. Creo que tenía una cita fuera o que no se sentía muy bien. Ya sabe usted cómo es... —La secretaria sonríe y se encoge de hombros. A esas alturas ella también conoce a Pietro.

Susanna, en cambio, no las tiene todas consigo. Cuelga. No. No sé cómo es y, por si fuera poco, ha apagado el móvil, pese a que le he dicho mil veces que podría haber alguna emergencia. No entiendo por qué los hombres no nos tienen en cuenta. Hacemos la compra, recogemos a los niños del colegio, los llevamos a natación, a gimnasia, a inglés, limpiamos la casa e incluso si trabajamos fuera procuramos que todo esté en su sitio, cocinamos, nos mantenemos en forma para seguir siendo atractivas y para evitar que nos engañen, planchamos... En fin, que nos ocupamos de mil cosas. Somos esposas, madres, amantes y gestoras. Y cuando se produce una urgencia como la de hoy en que el fontanero por fin está libre y puede venir a casa, entonces todo salta por los aires. Eres poco menos que una pelmaza. Es uno de esos raros casos en los que el hombre debe tener el móvil encendido y acceder a sustituirnos en una de nuestras obligadas etapas.

Susanna teclea otro número. La línea está libre, menos mal.

—¿Mamá? Perdona que te moleste...

—Tú nunca molestas...

–¿Podrías ir a recoger a Lorenzo a natación?

–Ah...

–Sí, y luego lo llevas a tu casa, yo pasaré pronto por la tarde.

–Pero he quedado con mis amigas...

–Iré muy pronto, de verdad. Lo que pasa es que tengo una urgencia ahora y no quiero que espere delante de la piscina y se sienta mal al ver que todos sus amigos se marchan con sus padres.

–Ah, sí... Ya pasó una vez...

–Exactamente, y me gustaría que no volviese a suceder.

–De acuerdo.

–Gracias, mamá... Te llamo en cuanto acabe.

Susanna exhala un suspiro. Al menos una cosa arreglada. Sube al coche y arranca a toda velocidad. Sale del aparcamiento y se interpone en el trayecto de un coche que se detiene en seco dejándola pasar.

Un hombre toca con furia la bocina y agita los brazos gritando.

–Pero ¿cómo coño conduces?

–¡Mejor que tú! –le espeta Susanna, que conduce como una loca hasta que llega a la puerta de su casa. Por suerte encuentra de inmediato un sitio libre–. Perdone, perdone...

Llega en un abrir y cerrar de ojos delante de la verja, donde la espera un fontanero joven. Esboza una sonrisa.

–No se preocupe, señora, yo he llegado hace tan sólo unos minutos...

Todavía jadeante, Susanna abre la verja, después el portal, y al final llama el ascensor. Entran en él. Permanecen en silencio. Cierto embarazo, una sonrisa de circunstancias. Por fin llegan al piso. Una vez delante de la puerta, Susanna introduce la llave en la cerradura. Qué extraño. Sólo una vuelta. Esta mañana salí la última de casa y juraría que giré dos veces la llave. Bah. Estoy completamente agotada.

–Entre, por favor.

Sí. La verdad es que estoy agotada. Necesito unas buenas vacaciones. Tengo que llamar a Cristina para pasar unos cuantos días en el balneario. No sé cuánto tiempo hace que nos prometimos hacer una pausa para ir a un centro de bienestar.

–Por aquí, pase...

Cristina está mejor que yo. Menos estresada. No tiene dos hijos que quieren comprar y hacer todo lo que ofrece el mercado y, sobre todo, un padre que se lo consiente siempre. Creo que Pietro lo hace para ponerme en un apuro, para tirar de la cuerda y probar mi paciencia, para comprobar hasta qué punto resisto. Bah... De repente ve una chaqueta sobre el sofá, una camiseta y una camisa. Como en el cuento que su madre le contaba cuando era pequeña. Las miguitas de Pulgarcito... Pulgarcito. Sólo que en este caso se trata de ropa. ¡De Pietro! Echa a correr por el pasillo y abre sigilosamente la puerta de su dormitorio.

Ve varias velas junto a la cama. Una cubitera con una botella de champán sobre la cómoda. Pietro está en la cama. Y a su lado hay una mujer.

—¡Pietro! —grita enloquecida. Coge una vela—. ¡Éstas las compré yo...! —A continuación aferra la botella de champán—. ¡Y ésta la compré para la cena del domingo!

—Perdona, cariño, pero no sé qué me ha pasado... Tengo fiebre... Me sentía mal y ella me ayudó. Es doctora; mi médico, vaya...

Susanna ni siquiera escucha la mentira absurda de Pietro. Mira a la mujer por unos segundos. Lo que más le molesta es que es más joven que ella. Y encima, fea. Eso la cabrea aún más. Coge la ropa de la mujer y se la arroja a la cara.

—Desaparece. —Le gustaría añadir algo más, pero no puede.

La mujer se levanta de la cama medio desnuda y se desliza fuera de la habitación bajo la mirada curiosa del fontanero que, con un ligero embarazo, se dirige a Susanna:

—Lo siento, señora... Si quiere, yo también me voy...

—¡No, no! A saber cuándo lo vuelvo a encontrar... Venga, el cuarto de baño es el de mi hijo mayor. —Susanna sale del dormitorio y se dirige a la última habitación que hay al fondo del pasillo—. Es éste. ¿Ve el desagüe de la ducha? El problema debe de estar debajo... El agua no corre bien y crea humedades... Arréglelo, por favor.

—Como quiera.

Un tanto perplejo, el fontanero deja su bolsa en el suelo, saca sus herramientas, entre las cuales hay varios destornilladores, un metro y una llave inglesa especialmente grande, y empieza a desmontar la rejilla del desagüe.

—¿Dónde está la llave de paso, señora?

—Detrás de la puerta.

—Ah, sí, ahora la veo. —El fontanero la hace girar rápidamente, y cierra el paso del agua.

Justo en ese momento Pietro, que mientras tanto ha vuelto a vestirse, entra en el cuarto de baño.

—Lo siento, cariño... No pensé que podías volver...

—Sí que debes de sentirlo, sí, ¡te he arruinado el plan!

—No, no quería decir eso... —A continuación se dirige al fontanero—: Y usted también... No hay manera de encontrarlo... y se le ocurre venir precisamente hoy, ¿eh?...

Al oír esta última salida Susanna pierde los estribos.

—¡Al menos ten la decencia de callarte!

Coge la enorme llave inglesa que hay en el suelo y trata de golpear con ella, a Pietro, que, sin embargo, la ve en el último momento y la esquiva inclinándose hacia la izquierda, de manera que recibe el golpe en la frente, justo encima del ojo derecho.

—¡Ay!

—¡Yo te mato! ¡Maldito, maldito!

El fontanero la sujeta por detrás.

—Calma, señora... Calma, calma... Que si no acabará en la cárcel. —Consigue arrebatarle la llave inglesa de las manos—. ¡Ya me parecía a mí que se lo había tomado demasiado bien!

Pietro se encamina hacia el salón tambaleándose. Susanna lo mira sin experimentar la menor emoción.

—Desaparece para siempre de mi vida.

Treinta y dos

Pietro aparta las manos de los oídos justo a tiempo de oír esas últimas palabras.

—¿Lo entiendes, Alex? ¿Lo entiendes? ¿Lo entiendes? Quería matarme...

Alex se ha quedado de piedra.

—No, no lo entiendo, ¡sólo alcanzo a comprender lo imbécil que eres!

—¿Qué quieres decir?

—Además de que no deberías haberla engañado como has hecho siempre... ¿Encima lo haces en tu propia casa?

Flavio interviene:

—Es lo mismo que le he dicho yo. Querías que te descubriera, no sabías cómo decírselo y encontraste esa solución...

—Vaya con el psicólogo... El *fantathriller* sentimental... Me pilló y punto...

—Lo he entendido de sobra, pero ¿no podías llevarla a otro sitio, dado que no eras capaz de contenerte?

Flavio niega con la cabeza.

—Yo no podría hacer una cosa semejante...

—Porque sois demasiado calculadores. Cuando la pasión te arrebata de esa forma... Nos llamamos para tomar un café. Estábamos al lado de casa. ¿Te apetece subir? Venga... En esos momentos es de mal gusto buscar una habitación de hotel...

—¡Pietro! —grita Alex—. ¿De mal gusto? ¡Estás hablando de tu matrimonio! ¡Tienes dos hijos!

Enrico vuelve a entrar en el salón.

—Y yo tengo una que acaba de dormirse... ¿Podríais hacerme el favor de no gritar?

Alex exhala un suspiro.

—Y yo que pensaba que Flavio y tú os habíais peleado. Habría sido mejor.

Flavio lo mira crispado.

—¿Y quién habría ganado?

—Imbécil... —Pietro se masajea la frente—. Pareces Susanna. ¿Sabes lo que me dijo? «Sólo quiero saber una cosa: ¿por qué cuando estábamos juntos nunca encendiste una vela, creaste un poco de ambiente, pusiste un poco de música o descorchaste una botella de champán?»

—¿Eso te dijo?

—Sí, antes de echarme de casa para siempre.

—Entonces quizá todavía puedas remediarlo...

—Llevo toda la tarde intentándolo. Pero no hay modo de que ceda.

—Por supuesto, pero ¿es que crees que basta con una tarde?... Bueno..., yo creo que está claro... Todavía está alterada.

—Alterada... Querrás decir que no razona. Tengo dos maletas en el coche. Ha cambiado la cerradura de casa y ya he recibido la llamada de su abogado. No puedo acercarme a mi mujer... Y pensar que el abogado era también amigo mío...

—¡Pues menudo amigo!

—Pues sí... Lo que ocurre es que una vez le conté a Susanna que antes de conocerla había tenido una aventura con la novia del susodicho abogado y ella lo llamó ayer, se lo dijo y después le pidió que se ocupara de nuestro asunto. ¡Aceptó de inmediato! ¡Imaginaos...!

—¡De eso nada, imagina tú! Pero ¿por qué se lo contaste?

—¡Porque sucedió hace años!

—¿Y eso qué tiene que ver? El tiempo no cuenta cuando se trata de amor...

—Creía que Susanna y yo éramos cómplices, un equipo...

—Sí, claro, y tú no le ocultabas nada, ¿verdad?

Pietro mira a sus amigos.

—Escuchad, pensaba que entre ella y yo existía un acuerdo tácito.

Todo el mundo engaña a todo el mundo. Y todos fingimos no ver, no oír... ¿Sabes cuántas veces me he tirado a mujeres que segundos antes les habían jurado a sus maridos por teléfono que los querían con locura? Varias de ellas incluso con un niño en la barriga... Mujeres embarazadas, ¿entendéis? Que, sin embargo, no saben renunciar al sexo... ¡Igual que nosotros!

Alex niega con la cabeza, asqueado.

—No, en eso te equivocas, di mejor que igual que tú. En mi caso, después de romper con Elena no sentí deseos de estar con nadie hasta que me enamoré de Niki. Me enamoré, ¿comprendes? Y no la he engañado ni una sola vez desde que salimos juntos.

—¿Y cuánto tiempo hace de eso?

—Casi dos años...

—¡Sí, pero tú no estás casado! Ponte en mi lugar. La he visto a diario durante doce años, una semana tras otra, un mes tras otro, un año tras otro. Ya veremos qué eres capaz de inventarte tú... Espero que me lo cuentes... ¡Si lo consigues, claro! Me considero un modelo a seguir. ¡Es todo un éxito llegar a donde he llegado yo! Míralo a él —y señala a Enrico, que lo mira sorprendido.

—¿Qué pasa? ¿Tienes algo que decir sobre mí?

—¿Siempre has sido fiel?

—Siempre...

—¡Y lo has pagado bien caro! Ella se marchó con un desconocido hace diez días... ¡Piensa en la cantidad de polvos que te has perdido!

Alex no está dispuesto a seguir escuchándolo.

—Oye, Pietro, me parece que tienes un problema... Lo nuestro no es una lucha. Debe de haberte ocurrido algo, hay mucha acritud en tus palabras.

Pietro abre los brazos.

—Te equivocas, es mi manera de pensar... Nada de traumas de adolescencia.

Flavio se sirve un poco de cerveza.

—Eso es lo que tú te crees. A menudo no somos conscientes, pero el sufrimiento que nos produce lo que nos sucede nos lleva a suprimirlo o a rechazarlo de plano...

—No, mira... —Pietro se quita el paño de la cabeza—. Soy tan consciente como real es el chichón que tengo en la frente... Todo es una gilipollez. Y uno se va dando cuenta a medida que pasa el tiempo. Tú y Cristina seguís juntos por miedo, Flavio..., ¡como muchísimas parejas! Vuestro amor no es verdadero. ¡Es puro terror! Pensaba que Susanna y yo habíamos encontrado un equilibrio tácito. Pero no era así. ¿Sabéis lo que os digo? Mejor... —Se levanta y se pone la cazadora—. A partir de mañana empieza una nueva vida. ¡Quiero tener mi propia casa! Quizá un *loft*, ambiente joven y mujeres, ya sabéis... Diversión... ¡Y ninguna responsabilidad! —Sale y cierra la puerta a sus espaldas.

—Pero ¿a qué ha venido eso? —Flavio mira a sus amigos risueño—. ¿No es eso mismo lo que ha hecho hasta la fecha?

Alex asiente con un movimiento de cabeza.

—Pues sí, con la diferencia de que hasta ahora no lo habían pillado...

—En cualquier caso, debería haber tenido más cuidado, eran una pareja muy divertida. Recuerdo su boda..., él parecía muy enamorado...

—¡Tú lo has dicho: parecía! Ese día intentó ligar hasta con la camarera que se ocupaba de los abrigos.

—Ah, sí..., yo también me acuerdo. Han pasado ya doce años, ¿eh?... Pero estaba buenísima...

—Sí, tenía unas tetas así... Pero el día de tu boda, caramba…, quiero decir que al menos se debería resistir ese día.

—¡Él no!

—Sin embargo... El hecho de que esté buscando una casa, de que se vaya a vivir solo..., podría ayudarlo a entender algunas cosas.

—¿Tú crees?

En ese preciso momento llaman a la puerta.

—¿Y ahora quién será?

Enrico va a abrir. Es Pietro, con una maleta en la mano.

—Oye, mañana mismo buscaré un sitio donde dormir, pero ¿puedo quedarme esta noche aquí? A fin de cuentas, estás solo, ¿no? —Enrico se hace a un lado y lo deja entrar—. ¿Tienes otra cama de matrimonio además de la tuya?

Alex y Flavio se miran.

—Nada. Nunca cambiará.

Treinta y tres

Es una bonita mañana de sol. Sábado. Casi son las once. La gente camina con parsimonia y curiosidad por las callejuelas del mercado. Niki está literalmente excavando en el interior de una cesta de camisetas rebajadas que hay sobre un abigarrado mostrador de un puesto de venta de la via Sannio.

—¿Qué te parece? Esta rosa es mona, ¿no?

—Sí, venga, ¡no está mal, y además sólo cuesta cinco euros! —Olly mide un par de vaqueros colocándolos sobre los suyos. Tienen varios bordados en la pernera izquierda—. ¡Éstos son fantásticos..., tienen mucho estilo!

—Hay que ver cómo habla desde que la aceptaron para hacer esas prácticas. ¡Olly & Gabbana! —dice Erica mientras examina un montón de chaquetas cortas de punto.

—Sííí..., es que tienen estilo de verdad. En los mercadillos siempre encuentras cosas originales, e incluso la gente te pregunta después dónde las has comprado porque parecen salidas de una boutique... ¡Ya verás cómo vienes a buscarme cuando sea famosa y la gente pida mis vestidos!

—En ese caso tienes que empezar a pensar en la marca... —ríe Diletta mientras observa a sus amigas, que se afanan buscando vestidos.

—Es cierto. Mi casa de modas podría llamarse... ¡Olly the Waves! Olly las Olas. ¡Qué guay!

—Sííí... Me recuerda al presentador de «¿Quién quiere ser millonario?» cuando dice «*Only the braves!*», «¡Sólo los valientes!» —bromea Niki.

—Así es. ¡Sólo los valientes cumplen sus sueños! Giampi también lo dice siempre. —Olly vuelve a dejar los vaqueros sobre el mostrador e indica a sus amigas con una seña que pueden proseguir el paseo—. Vamos a ver dónde son más baratos. ¡Basta con dar una vuelta para encontrar la oferta más conveniente!

Caminan entre la gente, a veces se cogen del brazo, otras se sueltan porque no es posible avanzar de esa forma. Miran todos los puestos, comentan, asienten, sacuden la cabeza al ver las camisetas, los vestidos o los cinturones.

—Qué pesadez con el tal Giampi, Olly —dice Erica cuando les da alcance después de haberse quedado un poco rezagada para mirar una cazadora de piel que estaba colgada de una percha—. ¡No paras de hablar de él! ¡Una tía como tú, que siempre echaba pestes del amor! Me acuerdo, ¿sabes?

—¡Yo no echaba pestes del amor! ¡Es que nunca me había enamorado! ¡Y Giampi me gusta a rabiar! Es guapo, alto, moreno, amable…, aunque también un poco fanfarrón; tiene muchos amigos, va al gimnasio, es simpático, jamás se olvida de llamarme… ¡y me prepara unas sorpresas…!

—Eh… —la interrumpe Diletta—. ¡Parece la descripción de Filippo!

—¡O de Alex!

—¡O de…, bah! ¡Yo no tengo novio! —dice Erica, y las cuatro amigas se echan a reír.

Siguen avanzando entre los puestos que están pegados el uno al otro en donde venden ropa *vintage*, militar, restos de marcas o zapatos. Y también vestidos de escena: Niki se detiene en uno de ellos. Ve un gran sombrero rosa con plumas y se lo encasqueta. Hace muecas con la boca y guiña el ojo simulando ser una actriz. La señora del puesto le sonríe.

—Le sienta de maravilla…

El resto de las Olas se acercan y empiezan a probarse de todo. Vestidos largos, cortos, sombreros y pañuelos. Se los prueban encima de su propia ropa y desfilan delante del puesto. La gente se para y se ríe, aunque no todos; algunos se alejan molestos con la cabeza gacha y protestando porque todo ese ajetreo obstaculiza el paso.

Minutos más tarde caminan de nuevo por los callejones del mercado.

—Sea como sea, queridas, Giampi es genial, ¡así que como alguna lo mire demasiado o se acerque a él le rompo los brazos! Tiene mucho éxito con las mujeres...

Las Olas se miran y a continuación sueltan una carcajada.

—¡Quien te ha visto y quien te ve! ¡Olly, celosa! ¡Fiuuu! —Empiezan a hacer gestos provocativos con la mano.

—Veamos, Erica, ¿esta noche sales tú con Giampi o me toca a mí? —dice Niki.

—Oh, en realidad esta noche es el turno de Diletta. ¡A mí me toca mañana y a ti el lunes!

—¡Vale, vale, ya basta de organizarse! —Olly da un golpe a Niki en el hombro.

—¡Ay!

—¡Ay, sí! ¡Es más, abajo esas manos! Todas tenéis ya el vuestro, y la que no lo tiene... —se vuelve hacia Erica— ¡que vaya a comprárselo al mercado! —Tras decir esto echa a correr seguida de Erica y del resto del grupo.

Y avanzan así entre la gente, que no entiende a esas cuatro exaltadas que chocan con los bolsos, saltan por encima de las cajas y se abren paso a empujones. Y se ríen. Amigas.

Treinta y cuatro

Unos días más tarde. Niki acaba de salir de clase cuando se topa con su grupo de amigos de la facultad, que están quedando para hacer algo. Marco y Sara lanzan la idea.

—Eh, ¿qué vais a hacer? ¿Os apetece venir a comer algo con nosotros? —Giulia, Luca y Barbara reflexionan por un momento—. ¿Y a ti, Niki?

—No, gracias, yo vuelvo a casa. Tengo el examen bastante pronto y quiero empezar cuanto antes para no tener que estudiar como una loca al final.

Giulia la imita.

—Yo también me voy a casa, quizá mañana.

Barbara se encoge de hombros.

—Está bien, como queráis, pero que sepáis que sois unas plastas...

Giulia trata de disculparse.

—Oh, yo lo único que sé es que sólo estoy en segundo curso y ya no lo soporto más...

Barbara parece saber de qué habla.

—¿Por qué? ¿Acaso crees que cuando acabes la universidad será mejor?

Sara alza las manos en señal de rendición.

—Ahora no vayas a decirme la frasecita de siempre...

—¿Cuál? —pregunta Niki, curiosa.

—Los exámenes nunca se acaban...

—Tienes razón...

Sara sacude la cabeza.

—Madre mía, qué aburrida soy...

Niki sonríe.

—Venga, te prometo que mañana comemos todos juntos. Más aún, traeré bebidas y una tarta... Me estoy especializando en los dulces. Cuando estoy nerviosa y ya no tengo ganas de estudiar, preparo una tarta para relajarme. Y os aseguro que empiezan a salirme de maravilla. ¡Imaginaos las ganas de estudiar que tengo!

—No te creo... —Luca se echa a reír—. Yo, cuando me aburro de estudiar..., ¡me masturbo!

—¡Luca! —Barbara se vuelve y le da un golpe en un hombro—. ¿Te das cuenta de la gilipollez que acabas de decir?

—¡Pero si es cierto! ¡Es un desahogo! Me he enterado de que les pasa a muchos chicos..., ¡sólo que ellos no tienen el valor de decirlo, y yo sí!

Marco se ríe.

—Sí, el masturbador valiente.

A Barbara no le divierte en lo más mínimo.

—Entiendo, pero ¿en quién piensas mientras lo haces?...

—Perdona, pero ¡¿estudias filología y te masturbas?! —se entromete Guido—. Como mínimo piensas en Nicole Kidman...

Barbara no entiende ni una palabra.

—¿Y eso qué tiene que ver?

—Bueno, interpretó el papel de Virginia Woolf y está como un tren.

Barbara baja del muro y sacude la cabeza.

—Estáis enfermos... ¿Te das cuenta de los tipos con los que salimos, Sara?

—Y nosotras que pensábamos que eran los dos últimos poetas... ¡De eso nada! ¡Los dos últimos guarros!

—Venga, cariño, no digas eso —Marco prueba a coger a Sara, que lo esquiva—. Niki, trae la tarta, que será mejor...

—Sí, guapa..., ¡a ver si al menos os dulcifica un poco!

Niki se divierte presenciando esa lucha entre sexos.

—Sí... Os prepararé un tiramisú delicioso... ¡Si estudiáis mucho lo vais a necesitar!

Niki se aleja riéndose. Camina por las avenidas de la universidad. Contempla el cielo de color azul intenso, bonito, despejado. Un viento todavía cálido barre los patios, algunos pájaros rezagados pasan veloces tratando de dar alcance en vano a la última bandada que partió hace ya tiempo. Un momento sencillo y hermoso, de esos que se producen inesperadamente y que te hacen sentir en paz con el mundo. Por ningún motivo en particular. La vida sin más. Niki sonríe mientras le vienen a la mente algunos pensamientos ligeros. Sus nuevos amigos son geniales, alegres y sinceros. Bromean y se ríen sin preocupaciones, sin penumbras. Luca, Barbara, Marco, Sara y Giulia, que siempre ha estado sola. A saber cuánto durarán las dos parejas, aunque parecen muy unidas. Cuando una historia funciona salta a la vista, esa alegría amorosa, esas peleas entre bromas son la carga necesaria, el empuje que les da energía. Cambios, sueños, planes... No ponerse límites, pensar siempre de manera positiva, que todo es posible. Que no hay ningún obstáculo... Niki contempla en silencio el delicado atardecer y, de repente..., ¡pum!, oye algo parecido al disparo de un cazador. Y todos sus pensamientos huyen apresuradamente, asustados, como una bandada de pájaros posados en las ramas de un árbol. Un rápido aleteo en el cielo y todo se pierde en ese pálido sol que se encuentra en el lejano horizonte.

Él está allí, sentado en su moto. La ve y esboza una sonrisa. Niki no.

—¿Qué haces aquí?

—Quería disculparme.

Guido baja de la moto y sólo entonces Niki se percata de que lleva una flor en la mano.

—Es una caléndula. ¿Sabes lo que significa? Dolor y disgusto y, por tanto, arrepentimiento. Se abre por la mañana y se cierra por la noche. Como si saludase y llorase todos los días la partida del sol...

—¿Me pides disculpas? ¿Por qué? ¿No era cierto lo que me contaste?

—Sí, sí que lo era.

—En ese caso, ¿por qué te disculpas?

Guido esboza una sonrisa.

—¿No quieres esta flor?

Niki la coge.

—Gracias.

Guido la mira.

—Cuando era pequeño pasaba los veranos en Ischia, y a la playa iba también una chica. A veces nos mirábamos durante todas las vacaciones sin dirigirnos la palabra. Tenía una sonrisa tan bonita como la tuya...

—Sólo hay un pequeño problema.

—Sí, lo sé: tienes novio...

—No. Nunca he estado en Ischia.

Guido se echa a reír.

—Es una lástima. Te has perdido un sitio precioso. ¡Ya sé que tú no eres esa chica! Sólo es que no me gustaría cometer el mismo error. Jamás he vuelto a verla ni he podido decirle todo lo que me habría gustado...

Niki apoya la bolsa sobre la moto.

—En ese caso, hay otro problema. Tienes razón: tengo novio.

A continuación se inclina y empieza a quitar el candado a la moto.

—Déjame que lo haga yo —Guido le quita las llaves de las manos, se rozan por un segundo, se miran a los ojos y él le sonríe—. ¿Puedo? No creo que haya nada de malo en que te eche una mano.

Niki se incorpora y se apoya en la moto. Guido cierra el candado y se lo mete en el baúl.

—Ya está. Ahora eres libre... En cualquier caso, sabía que tenías novio. Pero quería hablarte de otra cosa. Muchas veces conocemos a una persona de la que no sabemos nada, la miramos, escuchamos lo que los demás dicen sobre ella, quizá nos obligamos a pensar si es adecuada o no para nosotros y no nos dejamos llevar sin más por el corazón...

—¿Qué quieres decir?

—Que tú creías que ese profesor era sensible, homosexual, y en cambio es un tipo que sale con todas las que pilla, que todos los años cambia de chica, poco importa que sean de su curso o no, lo que no falla es que siempre son más jóvenes que él.

—Es verdad, me equivoqué...

—Pues bien, no siempre tienes a alguien en el momento preciso para decirte lo que no sabes, mostrarte las cosas desde otro punto de vista, evitar que cometas un error e impedir que te dejes engañar por una mera imagen.

—Sí, es cierto.

—De la misma forma, quizá a mí me consideras un mujeriego y por eso no te fías, crees que digo las cosas con la única intención de impresionarte y no porque las pienso sinceramente... Y me encantaría convencerte de lo contrario.

Niki sonríe.

—Me has regalado una flor preciosa.

—En el siglo XIX era el símbolo de los cortesanos aduladores.

—¿Ves?

—Sí, pero hay una corriente de pensamiento que lo considera también un símbolo del amor puro y eterno. El emblema de Margarita de Orleans era una caléndula que giraba alrededor del sol con el lema: «Sólo quiero seguir al sol.»

—Sea como sea, es una flor preciosa, y...

—¿Y...?

—Y... —Niki sonríe, segura—. Pues que para arreglar las cosas bastaba con eso, no había necesidad de soltarme todo ese discurso.

—¡Eso no es cierto! Cometí un error, me marché porque me puse nervioso al recordar la historia del profesor y de Lucilla. El hecho de que, además, lo considerases una persona sensible e inocente me molestó más aún... Y me equivoqué, no supe dominarme, dejé tu bolsa sobre el muro y te abandoné allí en lugar de acompañarte a inscribirte en el examen, que era lo que más me habría gustado hacer en ese momento; en lugar de eso, la situación se complicó y no hice más que estropear las cosas...

Niki no sabe a ciencia cierta qué hacer, se siente ligeramente cohibida.

—Me parece que le estás dando demasiada importancia... Que sepas que yo me sentía culpable...

Guido sonríe.

—Sí, pero no me has regalado flores para remediarlo...

—Porque mi sentimiento de culpa no era tan fuerte.

—Vale. Tengo la moto aquí cerca. ¿Puedo acompañarte a casa?

Niki permanece en silencio por un instante. Demasiado largo. Guido comprende que no debe ponerse pesado.

—Acompáñame al menos hasta la piazza Ungheria; a fin de cuentas, vamos en la misma dirección, ¿no?

—Está bien.

Niki abre el baúl, coge el casco y se lo pone. Introduce la llave en el contacto, la gira y el cuadro se ilumina. La moto se pone en marcha. Caramba. Quiere acompañarme a casa. Quiere escoltarme durante un rato. Y sabe dónde vivo. Se ha informado, ha preguntado por mí. Por un instante su corazón se acelera, pero es una emoción extraña. Intenta comprenderla, interpretarla. ¿Miedo? ¿Vanidad? ¿Inseguridad? En ese momento Guido se acerca a ella con una Harley Davidson 883.

—¡Qué bonita! ¿Es tuya?

—¡No, la he mangado esta mañana! —responde risueño—. Claro que es mía... ¡Todavía la estoy pagando!

—A mí también me gustan las motos. Me transmiten sensación de libertad; no sé, nunca estás quieto con ellas, serpenteas entre el tráfico, nadie puede detenerte... Eres libre en todo momento.

—Ésa es precisamente la filosofía de los motoristas. Perderse en el viento.

Niki sonríe, acto seguido, quita el caballete y respira profundamente.

—Vamos.

Un viento leve parece poner en orden sus ideas. Niki ahora se siente segura y serena. Es cierto, se ha informado sobre todo e incluso sabe que tengo novio. Conduce tranquila, él va a pocos metros detrás de ella y, de vez en cuando, sus miradas se cruzan en el espejo retrovisor. Mira su pelo oculto en el casco, la nariz recta, la sonrisa que aparece de repente. Se ha dado cuenta de que lo está mirando. Niki le responde con una sonrisa y luego se concentra en el tráfico. La verdad es que no está nada mal. Una cosa es segura: si yo fuese Lucilla, jamás lo habría dejado por ese profesor. Pero, como ha dicho antes, nunca conocemos todos los detalles de las cosas, a veces nos dejamos llevar por las apariencias. Eso es. ¿Y si detrás de esa sonrisa se ocultase una persona maligna, un tipo egoísta, alguien con quien corro el riesgo de perderme si me enamoro de él, con quien sólo puedo sufrir?... ¡Niki! Siente deseos de gritar al pensar en todo eso. ¿Qué estás haciendo? ¿Qué más te da cómo sea realmente? Tiene la impresión de que los pájaros vuelven a recuperar poco a poco el puesto que antes ocupaban en las ramas. ¿Qué dices? ¿Qué es lo que te inquieta?... Tú no arriesgas nada. Has tenido valor, te has lanzado, te has atrevido y ahora te sientes feliz de lo que has encontrado. Se detiene en el semáforo en rojo del viale Regina Margherita. Guido se pone a su lado. Niki le indica el final de la calle.

—Yo doblo a la derecha en la próxima...

—Sí, lo sé. Yo, en cambio, sigo recto. Vivo en la via Barnaba Oriani.

—¿Ah, sí? No estamos muy lejos.

—En realidad, no —Guido sonríe—. Quizá alguna vez pase a recogerte para ir juntos a la facultad.

—Oh... —Niki reflexiona por un momento y encuentra la respuesta adecuada—. Todavía no sé qué cursos me interesan... —Ve que Guido está a punto de añadir algo y prosigue con una excusa que no admite apelación—: Además, después de clase suelo salir con mi novio o ir al gimnasio... Y, de no ser así, siempre tengo algo que hacer con mis amigas... De manera que tengo que ser independiente. —Ve que el semáforo se pone en verde—. Adiós... Hasta pronto —y arranca a todo gas.

Guido la sigue de inmediato y recorren un tramo de calle juntos.

—Pero, así... —insiste—, la vida resulta un poco monótona, ¿no? Está bien que sucedan imprevistos...

—La vida es un continuo y precioso imprevisto.

A continuación Niki dobla a la derecha. Una última mirada, una última sonrisa y cada uno sigue por su camino. A Erica le iría bien alguien así, es perfecto. Estoy segura de que, de esa forma, empezaría en serio una nueva historia y dejaría en paz a Giò. Es absurdo que sigan haciéndose daño. Rompen y hacen las paces sin cesar y, cuando ella está sola, prueba con otros y no dice nunca nada. No sé a qué se dedica Giò en estos momentos. ¿Por qué a la gente le gusta hacerse tanto daño? ¿Por qué no consiguen alcanzar el equilibrio por sí solos? Si has dejado de querer a una persona, debes decírselo claramente, no puedes tenerla pendiente de un hilo porque tú no te sientes seguro. ¿Qué crees que puede sucederte? Déjala... El resto es vida. Se sigue adelante... Adelante.

Niki se dirige serena y segura hacia su casa, dejándose acariciar por la agradable brisa, sin pensar ya en nada, con esa felicidad y esa tranquilidad que en ocasiones te arrollan y te hacen sentir bien, en el centro de todo, sin envidias, celos o preocupaciones, sin saber de dónde procede esa especie de equilibrio cuya perfección te hace temer hasta el mero hecho de pronunciarlo. Te sorprende hasta qué punto puede ser rara y difícil esa delicadísima y mágica armonía en la que tu mundo parece sonar de repente de la manera adecuada. Son instantes. Instantes que deberían vivirse en profundidad porque son inusuales. Y porque en ocasiones pueden concluir de repente sin que haya un auténtico motivo.

Treinta y cinco

Primera hora de la tarde. Susanna acaba de recoger la cocina después de comer. En la alfombra azul hay varios juguetes desperdigados. Lorenzo coge un paquete de Gormiti y saca las cartas una a una. Comprueba cuidadosamente cuáles son las que le faltan. Después se levanta, va a por su móvil, que está en un rincón de la gran alfombra persa, lo abre y teclea un mensaje. Pasados unos segundos llega la respuesta. Lorenzo la lee satisfecho.

—¡Qué guay, Tommaso tiene repetida la que me falta! Le diré que me la traiga mañana al colegio... Pero ¿cuál le doy yo a cambio? —Sigue pasando las cartas, buscando también una repetida de la que librarse que pueda interesarle a su amigo.

Carolina, en cambio, está inmersa en un combate de boxeo con la Nintendo Wii. Se encuentra de pie en medio de la sala delante de la gran pantalla de plasma que está colgada de la pared. Ha elegido el personaje que, en su opinión, más se le parece: una cara redonda y sonriente con pecas y el pelo oscuro recogido en una coleta. Se ha dibujado las cejas altas para darse un aire de malvada. Pulsa el botón que hay en la parte posterior del mando ergonómico y comienza el combate. Lucha contra la consola, que tiene la apariencia de un hombretón robusto y peludo, aunque con cara de buena persona. Lo ha elegido ella. Empieza. Se arrodilla y boxea manteniendo los puños en alto y apretados junto a la cara. Y, de vez en cuando, dispara en línea recta cortando el aire. Su personaje reproduce las acciones en la pantalla moviéndose como ella quiere, si bien un poco más lento. Carolina golpea una y otra vez.

—¡Sí! ¡Guay, lo he tirado al suelo! ¡KO!

Lorenzo alza la cabeza y ve en el televisor al hombretón tumbado en el suelo y al personaje de Carolina de pie y jadeando en el *ring*. El público lo alienta.

—¡Sí, vale, pero ése no es el más fuerte! Dame... —Se levanta. Coge el mando de la Wii de las manos de Carolina y se coloca en posición.

—Pero si no he acabado de jugar... ¡Mamá!

—¡Vamos, llevas un montón de rato jugando!

—¡Entonces luchemos uno contra otro, ve a coger el otro mando!

—¡No, mamááá...! ¡Quiero jugar contra el ordenador!

Susanna sale de la cocina.

—Venga ya..., ¿queréis parar? A fin de cuentas son ya las tres. ¡Cada uno a su habitación a hacer los deberes!

—Pero, mamá..., si yo casi no tengo, puedo hacerlos después —protesta Carolina resoplando.

—No. Ya has jugado bastante. Los haces ahora sin rechistar. No admito peros. Tú también, Lorenzo. Venga, mete los juegos y las cartas en la cesta y vete a tu cuarto.

Los niños obedecen a regañadientes a Susanna. Carolina apaga la consola y Lorenzo lo arroja todo a la cesta, exceptuando las cartas, que recoge cuidadosamente antes de meterlas una a una en su sobre. Después se dirigen a su cuarto dándose algún que otro empujón.

Susanna los ve desaparecer en el pasillo. Se sienta en el sofá y coloca mejor el almohadón que tiene a la espalda para ponerse cómoda. Después mira alrededor. La casa. Su casa. La casa de ellos. Los cuadros que cuelgan de la pared. El de Schifano, *Paisaje anémico*, que es, ni más ni menos, como se siente ella ahora. Luego esos marcos de fotografías. Momentos familiares compartidos. Los niños pequeños. Un retrato de ella realizado por un fotógrafo en el que aparece con un gran sombrero de ala blanco. Pietro vestido con el equipo de futbito en una y en otra con un bonito traje durante la boda de un amigo. Recuerdos. Él. Pietro. Cuánto te he querido. Cuánto me gustabas en el instituto, cuando hacías reír a todos. Cuando te pasabas de listo y salías siempre airoso de cualquier aprieto. Y luego nos hicimos novios. Gracias a ti me sentía guapísima, una reina, la mejor de todas. Cuántos regalos. Cuántas atenciones. Las cenas. Las joyas. Las vacaciones. Luego vino la universidad, el diploma, el trabajo y el despacho. Sí, la verdad es que siempre te las has arreglado. Cuánto me has tomado el pelo. Cuánto te he creído. Te consideraba un mito. Una persona digna de toda admiración. Una persona que en todo momento me hacía sentir que yo era el centro de atención. ¿Por qué me has hecho esto? Me has traicionado. A saber cuántas veces. Has tocado, amado y apreciado a otras mujeres en mi lugar. Las has admirado, te has excitado y me has hecho a un lado. Qué rabia. Qué humillación. Imaginarte con ellas, en la cama o en el coche, haciéndoles reír, bromeando, procurando que se sintieran importantes. ¿Qué les decías a ellas que no me has dicho a mí? No lo sé. Jamás lo sabré. Me duele demasiado. No puedo aceptarlo. Los ojos de Susanna se empañan. Rabia. Desilusión. Debilidad. Me siento sola. Estoy sola. Lo único que me queda son los hijos. Y tendré que volver a empezar de alguna forma. De repente se levanta y se dirige a la ventana. Mira afuera. Sí, el mundo no se da cuenta de que estoy mal. El mundo sigue adelante. Debo hacer algo por mí misma. Debo renovarme. Soy una mujer hermosa. Soy madre. Soy una persona. Tengo que animarme. Acto seguido regresa a la sala. Sobre una mesita hay un folleto en medio de las cartas y de otros prospectos. Lo abre. «Gimnasio Wellfit. ¡Entrénate gratis durante una semana! Prueba los nuevos cursos de *kickboxing* con Davide Greco y Mattia Giordani... ¡Una disciplina adecuada para todos! ¡Pruébala!» Ve varios números de teléfono y una dirección de correo electrónico a la que se puede escribir para pedir información. *Kickboxing*. ¿Será duro? Nunca me han gustado los gimnasios, los ejercicios de tonificación, *bodybuilding*, pilates, *spinning*, *fitness* en general. Pero una disciplina de lucha y defensa es otra cosa..., podría resultar interesante. Además, necesito moverme, tonificarme. Pensar en otra cosa.

Susanna coge el móvil. Vuelve a leer el número en el folleto y lo marca. No cuesta nada probar.

Treinta y seis

Niki aparca rápidamente la moto debajo de casa, bloquea la rueda y, justo cuando está a punto de entrar en el portal, ve que hay una limusina negra parada justo delante. ¿Qué pasa? ¿De qué va esto? O ha llegado un embajador o alguien se casa... Bah. Se encoge de hombros y hace ademán de entrar.

—Perdone... —Un señor elegante y uniformado se apea del coche y se levanta la gorra—. ¿Es usted la señora Cavalli?

—¿Me lo pregunta a mí? —Niki parece verdaderamente desconcertada por un momento—. ¡Quizá está buscando a mi madre!

El chófer sonríe.

—¿La señora Nicoletta Cavalli?

—Sí, soy yo. ¿Puedo pedirle un favor? ¿Le importaría llamarme Niki?

—Ah, sí...

—Por lo visto no hay duda. En esta calle, en este número, y con ese nombre y apellido sólo vivo yo. El chófer le abre la puerta sin dejar de sonreír.

—Niki, por favor...

—Dios mío, no me lo puedo creer. ¿Será una broma? ¿Dónde están las cámaras? Dios mío... ¡Es una sorpresa! O quizá un imprevisto, como ha dicho antes Guido. Pero no, no puede estar tan loco.

—Perdone, ¿está seguro de que es a mí a quien debe recoger?

El chófer la mira risueño por el espejo retrovisor.

—Seguro al ciento por ciento... Y la persona que me ha mandado a buscarla tiene razón.

—¿Por qué? ¿Qué le ha dicho?

—Que no podía equivocarme porque es usted única...

Niki sonríe.

—Estamos hablando de la misma persona, ¿verdad?

—Creo que sí —el conductor sonríe. Niki le devuelve la sonrisa, si bien se siente culpable de haber pensado en otro. A continuación el chófer enciende el estéreo—. Me ha dicho que, si tenía miedo, dudaba o no quería venir conmigo debía hacerle escuchar esto... —Aprieta un botón y empieza a sonar *Broken strings,* interpretada por Nelly Furtado y James Morrison.

Niki esboza una sonrisa. Mira emocionada por la ventanilla. Luego, sus ojos empañados de felicidad se encuentran con los del chófer.

—¿Todo bien, señora?

Niki asiente con la cabeza.

—Sí. Puede llevarme incluso al fin del mundo.

La limusina acelera y avanza mientras suena la canción... «No puedes tocar con unas cuerdas rotas, no puedes sentir lo que tu corazón se niega a sentir, no puedo decirte lo que no es real...» La verdad del después. Y la música es preciosa.

La limusina avanza lentamente, casi sin hacer ruido, como si rodase sobre unos cojinetes de viento, como suspendida, se desliza en medio del tráfico, serpentea entre los coches y abandona la ciudad. Una vez libre, en la via Aurelia, acelera. No hay mucho tráfico y, una tras otra, va dejando atrás las señales azules con las indicaciones: Castel di Guido, Fregene... Y aún más lejos...

Treinta y siete

Aeropuerto de Fiumicino.

—Hemos llegado. —El chófer se apea de la limusina y abre la puerta.

—Pero... ¿Fiumicino?

—Ésas son las órdenes que tengo... Ah, otra cosa... Debe darme eso... —el chófer indica la mochila que contiene los libros de la universidad.

—¿Está seguro? Son mis libros para el examen...

—A la vuelta los recogeré yo y se los devolveré. Según me han dicho, no va a tener mucho tiempo para estudiar.

—Pero ¿adónde vamos?

El chófer le sonríe.

—Yo no lo sé, pero él sí... —y mientras habla le señala a alguien que se encuentra a sus espaldas, delante de la puerta de cristal que acaba de abrirse.

—¡Alex! —Niki echa a correr y le da un abrazo—. Estás loco.

—Sí... Me la has contagiado tú..., esa maravillosa locura. —Mira el reloj—. Vamos..., es tardísimo.

—Pero ¿adónde?

—A Nueva York.

Hacen ademán de echar a correr, pero Alex se vuelve antes hacia el coche.

—Ah, nos vemos aquí dentro de cuatro días. Ya le comunicaré la hora... Y gracias.

El chófer se queda plantado delante de la limusina y los contempla mientras escapan siguiendo la estela de su felicidad, del entusiasmo de su amor.

—Domenico. Me llamo Domenico.

—Tenemos que coger el autobús que nos lleva a la terminal cinco. Desde allí salen los vuelos con rumbo a Estados Unidos.

—Pero ¿cómo lo has hecho? Estás loco.

—Desde que regresamos todo se había vuelto demasiado normal. Además, nunca hemos celebrado lo de LaLuna...

—¿A qué te refieres? ¿Al éxito de la campaña?

—No, a que fuiste al faro... ¡y seguimos juntos! ¡Nuestro único y personalísimo éxito!

Niki coge el móvil.

—¿Qué haces? ¿Te ha gustado tanto la idea que la escribes?

—Pero ¿por quién me has tomado? ¡Si el publicista eres tú!

—Ah, sí...

Niki sacude la cabeza.

—Llamo un momento por teléfono...

Alex se apoya en ella.

—Ya sé a quién...

—Hola, mamá...

—Niki, me dijiste que volverías a casa. Incluso te preparé algo de comer... ¡Y cuando regresé no estabas!

—Siéntate.

—¡Dios mío! ¿Qué ha pasado? ¿Qué tienes que contarme? Estoy empezando a preocuparme...

—No hay nada de qué preocuparse. Alex y yo nos vamos cuatro días fuera para celebrar algo.

—¿Adónde? ¿Qué es lo que celebráis?

—¡A Nueva York!

—¡Venga, Niki! Siempre tienes ganas de broma. Escucha, vuelve en seguida porque tengo que salir con tu padre y no quiero que tu hermano se quede solo otra vez —y cuelga.

—¿Mamá? ¿Mamá? —Se vuelve hacia Alex—. ¡No me lo puedo creer! ¡Me ha colgado! Ésta es la segunda vez que pruebo a decírselo. Primero me viene con que tenemos que contárnoslo todo y luego, cada vez que intento contarle algo diferente de lo habitual, me cuelga el teléfono en los morros. ¡No hay quien entienda a estas madres!

Alex sonríe.

—Ten.

—¿Qué es esto?

—Dentro de esta bolsa encontrarás un camisón, los productos de maquillaje que te dejaste en mi cuarto de baño, una camisa y un suéter para mañana por la mañana, tu ropa interior... Y el cepillo de dientes que tanto te gusta...

—Amor mío... —Lo abraza con fuerza, se para en medio del aeropuerto y lo besa. Es un beso largo, suave, cálido, lleno de amor...

Alex abre los ojos.

—Cariño...

—¿Sí? —Niki responde con aire soñador.

—Hay dos guardias que nos observan...

—Tendrán envidia.

—Ah..., sí, claro, pero no me gustaría que nos encerraran por escándalo público...

—¿Y qué?

—¿Cómo que y qué? No quiero perder el avión.

—¡Ahora sí que me has convencido!

Echan a correr a toda velocidad hacia la zona de embarque. Niki se detiene de improviso.

—Cariño... Tenemos un problema absurdo, tremendo, dramático.

Alex la mira asustado.

—¿Cuál? ¿Que no hablas inglés?

—¡De eso, nada..., estúpido! No tengo el pasaporte...

—¡Yo sí! —Alex lo saca risueño del bolsillo.

Niki lo coge y lo abre.

—Pero es el tuyo, con chip, como los de ahora...

Alex se mete la mano en el otro bolsillo.

—Y éste es el tuyo... ¡Con el mismo chip!

—Caramba... ¡Me lo has hecho!

—En dos días.

—¿Y cómo lo has conseguido?

—Tenía tus datos, la fotografía y todo lo necesario... Y también tu firma, ¿recuerdas que te hice firmar en un folio? Era para esto.

—Entiendo, pero ¿en dos días?

—¿No lo sabes? Procedimiento especial... ¡Vas a hacer una sesión de fotos a Nueva York para la próxima campaña!

—¡Bien! ¡Me gusta! ¿Y lo pagan todo ellos?

—No..., eso no...

—En ese caso, no vale, Alex. Yo pagaré la mitad. Perdona, pero, como has dicho tú, vamos a celebrar nuestro único y personalísimo éxito... El mérito es de los dos, pertenece a los dos, y debe ser compartido como tal.

—El problema es que he tirado la casa por la ventana, amor...

—¿Qué quieres decir?

—¡Que si compartimos los gastos me deberás dinero el resto de tu vida!

—Eres un arrogante. No deberías haberme dicho cuánto te ha costado.

—Y, en efecto, no lo he hecho...

—Sí, pero lo has insinuado.

Suben al autobús. A Niki de repente se le ocurre una idea.

—Te propongo que hagamos una cosa. Nuestro próximo gran, único y personalísimo éxito, que a partir de ahora se llamará GUPE, correrá de mi cuenta y donde yo diga.

—¡Adjudicado! ¡Fantástico, no veo la hora de pasar unas vacaciones en Frascati!

Niki le da un golpe en la espalda.

—¡Ay! ¿A qué viene eso?

—Arrogante...

—¿Otra vez? ¿Se puede saber qué he dicho?

—Has dado a entender...

—¿El qué?

—Que iremos a un sitio cercano y que, además, costará poco.

—¡Ah, no te había entendido!

—Sí, mentiroso...

Se acercan al mostrador de facturación.

—Por favor —Alex coge los pasaportes y los billetes.

—¿Tienen equipaje que facturar?

—Ah, sí, es cierto... Tu maleta está llena de artículos de maquillaje, de modo que tiene que viajar así a la fuerza. Qué lata.

—Mejor, así viajaremos más ligeros.

—Añado la mía por solidaridad.

La azafata se asoma y ve dos bolsas pequeñas.

—¿Eso es todo?

—Sí.

Pone cara de perplejidad, pero después se encoge de hombros. Debe de haber visto de todo y, en el fondo, la suya no deja de ser una pequeña anomalía.

—Aquí tienen sus tarjetas de embarque, asientos 3A y 3B. Que tengan un buen viaje.

Treinta y ocho

Pero ¿qué día es? Se escruta por enésima vez el rostro en el espejo. Busca distraídamente un indicio, algo en su cara, pero no ve nada. Ninguna señal. Al menos esta vez no tendré que usar como siempre el corrector. Qué suerte. Habré tenido algún desliz, como suele decirse. Tal vez un poco de estrés que lo ha desajustado todo. ¡Y ni siquiera un grano de más! Por una vez. Pueba a convencerse mirándose de nuevo al espejo. Nada. Su cara habitual, alegre y serena, rodeada de un pelo claro y luminoso. Bah. Se dirige a su habitación y se viste para salir. El móvil vibra. Un mensaje. Diletta lo coge y lo lee: «Paso esta noche a las ocho, la película empieza a las nueve menos veinte. ¡Besos cinematográficos!» Qué idiota. A veces parece realmente un niño. Diletta sonríe y se calza las bailarinas rojas de charol. A continuación coge su bolso de un estante y el abrigo gris claro. Mientras avanza por el pasillo se detiene de golpe. Da media vuelta y se encamina hacia el cuarto de baño. Busca en un mueble. Aquí está el paquete. Saca un par y las introduce en el bolsillo interior del bolso. Quizá me vengan bien esta noche. Nunca se sabe. Cierra la puerta, regresa al pasillo y coge las llaves.

—Adiós, mamá, volveré en seguida.

De la cocina le llega una voz atenuada por el sonido del televisor.

—¿Sales con Filippo?

—¡Sí! Pero me espera abajo. No quiero que suba cuatro pisos a pie. ¡Todavía no han arreglado el ascensor!

—Está bien, salúdalo de mi parte, y no vuelvas tarde.

Desde luego, hay que ver lo absurdos que son los padres. Acabo de decirle que volveré en seguida y me pide que no vuelva tarde. Como cuando te dicen «Ten cuidado», como si uno no supiese que hay que tener cuidado y que no puede comportarse como un irresponsable. Porque después llegan las consecuencias. Al pensar en esa palabra siente una punzada en el estómago. Consecuencias. Tener cuidado. Un tirón desgarrador. Una punzada. Sólo que no es la señal que esperaba, la natural, la de siempre. No se produce en la parte baja del abdomen. Es otra cosa. Más extendida. Una caída. Una especie de fulguración. Diletta se para en medio de la escalera. Empieza a contar frenéticamente con los dedos de ambas manos. Como sumaría una niña de primaria. O, mejor dicho, restaría. Y cuando obtiene el resultado abre los ojos desmesuradamente. No. No es posible. Repite la operación desde el principio, esta vez con mayor lentitud. No hay remedio. El resultado es idéntico. Lo hace por tercera vez. Pero le viene a la mente esa norma: «El orden de los factores no altera el producto.» Caramba. Se acuerda de repente. Querría no tener que pensar en eso. Pero lo hace. Y recuerda. Y, en efecto, maldita sea, puede ser. Es tan puntual como un reloj suizo. En esa ocasión, sin embargo, no. No es posible. Luego, rápidamente, como un detective que, tras juntar todas las pruebas, está a punto de componer el puzle final que resolverá el caso, se percata. Si en siete años jamás le ha salido un grano durante esos días debe de haber un motivo. Y éste se parece demasiado a una velada en particular. Aquella vez, después del pub, en que Filippo, antes de acompañarla a casa, dio una vuelta con el coche para enseñarle un arco antiguo sobre la via Apia que había descubierto por casualidad y le había gustado mucho. Y, tras haber aparcado en la oscuridad, después de haber hablado y bromeado como siempre, habían empezado a acariciarse y a hacerse arrumacos. Más. Cada vez más, perdidos en la música que emitía la radio. Protegidos por los cierres automáticos de las puertas y, sin embargo, temiendo ese lugar desconocido, ellos, que siempre habían sido prudentes, que siempre habían tenido cuidado considerando lo que se oye por ahí. No obstante, en esa ocasión, embargados por la pasión, habían sido un poco inconscientes y rebeldes. Se habían dejado llevar por el amor y el deseo. De improviso, Filippo se había dado cuenta de que no había cogido los preservativos, y se había desplomado abatido sobre Diletta. Y ella, entonces, dulcemente, le había dicho que quizá fuera mejor dejarlo estar por esa vez. Él había accedido. Pero luego no pudieron controlarse y siguieron adelante. Besos, caricias, abrazos, deseo y pasión. La mirada de uno puesta en la del otro. Una y otra vez. Las estrellas por la ventanilla, el paisaje y la noche. Y ellos unidos, cercanos, juntos. Un largo abrazo mientras se miraban a los ojos entre risas, aunque también algo preocupados. Y la frase de Filippo: «He tenido cuidado, ¿has visto, amor mío?» No. No lo he visto, cariño, porque me he dejado llevar y me he perdido contigo, dentro de ti. Me fío. También Filippo se había fiado de sí mismo. ¿Y ahora? ¿Será de verdad eso? Diletta busca frenéticamente el móvil en el bolso y mientras lo hace su mano tropieza con las dos compresas que ha cogido del armario del cuarto de baño y que desea poder utilizar con todas sus fuerzas. Las mira y las coloca de nuevo en su sitio. Coge el móvil y escribe al vuelo un sms: «No pases, cariño, nos vemos en el cine...» Pero luego cambia de idea. ¿Qué hago?, ya es tarde. Filippo estará a punto de llegar. Lo borra. No. Por otra parte, esta noche la película nos apetece mucho. *Questione di cuore,* de Archibugi. Me niego a pensar en eso hoy. Además, puede que me haya equivocado. Mañana. Ya pensaré mañana. Y tal vez vaya incluso a una farmacia. Quizá. Luego vuelve a meter el móvil en el bolso y baja la escalera acompañada de ese nuevo y sutil presentimiento.

Treinta y nueve

Es hora de partir. Niki y Alex entregan su billete a la azafata que está delante de la puerta.

—Por favor. —Corta las tarjetas de embarque y las pasa por una máquina que las lee en un abrir y cerrar de ojos antes de escupirlas por el otro lado. La azafata se las devuelve.

—Qué bonito, no me lo puedo creer... Aunque tengo un poco de miedo —le dice Niki a Alex apretándole la mano.

—¿De qué?

—De la altura y del tiempo que hemos de pasar dentro de ese avión. ¿Cuánto dura el vuelo?

—Esto..., unas nueve horas...

—No me dejes en ningún momento, ¿eh?

—¿Y adónde quieres que vaya? ¡Estamos en un avión!

—Sí, sí, lo sé... Además, ¿sabes que han hecho películas sobre eso?

—¿Sobre qué?

—Sobre gente que desapareció en un avión en vuelo. Sin ir más lejos, esa de Jodie Foster en la que perdía a su hija de ocho años y luego nadie la creía... En cualquier caso, hablo en general. No me dejes nunca. Quiero que estés siempre a mi lado, que me hagas sentir segura.

En ese momento Alex se da cuenta de lo acertado de su decisión. Le aprieta la mano con fuerza.

—Claro, tesoro...

Llegan a la puerta del avión, Niki y Alex muestran las tarjetas de embarque a una azafata y a un asistente.

—Son los primeros asientos a la derecha del segundo pasillo.

—Gracias.

Dejan atrás el primero y alzan la mirada para buscar sus números.

—Aquí están, 3A y 3B...

Niki mira a Alex sorprendida.

—¡Pero si parecen sofás! ¡Estamos en primera clase!

—Por supuesto, tesoro...

Niki se acerca a su asiento y ve un paquete de plástico con un antifaz para dormir, una almohada y una manta. Lo abre.

—¡La manta es suavísima! —Se acomoda en su asiento y lo prueba—. Qué guay... Hasta se pueden estirar las piernas...

—Eh, sí... Podemos dormir... o permanecer despiertos, tesoro... —le sonríe Alex.

—¡Pero si aquí pueden vernos! No me estarás llevando a Nueva York para hacer lo que podemos hacer a cualquier hora en tu habitación, ¿verdad, cariño?

Alex se echa a reír.

—Eres terrible... —Le encantaría poder contárselo todo. En lugar de eso, se acomoda en su asiento. Están junto a las ventanillas. Poco después llega una azafata.

—Buenas noches, ¿les apetece un poco de champán?

—¿Por qué no?... —Niki se encoge de hombros—. A fin de cuentas no tengo que estudiar...

Cogen dos copas y las hacen chocar mirándose alegremente a los ojos, requisito indispensable para dar valor al brindis.

—Piensa un deseo.

Niki cierra los ojos.

—Ya está.

Alex esboza una sonrisa. La mira.

—Yo también...

Permanecen por un instante en silencio mientras se preguntan si su deseo será el mismo. Alex debe llegar a Nueva York para saber si el de Niki coincide con el suyo. O no, en fin, no saldrá de dudas hasta que se lo haya dicho. Justo en ese momento suena el móvil de Niki. Mira la pantalla y sonríe para disculparse con Alex.

—Esto..., es mi madre. —Responde a la llamada—. ¿Hola? ¿Mamá?

—¡Pero, Niki! ¿Cuánto te falta...? ¿Dónde estás?

—Mamá, ya te lo he dicho... Me voy de viaje, volveré dentro de tres días...

Alex niega con la cabeza y le muestra cuatro dedos.

—¡Cuatro!

Niki agita velozmente la mano como si pretendiera decir: «Está bien, no pasa nada, no importa, de lo contrario se preocupa.»

Simona resopla al otro lado de la línea.

—Venga ya, el juego tiene su gracia siempre y cuando dure poco.

—¿Quieres escucharme, mamá? ¡Es cierto!

Simona decide seguirle la corriente, porque todavía piensa que su hija bromea.

—Entonces, ¿cómo es posible que hayas contestado al teléfono?

—Porque todavía no hemos despegado...

—Ah, ¿y cuánto falta... —el tono de Simona es cada vez más burlón— para que despeguéis?

—¿Eh? Espera un momento, mamá... Perdone —Niki llama a la azafata, que se acerca a ellos—. ¿Cuánto falta para despegar?

—Estamos a punto de hacerlo... Es más —añade con una sonrisa muy profesional—, ahora debería tener la amabilidad de apagar el móvil.

—Sí, claro... —Niki se acerca el aparato a la oreja y se dirige de nuevo a Simona—. ¿Has oído, mamá? ¡Estamos a punto de despegar!

—Sí, lo he oído. ¡Así que es verdad! ¿Cuándo pensabas decírmelo?

—Pero si ya lo he hecho.

—Creía que bromeabas.

—Pues vaya una broma.

—¿Y se puede saber cuándo tienes pensado volver?

—Dentro de tres... —Alex alza cuatro dedos delante de su cara—. Cuatro días...

—¿Tres o cuatro días? ¿Y qué le digo a tu padre?

—¡Que le llevaré un regalo! Venga, mamá, ahora tengo que colgar...

—Niki...

—¿Sí?

Simona calla por unos segundos y exhala un suspiro. Tiene un nudo en la garganta.

—Pásatelo bien.

Lo dice con un tono diferente, sutil, casi quebrado. Niki se conmueve también de repente.

—No me hables así, mamá, que me haces llorar... —Una lágrima se desliza por su mejilla a la vez que se ríe al mirar a Alex—. Uf... ¡Venga!

Simona se repone y se echa a reír, también sorbiendo por la nariz.

—Tienes razón, hija, ¡diviértete!

—Así me gusta, mamá... Te quiero mucho.

—Yo también.

Niki cuelga a tiempo, porque justo en ese momento la azafata se aproxima a ellos. Pasa mirando entre los asientos, comprueba que no haya ninguna mesita desplegada, después su mirada se cruza con la de Niki, que está apagando el móvil. La azafata le sonríe. Niki le devuelve la sonrisa e introduce el aparato en el bolsillo de delante. Alex también apaga el suyo.

—Hay que ver, entre tu madre y tú... No quiero imaginar lo que habría pasado si el viaje hubiese durado más de cuatro días... O si hubiésemos decidido irnos a vivir al extranjero...

Niki lo mira segura.

—Si yo soy feliz, ellos también lo son. Lo único que quieren es verme sonreír... —Después se acerca con curiosidad a Alex—. ¿Por eso vamos a Nueva York? ¿Te han asignado a otra sede? ¿Vamos a vivir allí? Tenemos que encontrar una casa para ti...

Alex se vuelve de golpe.

—¿Cómo que para mí? ¿Y tú?

—Yo no tengo nada que ver, debo estudiar. Ya he hecho algunos exámenes... Sigo mi camino... ¿Qué haría yo en Nueva York? ¡No conozco a nadie!

—¿De manera que en un caso así me dejarías?

—¡Ni en sueños! Ahora, entre Internet, Skype, *webcams*, redes sociales y demás hay mil maneras de verse y de hablarse incluso en la distancia, y además no cuesta nada... Sería perfecto...

—¿En serio? ¿Y qué haríamos con el resto?

−¿A qué te refieres?

−Pues al amor... ¿Cuándo haríamos el amor?

−Dios mío, eres terrible... ¡Sólo piensas en eso!

−¡De eso nada! Considéralo una pequeña y justificada curiosidad...

−Lo haríamos cada vez que nos viésemos, cuando yo fuese a verte o al revés.

−Ah, claro.

En ese preciso momento pasa otra azafata. Es muy guapa y su mirada se posa sobre Alex. Él se da cuenta y se la sostiene adrede hasta que la chica esboza una sonrisa y se aleja. Sólo después vuelve a mirar a Niki.

−Pues sí, podría ser... Así disfrutaría de un poco más de libertad... −La azafata vuelve a pasar y Alex la detiene−. Perdone.

−Sí −la chica se apresura a acercarse, guapísima y risueña.

−No, esto... Quería saber si para usted sería una molestia... Sí, bueno...

Niki lo escruta curiosa e irritada. Alex la mira y se toma su tiempo en tanto que la azafata lo apremia.

−Dígame...

−¿Puede traernos un poco más de champán?

−Por supuesto, es para ustedes. −Acto seguido se dirige a Niki−. ¿Usted también quiere más, señora?

En un primer momento Niki responde inspirando profundamente.

−No... −Pero después añade−: Gracias...

La azafata se aleja y apenas desaparece de su vista Niki se vuelve y le da a Alex un puñetazo en la barriga.

−¡Ay! ¿Estás loca? ¿Se puede saber qué he hecho? Sólo le he pedido una copa de champán...

−De eso se trata... −Le da otro puñetazo−. ¡De la forma en que se la has pedido!

−No es verdad... ¡Eres tú la que la ha interpretado de manera maliciosa!

−¿Ah, sí? Mira que te doy otro puñetazo más abajo y con eso elimino cualquier otra posible malicia...

−No, no −Alex simula tener miedo−. Te lo ruego, ¡no, Niki! Incluso en el caso de que tuviese un poco más de libertad..., no caería en la tentación...

Justo en ese momento vuelve la azafata.

—Aquí tiene el champán... ¿Está segura de que no le apetece, señora? ¿No ha cambiado de idea?

—No, no, gracias, estoy segura.

La azafata se aleja. Alex bebe un poco.

—Mmm..., está delicioso... —Niki hace ademán de moverse y Alex se pone en seguida a la defensiva— ¡este champán! —Esboza una sonrisa y, poco a poco, el avión se dirige hacia la pista de despegue.

Los motores empiezan a zumbar, aumentan de revoluciones. Después el avión acelera, cada vez más. Niki se aferra al brazo de Alex. Lo aprieta, mira por la ventanilla en el mismo instante en que el aparato se separa del suelo. Es un abrir y cerrar de ojos. A continuación se ven algunas nubes, las olas ligeras del mar un poco más abajo, y una repentina curva a la izquierda... El avión se ladea rumbo a Estados Unidos.

Alex sonríe a Niki mientras le acaricia la mano.

—No tengas miedo..., estás conmigo.

Niki sonríe un poco más tranquila, se arrellana en el cómodo asiento y roba un poco de champán de la copa de Alex mientras lo mira con cierta astucia, o más bien como si fuese un joven guerrero que ha depuesto las armas y que acepta impasible la sencilla derrota. Después se apoya en el hombro de él y se queda dormida. Alex le aparta con dulzura el pelo de la mejilla, descubre sus labios suaves y ya ligeramente enfurruñados, sus ojos cerrados, serenos, sin una gota de maquillaje, que reposan tranquilos aguardando el sueño. Esa inmensa ternura le arranca una sonrisa y, sintiéndose fuerte y seguro, se desliza en su asiento mientras inspira profundamente con la sensación de haber hecho lo correcto. Mantiene la mano apoyada en las piernas de Niki, como si quisiera sentirla siempre allí, próxima, como si fuera un gesto de propiedad, de seguridad, que impida que ella pueda abandonarlo. Pero la conciencia de tenerla a su lado hace que le venga a la mente otra cosa. ¿Cómo es posible que no se me haya ocurrido antes?

Cuarenta

Un poco más tarde. Un ruido. Un repentino bache. Niki se sobresalta, se despierta y mira a su alrededor, temerosa y desconcertada.

—Chsss... Aquí estoy —La mano de Alex le acaricia la pierna y asciende hasta la barriga—. Estoy aquí, todo va bien.

—Pero ¿dónde estamos?

—Creo que estamos sobrevolando España, según he podido comprobar antes. Te has perdido *¿Qué pasó ayer?*, una comedia de Todd Phillips, ambientada en Las Vegas. Trata de tres testigos de una boda que pierden al amigo que se va a casar... —En la pantalla que hay delante de Alex pasan los créditos del filme—. Pero, si quieres, podemos verla en Roma cuando la estrenen, o en Nueva York.

—Tonto... —Mira a su alrededor—. ¿Tu azafata no ha vuelto a pasar?

Alex parece preocupado.

—No... Para nada. En serio...

—Qué lástima. Tengo sed. Me gustaría beber un poco de agua.

—Pulsa aquí y vendrá en seguida. —Alex se inclina sobre ella y aprieta uno de los botones del brazo del asiento. Sobre sus cabezas se enciende una lucecita.

Niki lo mira torciendo la boca.

—Hum... ¡Veo que tienes experiencia!

—Pero, Niki, está en todos los aviones, incluso en los de línea... He viajado un poco.

—Lo sé... ¡Pero no me gusta!

—¡No me digas!

—La idea de disfrutar de un poco más de libertad te ha gustado demasiado... Y eso que ya no estamos tanto juntos.

—Precisamente...

—Y si, siendo así, deseas una mayor libertad, piensa si fuésemos...

En ese momento llega una azafata, pero no es la misma de antes.

—¿Me han llamado? —Alex y Niki se miran y sueltan una carcajada.

—Sí... Perdone... —Niki vuelve a ponerse seria—. ¿Podría traerme un poco de agua, por favor?

—Por supuesto, se la traigo en seguida.

—Gracias.

—¿Ves?... —Alex la mira risueño—. El peligro ha pasado.

—Pero ¿qué te has creído? Ni siquiera tenía miedo de la otra. Eres tú el que...

Alex decide encajar el golpe.

—Sí... pero ¿qué estabas diciendo?

—¿Yo? Nada... —Niki echa balones fuera—. No me acuerdo. Sea como sea, ¿sabes lo que me gustaría mucho? Leer.

—¿En serio? ¡A mí también!

—Pero no me he traído ningún libro...

Alex sonríe y coge su mochila, que está debajo del asiento.

—Yo me he ocupado de eso...

Saca un grueso volumen. Es de Stieg Larsson. Niki lo mira.

—*Los hombres que no amaban a las mujeres.* ¿Qué es? ¿Un mensaje?

—Qué mensaje ni qué ocho cuartos... Es una magnífica novela de suspense de un escritor sueco que, por desgracia, ha muerto, pero que aun así está teniendo un éxito increíble en todo el mundo...

Niki lo hace girar entre las manos.

—Pero este libro es enorme... ¡No sé cuándo lo acabaré!

—Podemos leerlo juntos.

—¿Y cómo? ¡Perdona, pero has dicho que es una novela de suspense! ¿Qué hacemos, lo dividimos en dos partes, yo leo la primera, tú la otra y después nos lo contamos?

Alex sonríe y vuelve a meter la mano en la mochila.

—Tengo dos —dice mientras saca otro ejemplar del mismo libro.

—¡Así es perfecto! —Niki lo mira con ojos brillantes de enamorada.

Es maravilloso. Demasiado. Nadie ha hecho jamás algo así. Casi la asusta tanta felicidad.

Comienzan a leer con curiosidad, en un primer momento la obra los entretiene, a continuación les apasiona, los subyuga. Siguen leyendo mientras sobrevuelan Portugal y llegan al Atlántico. El avión, ligero y silencioso, prosigue su viaje.

Pasado un rato, Alex se inclina hacia ella para mirar el número de la página que está leyendo. Veinticinco.

—Yo he leído más que tú.

—No es cierto... Enséñame tu libro. —Lo comprueba, página cuarenta—. No me lo puedo creer. Tú te saltas páginas, seguro, luego te preguntaré... Mejor dicho, lo haré ahora mismo. ¿Cómo se llama el periódico donde trabaja...?

—*Millennium*.

—Está bien, ésa no vale, aparece escrito en la contraportada...

Se interrogan el uno al otro tratando de imaginar lo que sucederá.

—¿No te parece extraña la historia de esos dos? Ella está casada con otro, pero de vez en cuando duerme en casa de él...

—¡No es cierto!

—Desde luego que sí, lo dice al principio. ¿Ves cómo te has saltado algunas páginas?

—¡Ah, sí, es verdad! —dice Alex, riendo.

—No disimules, no lo sabías... ¡Eres un mentiroso!

—De eso nada, lo he leído. Su relación responde a la mentalidad sueca, ellos son mucho más abiertos... ¿Lo entiendes?... Sexo libre.

Niki vuelve a golpearle.

—¡Ay! Pero si lo que he dicho está en el libro...

—No, has vuelto a mirar a la azafata...

—Sí, pero sólo porque están sirviendo la comida y tengo un poco de hambre... —Después se acerca a ella como si pretendiese morderle—. ¡De ti!

—Eres un imbécil, mira que lo de esa azafata está empezando a cabrearme.

—Sí, pero yo tengo ganas de ti, en serio... ¿Nos escondemos en el baño?

—¿Como en esa película que vimos juntos? ¿Cuál era el título?

—*Ricas y famosas.*

—Sí, ésa en la que él simula mientras viaja en el avión que es viudo para convencer a esa actriz tan guapa... ¿Cómo se llamaba?

—Jacqueline Bisset.

—Exacto..., de que esté con él, y después, cuando ella va al baño él se mete también y hacen el amor... Sólo que luego, cuando desembarcan, Jacqueline Bisset ve a la esposa de él, que ha ido a recogerlo, ¡y por si fuera poco, no sólo está viva, sino que además tienen varios hijos!

—Pues sí, esos tipos recurren a cualquier estratagema, incluso a la conmiseración, con tal de ligar... Aunque ése no es nuestro caso, desde luego. ¿Me meto en el baño?

—Eh, pero ¿qué te pasa? ¿Acaso el avión te produce ese efecto? No volveré a dejar que vueles solo... ¿Sabes que han pillado a un actor famoso haciéndolo con una azafata?...

—Claro. ¡Hasta querían hacer un anuncio! Era una azafata australiana de la Qantas y él era Ralph Fiennes, el de *El paciente inglés*... Sólo que en esa ocasión... ¡se comportó como un impaciente americano!

Siguen riéndose, charlando, leyendo y tomándose el pelo. Llega la cena y beben un poco más, prueban la crepe, se comen un filete, Alex le pasa el postre que no le apetece y ella el trozo de queso que se ha dejado.

—¿Quieres escuchar una cosa? He traído los auriculares dobles para el iPod.

De manera que escuchan juntos a James Blunt, a Rihanna y a Annie Lennox. Esta vez es Alex el que se queda dormido. Pasa una azafata y retira su bandeja. Entonces Niki cierra la mesita, la dobla lentamente y la introduce en el gran brazo lateral. Ve algunas migas sobre el jersey de él. Entonces, usando los dedos a modo de pinzas como si del juego de *Operación* se tratara, se las quita sin apenas rozarlo, con el temor de que también en ese caso pueda sonar un pitido. Después le pasa ligeramente la mano por el brazo, lo acaricia para acompañarlo en su sueño, sea cual sea.

Cuarenta y uno

Niki se asoma a la ventanilla. La diferencia horaria le ha hecho perder el sentido del tiempo. Ve un extraño amanecer a lo lejos. Es como una especie de línea que sigue el horizonte, de color naranja intenso, fuerte, que señala el inicio de un día importante. De pronto Niki recuerda su historia. Como si las imágenes pasaran ligeras entre las nubes... Un largometraje proyectado sólo para ella, la única espectadora de una sala voladora. No me lo puedo creer... Nuestro primer encuentro o, mejor, dicho, desencuentro con la moto y luego, ese mismo día, el examen de italiano que salió bien, quiero decir, que jamás me habían puesto una nota así en italiano. Sólo eso debería haberme bastado para comprender que es un buen amuleto; las mujeres no deberían soltar a los hombres como él. Y luego sus amigos, mis amigas, dos mundos muy diferentes, a años luz el uno del otro, aunque no por causa de la edad... Pero dicen que los opuestos se atraen, de manera que éramos perfectos... Niki lo mira. Alex sigue durmiendo. Somos perfectos. Sonríe y vuelve a echar un vistazo afuera. Una ala del avión corta una nube, la atraviesa, la hiere, y ella, suave, se deja hendir y después permanece suspendida en el vacío de ese infinito espacio. Niki vuelve a su película. La primera vez, preciosa, en su casa, con ese aroma de jazmín, y todas las otras veces, quizá aún más bonitas. Comer japonés de esa forma, reírse cubriéndose la boca con las manos, quizá todo sucedió a raíz de ese vestido oriental que se había puesto y que luego se había quitado, y todo lo que vino después... Y luego la sorpresa de esas fotos en la habitación, la campaña de LaLuna, verse por toda Roma... Niki se pone seria. Otro recuerdo. Más difícil, más doloroso, que sigue ahí, envuelto en la penumbra. Ese día. Esas palabras: «La diferencia de edad es demasiado grande, Niki.» Pero, en realidad, el motivo era otro. La presencia de Elena, que había vuelto. Niki se vuelve hacia él. Alex duerme feliz, tranquilo, como un angelito. No obstante, en esa ocasión no le dijo la verdad, no le contó lo que estaba sucediendo realmente. Le había hecho sentir repentinamente insegura, como si no estuviera a la altura de ese sueño que, para ella, se había convertido en realidad. Y los días sucesivos. Estudiar para el examen de selectividad sin conseguir desconectar del todo. Alex. Su mente regresaba una y otra vez a él, como si fuese un imán, como un vídeo en *loop,* un disco rayado en que salta la aguja y se repite una y otra vez la misma frase: «La diferencia de edad es demasiado grande, Niki.» Luego su mente y su corazón dolorosamente congelados. Verano. Unas vacaciones fantásticas en Grecia con Olly, Diletta y Erica, risas y el desesperado e inútil intento de no pensar en él... Pero después, de vuelta a casa, encontró su carta y aquellas maravillosas palabras...

A mi amor.

A mi amor, que por la mañana se ríe cuando moja una deliciosa galleta en el café con leche.

A mi amor, que conduce rápidamente su moto y nunca llega tarde.

A mi amor, que bromea con sus amigas y sabe escucharlas en todo momento.

A mi amor, presente incluso cuando me olvido de él.

A mi amor, que me ha enseñado mucho y me ha demostrado lo que significa «ser grandes».

A mi amor, que es la ola más hermosa y fuerte del mar en que todavía debo navegar.

A mi amor sincero, fuerte como una roca, sabio como un antiguo guerrero y hermoso como la estrella más maravillosa del cielo.

A mi amor, que ha sabido hacerme entender que la felicidad no llega un día por casualidad, sino que es un deseo conquistado que hay que defender.

A mi amor Niki.

Niki todavía la recuerda de memoria, la ha leído infinidad de veces, de días, de tardes y de noches... Hasta desgastarla, hasta saberse al dedillo todos los párrafos, hasta llorar, sonreír y, por fin, reír de nuevo. Encontrar entre sus líneas cada instante de los momentos vividos, de esa espléndida fábula de amor que creía infinita y que de repente veía resurgir de las cenizas, recuperar la vida y la sonrisa, el sueño y la esperanza, el entusiasmo y la felicidad, hasta ese día. Sí, hacer a un lado cualquier temor y partir serena rumbo a la Isla Azul, la isla de los enamorados. Donde Alex la estaba esperando desde hacía más de veinte días.

Niki se vuelve a mirarlo por última vez. Y ahora estamos aquí, a bordo de este avión en vuelo, rumbo a Nueva York. Él y yo. Todavía juntos, pese a todos los pronósticos. Qué maravilla... A treinta mil metros sobre el cielo. Sigue contemplándolo ensimismada. Con la mano apoyada en la suya, ligera, temiendo despertarlo mientras el avión prosigue su viaje a toda velocidad y los minutos transcurren silenciosos, fluyen como esos primeros rascacielos que han aparecido debajo de ellos.

Cuarenta y dos

Pietro lee el letrero distraído mientras entra. Mira a su alrededor. La verdad es que ésa sí que es una novedad. Jamás le han gustado los gimnasios y ahora va a hacer deporte. Y por si fuera poco, a ése.

Varios sofás, dos dispensadores de bebidas automáticos, integradores y *snacks* dietéticos. Detrás del mostrador azul, una chica vestida con un chándal blanco está comprobando algo en el ordenador. Pietro la ve y se acerca a ella.

—Buenos días.

La chica se vuelve. La chaqueta del chándal blanco tiene la cremallera bajada y deja a la vista un sujetador azul deportivo. Pietro esboza una sonrisa. Caramba. Aquí dentro no se está nada mal.

—Hola, me gustaría saber dónde hacen *kickboxing*. A qué hora, vaya.

—¿Quiere inscribirse? El curso se da tres veces a la semana en dos horarios diferentes. Puede verlo aquí... —y le muestra un folleto.

—No, no... Tengo que saludar a una persona y creo que ahora está dando clase.

—Ah, en ese caso estará ahí, dos salas más allá... —le indica la puerta.

Pietro la mira.

—La verdad es que los efectos del *kickboxing* son fantásticos... —la escruta de arriba abajo.

Ella esboza una sonrisa y después se vuelve de nuevo hacia el ordenador.

Pietro se encoge de hombros y enfila el pasillo. Pasa por delante de unas salas con máquinas, espejos y colchonetas. Chicos y chicas que se entrenan, música acompasada o suave, según las disciplinas y los programas. Llega a la segunda habitación que hay a la derecha. Varias personas agrupadas en círculo están alzando la pierna izquierda. En el centro, un chico no demasiado alto, musculoso, de pelo ondulado y castaño, enseña a los demás el movimiento que deben hacer. Ese tipo no está nada mal, piensa Pietro. Guapetón. Mmm. Pietro observa una a una a las personas que componen el círculo. Varias chicas jóvenes, cuatro hombres y dos mujeres más mayores..., bueno, tres. Y entonces la reconoce. Lleva una banda elástica de color blanco en la cabeza y el pelo peinado hacia atrás, recogido en una especie de moño. Unas mallas negras y ligeras bajo una camiseta ajustada azul claro, zapatillas de gimnasia y calcetines bajos. Susanna mantiene el equilibrio sobre la pierna derecha, en tensión, a la espera. De improviso, el instructor dice «¡Oh» y baja la pierna izquierda mientras da una patada imaginaria con la derecha. Todos, incluida Susanna, lo imitan.

—Mantened los talones ligeramente alzados y cuando deis las patadas golpead con la tibia, no con el empeine. Con la tibia se hace mucho más daño al adversario. Girad el pie que tenéis apoyado en el suelo como si fuese la punta de un compás y procurad que la cadera y el hombro del costado de la pierna que golpea sigan la trayectoria de la patada y no vayan en sentido contrario... —Hace una o dos demostraciones de lo que acaba de decir.

Pietro permanece en la puerta, y cuando el instructor le dice al grupo que se ponga en fila, entra. Varias chicas lo miran y sonríen dándose codazos, como si dijeran «¿qué querrá éste?». También el instructor se vuelve y percibe una sombra. Susanna, que se ha agachado para colocarse bien un calcetín, se levanta y lo ve. No es posible.

Pietro se acerca a ella.

—Hola, cariño... Tenemos que hablar...

—¿Aquí? No creo que sea el momento más adecuado, me estoy entrenando...

—Ya lo veo... Pero ¿qué es toda esta historia del boxeo? Que yo sepa, jamás te había interesado. Me lo dijo tu madre. Has dejado a los niños en su casa.

–Para empezar, no es boxeo, sino *kickboxing*..., y ¿qué tiene de malo que haya dejado a los niños con mi madre? No es una asesina en serie... Añado, además, que si antes había muchas cosas que me importaban un comino, ahora, en cambio...

El instructor, mientras tanto, está enseñando un nuevo movimiento que el grupo debe hacer antes del combate de entrenamiento.

–¿Preparados? Venga, empezamos... ¿Todo bien por allí?

Susanna se vuelve y le sonríe.

–Por supuesto, ¡todo bien! –Después se dirige de nuevo a Pietro–: Vete. No tengo nada más que decirte.

–Pero, Susanna, venga..., sal un momento para que podamos hablar sin toda esta gente alrededor.

–Te he dicho que no. Márchate. Deberías haberlo pensado antes.

–Lo entiendo, pero no creo que eso nos deba impedir hablar... como personas civilizadas, ¿no? ¿Qué se supone que debo hacer si nunca contestas al teléfono?

Mientras tanto, el resto del grupo se ha detenido y ahora contemplan la escena, curiosos.

–Pietro, no creo que... ¡Si no te respondo es porque no me da la gana! Un abogado tan listo como tú debería entenderlo sin problemas, ¿no te parece?

–Pero, si no hablamos, ¿cómo podremos aclarar las cosas?

–¡Creo que todo está bastante claro ya! ¡Me has engañado y ahora pienso vivir mi vida! ¡Eso es todo!

Pietro le agarra un brazo y trata de tirar de ella.

–Susanna...

No le da tiempo a acabar la frase porque Susanna le asesta un puñetazo en la cara y le da en todo el ojo, con una violencia absurda que lo tira al suelo. Todos enmudecen. El instructor se acerca a ellos corriendo. Mira a Susanna y a continuación, preocupado, a Pietro. Lo ayuda a levantarse.

–¿Se encuentra bien? ¿Quiere un poco de hielo? El ojo está empezando a hincharse...

Pietro niega con la cabeza. Se toca la cara. Ve un poco doble. Intenta volver a llamar a Susanna, que, mientras tanto, se ha alejado con una chica que trata de calmarla. Davide, el instructor, sujeta a Pietro.

—Perdone, no quiero entrometerme, pero tengo la impresión de que a la señora no le apetece mucho hablar...

—Y usted qué sabrá, la conozco, usted no, es mi esposa y no la suya, siempre se comporta así, y luego...

—Faltaría más, no pretendía entrometerme... Venga..., lo acompañaré a la enfermería, está allí, le pondremos un poco de hielo y así evitaremos que la hinchazón vaya a más. Eso lo ayudará también a calmarse. —Davide, sin dejar de sujetar a Pietro, se acerca a la puerta y se vuelve—: Y vosotros seguid con el entrenamiento... —Acto seguido busca con la mirada a Susanna. Ella se da cuenta. Davide le indica con un gesto de la mano que lo espere y a continuación se aleja.

Susanna se ruboriza ligeramente. No sabe si es por la rabia que le ha hecho sentir Pietro o por la sorpresa de ver que Davide, por primera vez desde que se inscribió al curso, le ha prestado atención. Una atención especial. Más prolongada de lo habitual. Sólo a ella. Susanna se sobrepone. La chica que está a su lado le da una palmada en el hombro.

—Veo que te las arreglas con los golpes, ¿eh? ¡Lo has tirado al suelo! Pero ¿de verdad es tu marido?

—Pues sí, por desgracia. Debería haberle pegado mucho antes. Venga, hagamos un poco de calentamiento... —Vuelve al centro de la sala—. A fin de cuentas, Davide volverá ahora, ¿no? —Empieza a hacer varios ejercicios de estiramiento. La chica la imita.

Una vez fuera del gimnasio, Pietro se suelta de Davide.

—¿Seguro que está bien?

—No, pero llegaré al despacho sin dificultad.

—Hay que reconocer que su esposa es fuerte.

Pietro se vuelve de golpe y lo fulmina con la mirada.

—¿Otra vez? Pero ¿usted qué sabe? ¿Qué pretende? No la conoce. Y, además, ¿qué quiere decir con eso de que es fuerte?

—Es verdad, no la conozco... Sólo digo que es fuerte. Lo ha tirado al suelo, ¿no? Y no hace mucho que se entrena... Tiene aptidudes.

Pietro se contiene. Lo mira. Decide no insistir. En parte porque el físico del joven es imponente y no quiere acabar en el suelo por segunda vez.

–De acuerdo, me voy.

Davide se encoge de hombros y se despide de él. Luego entra en el gimnasio. Pietro se dirige a su coche, que ha aparcado a cierta distancia, casi en doble fila y en diagonal. Se aproxima y la ve. Por un instante desea que sea un folleto publicitario. Pero el color es inconfundible. Una multa de aparcamiento de color rosa. Lo sabía. Debería haberme quedado en el despacho.

Cuarenta y tres

Stu-tump. Un ruido sordo, imprevisto, el tren de aterrizaje se despliega bajo la panza del avión, las luces interiores se encienden y el comandante se dirige a los pasajeros. Alex se despierta de golpe, mira alrededor confundido, pero ve a Niki que le sonríe y se tranquiliza de inmediato. Se desentumece un poco.

—Mmm... Yo también he dormido...

—¡Pues sí! ¡Un poco!

Se incorpora ligeramente y luego se arrellana en el asiento.

—¿Dónde estamos?

—Casi hemos llegado...

—¡Entonces he dormido un montón!

Las azafatas se precipitan por el pasillo conprobando que todo esté en su sitio, que los pasajeros hayan cerrado las mesitas y colocado sus asientos en posición vertical. Aún tienen que hacer varias indicaciones.

—Perdone, debería cerrarlo. Gracias.

Alex se quita el reloj de la muñeca.

—Tenemos que cambiar la hora, son las cinco y media... —Mueve la manecilla y se lo vuelve a poner. Niki lo imita.

—Bien... —Alex sonríe—. Llegamos puntuales... Así podremos cumplir con el programa.

—¿Qué programa?

—He organizado varias cosas... ¡Espero que te gusten!

—Dime sólo una... ¿Has dejado tiempo para hacer algunas compras? Vete tú a saber cuándo volveremos a Nueva York, ¡no puedo perderme esta ocasión!

—¡Mañana por la mañana, visita guiada, y por la tarde compras! Gap, Brooks Brothers..., donde me gustaría comprar camisas con botones en las solapas del cuello. Luego quiero llevarte a Macy's, un sitio fantástico, Century 21, Bloomingdale's...

—Estupendo, ¿podemos ir también a Sephora? Venden maquillajes de todo tipo.

—Pero si en Roma hay uno, en via del Corso...

—¿De verdad? ¡Nunca lo he visto!

—¡Acaban de abrir! Viajar hasta Nueva York para comprar algo que venden debajo de tu casa... ¡Ja, ja!

—No me tomes el pelo. —Niki se abalanza sobre él.

—¡Ay, otra vez!

—Además, no sabía que íbamos a Nueva York. Debemos comprar algo para ponernos si queremos salir por la noche. Yo no he traído nada... Lástima. ¡En casa tengo algunos vestidos muy monos!

—Haremos como en esa película. Saldremos a comprar ropa..., ¡como en *Pretty Woman*!

—Dejando al margen que la película estaba ambientada en Los Ángeles..., no me gustan esa clase de bromas. —Niki le pega, pero siguen tomándose el pelo.

—¡Ay! No insinuaba nada... ¡Ay! Basta, Niki... Prácticamente te has pasado el viaje zurrándome. ¡No han sido las turbulencias, sino «Niki el ciclón»!

La azafata se detiene a su lado.

—Abróchense los cinturones, por favor —y se aleja sacudiendo la cabeza, pensando en la suerte que tienen, en la alegría y la felicidad que les da el amor que comparten, en que no están a bordo del avión para trabajar, como ella, sino para seguir soñando. Y se sienta de cara a los pasajeros, se abrocha el cinturón y apoya las manos sobre las piernas, elegante y tranquila, habituada a esa rutina y, sobre todo, a no tener a su hombre junto a ella.

Poco a poco, el avión va perdiendo altura y al final casi parece rozar el puente de Brooklyn y los primeros rascacielos hasta que, por fin, aterriza con un ligero salto, casi un rebote, seguido de un podero-so frenazo. En el interior de la cabina se produce un amago de aplau-so que concluye casi de inmediato mientras el aparato sigue circulan-do por la pista de aterrizaje acompañado de los suspiros de los pasajeros más temerosos.

Alex y Niki son casi los primeros en bajar por la escalerilla central y, tras superar la larga fila del control de seguridad, se unen a los res-tantes pasajeros que se precipitan hacia las cintas de equipaje para recoger sus maletas.

Niki mira a su alrededor.

—Tenemos que coger un taxi...

Alex sonríe.

—Creo que hay... —en ese preciso momento ve un cartel entre las personas que están delante de la salida: «Alex y Niki»— ¡alguien que nos espera!

—¿Cómo, cariño? Esto no es propio de ti... ¡Todo está organizado a pedir de boca!

—¿Por qué dices eso? No confías en mí... Siempre me subestimas.

Se reúnen con la persona que los está esperando, que habla per-fectamente italiano.

—¿Han tenido ustedes un buen viaje? Me llamo Fred.

—¡Estupendo, gracias!

Alex y Niki se presentan y después lo siguen hasta la salida. Niki se inclina hacia Alex sigilosamente.

—¿Lo conocías ya? ¿Cómo lo has encontrado?

—A través de un amigo, un famoso diseñador gráfico que se llama Mouse, Ratón, lleva algo de tiempo viviendo aquí. Él es quien me ha echado una mano..., ¡dado que, según tú, soy un desastre! —sonríe para animarla.

Niki no sabe aún cuántas sorpresas le esperan.

—Aguarden aquí un momento... Vuelvo en seguida. —Fred desapa-rece por un instante y regresa conduciendo una limusina americana.

—Caray... —Niki lo mira arqueando las cejas—. ¿Se puede saber qué está pasando aquí? ¿Debería preocuparme? ¿Qué has organizado, Alex? ¿Me debes una disculpa por algo?

—En absoluto... —Le abre la puerta antes de que Fred se apee del vehículo—. Todavía no has entendido hasta qué punto fue bien la campaña de LaLuna...

Niki sube a la limusina.

—¡Pero si de eso hace ya casi dos años!

—De ahí el nuevo refrán... ¡más vale festejar tarde que nunca!

Rodea el coche hasta llegar a la puerta que Fred le sostiene abierta. Éste vuelve después a su sitio frente al volante.

—¿Los llevo al hotel?

—Por supuesto.

Fred conduce seguro por las calles neoyorquinas. Niki viaja pegada a la ventanilla. Embelesada. La ciudad pasa por delante de sus ojos y ella contempla en silencio esa película, su película. Al cabo de un rato sale de su ensimismamiento.

—No me lo puedo creer... Es magnífico... Demasiado bonito...

—Sí... Uno tiene la impresión de conocer ya todos los rincones de esta ciudad.

Niki se vuelve risueña.

—No, mucho más... Te parece estar viviendo una película... La nuestra... —En esta ocasión no le pega, sino que se abalanza sobre él y lo besa. Luego se separa y sonríe maliciosa—. Según dicen, los vips a veces hacen el amor en esta clase de coches... Los que tienen los cristales tintados, son muy largos... ¿Y espaciosos?

—Pues sí...

Niki vuelve a acercarse a Alex, provocativa, lo besa risueña.

—Me recuerda a esa escena de *Pretty Woman*.

—¿Cuál?

—La primera, cuando ella está viendo la televisión y se ríe con una vieja película en blanco y negro..., mientras se ocupa de él... —Empieza a desabotonarle la camisa. Alex se echa hacia atrás, apoya la cabeza en el asiento. Niki le desabrocha otros dos botones.

Alex sonríe.

—Niki...

—¿Sí?

Él se incorpora y extiende los brazos.

—Sería maravilloso, pero...

—¿Pero?

—Hemos llegado.

Niki mira afuera. Sólo en ese momento se da cuenta. Es cierto. Se apean a toda velocidad del coche, que se ha detenido delante del hotel. Están en Park Avenue. El Waldorf Astoria se recorta frente a ellos en toda su imponente altura. Niki se vuelve y mira hacia arriba. El rascacielos casi le hace sentir vértigo, pero es precioso.

—¡Lo reconozco! Aquí rodaron esa película en la que Jennifer López interpreta a una camarera que se enamora de un político guapo y rico... Venga, sí... ¿Cómo se titulaba? Ah, sí, *Sucedió en Manhattan*.

Fred baja la ventanilla

—Pasaré a recogerlos dentro de una hora. Se acordarán, ¿verdad?

Alex está tranquilo.

—¡Por supuesto!

Entra en el hotel con Niki de la mano. Ella brinca delante de él.

—¿Por supuesto, qué? ¿Qué vamos a hacer?

Alex llega al mostrador de recepción.

—*Good evening*. Belli y Cavalli. —Entrega los pasaportes.

Un segundo después les indican el número de su habitación.

—*Top floor.*

—¿Y bien? Todavía no me has dicho qué quieres hacer después.

Alex pulsa el botón del ascensor mientras Niki lo acribilla a preguntas.

—Vamos al teatro... Un maravilloso espectáculo donde han eliminado la fuerza de la gravedad, *Fuerzabruta*. Lo representan en Union Square... Es de una compañía teatral argentina, y dicen que es fantástico.

—Pero hace frío y no tenemos nada que ponernos. —Salen del ascensor y se acercan a la puerta de su habitación—. Alex, ¿me escuchas? No tengo ni un solo vestido, ¿qué hago? No puedo ir así, no has pensado...

En ese momento Alex abre la puerta. Sobre la cama hay dos espléndidos vestidos negros. Además de unos abrigos y ropa interior para los dos.

—¡Cariño! —Niki vuelve a abalanzarse sobre él—. ¡Eres genial!
—Echa un vistazo a la etiqueta—. ¿Por qué dice aquí 8?

—¡Equivale a nuestra 38!

Niki sonríe, arrobada.

—Retiro todo lo que he dicho... ¡Eres perfecto! Mejor dicho, ¡demasiado perfecto! ¿Sabes que empiezo a tener un poco de miedo?

—Tonta... Venga, que tenemos poco tiempo. Voy a darme una ducha.

Alex se desnuda y entra en la cabina del gran baño de mármol de color marfil. Abre el grifo y regula la temperatura a su gusto. Un segundo después se abre la puerta. Niki se asoma risueña y después entra también ella, completamente desnuda. Lo mira maliciosa.

—Esta escena no es de *Sucedió en Manhattan*...

Alex sonríe mientras ella se le acerca.

—Ya.

Niki le susurra al oído:

—O quizá la cortaron porque era demasiado fuerte... —y, en un abrir y cerrar de ojos, cálida como el agua, comienza a deslizarse por su cuerpo.

—Pero, cariño... El teatro... El espectáculo...

—Aquí lo tienes...

Alex comprende que no hay prisa y que quizá al teatro pueda ir algún otro. De manera que se abandona a ese juego suave y sensual, delicado y provocador, mientras el agua resbala agradablemente por su piel.

Cuarenta y cuatro

Más tarde, salen relajados y sonrientes del hotel. Fred los espera delante de la entrada.

—Por favor... —Les abre la puerta para que entren.

—¿Todo en orden, Fred?

—He hecho lo que usted me sugirió, señor Belli, le he dado las entradas a mi hijo, que ha ido con su novia. Me ha llamado hace un rato. Dice que el espectáculo les ha encantado.

—Sí... Qué lástima que nos lo hayamos perdido...

Niki y Alex se miran risueños, pero luego Niki frunce el ceño.

—¿Qué lástima?

—Chsss.

Fred los mira sonriente por el espejo retrovisor.

—Si lo desean, he hecho otra reserva para mañana; quedaban sólo dos entradas libres, han tenido mucha suerte.

—Pero... —Alex hace un amago de decir algo, pero Fred asiente con la cabeza.

—Puede estar tranquilo... Acaba a tiempo...

—¡En ese caso, de acuerdo!

Niki comprende que están tramando algo y mira a Alex con ojo escudriñador.

—Y ahora, vamos...

—¿Adónde?

—A cenar. ¡Tengo una hambre de lobo!

Después de haber dado buena cuenta de un filete acompañado de un magnífico vino italiano en Maremma, una taberna que se encuentra en Times Square y cuyo servicio es impecable, Alex y Niki van a un pequeño local del SoHo.

Niki está extasiada. Se deja guiar por él confiada y curiosa, como si fuese una pequeña Alicia en el País de las Maravillas, sólo que a ella no le esperan feas sorpresas. Descubre y se asombra con un sinfín de cosas. SoHo, el auténtico paraíso del *shopping*. Ha oído hablar de él y ha visto numerosas imágenes en la televisión. Las grandes cadenas comerciales: Adidas, Banana Republic, Miss Sixty, H&M y el mítico Levi's Store. Por no hablar de Prince Street con sus vestidos *vintage*, el glamour de las marcas, las prestigiosas *boutiques*, la ropa interior adecuada para cada situación y unos puestos que ofrecen de todo... Además de la galería fotográfica.

—¿Ves cuántas fotos? La idea surgió de un grupo de fotógrafos y artistas independientes en 1971. Todos los meses organizan aquí exposiciones personales... ¿Y sabes por qué se llama SoHo?

—¡No!

—El nombre deriva de las iniciales de South of Houston, porque el barrio está ubicado al sur de Houston Street.

Y luego ese local. Merc Bar, escrito en color cobre sobre ladrillos rojos. Increíble. Niki y Alex entran. Luces difusas, música a todo volumen, gente que sonríe, que brinda y que conversa. Alex lleva a Niki cogida de la mano mientras avanza entre los clientes.

—Mira..., ¡es Mouse!

El joven diseñador gráfico se acerca a ellos. Sonríe. Luce una perilla al estilo de D'Artagnan, tiene una sonrisa preciosa, el pelo rizado y oscuro, y lleva una cazadora de piel, unos pantalones estrechos y unos zapatos Church's. Alex y él se abrazan.

—¡Cuánto tiempo!

—¡Qué alegría volver a verte! —Permanecen abrazados hasta que Alex esboza una sonrisa—. Gracias por todo, ¿eh?...

—Faltaría más... Pero ¿por qué no me la presentas? ¿Tienes miedo de que se enamore perdidamente de mí?

Niki sonríe. De hecho, el tipo no está nada mal. Mouse le estrecha la mano.

—Así que tú eres la tristemente célebre Niki-LaLuna...

—¡Dicho así, parece el nombre de un mafioso!

Mouse se echa a reír.

—Aquí todos te llaman así... Te has hecho famosa en nuestra agencia... Aunque debo decir... —La escruta y sonríe a Alex—. En persona está mucho mejor, ¿eh? Nuestro Alex sí que es listo...

Al fondo del local, una banda empieza a tocar «Jazz samba». Una mujer rubia con una voz grave y cálida canta siguiendo las notas de un saxofón. Por debajo se oye una guitarra que lleva el ritmo. Alex, Niki y Mouse se sientan a su mesa y se pierden entre las notas de un tema histórico de Charlie Byrd y entre alguna que otra cerveza perfectamente helada.

Cuarenta y cinco

Más tarde. Siguen ahí. Una milonga increíble de guitarras invade el local. Una pareja empieza a bailar en medio de la sala. Se mueven con los cuerpos muy juntos, él sujeta el brazo de ella en alto, a la altura de sus cabezas, ella entrelaza unos pasos impecables que se cruzan con los de él. Un abrazo estrecho, más frontal, el bailarín ciñe con la mano derecha la espalda de su compañera a la vez que le sujeta la mano con la izquierda. La guía. Giran ligeros; mirándolos, todo parece muy sencillo. Niki estrecha la mano de Alex bajo la mesa. Se sonríen. Mouse se da cuenta y sacude la cabeza sonriendo a su vez.

Un poco más tarde.

—Nosotros empezamos a notar los efectos del *jet lag*... Nos vamos... ¿Cuánto es?

—No lo digas ni en broma, sois mis invitados.

—En ese caso, gracias.

Mouse se levanta, deja pasar a Niki, le estrecha la mano y la besa.

—Encantado de haberte conocido, hablo en serio.

—Yo también.

Después se despide de Alex.

—Hablamos mañana —dice, y se inclina sobre su amigo para que Niki no lo oiga—: En cualquier caso, todo está arreglado...

Alex le da una palmada en el hombro.

—Está bien, gracias por todo... Hasta mañana.

Desaparecen al fondo del local. Caminan por las calles del SoHo en dirección al hotel.

Una vez en la habitación, se lavan los dientes riéndose, haciendo espuma, intentando hablar sin entenderse y soplando sobre el cepillo. Después se enjuagan la boca y se secan recordando una escena que han presenciado en el local, una cara en el restaurante o un tipo con el que se han cruzado en la calle que iba vestido de manera original. Luego se meten en la enorme cama para pasar la noche. Una noche de arrumacos con sabor a aventura. Sobre un colchón diferente, pero blandísimo. Una noche de cortinas ligeras que la brisa que entra por el único resquicio que han dejado abierto mueve lentamente. Una noche neoyorquina. Una noche de luces de neón, una noche en lo alto, una noche de tráfico a lo lejos.

Pasan las horas. Alex se agita en la cama, la mira. Niki duerme cansada, pacífica, serena, rememorando las imágenes de ese día inesperado. Su respiración es lenta, sus labios chasquean ligeramente de vez en cuando: una burbuja, un salto, una respiración un poco rebelde. A saber si estará soñando. Y qué. Duerme. Niki duerme porque no lo sabe. Alex inspira profundamente, está cansado, le gustaría conciliar el sueño pero está un poco nervioso. Está al corriente de todo y la emoción es tan intensa que le quita el sueño. ¿Qué sucederá? ¿Hasta qué punto podemos estar seguros de que nuestras decisiones harán felices a la otra persona? ¿Conservaremos la sintonía que nos une después de que se lo haya dicho? ¿Habré interpretado bien las señales o me estaré engañando? Qué difícil es a veces la felicidad. Cuántas dudas nos provoca. Y, sin embargo, bastaría con creer ciegamente, lanzarse sin más, como ella hizo conmigo hace dos años. Contra todo y contra todos. Ella es sabia. Es increíble. Alex mira por última vez la cortina que sigue bailando con el viento. Juguetea, divertida e incansable. ¡Cuánto le gustaría poder disfrutar también de esa sencilla ligereza!

Cuarenta y seis

—Así que no sois puntuales, ¿eh? No cojo a gente así. Mouse me había asegurado... Como de costumbre, no debería fiarme de ciertas personas.

Alex y Niki están parados delante del hotel. Niki resopla. Claudio Teodori es un ex periodista italiano que lleva años trabajando como guía. Mouse le ha hablado a menudo de él a Alex, pero no le ha dicho que fuera tan huraño.

—¿Y bien? ¿Subís o no? —Claudio los mira sentado en el interior de su Mustang rojo, cuando menos tan viejo como él—. ¿Os hace falta una invitación por escrito?

Alex y Niki no se hacen de rogar y suben al coche. Claudio arranca sin apenas dejar tiempo a Alex a cerrar la puerta.

—Venga, vamos a desayunar.

Alex sonríe tratando de entablar amistad.

—Por lo general, somos puntualísimos...

Claudio lo mira y esboza una sonrisita.

—¿Por qué será que todos emplean la misma palabra: «puntualísimos»? ¡Imposible! Uno es puntual o no lo es. No existe el superlativo. No se puede llegar aún más puntual... si se llega puntual.

Alex mira a Niki y traga saliva. Dios mío, quién se iba a imaginar una cosa así. No será fácil. Pero, contra todo pronóstico, al final, Claudio el huraño los sorprende. Les hace descubrir una Nueva York diferente, inesperada, alejada de las consabidas imágenes que muestran las revistas y los documentales televisivos. No la ciudad de las visitas turísticas, sino la Nueva York que uno no alcanza a imaginar, que no llega a conocerse a menos que uno la recorra de esa forma.

—No es malo..., es que lo dibujaron así —comenta Niki risueña.

Deambulan por el East y el West Side de Manhattan mientras Claudio les cuenta cosas sobre la época de los nativos, de los piratas, de la construcción del puente de Brooklyn y de las intervenciones urbanísticas de Robert Moses.

—Cuántas cosas sabes, Claudio... ¿Hace mucho que vives aquí? —le pregunta Niki, curiosa.

—Lo suficiente para entender que los neoyorquinos se dividen entre los que han nacido en Nueva York y el resto, y que yo perteneceré siempre a esta segunda categoría, no importa el tiempo que pueda pasar aquí. He aprendido muchas cosas de su forma de vivir, que ahora es también la mía.

—Cuéntanos...

—Por ejemplo, el *brunch*, que se hace generalmente el domingo y que es una mezcla de desayuno y comida. Se va a los locales que están abiertos el domingo por la mañana, se charla y se lee el *New York Times*. En Nueva York hay un montón de locales que lo preparan, como el Tavern on the Green o el Mickey Mantle's, cerca de Central Park. Y luego, además, están los *happy hours*, que ahora también están de moda en Italia, aunque allí son diferentes. Aquí la gente trabaja desde las nueve de la mañana hasta las cinco de la tarde y, cuando acaba, no se va directamente a casa, sino que se detiene un momento en los bares para beber algo. Pues bien, algunos locales ofrecen dos bebidas al precio de una...

Claudio los lleva a los barrios más desconocidos, donde viven los mormones, al viejo ropavejero del SoHo, incluso a la guarida de una banda cingalesa del Bronx abarrotada de banderas del grupo, fotografías y bragas colgadas a modo de trofeos de unas conquistas más o menos verdaderas y antiguas.

—Por un momento me ha recordado a la película *Los amos de la noche*...

Claudio se vuelve.

—Debería dejar en esa madriguera a los que se retrasan más de cinco minutos —le dice muy serio a Alex. Después sonríe—. Bromeaba... Nunca haría una cosa así. Esos tipos no tienen sentido del humor. Mirad ahí... —y señala una especie de megalavandería en el interior de una gran nave industrial rodeada de grafitis descoloridos y casas baratas—. Aquí, en el Bronx, se han puesto de moda las tiendas-matrioska, sobre todo ahora que hay crisis...

—¿Qué quieres decir?

—Son tiendas que están una dentro de la otra y, de esa manera, ahorran en espacio y alquiler. Sin ir más lejos, ahí está Hawa Sidibe, una peluquera malaya que usa un rincón de la lavandería que le ha subarrendado el titular para que pueda llevar a cabo su trabajo. Mientras la ropa gira en el gran ojo de buey de la secadora, ella corta el pelo a sus clientes. Pero no sólo eso. Si se tercia, vende también bisutería, ropa interior y lo que haga falta. No puede permitirse abrir una tienda fuera de aquí... De manera que, mientras una señora espera que su ropa se lave, pasa el tiempo peinándose. No está nada mal, ¿no os parece? Lo mismo sucede en Jackson Heights, en Queens. Comparten los alquileres y de esa forma optimizan los servicios... Algunos tienen los papeles en regla, otros no...

Al final Claudio los lleva de nuevo al centro de Manhattan.

—Todo el mundo abajo. ¡Fin de la excursión y del *shopping*!

—Adiós...

—Y gracias.

Alex y Niki contemplan el coche mientras se aleja.

—Uf... Al final ha ido bien...

—Sí, menudo riesgo hemos corrido.

—En mi opinión, fanfarroneaba un poco.

—¡Sí, pero con un trasfondo de verdad! En cualquier caso, ahora conocemos Nueva York en profundidad. Venga, vamos.

Entran en Gap, en Brooks Brothers y en Levi's.

—No me lo puedo creer... Cuestan poquísimo, y tienen esos que no se encuentran en ninguna parte y que tanto me gustan...

—¡Cómpratelos, cariño!

Luego van a Century 21.

—Pero si aquí venden de todo...

—¡Y más aún!

Encuentran las cosas más variopintas, desde un abrigo de pana hasta la famosa cazadora de piel que compran por cuatro duros, pantalones de marca y otros que no lo son, y cada vez que se detienen en algún lado echan un vistazo al mapa en el Lonely Planet, se acerca a ellos un hombre, un joven o un policía americano y les preguntan: «*May I help You?*»

Alex y Niki se miran. «*Yes, thanks*» −responden a coro. Incluso eso se ha convertido ya en un juego.

Cuarenta y siete

Más tarde van al hotel para darse una ducha, esta vez, realmente rápida. Fred los espera luego con su coche para llevarlos al espectáculo de *Fuerzabruta*.

Los espectadores están de pie en el centro de un pequeño teatro y se desplazan siguiendo la obra. Alex y Niki están abrazados entre los demás, extranjeros entre cien extranjeros, y miran a lo alto. Una tela transparente con agua por encima, juegos de luz y hombres y mujeres desnudos que se lanzan por ese extraño tobogán. Esos mismos hombres y mujeres corren después en círculo por los laterales elevados del teatro sujetos a una cuerda. Bailarines que, siguiendo el ritmo, intentan darse alcance, corren en pos de los demás, se empujan y se acercan de nuevo: una extraña guerrilla física y sensual que se ejecuta sobre unas telas doradas envueltas en unos juegos de luz. Por último se produce una explosión repentina y mil hojas pequeñas y plateadas caen desde lo alto, lentas, girando sobre sí mismas e indicando el final del espectáculo.

−¿Qué les ha parecido? ¿Tenía razón mi hijo?

−Sí. Es precioso... Único. El coreógrafo es realmente bueno, lo leí en alguna parte. No es su primer espectáculo de éxito, incluso se ha hablado de él en Italia...

−Ya veo.

Avanzan hasta llegar a una explanada.

−Hemos llegado. Justo a tiempo.

Niki no entiende nada.

—¿Qué pasa?

Alex le coge la mano.

—Tenemos que bajar.

Niki sigue a Alex.

—Pero ¿qué hay aquí? Yo no veo nada...

—Porque está llegando... —Alex mira hacia lo alto.

Justo en ese momento, de detrás del rascacielos y acompañado de un fuerte estruendo, aparece un gran helicóptero negro con unas grandes palas encima y unos reflejos plateados debajo. Baja poco a poco y aterriza en la plaza que hay delante de ellos. El piloto abre la puerta lateral y les hace una seña para que suban.

Niki abraza a Alex.

—¡Tengo miedo!

—No te preocupes, cariño. Es maravilloso, son americanos, los mejores, y además lo hacen a diario... En serio, tesoro... No debes tener miedo de estas cosas. A veces el miedo te impide vivir.

Esta última frase la convence, de manera que Niki lo sigue y se acomoda a su lado en el interior del helicóptero sin soltar su brazo, que aprieta con fuerza. Alex cierra la puerta. Es la señal. El aparato se ladea y se eleva entre los rascacielos con una hábil maniobra. A medida que va subiendo, el ruido se atenúa. Al alejarse de las paredes de los rascacielos retumba menos.

Niki observa a los dos pilotos que están sentados delante de ella y, poco a poco, recupera la calma y suelta el brazo de Alex.

—Menos mal... Me lo estabas triturando.

Niki no le contesta. Mira hacia abajo e inspira profundamente.

—Madre mía... Es increíble... Estamos altísimos... Pero tenías razón: a veces el miedo te impide vivir estas cosas tan bonitas.

Alex esboza una sonrisa. Sí, sí, piensa para sus adentros. Poco ha faltado para que el miedo arruinase lo que he preparado. En ese preciso momento, como si todo estuviera orquestado, recibe un mensaje en el móvil. Lo abre y lo lee. «Os veo, estáis llegando, todo está listo. Mouse.»

Alex se apresura a contestarle: «OK.» A continuación exhala un suspiro. Ya no hay tiempo. O ahora o nunca. Tiene que ser ahora.

—Niki...

Se vuelve hacia ella exultante de felicidad.

—¿Sí?

Alex traga saliva.

—Llevo varias noches sin dormir tratando de encontrar las palabras adecuadas que te permitan comprender cuánto te quiero, hasta qué punto tu sonrisa, tu aliento, cada uno de tus movimientos son la razón de mi vida. Me gustaría poder resistir, decir que no es así, hacer como si nada..., pero no puedo...

Alex mira de nuevo afuera. Ya está, todo está saliendo como estaba previsto. El Empire State Building está justo delante de ellos. Se vuelve de nuevo hacia Niki.

—Lo siento, pero es así... ¡No puedo evitarlo!

Ella lo mira sin comprender una palabra.

—¿De qué estás hablando?

Alex abre los brazos.

—Niki, perdona...

—¿Perdona?

En ese instante, las luces del último piso del rascacielos que tienen delante se encienden en la noche. Niki ve un gran letrero, inmenso y perfectamente iluminado, como si fuese de día. Alex le sonríe mientras lo lee: «¡Sí, perdona, pero quiero casarme contigo!»

Niki se queda pasmada y cuando se vuelve lo ve allí, frente a sí, con un estuche abierto en la mano. En su interior hay un anillo con un pequeño diamante que brilla en la noche. Alex sonríe emocionado. Se podría decir que él resplandece también.

—¿Niki?

Ella sigue boquiabierta. Alex le sonríe.

—Ahora, la mujer, que en este caso eres tú, suele decir que sí o que no...

Niki se abalanza sobre él.

—¡Sí, sí, sí! Mil veces sí... —y casi consigue que se caigan del asiento.

—¡Socorro! —Alex logra no perder el anillo y al final se ve arrastrado debajo de ella y ríe entusiasta y feliz de que todo haya salido a pedir de boca.

A Niki se le saltan las lágrimas.

—¡Cariño! Mira... Me has hecho llorar de felicidad. Caramba...

Sin dejar de reírse, Alex le pone el anillo y ella se enjuga el rímel que se le ha corrido.

Poco después, el helicóptero aterriza en la azotea del rascacielos, y cuando entran en el restaurante del Empire State Building algunos clientes se levantan de sus mesas para aplaudirles. Niki está emocionada.

—Lo saben todos...

—Eso parece.

Después los conducen hasta una mesa. Al fondo del restaurante aparece Mouse. Alza el pulgar y les pregunta divertido desde lejos:

—¿Todo bien?

Alex levanta a su vez el pulgar, como diciendo: «De maravilla.»

Niki los ve.

—¡Pero si es Mouse! Qué guay...

—Sí, me ha echado una mano. ¡Pero me ha dicho que cuando los del Empire State se enteraron de mi idea organizaron la velada y reservaron las mesas al doble del precio habitual!

—¡No me digas!

—¡Sí! Toda esta gente ha venido a cenar aquí por nosotros... ¿Qué te creías, guapa?, les ha encantado la ocurrencia de la propuesta de matrimonio en pleno vuelo mientras se iluminaba el último piso del rascacielos.

—Claro... ¡estás loco, guapo! ¿Qué se podía esperar de un publicista...? —Y se ríen del cómico e inútil intento de parecer unos macarras romanos.

De inmediato se acerca a ellos un camarero para preguntarles qué desean, mientras otro les sirve el champán y un habilidoso violinista se aproxima entonando para ellos las notas de la canción que Niki adora. *I Really Want You*, de James Blunt.

—Nooo... No me lo puedo creer, es un auténtico sueño.

Alex le sonríe y le coge la mano.

—Tú eres mi sueño.

—Alex..., si nos casamos tenemos que decírselo también a mis padres...

—¿También?

—Por supuesto... Es más, tendrías que pedírselo...

—¡Ah, claro! —Alex despliega la servilleta y se la acomoda sobre el regazo—. ¿Y tendré que llevarlos también en helicóptero?

—¡No, eso no!

—En cualquier caso, esperemos que digan que sí...

—Si quieres, después hablo yo con ellos...

—¡Pero Niki!

Entre risas, comen paté de pato acompañado de helado de menta y una ensalada fresquísima, luego un filete *medium rare* para los dos con unas patatas enormes y magníficamente fritas y, por último, un pastel de queso ligerísimo..., bueno, la verdad es que no tanto, pero en cualquier caso realmente rico. Todo ello, acompañado de un óptimo Sassicaia que les ha aconsejado el maître.

—Habrá que encontrar la iglesia..., y el vestido.

—¿Quieres que lo celebremos en un lugar clásico o prefieres que busquemos algo más original?

—¿Tú qué te pondrás, Alex? Supongo que no querrás ir muy serio, ¿verdad? —dice Niki y añade—: También tenemos que elegir los recordatorios.

—¡Y el banquete!

—Ah, sí... Yo serviría sólo pescado... pero ¿y si alguien es alérgico?

—¿Al pescado? ¡Pues no lo invitamos!

—¡Venga ya, eso no está bien!

—¿Y las frituras?

—¡No pueden faltar!

—¿Y un poco de jamón crudo?

—¡No puede faltar!

—¿Y un poco de parmesano?

—¡No puede faltar! —repiten los dos a coro.

Siguen inventando, soñando y extendiéndose por doquier.

—Ah, sí..., para la música me gustaría contratar a una banda de *rock*... Mejor dicho, no, trompetas. Sólo *jazz*. Quizá podríamos llamar a los Negramaro.

—¡Figúrate si vienen!

—O a Gigi d'Alessio... ¡Piensa en mis padres!

—¿Por qué? ¿No les gusta?

—¡No, no es eso! ¡Sólo que imagino que no querrás invitar a un tipo que se ha separado!

—Ah, entiendo...

—Eh... No es fácil organizar una boda.

Y siguen pensando en todas las cosas que van a necesitar.

Cuando acaban de cenar y se disponen a salir, los comensales vuelven a levantarse y les aplauden otra vez. Alex sonríe cohibido y levanta la mano como si de un presidente se tratara.

—Caray... Mouse me las pagará... Por si fuera poco, ahora tenemos un problema.

—¿Qué quieres decir? —Niki lo mira sorprendida.

—¡No podemos decepcionarlos!

—¡Tonto! —Suben de nuevo al helicóptero y atraviesan Nueva York, Central Park, Manhattan, hasta que aterrizan sobre el hotel.

—¡Gracias por todo! —dicen sonrientes a los pilotos antes de apearse.

Poco después se encuentran otra vez en su habitación.

—Ha sido una noche fantástica, Alex... —Niki se tumba sobre la gigantesca cama.

Alex se descalza y se echa a su lado.

—¿Te ha gustado?

—Sí, todo ha sido maravilloso...

—Bueno, ¿sabes qué? Lo organicé todo desde Roma y debo decirte que, si bien estaba al corriente de cada detalle, a medida que se iban realizando me costaba creer que fuese verdad. Me preguntaba si no estaría soñando...

—Amor mío... —Niki se vuelve emocionada hacia él—. ¿Quieres hacerme llorar otra vez?

—No... Ojalá eso no suceda nunca... —Alex la abraza.

Niki se abandona mientras él la besa y a continuación sonríe.

—Jamás me habría imaginado... He pensado en este momento desde que era una niña... Oír que alguien me pedía: «Niki, ¿quieres casarte conmigo?» Me lo he imaginado de mil maneras, las más extrañas y hermosas.

—No es posible.

—¿Por qué?

—Aún no me conocías.

—Idiota... —Niki exhala un largo suspiro—. Pero me has regalado un sueño que supera cualquier realidad...

Alex le sonríe. Cuando estás tan enamorado de una persona te parece que ninguna palabra, ninguna sorpresa pueden bastar para dárselo a entender. Te quiero, Niki. Te quiero con todas mis fuerzas y para siempre. Un beso, otro, y la luz se apaga. Los neones de los edificios de alrededor y alguna nube lejana juegan con la luna cambiando los haces luminosos que de vez en cuando los iluminan como si fuesen platillos volantes o unos aviones lejanos..., o la luz de un faro. La ropa se va deslizando lentamente de la cama.

—Eh, éstas no las había visto...

—¿Te gustan?

—Mucho...

—Las he comprado hoy a escondidas, a Victoria's Secret...

—Hum, quiero verlas más de cerca...

Una sonrisa en la penumbra, una mano furtiva, un placer inesperado, un mordisco, un suspiro y un deseo infinito de seguir soñando y haciendo el amor. Después, la noche. Una noche oscura. Una noche profunda. Una noche inmóvil. Y sólida. Una noche suspendida. Una noche que parece no transcurrir nunca. Alex inspira profundamente, está sereno, tranquilo. Medio desnudo, tumbado boca abajo, con los brazos debajo de la almohada, los hombros al aire, ligeramente envueltos por las sábanas, que recuerdan a una pequeña ola en una extensa playa. Duerme profundamente. Un pálido rayo de luna traza el perfil de su reposo.

Un poco más allá se encuentra la almohada de Niki, vacía. La habitación parece suspendida en el tiempo. Un gran sillón con algunos vestidos desperdigados por encima, una mesa con unos cuantos objetos, una lámpara apagada y un cuadro moderno de colores intensos. Todo está en silencio, rigurosamente a la espera. En el cuarto de baño cerrado, detrás de la puerta, Niki se ha apoyado en la pila para no caerse.

Su respiración es entrecortada, irregular, y tiene la frente ligeramente perlada de sudor. Siente el estómago encogido en esa noche perfecta. No es posible, Niki, ¿qué te ocurre? Esto es pánico, auténtico pánico, miedo, terror... Niki, ¿tienes miedo de casarte? Se mira al espejo, se lava la cara por cuarta vez, se seca con la toalla blanca que hay bajo la pila y casi se pierde entre los gruesos pliegues de su tejido perfecto. La respiración es ahora más lenta, al igual que los latidos del corazón, poco a poco va recuperando el aliento. Por arte de magia, cuando vuelve a mirarse al espejo se ve de repente como si tuviera diez años más. Tiene la cara sudada, el pelo enmarañado, ¡y con algún mechón blanco! Varias arrugas alrededor de los ojos y el semblante fatigado. Niki se observa con mayor detenimiento. Oh, no. «¡Mamá, mamá!» Un niño tira de su vestido. «¿Mamá? Mamá.» Pero... Lo mira fijamente: es su hijo. Y a su lado hay otro. «¡Tengo hambre, mamá!» ¡Esta vez se trata de una niña! De repente se siente hinchada, torpe, se mira al espejo y su rostro le parece ligeramente más ancho. Mira hacia abajo. «¡Oh, no!» Tiene una barriga increíble. Estoy embarazada..., quiero decir, no es posible, estoy esperando otro hijo. Veamos..., ¡si ya tengo tres! Tres, el número perfecto. En ese momento Alex entra en la cocina imaginaria sonriendo. Tiene alguna que otra cana, pero sólo en las patillas, y además le sientan bien... Por si fuera poco, apenas ha engordado. Caramba, no es posible.

—Hola, cariño... ¡Hola, pequeñajos! Niki, voy a salir...

Se queda sola en la cocina, aún más sudada, con esa barriga enorme y los niños que gritan a su alrededor. Tiene un montón de platos sucios por lavar que casi ondean sobre la pila y se derrumbaría de no ser porque se apoya sobre otra que hay justo al lado. Los dos montones se inclinan, los platos caen al interior de la pila y se rompen, explotan, disparan salsa, pasta y restos de comida como si fuesen una extraña ametralladora enloquecida. Niki se limpia la cara con el delantal mojado. Ahora está sudada y cubierta de salsa. Le entran ganas de llorar. De la penumbra sale Susanna, la esposa de Pietro.

—Hola, Niki. ¿Lo has entendido? «Voy a salir.»

Susanna la ayuda a limpiarse.

—Ellos van a su aire mientras nosotras tenemos que quedarnos con los críos... –señala a los niños, que corretean por la cocina gritando como locos, tirándose del pelo y pegándose, y que al final, convertidos en unas jovencísimas furias, desaparecen en la oscuridad de la habitación–. Mientras ellos se divierten, ¿comprendes? Simulan que trabajan, se quedan en el despacho hasta las nueve y media de la noche... Pero ¿realmente están allí? La única vez que lo busqué de verdad lo encontré con otra...

En ese instante aparece Camilla.

–Pues sí, ¿qué esperabas? Los muy cretinos se lían con la secretaria... O con la estudiante en prácticas o la ayudante joven... Porque, recuerda... –Camilla le da unos golpecitos con el puño en el hombro–, ¡en este mundo siempre habrá una más joven que tú!

Niki arquea las cejas. No. No me lo puedo creer, no es una pesadilla. Es aún peor. Es lo nuevo de Wes Craven. Un *Scream* sobre el amor, caramba...

Camilla sonríe.

–¡Por eso me marché! A las Maldivas y con un abogado más joven que yo..., ¿qué pasa? ¿Que es un privilegio sólo de ellos? Prefiero engañarlo yo antes de que lo haga él..., ¿no te parece?

Susanna esboza una sonrisa.

–¡Pero Niki es aún muy joven! A ella le va bien con Alex, no tiene nuestros problemas...

Camilla arquea las cejas.

–¿Estás segura? Que sepas que los hombres son todos iguales; pasados unos años desaparece la diferencia de edad, incluso una chica más joven pasa a ser una del montón... La costumbre es la tumba del matrimonio. Querida Niki, espera a verlo deambular por la casa en pijama el domingo por la tarde sin escucharte y con la única pretensión de ver algún partido..., a que deje de regalarte flores... ¡Por algo dicen que el que se casa por todo pasa!

Luego interviene Susanna:

–Y si te regala flores lo hace exclusivamente porque te está ocultando algo... O, si todavía no lo ha hecho, lo está pensando ya y te las lleva para que no sospeches...

A continuación desaparecen también ellas en la penumbra de la habitación. Niki inspira profundamente presa de un pánico absoluto. Pero entonces ve a Cristina.

—Niki, no las escuches, están exagerando... ¡Es duro, pero lo puedes lograr! Claro que, pasados unos años, te falta el entusiasmo del principio, la sorpresa cuando vuelves a casa, el viaje organizado en el último momento, la pasión bajo las sábanas... Pero debes continuar... Como un soldadito, tum, tum, e incluso cuando no te apetece, sé que es terrible decir algo así, te conviene simular y hacerle creer lo contrario... Por desgracia, a menudo suelen tener ganas, carecen de nuestra inocencia... Esto..., me refiero a algunas de nosotras...

Abandona también la escena sacudiendo la cabeza y de inmediato llega Flavio, que la mira, sonríe, no dice nada, se encoge de hombros y la sigue. Niki se apoya en el lavabo. No, chicos. Así no se puede, no lo conseguiré. Todavía tengo veinte años. Sólo veinte años... Unos veinte años espléndidos. ¿Y debo acabar así? Esas tipas son tristísimas... Nunca me habíais dicho que se acabara así, sin una sola sonrisa, sin entusiasmo, cero felicidad... Entonces... ¡el matrimonio es una trampa! Y justo mientras lo está pensando aparecen delante de ella sus padres, Roberto y Simona. Su madre la mira con amor.

—¿Y nosotros, Niki? ¿Por qué no piensas en nosotros? ¿Y nuestra felicidad? Piensa en la belleza de una trayectoria juntos, en caer y volver a levantarse, en amar y perdonar, en mejorar juntos, cogidos de la mano en todo momento y con los corazones unidos aunque se esté lejos.

Roberto suspira.

—¿Sabes a cuántos partidos de fútbol he renunciado por ella? ¿A cuántos viajes de trabajo?

Simona le da un golpe.

—¡Roberto!

Él le sonríe.

—Espera, déjame acabar... Pero al final todas esas renuncias sirvieron de algo, porque un día llegaste tú con tu primera sonrisa... Y nuestra felicidad fue inmensa.

También Simona sonríe ahora.

—Y después nació tu hermano... Y a continuación vinieron otros días, uno tras otro, arduos, duros, difíciles y agotadores... Aunque también los ha habido bonitos, intensos, sanos, conscientes, días en que eliges que quieres seguir construyendo... –Roberto coge de la mano a Simona–. Y ahora estamos aquí... Y es magnífico, y nunca se acaba, no hay un objetivo, no existe un auténtico final, sólo existe la belleza que hay que aferrar en medio del miedo a fracasar, pero para eso hay que saber apreciarla... Si quieres, Niki, puedes lograrlo, todo depende de ti...

Simona señala la puerta del cuarto de baño.

–Y de él...

Poco a poco, Niki empieza a sonreír y deja de sudar, su pelo vuelve a estar en orden y los mechones blancos desaparecen. Se pasa el dorso de la mano por la frente y a continuación sonríe por última vez a sus padres. Simona y Roberto la miran con amor y después también ellos desaparecen lentamente en la penumbra que invade el fondo de la habitación, y que ahora da la impresión de deshincharse y de recomponerse para dejar de nuevo a la vista el cuarto de baño.

Niki abre sigilosamente la puerta, atraviesa la habitación, levanta las sábanas y se mete en la cama, se desliza hasta llegar junto a Alex y se enreda entre sus piernas, en esa serena tibieza. Apoya el pie sobre el suyo para sentirlo más cerca, como si pretendiera calmarse. Y, de repente, se siente mejor. «Sí, puedo conseguirlo», murmura casi para sus adentros mientras Alex se mueve un poco, mete una mano debajo de la almohada y sigue durmiendo. Niki cierra los ojos. Ahora puedo conciliar el sueño. Menudas estupideces se me han ocurrido. Ignora, sin embargo, que en ocasiones, cuando un miedo no se afronta y no se resuelve del todo, se agazapa y permanece al acecho, como una pantera negra escondida en la alta hierba, en la confusión cotidiana, lista para saltar y para reaparecer con toda la violencia de sus garras..., imposibilitando cualquier posible huida.

Cuarenta y ocho

Italia. Roma. Via Panisperna.

Sentada en el gran sofá de tela azul Ingrid está viendo el DVD de *Monstruos contra alienígenas*, fascinada por las imágenes de colores en movimiento. A ambos lados de ella, Anna y Enrico le hacen compañía. La niña se abalanza sobre Anna y la abraza con fuerza. Ella le devuelve el abrazo y las dos permanecen por un momento así. Enrico las mira. Hay que reconocer que se llevan muy bien. Después se da cuenta de que son las siete.

—Eh, Anna, ¿qué dices? ¿Nos preparamos algo? Así la niña come algo y tú también cenas. Puedes subir más tarde, ¿no?

La chica mira el reloj y resopla.

—Bueno, si no puedes da igual... —le dice Enrico.

—No, no es eso... Es que el tiempo vuela... ¡Hay días que parecen pasar en cinco minutos! Está bien, sí, cocinemos un poco de pasta con calabacines, ¿te apetece? Me sale muy rica. Hay calabacines porque esta mañana Ingrid y yo hemos salido a hacer la compra, ¿verdad, princesa? —pellizca a la niña en el brazo blandito y rechoncho, y ésta se echa a reír de inmediato.

—¡Genial! Me encanta la pasta con calabacines.

Se ponen a cocinar. Anna lava y corta los calabacines a tiras. Enrico coge una sartén antiadherente, echa un chorrito de aceite y unas chalotas, que sofríe sobre la placa vitrocerámica. Pasados unos instantes, Anna echa los calabacines y los remueve con una cuchara de madera. Bromean, se ríen y se chinchan el uno al otro mientras Ingrid los mira sentada en su trona y participa a su manera moviendo algunas cosas de la mesa, que ya han preparado para comer.

—¡Me divierte cocinar contigo! —dice Anna mientras tapa la cacerola para que el agua hierva antes.

—¡Sí! ¿Qué pasta quieres que hagamos?

—La de huevo, está ahí, en la despensa.

—Ah... —Enrico sonríe.

Sabe más sobre mi casa que yo. Se ha aclimatado de prisa. Y la idea le produce un repentino placer.

Poco después están sentados a la mesa dando buena cuenta de la deliciosa pasta cocida *al dente*, salpicada de perejil picado y parmesano. Ingrid apura su leche homogeneizada con la cuchara. También ella está tranquila. Después comen varias piezas de fruta fresca. Y, por último, el café. Luego Anna lleva a Ingrid a su habitación porque a la niña le ha entrado sueño. Vuelve a la cocina. Enrico se ha puesto el delantal y los guantes de goma.

—Dado que has cocinado tú, yo lavo y tú secas.

—Sí, la verdad es que el lavavajillas está vacío y no hay muchos platos que lavar. Mejor que lo hagamos a mano. Si no, puedes meterlos ahora y lo ponemos en marcha mañana por la noche, cuando esté lleno. Es importante no malgastar agua y energía, ¿sabes? Yo presto mucha atención a ese tipo de cosas.

Enrico esboza una sonrisa.

—¡Está bien, está bien, jefa! ¡Yo también me convertiré a la ecología!

—¡Y harás bien! ¡El planeta te lo agradecerá! Además, te comunico que mañana pienso comprar bombillas de bajo consumo y cambiar las que tienes. Cuestan un poco más, pero duran mucho y te ayudan a ahorrar.

—De acuerdo, gracias. Te dejaré el dinero sobre la mesa.

—No, ya me lo darás cuando las compre. ¡Venga, empecemos! Usa poca agua y detergente, ¿eh? ¡No necesitamos un pozal!

Se ponen a lavar los platos, los vasos, la sartén, la cacerola y el resto de los utensilios que han usado. Enrico friega y Anna seca. Un sincronismo perfecto. Y, sin dejar de reírse, se cuentan varios episodios, recuerdos de campamentos, de vida en solitario.

—¿Sabes, Anna? —dice Enrico a la chica mientras le tiende un plato hondo.

—¿Sí?

—No sé cómo decírtelo...

—¿El qué? —Anna lo mira con curiosidad porque de repente Enrico se ha puesto muy serio.

—Me da un poco de vergüenza, pero tengo que reconocer una cosa...

—¿Cuál?

—No es fácil de decir, pero cuando estoy contigo...

Anna deja de secar el plato y lo mira.

—Sí, en fin, por primera vez en mucho tiempo, cuando estoy contigo no sólo pienso en Ingrid...

Anna lo mira y a continuación esboza una sonrisa dulcísima y un poco tímida. Después, para atenuar la tensión que se ha creado entre ellos, coge la sartén y la coloca en su sitio. Enrico la mira por un instante. Le gustaría seguir hablando. Describirle su nuevo estado de ánimo. Esa ligereza que ha vuelto a experimentar después de mucho tiempo. La renovada conciencia de sí mismo. Además, querría decirle que es guapa, sí. Y dulce. Y que a su lado se siente muy bien. Pero cuando Anna está a punto de volverse y él de hablar, no lo consigue y agacha la cabeza. Lava de nuevo el plato que todavía tiene en la mano tratando de disimular. Es uno de esos momentos en que parece que va a producirse un estallido y de improviso, sin una razón aparente, éste se apaga. Y no vuelve. Anna se coloca otra vez a su lado. Espera algo. Una frase. Una palabra. También ella se siente extraña, como si la hubiesen descubierto. Permanecen en silencio por unos instantes. Y el hilo se rompe.

—Sí..., quiero decir que he pasado varios días preocupándome por la niña, pensando en cómo me ocuparé de ella, en darle lo mejor para que no sienta la ausencia de su madre..., y me he anulado. Voy al trabajo, paso por casa de mi madre para dejarle a Ingrid, después regreso para recogerla y vuelvo aquí. Todos los días lo mismo. Todas las noches igual. Se acabó el futbito, las veladas con Alex, Flavio y Pietro. Nada... Y, en cambio, ahora, gracias a ti consigo relajarme otra vez, pensar que tengo una vida fuera de estas cuatro paredes, amigos. En fin, de no haber sido por tu ayuda me habría perdido. Eres una magnífica colaboradora. Si uno de mis amigos necesita una canguro les daré tu nombre. ¡Puedes estar segura! –dice mientras sigue pasándole la vajilla mojada a Anna.

Ella no lo mira. Se limita a esbozar una sonrisa. Amarga. Distante. Quizá decepcionada. A continuación abre la puerta de un mueble y coloca un cazo en su sitio. Así es. Hay instantes en que todo parece posible y todo puede cambiar. En que todo está al alcance de la mano. Fácil y bonito. Pero de repente llega la duda, el miedo a equivocarse y a no haber entendido bien lo que el corazón siente de verdad. Y puf. Nada. Una promesa fallida.

Cuarenta y nueve

Diletta termina de poner la mesa. Después se dirige a la cocina y echa un vistazo al horno. Bien. La cocción va viento en popa. El agua para la pasta está a punto de romper a hervir. Mira el reloj. Son las ocho. Perfecto. Pocos minutos después suena el interfono. Va a abrir.

—¡Soy yo, cariño!

Diletta abre la puerta y la deja entornada. Filippo llega jadeante después de haber subido los cuatro pisos a pie.

—¿Soy puntual, cariño? ¡Como verás, esta vez no hay retraso!

Diletta sonríe. Ahora más que nunca, esa palabra tiene un significado especial. Retraso. No, cariño, no has llegado con retraso, le gustaría decirle..., ¡pero yo sí!

—¿Cuándo piensan arreglar el ascensor? —Filippo la besa dulcemente en los labios—. ¡Ten! —le da una botella de vino blanco que acaba de comprar—. ¿La metemos un poco en la nevera?

Diletta vuelve a sonreír.

—¡Sí! Pero que sepas que te viene bien subir por la escalera... ¡Sobre todo si comes en mi casa! ¡Ya sabes que aquí las raciones son abundantes!

La cena está lista. Es una de ésas improvisadas, en cierto modo robadas, tras esperar pacientemente a que la casa quede libre. Una cena tranquila, sin salir, porque algunas cosas requieren un poco de intimidad. Un buen entrante a base de gambas con salsa rosa y tostadas. Un primer plato ligero consistente en dorada y verduras, además de sardinas gratinadas al horno con pan rallado. Ríen, hablan y bromean sobre cualquier cosa.

–¿A qué hora vuelven tus padres?

–El teatro se acaba a medianoche, pero está lejos, de manera que supongo que alrededor de las doce y media...

–¡Bien! En ese caso podemos comernos el postre con calma... –sonríe malicioso.

Diletta coge la botella de vino y escancia un poco. A continuación alza su copa.

–¿Brindamos?

–¡Por supuesto! ¿Por qué?

–Por las sorpresas que cambian la vida.

Filippo alza la suya.

–¡Sí! –Hacen sonar el cristal en el aire mientras se miran a los ojos.

Después Diletta se levanta.

–Espera...

Sale y regresa al cabo de unos instantes con una bolsita de plástico. Saca la caja que hay dentro y la sostiene en las manos.

–¿Qué es, cariño?

–La sorpresa que cambia la vida.

–¿A qué te refieres? ¿Por qué? ¿Qué pasa?

–Pasa que tengo un retraso de varios días...

Filippo la mira sin comprender una palabra. A continuación se inclina sobre la mesa y coge la caja. Lee y abre desmesuradamente los ojos.

Diletta sonríe tratando de quitar hierro al asunto.

–Sí. ¿Quieres que lo hagamos juntos? A mí también me asusta... –Rodea la mesa y se aproxima a él. Le da un beso y le coge la mano.

Filippo se mueve como un autómata. La mira. Mira la caja. La sigue por la casa. Cuando llegan a la puerta del cuarto de baño Diletta le quita la caja de las manos.

–Espérame... –y entra.

Filippo se queda en el pasillo aturdido. No me lo puedo creer. ¿Esto es real? No..., es un sueño. Y, de todas formas, puede que hasta sea un error. Pero ¿y si no fuese así? ¿Qué hago? Mejor dicho, ¿qué hacemos? Empieza a andar de arriba abajo por el pasillo con los puños en los bolsillos, la cabeza llena de dudas y el corazón acelerado.

Diletta abre la caja y coge uno de los dos test que ha comprado por la tarde en el supermercado con cierta vergüenza. Antes intentó ir a la farmacia, pero no se atrevió. Se imaginó pidiéndole la prueba a la propietaria. Ella la habría mirado tratando de adivinar su edad, quizá alguien a sus espaldas la habría oído, juzgado, pensado... No, no se atrevió. Entonces recordó que los había visto en el supermercado, en la sección de tiritas, desinfectantes y compresas. Y fue allí. Cuando llegó la hora de pagar intentó esconder la caja entre los paquetes de bollería, galletas saladas y yogures, cosas que había comprado sin necesitarlas, quizá para consolarse o para disimular ese objeto tan insólito colocado sobre la cinta negra. Después se apresuró a meterlo todo en la bolsa de plástico y salió corriendo del supermercado como una ladrona que ha conseguido escapar sin que la pillen, como alguien que tiene un secreto que esconder. Se encaminó hacia su casa. Encendió el ordenador, buscó varias recetas sencillas y se puso a cocinar. Se despidió de sus padres, que salieron elegantemente vestidos para acudir al estreno, y siguió cocinando. Resistió al deseo de hacerlo sola. Quería esperar a Filippo. Y disfrutar antes de esa cena para dos que había preparado con tanto amor. Comer y pensar. Comer y mirarlo a él. Comer y saber que todo estaba a punto de cambiar. De una manera u otra.

Diletta quita el envoltorio de celofán del *stick* del test. Mira la hendidura blanca en la que dentro de poco asomará una certeza. Buena o mala, a saber. Ha leído algunas cosas en Internet. A partir de una muestra de orina, los test revelan la presencia de la hormona propia del embarazo. La hCG. Vaya nombre. El resultado se verá en seguida a través de la ventanita. Una línea oscura. O dos. Normalidad. Novedad. Absurdo. Una línea se colorea y tu vida cambia de buenas a primeras. Y menuda novedad. Dicen que hay falsos positivos y falsos negativos. Pero la fiabilidad es, en cualquier caso, alta. Diletta exhala un suspiro y procede. Recuerda el resto de los síntomas que ha leído en Internet. Vómitos, náuseas, hinchazón en el pecho y variaciones del humor y del apetito. Los síntomas del embarazo. Pero ¿los tengo yo? No es fácil saberlo. Estoy muy confundida. Ya está. Diletta se sobrepone, vuelve el *stick* del revés para no ver en seguida lo que marca, se sienta en el borde de la bañera y llama a Filippo.

—Ven, cariño... Lo comprobaremos juntos.

Filippo entra con semblante cadavérico y se sienta. Diletta le coge una mano y se la aprieta. Con la otra gira el *stick*. De repente siente que se le saltan las lágrimas. Se conmueve. Positivo. Está embarazada. La tensión nerviosa que ha experimentado durante los dos últimos días se desvanece de repente. Filippo lo nota. Está asustado. La abraza. Permanece a su lado. Pero después la sacude un poco.

—Venga, cariño, vuelve a hacerlo...

—¡Bah! Por lo general no fallan...

—En cualquier caso, inténtalo de nuevo. Al menos estaremos completamente seguros, ¿no? Es importante. A fin de cuentas, en la caja hay dos.

—Sí, pero...

Filippo no le contesta, coge la caja, saca el otro *stick*, lo desenvuelve y se lo da a Diletta.

—Ten.

Ella lo mira vacilante. Todavía no se lo puede creer. Tal vez Filippo tenga razón, quizá sea mejor volver a intentarlo. Y lo hace. Filippo espera con ella. Se sientan otra vez en el borde de la bañera. Uno. Dos. Tres. Diez segundos. Diletta gira el *stick*. Y la ventanita les dice la verdad. De nuevo. Lo mismo de antes. Dos líneas. Dos palitos. Dos signos. Dos. Que, sin embargo, significan uno. Una sola cosa. Un bebé.

Filippo se levanta, aferra la caja del test y busca el prospecto. Lo desdobla y lo lee.

—Filippo, pero si ya sabemos lo que significa esto...

—No, quizá lo hayamos entendido mal...

Lee nervioso. Salta de una línea a otra. No. No es posible. «El resultado es positivo (embarazo) cuando junto a la línea (o punto) de control aparece otra. El test debe considerarse positivo incluso en el caso de que esta segunda línea (o punto) sea menos definida o tenga un color menos intenso respecto a la de control. El valor de fiabilidad de los test declarado por las empresas productoras es superior al 99 % (comparable al de los test de laboratorio).» Filippo lee en voz baja, poco menos que comiéndose las palabras. Que, en cambio, le retumban en la cabeza. Dos líneas. Embarazo. Y ese porcentaje, el 99 %. Mejor dicho, superior al 99 %. Prácticamente seguro. Prácticamente es el final. Prosigue: «Se aconseja confirmar el embarazo mediante exámenes de laboratorio, previa visita a un médico. Es conveniente suspender la toma de medicamentos que podrían ser perjudiciales para el feto (incluida la píldora anticonceptiva), así como el consumo de alcohol y tabaco.» Se detiene. Y casi le entran ganas de echarse a reír. Porque, por un instante, se aferra a ese recuerdo como si de una tabla de salvación se tratara. Navega en su interior para consolarse, pero también para distraerse. Se trata de algo que aprendió en el instituto, durante un examen de italiano sobre la etimología de las palabras. El prospecto de los medicamentos se denomina también *bugiardino*. Se cree que el nombre deriva de la costumbre que tenían los ancianos en la Toscana, en concreto los de la zona de Siena, de denominar así a la portada de los periódicos que se exponía fuera de los quioscos. Luego, el nombre se extendió al prospecto. Decían que era porque «las instrucciones de uso» tendían a recalcar tan sólo las virtudes y la eficacia del fármaco. En fin, que decían pequeñas mentiras. *Bugiardino*, «mentiroso». Y por unos instantes Filippo confía. Confía en que se equivoque. Que esa sentencia, ese golpe, esa novedad absurda no sea cierta.

Filippo vuelve a sentarse en el borde de la bañera y mira a Diletta. Ella se ha tapado la boca con la mano, todavía tiene ganas de llorar.

—¿Y ahora? —le pregunta él trastornado—. ¿Qué hacemos?

—No lo sé..., no me lo esperaba...

—En cualquier caso, aquí también lo dice. Cabe la posibilidad de que sea un error, el médico debe confirmar el resultado. Porque quizá el test se haya alterado, podemos haber cometido algún error, tal vez lo hayan conservado mal en el supermercado, aquí dice que si has tomado determinados medicamentos...

Diletta mira a Filippo con aire perplejo.

—Cariño..., yo no tomo ningún medicamento.

—Está bien, sea como sea, creo que deberías ir al médico. Cuanto antes.

—Sí, mañana llamaré para pedir cita.

Permanecen sentados en la bañera mirando el vacío. Juntos. Muy juntos. Diletta le toca una pierna y apoya la cabeza sobre su hombro. Mientras tanto un pensamiento, ese pensamiento tan grande e insólito, se va extendiendo y los colma. Pero de forma muy diferente.

Cincuenta

Pietro llega delante del club. Baja y mira alrededor. Las ocho pistas de tenis de tierra batida están llenas. Al final lo ve. Su hijo Lorenzo está jugando allí y devuelve la pelota al otro lado con cierta seguridad. Carolina, su hermana pequeña, titubea un poco más, todavía no sujeta la raqueta con la fuerza necesaria y no golpea bien la pelota. Pietro ve a Susanna sentada en las gradas y se encamina hacia ella.

—Amor mío...

Susanna está haciendo un sudoku y no alza la mirada, sino que sigue intentando encontrar el número justo para una casilla y, en particular, para toda la línea, pero reconoce perfectamente la voz. Además, en el fondo se lo esperaba.

—Perdona... —Se vuelve con una sonrisa forzada, dura, decidida y firme. Pero aún afilada—. Perdona, pero te prohíbo que me llames amor. Que no se te ocurra. Nunca más. No tienes ningún derecho...

—Pero, cariño...

Susanna lo mira furibunda. Pietro abre los brazos.

—«Cariño» no me lo has prohibido. —Susanna sacude la cabeza molesta y se concentra de nuevo en el sudoku o, al menos, lo intenta. Pietro prosigue—: Cariño, me parece absurdo que no trates de correr un tupido velo sobre lo que ha sucedido... Fue un desliz.

—¿Un desliz? Si al menos se hubiese tratado de algo serio... Deberías haber seguido andando hasta tropezar con el primer escalón y romperte todos los dientes..., me gustaría ver si después seguías teniendo esa sonrisa tan torpe. ¿No te das cuenta de lo que has hecho?

Mira... Mira... –Susanna deja de escribir y le señala la pista de tenis donde se encuentran Lorenzo y Carolina.

Justo en ese momento, quizá gracias a un golpe afortunado, Carolina consigue que la pelota llegue al otro campo. Se vuelve hacia ellos y sonríe buscando el aplauso de sus padres. Pietro sigue mirando en esa dirección sin entender lo que quiere decir Susanna.

–Sí, no juegan mal, están mejorando –prueba a decir.

–No me refiero a eso. Son un milagro. Son nuestros, los hemos hecho nosotros. Y es lo más bonito que tengo y, por desgracia, lo único que todavía me vincula a ti...

–Eres demasiado dura, Susanna... No pasó nada. Esa mujer no me interesa en lo más mínimo... No es como en *El último beso.*

–¿Y eso qué tiene que ver?

–Volví a verla ayer por casualidad. En la película él sí que se enamora de verdad...

–¡De eso nada! El miedo al matrimonio le hace creer que está enamorado, el deseo de seguir siendo joven... ¡De no crecer! El mismo que tienes tú... Desde siempre, Pietro.

–¡No digas eso!

Susanna mira a su alrededor.

–No puedo gritar porque no quiero que me echen del club, mis hijos se asustarían y Carolina se echaría a llorar...

–Pero, amor mío...

–Acabo de decirte que no me llames así.

–Piénsalo.

–Ya lo he hecho, y ¿sabes cuál es el problema? Que tú no te das cuenta de la gravedad de la situación porque siempre lo has hecho, sólo que jamás te había pillado. En fin, más vale tarde que nunca.

–Considéralo mala suerte. No debería haberme puesto enfermo. Tenía fiebre. Deliraba... Ella se presentó así... Me había tomado dos aspirinas. Puede que incluso hubiese bebido un poco de vino a la hora de comer... No, Coca-Cola, eso es... Ya sabes que, mezclada con la aspirina, la Coca-Cola puede producir un efecto tan extraño como el de los estupefacientes. Eso es, ¡estaba bajo los efectos de la droga! Como le sucedió a Daniel Ducruet, el ex marido de Estefanía de Mónaco, ¿lo sabes, no?, salió en todos los periódicos: cuando lo pillaron con esa tipa estaba completamente flipado.

—En cualquier caso, ella no lo perdonó.

—Sí, pero todavía se lleva bien con él, entendió el engaño... Sea como sea, no te lo tomes a mal, estaba fuera de mí... Estaba drogado, ¡había perdido la conciencia!

—¡No! ¡La que estaba drogada era yo, el día de nuestra boda! ¡Drogada de amor! ¡Me habías atontado por completo! Después me dejaste embarazada dos veces y me encadenaste... —Susanna señala a los niños—. ¡Me has tenido encerrada en casa debido al amor desmesurado que sentía por ellos! Pero ahora se ha acabado... Me he liberado...

—Ah... ¿Eso significa que ya no los quieres?

—¡No! A quien he dejado de querer es a ti... ¡Que eres un capullo! ¿Lo entiendes? Eres un cabrón. A saber cuántas me habrás hecho, si la primera vez que vuelvo antes a casa en diez años te encuentro en la cama con otra...

—Pero, cariño... Lo nuestro no puede acabar así —Pietro trata de cogerle la mano, Susanna se desase y hace ademán de golpearle con el bolígrafo.

—¡No me toques! Y no me llames «cariño»...

Pietro la mira con semblante triste, disgustado, herido, intentando conmoverla.

—Perdóname... Te lo ruego...

Susanna se vuelve y lo mira fijamente.

—Que sepas que así no me ablandarás el corazón, no me despiertas en absoluto ternura, me importa un comino, te lo digo en serio, serenamente. Es inútil. Estropearás lo poco de bueno que quizá, y digo quizá, pudo haber existido al principio entre nosotros. Así que te lo aconsejo: evita...

—Lo único que nos ha llevado a esto ha sido mi inseguridad...

Susanna lo mira de hito en hito.

—¿Qué quieres decir? Explícame mejor esa nueva ocurrencia.

Pietro exhala un largo suspiro.

—Desde que era casi un niño hasta los dieciocho años estuve con una..., bueno, sí, en fin... Cuando me marché de vacaciones ella salió con mi mejor amigo y después con otro con el que solía coincidir en la playa y al que conoció al final del verano... Poco antes de que yo volviese...

—¿Y qué?

—Pues eso, me comporto así porque prefiero engañar antes de que me engañen.

—Escucha..., la diferencia sustancial entre ambas cosas es que esa tipa era una facilona; puede suceder, sobre todo cuando uno es joven, que no se sepa distinguir... Pero yo no soy una puta como ella, ¿me entiendes? Deberías saberlo. ¿Y ahora vienes y me dices que me has puesto los cuernos para evitar que yo lo haga antes? Pero ¿por quién me has tomado? Soy una mujer que se casó convencida, que quiso hacer una elección, respetarla, y que ha sabido renunciar a diario para defender esa decisión.

Ahora Pietro parece intrigado.

—Veamos... ¿Qué quiere decir eso de renunciar a diario?

—Que muchas personas me han hecho proposiciones, me han cortejado, me han hecho reír, han halagado mi vanidad femenina... Pero la cosa no ha pasado de ahí, ¿lo entiendes? ¿Qué crees? ¿Que eres el único que gusta? No obstante, yo siempre te he respetado. A ti y a nuestro matrimonio. Yo.

—¿Y se puede saber quiénes son esos tipos?

Susanna se vuelve hacia él riéndose desalentada.

—¿Ves?..., ¡eres un inútil! Ahora lo único que importa es quién me ha cortejado y no el hecho de que yo haya rechazado esas propuestas...

—Bueno, claro..., porque depende de quién haya sido.

—¿Qué quieres decir?

—Que si era el electricista o el albañil que hizo las obras este verano tu renuncia fue ridícula.

—¡El único ridículo aquí eres tú! En cualquier caso, se trataba de personas mejores que tú, y casi lamento haberlas rechazado. Piensa que podría ser uno de este club, uno de esos abogados que hemos invitado alguna vez a cenar a casa... O incluso uno de tus amigos... Sólo te diré una cosa: ahora, serenamente y sin esconderme como haces tú, lo volveré a pensar y los tomaré en consideración... ¿Queda claro?

—Ah, sí... ¿Y qué me dices de nuestros hijos?

—¿Por qué? ¿Acaso pensabas en ellos cuando te follabas a tus amiguitas?

—¿Y eso qué tiene que ver?... Yo soy el padre...

—Ah, de manera que tú tienes inmunidad. A diferencia de ti, yo tengo conciencia de madre. Ya he hablado con ellos. Hemos tenido una conversación adulta y madura. Les he dicho cosas en las que tú ni siquiera has pensado todavía y que, sin embargo, ellos han entendido a la perfección.

Pietro mira alrededor, se siente perdido, no sabe qué hacer ni qué decir.

—Te lo ruego, Susanna, dame otra oportunidad...

—Sí, te la daré. Ahora me voy con ellos a casa, los ducharé y después saldremos. Pasaremos todo el día fuera, iremos a comer al McDonald's y luego al cine... —Pietro espera su respuesta, sonríe. La mira. Susanna prosigue—: Sí, quiero un día de libertad, tiempo para nosotros. Regresaremos a casa a eso de las once..., ¡o a medianoche!

—Sí, querida... Puedes hacer lo que quieras...

—No necesito tu permiso. Es tu última oportunidad. Si a esa hora no has sacado todas tus cosas del armario, todo lo que hayas dejado u olvidado por casualidad, lo quemaré.

—Pero... —Pietro es incapaz de añadir nada más.

Justo en ese momento salen Lorenzo y Carolina.

—Hola, papá...

—Hola...

—No te besamos porque estamos sudados.

Carolina es más franca:

—Y porque has hecho enfadar a mamá.

Acto seguido se alejan con Susanna, que los lleva de la mano y que no se vuelve ni por asomo. Pietro acaba solo su frase: «Pero... no es justo.» En silencio, casi para sus adentros. Esos niños también son míos. De repente le viene a la mente esa canción. «Quien venga después de ti percibirá tu aroma pensando que es el mío...» Recuerda que se la cantó en un piano bar. «Mil días tuyos y míos...»

Susanna. La contempla mientras se aleja dándole la espalda, de una manera que jamás habría imaginado que fuese posible... Se acuerda de otra canción. «Y una historia se va a la mierda... Si yo supiese cómo se va...» Se avergüenza por un instante. No le va de mentirse también a sí mismo, cosa que sabe hacer a la perfección. De manera que permanece así, con un vacío repentino e inmenso en su interior. Con la sensación de haber perdido para siempre a esa persona. Una certeza, una seguridad, ese conjunto de cosas que lo hacían sentirse único, por encima de todo, casi inmortal. «Ese instante eterno que no existe...» De improviso, Pietro se siente más ridículo que nunca. Y solo. Le entran ganas de echarse a llorar. Pero esta vez de verdad.

Cincuenta y uno

Olly corre por toda la casa intentando ordenar el inmenso caos que la rodea. Hace desaparecer la mayor parte de los vestidos que están desperdigados por el suelo en el interior de una gran cesta de mimbre que hay detrás de la puerta del cuarto de baño. Arroja dentro del armario las botas y los zapatos. Cubre con una gran tela un sofá abarrotado de CD y de DVD. Echa otros vestidos a una segunda cesta y después, tras darse cuenta de que no caben, los aplasta con un pie. Comprueba satisfecha que, con cierto esfuerzo, ha logrado el objetivo deseado.

Coge de la bolsa del GS unas cuantas botellas de agua y las mete en la nevera, cuatro bíteres en el primer estante, una Coca-Cola grande en la puerta y, por último, esconde bajo la carne que hay en el congelador una botella de Dom Pérignon.

Ya está... Ésta no creo que la abra... Aunque nunca se sabe... Y, en caso de que haya una buena noticia, ¡ya está lista! Si no la abro esta noche –piensa–, tendré que acordarme de sacarla del congelador para que no estalle. Luego sigue vaciando la bolsa, los vasos de plástico, los platos y las servilletas. Varios canapés deliciosos, pizzas pequeñas y una caja de Lindt. Saca tres cuencos del aparador y llena cada uno de ellos con una cosa. Echa en otros dos patatas fritas y pistachos. A continuación, intenta abrir la bolsa de las palomitas, tira de los extremos con las dos manos pero, ¡plop!, ésta se abre de golpe y las hace saltar por los aires. Olly trata de atrapar algunas al vuelo, pero la mayor parte acaban en el suelo.

–¡Menuda lata! Sólo me faltaba esto.

Mete las que no se han caído en otro cuenco y empieza a recoger las que están en el suelo con las manos. En ese instante llaman al interforno. Se acerca al cubo de la basura, arroja las palomitas que ha recogido y a continuación abre sin preguntar siquiera quién es. Va a buscar la escoba y el recogedor y acaba de limpiar el suelo de palomitas haciéndolas desaparecer a toda velocidad en el cubo de la basura. Justo a tiempo, se dirige hacia la puerta. En esta ocasión, sin embargo, echa un vistazo por la mirilla.

—¿Qué pasa?

Erica entra jadeante.

—Pues no sé, esperaba que tú me dieses la noticia. —Se quita el abrigo, el sombrero y la bufanda y los tira al sofá.

—Perdona... —dice Olly mirándola con los zapatos en la mano—, ¿quieres que los meta en el armario?

Erica arquea las cejas sorprendida.

—¿Qué pasa? ¿Se te ha subido el trabajo a la cabeza? Señoras y señores, en lugar de *El diablo viste de Prada,* aquí tenemos a «Olly, la amita de su casa».

—¡Qué simpática eres! Dado que me han pedido este favor...

—Y dado que, sobre todo, eres la única con una familia rica que te permite vivir por tu cuenta...

—Que sepas que yo trabajo... Y, además, pago la mitad del alquiler... —Olly le sonríe a Erica—. Bueno, la verdad es que lo haré a partir de mayo...

—¡Vaya, veo que has exprimido bien a tu mamá!

—Fue ella la que insistió...

—A saber por qué. ¡Quizá quería despejar su casa!

Olly la mira con cara de pocos amigos.

—Te equivocas, eres muy malpensada. Mi madre no es una descerebrada como tú. Ha viajado mucho al extranjero y asegura que en toda Europa los jóvenes se independizan cuando empiezan la universidad.

—Es cierto, pero ¿a cuántos les paga la casa su mamá? ¡Dile que en la mayor parte de Europa los alquileres son mucho más bajos que en Italia!

Olly opta por ceder. No puede decirle que, además, su madre ha comprado esa casa. El alquiler es sólo un pretexto para mantenerla vinculada a ella de alguna forma.

–Oye, en lugar de dedicarte a despotricar podrías echarme una mano, venga...

–¿Qué tengo que hacer?

–Abre las bolsas de los vasos y los platos...

–Como quieras. ¿Dónde están?

–Dentro de ese armarito, encima de la pila.

–Ah, sí, ya los veo.

Erica los coge, abre las bolsas y los coloca sobre la mesa. A continuación coge las servilletas, apoya encima la mano con un hábil movimiento y finalmente las aplasta. Gira completamente sobre sí misma disponiéndolas en círculo en medio de la mesa. Un instante después, el interfono vuelve a sonar.

–Yo iré –Erica corre a abrir–. ¡Es Diletta!

Acto seguido abre la puerta.

–Entonces, ¿sabes algo?

Diletta sacude la cabeza.

–Lo único que sé es que debía traer esto.

Erica la mira fijamente.

–Pero ¿quién te lo dijo?

–¡Olly!

Ésta aparece en la puerta de su dormitorio. Se ha cambiado de ropa. Erica la mira disgustada.

–No me lo puedo creer. Le has hecho comprar los canapés de Mondi y los de Antonini. Crueldad por partida doble... Ahora que había logrado perder un kilo, ¡recuperaré dos esta noche!

Olly esboza una sonrisa.

–Tú prefieres los de Mondi, yo los de Antonini... No entiendo por qué, en una bonita velada como ésta, en la que por fin podemos reunirnos las cuatro con un poco de calma, debemos privarnos de lo que nos gusta.

Diletta sonríe.

–¡Así se habla! De hecho, para ser un poco egoísta, he traído el helado de San Crispino que me pirra: fruta y crema...

Erica se aleja sacudiendo la cabeza.

—Os odio, lo vuestro es un orgasmo culinario...

—¿Qué quieres decir? —Olly la mira con curiosidad—. Es la primera vez que lo oigo.

—Que me comería todo lo que hay... y disfrutaría como una loca. Diletta se echa a reír.

—No me has dejado acabar... Ya que estamos hablando del tema, he traído también los rollitos sicilianos rellenos de requesón de Ciuri Ciuri...

—¡No me lo puedo creer, tú también eres una macarra provocadora, una maliciosa! Eso sí que no...

Llaman al interfono. Olly va a abrir.

—¡Sois unas guarras famélicas!

—¿Eso crees? —Erica la mira con candidez—. Yo siempre estoy a dieta.

—Sí... ¡A la hora de comer!

—Venga, venga... Abriré la puerta y nos sentaremos a esperarla en el salón. ¡Venga, pongámonos aquí! ¡Así nos verá cuando entre!

Olly, Diletta y Erica corren a echarse sobre el sofá. Olly se sienta con las manos sobre las rodillas.

—¡Venga, haced como yo!

Las otras la imitan y esperan impacientes a que la puerta se abra. Oyen detenerse el ascensor y a continuación sus pisadas.

—Hola, ¿ya habéis llegado todas? —Niki entra y cierra la puerta, acto seguido da algunos pasos y las ve sentadas muy modositas sobre el sofá.

Olly arquea las cejas y habla con curiosidad, pero sin perder sus maneras elegantes.

—Veamos, nos encantaría saber cuál es el motivo de esta convocatoria...

Niki se echa a reír y sacude la cabeza.

—¿Os habéis vuelto locas? Así no estoy dispuesta a decir ni mu. Al contrario, ¿sabéis lo que pienso hacer? Me marcho. —Hace ademán de alejarse, pero sus amigas la rodean al instante.

Olly, la más rápida de todas, cierra bien la puerta con el pasador.

Diletta le coge el paquete que lleva en la mano izquierda, Erica el que lleva en la mano derecha, y a continuación los ponen sobre la mesa.

—¡Tú no vas a ninguna parte! ¡Habla de inmediato si no quieres que te torturemos!

—No, de acuerdo —Niki esboza una sonrisa y se quita el abrigo.

—Dámelo —Olly se lo coge amablemente.

—Así me gusta... ¿Alguien puede ofrecerme algo de beber?

Erica se precipita hacia la nevera.

—Claro, ¿qué quieres? ¿Agua, bíter, Coca-Cola?

—Una Coca, gracias. —Niki se quita también el sombrero y la bufanda y se sienta en el sofá.

Sus amigas la rodean de inmediato, cada una de ellas con un vaso en la mano. Olly acerca los cuencos rebosantes de patatas, palomitas de maíz, saladitos y pistachos. Niki apoya también las manos en las rodillas y mira a las Olas contenta y divertida.

—Bueno, pues...

—Espera, espera —la interrumpe Olly—. Veamos quién lo adivina.

Niki se echa a reír contenta.

—Ah, sí, eso me gusta, a ver...

Olly entorna los ojos fingiendo entrar en trance.

—Entonces, sabemos que has viajado...

Erica la mira asintiendo celosa con la cabeza.

—Sí, ¡cuatro días en Nueva York! ¡Superguay!

Diletta alza una mano.

—¡Ya lo tengo!

Todas la miran curiosas, sobre todo Niki, que espera.

—Harás la campaña de LaLuna en Estados Unidos o algo por el estilo...

Niki niega con la cabeza.

—No, no...

—¿Tan desencaminada voy?

—Agua... Mejor dicho, océano.

Erica se lanza.

—¡Habéis ido allí para adoptar a un niño!

–¿Estás loca? Y además, perdona, ¿por qué adoptarlo? Es tan bonito tenerlo...

Erica se echa a reír.

–Sí... ¡Una gozada! En fin, yo qué sé, he pensado que quizá había algún problema y, además, está tan de moda, sobre todo en América...

–¡Sí, pero ellos vienen a adoptarlos aquí!

–En fin, sea como sea, agua, ¡océano, más bien! Mar abierto...

Diletta entorna los ojos.

–Ahora lo entiendo. Se trata de algo malo. ¡Te gusta otro!

–¿Otro? –Niki se altera–. ¿Quién, si puede saberse?

Olly sonríe.

–Pues ese de la universidad... No nos has dicho cómo se llama.

–Guido... Pero no, ni se me ha pasado por la cabeza.

Erica mira a Diletta.

–Y, además, perdona, ¿por qué dices que es algo malo? Que te guste otro es, de todas formas, bonito...

Diletta la mira sorprendida.

–Pero si sufres porque no consigues dejar al otro o, al menos, darle a entender que se ha acabado para siempre es desagradable.

Erica la mira fugazmente.

–¿Te estás refiriendo a Giò y a mí?

–¿Por qué te pones a la defensiva?

–¡Venga, no riñáis! En cualquier caso, no se trata de eso. Resumiendo, es algo bueno. América tiene y no tiene que ver, y ahora entenderéis por qué... ¿De acuerdo? –Niki se levanta y abre un paquete–. Os he traído una deliciosa tarta rústica... No tiene nada que ver...

–¡Ahora lo entiendo! –suelta Olly tratando de adivinar–. ¡Piensas abrir un restaurante en Estados Unidos!

–Nooo... –Niki esboza una sonrisa–. ¡Agua!

Acto seguido saca un cuchillo grande de una caja para cortar un pedazo. Lo desenvuelve. Está nuevo, es hipertecnológico, cuando tocas el mango suena una canción: *Happy Birthday, Jolly Good Fellow, Merry Christmas* y la marcha nupcial. Suenan con unas notas sencillas, sin arreglos, y para ello basta apretar uno de los botones.

–¿Estáis listas?

Todas están en ascuas.

—¡Sí! ¡Venga, Niki! ¡Nos estás volviendo locas!

Niki empieza a cortar la tarta rústica y aprieta el último botón, el de la marcha nupcial. La música rompe el silencio de ese momento. «Ta-ta-ta-ta... Ta-ta-ta-ta...»

Diletta es la primera que abre la boca, seguida de Olly. La última en hacerlo es Erica.

—¡Te casas! —El grito es casi unánime—. ¡Madre mía!

—¡Dios mío!

—¡No me lo creo!

Niki asiente con la cabeza.

—¡Es cierto! ¡Es cierto!

Olly bebe un sorbo de agua y a continuación lanza un grito. Diletta sacude la cabeza tratando de sobreponerse. Erica sigue desconcertada.

—¡Es precioso!

En un abrir y cerrar de ojos todas se abalanzan sobre ella, la abrazan, la besan, ríen y lloran a la vez.

—¡Dios mío, mira el rímel! Te he manchado.

—Da igual...

—¡Qué bonito! ¿Eres feliz, Niki?

—¡Sí, sí! Muchísimo...

—¡Me alegro tanto por ti!

—¡Es demasiado bonito..., demasiado!

Poco a poco vuelven a ocupar sus sitios en el sofá. Se sirven de beber, se ríen, recuperan la lucidez para poder entender mejor lo que sucede. Olly abre los brazos por un instante, como si estuviese perpleja.

—Pero te casas con Alex, ¿verdad?

—¡Imbécil! ¡Ni siquiera te mereces que te conteste!

Olly sacude la cabeza.

—Yo no daría nada por sentado, en esta vida nunca se sabe...

Diletta es la más curiosa, quiere saber hasta el más mínimo detalle.

—¿Vas a contarnos cómo te lo pidió o no?

De manera que Niki empieza su relato.

—Cuando llegué a casa me esperaba una limusina a la puerta...

—¡No me digas, ¿te dio una sorpresa como ésa debajo de casa?! ¡Una limusina!

—Pero eso no es todo, porque en Estados Unidos nos esperaba otra.

—¿Una limusina en Nueva York?

—¡Sí, en el aeropuerto!

—¡En ese caso debes casarte con él! ¡No encontrarás otro igual!

—¡Idiota! Ni que fuera eso lo único que cuenta.

—Bueno, para mí, ese tipo de cosas también tienen importancia, y lo mismo piensa la mayoría de nosotras, te lo aseguro... Perdona, pero ¿a quién no le gustaría cazar a un tipo así?

Erica arquea las cejas.

—La verdad es que a mí me gusta también sin limusina.

—¡Venga! No os contaré nada más...

—¡Eh! No, no, te lo ruego... Cállate, Erica, si vuelves a abrir la boca y Niki no nos cuenta cómo le pidió que se casara con él..., ¡te muerdo!

Niki se echa a reír y les habla de sus paseos, de sus compras desenfrenadas en Gap, Brooks Brothers, Century 21, Macy's, Levi's y Bloomingdale's.

—¿Y no nos has traído nada?

—Sí, tengo un regalo para las tres.

Olly le da un empellón a Erica.

—¿Quieres hacer el favor de no interrumpirla?

—Bueno, sentía curiosidad...

Niki esboza una sonrisa.

—Entonces, la segunda noche, cuando salimos de ver un espectáculo precioso en un teatro nos esperaba un helicóptero...

—¡También!

—¡Venga ya, no me lo creo!

—Pero es un sueño...

—Sí, y todavía no me he despertado... —Niki habla con unos ojos brillantes, emocionados, que todavía siguen viviendo ese increíble momento. Volar sobre todos aquellos rascacielos, luego las palabras de amor de Alex y, de repente, el último piso que se enciende—. «Perdona, pero quiero casarme contigo»...

–Nooo –Olly, Diletta y Erica están casi tan emocionadas como ella y la escuchan pendientes de cada palabra, de los matices más dulces y delicados.

–Y después sacó esto del bolsillo... –Sólo ahora enseña bien la mano a sus amigas; un anillo destaca discreto, aunque resplandeciente, entre sus dedos.

–¡Es precioso!

–Sí. No lo pude resistir más, me abalancé sobre él y los dos nos caímos al suelo, los pilotos no paraban de reírse...

Justo como hacen las Olas en ese momento. Después siguen escuchando su relato interrumpiéndola de vez en cuando.

–¿Habéis decidido ya cuándo? ¿Y dónde?

–Ahora debes pensar en el vestido.

En realidad, cada una de ellas piensa ya en algo. Y las tres exhalan largos suspiros.

Olly se arregla el pelo. La verdad es que sólo tiene veinte años... ¿No le da miedo? Yo lo tendría. Si saliese con alguien como Alex... Bueno, pero así parece mayor.

La sonrisa dulce de Diletta. ¿Qué haría si me lo pidiese Filippo? ¡No estoy preparada! La verdad es que la admiro... Me gustaría estar lista como ella... Aunque, ¿lo estará de verdad? A saber... Espero que sí...

Y por último Erica, que en apariencia es la que escucha con mayor interés y, en cambio, en su fuero interno la mira aterrorizada. Está loca. ¿Y los demás? ¿Y el resto de los hombres? Tengo que reconocer que Alex le ha dado una sorpresa verdaderamente bonita, preciosa, a decir verdad, pero ¿y después? ¿Qué sucederá después? Bah, yo, en cualquier caso, no pienso casarme, chicas...

Niki interrumpe el hilo de sus pensamientos, sonríe y abre una bolsa.

–¡Mirad, son para vosotras!

–¡Caramba, son estupendas! Unas sudaderas de Abercrombie chulísimas... Aquí no las encuentras.

Erica se apoya la suya sobre el pecho.

–Me queda de maravilla, pero ¿es verdad lo que dicen, quiero decir, que en la tienda de Nueva York hay unos modelos tan guays, tan superguays, que una sólo se compra la sudadera para poder quitársela cuanto antes a uno de ellos?

—¡Erica!

Olly desdobla su sudadera curiosa.

—¿Qué significa este número uno?

Diletta también ve el suyo.

—¡Yo tengo el dos!

Erica no podía ser menos.

—¡Y yo el tres!

Niki sonríe.

—No es un orden numérico... Significa que vosotras tres..., una, dos y tres, ¡seréis mis testigos!

—¡Qué bonito! Nos alegramos mucho por ti, Niki.

Se abrazan conmovidas, asombradas por ese momento increíble que están compartiendo. Con miedo y emoción. Sabían de sobra que tarde o temprano le ocurriría a una de ellas. Ninguna, sin embargo, había imaginado que sucedería tan pronto. Ni siquiera a Niki.

Cincuenta y dos

Varios golpes fuertes y repetidos en la puerta. Enrico se vuelve. ¿Quién será? Los golpes prosiguen. Parecen patadas. ¿Están locos? Enrico se apresura a abrir.

−¿Qué pasa? ¿Qué sucede?

Nada más abrir la puerta, un chico alto y fornido como un armario, con el pelo rapado y una camiseta negra ajustada, lo empuja con fuerza y lo hace caer al suelo en el salón. Enrico evita que la cabeza golpee el suelo manteniéndola alta, pero cae de espaldas con violencia sobre el parquet. Apenas se lo puede creer. No entiende lo que está pasando. ¿Se trata de un robo? ¿De una agresión? Pero ¿quién es ese tipo? Después lo mira con más detenimiento y lo reconoce. Sí, eso es, lo ha visto salir a veces con Anna. Es su novio. Según parece, se llama Rocco. Sí, Rocco.

−Pero ¿estás loco? ¿Qué quieres? Mi hija está durmiendo en su cuarto, ¡no hagas ruido! De todas formas, si estás buscando a Anna, que sepas que no está. −Enrico se levanta a duras penas, cabecea, se siente un poco atontado.

−Anna me importa un comino, a quien busco es a ti... −Vuelve a empujarlo.

Esta vez Enrico acaba en el sofá. Por un instante, sólo por un instante, vuelve a ver la escena de la película *Notturno bus*, cuando el enorme Titti entra en la casa de Franz, Valerio Mastandrea, poco menos que echando la puerta abajo, y lo empuja violentamente porque está cabreado con él, dado que todavía no le ha pagado una deuda de póquer. En resumen, que se siente como Franz. Porque el tipo en cuestión se parece a Titti.

—Sí, te busco a ti. Te he descubierto, ¿sabes? Lo he leído todo.

—¿A qué te refieres con todo? ¿Qué quieres de mí?

—Ni lo intentes. ¡He visto lo que Anna ha escrito en el diario! —Le da otra patada a Enrico, que vuelve a caer al suelo. Rocco se da media vuelta y sale sin pronunciar palabra.

Enrico permanece echado. Completamente aturdido hasta que, por fin, consigue comprender la situación. Lo absurdo de esa historia. A decir verdad, a mí Anna no me ha dicho nada. Sólo está seguro de una cosa. Le duele la mandíbula.

Cincuenta y tres

Cristina sigue cocinando, prueba la sopa con el cucharón. No. Así no va bien, está sosa. Abre el salero y añade un poco de sal. A continuación echa también caldo vegetal granulado. Media cucharadita. Después ladea la cabeza y reflexiona. Sí, también un poco de guindilla. Venga. La parte por la mitad y la echa en la sopa. Sostiene el teléfono con la mejilla contra el hombro derecho para tener las dos manos libres y seguir escuchando el desahogo. Más que justificado.

—Hemos roto para siempre. Lo he echado de casa con todas sus cosas. —Susanna se interrumpe por un momento al otro lado de la línea. Después prosigue—: ¿Y sabes lo que te digo? Que no sé por qué no lo hice antes. En el fondo siempre he sabido que tenía otra; desaparecía, entraba y volvía a salir, a veces incluso hasta altas horas de la noche, de vez en cuando incluso los fines de semana. ¡Venga ya! ¿Desde cuándo se celebran también reuniones de trabajo el sábado y el domingo? ¡Sólo le ocurría a él! ¡Era el único que tenía clientes así!

Cristina prueba de nuevo el caldo. Ahora está mejor. La historia de Susanna es, cuando menos, curiosa.

—¿Y cómo lo llevas? Quiero decir, ¿qué dicen tus hijos, por ejemplo? —Cristina la escucha sin dejar de remover.

—Mira, he hablado largo y tendido con ellos. Nosotros pensamos siempre que no nos entienden..., pero te digo que no es así, son ya muy maduros y responsables. Mi hijo me vio llorar. ¿Sabes lo que me dijo? «Si has decidido así, está bien, mamá. A nosotros nos parece bien, pero, te lo ruego, no llores más.» ¿Comprendes? ¡Eso sí que es un hombre! ¡Quiere que sea feliz! ¡No como ese invertebrado de Pietro! ¡Mira, cuanto más lo pienso, más creo que estaba loca cuando me casé con él!

—Sí... —Cristina se echa a reír al otro extremo de la línea—. Loca de amor...

—¡No! ¡Por las tonterías que me contaba! Bueno, ahora debo dejarte porque tengo que ir a preparar... —Susanna se interrumpe un instante y se da cuenta de que no le ha preguntado nada a su amiga—. Y tú, ¿cómo estás?

—Bien.

—¿Segura? ¿Todo va bien?

—De maravilla, estoy contenta. Si te parece hablamos mañana o más tarde, no tengo intención de salir.

—Está bien, hasta luego.

Cristina cuelga el teléfono y lo apoya en el borde de la pila. Luego lo mira. Bien. ¿Por qué he dicho que estoy bien? No tenía ganas de hablar. No me apetece contar mis cosas, escucho a todo el mundo, pero nunca tengo el valor suficiente para expresar mis sentimientos. Qué coñazo. No, así no va bien. Tengo que ser capaz de decírselo, tengo que admitirlo, a mí misma y a los demás. Debo decirlo. Y, casi con rabia, tapa la cacerola haciendo salir un poco de caldo que, inocente, y sin saber el motivo de esa cólera repentina, cae un poco más lejos. Cristina parece debilitada por la confesión tan sincera y personal que acaba de hacerse a sí misma. A continuación se deja caer en la silla, delante de la mesa y de la televisión y, casi sin darse cuenta, coge el mando y la enciende. Como suele suceder, parece un juego del destino. Burlón, divertido y amargo. En la pantalla aparece un psicólogo en primer plano, como si la cámara pretendiera atribuir aún más importancia a lo que está a punto de decir.

—Es irremediable, a veces somos incapaces de hablar y eso no hace sino aumentar nuestro dolor. El verdadero problema es que no conseguimos admitir nuestro fracaso, y no un fracaso concreto. Poco importa de qué tipo sea; la imposibilidad de contarlo nos impide comprenderlo de verdad, afrontarlo, resolverlo y analizarlo. Tenemos tendencia a ocultar esa incapacidad por las razones más variadas y nos dedicamos a traicionar, a estar siempre rodeados de gente, a escuchar sus historias o a comprar compulsivamente cosas inútiles. Este caos, este ruido existencial, esta forma de cerrar los ojos, los oídos y la mente se denomina «intento de fuga». Pero es difícil que se pueda seguir así eternamente, tarde o temprano la persona se derrumba, y cuando esto sucede basta una chispa...

Poco a poco, la mente de Cristina se evade, se aleja, deja de oír esas palabras y se guarece en sus pensamientos. Se ve cuando era joven. En una playa, corriendo delante de Flavio, que la persigue. Se caen al agua riéndose. Eran las primeras vacaciones que pasaban juntos en Grecia, en Lefkada. Luego sigue hundiéndose en los recuerdos, una noche de esa misma semana. Caminan por el paseo marítimo y llegan hasta la punta donde hay un pequeño faro que emite una luz verde intermitente, y allí, ocultos en la penumbra, entre escollos y recovecos, detrás de un cañaveral que se balancea con la brisa nocturna, hacen el amor. Cristina se acuerda perfectamente de ese momento y sonríe mientras juguetea con la cuchara sobre la mesa, esa locura, ese deseo repentino, eran jóvenes y estaban hambrientos de amor, besos casi robados entre mordiscos, entre el sonido ligero que producían las cañas agitadas por el viento, de las olas del mar, rebeldes espectadoras de su sana pasión. Otro recuerdo repentino. El blanco de la nieve iluminada por el sol. Un día precioso en Sappada, junto a Cortina, deslizarse por la nieve fresca manteniendo el equilibrio, agachándose ágiles y veloces, hacia adelante y hacia atrás, manteniendo las puntas de los esquís en alto para no frenar. Se acuerda como si hubiese sucedido ayer. Casi le parece verlo de nuevo como si de una película se tratara. Una bonita película de amor. Y ese beso bendecido por el sol. Las manos ávidas de pasión que hurgan en el interior de la ropa, se quitan los esquís a toda prisa, se refugian detrás de una roca para seguir desnudándose, jadeando rebeldes, enloquecidos por ese amor tan hermoso, pleno, niño, tonto y caprichoso que es imposible controlar. Después vuelven a esquiar hasta tarde, enamorados sin más. Qué cosas, piensa Cristina mientras coloca la cuchara en su sitio. Éramos increíbles. El amor nos inquietaba, nos agitaba. ¿Y ahora? ¿Dónde hemos acabado ahora? Y se ve tristemente ofuscada, casada, sí, pero poco menos que harta del amor. Qué tristeza. Cansada de amor, sentada, justo como ella en ese instante, delante de un psicólogo que casi parece estar hablando del fin de su bonita historia... En ese momento oye que se abre la puerta.

—¿Estás en casa, cariño? —Flavio cierra la puerta, deja la bolsa sobre la mesa de la entrada, se quita el abrigo, lo arroja sobre el sofá y se dirige hacia la cocina—. ¿Cri? ¿Dónde estás? —Entra y la encuentra delante de los fogones—. Ah, estás aquí. Pero ¿por qué no me has contestado? Mira lo que he comprado... ¡La cafetera de George Clooney! —La deja sobre la mesa y acto seguido abre la nevera para buscar algo de beber—. Supongo que preferirías que te la trajese él en persona, ¿eh?

Las palabras del psicólogo retumban en la cabeza de Cristina: «Compran cosas inútiles de forma compulsiva... para ocultarse, para cerrar así ojos, para seguir adelante como si nada...» Lentamente se echa a llorar, en silencio, de cara a la pared.

—¿Cri? ¿No dices nada? ¿Te gusta? ¿Te alegras de que la haya comprado?

Flavio se vuelve y se queda boquiabierto. El corazón le da un vuelco, está desconcertado, asombrado, sinceramente sorprendido.

—¿Qué te ha pasado, cariño? —Flavio se acerca a ella. Casi de puntillas, aterrado de que pueda suceder algo más, de que la situación se precipite posteriormente—. ¿Lloras porque hemos discutido?

Cristina niega con la cabeza, no consigue hablar, sorbe por la nariz, sin dejar de llorar, mira al suelo, pero sólo ve las baldosas, las que eligieron juntos cuando decidieron cómo decorar la cocina. Las ve desenfocadas, ofuscadas por las lágrimas, cada vez más grandes. No logra articular palabra, tiene un nudo en la garganta. Las palabras del psicólogo vuelven a retumbar en su mente: el verdadero problema lo constituye la imposibilidad de reconocer el propio fracaso, y no el fracaso en sí mismo. Flavio apoya una mano bajo la barbilla de ella, prueba a levantarle la cara con dulzura, ayudando el movimiento con dos dedos, y busca su mirada. Cristina aparece ante sus ojos con el semblante transido de dolor y los ojos anegados en lágrimas. Por fin logra hablar.

—Ya no estoy enamorada.

Flavio apenas puede creer lo que acaba de oír.

—Pero ¿por qué dices eso?

Cristina se sienta y tiene la impresión de haber superado un obstáculo, de haber salido de un agujero negro, de haber saltado un muro que le parecía insalvable, quizá de haber salido de ese pozo oscuro donde se estaba hundiendo inexorablemente.

—Porque lo nuestro se ha acabado, Flavio. No te das cuenta, no quieres darte cuenta. Mira, no dejas de comprar cosas nuevas: un exprimidor eléctrico, la televisión de plasma, el horno microondas... En esta casa sólo hay electrodomésticos modernos y caros. ¿Y nosotros? ¿Qué ha sido de nosotros?

—Estamos aquí... —Flavio se sienta delante de ella consciente de lo pobre de su respuesta comparado con el problema que Cristina le acaba de plantear. De manera que prosigue, intentando mostrarse más seguro y convencido—: Estamos aquí, donde estábamos, donde siempre hemos estado.

Ella niega con la cabeza.

—No. Ya no estamos. La presencia no basta..., así no. Ya no hablamos, no nos contamos nada de nuestro trabajo, por ejemplo... De nuestros amigos. Sin ir más lejos, no me comentaste lo de Pietro y Susanna.

—Porque no sabía cómo decírtelo...

Flavio se agita nervioso en la silla. Ya está —piensa para sus adentros—, ese capullo de Pietro y sus líos siempre tienen la culpa de todo. Cristina lo mira y esboza una sonrisa.

—Pero no me refiero a eso..., da igual. Pese a que demuestra una vez más que no tienes ganas de compartir conmigo las cosas como antes, el verdadero problema es que ya no estoy motivada... Ni siquiera me he enojado porque no me lo hubieras contado... Da la impresión de que seguimos adelante porque no hay más remedio, pero la vida no debe ser así, ¿verdad? Hace falta entusiasmo... Incluso cuando pasa el tiempo. Mejor dicho, sobre todo cuando pasa el tiempo. Crecemos, cambiamos, y estar juntos implica contarse las cosas, comunicar esos cambios para construir un nuevo equilibrio... Y a la vez seguir siendo nosotros mismos, pero diferentes, más grandes y ricos en experiencias. En cambio, nosotros estamos aquí como dices tú, sí, pero hemos quedado reducidos a la imagen de lo que éramos, a un mero reflejo. Nosotros estamos ya en otra parte...

—Sí, eso es cierto... —En realidad, Flavio no sabe qué decir, de manera que sólo se le ocurre lo peor—. Dime la verdad... ¿Has conocido a otro?

Cristina lo mira sorprendida. Decepcionada. Como cuando uno anhela contar un problema y, cuando por fin le salen las palabras, la persona que tiene delante, la destinataria de la sinceridad no está..., no lo capta..., no lo entiende. Porque en realidad se encuentra en otro lugar.

—¿Y eso qué tiene que ver?... Parece que no me conoces.

—No me has contestado.

Cristina lo mira ahora con dureza.

—Mi comportamiento debería valerte como respuesta. No. No he conocido a nadie. ¿Estás contento?

Flavio permanece en silencio. ¿Me estará diciendo la verdad? Si hubiese conocido a alguien, ¿me lo diría? Hay que reconocer que hace mucho tiempo que no hacemos el amor... y que cuando lo hacemos...

—¿En qué estás pensando?

—¿Yo? En nada...

—No es cierto. Lo sé.

—¿Qué es lo que sabes? ¿Sabes en qué estoy pensando?

—No. Sólo sé que no me estás diciendo la verdad.

—Te la he dicho: en nada. —Cristina sacude la cabeza—. No me entiendes.

—Como quieras... —Flavio exhala un suspiro—. Trataba de comprender si me estás mintiendo o no. ¿Has conocido a otra persona?

Cristina suspira largamente. Nada. Es imposible. Insiste. No me cree. No logra creerme. O hay otro hombre o el problema no existe. Ahora Cristina está enfadada: ¿acaso ella no cuenta? Pero ¿es que sólo el engaño es digno de atención?

—No lo entiendes, no quieres entender el problema. No he conocido a nadie, si es eso lo que te interesa. —Acto seguido apaga el fuego y pone la cacerola sobre la mesa, coge el cucharón y empieza a servir el caldo en los platos.

Flavio no sabe qué decir.

—Voy a lavarme las manos. Ahora vuelvo.

Poco después se sientan a comer uno frente a otro. El silencio es insoportable. Y el zapeo de Flavio no hace sino empeorarlo.

—Debería salir el cantautor De Gregori en el programa de Fazio...

El psicólogo ha sido meridiano. Cristina bebe un poco de caldo. De nuevo esas palabras. Ese aturdimiento constante de los oídos y de la mente se denomina «intento de fuga». De improviso se siente más serena, tranquila y relajada, como si el nudo que la oprimía se hubiese deshecho. Y la envuelve un calor general que no se debe tan sólo a la cucharada de caldo.

—¿Puedes apagar la televisión, por favor?

Flavio la mira sorprendido, pero al verla tan decidida no lo piensa dos veces y hace lo que le pide.

Cristina sonríe.

—Gracias... Te ruego que me escuches y que no me interrumpas. He tomado una decisión. Si me amas o si, en cualquier caso, me has amado, te ruego que la aceptes sin discutir. Por favor.

Flavio no contesta. Traga y a continuación asiente con la cabeza sin encontrar una frase que resulte adecuada para ese momento. Cristina cierra los ojos por unos instantes. Luego los abre de nuevo. Se siente serena, ha hecho acopio del valor que necesitaba. Enfrentarse a un fracaso significa dejar de ser ese fracaso. De manera que, sin prisas, empieza a hablar.

—No soy feliz. Un río en crecida parece salirse de repente de su cauce, inunda la tierra que lo rodea, se expande y lo ocupa todo tras haberse liberado. Arrastra todo y a todos. E incluso puede hacer daño. Pero ella continúa, libre e incontenible, verdadera y sincera. Dolorosa—. Hace mucho tiempo que no soy feliz.

Cincuenta y cuatro

Anna tumba con delicadeza a Ingrid sobre el cambiador. Le quita el pañal y la limpia. Enrico la ayuda cogiendo uno nuevo y el talco.

—Le pondré también un poco de crema.

—Sí, menuda suerte tiene Ingrid de haberte conocido, eres fantástica.

—¡La verdad es que con ella es coser y cantar! Es una monada, y además es tan buena... —Acaba de cambiarla, vuelve a vestirla y la sienta en el parque abarrotado de muñecos de colores, cojines y dos mantas—. ¡Ahora estás limpia y perfumada!

Anna regresa al cambiador y empieza a ordenarlo. Luego se detiene y alza la cabeza. Mira el cuadro de Winnie the Pooh que hay colgado de la pared.

—¿Sabes que he discutido con Rocco? Era imposible razonar con él. Somos demasiado diferentes. Además, me pegaba; quiero decir, no sucedía a menudo, pero sí alguna que otra vez. Lo eché de casa.

—Qué me vas a contar... —Enrico se toca el labio partido e hinchado—. Sólo que a mí no me dio tiempo a echarlo... de mi casa; se marchó por su propio pie.

Anna se vuelve y lo escruta.

—Caramba..., no me había fijado. Pero ¿qué te ha pasado? —Se acerca a Enrico y le acaricia el labio. Parece disgustada—. ¿Fue él?

Enrico asiente con la cabeza.

—Sí, vino aquí, dio varias patadas a la puerta, me empujó...

—Pero eso es absurdo. ¿Por qué?

—Y yo qué sé. Mencionó un diario, tu diario. Decía que habías escrito algunas cosas.

Anna se para a pensar.

—Ah, sí... —Parece un poco avergonzada—. Quería que lo encontrara. Quería ponerlo a prueba, comprobar cómo reaccionaba y, de hecho, ha reaccionado. Lo siento, al final quien ha recibido la tunda has sido tú.

—Vaya, de manera que era sólo una prueba. —Enrico la acaricia—. Sea como sea, has hecho bien. No se puede estar con una persona que no te respeta.

Por un momento le gustaría ser Rambo o Rocky. Después piensa en la mole de Rocco y recuerda una frase de Woody Allen: «Me han agredido y me han pegado, pero me he defendido bien. A uno le rompí incluso una mano: necesité toda la cara, pero lo conseguí.»

—Si vuelve a molestarte me lo dices, ya nos inventaremos algo... —Sonríe, pero por el momento sólo se le ocurre una solución: la fuga.

Y Anna asiente, serena, comprendiendo que, dado como es Enrico, la mera intención supone ya un gran esfuerzo.

—Claro, gracias.

Cincuenta y cinco

La lluvia cae crepitando un poco más allá de la entrada. Un coche pasa y pisa un pequeño agujero en el asfalto. Levanta un chorro de agua que da de lleno en el bolso de Susanna.

—¡Gracias, eh! —grita ella al coche que ha desaparecido tras doblar la esquina—. Menudo imbécil. Pero si me ha empapado.

—¡Hola! ¿Quieres que te lleve a algún sitio?

De repente oye a sus espaldas la voz de Davide. Susanna siente que se ruboriza. Se vuelve confiando en que, dado que ha oscurecido, él no se percatará.

—Hola... Hoy me ha traído una amiga porque queríamos charlar un poco y ahora pensaba regresar con el metro. Pero llueve y no tengo paraguas para llegar hasta la parada. Por lo general, vengo en coche.

—A eso me refiero, si quieres te llevo yo. ¿Vives muy lejos?

—La verdad es que no... Bueno, a varios kilómetros.

—Está bien, vamos. Mi coche está allí... —señala un Smart Fortwo azul. Susanna arquea las cejas. Davide se da cuenta—. Tengo dos coches. El otro es un BMW.

Ella no le contesta, pero se dice que todos los hombres son idiotas, como si el coche tuviese tanta importancia. También en eso Pietro tiene la culpa, yo antes no pensaba así. ¿Cómo es ese dicho? Detrás de un gran hombre hay siempre una gran mujer... Pues bien, debería acuñar uno nuevo: detrás de un hombre insignificante la mujer puede volverse insignificante también. Sí, es cierto. Un marido puede empeorarte. Pero después sonríe a Davide. Aunque todavía estoy a tiempo de remediarlo.

—Bonito, el Smart. Me habría encantado tener uno, pero ya sabes cómo es, con dos hijos...

—Ah, claro, cuando quieras, sin embargo, te presto el mío...

—Gracias.

Es increíble. Davide es realmente simpático. Eh, que alguien me explique dónde está la trampa.

Llegan junto al coche y suben a él.

—Deja el bolso atrás. Parece pequeño, pero no lo es. Además, los asientos son comodísimos... —sonríe. Enciende la radio y pulsa el botón buscando una emisora, una canción, lo que sea. Pero no le convence y la apaga—. Prefiero hablar contigo... —La mira.

El corazón de Susanna empieza a latir a mil por hora. ¿Qué me sucede? Hacía siglos que no me sentía así. Las calles de Roma desfilan iluminadas y mojadas. Unas pequeñas gotas se alargan sobre el cristal siguiendo el sentido de la marcha. Hay que reconocer que es guapo. Y además, parece simpático. Venga, Susanna. Es más joven que tú. Rondará los treinta. Quizá ni siquiera eso. Puede que tenga ocho o nueve años menos que tú. Bueno, en la televisión dicen que cada vez son más frecuentes las parejas en las que la mujer es mayor que el hombre. Piensa en Demi Moore, en Valeria Golino. Sí, pero ellas son famosas. O puede que no... Cualquier hombre puede sentirse atraído por la idea de conquistar a una mujer más mayor y experimentada que él. Pero ¿qué estoy diciendo? ¿Pareja? Sólo me está llevando a casa. Susanna mira de nuevo por la ventanilla tratando de alejar ese pensamiento concentrándose en la lluvia.

—¿Te gusta el *kickboxing*? —Davide conduce sujetando el volante con una sola mano. Ha apoyado el otro brazo en el borde de la ventanilla—. Es perfecto para mantenerse en forma, ¿sabes? Y, además, ¡es una buena alternativa a las palabras!

Susanna lo mira.

—La verdad...

—No, no me debes ninguna explicación... Si le golpeaste fue porque ya no lo soportabas. Como entrenador puedo decirte que te estoy enseñando bien...

—Es una historia complicada...

—Todas lo son.

Davide sigue conduciendo. Susanna mira afuera.

—Casi hemos llegado. Pasados dos cruces dobla a la derecha. Yo vivo ahí.

Davide sonríe.

—Está bien, a la orden... ¡Si no, yo también me arriesgo a recibir un puñetazo!

—¡No, ésos sólo se los doy a los maridos! Aquí es, puedes parar.

Davide se arrima a la acera, pone las luces de emergencia y apaga el motor. Susanna hace ademán de volverse para coger la bolsa. Por un instante se pregunta si los niños habrán cenado ya. Si su madre habrá pensado en eso.

—Espera.

Susanna lo mira.

—Si sales ahora, te empaparás. Por desgracia yo tampoco tengo un paraguas para prestarte. Espera al menos un segundo a que pare un poco...

Susanna se vuelve de nuevo hacia adelante.

—A estas alturas...

—¿A estas alturas, qué? Nunca digas «a estas alturas».

Es cierto. Nunca digas «a estas alturas». Parece el título de una nueva película de James Bond únicamente para mujeres —piensa Susanna—. Pero ¿por qué sigue latiéndome tan fuerte el corazón?

Davide le sonríe.

—Es como la lluvia, ¿no? ¿Has visto la película *El cuervo*?

—No, lo siento...

—No, no debes sentirlo. En cualquier caso, en ella alguien decía algo así: «No puede llover siempre.» La vida está llena de sorpresas, a menudo maravillosas... Y, además, no todos los maridos se merecen que se los tumbe de un puñetazo..., o quizá sí, puedes hacerlo, ¡pero depende de cómo... y de dónde! ¡Sobre el colchón es muy diferente!
—Ríe.

Se da cuenta de que Susanna se ha quedado un poco asombrada. Entonces la sacude un poco hasta que ella no puede por menos que echarse a reír también. Se siente ligera. Recuerda cuando era joven y alguien que le había acelerado el corazón la acompañaba a casa así, sin más, y se quedaban hablando incluso durante dos horas, y quizá antes de apearse del coche la encadenaba con la mirada, sus rostros aproximándose cada vez más...

—¡Mira! Ha dejado de llover. Si sales ahora no te mojarás. Venga, yo te pasaré la bolsa... —Y esta vez se gira él. Aferra la bolsa y se la da—. Aquí tienes, nos vemos pasado mañana en clase, ¿no?

—Por supuesto, gracias por acompañarme... —Después Susanna abre la puerta, lentamente, somo si esperase algo, como si desease... Pero nadie la frena, de manera que en un abrir y cerrar de ojos se encuentra fuera del coche. Cierra la puerta y hace ademán de cruzar la calle.

—En cualquier caso...

Susanna se vuelve y ve que Davide ha bajado la ventanilla.

—Cuando quieras te hago de chófer, será un placer —sonríe y sube el cristal.

Susanna le sonríe a su vez y se vuelve de nuevo. Se percata de que su paso ha cambiado, de que ahora su movimiento es más fluido, de que incluso se contonea ligeramente. Y se ruboriza de nuevo, sorprendida de ese repentino coqueteo y, sobre todo, del tiempo que llevaba sin hacer una cosa similar.

Cincuenta y seis

Olly coloca los vasos en su sitio. Sacude los restos de patatas fritas de la mesa. Mete las botellas en la nevera. A continuación se sienta en el sofá con las piernas cruzadas. Sola. Sus amigas se han marchado hace una media hora. Niki se casa. Es increíble. De repente se le saltan las lágrimas. Se echa a llorar. Mi amiga se casa. Se hace mayor. De alguna forma, algo se acaba. Una época. La nuestra. La adolescencia. Y yo no me considero preparada. Todavía me siento muy joven. Pero ella se casa. Da ese paso tan importante. Parece que ha pasado toda una vida desde que correteábamos por los pasillos del instituto y hacíamos el tonto en el recreo. Y las salidas nocturnas. Los conciertos. El diario en el que escribíamos. Cuando nos cubríamos la una a la otra. Cuando se quedaba a dormir en mi casa. Es inútil decir que nada cambiará. Porque todo cambiará. Después nada será igual. Tendrá un marido y ya no le quedará tiempo para nosotras. Y eso que nos prometimos que ningún hombre nos separaría nunca. Palabras. Simples palabras. De repente se siente egoísta, mala, mezquina e indefensa. Pero se sobrepone orgullosa. No. Soy yo la que se equivoca. Debería alegrarme por ella, parece muy feliz y, en cambio, digo que la echaré de menos, que el matrimonio me la arrebatará. Sí. Lo pienso. Y quiero ser sincera conmigo misma. Quizá la envidio. Puede que sólo tenga miedo. Pero ahora, en este instante, no logro sonreír. Olly piensa en Giampi. En su Giampi. Le gusta mucho. ¿Se casaría con él? Tal vez, aunque ahora no, por descontado. Hay algo que la inquieta. La manera en que habla con otras mujeres. Da la impresión de que se ve siempre obligado a cortejarlas. Las Olas le han dicho mil veces que Giampi es sólo un chico amable y abierto, que no parece un tipo que lo intenta..., ¡un pulpo! Dios mío, qué palabra tan espantosa... Pero Olly no puede remediarlo. Está celosa. Como jamás lo ha estado en su vida. Y ahora, tras saber la noticia de Niki, siente que el mundo se le viene encima. Como si todo aquello en lo que siempre ha creído desapareciese de golpe. Niki. Mi amiga. Vestida de blanco. Niki y el valor de crecer. De tomar una decisión tan importante. Una mujer. Madura. Diferente. Inconsciente. Sí, una inconsciente, eso es lo que es, con todas las cosas que se oyen hoy en día sobre el matrimonio. Gente que se casa y que se separa al cabo de un año. Familias destrozadas. Y, en cambio, ella parece tan convencida. ¿Cómo es posible? Olly coloca mejor las piernas. Se reclina un poco hacia atrás y apoya la cabeza en el sofá. Cierra los ojos y siente un extraño vacío en el estómago. Una especie de presentimiento.

Cincuenta y siete

Erica aparca debajo de su casa. No es muy tarde. Ni siquiera es la una. Han acabado pronto. Todas tenían algo que hacer al día siguiente. Malditas prisas. Ya no es como antes. Los ritmos han cambiado. Incluso para la amistad. Han decidido acostarse temprano después de la reunión inesperada que convocó Niki. Quizá se deba a la noticia que les ha comunicado. Antes de apearse del coche se para a pensar. Todavía le cuesta creerlo. Niki se casa. No me parece verdad. ¿Se habrá vuelto loca? Yo no podría hacerlo. Casarme a los veinte años. Perder la libertad. Tener un compromiso serio con alguien. Vivir en pareja. Ser fiel. Para siempre. Compartir alegrías, dolores y costumbres. Cambiarlo todo. Abandonar mi casa, a mis padres. Y, en parte, también a las amigas. Mis amigas. Mis oportunidades de hacer, de conocer y de decidir quién me gusta y quién no. Casarse significa dejar atrás todo eso. Significa cerrarse al mundo. Y, por si fuera poco, a los veinte años... Al menos a los cuarenta. Pero a los veinte, no. ¿Cuántas historias circulan de gente que se casa pronto y que después se separa antes incluso de los dos años porque se da cuenta de que la cosa no funciona? Porque antes no han reflexionado lo suficiente. Es inútil decir que todo seguirá siendo como antes, no es cierto. De alguna forma, Niki nos está abandonando. Me alegro por ella, claro, siempre y cuando esté convencida, pero no sé por qué me da también un poco de rabia. No puedo fingir. Puede que nunca se lo diga. No quiero que piense que no estoy contenta por ella. Es mi amiga. Pero aun así no consigo compartir del todo su elección. No lo consigo. De alguna manera tengo la impresión de que nos ha traicionado. Como si hubiese antepuesto su felicidad al hecho de estar juntas, de ser las Olas. Sé que ni siquiera debería pensarlo. Pero no lo puedo evitar.

Erica saca la llave del contacto. Se apea y cierra el coche. Por la cabeza le rondan unos pensamientos en los que se entremezclan la tristeza y la rabia. Y la sinceridad.

Cincuenta y ocho

Introduce la llave en la cerradura. Entra sigilosamente. Aunque lo cierto es que casi nunca lleva tacones. Diletta adora las bailarinas y, esta noche, para ver a sus amigas, se ha puesto un par de color azul claro con unos lunares marrones y un lazo a juego. Cierra la puerta a sus espaldas. Cruza el pasillo y entra en el dormitorio. Nadie la ha oído. Mira el gran reloj que hay colgado encima de la cama. La una y diez. La verdad es que hablando se les ha hecho tarde. Diletta repasa mentalmente todas las palabras que acaban de decirse en casa de Olly. No es posible. ¿Será cierto? Sí. Por un instante tiene miedo. Miedo de que todo se acabe. Su amiga se casa. ¿Y después? ¿Cómo impedir que cambien las cosas? Le viene a la mente una canción de Renato Zero: «Qué haces ahí solo, en pareja el vuelo es más azul, es hermoso, amigo, es todo, amigo, es la eternidad, es lo que permanece mientras todo se aleja, amigo, amigo, amigo, el amigo más guay será el que resista. ¿Quién resistirá?» Pues sí... ¿Quién? Se casa. Diletta repite esas palabras una, dos y hasta tres veces. Se casa. Eso quiere decir que crece, que madura, que se convierte en una mujer. Tendrá un marido, una familia e hijos. Estudiará y trabajará, y cada vez tendrá menos tiempo para mí, para nosotras. ¿Cómo es posible que no le asuste dar un paso semejante a los veinte años? Diletta se desnuda con parsimonia y se pone el pijama. Acto seguido se sienta en la cama con las piernas cruzadas. De improviso, esboza una sonrisa. Piensa en sí misma, en su situación. En todos los miedos que ha padecido de noche, cuando se despertaba de golpe con los ojos desmesuradamente abiertos y el corazón latiéndole enloquecido. El deseo de escapar y de buscar otra solución. Definitiva. Absoluta. Sin apelación. Pero después pensaba que era absurdo, que jamás conseguiría eludir así su futuro. Y luego el miedo la atenazaba otra vez. Quizá Niki también se sienta así, aunque haga todo lo posible para disimularlo. Se mira al espejo que hay delante de la cama. De repente se ve un poco más mayor. La expresión de sus ojos es diferente, más intensa. Esta noche, sin embargo, casi siente cierto alivio. Pero ¿qué estoy diciendo? Si ella tiene miedo, ¿qué debería decir yo? Si ella lo hace, si Niki es capaz de dar un paso como ése, yo también puedo hacerlo. Le viene a la mente otra idea: «El amigo más guay será el que resista.» ¿Quién será? Pero ¿por qué tiene que casarse tan pronto? Es un paso importante. Demasiado. Será fagocitada por toda una serie de cosas que la superarán. Perderá la libertad, la posibilidad de hacer lo que le gusta. Otras experiencias, estudiar en el extranjero, yo qué sé, todo lo que se hace cuando una no está casada. Cuando eres libre de elegir sin necesidad de rendir cuentas a nadie. Cuando delante de ti sólo se abren nuevas posibilidades y caminos. Pero no he logrado decírselo. Por una parte, me alegro por ella, estaba radiante. Pero, por otra, también siento miedo, e incluso rabia. Rabia, sí, porque lo mires por donde lo mires se acaba algo importante. Una etapa. Una vida. Nosotras y nuestra manera de ser. Y, de alguna forma, ella es la primera que se marcha. Se avergüenza un poco de haberlo pensado. Las Olas. Siempre juntas, suceda lo que suceda. Ahora se enfrentan a un nuevo reto. Diletta coge el móvil que ha colocado a su lado. Abre el menú de mensajes. Selecciona «Nuevo». Empieza a teclear a toda velocidad usando el T9. «¿Qué te parece?», y envía una copia doble. Pasados treinta segundos la pantalla se ilumina y el móvil vibra. Olly siempre es la más rápida en contestar. Diletta abre el sobrecito parpadeante. «Bueno, me ha causado un efecto... ¡Me ha dejado de piedra! En parte me da rabia... No tengo nada contra ella, pero me da rabia pensar que las cosas van a cambiar...» Pasados unos segundos recibe la respuesta de Erica. «Creo que está loca, casarse a los veinte años... Sólo pensarlo me aterroriza...» Las tres están de acuerdo y tienen las mismas dudas. Les contesta: «Sí, yo también opino lo mismo, pero aun así la protegeré con todo mi amor... de Ola. Buenas noches.» Diletta extiende las piernas, se mete en la cama y se tapa hasta los ojos como cuando era pequeña. La cama que ya tenía cuando era niña. Un poco corta, pero, en cualquier caso, suya. Disfruta con los pies de todos sus rincones. Seguridad. El refugio donde nadie puede entrar. Se siente protegida y olvida por un instante la extraña sensación que le ha producido la noticia de Niki.

Cincuenta y nueve

Niki entra en casa y casi arrolla a Simona abalanzándose sobre ella.

—¡Soy la persona más feliz de este mundo!

—Dios mío, ¿qué ha ocurrido?

Saltando por la cocina, aferra a su madre y la arrastra.

—¿Papá está en casa?

—Sí, está allí, ha ido al cuarto de baño.

—¿Y Matteo?

—No, está en casa de Vanni.

Niki se queda pensativa. Mejor. Así se lo digo sólo a mis padres. Se tira sobre el sofá. Simona se sienta delante de ella en un puf.

—¿Y bien? ¿No puedes adelantarme algo mientras llega papá? Me muero de curiosidad...

Niki esboza una sonrisa y niega con la cabeza.

—De eso nada. Lo esperamos...

Su madre la mira intrigada, aunque no preocupada. Está tan contenta que debe de ser a la fuerza una cosa buena, la que sea.

—Ya lo sé... ¡Te ha tocado la Enalotto!

—¡Qué venal eres, mamá! En cualquier caso... —Niki esboza una sonrisa increíble— ¡casi!

—¡Ay, Dios mío! ¿Se puede saber de qué se trata? ¿Tengo que preocuparme? Ahora lo entiendo: has conseguido un trabajo y te van a pagar un montón de dinero... —Después reflexiona por un momento y se entristece de golpe—. ¡Y debes trasladarte a América! Dime que no es eso, te lo ruego, dime que me equivoco.

Niki sonríe.

—¡Te equivocas!

Simona sonríe, pero su expresión vuelve a cambiar en un abrir y cerrar de ojos. Sigue cavilando.

—No me estarás contando una mentira, ¿verdad? ¿Seguro que no es eso?

Niki la tranquiliza.

—No, mamá, ya te he dicho que no es eso.

—Júramelo.

—Te lo juro.

—Pero si tú y yo siempre nos hemos contado las cosas...

Niki la imita mientras repiten juntas la consabida frase:

—Tenemos que decírnoslo todo, ¡absolutamente todo!

Se echan a reír. Justo en ese momento Roberto entra en la sala.

—Bueno, ¿qué pasa? Veo que os estáis divirtiendo, ¿eh? Es una suerte... Las alegrías nunca vienen solas.

Simona da unas palmadas sobre el puf que hay a su lado.

—Ven, Robi, siéntate aquí, Niki quiere contarnos algo importante...

Roberto se sienta.

—¡Ahora lo entiendo, te ha tocado la Enalotto! —exclama al ver a su hija tan alegre—. ¡Cambiamos de vida!

Niki se queda estupefacta.

—¡Mamá! ¡Papá! Menuda obsesión tenéis...

Simona mira a su marido.

—Yo también se lo he preguntado.

—Ah...

—¡Y ella me ha contestado que casi!

Roberto sonríe.

—Hum, muy bien, debe de ser algo parecido... ¡Quizá también nosotros podamos embolsarnos algo!

Niki sonríe, no saben que están a punto de gastarse una fortuna. ¡Nada de Enalotto! Después los mira. Están delante de ella risueños y curiosos. Dios mío, ¿y si la noticia no les gusta? ¿Y si no se alegran? ¿Y si mi decisión los enoja? ¿Y si pretenden impedírmelo? ¿Y si tratan de chantajearme diciéndome: «Haz lo que quieras, no podemos obligarte, pero que quede bien claro que nos has decepcionado...»? En unos instantes repite todas las pruebas que ha hecho de ese discurso desde que volvió de Nueva York; deben de ser unas mil.

Por la noche, en la cama. Mamá, papá, me caso... No, así no va bien. Mamá, papá, Alex y yo hemos decidido casarnos. No, eso no es cierto. Él lo decidió y yo acepté. Por la mañana en el cuarto de baño, delante del espejo. Mamá, papá, Alex me ha pedido que me case con él. Y de nuevo... Alex y yo nos casamos. Con todos los tonos, matices, caras y muecas posibles e imaginables. Y después de intentarlo una y otra vez, se miraba al espejo y se decía que nunca lo lograría. ¡Porque es él el que tiene que decírselo y no yo!

Niki los mira y a continuación sonríe. A fin de cuentas, el problema es suyo, piensa.

—Esperadme aquí... —dice mientras abandona la sala.

Roberto y Simona se miran sin pronunciar palabra. Él escruta a su mujer con curiosidad y malicia.

—Tú sabes algo, ¿verdad?

—Te juro que no... Te lo habría dicho.

—Hum, tengo la impresión de que no es nada bueno...

—¡Sea lo que sea, si la hace tan feliz debemos alegrarnos por ella!

—Sí, la felicidad de un hijo puede ser a veces una tragedia para los padres...

—¡Madre mía, qué pesadez! —Simona le da un golpe en el hombro.

Un instante después, Niki vuelve a entrar en la sala acompañada de Alex.

—Aquí estamos...

—Pero ¿dónde estaba? ¿Escondido en tu habitación?

—No... Es que no encontraba aparcamiento —Niki tiene preparada la excusa. Al menos eso.

Alex y Niki se miran sonrientes. En realidad ella lo ha «aparcado» en el rellano porque antes quería prepararlo todo, llamar a sus padres y después darles la noticia.

Niki mira por última vez a Alex, que inspira, exhala el aire y a continuación sonríe a los padres de su novia. Apretando con fuerza la mano de ella, lo suelta todo de carrerilla.

—Niki y yo queremos casarnos... Esperamos que nuestra decisión os alegre...

Roberto, que intentaba acomodarse en el puf, apoya mal la mano, resbala y se cae al suelo.

—¡Papá! —Niki suelta una carcajada—. ¡No te lo tomes así!

Simona ayuda a su marido a ponerse de pie.

—No era mi intención, te lo juro...

Simona lo deja y echa a correr hacia su hija.

—¡Pero eso es fantástico, cariño! —le dice abrazándola.

—No puedo ser más feliz, mamá. No sabes cuántas veces he ensayado estas palabras, de noche en mi cama, en el cuarto de baño.

Alex asiente con la cabeza.

—¡Y al final he tenido que decirlo yo!

—Es verdad, pero ¿quién debía hacerlo si no? —Roberto se aproxima a Alex—. Ven aquí —le dice y los dos hombres se estrechan en un abrazo rudo y masculino. Roberto le da también unas palmaditas en el hombro—. Bien, me alegro mucho por mi hija. —A continuación abraza también a Niki.

—Oh, papá... Te quiero mucho.

Simona abraza a su futuro yerno, sólo que de manera más circunspecta.

—Esto hay que celebrarlo —dice tras separarse de él—. Tenemos una botella en la nevera que reservábamos para una gran ocasión. ¿Y cuál mejor que ésta?

Roberto se apresura a seguirla.

—Te acompaño, amor mío... ¡Voy a cogerla contigo!

Cuando se quedan a solas en la sala, Alex y Niki se abrazan radiantes.

—¿Has visto, Niki? No hacía falta preocuparse tanto, a menudo las cosas resultan más fáciles de lo que uno imagina...

—¿Tú crees?

—¡Por supuesto! ¿No has visto lo contentos que se han puesto tus padres?

—Mi padre se ha caído de culo al oír la noticia.

—Resbaló del puf, eso es todo. Venga, no tiene nada que ver con lo que hemos dicho.

—No lo conoces. Debe de estar trastornado.

Roberto y Simona están en la cocina. Los dos han apoyado la espalda en la pila y miran absortos el vacío que tienen delante. Roberto está boquiabierto.

—No me lo puedo creer, no es posible, dime que estoy soñando... Dime que se trata tan sólo de una pesadilla espantosa de la que tarde o temprano nos despertaremos. No me lo puedo creer. Mi niña...

Simona le da un codazo bromeando.

—Eh, que también es mía... Mejor dicho, ¡primero es mía y después tuya!

—¡Pero si la hicimos juntos!

—¡Sí, pero yo la crié sola durante nueve meses!

Roberto se vuelve hacia ella.

—¿Y todas las veces que me despertaba de noche porque ella gritaba y tú estabas destrozada y no querías ir a consolarla? ¿Quién la mecía, eh? ¿Quién se levantaba?

Simona le coge la mano.

—Tú. Es cierto, tú también has hecho mucho por ella.

—Los dos lo hemos hecho siempre todo por ella... ¿Y quién se la lleva ahora? Él.

Simona esboza una sonrisa.

—Venga, ya basta. Volvamos a la sala. De lo contrario se preocuparán.

—Y Niki sacará sus conclusiones.

—Las ha sacado ya.

—No...

—Eso quiere decir que no conoces a tu hija.

Simona coge una botella de un magnífico champán, unas copas del armario de la cocina y vuelve a la sala.

—Aquí estamos... ¡No encontrábamos las copas!

Los cuatro se sientan mientras Roberto descorcha la botella y les sirve un poco de champán tratando de parecer lo más tranquilo posible.

Sesenta

Domingo, un día tranquilo, un cielo azul con alguna que otra nube ligera. Es la una, alguien acaba de salir de misa, una chica pasea con su alano negro: es grande y la arrastra para curiosear algo que se encuentra un poco más allá. Un señor hace cola delante del quiosco.

—¿Me da *Il Messaggero* y *la Repubblica*?...

Otro señor, molesto porque se le ha adelantado, protesta.

—¿Ha salido el último número de *Dove*? —pregunta apresuradamente.

—Mire ahí debajo... Debería estar delante. Si no lo ve es porque todavía no ha salido.

El señor en cuestión no lo encuentra. El quiosquero, un chico con un *piercing* en la ceja, se inclina hacia adelante tratando de leer al revés las portadas de las revistas.

—Ahí está..., ahí... —señala un periódico demostrando estar más despabilado que su cliente, pese a la noche que ha pasado en la discoteca y que ha finalizado acudiendo directamente al quiosco sin pasar por casa. Ni por un colchón cualquiera. Por desgracia.

Alex se detiene en el Euclide de Vigna Stelluti y sale poco después con una bandeja de pastelitos. Ha comprado quince, incluidos los de marrón glasé, con muchas castañas y nata, que tanto le gustan a su madre, Silvia.

Alex sonríe mientras sube al coche. Es la única que se conmoverá, estoy seguro; se le escapará alguna lágrima, yo la abrazaré y después ella, para superar el embarazo, se comerá algunos de esos pastelitos de castaña sin decir nada, pluf, lo hará desaparecer en silencio. Pero en el fondo se alegrará, estoy seguro. Siempre le ha parecido raro que yo, su primer hijo, fuese el único que aún no se hubiese casado, a diferencia de los hijos de sus amigas, e incluso de mis dos hermanas pequeñas. Y, tras hacer esa última consideración, Alex se encamina hacia la casa de sus padres. Pone un CD, una recopilación que le ha grabado Niki. Encuentra la canción adecuada. *Home,* de Michael Bublé. Te hace sentir en perfecta armonía con el mundo. Pero ¿cómo no se me ha ocurrido antes? Soy plenamente feliz de haber tomado esta decisión. Después sonríe para sus adentros. Qué idiota eres, Alex. Antes no salías con ella. De repente pasa por su mente un pensamiento, una sombra, un rayo en un cielo sereno. ¿Dónde estará ahora? ¿Cómo estará viviendo este momento? ¿Mi decisión la habrá hecho feliz? Nuestra decisión, quiero decir. Porque es nuestra, ¿verdad? Y no sólo mía... ¿O está viviendo este día como si fuese uno cualquiera de la semana? Se la imagina riéndose en la univerdad, moviéndose entre chicos de su edad que la observan, que hablan de ella cuando pasa, luego con un profesor a la salida de una clase, el tipo que la mira demasiado. A continuación la ve en cualquier otro lugar, quizá haciendo cola en la oficina de correos haciendo idioteces con alguien. Luego, como si hubiese transcurrido cierto tiempo, ya más adulta, vestida de mujer con un traje de chaqueta, seria, comprando en una tienda de comestibles, o en un despacho acabando un trabajo con un colega que coquetea con ella. La ve tranquila, serena, equilibrada, una mujer de los pies a la cabeza y segura de sí misma. Y esas imágenes lo reconfortan, borran los celos sin que haya un auténtico motivo, una razón. Porque Alex ignora que, en ocasiones, las sensaciones pueden ser correctas, y que muy pronto tendrá que enfrentarse a esos miedos. Por fin, entra tranquilo en el jardín de la casa de sus padres.

Sesenta y uno

Desde el gran salón que se asoma al verde se vislumbra el espléndido rosal que atraviesa el jardín de invierno junto a una preciosa pérgola y, un poco más allá, también una vid.

—¿Mamá? ¿Papá? ¿Estáis en casa?

Lugi, el padre, está tratando de poner a punto una planta que se le resiste.

—¡Me alegro de verte, Alex!

—Hola. —Se dan un beso—. ¿Y mamá?

—Ahí la tienes... Ahora llega.

Entre los setos un poco apartados, aparece de repente Silvia acompañada de Margherita y Claudia, las hermanas de Alex, con sus respectivos maridos, Gregorio y Davide.

—¡Hola, mamá! —Alex les sale al encuentro.

—¡Hola! ¡Ya has llegado! ¿Has visto? Tus hermanas han venido también... Nunca conseguimos estar todos juntos.

Alex sonríe mientras los saluda.

—Tienes razón, mamá. Es que últimamente he tenido que trabajar mucho.

—A propósito, todavía no nos has dicho qué fuiste a hacer a Nueva York. —Gregorio, el marido de Margherita, es asesor fiscal y se las da de entendido—. ¿Vais a abrir una sucursal allí? Hoy en día es conveniente hacerlo, con el dólar...

—No, no fui para eso, no era un viaje de negocios...

Davide abraza a Claudia, la hermana mayor.

–¿Un asunto amoroso? ¿Sabes que nosotros pensamos ir por Pascua?

–¿De verdad? En ese caso os daré algunas direcciones. –Alex piensa en Mouse.

Gregorio y Margherita se suman de inmediato a la iniciativa.

–Si conseguimos dejar a las niñas con alguien os acompañamos. ¿Te las quedarías tú, mamá?

–No lo sé, ya veremos... ¿Cuándo cae Pascua este año? Quizá nos inviten los Pescucci.

Alex escucha todo ese parloteo mientras piensa en lo amable que ha sido Mouse. No, no puede castigarlo de esa forma.

Silvia echa un vistazo a su marido.

–Luigi..., ¿cuánto te falta?

El padre de Alex mira la última rama y aprieta la cinta verde que debe servir para sujetarla.

–¡Ya está! Aquí estoy, querida, listo para cualquier aventura.

–Simplemente tenemos que sentarnos a la mesa.

–Bueno, depende de lo que haya para comer. A veces puede ser también una aventura peligrosa...

–Bromista... Dina, nuestra criada sarda, cocina de maravilla.

–Sí, amor –Luigi abraza a Silvia–. Pero no me refería a ella, sino a ti.

Silvia lo aparta.

–Qué malo eres... Siempre te he preparado cosas riquísimas. De hecho, cuando nos casamos estabas en una forma envidiable, y desde entonces no has hecho sino engordar. Sólo ahora, que cocina ella, has empezado a adelgazar. ¿Ves?... Debería haber abandonado antes la cocina.

–¡Pero, amor mío! Era una broma... Además, eso no es cierto, también estaba en forma antes, comía mucho pero también me movía mucho...

Al oír la tonta alusión de su marido, Silvia se ruboriza un poco y se apresura a cambiar de tema.

–Veamos, he mandado que lo dispongan todo en el nuevo patio... En la mesa de cerámica que acabamos de recibir directamente de Ischia.

—¡Fantástico!

—Pero ¿no hará frío?

—He obligado a vuestro padre a comprar varias de esas cosas metálicas que tienen un sombrero por encima que calienta...

—Setas, mamá, se llaman setas de calor.

—Como queráis, en fin, que hemos puesto esas setas de gas, de manera que estaremos de maravilla.

En un instante todos atraviesan el patio y toman asiento.

—La verdad es que se está muy bien aquí.

Alex sirve en seguida un poco de agua en el vaso de su madre, que está sentada a su lado, sus hermanas desdoblan las servilletas y las colocan sobre el regazo en tanto que sus maridos se ocupan del vino. Dina les lleva los entrantes.

—Buenos días a todos...

Silvia corta el pan que tiene en el platito que hay a su izquierda.

—He puesto un poco de música...

Luigi se acerca risueño y toma asiento en la cabecera de la mesa. Justo en ese momento, de los pequeños altavoces que están escondidos en varios rincones del patio, en lo alto, les llega una pieza de música clásica. Vivaldi. Las *Arias de ópera*.

—Es ideal para un día tan bonito como éste, ¿no? —Despliega su servilleta y se la coloca ufano sobre el regazo—. Y ahora dime, ¿te divertiste en Nueva York?

—Muchísimo.

—¿Con quién fuiste?

—Con Niki.

Margherita mira a Claudia.

—Vaya, esa chica le está durando —comenta en voz baja.

—Chsss —le responde Claudia sonriendo para que Alex no las oiga.

Silvia, que ha captado sus gestos, se hace la loca.

—Ah, muy bien, ¿y dónde estuvisteis?

Alex les cuenta el viaje indicándoles las calles y los teatros, las tiendas nuevas y los restaurantes mientras, uno detrás de otro, van llegando los primeros platos, el risotto a la naranja y los macarrones con berenjenas y ricotta salada, acompañados de un buen vino blanco.

—Es un Southern del 89, ¿os gusta?

—Mmm, es muy delicado.

Alex prosigue con su relato satisfaciendo la curiosidad de todos, describiendo con todo lujo de detalles el espectáculo *Fuerzabruta,* en el que el público se convierte en actor protagonista y cómplice participando plenamente en la acción, con las acrobacias acuáticas de los artistas sobre las cabezas de los espectadores, sobre una membrana que se llena de agua y que sustituye a la pared del teatro, y la danza, la música y las luces... Sus hermanas están entusiasmadas y no ven la hora de ir a Nueva York. Margherita insiste:

—¿Y bien, mamá? ¿Podrás quedarte con Manuela? Te lo suplico, hace siglos que no voy a Nueva York... ¡Después de lo que nos ha contado Alex, siento la llamada de la Gran Manzana!

Silvia sonríe.

—Ya veremos.

Alex también sonríe y retoma el hilo de su relato, incluida la espléndida cena en el Empire State Building, omitiendo, naturalmente, el helicóptero y, sobre todo, la sorpresa del letrero. Margherita, la mayor de las dos hermanas, lo ha escuchado divertida y ahora guiña repentinamente los ojos, sorprendida de no haber caído antes.

—Pero ¿por qué fuisteis a Nueva York? Quiero decir, ¿a qué se debe ese repentino viaje sin más ni más, que por lo visto no guarda ninguna relación con un asunto de trabajo?

Alex sonríe.

Están a punto de acabar la comida. Ha llegado el momento, sólo falta una cosa.

—Disculpe, Dina... He venido con un paquete y lo he metido en la nevera ¿Nos lo puede traer a la mesa? Gracias.

Dina desaparece. Alex se sirve un poco de vino. Lo saborea de nuevo.

—Es verdad, papá... Este Southern es realmente exquisito —dice e intensifica el ambiente de espera, de extraño suspense.

Casi se oyen las patadas que sus hermanas dan bajo la mesa con sus elegantes zapatos. La madre está más tranquila. Los hombres aguardan serenos. Dina entra de nuevo por fin, coloca en el centro de la mesa los pastelitos y regresa a la cocina.

—Mmm, qué ricos... —comenta Silvia—. Veo que has comprado también mis preferidos, los de castaña.

—Sí —dice Alex. Acto seguido se seca los labios. Sonríe a todos los comensales y con una placidez auténticamente envidiable anuncia—: He decidido casarme.

Las dos hermanas tragan a la vez, el padre sonríe sorprendido, los maridos, sabedores de lo que le espera, lo miran cortésmente alegres a la vez que piensan o, mejor dicho, recuerdan, las diferentes fases de su propia pesadilla. Tal y como Alex imaginaba, su madre es la que más asombrada se ha quedado.

—¡Alex! ¡Me alegro mucho por ti!

A continuación lo acribilla a preguntas.

—Pero ¿se lo has dicho a sus padres?

—Sí.

—¿Y cómo se lo han tomado?

—De maravilla, pero ¿qué clase de preguntas son ésas?

—Bueno..., ya sabes..., la diferencia de edad...

—¡Pero eso ya lo habían aceptado!

—¡Sí, pero quizá pensaban que no ibas en serio!

Todos se echan a reír.

—Y, además, cuando se trata de una hija... Sí, en fin... Siempre resulta más delicado —interviene su padre mirando a Margherita y a Claudia, aunque, sobre todo, a sus respectivos maridos.

Alex esboza una sonrisa.

—Bueno... Imagínate que, cuando se lo dije, su padre se cayó de la silla...

Su madre se inquieta.

—¿Y se hizo daño?

Margherita interviene:

—¡Pero mamá, es una manera de hablar!

—No, no..., ¡se cayó de verdad! Creo que no se lo esperaba... Y la verdad es que ver que una hija de esa edad se casa, que se marcha de casa, debe de producir un efecto...

Justo en ese momento la madre de Alex se conmueve, alarga una mano, coge un pastelito de castañas y se lo come de un solo bocado. Alex se percata de ello y sonríe tratando de que no lo vea. Después su madre elige otro, esta vez de sabayón y nata, aún más dulce, y lo devora de la misma forma. Alex empieza a preocuparse. Caramba. ¡Se ha conmovido de verdad! No pensaba que fuera para tanto. Así que se levanta y la abraza. Su madre cierra los ojos y se deja estrechar por su hijo. Sonríe mientras sus hijas le toman el pelo.

—Buuu... ¡Con nosotras no hiciste eso!

—Sí, te importábamos un comino...

—Querías librarte de nosotras y punto... ¡Ésa es la verdad!

—Éramos como las dos hermanastras, Griselda y Anastasia, mientras que Alex es tu Cenicienta.

Alex vuelve a tomar asiento.

—¡Bueno, más que Cenicienta creía que yo era el príncipe!

—¡En todo caso, el de Niki!

—Ah, queremos ser los testigos...

—Perdonad, pero lo habéis sido ya la una de la otra...

—¡Pero uno de nuestros testigos siempre eras tú!

—¡Porque me lo pedisteis vosotras!

—Considéralo un detalle, ¡temíamos que te sintieses mal porque no te casabas con nadie!

—¡Encima!

—En cualquier caso, nos gustaría dar algunos consejos a la novia.

—Sí, ¡querríamos decidir con ella el banquete!

—Y el vestido...

—¡Ah, y los regalos para los invitados!

—¡Sí, ésos sí que son importantes!

—¿Habéis decidido ya dónde os casaréis?

—¿Y cuándo?

—¿Y las flores para la iglesia?

—¿Y los nombres para las mesas? ¿Cómo distribuiréis a la gente?

—Y los invitados... ¿Cuántos serán?

—Tiene que ser una gran celebración...

—Eh...

En ese momento la mirada de Alex se cruza con la de Davide y Gregorio, que lo apoyan con una sonrisa, cuando menos de solidaridad, y él, sin saber qué hacer, extiende una mano y se anticipa a su madre.

—Perdona, mamá... —Y se come el último pastelito de castaña que quedaba sobre la bandeja.

Sesenta y dos

Dan vueltas por el gran salón vacío.

—Es precioso... En serio... Me mudaría a vivir aquí.

Pietro mira a Enrico sorprendido.

—Pero bueno, ¿me tomas por gilipollas?

—No, en absoluto, me gusta mucho, un *loft* así en Flaminio..., es un sueño. Además, parece silencioso, y es grande, tiene un montón de habitaciones. —Enrico deambula por la casa verdaderamente impresionado—. Y está rodeado de verde... Da la impresión de que estás en el campo sin dejar de vivir en la ciudad.

—Sí, sí, te he entendido. Yo, en cualquier caso, preferiría estar en mi casa, con mi esposa y mis hijos.

Por un momento resulta obvio hasta qué punto todo ese asunto lo entristece. Enrico se da cuenta.

—Oye, ¿no querías la bicicleta? ¡Pues ahora, a pedalear!

Pietro lo mira estupefacto.

—Pero ¿qué dices? ¿Estás loco? La bicicleta era el matrimonio... ¡Y seguiría pedaleando de buena gana!

—¡Eso sí que no! ¡Es justo lo contrario! En tu caso eres tú el que lo ha echado todo a rodar, todo... Tú te has buscado esta situación, a diferencia de lo que me ha sucedido a mí. En mi caso ha sido mi mujer la que me ha abandonado. Tú, en cambio, te has esforzado siempre mucho para que te abandonase.

—Mira, menos mal que eres asesor fiscal y no abogado matrimonialista..., porque, de lo contrario, estoy seguro de que Susanna te habría elegido y me habrías hecho sudar la gota gorda.

—¿Ves, ves?... Lo que te preocupa realmente es el dinero, no la posibilidad de volver con ella. ¡Y aún te lamentas! En mi opinión, hasta ayer lo vuestro fue un milagro, luego quisiste tirar demasiado de la cuerda... y catacrac, ¡se rompió!

—La verdad es que, visto así, me deprimes aún más... Resulta que ahora todo es por culpa mía... He roto la cuerda y me he quedado con un trozo en la mano con el que sólo puedo hacer una cosa...

Enrico arquea curioso las cejas.

—¿El qué?

—Ahorcarme.

—¡Anda ya! No digas esas cosas, no seas tan dramático. Quizá esta situación te sirva, te sea útil..., puede que ahora que te has quedado solo consigas razonar... Además... —prosigue señalando el *loft*—, mira lo que tienes ahora.

—Es de un cliente que no me paga desde hace años y al que le llevo todos los casos de sus edificios... Dado que tiene un sinfín de pisos, podría haberme dejado uno más céntrico, yo qué sé, quizá más cerca de mi familia.

—Muy bien. ¿Ves, Pietro?, ése sí que es un bonito pensamiento, así podrías estar al lado de tus hijos.

—¡No, así podría vigilar a mi mujer!

—Vaya... Por una vez que parecías sinceramente comprometido, veo que no, que en el fondo las cosas importantes te resbalan.

—¿Cómo puedes decir que las cosas importantes me resbalan? Perdona, pero yo sigo pagando la hipoteca de la casa donde viven..., y ella, mientras tanto, se dedica a salir con otro. ¡En la práctica es como si ella se divirtiese a mi costa! ¿Qué pasa? ¿Que de repente me ha salido otra hija?

—Me has dejado de piedra. ¿Te das cuenta de lo que dices? Bueno, creo que hasta ahora tú te has divertido mucho, puede que demasiado, y que ahora le toca a ella...

Pietro lo mira fijamente y por un instante una idea lo atormenta. Dios mío, ¿se habrá enterado de la historia con Camilla? Pero si eso fue hace años. Y su esposa estaba triste, aburrida, tenía ganas de divertirse. Recuerda algunos momentos íntimos que compartieron. Vaya si tenía ganas de divertirse. Se avergüenza un poco.

Enrico interrumpe sus divagaciones:

—¿Qué pasa? ¿En qué estás pensando?

—¿Yo? En nada... Tienes razón, me he divertido demasiado y, como no podía ser menos, la rueda gira. Pero pensaba que eras amigo mío, y no suyo...

—Y, de hecho, aquí me tienes, intentando echarte una mano, pero ser amigos significa entre otras cosas decirse la verdad..., sí, esa que quizá a veces te molesta oír, pero que ayuda a aceptar la realidad...

Uf —piensa Pietro para sus adentros—, no sabe nada.

—Sí, sí, claro...

—Una cosa, ya que hablamos de aceptar la realidad, saquemos todo lo que llevo en el coche, venga...

Salen a la calle. Pietro abre el maletero y empieza a descargar una pila de maletas.

—Pero bueno, ¿has vaciado la casa?

—Es todo lo que necesito... Los trajes, los libros, unas cuantas sábanas, los suéteres, las camisas, las cosas de trabajo que tenía en el despacho de casa... Todo. Has de saber que Susanna me dijo que, si no me lo llevaba, lo quemaría.

—Ah, entiendo.

Enrico coge dos maletas y entra en casa.

—Claro que si está verdaderamente enfadada...

Poco después llega Pietro con otras dos maletas.

—Pues sí, mucho. No sé cómo, pero incluso han salido a la luz otras historias... La verdad es que no sé quién puede haberla llamado, pero cuando se supo que habíamos roto daba la impresión de que todos sabían algo sobre mí. Le han contado no sé cuántas historias que se supone que he tenido con las canguros de mis hijos, con una amiga suya, con otra que frecuentaba a su mismo peluquero... en fin.

—¿De verdad? ¿Y son ciertas?

—¡Ni por asomo! Hay que ver cómo le gusta malmeter a la gente... O exagerar... —Enrico sale con Pietro a buscar otras bolsas que siguen en el coche—. Pero si incluso le han dicho que tenía una relación con la esposa de uno de mis amigos. ¿Te das cuenta? ¡Con la esposa de un amigo! Con todas las mujeres que hay en el mundo... ¿Me crees capaz de liarme con la esposa de un amigo? ¡Venga ya!

Enrico sacude la cabeza.

—Es cierto, la gente necesita ser mala para ser feliz.

Pietro lo sigue, coge unas carpetas abarrotadas de folios y sonríe para sus adentros. No es cierto, nadie ha mencionado por el momento ese tema, pero al menos así, si a alguien se le ocurre sacar a colación su historia con Camilla, ellos ya habrán hablado antes sobre el tema.

—¿Dónque quieres que las ponga?

—Déjalas ahí, al pie de la escalera.

Enrico deja las dos maletas en el suelo y a continuación mira alrededor.

—¿Cuántas habitaciones tienes?

—Arriba hay cuatro dormitorios. Más los cuartos de baño. Abajo hay uno, más un salón, un cuarto ahí detrás, otro baño y la cocina al fondo... Además de este salón doble que, como ves, da al jardín interior... —Pietro descorre una cortina y le muestra el gran espacio que hay fuera.

—¡Es precioso! Por lo visto, ese cliente te debe una pasta...

—Sí, pero algunos tipos son verdaderamente estúpidos. En lugar de alquilarlo y pagarme con ese dinero, ha preferido darme lo que me debe gratis. En realidad sale perdiendo. Pero ¿qué hora es?

—Las ocho.

—Deberían haber llegado ya.

—¿Quiénes?

—Flavio y Alex. He quedado con ellos a esta hora.

—Bueno, ya aparecerán. Mientras tanto, acabemos de poner en su sitio el resto de las cosas.

—Por eso precisamente quería que viniesen ellos también. ¡Iremos más de prisa!

—Ah...

—A saber lo que nos tendrá que contar Alex... ¡Me ha parecido excitadísimo!

—Yo tengo mis sospechas...

—¿De qué se trata?

—No, no quiero decir nada para que no traiga mala suerte.

Justo en ese momento llaman a la puerta. Pietro va a abrir.

Es Flavio.

—Ah, es aquí... Sólo faltaba que no te encontrase...

Entra y se tira desconsolado sobre el sofá. Pietro cierra la puerta y se reúne con Enrico en el salón. Los dos miran preocupados al amigo.

—¿Qué ocurre?

—¿Has perdido el trabajo?

—No, mucho peor, he perdido a mi mujer.

Enrico se sienta a su lado.

—Coño, tú también. Lo siento —le apoya una mano en la pierna.

Flavio se vuelve hacia él. Está abrumado, mucho. Se abrazan.

—Lo siento mucho, coño.

—Pues bien..., aquí estamos... —Pietro abre los brazos—. De una manera u otra, volvemos a estar como cuando íbamos a la facultad.

—¿Qué quieres decir?

—Solteros.

—Ah, creía que ibas a decir que éramos unos desgraciados.

Pietro se dirige a la cocina.

—¿Y eso por qué? Volvemos a empezar desde cero. Somos tres..., y estamos llenos de esperanzas. —Abre la nevera.

—No, no... Es verdad... Somos unos auténticos desgraciados.

Flavio y Enrico lo miran.

—¿Por qué?

Pietro abre por completo la puerta de la nevera.

—¡No hay nada para beber!

Llaman a la puerta. Es Alex.

—¡Aquí estoy!

Pietro le arrebata lo que lleva en las manos.

—No me lo puedo creer. Mirad lo que ha traído... —Se lo enseña a los demás—. ¡Una botella de champán!

—¡Caramba!

—Estupendo.

—¿Os dais cuenta de que a veces la suerte...? —Pietro empieza a quitar el papel que rodea el tapón.

Alex cierra la puerta y se dirige risueño hacia el centro del salón.

—¿Sabéis lo que quiero celebrar?

—No, suéltalo ya...

—¡Me caso!

Flavio no da crédito a lo que oye.

—No, no es posible.

Se lleva las manos a la cabeza. Alex lo mira asombrado. Se acerca a Pietro.

—Pero ¿por qué se lo toma así? —le susurra al oído preocupado—. ¿Qué pasa? ¿No le parece bien?

—No... —Pietro quita la redecilla metálica del tapón—. Cristina lo ha dejado hoy...

—Ah, lo siento. Caramba, no lo sabía...

Y mientras lo dice, el corcho de la botella sale disparado con un perfecto sentido de la oportunidad.

Sesenta y tres

La buhardilla de Olly está abarrotada. La fiesta en honor de Niki está yendo de maravilla. Erica está sentada en el sofá. Está bebiendo un Bellini que se ha preparado sola en la mesa donde Olly ha colocado los vasos y las bebidas. Y, sobre todo, mira fijamente a un tipo muy guapo. Después busca a Olly y a Diletta con la mirada y dirige un gesto para que le echen un vistazo. Sus amigas se vuelven, ven a Erica y sacuden la cabeza. Otra vez. Está a punto de empezar una nueva historia. Conocen a Erica y saben de sobra lo que sucederá a continuación. De hecho, Erica entabla conversación con el chico en cuestión.

—Hola..., bonita fiesta, ¿eh?

—Sí, mucho.

—La casa es minúscula..., pero mejor así: resulta más íntima...

—Pues sí... Encantado, me llamo Tiziano —le dice tendiéndole la mano.

Erica se hace ligeramente a un lado, coge el vaso con la mano izquierda y alarga la derecha.

—¡Erica, mucho gusto! ¿De quién eres amigo?

—Voy a la universidad con Niki, pero conozco mucho a Giulia —y señala a la chica que en esos momentos está bailando en el centro de la habitación.

—¡Ah, yo, en cambio, soy amiga de la novia!

—Sí, lo sé, se lo he preguntado antes a Niki.

Erica lo mira de reojo y a continuación sonríe.

—¿Le has preguntado por mí?

—Claro..., ¿te sorprende?

—No..., quiero decir sí..., en el sentido de que... ¿por qué?

—Bah, no lo sé... Eres muy mona y no te conocía. Eso es todo.

—¡Vaya, gracias! ¿Brindamos? —Erica alza el vaso en dirección a él.

—De acuerdo, ¿por qué?

—¡Por las jóvenes valientes!

Tiziano alza su vaso de whisky con hielo.

—¡Por ellas!

Brindan risueños y siguen charlando y bromeando. Diletta, Olly y Niki pasan de vez en cuando por su lado para preguntarles si todo va bien, a lo que Erica responde sacándoles la lengua. Tiziano no acaba de comprender lo que está ocurriendo, pero esa chica dulce y morena le resulta simpática y quiere conocerla mejor, de manera que no les hace mucho caso. Después de haber hablado un buen rato, Erica saca el móvil del bolsillo de sus vaqueros.

—¿Nos intercambiamos los números? Además, estoy en Facebook...

—Yo también.

Tiziano le dicta su número. Erica lo memoriza, y a continuación, hace una llamada perdida para que el suyo aparezca en la pantalla del de Tiziano.

—Estupendo, nos llamamos dentro de unos días, ¿te parece bien?

—Por supuesto. Podríamos salir a tomar una cerveza —le responde Erica mientras se levanta del sofá.

—¡Perfecto, cuando quieras!

Erica se aleja en dirección a Olly. Se da cuenta de que su amiga está enfadada.

—Eh, ¿qué te pasa?

—Nada.... Bebamos un poco, venga.

Olly le sirve un poco de sangría en un vaso de papel. Erica coge el vaso y da un sorbo.

—Mmm..., está muy rica. ¿Quién la ha preparado?

Olly resopla.

—Giampi, esta tarde.

—¡Qué detalle!

—Sí... —Olly bebe nerviosa.

—¿Has visto lo guapo que es ese amigo de Giulia con el que estaba hablando, Tiziano?

—Sí..., ¡vaya cháchara, parecía que no iba a acabar nunca! ¿Y Francesco? ¿No viene esta noche?

—No... y, además, uf, siempre estoy con él. No sé cuándo entenderá que no salimos juntos. Que somos amigos y punto.

—Podrías probar a decírselo, tengo la impresión de que todavía no lo sabe...

—Lo sabe, lo sabe. Lo nuestro es como una sociedad.

—Sí, con un único socio mayoritario que hace lo que le viene en gana..., ¡tú!

Erica le da un golpe en el brazo y se echa a reír. Sin dejar de bromear se disponen a observar a los invitados. Niki se está divirtiendo como una loca y sigue el ritmo de la música balanceando la cabeza. Sus canciones preferidas suenan en la buhardilla. Olly ha hecho un espléndido trabajo. Se ha esforzado y se lo ha currado durante tres días. Ha colgado guirnaldas por todas partes, ha preparado tarjetas sorpresa, ha encargado el bufet y ha pensado en las bebidas. Es una pequeña y perfecta ama de su casa que ha organizado una fiesta para celebrar la próxima boda de su amiga. Y la gente se está divirtiendo. Algunos bailan, otros están sentados en el sofá y sobre los diversos pufs que hay desperdigados por la sala mientras hablan, fuman y beben. Sobre la mesa hay canapés, pizzas, pastelitos y pasta fría, además de un cuscús de verduras. Erica está hablando con un compañero de universidad de Niki.

Olly coge una bandeja de aceitunas y se pasea entre los invitados imitando a una camarera. Al final se acerca a Niki.

—¿Le apetece una, señora? —le pregunta haciendo una ligera reverencia.

Niki coge el palillo con la aceituna y le da las gracias.

—Felicidades, lo has organizado todo a la perfección.

—Por usted haría lo que fuese...

Olly está contenta. Sigue caminando y ve a Giampi junto a la contraventana. Está bebiendo algo y en la otra mano sujeta un plato con canapés. Está de espaldas. Olly se acerca a toda prisa a él con una sonrisa en los labios.

—¡Eh, cariño! —le ofrece la bandeja.

Pero un instante después se percata de que en la terraza, al lado de Giampi, hay una chica morena, con el pelo largo y muy mona que charla amigablemente con él. Olly se detiene en seco. Giampi se vuelve.

—¡Aquí estás! —Le da un beso en los labios—. Eres fantástica. La fiesta no podría ir mejor.

La chica morena sonríe a Olly.

—Es cierto. ¡Todo es perfecto! Hemos salido un momento a fumar. No queríamos hacerlo dentro. Por el humo, ya sabes...

Olly la mira con cara de pocos amigos, y a continuación escruta a Giampi.

—Sí, gracias..., lo he hecho por mi amiga Niki...

—Pues te ha salido genial, ¡Niki debe de estar contentísima! Te presento a Ilenia. Es una amiga de Erica, se conocieron en el trabajo el verano pasado.

Olly le tiende la mano de mala gana.

—Encantada.

—Tu casa es muy mona.

—Gracias...

Pero ¿se puede saber qué quiere ésta? ¿A qué viene tanta amabilidad? ¿Qué pretende, caerme bien? Y, además, ¿por qué Giampi es tan solícito con ella? Olly siente que la rabia se está apoderando de ella y trata de contenerla. Está celosa. Sí, lo reconoce. Celosa de él. De la manera en que las chicas lo miran. Del hecho de que siempre quiera hacer caso a todas.

Olly se despide bruscamente de ellos y se dirige hacia Niki.

Ilenia mira a Giampi disgustada.

—Pero ¿he dicho algo malo? Si quieres voy a pedirle disculpas...

—No, ni hablar, Olly es así. De vez en cuando se pone celosa por nada. Tú no tienes nada que ver... —Da un sorbo a su vaso de vino tinto y se queda absorto contemplando el horizonte.

Ilenia apura su cigarrillo y lo apaga en un gran tiesto de cerámica lleno de arena.

En casa, Olly toca el brazo de Niki.

—¿Has visto?

Niki, que está hablando con Giulia, se vuelve.

—¿El qué?

—A esa tipa que está con Giampi...

—¿Eh?

—Se hace la remilgada y él encima le da cuerda...

Niki se vuelve a curiosear.

—Bah, parece una conversación muy normal.

—Dices eso porque no se trata de Alex.

—Bueno, Olly, déjalo ya. Desde que estás con Giampi te has vuelto paranoica... O te fías de él o no te fías y, en caso de que no sea así, te aconsejo que lo dejes. No se puede vivir permanentemente en las trincheras, lista para disparar a todas las mujeres que se le acerquen.

—Pero yo lo quiero, ¿qué puedo hacer?

—En ese caso, relájate, eres una agonías... Así sólo conseguirás perderlo... Me parece que incluso tiene demasiada paciencia.

—Claro, hablas así porque te vas a casar. ¿A ti qué más te da?...

—¿Y eso qué tiene que ver ahora? Únicamente lo digo por tu bien. O resuelves esos celos o acabarás fatal. Así no disfrutas de nada, ves enemigas por todas partes...

Olly la mira con cara de mala leche. Le hace una mueca y se aleja. Niki sacude la cabeza. ¿Cuándo comprenderá que los celos tan continuos y sin motivo no sirven para nada?

Sesenta y cuatro

Una hora después están todos en el salón, casi arrellanados en el sofá. Alex sirve lo que queda del champán en la copa de Flavio.

Enrico alza la suya.

–¿Sabéis lo que me apetece hacer en este momento?

–No.

–Un brindis... Un brindis por la única cosa que perdura en el tiempo, la única cosa inoxidable..., que resiste tanto a los éxitos como a los fracasos..., a los vendavales de la vida... Un brindis por la amistad.

El primero con el que hace chocar su copa es precisamente Pietro. Flavio y Alex se unen a ellos en seguida.

–Sí, es cierto...

–Por la amistad...

–Cuánta verdad hay en ese dicho... –Pietro apura su copa y prosigue–: «Las mujeres pasan... Los amigos permanecen...» –A continuación se vuelve hacia Alex–: Oh, disculpa, eh... Quizá tú estés ya fuera de esa categoría.

–¡Sí, perdona, pero eres la excepción que confirma la regla!

–No lo entiendo... Os he traído champán, y ya veis qué champán... ¡El más caro!

–Madre mía, qué feo es ese vicio tuyo de hacer hincapié en el precio...

–Lo hago para que entendáis hasta qué punto es importante este momento para mí, mientras vosotros...

–Entiendo..., pero estás bromeando, ¿verdad?

Flavio deja su copa sobre la mesa.

—Cristina me ha dejado. Me ha dicho que lo nuestro se ha acabado. No consigo estar alegre, pese a la noticia de que te casas y a la botella de champán.

—Venga, no discutamos ahora. Además, perdona, Flavio, ¿eh? —Enrico se interpone—, pero acabas de decirnos que ella no está con otro, ¿verdad?

—Sí.

—Quiero decir, supongo que habrás echado un vistazo a sus sms, el correo, los *e-mails*...

Flavio lo mira enojado.

—Pues no.

—¿No los has comprobado? En ese caso, ¿cómo puedes estar seguro de que te está diciendo la verdad?

—Porque he hablado con ella y eso me parece lo más fiable, no tengo ninguna necesidad de espiarla. Por eso sufro. Porque me basta saber que me lo ha dicho ella... Y es así, ella era la cosa más bonita de mi vida, se lo repetía siempre, era mi isla secreta, mi playa feliz, mi puerto seguro...

Pietro gesticula animadamente.

—Entiendo, hay otro hombre.

—Pero ¿qué dices?

—No lo soportaba más. Considéralo una consecuencia... La isla secreta, la playa feliz, el puerto seguro... ¡Al final se ha arrojado en brazos de un marinero!

Flavio se irrita.

—Tú siempre con ganas de bromear, ¿eh?

Enrico interviene.

—Perdona, Flavio, pero debes conservar la serenidad. La situación todavía se puede remediar. Reconozco que me cuesta admitirlo, pero lo suyo no es como lo de Camilla, que se ha fugado con un abogado a las Maldivas... O como Susanna, que ha pillado a Pietro con esa médica...

Enrico mira a Pietro, que no renuncia a aportar su granito de arena:

—Y eso que le dije que me había subido la fiebre, que era altísima,

que tenía las facultades mentales disminuidas... —Sonríe malicioso—.
Las físicas, sin embargo, funcionaban a la perfección...

Enrico y Alex sacuden la cabeza.

Enrico mira a Flavio y prosigue:

—¿Ves? Su caso es patológico... El tuyo, en cambio, no. Se trata de
algo pasajero. Quizá incluso sea beneficioso... ¿Cuántos años lleváis
casados?

—Ocho...

—Sí, pero antes ¿cuánto hacía que estabais juntos? —lo interrumpe
Pietro.

—Seis.

—¿Lo veis? —replica Pietro—. Seis más ocho... Catorce. ¡Es la clásica crisis de la pareja!

—¡Mejor dicho, la de los siete años multiplicada por dos!

Alex toma la palabra.

—Escuchad... Dejadme pensar, dejadme soñar por unos instantes.
He venido a compartir un momento de gran felicidad con vosotros...
Flavio, lamento mucho que te haya sucedido una cosa así justo ahora,
pero Enrico tiene razón, quizá se arregle todo.

—Espero que así sea.

Pietro esboza una sonrisa.

—Bueno, se me ha ocurrido una cosa: ¿queréis saber qué es lo más
absurdo de esta noche?

—Venga, dispara... —responde Enrico, preocupado—. Con tal de
que no sea una de tus habituales estupideces.

—No, no, estoy hablando en serio. Tenemos que celebrar una cosa:
antes éramos tres hombres casados y él era el único soltero.

Alex sonríe.

—Reconozco que os envidiaba un poco, un poco mucho...

—¡Ahora somos tres separados y él está a punto de convertirse en
el único casado!

Flavio se levanta de un salto del sofá.

—¡Un momento! Acabáis de decirme que aún me queda alguna
posibilidad. ¡Os estáis cachondeando de mí!

Pietro se acerca a él y lo acaricia.

–Bueno, bueno..., claro que la tienes... –Después simula que es un perro–. Pero ahora, *sit, sit...* ¡Tranquilo!

Flavio lo aparta de un empujón.

–Pero ¿cómo puedes tratarme así! ¡Que te den por culo!

–Era una broma, intentaba quitar hierro a la situación... ¡Es un modo de estar a tu lado. ¿Qué pretendes, que te compadezcamos? No se reacciona así ante las cosas, ¡coño!

–¿Ah, no?... –Flavio está a punto de atacarlo de nuevo, le pone una mano en la cara y lo empuja–. ¡Ahora te enseñaré cómo reacciono yo!

Enrico y Alex intervienen al vuelo y lo detienen.

–¡Venga, tranquilos! Tranquilos, ¿se puede saber qué estáis haciendo?

–Pues sí... Nos conocemos desde hace veinte años, jamás hemos discutido, ¿y tenemos que hacerlo precisamente ahora?

–Veinte años...

–Eso es..., quizá más..., desde que íbamos al instituto.

Pietro se queda pensativo.

–Es verdad. –A continuación mira a Flavio–. Y tú me pasabas siempre los deberes de matemáticas.

–Eh..., y te ayudé a aprobar, pese a que eras un negado... ¿Y ahora cómo me lo agradeces? Me tratas como a un perro.

–Tienes razón, perdóname. –Se abrazan; después Pietro se separa y lo mira curioso–. Pero ¿sabes hacer ya una suma larga?

–Sí, creo que incluso más, desde que estábamos en el instituto.

Esta vez Flavio se echa a reír.

–Sí..., ¿cómo no? Te lo ruego, divide siempre por dos y llévate uno... prescindiendo de, pero bueno, ¡lárgate, venga!

Alex esboza una sonrisa.

–Muy bien..., así me gustáis más. Con un poco de serenidad, poco a poco se logra todo.

Pietro lo mira.

–Sí, sí... Tú, mientras tanto, cásate... ¿Cuánto tiempo llevas con Niki?

–Casi dos años.

–Pues ya hablaremos dentro de cinco... ¡Quiero ver cómo llegas a ese momento!

Alex se mete las manos en los bolsillos.

—Pero bueno, ¿qué es esto? ¿Todos contra todos? Chicos, tenemos que querernos mucho y confiar en que las cosas nos irán bien a todos... Yo, en cualquier caso, no me alegraría nunca si uno de vosotros tuviera un problema... Antes de decidir que quería casarme jamás esperé que rompierais para poder estar en igualdad de condiciones, ¿no? Quería casarme y punto. Me habría gustado hacerlo con Elena, pero ya sabéis lo que pasó. Ahora espero poder hacerlo con Niki. Más aún, ahora quiero casarme con Niki y confío en que... Mejor dicho, todo tiene que salir bien y vosotros debéis ayudarme para que así sea. Porque yo soy feliz de lo que me está ocurriendo. Porque la felicidad de un amigo es también la mía... Y me gustaría que para vosotros fuese también lo mismo..., ¡que os alegrarais por mí! ¿O no es así?

Alex los mira. Están sentados en el sofá delante de él y permanecen en silencio.

Enrico sonríe al final.

—Tus palabras me han conmovido.

—Sí, son preciosas —corrobora Flavio.

—Tiene razón, me he equivocado —asiente Pietro.

Enrico lo abraza.

—Enhorabuena, Alex. ¡Te deseo que seas muy feliz!

Flavio se levanta también para abrazarlo.

—Sí, yo también.

Pietro se une a ellos.

—¡Eh, que os olvidáis de mí! ¿Qué pretendíais? ¿Dejarme al margen? ¡Canallas!

—Nosotros, ¿eh?...

Y permanecen juntos en el centro del salón, riéndose y bromeando.

—Sí, os quiero mucho...

—¡Anda ya!

No se dan cuenta de que en ese preciso momento alguien está introduciendo la llave en la cerradura y abriendo la puerta. Entra Medi, una mujer de unos cincuenta años, filipina, que se queda boquiabierta al ver a ese grupo de hombres brincando y abrazándose de esa forma.

—¡Te quiero mucho!

—¡No, yo más!

—¡Me gustaría divorciarme y casarme con todos vosotros!

Cuando Pietro acaba de dar una vuelta entera, su mirada se cruza con la de la filipina.

—¡Ah, hola! —Tras separarse de sus amigos se acerca a ella—. Usted debe de ser Medi, ¿verdad? Martinelli me dijo que de vez en cuando viene para arreglar la casa... A partir de ahora seré yo...

—Sí, el señor me lo ha dicho. Sólo traía esto como él me había pedido... —Le enseña una caja con unas botellas de agua—. Porque el otro día acabé la que había... Y, además, esto...

Pietro coge el sobre que le tiende la mujer con las facturas del agua, del gas y de la luz.

—Sólo me ha dicho que el señor debe cambiar los contratos y que las necesitaría... Además, si usted quiere, yo puedo volver mañana... Aquí tiene mi número y mis tarifas...

Pietro mira la hoja que le está tendiendo con todo lo que la *Mediservice* es capaz de hacer.

—¿Nueve euros la hora?

—Como todas, pero mejor que todas.

Pietro se vuelve hacia sus amigos.

—Hasta tiene un eslogan... Esta tipa te robará el trabajo, Alex. —La acompaña hasta la puerta—. Está bien..., gracias. Si la necesito, la llamaré... —Una vez que la mujer se ha marchado, Pietro se reúne de nuevo con sus amigos—. ¿Os dais cuenta?

Flavio asiente con la cabeza.

—Están superorganizadas.

—Eso es porque nuestras mujeres les han dejado demasiado espacio —sigue Enrico—. Deberíamos haber controlado también esto, la situación se nos ha ido de las manos.

Pietro permanece en silencio. Alex se aproxima a él.

—¿En qué estás pensando?

—En que Martinelli se ha preocupado en seguida de los gastos, y que a saber qué piensa esa tipa después de habernos visto saltando y riéndonos como unos imbéciles... Pero, sobre todo, a saber lo que irá contando luego por ahí.

Flavio se acerca.

—¿Y qué crees que puede pensar? Que somos amigos.

—Es verdad —Pietro esboza una sonrisa.

Flavio lo mira y cambia de expresión.

—Por cierto... ¿Puedo pedirte una cosa? Dado que Cristina quiere estar sola y que yo tengo que buscar un sitio, ¿puedo quedarme contigo hasta que lo encuentre?

Pietro se queda callado por un momento, después ve los ojos de Enrico, pero sobre todo la mirada severa de Alex, y sonríe.

—¡Claro! ¡Faltaría más! ¡Hay habitaciones de sobra!

Flavio lo abraza.

—¡Gracias! Voy a coger en seguida la maleta que tengo en el coche.

Pietro espera a que salga.

—Vaya, así que lleva la maleta en el coche; eso quiere decir que daba por supuesto que se quedaría aquí.

—Pues sí que... —Alex sacude la cabeza—. Eres un malpensado.

Justo en ese momento suena el móvil. Es Niki. Alex sonríe algo cohibido y se aparta un poco de sus amigos.

—¡Hola, Niki!

—¡Hola, cariño! Cuéntame, ¿cómo ha ido en casa de tus padres?

—Ha sido coser y cantar...

Nike percibe un extraño silencio.

—¿En serio? ¿Me estás diciendo la verdad?

—Claro que sí, cariño, faltaría más.

Niki recela.

—¿Dónde estás?

—En casa de Pietro...

En ese mismo instante entra Flavio con dos maletas y varias bolsas.

—¿Qué es todo ese ruido?

—Los demás han venido también.

—¿Ah, sí? —La voz de Niki es de nuevo entusiasta—. ¿Se lo has dicho también a ellos?

—Sí...

—¿Y cómo se lo han tomado?

Flavio abre la maleta y, al hacerlo, caen al suelo algunos jerséis, recuerdo de su vida con Cristina. Se entristece y mira desconsolado a sus amigos.

—Todavía no puedo creer lo que ha sucedido...

También ellos parecen tristes e intentan animarlo, pero Flavio está muy deprimido. Niki insiste:

—Entonces, ¿cómo han reaccionado tus amigos?

Alex comprende que en ciertos casos no queda más remedio que mentir.

—No te lo puedes ni imaginar, están locos de contentos.

—¡Genial! ¡Es un momento precioso para todos!

Pero en ese mismo instante Flavio rompe a llorar.

—Ahhh...

—¿Qué ocurre?

—Creo que nada grave...

—Pero ¿quién está llorando así?

A Alex se le ocurre al vuelo una respuesta.

—¡Es Ingrid, la hija de Enrico! Tendrá hambre... Perdona, Niki, ¿puedo llamarte luego?

—Claro que sí, ve...

Alex cuelga y se acerca a Flavio.

—¿Qué pasa? ¿Qué ocurre?

—Al abrir la maleta he visto este suéter.

—¿Y qué?

—Pues que me lo regaló ella...

—¿Y qué? No me parece que sea nada tan grave...

—No, tú no puedes entenderlo. Era San Valentín, habíamos paseado durante todo el día y, como siempre, decíamos que nos gustaría escaparnos en un barco...

—¡Aquí tenemos de nuevo al marinero!

—¡Venga, Pietro!

—Tenéis razón, perdonadme.

Flavio prosigue con su relato:

—Esa noche desenvolvimos los paquetes y descubrimos que los dos nos habíamos regalado el mismo jersey. Justo el mismo, idéntica marca, idéntico color... –Flavio lo levanta y se lo enseña–. ¡Éste! –y se echa de nuevo a llorar–. ¿Qué estará haciendo ahora Cristina?

Pietro exhala un suspiro.

–¿Y qué estará haciendo ahora Susanna? Quizá esté metiendo en la cama a Carolina...

Enrico suspira a su vez.

–Pues yo prefiero no saber lo que pueda estar haciendo Camilla... Peor aún, me lo imagino.

Alex toma las riendas de la situación.

–Escuchad, tenemos que animarnos como sea. ¿Os apetece que salgamos a cenar juntos, como en los viejos tiempos?

–¿Japonés?

–¡Sí!

–¿Cerveza y partidita de póquer?

–¡Sí! –responden todos a coro.

Alex intenta puntualizar:

–Pero sin que nos den las tantas, que mañana tengo una reunión.

Todos lo miran enojados.

–¡Ya habló el que está a punto de casarse!

Alex entiende de sobra que no debe insistir.

–Está bien... Yo repartiré las cartas.

Y se sientan a esa mesa de cristal demasiado grande, cercanos, amigos, unidos en ese nuevo y extraño momento de compañerismo, como no sucedía desde hacía varios años. Y mientras las cartas pasan de una mano a otra, en sus mentes se entrelazan todo tipo de pensamientos. Pietro recuerda una ocurrencia de Woody Allen: «Soy la única persona de este mundo capaz de lograr una mano de póquer con cinco cartas sin que ni siquiera dos sean del mismo semen.» Todos se echan a reír.

–¡No es mi caso! No sabéis qué punto tengo...

–¡Estás fanfarroneando!

–Ven a verlo si te atreves. ¡Cien euros!

No se sabe quién ganará esa mano, pero una cosa es segura: ninguno de ellos perderá nunca esa espléndida amistad.

Sesenta y cinco

Olly apaga el motor del coche. Apoya las dos manos en el volante. La luz de la farola la ilumina. Un perro atraviesa veloz la calle. Ella lo sigue con la mirada. Giampi la escruta.

—Ha sido una bonita fiesta, ¿verdad? Gracias por haberme acompañado a casa.

Olly sigue mirando absorta hacia adelante.

—Sí, muy agradable... Niki estaba contenta.

Giampi se percata de que el humor de Olly no es de los mejores, de manera que se acerca a ella y le acaricia la mejilla. Olly se aparta un poco.

—¿Qué te pasa, cariño?

Olly se vuelve y lo mira con una mezcla de dureza y tristeza en los ojos.

—Nada...

—¿Nada? ¿Entonces a qué viene esa cara? Venga, ¿qué ocurre?

—Te he dicho que nada... ¿Y tú, te has divertido?

—Bueno, sí... La gente era simpática. Incluso tres personas se han ofrecido a llevarme a casa cuando les he dicho que lo habíamos preparado todo tú y yo juntos...

—Qué amables... Supongo que Ilenia se habrá ofrecido también.

Giampi la mira.

—Bueno, sí, ella también... Es muy amable. Nos dejaste plantados sin más, podrías haberte quedado a charlar un poco. Te habría caído bien. —Olly juguetea nerviosa con el Arbre Magique con aroma de pino. No dice nada. Giampi prosigue—: Estudia enfermería. Y además baila. Sí, es una tía enrollada. Me gusta conocer a personas interesantes.

—Ya lo imagino, sobre todo cuando además se trata de chicas monas.

—¿Qué quieres decir?

—Nada. ¿Y os habéis intercambiado el número de móvil? Si no, se lo puedes pedir a Erica. Dijiste que eran amigas, ¿no?

—Pero ¿por qué debería haberle pedido el teléfono? No, no nos lo dimos. Supongo que nos volveremos a ver en otra fiesta, tuya o de Erica, en caso de que ocurra, así, sin más... —Giampi se extraña—. Olly, no estarás celosa, ¿verdad?

Ella permanece un instante en silencio. Luego mira por la ventanilla.

—¿Yo? ¡Qué va! ¿Por qué debería estarlo? En el fondo siempre hablas con otras mujeres, eres cordial, y parece que yo no te basto...

—¿Otra vez, Olly? Ya sabes que te quiero y que estoy bien contigo. Te lo he demostrado infinidad de veces. Sólo soy un tipo al que le gusta hablar con la gente. Jóvenes, ancianos, hombres o mujeres, da igual. Cuando me conociste ya era así, ¿no? Además, tú misma has dicho que eso es lo que te gusta de mí, así que, ¿qué se supone que debería hacer? ¿Fingir que soy diferente? ¿Contenerme? Debes saber que yo nunca te he engañado...

Olly se siente confusa. Es consciente de que ha exagerado, pero no consigue frenarse, aún menos desdecirse. Lo escucha, lo mira y, al final...

—Basta ya, Giampi. Siempre dices lo mismo..., pero no sé por qué tengo la impresión de que lo único que te interesa son las chicas guapas... No me respetas...

—Pero ¿qué dices, Olly? ¿Que no te respeto? Pero ¿qué te he hecho?

Olly se muerde los labios y a continuación rompe a llorar.

—Haces que me sienta mal, te has pasado la noche hablando con ésa...

—Olly..., ya basta, de verdad. Esa historia hace ya varios meses que dura. Según tú, yo te engaño cada dos minutos. Pero eres tú la que no me respeta... Quizá sea mejor que dejemos de vernos durante algún tiempo... —Se apea del coche enfadado y da un portazo.

Olly lo ve desaparecer detrás del portal de su edificio y empieza a dar puñetazos al volante, encolerizada con todos, aunque, sobre todo, consigo misma y con esa maldita debilidad suya.

Sesenta y seis

—¡Lorenzo!

El niño, que acaba de resbalar y de caerse al suelo, prueba por última vez a darle a la pelota, pero al oír el grito de su madre opta por renunciar.

—¡Te he dicho que no juegues de ese modo!

Se levanta sacudiéndose el chándal.

—Pero, mamá, ¡vamos perdiendo!

—¡Me importa un comino! ¿De acuerdo?

—¡Vaaale!

Lorenzo echa a correr más exaltado y sudado que nunca, con su melena rubia, se diría que sueca, cubriéndole los ojos y pegada a las mejillas porque la cinta de rizo no consigue sujetársela. La aparta con la mano y corre detrás de la pelota en ese campo que han improvisado en el jardín de Villa Balestra, en los Parioli, bajo los ojos inquietos de Susanna. Lorenzo llega junto a la pelota y emprende de nuevo su carrera. Su madre sacude la cabeza mirando hacia Monte Mario, después alrededor, hacia ese jardín elíptico, a las avenidas paralelas, a las cuevas excavadas en la toba a media ladera. Luego se da cuenta de que hace rato que no ve a Carolina, se vuelve de inmediato hacia el lugar donde la vio por última vez y la busca con la mirada.

—Ah, ahí está.

Está sentada en su bicicleta. Los pies de la niña se balancean y apenas tocan el suelo, el asfalto de esa especie de pista, que, en realidad, debería ser de patinaje, de no haber sido porque la construyeron mal. Carolina habla con sus amiguitas, ríe, bromea y charla tranquila. Y, pese a que no se ha quitado la cazadora, no está sudada. Menos mal, por lo menos ella.

Susanna coge el bíter rojo que tiene delante y lo apura. Come una patata frita, después una aceituna, acto seguido vuelve a coger el vaso del bíter, pero no ha dejado ni una gota. Se encoge de hombros y decide comer otra patata. Es particularmente grande, y mientras la aferra Susanna piensa de nuevo en su propósito. Caramba, había dicho que quería tener cuidado, que nada de porquerías después de comer. Gimnasia..., ¿hago *kickboxing* y después me pirro por una patata? No quiero convertirme en una de esas mujeres deprimidas a causa del amor que se consuelan con la comida porque piensan que nadie quiere ligar con ellas y al final engordan tanto que luego sus peores temores se hacen realidad y nadie se digna ni siquiera mirarlas... Pero es que no puedo resistirlo. Ni que fuese Rocco Siffredi en ese anuncio de patatas fritas que ha visto en la televisión. Susanna cae en la tentación y se la come en dos bocados, satisfecha de su decisión. Bueno, mañana empezaré en serio. No engordaré por saltarme un día la dieta. No hay que ser demasiado radicales al principio, es mejor ir poco a poco hasta conseguir un resultado óptimo.

—Perdone, señora, ¿están libres?

Un chico alto con el pelo oscuro y un poco rizado, los ojos azules y profundos y, sobre todo, una sonrisa maravillosa acaba de apoyar las manos en dos de las sillas que rodean la mesa de Susanna. Ésta se ruboriza a su pesar.

—Por supuesto...

—Gracias.

El chico las levanta con facilidad y las lleva hasta una mesa contigua donde una atractiva joven con una melena larga y rubia lo está esperando. Qué estúpida soy. Me he ruborizado. Susanna se come una aceituna y después observa a la pareja. Conozco a ese chico. Se llama Giorgio Altieri. Frecuentaba el gimnasio al que iba yo. Todas estábamos locas por él. Lo sabíamos todo sobre su vida y bromeábamos sobre cómo debía de ser en la cama. ¡Era increíble! Olía a colonia incluso cuando sudaba. Susanna lo observa con detenimiento. Siempre ha tenido una sonrisa preciosa. Y esa novia tan guapa. Iba con él al gimnasio. Mierda. ¿Cómo es posible que esos dos duren tanto? Los envidio. Puede que él ni siquiera la engañe. De ser así es un buen tipo, porque con un cuerpo como el suyo....

Giorgio se vuelve para pedir que les sirvan. Mientras busca al camarero entre las mesas, su mirada se cruza con la de Susanna, que esta vez no enrojece. Él, curioso, la mira con un poco más de detenimiento, después le guiña un ojo y sonríe. Lo sabía. Susanna baja la mirada y se aferra al bíter como si fuese su única tabla de salvación, en vano, porque vuelve a ruborizarse. Qué idiota soy, piensa. ¡Y, por si fuera poco el bíter se ha acabado!

—¡Perdona el retraso!

—¡No te preocupes!

Cristina llega justo a tiempo, sonriente, pero a todas luces algo cansada. Además, tiene los ojos un poco enrojecidos, como si no hubiese dormido bien.

—¿Quieres pedir algo?

—Sí, quizá un capuchino.

Susanna consigue detener al vuelo a un camarero que en esos momentos pasa junto a su mesa.

—Un capuchino, por favor...

Después se vuelve hacia Cristina.

—¿Te apetece también algo de comer?

—No, no... Sólo un capuchino.

—Entonces un capuchino, un bíter rojo y más patatas fritas... —El camarero hace ademán de marcharse—. ¡Ah, y también unas aceitunas! —Susanna mira de nuevo a Giorgio, en vano, porque él sigue charlando con su compañera y le da la espalda—. ¿Qué pasa?

—Nada, ¿por qué?

—¿Nada? Jamás has venido a Villa Balestra desde que yo la frecuento.

—No es cierto... Vine una vez.

—¿Cuándo? No me acuerdo.

—Hace dos años.

—¡Es verdad! Tienes razón. Viniste..., espera, ¿por qué?

El camarero regresa y deja sobre la mesa el capuchino, el bíter rojo y unos platos de patatas y aceitunas.

–Gracias. –Susanna mordisquea en seguida una patata frita, bebe por fin un poco de bíter y se seca los labios–. Ah, sí... Ahora me acuerdo, Flavio y tú habíais reñido... Sí, habíais discutido porque tú querías seguir trabajando y pensabas que quizá era demasiado pronto para tener un hijo, y en cambio él... –Se vuelve de golpe hacia Cristina–. ¿Habéis discutido otra vez?

–Peor aún. –Cristina da un sorbo a su capuchino y después apoya con delicadeza la taza sobre el plato–. Hemos roto.

–¿Qué quieres decir? Bueno, debe de haber sido una discusión más fuerte, de todas formas tendrá arreglo, ¿no?

–No, no creo. –Cristina se aparta el pelo hacia atrás y mira a lo lejos, hacia la cúpula de la iglesia de Belle Arti, más allá, hacia el norte de Roma, fuera de los límites de la ciudad, donde ya no hay edificios sino tan sólo campos y terrenos de cultivo. Donde, sin embargo, todavía puede nacer algo. A diferencia de su historia–. Se ha acabado, Susanna. Anoche hablamos largo y tendido, lloramos, nos abrazamos y nos dijimos cuánto nos queríamos... Luego le confesé algo importante.

–¿A qué te refieres?

–Le dije que quiero estar sola, que necesito tiempo para mí, que ya no soporto su presencia, que el mero hecho de verlo me hace sufrir, y que esa falta de amor hacia él me destruye.

–Dime la verdad, Cristina.

Ella se vuelve risueña.

–No. Ya sé lo que me vas a preguntar. No hay nadie más en mi vida. –Da un sorbo a su capuchino y mira otra vez a Susanna–. Y no estoy mintiendo, ¡te lo juro! No sabes hasta qué punto sería más fácil tener en la cabeza a otro y pensar exclusivamente en acostarme con él.

En ese momento, sin querer, poco menos que guiada por el instinto, Susanna se vuelve hacia Giorgio Altieri. Pero la mesa está vacía. Echa un vistazo alrededor y no ve a nadie. Lástima. Susanna se encoge de hombros y vuelve a mirar a Cristina, que, no obstante, se ha percatado de la repentina distracción de su amiga.

—¿En qué estás pensando?

—En nada, mejor dicho, cuando has hablado de acostarse con alguien me ha venido a la mente un tipo que veo a menudo por aquí... Estaba a nuestro lado hasta hace poco. Un tal Giorgio. Pero se ha ido.

—Ah... ¡Muy bien!

—Sólo que yo no querría hacer el amor con él..., ¡me encantaría follármelo!

—¡Susanna!

—Oye, ¿por qué sólo los hombres pueden tener ese instinto? ¡Qué coño!

—¡Susanna!

—Sí, hoy me encantaría echar un buen polvo, ¿te parece bien? —Se echa a reír.

Cristina acaba sonriendo también y se abrazan inclinándose un poco desde sus sillas. Después Susanna se pone de nuevo seria.

—Espero que no lo hayas hecho a raíz de nuestra conversación de la otra noche.

—¿A qué conversación te refieres?

—Sí, cuando te dije no sé cuántas cosas sobre Pietro, sobre la vida, el matrimonio y nuestro grupo. Tal vez te diste por aludida y has pretendido dar un paso mucho más grande e importante que tú...

—No —Cristina niega también con la cabeza—. ¿Sabes cuántas veces he pensado en eso? ¿Cuántas cosas no me gustaban de mi vida, cuántas cosas no funcionaban y, sobre todo, de cuántas de ellas él no se percataba en lo más mínimo? El simple hecho de estar de vez en cuando en silencio a su lado, cenando frente a la mesa. Mientras miraba la televisión sin prestar la menor atención a la tristeza que se reflejaba en mis ojos... Al menos podría haberme mirado, ¿no? De haberlo hecho, habría visto, habría entendido y, quizá, hasta podría haberme hecho alguna pregunta.

—¿Y tú qué le habrías contestado?

Cristina mira a los hijos de Susanna. Se han acercado con sus amigos y juegan con un pequeño perro en la hierba.

—No lo sé. Poco importa lo que podría haber dicho; lo fundamental era sentir su preocupación por mí... —Cristina la mira de nuevo mientras la brisa agita su pelo, el aire es ahora más sereno, más tranquilo, incluso más reposado.

Susanna le acaricia la mano que tiene apoyada en el brazo de la silla.

—Quizá se dará cuenta y se preguntará por qué no quiso saber más...

—Pero puede que para entonces ya sea demasiado tarde. Quizá lo sea ya. Ahora, sin duda, lo es...

Susanna saca dos entradas de debajo del plato y echa un vistazo a la cuenta.

—Oh... Puede que sea pasajero. Tal vez ahora te guste sentir lo que estoy experimentando yo, es decir, el deseo de vengarme de Pietro y del fracaso que estamos viviendo por su culpa... Quizá hasta te acabe interesando ese Giorgio del que te he hablado...

—Pero eso ahora no tiene nada que ver.

—Ya, pero no debes encerrarte en casa porque, si lo haces, te deprimirás. Perdone...

Un camarero se acerca ellas.

—No, de eso nada —Cristina la detiene—. Yo invito, venga...

—¡Ni lo sueñes! —Susanna saca un billete de cincuenta, espera la vuelta y deja un euro de propina al camarero, que se marcha a toda velocidad para atender otra mesa.

—Ya me invitarás a cenar cuando salgamos juntas...

—¡Ah, sí! Así me recupero. Vale, me gusta la idea...

Susanna sonríe.

—Siempre que nuestros dos hombres consientan que paguemos...

—¿Y quiénes son nuestros dos hombres?

Susanna se levanta de la silla y la mira radiante.

—¡No tengo ni idea! Pero da igual... Quizá sea algún tipo tan guapo como Giorgio Altieri, o puede que incluso más. ¡Pero qué digo, lo será seguro!

—Sí, sí, ya veremos... Por el momento no tengo ganas de salir.

—¡Pero si eso no significa que tengas que acostarte con nadie!

Justo en ese instante ve llegar a Lorenzo.

—Mamá... ¡Hola, Cristina! —la saluda antes de que su madre lo riña como de costumbre. Luego le sonría ella. Ambos son conscientes de que estaba a punto de cometer el consabido error.

—¿Qué pasa?

—¿Me das tres euros para una Coca-Cola?

—No, te doy dinero si quieres, pero para comprarte un zumo que no lleve gas ni esté frío...

—¡De acuerdo!

—¡No, repítelo! ¿Cómo tienes que pedírselo al camarero?

—Uf, no sé: sin gas y que no esté muy frío.

—Muy bien, aquí tienes...

Lorenzo corre hacia el bar con el dinero en la mano.

—¿Sabes lo que me parece terrible? —dice Cristina mirando al niño—. Que, en cualquier caso, y a pesar de que tu relación con Pietro se ha acabado, todo, todas las fatigas cotidianas del matrimonio, de todas las noches, como cocinar, lavar, planchar o hacer la cama, te compensan porque tu sigues teniendo algo. Algo muy grande: ellos dos, tus hijos... —Susanna no sabe qué contestarle. Mueve apenas la boca intentando esbozar una sonrisa—. Mientras que yo tengo la impresión de haber malgastado todos estos años; cuando miro hacia atrás ni siquiera veo todas esas fatigas que acabo de mencionarte... Sólo el vacío. Un fracaso espantoso, quiero decir que ni siquiera lo hemos intentado, ¿me entiendes...?

Susanna ve que, a lo lejos, Lorenzo sale del bar. Lleva una pajita en la boca y sujeta una bebida con los brazos. Susanna se hace a un lado para controlarlo mejor. Lorenzo se da cuenta y escapa corriendo hacia sus amigos tratando de mantener la lata oculta. Pero basta un instante para que Susanna reconozca a la perfección el color rojo y parte de la marca: Coca-Cola.

—¡Muy bien! ¡No me pidas nada más! Y si luego te duele la tripa no te atrevas a ir a mi habitación a hacerme una de tus escenas.

El niño se hace el sueco y se reúne con sus amigos sin preocuparse ya por esconder la lata de Coca-Cola.

—¡Perdona, Cristina! Pero en eso ha salido a su padre... ¡Se cree muy listo y luego siempre acaban pillándolo! No entiende que no sirve de nada mentir. Es decir, contar mentiras cuando no es necesario.

Creo que se trata de una enfermedad hereditaria. Bah. —Después añade, con sincera perplejidad—: No, en serio, ¡me gustaría consultar a un
médico! Pero bueno, volvamos a lo tuyo, ¿cómo se lo ha tomado Flavio? ¿Cómo está?

—Hemos hablado por teléfono. Parece tranquilo.

—¿En serio? ¿Adónde ha ido a vivir? ¿A casa de su madre?

—No, todavía no ha tenido el valor de decirle nada...

En ese momento suena el teléfono de Susanna, que lo saca del
bolso y mira la pantalla.

—¡Vaya! Hablando del rey de Roma... Es mi madre. Yo a ella se lo
he contado todo, pero me da una lata... —Abre el móvil—. Hola, mamá,
¿qué pasa? —A continuación escucha en silencio sacudiendo la cabeza—. No, todo sigue como te he dicho, igual que ayer, y no tengo la
menor intención de cambiar absolutamente nada. ¡Es una situación
ridícula y no pienso seguir soportándola sólo porque a ti te moleste
tener que confesar durante una cena con tus amigos que tu hija se ha
separado! —Escucha y vuelve a negar con la cabeza—. No... Deberías
estar contenta de poder ir a esas fiestas y decir que tu hija vuelve a ser
feliz. Oye, mamá, estoy con una amiga y no tengo ganas de discutir. Si
quieres que te deje de vez en cuando a Lorenzo y a Carolina, me harás
un favor, en caso contrario me las arreglaré sola... —Susanna escucha
en silencio y luego esboza una sonrisa—. Perfecto. Gracias, mamá.
—Cierra el teléfono—. Por fin lo ha entendido. Es dura de mollera. No
acaba de entrarle en la cabeza que no quiera volver con Pietro... En
fin, perdona, me estabas hablando de Flavio...

—Sí, él, en cambio, no les ha dicho nada a sus padres...

—¿Lo ves? Está claro que todavía piensa que puede volver contigo... Pero ¿dónde duerme ahora?

Cristina se vuelve y la mira a los ojos.

—Creía que lo sabías.

—No. ¿Con quién?

—Está en casa de Pietro.

—¡Pues vaya una solución! ¡Esos dos ni siquiera son capaces de
preparar medio plato de pasta!

Sesenta y siete

–¡Quema!

   –Antes de probarlo tienes que soplar...

   –Soplo entonces. ¿Así?

   –Sí, eso es.

Pietro se saca la cuchara de la boca.

   –Perdona, ¿eh?, ¡pero esta salsa no sabe a nada!

Flavio le quita la cuchara de la mano, la vuelve a probar y se quema de nuevo.

   –¡Ay! Es verdad.

   –Yo añadiría un poco de vino tinto y quizá una pizca de guindilla... Aceite, sal... En fin, para darle más sabor.

Flavio sigue revolviendo con un cucharón demasiado grande, teniendo en cuenta que el cazo en el que están cociendo el tomate es mucho más pequeño. El fuego, por su parte, está demasiado alto.

   –Pero bueno, ¿me escuchas o no?

Flavio se lleva el cucharón a la boca y prueba otra vez la salsa.

   –Es cierto. Es insípida.

   –¡Ya te lo he dicho!

   –Oye, las pocas veces que he cocinado lo he hecho así... Y, además, no podemos estar añadiendo ingredientes a tontas y a locas.

   –Pero ¿es que tú no observabas a Cristina en la cocina? ¿No has aprendido nada?

   –Pues no.

Pietro resopla y abre una botella de vino.

—¡Pues estamos listos!

—Cuando llegaba a casa ya lo había preparado todo.

—¿Siempre?

—Bueno, la verdad es que nunca entraba en la cocina para ver cómo lo hacía.

—Entiendo... Si me permites que te lo diga, ¡la tratabas como a una criada! Apenas dos palabras para saber qué había hecho durante el día, cómo os había ido en el trabajo..., ¿no? —Querría añadir: «¡Es obvio por qué te ha plantado!», pero sabe que no es el momento.

Pietro logra descorchar la botella. Flavio lo mira preocupado.

—Debería haber..., ¿no? Quizá haya sido por eso.

Pietro asiente con la cabeza.

—Escucha, una mujer necesita que se le dedique cierta atención. Debe sentirse importante, considerada, una princesa, ¡y eso aunque esté preparando un plato de pasta con ajo y guindilla! ¡Vaya! Ahora caigo en la cuenta, deberíamos haber cocinado eso. Era más fácil —sonríe, olfatea el vino y da un sorbo—. Mmm... Bueno, estaba bromeando... —Lo mira con más detenimiento—. ¿Sabes que en el fondo eres bueno? Cocinas con cierta clase, se ve por el modo en que mueves la muñeca, en que echas la sal, dejándola caer con esa gracia...

Flavio lo mira receloso.

—¿Te estás cachondeando de mí?

—No, en absoluto, ¡sólo pretendo que te sientas como un príncipe azul! Puede que así la pasta te salga mejor... ¡Baja el fuego, que se está quemando!

Flavio reduce un poco la llama. Pietro coge los platos y se acerca a él.

—¿Has visto *Ratatouille*?

—No.

—Es una película de animación preciosa; en teoría es para niños, pero en mi opinión está dirigida sobre todo a los mayores, igual que el resto de los dibujos animados que están haciendo de unos años a esta parte, si lo piensas. Es la historia de un ratón al que le privan los gustos, la cocina, los sabores... En cierto momento dice que la comida encuentra siempre a aquellos que disfrutan cocinando. De manera que apresúrate. ¡Como sigas así, nunca nos encontrará y nos moriremos de hambre!

Flavio sacude la cabeza.

—La salsa está lista —anuncia después de ensuciar un sinfín de ollas y de recitar esperanzado alguna oración.

Pietro la prueba.

—¡Me parece rica!

A continuación escurren la pasta, vuelven a meterla en la cacerona y echan la salsa por encima para saltearla.

—Como te iba diciendo, ese ratón sabía elegir los ingredientes necesarios para preparar los diferentes platos. Los olfateaba y a continuación, hechizado, como si bailase al ritmo de una especie de sinfonía musical, los combinaba y los mezclaba hasta obtener un plato insuperable.

Flavio mezcla con esmero la pasta con la salsa, haciendo girar el cucharón dentro de la cacerola.

—Venga, vamos a la mesa, ratoncito, que está lista.

Pietro se sienta. Flavio se acerca a él, coge una cuchara grande y empieza a servir la pasta en el plato de Pietro, a continuación en el suyo, y finalmente vierte la salsa restante sobre el plato de su amigo. Se sienta y se sirve también un poco de vino. Pietro no lo espera. Está muerto de hambre, ensarta la pasta dos o tres veces y la prueba.

Flavio lo observa mientras mastica.

—¿Y bien? —Espera con curiosidad—. ¿Qué me dices?

—Digo que hasta ese ratón la habría hecho mejor con los ojos cerrados. Está asquerosa. Demasiado cocida e insípida.

—Pero ¿cómo es posible? ¿Acaso no era yo el príncipe azul?

—Pues, ahora ni siquiera eres Gus-Gus, el ratoncito de *La Cenicienta*.

Flavio lo manda a hacer puñetas con un ademán, después decide probarla a su vez.

—Déjame comprobar cuánto exageras... —La mastica un poco y luego la escupe directamente en el plato—. ¡Madre mía! ¡Es terrible! ¡No es qué esté demasiado cocida, está blandísima! Si hay algo que no soporto es la pasta así... Y por si fuera poco, hay poca salsa; no es que esté mala, pero...

Pietro bebe una copa de vino tinto, la apura a toda velocidad, a continuación se sirve otra y se la bebe también.

—Pero ¿qué haces? ¿Pretendes emborracharte?

—Sí, bebo para olvidar... el sabor de este plato. Sea como fuere, al final la salsa se ha quemado. —Abre el ordenador y empieza a teclear algo.

Flavio lo mira estupefacto.

—¿Se puede saber qué haces? ¿Buscas otra receta?

—No... quiero ver si encuentro una de esas empresas que sirven comida a domicilio... Aquí está... *Take away* japonés... —Se levanta y saca el móvil del bolsillo de la chaqueta. Luego vuelve a sentarse delante de la pantalla. Lee el número. Lo teclea—. ¿Oiga? Buenas noches, sí, querríamos pedir algo... Sí, sushi y sashimi... ¿Tú también quieres, Flavio?

—Sí, sí, todo lo que pidas tú... —Sigue escuchando lo que dice su amigo, su entusiasmo y su vitalidad.

—¡Tienen que darnos bien de comer..., estrenamos soltería! —Tapa el micrófono con la mano—. Es una mujer. No sabes qué voz tan sensual tiene... Me atrae la idea de una oriental, ¿y a ti?

Flavio niega con la cabeza. Pietro abre los brazos.

—Vaya por Dios... ¡Pues a mí la idea me gusta! —Vuelve a hablar por el teléfono—: Sí, añada un plato de buen arroz blanco... —Mira de reojo a Flavio—. Y procure que no llegue demasiado cocido.

Flavio se sirve de beber y permanece desconsolado sobre el sofá mirando a Pietro, que, con su absurdo entusiasmo, trata de ligar con una mujer por teléfono.

—¿Cómo ha dicho que se llama? No, el restaurante no. Me refiero a usted... ¿Cómo se llama? Fu Tan Chi... Ah, perdone, Fu Dam Chi. Ah, no. ¿Tuta Chi? Está bien... Da igual... Flavio piensa en Cristina. ¿Qué estará haciendo? ¿Con quién? Pero no siente celos. Se la imagina deambulando por la casa, preparando algo de comer, como siempre ha hecho para él, todas las noches, cuando volvía, incluso tarde. Y ese caldo, ese simple, tonto y a veces insípido caldo, de repente le parece el mejor plato que ha comido en su vida. Evoca el pasado. Cristina. Cristina que se ríe. Cristina que se emociona al acabar una película. Cristina que duerme. Cristina que desayuna todavía medio dormida. Cristina haciendo el amor. Aquella noche a orillas del mar, después de haber bebido, aquel paseo, aquella playa y aquella luna escondida. El silencio, aquella noche la playa estaba desierta. ¿Dónde estábamos? En España. En Ibiza. No, ¡eso fue un año después! Estábamos en Grecia. Y recuerda todos los movimientos, las sensaciones, ese juego de luces, la penumbra entre las rocas... Esa mujer abandonada entre sus brazos, debajo de él, esa pasión que pasa por encima de todo, como si se tratara de una hambre repentina que no se puede controlar y que impide ver lo que hay fuera. Y, como si fuera víctima de un arrebato, Flavio se vuelve a ver allí, viviendo esa pasión que ahora le resulta nítida e intensa, de una belleza casi molesta. Escruta excitado en el vacío, en la oscuridad de la noche, y oye una vez más el eco remoto de aquellos suspiros, la respiración entrecortada del deseo y la espléndida hambre de amor. Lo invade una tristeza inesperada que lo transporta muy lejos.

—He pedido de todo... ¿eh?, también para ti.

—Sí, sí, gracias...

Flavio se levanta, se dirige a su dormitorio, cierra la puerta y se echa sobre la cama sin descalzarse siquiera. No me lo puedo creer. No puede ser. No puede acabar así. ¿Cómo es posible que no me haya dado cuenta? Aunque quizá lo sabía ya pero no quería verlo. Y como por encanto, sin razón o motivo alguno, le viene a la mente esa canción: «Sin ti. Sin raíces ya. Tantos días en el bolsillo para gastar.» Esos días de pronto le parecen más inútiles que nunca. Se pregunta si podría haber hecho algo. Y de nuevo esta vez el recuerdo de esa canción parece brindarle la respuesta. «Pero yo estaba cansado y apático, no había solución, he hecho bien...» Inesperadamente le entran ganas de sonreír como un estúpido. He hecho bien. Pero ¿qué estoy diciendo? Yo no he tomado esta decisión. Ha sido ella, Cristina. ¿Qué será lo que, de repente, la ha empujado a hacerlo? Siempre hay algo, alguien, un hecho, una historia, una película o un momento que determinan lo que sucederá después, lo que decidimos al cabo de una hora, de un día, de una semana o de un mes. Un detonante, el valor de alguien que se hace tuyo, que te muestra lo que no querías ver y te arrastra por un nuevo camino. ¿Qué ha sido para ti, Cristina? ¿Qué te ha movido a dar ese paso? Una nueva canción en la mente. «Un paso hacia atrás y yo sé ya que estoy equivocado, pero me faltan las palabras capaces de mover el sol. Un paso hacia adelante y el cielo es azul y el resto deja de pesar como esas palabras tuyas que mueven el sol.» *Un paso atrás.* Negramaro. A ella le gustan mucho. A veces me hablaba de ellos, de una de sus letras, de una frase que le había impresionado en particular, pero como yo no los soporto no tardaba en interrumpirla y en cambiar de tema... Qué estúpido. A saber cuántas veces lo habré hecho, incluso con otros asuntos más importantes. Pero no me daba cuenta. Siempre te he querido. ¿Cómo es posible perder el amor de esa manera? Se esfuerza en entender, en recordar alguna de las frases de una canción que haya sido el detonante... Sin embargo, se da cuenta de que no lo sabe, de que nunca lo sabrá. Hablaron durante toda la noche, él intentó convencerla por todos los medios. Nada. No hubo nada que hacer. De manera que Flavio se vuelve hacia el otro lado, encoge las piernas y se hace un ovillo como si necesitara protección. Esa canción de Battisti sigue rondando por su cabeza. «Me siento como un saco vacío, como algo abandonado.» Y entonces se siente más solo que nunca, tiene la impresión de haberlo perdido todo, de no tener apoyos, realidad, existencia, casa, despacho, trabajo, como si estuviese en medio del mar y fuese un náufrago de sí mismo. Le da un ataque de pánico, se queda sin aliento, jadea, el corazón le late con un nuevo ritmo, irregular durante unos segundos. Taquicardia. Terror. Intenta sacar el móvil del bolsillo. No lo logra, se queda enganchado en el borde, pero al final lo consigue, lo abre y busca el nombre. Cristina. Pero de nuevo esa canción se abate sobre él. Esta vez parece severa, dura y determinada. Da la impresión de que grita en su interior: «¡Orgullo y dignidad! Lejos del teléfono...» De manera que lo cierra. Y, poco a poco, la respiración vuelve a ser normal y lenta. «Espera al menos un instante... Si no... Ya se sabe...», prosiguen las notas. Esboza una sonrisa. Sí. Tienes razón, Lucio. Vuelve a meterse el teléfono en el bolsillo mientras Pietro llama a la puerta.

—Eh, ¿estás ahí? ¿Todo bien? Ha llegado la comida japonesa. Yo estoy a punto de empezar a comer.

—Está bien, voy en seguida...

Flavio sale poco después de su habitación, se dirige al cuarto de baño, se lava la cara, se la seca, se sienta delante de Pietro y se pone también él a comer.

—Está rico... aunque la tempura no es nada del otro mundo.

Flavio sonríe.

—Tengo la impresión de que al menos uno de los dos debería aprender a cocinar como es debido.

—Ya... —Pietro sonríe mientras se seca la boca—. ¿Recuerdas *La extraña pareja*?

—Sí, es genial.

—Pues bien, yo haré de Walter Matthau, el tipo que siempre está rodeado de un montón de mujeres y que incluso te las procura si quieres, y tú harás de Jack Lemmon, el que sabe cocinar...

—Me parece bien. —Flavio prueba otro pedazo de salmón—. Esto..., en cualquier caso simpre podemos seguir con el japonés: ¡el sashimi es fresquísimo y está delicioso!

Pietro sonríe.

—Sí, pero tenemos que encontrar otro. ¡La chica oriental que lo trajo era fea como un demonio!

Sesenta y ocho

Ha pasado cierto tiempo. Es la noche de San Valentín. La noche del amor, pero también de la diversión, de la música, de las palabras y de los eventos. Una noche artística. La noche de las grandes mentes.

—Hola, Alex, ¿por qué no me contestabas? —Niki se tapa la otra oreja para poder oír mejor su respuesta. En la sala reina una gran confusión.

—Perdona... Estamos cenando con el director y los demás, he puesto el teléfono en modo de vibración, y además lo he metido en la chaqueta que estaba sobre la silla, no lo he oído...

—Eh, demasiadas explicaciones... ¡Y precisamente hoy, que es San Valentín! A pesar de que, de todas formas, no habría querido celebrarlo porque me gusta ir contracorriente..., tú exageras... ¡y me preocupo!

Alex se levanta de la mesa.

—Perdonad... —Acto seguido se aparta y se dirige hacia un rincón del local donde poder hablar con más tranquilidad—. Escucha, cariño, ¿cómo puedes decir esas cosas? ¿Estás loca? Cómo se te ocurre... —Le gustaría añadir: «¡Después de lo que te he pedido! ¿Te das cuenta? ¡Te he pedido que te cases conmigo, cariño!», pero prefiere escuchar la respuesta de Niki.

—¿Y eso qué tiene que ver?... ¡Siempre hay que pensar mal! Nunca hay que acomodarse... En cualquier caso, me gustaría saber dónde estás y qué haces.

Alex suelta una carcajada.

—¡Vaya, veo que eres una dictadora! Así me das miedo...

—Sí, sí —Niki ríe al otro lado de la línea—. Pero tú, respóndeme...

—Estoy en el Duke's de viale Parioli. Me acompañan Soldini, Alessia, el director y su esposa y una nueva ayudante...

—Ah... Me contaste que Soldini y Alessia estaban juntos y que eran felices, ¿me equivoco?

—Sí... —Alex está preocupado porque sabe de antemano adónde quiere ir a parar—. El director y su esposa, sean cuales sean sus sentimientos, son, de todas formas, el director y su esposa..., ¿de acuerdo?

—También eso es correcto.

—Sólo me falta entender quién es esa nueva ayudante.

—Pues no... La verdad es que no hay mucho que entender... Debemos encargarnos de un nuevo trabajo; por primera vez nos ocuparemos directamente de la parte productiva, y ella tiene experiencia en ese sentido.

—En pocas palabras, que es competente.

—Mucho...

—¿Y guapa?

Alex cierra los ojos y aprieta los dientes, sabía que esa pregunta llegaría tarde o temprano.

—Sí... Tiene buen tipo. —En momentos como ése hay que optar por la mejor solución, por la respuesta más rápida e inmediata para no caer en la trampa de la sensibilidad femenina, esa capacidad única que poseen las mujeres para entenderlo todo al vuelo y captar hasta el menor matiz, en particular los que uno pensaba que no estaba revelando.

—Tipazo, ¿eh? Ya entiendo. Es un bombón.

—Yo sólo he dicho que tiene buen tipo.

—¡Sí, buen tipo!

—¿Se puede saber qué has entendido?

—Vaya, ¿de manera que tengo razón, Alex? ¿Por qué no me lo has dicho en seguida?

—No, cariño, te equivocas, pero si estoy bromeando... Oye, yo te digo que tiene buen tipo, puede que luego alguno la encuentre incluso guapa... Pero, en lo que a mí concierne, hemos hablado ya demasiado de ella.

—Hum..., no me convences.

—Me gustaría estar ahí contigo —sonríe—. ¿Eso te convence?

Niki también sonríe.

—Un poco más, aunque no del todo.

—Te quiero.

—Bueno, eso es hablar más claro... Me convence por completo. Lamento que no puedas pasar por aquí. Será algo bonito. Vendrá ese que sale siempre en la televisión, Renato Materia, para leer sus proclamas...

—Ah, ahora ya sé quién es, ese que finge ser de izquierdas.

—¿Por qué dices que finge serlo?

—Porque lo llamamos para un anuncio de una ONG cuya recaudación estaba destinada a beneficencia y él pidió una tarifa altísima. Cuando le ofrecimos un poco menos, lo rechazó... Quedaba fuera de cualquier parámetro.

—Bueno... Es una lástima, porque parece una persona genuina.

—Claro... Sin afeitar, suéter de cuello alto sin nada debajo... Todo para salir en televisión, donde asegura ser el portavoz del pueblo, saber escuchar su rabia y otras cosas por el estilo... Pero prueba a hacerle sacar la cartera por una causa justa y verás como se hace el sordo. Todos son iguales. ¿Sabes cuántos nombres podría darte? Aunque, tarde o temprano saldrán a la luz.

—Está bien, adiós, cariño. ¡Te dejo con tu cena!

—Muy bien, hasta luego, diviértete.

—Tú también.

Alex vuelve a la mesa.

—Perdonad.

—¿Era Niki?

La esposa del director lo mira de soslayo. Alex desdobla su servilleta y se la coloca sobre el regazo.

—Sí.

El director prosigue, impertérrito.

—¡Los preparativos están al rojo vivo!

—¿Los preparativos para qué? —esta vez, la esposa del director no parece despechada, sino sólo curiosa.

—¿Puedo? —el director mira a Alex.

—Claro —y le gustaría añadir: «¡Si ya lo has dicho, no veo cómo puedo detenerte!»

—¡Alex se casa!

—¡Caramba! ¡Pero eso es fantástico! ¡Genial! —Soldini le estrecha la mano—. ¡Lo vuestro es una historia de cuento de hadas!

—Gracias, gracias... —Alex está ligeramente cohibido.

Su mirada se cruza con la de Raffaella, la ayudante. La joven del «buen tipo» parece sinceramente contenta.

—Felicidades —dice—. Es la chica de LaLuna, ¿verdad?

—Sí...

—Es guapísima. Me alegro por los dos.

El director recupera el mando de la situación.

—Bueno, sugiero que pidamos la comida, así podremos hablar un poco sobre nuestro proyecto, ¿os parece bien?

Y todos abren casi automáticamente la carta y empiezan a elegir los platos curiosos e indecisos, recordando lo que han tomado a la hora de la comida y procurando no excederse con las calorías. ¿Mejor un entrante y un segundo o un primero con guarnición? ¡En cualquier caso, el postre no me lo quita nadie!

—Mmm, qué rico, ¡pato con arándanos!

—¿Qué son los *paccheri*?

—Es un tipo de pasta, como macarrones pero más grandes.

—Ah, gracias.

Mientras siguen decidiendo curiosos e indecisos, Raffaella observa a Alex desde detrás del menú mientras una serie de ideas pasan por su mente. Él no se percata. Raffaella sonríe y hace una simple consideración final: sí, pero todavía no se ha casado. De manera que cierra el menú, particularmente satisfecha.

—Yo ya he elegido.

—¿Qué vas a tomar?

Y mientras alguien le pregunta por los platos que piensa pedir, Alex finge también interés. En realidad sabe de sobra que ella lo está mirando. No hay remedio, algunos juegos son claros de inmediato. Queda, sin embargo, por determinar si se trata de un mero deseo de jugar o si la apuesta es demasiado alta.

—Espaguetis Norma para empezar...

—Mmm, ¡parecen deliciosos! Tomate, *ricotta* salada y berenjenas...

—¿No serán un poco pesados?

Raffaella se encoge de hombros.

—Pero me gustan demasiado... ¡Me arriesgaré! —Mira de nuevo a Alex, que, en esta ocasión, no consigue evitar su mirada.

—Ah, no, yo pediré algo más ligero... Directamente un segundo. Un filete con un poco de ensalada... He engordado unos kilos...

Raffaella sonríe sin añadir nada más. Después enrojece a su pesar, pero por suerte nadie se da cuenta. Se le acaba de ocurrir una idea para hacerle adelgazar.

Sesenta y nueve

El móvil de Cristina suena. Tras enrollarse una toalla alrededor de la cabeza, se precipita hacia la sala, donde lo ha dejado.

—¡Dígame!

—Hola, ¿dónde estabas?

—Hola, Susanna, estaba en la ducha, pero había terminado ya. Me ha dado tiempo a contestar.

—¡Menos mal! Oye, quería hacerte una propuesta... Esta noche es San Valentín.

Cristina se frota el pelo, que gotea sobre la alfombra.

—Lo sé.

—La verdad es que las dos rompimos poco antes de la fiesta, ¿eh?

—Sí..., por lo visto no tenemos nada que celebrar.

—Eso lo dices tú, tesoro. Te estoy llamando por eso mismo. ¡Salgamos juntas las dos, venga! Vayamos a cenar a alguna parte y relajémonos. Le dejaré los niños a mi madre.

—Sí, genial... Menuda diversión, ver a todas esas parejas pasándoselo en grande. Además, estaba a punto de cenar, de ponerme el pijama y ver una película.

—Menudo plan. Venga, ¿lo celebramos como solteras o no?

—¡Pero si mañana es San Faustino, el patrón!

—Bueno, lo peor que nos puede pasar es que crean que somos pareja. ¡Como nos ha ido mal con los hombres, ahora nos dedicamos a las mujeres!

Cristina esboza una sonrisa. Hay que reconocer que Susanna es fuerte.

—Pero estará ya todo reservado, seguro...

—¡Y qué más da! Salgamos sin rumbo fijo, empecemos con un aperitivo. Venga, dentro de una hora paso por tu casa. Y ponte guapa, ¿eh? No quiero verte en chándal o desaliñada, sino vestida con lo mejor que tienes y bien maquillada. —Cuelga sin darle tiempo a contestar.

Cristina mira el móvil y sacude la cabeza. Luego se encamina hacia su dormitorio y abre el armario. Echa un vistazo a los vestidos. Elige dos o tres. Se percata de que hace mucho que no se los pone. A Flavio le gustaba el negro. Cristina se lo apoya encima del cuerpo y se mira al espejo. Acto seguido lo suelta y coge otro de color lila con unas diminutas flores blancas y los puños un poco fruncidos. Un poco más alegre. Con las botas beis debajo quedará muy bien. Acaba de secarse. Se viste y después se pone un poco de rímel, sombra de ojos lila y brillo de labios. Ya está. Se mira en el espejo. Sí, esta noche quiero relajarme como sea.

Setenta

La música enloquece en un rincón de la sala. Algunos bailan. Unos chicos sentados en el pasillo charlan, se ríen, beben cerveza, uno se lía un cigarrillo con tabaco de picadura, otro que se encuentra un poco más apartado está encendiendo uno de efectos especiales.

En la gran aula hay algunos sentados sobre los escalones o sobre los pupitres, otros, más cumplidores o, cuando menos, más puntuales, han tomado ya asiento en las sillas. La puerta que se encuentra al fondo de la sala, en el centro de la pequeña grada de asientos, se abre de repente y sale Renato Materia, el joven y robusto artista de izquierdas, según asegura al menos en la octavilla que ha pasado de mano en mano por todas las universidades. Se hace con el micrófono de cable que está apoyado sobre el escritorio del profesor y empieza a rapear sin más preámbulos. Se mueve agitando tan sólo la cabeza, de vez en cuando se detiene y alza un brazo con el puño cerrado, como si pretendiera subrayar la fuerza de su convicción personal.

—Mentirosos y ladrones, falsos políticos, gurús fanáticos, alejaos de este mundo y sacad las manos de nuestro círculo. Nosotros somos los de la sustancia, los que odian la simple apariencia, los que hablan al salir de la estancia y no se apagan en la indiferencia. Nosotros somos los que estamos dentro y a los que las palabras les suponen un tormento, somos los que siempre se divierten y jamás se avergüenzan de decir basta. Mentirosos y ladrones, falsos políticos, gurús fanáticos, mejor enamoraos e id a ese bonito puente, encadenaos con un candado y bañaos con la llave... Un buen salto desde la barandilla. ¡Y nosotros seremos libres! ¡Libres! ¡Volveremos a ser libres, libres!

Entonces, en el fondo del aula, un megáfono aparece de la nada y se eleva con firmeza la voz de Adriano Mei, uno de los más radicales.

—¡Sí, libres de ti!

Es la señal, el grito de guerra.

—¡Al ataque!

De todos los rincones de la sala empiezan a llover hortalizas: tomates, apio..., toda clase de verduras podridas. Adriano Mei sigue con su personalísima lucha sin soltar el megáfono.

—¡Payaso, mentiroso, falso artista de izquierdas! Eres un vendido... No apoyaste una iniciativa de beneficencia porque querías más dinero. Eres un puerco, un hijo del sistema... Aféitate esa barba, déjate crecer otra cosa, que te reconozcan, no te escondas, maldito impostor.

Y así, alegres y divertidos, siguen acribillando al pobre Renato Materia con cualquier tipo de producto agrícola hasta que, arrojado con gran precisión y fuerza, un huevo le da en plena frente, le estalla en la cara y lo obliga a hacer una retirada vergonzosa.

—¡Cabrón! ¡Cabrón! ¡Cabrón! —El grupo que está bajo las órdenes de Adriano Mei sigue ensalzándolo y finalmente inicia una especie de carga que obliga a Materia a huir a la habitación que está al fondo del pasillo.

Su pseudoagente, Aldo Lanni, está hablando en esos momentos con una chica muy atractiva.

—Puedo buscarte algo importante en televisión: tenemos un montón de contactos...

—¿En serio? Me encantaría.

—En ese caso dame tu número de teléfono y te llamaré.

Justo en ese momento se abre la puerta y Materia sale en estampida cubierto de verduras apestosas y de huevos podridos.

—Pero ¿qué te han hecho?

—¡Ensaladilla rusa, eso es lo que me han hecho! Me han cubierto de porquería y si me pillan hasta serían capaces de pegarme... ¡Vayámonos, de prisa!

A Aldo Lanni no le da tiempo a anotar el número de la potencial *soubrette.*

—¡Mierda! —Materia le tira de la cazadora.

—¡Vamos al coche, venga!

—¿Dónde lo has aparcado?

—Ahí abajo.

Suben al vuelo a un Mercedes descapotable. Lanni lo pone en marcha, pero los chicos capitaneados por Adriano Mei salen por la misma puerta y echan a correr en pos de ellos.

—¡Ahí están! ¡Venga, venga!

Lanni acelera, pero uno de los jóvenes estudiantes tiene una botella en la mano que lanza con rabia y con fuerza, ésta impacta de lleno en la luna trasera y la hace estallar en mil pedazos.

—¡Mierda, lo compré hace seis meses! —Aldo Lanni dobla a la izquierda y se dirige a toda velocidad hacia la salida, fuera de peligro ya.

Materia se vuelve. Los chicos han dejado de correr detrás de ellos.

—¿Se puede saber por qué están tan cabreados? ¿Qué les has dicho?

—¡No les he dicho nada! Les estaba diciendo las cosas de siempre..., esa estupidez sobre los políticos y los candados...

—Ya te he dicho que debes cambiar. ¡Se han cansado de oírlo!

—No se trata de eso. No sé cómo se han enterado de lo del dinero para esa ONG.

Aldo Lanni sacude la cabeza.

—También te lo dije. Deberías haber aceptado lo que te ofrecieron... Tío, has tensado demasiado la cuerda.

—No sé por qué, pero creo que tienes razón... —Permanece en silencio por unos instantes.

Aldo Lanni lo mira de vez en cuando por el rabillo del ojo mientras sigue conduciendo.

Un reguero de clara de huevo se desliza por la frente de Renato Materia. Aldo Lanni sonríe. Lo tiene bien merecido, piensa. Así aprenderá a no aceptar todo lo que le proponen y, sobre todo, a no reducir al cinco por ciento mi porcentaje. ¿Qué se ha creído? ¿Que uno se hace rico solo? ¡Y en televisión, además! Increíble. Adriano

Mei lo ha hecho bien, justo lo que le dije, nada de acciones violentas, sólo meterle un poco de miedo. Así Materia se asustará y seguirá trabajando... para llenarme a mí los bolsillos.

—Escucha, esto... —Materia se vuelve hacia él—. Lo que necesitamos es una izquierda constructiva, a un tipo inteligente que trabaje con el cerebro, basta de demagogia, hacen falta ideas más profundas. ¿Qué te parece, eh? ¿Qué te parece? ¿Bueno, verdad?

Aldo Lanni lo mira risueño.

—Estupendo, tío... Utilízalo. Con eso volverán a creer en ti y en tus palabras... Y abandona también la idea de los interfonos. Eso lo hace todo el mundo.

—Tienes razón. —Materia lo mira radiante—. De no ser por ti..., ¿qué haría?

Aldo Lanni asiente con la cabeza y le da una palmada en la pierna izquierda, la única zona que ha resistido íntegra al ataque de Adriano Mei y sus compañeros.

Después de hacer algún que otro comentario divertido, el grupo en cuestión entra con parsimonia en la sala, la música sigue sonando como si nada hubiese ocurrido, algunos se ponen a bailar de nuevo en un rincón, otros se besan, otros ríen tras contar una anécdota divertida, una chica mira desde lejos al chico que le gusta a rabiar y al que no se atreve a acercarse.

—Bueno, ¿qué hacemos? —Guido aparece a espaldas de Niki con un vaso de plástico, una limonada con un poco de vodka y una hoja de menta que navega alegremente en ella.

—¡Menudo susto me has dado!

—¿Por eso?... Pues sí que... Eres una temeraria.

—¿A qué te refieres? ¿Por qué me dices eso?

Guido sonríe y bebe de su pajita tomándose el tiempo necesario para aumentar el suspense.

—Mmm..., está rico, ¿quieres un poco?

Niki mira la pajita que acaba de usar su amigo. Pero ¿qué se ha creído? ¿Qué manera de hablar es ésa? Es un arrogante. Guapo y arrogante. Y tener que reconocerlo le molesta aún más.

—No, gracias... Me gustaría saber a qué te refieres.

—Oh, a nada..., ¿por qué? ¿Tienes algo de que defenderte?

—La verdad es que no, sigo tranquila por mi camino. —A continuación esboza una sonrisa forzada—. Eres tú el que ha interrumpido de repente mis pensamientos.

—Dime, ¿estás pensando en la música que vas a elegir?

Niki lo mira arqueando las cejas.

—Me refería a la ceremonia... Me han dicho que te casas.

A Niki se le acelera el corazón y enrojece, como si se hubiese bebido todo ese vodka. Uf, ¿por qué me lo tomo así? Ni que fuera imbécil. ¿Se puede saber qué me pasa? ¿Por qué me ruborizo? No consigue encontrar ninguna explicación. Un repentino remolino de pensamientos y sensaciones, un vendaval de emociones que confunden su corazón.

—Aparte de que hace dos días que te conozco...

—Precisamente, da la impresión de que te refugias en un matrimonio repentino.

—¿Estás bromeando? ¿Por qué debería hacerlo?

—¿Sabes?... —Guido se sienta en el murete y sigue dando sorbos a su limonada tranquilamente—. Siempre es lo mismo: cuando nos sucede algo que no sabemos explicar, escapamos o nos escondemos en lugar de afrontarlo.

—Pues yo ni me escapo ni me escondo... Y la verdad es que esta discusión me parece absurda.

—¿Discusión? Pero si simplemente estamos hablando... ¡Pensaba que estarías más serena después de haber dicho a todo el mundo que te casas! Por lo general, para una chica es un gran motivo de felicidad, ¿no? —El muy caradura sigue bebiendo su limonada con vodka.

—Y, de hecho, lo es, pero no se lo cuento al primero que pasa...

Guido se quita la pajita de la boca sorprendido.

—¿Y quién es el tipo en cuestión? Preséntamelo, porque me gustaría decirle unas cuantas cosas y darle varias patadas.

Niki sonríe.

—Eres tú.

—¿Yo? Hum... ¿Recuerdas lo que decía Jim Morrison? «A veces basta un instante para olvidar una vida, pero a veces no basta una vida para olvidar un instante.»

—¡Qué bonito! Pareces el hombre Perugina,[1] con un mensaje para cada ocasión en tu interior.

—Sí, es verdad... De hecho muchas chicas me dicen que soy dulce, un bombón... Otras, las que no me han probado, mantienen las distancias por miedo.

—Pues que sepas que a mí no me asustas.

—No me refería a ti.

Niki lo mira hostil, entornando los ojos y escrutándolo. Guido se percata.

—Ay, ay, ay... Se ha enfadado.

Niki respira profundamente. Guido rompe a reír.

—Y mucho. Está bien... —Apura su vaso y baja del murete—. Oye, creo que estamos enfocando mal las cosas: cada vez que nos vemos acabamos discutiendo. Por lo visto hay algo que no funciona entre nosotros.

—Sí: tú.

—¿Lo ves? Eres demasiado agresiva. ¿Por qué no salimos una noche a cenar y hablamos? Todavía no te has casado, ¿no?

—¿Y eso qué tiene que ver? No veo por qué no voy a poder salir entonces.

Guido se echa a reír.

—No creo que puedas... ¿Cuánto duraría vuestro matrimonio?

Niki sonríe y hace cuernos con la mano.

—¡Eh, quédate tú con la mala suerte!

—Si lo piensas, deberían traer suerte y, en cambio, la mayor parte de las veces son precisamente ellos los que ponen fin a un matrimonio: ¡los cuernos! —Guido prosigue sin darle tiempo a responder—: Mira ahí —indica el grupo que está debajo de la grada de asientos, los chicos que bailan.

En medio de ellos, ligeramente colocada, una chica se mueve divertida y suelta, el pelo le ondea sobre los hombros, tiene los ojos cerrados y va descalza, con la mano izquierda sujeta un canuto y con la

---

1. Niki se refiere a los clásicos bombones Baci de la marca Perugina, que vienen envueltos con un mensaje de amor. *(N. de la t.)*

derecha una cerveza, alterna sin distinguir uno de otro con un único deseo: aturdirse.

—Es una de mis ex novias. Tiene veintitrés años... Va atrasada en los estudios, pero hicimos un montón de proyectos juntos, estuvimos de maravilla durante un año y medio. Después sucedió algo. Empezó a fumar. Porros también, a beber cerveza y otras cosas que jamás había probado. ¿Lo entiendes? De un extremo al otro sin motivo alguno.

—Tal vez tú no veas la razón, pero todo tiene su porqué... Sólo que a veces a vosotros, los hombres, se os escapa.

Guido esboza una sonrisa.

—Ya. ¿Y en cambio tu futuro marido tendrá siempre la capacidad de comprenderte? ¿Sabrá observar lo que está sucediendo? ¿Adaptarse y seguirte en tus cambios?

—Oh..., yo me fío de él...

—De hecho, no me cabe ninguna duda. Es de ti de quien no debes fiarte...

Niki echa la melena hacia atrás y se ríe.

—¡De mí! Faltaría más.

—«Quien renuncia a la libertad para alcanzar la seguridad no se merece ni la una ni la otra», decía Franklin. Además, el exceso de seguridad te hace resbalar con mayor facilidad...

—Veo que no eres el hombre Perugina, sino el de las citas.

—Pues sí, sé muchas. Pero si salimos a cenar te prometo que no diré ninguna y te hablaré de otras cosas... Siempre y cuando tú no tengas miedo, claro.

Niki vuelve a ponerse seria.

—Ya te he dicho que no tengo miedo, al igual que tampoco tengo ningún motivo para salir a cenar contigo —y, dicho esto, se marcha dejándolo allí plantado, entre divertido y curioso, satisfecho en cualquier caso de haber conseguido agitar algo en ella.

Guido sonríe optimista creyendo haber adivinado de qué se trata.

Setenta y uno

Son las ocho. El ritual del aperitivo. Una música *lounge* envuelve el local mientras unos raudos camareros preparan cócteles y sirven el vino y el champán en las copas. En la barra se exhiben varios canapés apetitosos, salsas, patatas fritas, pistachos y avellanas. Un poco de verdura salteada y algunas pizzas llenan varias bandejas. Por todas partes cuelgan corazones y bandas rojas con las palabras «*I love you*». Susanna se echa el pelo hacia atrás.

—¿Has visto cuánta gente? ¡Y no sólo hay parejas!

Cristina mira alrededor.

—Sí, en efecto, también hay varios grupos de chicos y chicas.

Susanna da un sorbo a su Negroni.

—Mmm, mira ese de ahí...

Cristina se inclina en su taburete. Un tipo alto y moreno está de pie al lado de la barra, junto a la entrada, con aire de aburrimiento.

—Apuesto algo a que está esperando a su novia.

—Yo creo que no. —Susanna le indica que se acerque con un ademán.

—¡Susanna! Pero ¿qué haces? —Cristina se tapa la cara con la mano.

El chico mira perplejo a Susanna. A continuación sacude la cabeza y coge su vaso. Se acerca a ellas. Va bien vestido, es joven y luce un ligero bronceado. Cristina se vuelve hacia el otro lado.

—No, por favor, Susanna, te lo ruego...

—¿Qué más te da? Pero si está como un tren...

El joven llega junto a Susanna.

—¿Me has llamado?

—Sí. Escucha, mi amiga y yo estamos buscando un sitio a donde ir esta noche..., un sitio que esté bien, ya sabes, para celebrar...

El tipo mira a Cristina, que no sabe dónde meterse.

—Ah, bueno..., podéis probar en Joia, en via Galvani. Van muchos vips y las mujeres pagan menos por entrar. En el último piso tienen también un restaurante, pero es estilo *privé*, no sé si esta noche...

Susanna lo observa complacida.

—Óptimo consejo. Es más, si no estás ocupado, ¿por qué no te apuntas? Nos vemos allí a eso de las doce... Mi amiga y yo iremos a cenar y después nos pasaremos seguramente por Joia. Nos has convencido, ¿verdad, Cri? —Susanna se vuelve una vez más hacia Cristina, que asiente avergonzada—. Mi amiga es tímida, ¿sabes?, pero también le apetece. En fin, ¿nos vemos allí? ¿O estás esperando a tu chica?

El joven sonríe.

—No, sólo he venido a tomar un aperitivo. Está bien, podemos quedar después en el Joia, así nos conocemos mejor. Adiós, guapas... —y le guiña un ojo a Susanna.

Apenas se aleja, Susanna suelta una carcajada.

—¡Por el amor de Dios, Cri, relájate! No hacemos daño a nadie. ¿Has visto qué chulito?

—Susanna, no lo conoces de nada, ¿cómo has podido quedar así?

—¡Pero si no me he casado con él! Venga, divirtámonos, vayamos a dar una vuelta... —Coge a Cristina del brazo y echan a andar.

Otros chicos del local se percatan de su presencia y les dicen algo cuando pasan por delante de ellos. Un cumplido. Una frase. Un intento de entablar conversación. Susanna ríe y les da cuerda. Dos hombres de unos cuarenta años se aproximan a ellas. Susanna pega la hebra y empieza a bromear con ellos. A todos les dice que vayan al Joia a medianoche.

—Susanna, ¿has pensado qué vamos a hacer después?

—¡Muy sencillo! ¡No haremos nada! ¡Venga, vayamos a cenar!

Al cabo de media hora, Susanna y Cristina se encuentran en una taberna. Comen alegres, beben vino tinto y brindan. Cristina empieza a soltarse. Admira a su amiga, que sabe distraerse. La verdad es que debería aprender de ella. Tengo que volver a vivir, a sentirme mujer. También en el restaurante Susanna se las arregla para quedar en el Joia con unos hombres que ocupan la mesa contigua. A continuación pagan la cuenta. Corren hacia el coche haciendo el tonto, jadeando.

—¡Estás loca, Susanna!

—¿Sabes cuánto tiempo hace que no me sentía así? ¿Y tú? ¿Estás bien?

—¡Puedes estar segura!

Susanna pone en marcha el coche.

—Es casi medianoche. ¡Vamos a ver a esos memos que hemos pescado esta noche! —Y arranca a toda velocidad.

Poco después llegan al Joia. Frenan y los ven a todos en la puerta. El guaperas, el grupo de chicos, los dos cuarentones y los de la mesa de al lado. Todos esperan de pie delante de la puerta mientras fuman o hablan.

—¡No me lo puedo creer! ¡Han venido de verdad! —exclama Cristina mirando por la ventanilla.

—¿Te imaginas qué pasaría si ahora nos apeáramos y nos acercáramos a ellos? ¿Si nos vieran?

—¡Se pegarían!

Susanna y Cristina se miran.

—¡No, nos pegarían a nosotras! —Y sueltan una carcajada.

Susanna acelera y se pierden en la noche romana, locas de felicidad como dos adolescentes.

Setenta y dos

—Gracias, ¿eh?... —dice Niki interrumpiendo a Giulia, a Barbara y a Sara, sus compañeras de facultad.

—¿Gracias por qué? —responde Sara sorprendida.

—¿Teníais que contarle que me caso precisamente a Guido? Giulia es la primera en tranquilizarla.

—Yo no le he dicho nada.

Barbara y Sara se exculpan a su vez.

—Yo tampoco, te lo juro...

—Ni yo, quizá haya hablado con los chicos...

Barbara se encoge de hombros.

—¿Cómo íbamos a callarnos una noticia tan bonita como ésa? Pero ¿por qué lo dices? ¿Te ha molestado?

—No...

—Yo creo que le gustas y lo intenta.

—Bueno, yo que tú, antes de casarme, y en lugar de las consabidas estupideces que suelen hacerse con diez amigas y el típico *boy*, uno de los Centocelle Nightmare o cualquier otro..., yo saldría con él; estoy segura de que me regalaría una auténtica despedida de soltera...

—¡Consumación incluida! —añade divertida Giulia, la única que no tiene novio—. No sé por qué, pero estoy convencida de que debe de ser un auténtico placer.

—¡Giulia! Por favor... Pero si lo divertido es pasar juntas la noche anterior a la boda... ¡Hacer el tonto sin pasar a mayores! No hacer lo posible por acostarse con alguno.

—Si el tipo en cuestión fuese Guido..., ¡valdría verdaderamente la pena!

—Mira que los *boys* no están tampoco nada mal, ¿eh?

—No lo sabes tú bien... Antes del verano fui a la despedida de soltera de una amiga que se casaba... Bueno, la verdad es que el único motivo para hacerlo era que se había quedado embarazada, ¿eh?... —Giulia se da cuenta de lo que acaba de decir y, sobre todo, de la cara que ha puesto Niki—. Oh..., perdona... Bueno, es que... —Giulia cambia de expresión y adopta una más resuelta—, Niki, tú eres un caso rarísimo, ¡las chicas que se casan con veinte años lo hacen siempre por un motivo!

—¡No es verdad! Algunas lo hacen también por amor...

—¡Dime un nombre!

—Por ejemplo... —Niki se queda pensativa—. Niki Cavalli...

—¡Siempre la misma!

—Está bien, volviendo a lo de antes, os decía que fui a esa despedida de soltera tan divertida y que mis amigas llevaron de todo, desde un taparrabos hasta ropa interior de leopardo... Una se presentó incluso con un vibrador de color rosa.

—¡No!

—Sí..., con una tarjeta...

—¡Nunca se sabe! Pues bien, en un momento dado trajeron una tarta enorme con una sola vela y las siguientes palabras escritas encima: «¡Apágame y te encenderé!» Mi amiga Valeria sopló y, ¡pum!, la tarta estalló y de ella salió un tío increíble con un cuerpo para caerse de espaldas... En fin, la música se puso en marcha y el tipo empezó a hacer un *striptease*. Os juro que algunas gritaban, otras casi se arrancaban el pelo, y estoy segura de que varias de ellas incluso se corrieron allí mismo.

—¡Giulia!

—Bueno, en mi caso fue así... Ese tipo era muy sensual, sus movimientos eran perfectos, ni demasiado provocativos ni tampoco vulgares. Además, cuando ya casi estaba desnudo se acercó a Valeria y con un cambio de música perfecto simuló que hacía el amor con ella. Fue un espectáculo precioso, os lo juro.

–Pero ¿por qué nos cuentas todo esto? ¿Pretendes abrirnos el apetito?

–Después hablamos con ese chico, Daniele, se llamaba. Pues bien, he de deciros que tenía dos títulos universitarios, en astrofísica y en ingeniería aeroespacial, que había escrito varios artículos, incluso en revistas extranjeras, y sólo se dedicaba a eso para sobrevivir...

–¿Qué pasa, que en Italia no dan becas para estudiar esas cosas? ¿Os dais cuenta?

–Qué triste...

–Ah, pero más triste aún es que nos dijo que tenía pareja... Y peor todavía, ¡que era un hombre!

–¡Caramba! ¡Pero le seguisteis el juego! Claro, un genio homosexual... Para nosotras, unas pobres y simples solteras... Una especie de ídolo inalcanzable.

–¡Tal y como está el patio, al menos con Guido no puede equivocarse!

–Ah, sí..., ése de homosexual no tiene nada...

Niki se echa a reír.

–¡Sí, pero quizá no sepa hacer un *striptease*, y además no se ha licenciado! El problema es siempre el mismo... ¡Ser sincera con una misma y, sobre todo, admitir lo que buscas de verdad en un hombre!

–Te olvidas de una cosa... –Barbara le sonríe con malicia–. Lo que un hombre te hace creer que puedes encontrar en él. –Apenas concluye la frase se acercan a ellas Luca y Marco.

–¡Os hemos traído algo de beber! –Les pasan los vasos que les han traído sobre una bandeja grande.

–Gracias... –Niki coge un vaso de Coca-Cola.

–Eh, ¿de qué estaban hablando estas bellezas?

–Oh... –Sara sonríe–. ¿Recuerdas a Kierkegaard, *Diario de un seductor*? Pues, por ahí iban los tiros...

Luca abraza a Barbara.

–Lo sabía, he tenido mucha suerte... Es difícil encontrar a una compañera guapa y divertida... ¡Y no digamos ya una inteligente! ¡Eso es casi imposible!

Barbara se vuelve, sorprendida.

–Cariño..., no me habías dicho que estabas con otra...

Todos se echan a reír y Niki se pone a beber de nuevo mirando fugazmente alrededor. Nota que Guido charla con una chica atractiva al otro lado de la sala. Ella se ríe inclinándose hacia delante. Guido sigue bebiendo limonada. En un momento dado su mirada se cruza con la de Niki y alza el vaso. Es absurdo que discutamos cada vez que nos vemos; en el fondo es simpático. Y no es peligroso. Mientras lo piensa, retumban en su mente las palabras de él: «Es de ti de quien no debes fiarte... El exceso de seguridad te hace resbalar con mayor facilidad.» De manera que, menos segura ya, da un sorbo a su Coca-Cola y, cuando baja los ojos, ve que Giulia la está escrutando con una sonrisa divertida en los labios. Ha presenciado el intercambio de miradas y de sonrisas y ahora observa a Niki maliciosa, con aire de estar imaginando vete tú a saber qué, de tener más conchas que un galápago. Y Niki se percata de que es demasiado tarde para disimular.

Setenta y tres

Alex llega jadeante y llama a la puerta. Flavio le abre de inmediato con semblante serio y disgustado. Alex entra y cierra la puerta a sus espaldas.

—¿Qué pasa? ¿Qué ha sucedido? ¿A qué vienen tantas prisas? ¡Apenas me ha dado tiempo a acabar la reunión para venir corriendo hasta aquí!

—La verdad es que no sé qué decirte. No sé lo que le ha ocurrido. Se ha encerrado ahí dentro y no me habla, no quiere saber nada, no atiende a razones.

—¿En serio?

—¿Acaso crees que bromeo?

Alex lo mira desconfiado y Flavio se siente sinceramente desolado.

—Ha dicho que sólo quiere hablar contigo. En serio, Alex, te estoy hablando en serio.

—Hum...

Al final Alex se convence. Quizá haya hablado con Susanna, se habrán dicho algo, un intercambio de ocurrencias, o quizá hayan recordado tiempos pasados, tal vez se trate de algo relacionado con sus hijos. De repente Alex tiene una intuición. Puede que él, que siempre ha estado con otras mujeres..., haya descubierto ahora que ella está con otro. Esa última reflexión acaba de convencerlo. Llama temeroso a su puerta.

—Pietro... Pietro, ¿estás ahí? Venga, déjalo ya. Hablemos... De lo que sea... Es mejor hablar, expresarlo en lugar de guardárselo dentro. Rumiar las cosas en silencio sólo sirve para empeorarlas..., ¡como en tu caso!

Por fin se abre la puerta y suena una música a todo volumen: «*Za-zuera, zazuera... ¡A, E, I, O, U, ipselon!*»

Pietro sale de la habitación a la cabeza de una conga.

—¡Brasil..., la-la-la-la-la-la-la-laaa...! —canta a voz en grito, feliz y alegre como nunca.

Detrás de él, con las manos apoyadas en las caderas, lo sigue una chica de color, una venezolana un poco más clara de tez y tres italianas.

—¡Agárrate al final, vamos, ven con nosotros! ¡La última vez no te organizamos la fiesta que te merecías!

La conga desfila por delante de Alex alegre y divertida. Una sucesión de cabelleras rizadas y oscuras, lisas y rubias, e incluso pelirrojas. En el aire se entremezclan los aromas, del más dulce al más seco, todos deseables, eso sí.

Alex fulmina con la mirada a Flavio, que abre los brazos.

—Me pidió que no te dijera nada; aseguró que la sorpresa te gustaría.

—¡Claro!

Por si fuera poco, al final de la conga, con una extraña cinta de colores sujetándole el pelo y una boa azul alrededor del cuello, se encuentra Enrico.

Alex se queda patidifuso.

—¿Tú también?

—¡Sí! Soy demasiado feliz... He encontrado a la canguro... Y además, Pietro y Flavio tienen razón. ¡Debemos alegrarnos por ti! Tú también lo dijiste, ¿no? ¡Eres tú quien se casa! Tenemos que celebrarlo como es debido... Entre otras cosas porque nosotros ya lo hemos hecho... Y no corremos ningún riesgo. Pe-pe-pe-pe-pe-pe-pe-pe...

Desaparece de su vista contoneándose como un perfecto carioca detrás de esa conga multiforme, multicolor y multiétnica... Y, sobre todo, perfectamente equilibrada en cuestión de curvas, como esas sobre las que Enrico apoya radiante sus manos.

—Zazuera..., zazuera... —Desaparecen detrás del último pilar que hay al fondo de la sala.

Ring, ring. Suena el móvil de Alex, que lo saca del bolsillo de su chaqueta verde y lee el nombre en la pantalla.

—¡No me lo puedo creer! ¡Es Niki! Tiene un sentido de la oportunidad... —Abre el aparato—. Estaba a punto de llamarte, cariño.

—¿Cómo es posible que siempre estés a punto de llamarme, y siempre, aunque sea por unos segundos, me adelanto?

Alex piensa por un momento.

—Tienes razón... Debe de ser algo genético, por lo visto llevas dentro un reloj biológico que haría palidecer de envidia a los suizos; o quizá sea aún más sencillo: nuestras mentes sintonizan a la perfección... ¡Sólo que tú eres más rápida que yo!

—Hum... —Niki reflexiona un instante—. No sé por qué, pero detrás de cada cumplido veo siempre el engaño.

—¡Amor mío! Qué horror... Me quitas las ganas de subrayar, de gritar al mundo la suerte que tengo de tener a mi lado a una mujer tan perfecta. ¡Y no tardará en ser para siempre!

Niki se sobresalta, siente un escalofrío y se queda sin aliento. Miedo. Esas palabras. Para siempre. Pero se sobrepone en un abrir y cerrar de ojos y prosigue como si nada:

—Sí, sí... Cuando dices esas cosas, en lugar de engaño yo hablaría más bién de tomadura de pelo.

—Cariño, sé que quizá no me creas, pero lo pienso de verdad. ¿Quién o qué cosa podría impulsar a un hombre a pedir la mano de una mujer sino, simplemente, todo lo que siento por ti? —Antes de que pueda añadir algo más, la abigarrada conga sale por la puerta del salón.

—*Zazuera...*, *zazuera...* —Pasa junto a Alex, que se aleja de inmediato y se dirige hacia la cocina buscando un poco más de tranquilidad. Pero, como suele ser habitual, a Niki no se le escapa nada.

—¿Dónde estás, Alex? ¿En una discoteca?

A él le entran ganas de reírse.

—No... Estoy en casa de Pietro.

—Pero bueno... Me aseguraste que estaba muy triste, que era urgente que fueses a verlo, que Flavio te había llamado y que no sabías lo que estaba ocurriendo.

—Sí, así es.

Pietro se planta delante de él y hace sonar un matasuegras delante de su cara: «Piiiiii...»

Alex lo echa de inmediato de la cocina y cierra la puerta. El silencio es, de nuevo, casi absoluto.

—¿Qué es todo ese jaleo?

—Bah... No lo sé. Tal vez una alarma. He cambiado de sitio.

—¿Y bien?

—Pues nada, que llegué aquí convencido de que me encontraría con lo que te había dicho, pero se trataba de una broma, me han preparado una sorpresa...

—¿Qué tipo de sorpresa?

—Eh, ¿qué tipo...? Nada, un poco de gente, champán, algo de comer, música... Una pequeña fiesta para celebrar la noticia de nuestra boda.

—Imagino que hay también algunas chicas...

—Sí, creo que trabajan en el despacho de Pietro... No sé, cuando me has llamado acababa de llegar.

—Hum... —Niki se queda pensativa—. Sí, precisamente hoy mis amigas y yo hemos estado hablando de eso, se les han ocurrido varias ideas para mi despedida...

—¿Y eso qué tiene que ver, cariño? Pero si esto no es ninguna despedida de soltero, es demasiado pronto aún...

—Ah, en ese caso puedo ir...

Alex se queda de piedra, la pregunta lo ha pillado desprevenido. Mira a través de la puerta cristalera que une la cocina con el comedor. Pietro está bailando entre la chica de color y la guapísima venezolana, rozando sus cuerpos. En momentos como ése es cuando no hay que dejarse pillar desprevenido.

—Por supuesto, ¿por qué no? ¿Te apetece?

Niki reflexiona por un momento y finalmente toma una decisión.

—No, no... Mañana por la mañana tengo una clase muy temprano... Pero no vuelvas tarde, ¿eh? Y no te distraigas mucho ni bebas demasiado... Y, sobre todo, no hagas nada que luego no puedas contarme.

—Cariño... Estoy de acuerdo con todo salvo con lo último que has dicho.

—¿A qué te refieres?

—Si después te lo cuento todo... ¡Es como si tuviera permiso para hacer de todo!

—¡Claro, cómo no! Prueba..., ¡tú me lo cuentas y luego hablamos!

Niki cuelga con esa última amenaza. Alex sacude la cabeza divertido. Es fantástico tener una novia así, me alegro de casarme con ella. Cuando existe una perfecta sintonía puedes contarlo todo, no necesitas ocultar nada, te sientes ligero, sin preocupaciones y puedes ser tú mismo. Porque no hay nada más terrible que tener que adaptarte, que esforzarte por ser como en realidad no eres. En cierta medida eso era lo que sucedía con Elena. Claro que ella era una mujer excepcional, pasé momentos preciosos en su compañía. El sexo, sin ir más lejos, era increíble, lleno de imaginación, de malicia, incluso de perversión en ciertas ocasiones. Elena sabía lanzarse, le gustaba llegar hasta el final, condimentar el sexo con la fantasía. Una vez, sin ir más lejos, se empeñó en que viésemos *Lucía y el sexo* y quiso que nos sentáramos en las últimas filas del cine... Todavía lo recuerdo. Ella llevaba una falda, una camiseta, una chaqueta y unas medias de rejilla... Eso era todo. Y mientras las escenas de la película pasaban por la pantalla, Elena se dejó llevar por lo que en ellas sucedía, me cogió la mano y... ¡Basta, Alex! ¿Por qué me vuelven a la mente esas cosas? ¿Qué tienen que ver conmigo ahora? Elena era extraña y, de hecho, después descubriste lo que te ocultaba. ¿Por qué piensas en ella precisamente ahora? ¿Temes que el deseo físico que sientes por Niki pueda menguar porque ella no es tan lanzada? En fin, habla claro, Alex, porque ella, en el fondo, no es una «salida». Puede ser. Alex, tendrás que ser tú el que invente, el que cambie, el que alimente vuestro deseo, el suyo y el tuyo, mientras que antes era a ti al que seducían en ese sentido..., ahora te verás obligado a hacerlo también tú. Y quizá te guste más... O puede que ella, Niki, cambie, se vuelva más mujer, más adulta, se vista con ropa de cuero y se calce unas botas hasta la rodilla... Alex se imagina una Niki más sensual. La ve diferente, con el pelo corto, a lo *garçon,* una especie de Niki-Valentina de Crepax, vestida de negro de los pies a la cabeza, sin bragas, con una chaqueta de piel y unos extraños objetos en la mano... Es audaz, lujuriosa y ávida, se apoya en los muebles de la cocina... Se vuelve hacia él, lleva los ojos pintados de negro, los labios de un color más oscuro, intenso, pero no vulgar, sonríe y espera maliciosa a que Alex se acerque a ella. Mientras tanto, se inclina ligeramente hacia adelante...

—Alex, pero ¿qué estás haciendo? —Pietro se asoma de nuevo a la cocina—. ¿Sigues con el teléfono? ¡Venga! Que sepas que esta fiesta es en tu honor... Diviértete esta noche, ¡a saber cuándo podrás concederte otra vez libertades de este tipo!

Alex sonríe, sale de la cocina y de inmediato se une a la conga de colores, que no se ha detenido en ningún momento. Enrico le hace sitio, lo deja pasar delante de él.

—¡Ven, vamos!

La fiesta prosigue. También Flavio, que está sentado en el sofá, parece alegre, charla con una brasileña intentando enseñarle varias palabras en italiano que ella da la impresión que no acaba de captar.

—Tú, pájara de mucho cuidado.

—¿Qué quieres decir? ¿Que te gusto?

—No..., que eres una listilla.

—¿Listilla?

—¡Astuta! —Flavio se lleva el pulgar al pómulo y simula hacer un corte hacia abajo—. Que vas directa al grano, ¿entiendes?

—¡No! —La brasileña se levanta, se pone a bailar y exhibe sus atributos moviéndose con un ritmo perfecto—. Directa, no. ¡Yo, toda curvas!

Alex sacude la cabeza y admira las caderas suaves y sin un gramo de grasa de la guapísima venezolana, que se vuelve y le sonríe. Sí, reconozco que es guapa, es mi fiesta y quiero divertirme, pero ¿y Niki-Valentina? ¿Quién es capaz de olvidarla? De manera que sigue bailando alegre y sereno, consciente de que su verdadero sueño prohibido lo espera en casa.

Setenta y cuatro

Olly llega con unos minutos de retraso. Las puertas de cristal se abren, las chicas de la recepción la saludan. Sube de dos en dos los peldaños de la escalinata del vestíbulo, recorre un largo pasillo y entra en el departamento de Marketing. Saluda a los compañeros que ya están trabajando. Se encamina hacia su escritorio y se sienta. Exhala un largo suspiro. Mira por la ventana. El cielo está ligeramente nublado, pero todavía no llueve. Y quizá no lo haga. Olly enciende su móvil. Hoy debe acabar de ordenar uno de los archivos de direcciones para la nueva campaña publicitaria. Se trata de un simple trabajo de archivo por orden alfabético; además, debe añadir varios nombres nuevos. Resopla y abre el Excel. En ese momento entra Simone. La ve sentada a la mesa. Se atusa el pelo, se ajusta las gafas y se aproxima a ella.

—Hola, ¿cómo va?

—No va...

—Eh..., lo sé... Vamos, llevas más de un mes aquí, y si Eddy no te ha echado ya es porque tiene una buena opinión de ti...

—Pues menudo consuelo. Jamás me dirige la palabra, dentro de un mes se acaban las prácticas y yo no he aprendido nada sobre diseño de moda...

—Bueno, ya sabes lo que dicen, ¿no? Para aprender a escribir basta calzarse un par de zapatos y echar a andar... Significa que se empieza desde muy lejos...

—¿Se puede saber dónde has oído eso? —Olly sigue tecleando sin mirar a Simone. Se percata de que ha sido brusca con él y alza la mirada–. Perdona, no estoy enfadada contigo, es que todo me sale mal. Incluso en el amor.

Simone la mira y opta por no profundizar. La ve rara.

—¿Cómo van tus diseños? —le pregunta en cambio.

—Bueno, soy la única que los mira, nadie les presta la menor atención. Los guardo todavía en el cajón...

—Enséñame los últimos, venga.

Olly ladea la cabeza desganada. Resopla.

—No, mejor no...

—Venga, no te hagas de rogar... —Simone rodea la mesa y abre el cajón.

—No, vamos... —Olly intenta detenerlo, pero Simone es más rápido. Coge la carpeta y la abre. Le echa un vistazo.

—¡Son preciosos, Olly!

—Eres el único que lo dice.

—No, soy objetivo, confía en mí...

Ella lo mira sonriente. La verdad es que este chico es tierno. Hace lo que puede para ser amable conmigo, pero yo estoy fatal. No dejo de pensar en Giampi. No ha vuelto a dar señales de vida. No responde los sms ni los *e-mails*. También me ignora en Facebook y, cuando coincidimos en el chat, se desconecta de inmediato. Por si fuera poco, en su perfil ha escrito: «Decepcionado del amor.» Fantástico. Me siento fatal.

—¿Te apetece un café, Olly? No importa que hayas llegado tarde, cinco minutos más o menos... Venga, bajemos...

Simone la lleva cogida de la mano. Salen de la habitación. Llegan al vestíbulo, entran en el bar y ponen dos monodosis de café en la máquina. Esperan unos segundos y después retiran de debajo del aparato los vasitos de papel. Cogen unos sobrecitos de azúcar moreno y dos cucharillas.

—Hablo en serio, Olly, debes creer un poco más en tu trabajo.

Ella da el primer sorbo y a continuación sopla para enfriar un poco el café.

—Eres demasiado bueno. Eddy, la única persona que cuenta aquí, primero dijo que eran dignos de un niño de guardería y, después, de uno de segundo de primaria.

—¿Lo ves? ¡Eso significa que ya has dado un paso adelante! Ahora debemos de estar, como poco, en primero de secundaria.

Simone apura el café de un sorbo. Deja tan sólo un poco de azúcar en el fondo y lo recoge con la cucharilla.

—Eres un tipo optimista, ¿eh? Desde ese día no ha vuelto a decirme nada... Ni siquiera recuerda que existo...

Simone la escruta. Se mete en la boca la cucharilla con el azúcar. Yo sí que recuerdo que existes. Eres preciosa. Me pregunto, sin embargo, si eres consciente. Si te importa. Si sabes que me gustas. Olly se vuelve de golpe y ve que él la mira pasmado. Simone se sobresalta. El azúcar se le atraganta y tose.

Olly esboza una sonrisa.

—Venga, ahora volvamos arriba... De lo contrario, Eddy me echará a la calle en menos que canta un gallo...

Tiran los vasitos a la basura y suben de nuevo la escalinata del vestíbulo. Cuando entra en su despacho Olly se lleva un susto de muerte. Eddy está sentado a su escritorio. Simone la mira y le guiña un ojo. A continuación los deja solos. Olly traga saliva y se acerca a la mesa.

—Ya veo que haces lo que te da la gana, ¿eh? Pausa para tomar un café a las nueve y media. Ni siquiera has empezado a trabajar y ya te ausentas. Y, por si fuera poco, esta mañana has llegado tarde.

Olly tiembla. Pero ¿qué pasa? ¿Tiene espías por todas partes? En cualquier caso mantiene la calma. Eddy se levanta y se dirige a otra chica. Le dice algo sobre el trabajo. Después mira de nuevo a Olly antes de salir.

—La verdad es que haces menos que nada. Ni siquiera serías capaz de diseñar..., no sé, tres modelos con sus correspondientes telas. No obstante, por lo visto es lo que quieres hacer... Bah... —Se marcha.

Olly asiente sin pronunciar palabra y lo contempla mientras se aleja. Pero ¿qué le he hecho yo a ese tipo?

Setenta y cinco

Pietro hojea rápidamente el periódico con la mano izquierda mientras bebe un capuchino con la derecha. De repente repara en una noticia y sacude la cabeza poco convencido. No es cierto. Qué estafadores, el cincuenta por ciento de las noticias que aparecen en los diarios son falsas. Habría que verificarlas. Al fondo de la sala se abre la puerta del dormitorio de Flavio, que sale con el pelo enmarañado y con la parte de arriba del pijama del revés.

—Madre mía, qué noche...

—Habla con propiedad... —Pietro apura su capuchino—. Madre mía... ¡Vaya polvo! ¿O no?

—Sí... Increíble. —Flavio sigue atontado pero risueño, se sienta orgulloso a la mesa y se sirve un poco de café en una taza—. Apenas me lo podía creer, menuda fiera, me ha puesto en un aprieto, la verdad... Jamás me lo habría imaginado, ¡ha sido una noche realmente increíble!

Pietro se pone la chaqueta.

—Eso espero porque, con lo que me ha costado..., sólo habría faltado que después no estuvieses contento...

—¿De quién hablas? ¿De la brasileña?

—Por supuesto, esas dos cuestan quinientos euros la noche, ¿qué te crees, coño? ¡Ella y la venezolana! Quería que Alex y tú quedarais contentos. Tú necesitabas recuperar un poco de autoestima, tranquilidad y sobre todo... ¡desahogarte! Él..., bueno, era su fiesta... Mejor dicho, ¡más que una fiesta era su sacrificio! ¡En fin, que le correspondía una acompañante con cualidades especiales!

En ese momento Pietro se percata de que Flavio se ha quedado con la boca abierta.

—Perdona, ¿pensabas que habíais ligado con una chica normal? Pero si se veía a la legua, sólo la manera de bailar... ¿No viste cómo te metía las tetas en la cara y movía el culo? Por favor... De infarto...

—Pues sí, de hecho... Bueno... —Flavio intenta sobreponerse—. Yo creí... En fin. Como se hacía la estrecha...

—¡Evidentemente! Es su trabajo. ¡El hombre debe creer que es siempre el depredador!

Flavio da un sorbo a su capuchino. Sigue dándole vueltas a lo que ha pasado.

—¿Y las demás?

—No, ésas eran simplemente chicas imagen. Ciento cincuenta euros.

—Ah, simplemente... También ellas bailaban bien.

—Sí, de maravilla. Bueno, me voy a trabajar, colega. En cualquier caso, estoy feliz, la noche no podría haber ido mejor.

Flavio cae de repente en la cuenta.

—Pero ¿qué hicieron Enrico y Alex?

Pietro se pone el abrigo.

—Imagínate... A esas alturas estabas ya borracho y no te diste cuenta de nada. Enrico sintió una repentina nostalgia de Ingrid...

—¿A pesar de esa canguro, Anna, que, según dice, es una maravilla?

—Sí, no pudo resistirlo y puso pies en polvorosa... Samantha, una de las chicas imagen, había concluido el tiempo que debía pasar con nosotros y le pidió que la llevase, pero él se negó.

—¡No!

—Sí, tuve que llamar a un taxi.

Flavio sacude la cabeza y muerde un trozo de croissant.

—Está fatal... ¿Y Alex?

Pietro esboza una sonrisa.

—La venezolana... ¿Te diste cuenta de lo guapa que era?

—Sí, Monica Belluci a su lado es un adefesio.

—Bueno, me gustaría contarte lo que vi hacer a Alex, pero soy un señor.

—¡No! ¿Y eso desde cuándo?

Pietro asiente con la cabeza.

—Soy un truhán, soy un señor... —Se dirige en silencio hacia la puerta de entrada—. Sólo te diré una cosa: mientras tú dormías, la oí gritar —y sale dejando a Flavio patidifuso.

Increíble. Quién me lo iba a decir. Alex la ha hecho gritar, uno nunca sabe qué puede esperar de la gente. Crees que son de una manera pero luego siempre te sorprenden. Justo en ese momento se abre la puerta de la calle y Pietro vuelve a entrar.

—Ah, lo de Alex era una broma, ¿eh? ¡Aunque ojalá cayera en la trampa! Ése está completamente enamorado y cree que incluso yendo de putas engaña a Niki.

—Ah... —Flavio se siente más relajado—. ¿Entonces?

—¡Pues que no hizo nada!

—¿Y malgastaste quinientos euros?

—¿Yo? ¿Estás loco? ¡Al final le dije que yo también me caso el mes que viene! A ver quién es el tonto que deja escapar a una como ésa...

—¡Alex!

—Pues sí... —Pietro cierra la puerta y luego grita desde fuera—: ¡Ah, acuérdate de hacer la compra!

Flavio coge un folio y empieza a escribir de inmediato todo lo que hace falta para la casa. Pasta, agua, servilletas, vasos, vino tinto, blanco, champán..., champán como el de anoche. Se detiene, se mete el bolígrafo en la boca y se queda absorto contemplando la sala. La verdad es que Jacqueline, la brasileña, estaba cañón. La recuerda ensimismado. Rememora como flashes los diferentes momentos de la noche, la luna, su cuerpo oscuro entre las sábanas blancas..., y todas las cosas que le dije, palabras de amor, palabras dulces, las palabras de un borracho. Quién sabe, quizá se reía para sus adentros. Quiero decir que le habían pagado, de manera que toda esa cháchara estaba de más. Podría haber dicho la gilipollez más grande y ella le habría prestado igualmente atención. Y yo que pensaba ya mandarle flores con una nota... Palabras de amor. «En la oscuridad de la noche, una única sonrisa: la tuya.» Tenía unos dientes perfectos. De repente lo invade un sentimiento de vacío, una tristeza infinita, un malestar existencial. Y piensa en ella. En Cristina, en su esposa, en su vida, en su trayectoria juntos, en su deseo de construir y, sobre todo, en la belleza de sentirse enamorados. Y, de pronto, ese *loft* le parece completamente vacío y nunca como en ese momento considera atinada esa frase. Se la dijo su padre antes de casarse: «Habrá días en que no tendrás ganas, en que deberás esforzarte incluso para hacer el amor con tu esposa... Pero llegará un momento en que lo vuestro te parecerá tan importante que el resto se desvanecerá. ¿Sabes cuándo tuvo lugar ese momento en mi caso? Cuando naciste tú.» En ese instante Flavio entiende otra cosa. Que crecer es muy doloroso.

Setenta y seis

La sala de espera está bien iluminada. Una emisora de radio pincha melodías de siempre a un agradable volumen, que no molesta. Colores cálidos y relajantes. En una de las paredes hay colgada una imagen cómica: unos patos retratados en diferentes escenas. Uno corre vestido con un chándal, otro levanta unas pesas, otro cocina una tarta. Las sillas son cómodas, robustas y están tapizadas.

Una señora hojea aburrida un periódico. Se detiene en una fotografía grande de moda, observa a la modelo y hace una ligera mueca. Después pasa la página y lee. Una pareja de unos treinta años cogida de la mano bromea en voz baja sobre algo que ha sucedido por la mañana en una tienda. Bajo el abrigo de ella se adivina una prominente tripa. Parecen felices. Una joven, sola, escribe nerviosa un sms. Después espera unos instantes a recibir la respuesta. La lee. Pone los ojos en blanco aún más crispada. Otra mujer está sentada junto a un niño de unos cuatro años que juega con un muñeco mientras la acribilla a preguntas. Ella le responde con paciencia y dulzura.

Diletta balancea arriba y abajo los pies. Filippo está en silencio. Mira alrededor. Esa pareja..., a saber quiénes son. ¿Estarán casados? ¿Estarán bien? Después piensa en ellos dos. Somos muy jóvenes. Todavía no me lo puedo creer. Si la ginecóloga nos lo confirma, ¿qué hacemos? Sigue dándole vueltas a esas ideas, que, sin lugar a dudas, lo superan. Se retuerce las manos y entrelaza los dedos.

Diletta respira profundamente. Mira al niño rechoncho, cómico, rubio y curioso. Una vida en crecimiento. Se toca el vientre de manera imperceptible, como si de un acto reflejo se tratara. De improviso se siente ligera. Emocionada. Tiene miedo, sí, pero esa espera no deja de ser también una sensación agradable. Aunque no se lo dice a Filippo. Sabe de sobra hasta qué punto está turbado. Mucho.

—¿Adeli?

Una voz saca a Diletta y a Filippo de su ensimismamiento.

—Sí, somos nosotros.

Se levantan a la vez y entran en la consulta de la ginecóloga.

—Buenos días. Poneos cómodos. —La doctora Rossi parece una persona amable. Es una mujer de unos cuarenta años, delgada, con una melena larga que le roza los hombros, lisa y de color castaño claro. Lleva gafas. Tiene una mirada bondadosa y sonríe de manera tranquilizadora—. Vosotros diréis...

Diletta y Filippo miran alrededor. En las paredes hay varios pósteres con imágenes ilustrativas de las distintas fases del embarazo o del ciclo menstrual. El sol del atardecer ilumina la gran planta que hay junto a la puerta acristalada. Sobre el escritorio, un marco contiene la fotografía de dos niños risueños en una playa. Quizá sean los hijos de la doctora.

Diletta hace acopio de valor.

—Sí..., bueno, pues que anoche hicimos dos test de embarazo y... —La doctora Rossi la mira impasible, coge una carpeta nueva del mueble que hay a sus espaldas y escribe el nombre de Diletta. A continuación la abre y anota algo. Diletta busca con la mirada a Filippo y a continuación prosigue, titubeante—: Los dos dieron positivo, vimos dos rayitas oscuras..., pero no sabemos si...

La doctora sigue escribiendo. A continuación alza la cabeza y mira primero a Diletta y después a Filippo.

—Ya me imagino. ¿Cuántos días de retraso?

—Dos semanas.

—Muy bien. Queréis saber si el resultado es fiable. Habéis hecho bien en venir. En efecto, es mejor hacer un examen más detallado. Para empezar, una ecografía transvaginal nos dará ya una mayor certeza... Y después hay que hacer una beta-hCG, es decir, un análisis de sangre. ¿De acuerdo? —habla en tono tranquilo. Esos dos chicos son muy jóvenes y sabe que están asustados. Diletta se da cuenta y le sonríe.

—Está bien —responde mirando a Filippo, que asiente con la cabeza.

Lo observa por unos segundos. Tiene la cara un poco pálida. A saber en qué estará pensando. No ha abierto la boca desde anoche.

Filippo escruta la pantalla que hay encendida a cierta distancia, junto a la camilla. En su fuero interno espera que borre de un plumazo todos sus temores.

—¿Necesitas ir al baño? —le pregunta la doctora a Diletta.

—No, no, estoy bien. He ido antes, mientras esperaba.

—Perfecto. La transvaginal debe hacerse con la vejiga vacía.

—¿Mi novio debe salir? Me gustaría que se quedara...

—Como él prefiera..., a mí me da igual...

Las dos mujeres se vuelven hacia Filippo, que, avergonzado, asiente con la cabeza.

—No, no..., yo también me quedo —dice, y permanece sentado.

La ginecóloga invita a Diletta a desnudarse y luego le pide que se tumbe en la camilla. Le habla para tranquilizarla, bromea también un poco diciendo que hacen muy buena pareja. Diletta se relaja y deja que la examine. La doctora se pone manos a la obra. Se lava las manos y se pone unos guantes blancos de látex. Filippo la observa y siente que la cabeza empieza a darle vueltas. La doctora Rossi introduce la sonda cubierta de una funda blanda y gel de ultrasonido. Mientras tanto le va explicando todo a Diletta con palabras sencillas, intentando confortarla.

—Si te hago daño, dímelo..., iré despacio. Ahora empezamos a observar el útero y los ovarios. Puedes verlos conmigo en la pantalla... —Diletta asiente con la cabeza, nota una ligera molestia, aunque nada que no pueda soportar. La doctora es afable. A continuación ladea un poco la cabeza hacia el vídeo, que muestra una especie de media luna rayada—. ¿Te habías visto alguna vez así? Impresionante, ¿verdad? —sonríe.

Diletta niega con la cabeza y sigue escuchándola atentamente sin dejar de mirarla.

—Este tipo de ecografía nos permite ver la cavidad uterina..., aquí está... –Sigue moviendo poco a poco la sonda para explorarlo todo. De improviso se detiene–. Pues bien, chicos... –Filippo se levanta de la silla y se acerca a ellas. Prueba a comprender esas imágenes disgregadas que se mueven por la pantalla–. Aquí tenéis la bolsa gestacional. Ahora tiene casi un centímetro de diámetro y crecerá durante los próximos días...

–Pero ¿eso qué quiere decir? –pregunta Filippo, ligeramente asustado.

–Que tu novia está en estado interesante... –contesta la doctora mirando risueña a Diletta–. En cualquier caso, todavía te quedan varias semanas para decidir si quieres tenerlo o no... Ahora hablaremos. –Filippo y Diletta se miran atemorizados–. Puedes bajar ya y vestirte.

Diletta obedece. Filippo vuelve a sentarse un poco aturdido y en silencio. Estado interesante... ¿Por qué lo llamarán así? ¿Para quién lo es? Para mí no, desde luego. A mí me interesan otras cosas. Correr por el parque. Las carreras. Algunos exámenes de arquitectura. Mis CD. Todas las películas de Tom Cruise. La tarta de chocolate con coco. Hacer el amor con Diletta. Pero esto, no. Esto me asusta.

Diletta se sienta a su lado. Le roza el brazo. Él se vuelve intentando sonreírle.

La doctora Rossi los mira con dulzura.

–Veo que os sorprende... Lo entiendo. Sea como sea, no dramaticemos. Por el momento os sugiero que habléis con vuestros padres porque, aunque seáis mayores de edad, sois en cualquier caso muy jóvenes y, por tanto, es mejor ser sinceros y compartir con ellos este momento. Luego, como os decía antes, podéis decidir serenamente qué queréis hacer... Os aconsejo que vayáis a un consultorio donde unos expertos escucharán vuestras dudas, los eventuales temores que podáis tener, y os darán algunas indicaciones útiles... Podéis ir con toda tranquilidad. Es muy importante, tan importante como hablar con las personas que os quieren...

–¿Se refiere a una posible interrupción...? –interviene Filippo.

Al oír esa palabra, Diletta se vuelve de golpe y lo mira con aire interrogativo. La doctora Rossi se percata.

—Sí, es una de las posibilidades. Pero antes de tomar una decisión debéis reflexionar con detenimiento. Desahogaos y no os ocultéis nada de lo que podáis sentir... No es momento de tomarse las cosas a broma. Probad a imaginar los posibles escenarios, las consecuencias de vuestras respectivas decisiones para los dos, y discutidlo... La decisión sólo viene después. Escuchad lo que os dice vuestro corazón y no perdáis la lucidez. Se lo digo a todos, no os preocupéis. El embarazo es un momento importante a cualquier edad.

Diletta sigue sin dar crédito.

—Pero, doctora, ¿puedo volver a su consulta? No tengo ginecóloga. Sólo conozco a mi médico de familia. Y usted me gusta...

La doctora Rossi sonríe.

—¡Gracias! Está bien, si queréis, sí, por supuesto... En ese caso te anoto para el análisis de sangre y completo tu historial. Cuando me traigas los resultados puedes contarme cómo han ido los primeros días después de la noticia, ¿eh?

—Sí...

—Muy bien. Dime tus datos para que los escriba aquí...

Mientras Diletta contesta, Filippo permanece sentado a su lado, inmóvil y en silencio. No sabe qué hacer. Pensar. Diletta le ha pedido a la doctora si puede hacerle ella el seguimiento. Diletta lo mira enojada cuando se habla de aborto. La ginecóloga habla de todo como si fuese la cosa más natural del mundo. ¿Y yo? ¿Qué pinto yo en todo esto? ¿Lo habéis pensado? Que alguien pare este tren, que yo me bajo. Quiero volver a esa noche y cambiarlo todo. ¿Por qué se me ocurriría dar una vuelta tan larga para enseñarle a Diletta ese arco? ¿No podría haberme limitado a acompañarla a casa? De ahora en adelante llevaré por lo menos diez preservativos en la guantera. Quiero escapar. Me gustaría despertarme mañana por la mañana y descubrir que todo ha sido una pesadilla. Que Diletta tiene la regla, que todo vuelve a ser como siempre, y que yo no estoy a punto de convertirme en... ¡padre! ¡Padre! ¡Socorro! Un niño entre mis brazos. Mi hijo. Le vienen a la mente las escenas más absurdas. *Tres hombres y un bebé.* La pusieron en televisión la otra noche. Incluso le hizo reír. Peter, un arquitecto, Michael, un dibujante de cómics y diseñador de muñecos, y Jack, un ex publicista y actor, se encuentran una mañana una cuna en la puerta de su casa. Dentro está Mary, una niña recién nacida. Qué escenas. Cuando la cambian o intentan darle de comer... Filippo empieza a temblar un poco. Jadea y el corazón le late a mil por hora.

—¿Verdad, Filippo?

Al oír su nombre, se agita.

—¿Eh? ¿Qué pasa?

—¿No me has oído? Decía que volveremos a la consulta de la doctora dentro de una semana con los resultados de la beta-hCG. ¿Te parece bien?

—Ah..., sí, claro.

—Diletta, es importante que sepas que desde ahora, desde las primeras semanas, el sistema hormonal sufre alteraciones para proteger el embarazo. Te sentirás distinta..., por ejemplo, un poco atontada, tendrás náuseas, quizá no te apetezcan algunas comidas o no soportes ciertos olores. En cualquier caso, todo eso es normal y no debes preocuparte.

Diletta asiente con la cabeza. Parece como suspendida. Escucha las palabras y las entiende, pero sin acabar de darse cuenta del todo. Se vuelve hacia Filippo. Lo ve desencajado.

—Muy bien, chicos. Os dejo mi tarjeta. Volveremos a vernos dentro de una semana, a las seis de la tarde. Os espero. Y, os lo ruego..., mantened la calma. ¿De acuerdo?

Diletta y Filippo se levantan.

—Sí, gracias, doctora... Nos vemos dentro de siete días.

La doctora Rossi los acompaña a la puerta. Los observa mientras salen silenciosos y luego vuelve a su consulta. Se sienta un momento a su escritorio antes de llamar al próximo paciente. Coge el auricular. Mira la fotografía. Las dos sonrisas retratadas la saludan desde allí, felices, en esa playa de Fregene. Sacude levemente la cabeza. Un recuerdo fugaz atraviesa su mente. Retrocede en el tiempo y, de repente, la cuenta atrás se detiene. Ve a una chica de diecinueve años, guapa, resuelta y segura de sí misma. Rodeada de amigos y risueña. Una noche equivocada. O quizá sólo arriesgada. Alguien a quien amar. Una noche exclusivamente suya. Y a continuación, una encrucijada. El miedo. La soledad. Y una decisión. Esa decisión. Drástica. Que tomó con determinación después de pasar varias noches de llantos e incertidumbres. Y sin alguien con quien compartirla. Guardar apariencias. Y después la clínica. Esas horas. Todo salió a pedir de boca. Como si fuera una menudencia.

La doctora Rossi vuelve a mirar la fotografía tras verse catapultada de nuevo al presente. Dos rostros. Sus hijos, que nacieron hace apenas unos años. Y un tercero, mayor, al que sólo puede imaginar, recordar en ocasiones, un secreto a sus espaldas, una época remota en que ella era una muchacha frágil que se rindió al silencio y al temor. Coloca de nuevo el marco sobre el cristal de la mesa. Se levanta del escritorio, se dirige hacia la puerta y la abre.

—El siguiente. Constantini, por favor...

Setenta y siete

El vestíbulo está lleno de gente. La música es bailable y suena a un volumen que permite la conversación. Unas guapas modelos van de un lado a otro sonrientes, con una copa en la mano. Unos hombres vestidos de sport o con trajes elegantes conversan con ellas. La fiesta que la casa de modas celebra todos los años para agasajar a los distribuidores, a los proveedores y a los clientes, así como para hacer negocios, es todo un éxito. Se respira elegancia por todas partes. Olly ha invitado también a las Olas. Sólo falta Diletta, que se sentía un poco cansada. Erica está charlando animadamente con Tiziano y sonríe. Niki está sentada en uno de los dos sofás blancos de la entrada, mientras dos atractivos jóvenes, quizá modelos, la rodean intentando arrancarle una sonrisa. Olly, por su parte, corre de un lado a otro junto a una tipa larguirucha que trabaja en el departamento de Marketing.

—¡Tenemos que coger más catálogos, se han acabado!

—Sí, están ahí... ¡Vamos!

—¡Cuánta gente guapa! ¡Jamás había estado en una fiesta como ésta!

—El mundo de la moda es así —responde la otra chica—. Organizamos una todos los años y otras dos en locales importantes de Roma y de Milán.

—¡Qué guay!

—Sí. Ah, y si sobran vestidos del muestrario a veces nos los regalan...

—¿De verdad? ¡No te creo!

—Sí, los reparten entre los empleados.

—Ah... —Olly hace una mueca y sigue a la chica.

Entran en una habitación y cogen los catálogos.

—¡Hola!

Olly se vuelve y ve a Simone.

—¡Hola! ¿Por qué no estás abajo?

—Acabo de subir. Me he cansado de estar ahí... ¿Qué hacéis?

—Hemos venido a coger más catálogos. Ten, ayúdanos —le responde de inmediato la otra chica.

Simone obedece y, pasados unos instantes, los tres se encuentran de nuevo abajo, distribuyendo los catálogos sobre las mesas de cristal para que las espléndidas modelos los repartan después risueñas a los invitados con un pequeño regalo: un llavero con la marca.

—¡Voy un momento al baño, chicos!

—Está bien, Olly, te esperamos en el bufet.

Simone se aleja con la otra chica a buscar algo de beber.

Olly se abre paso entre la gente con educación y paciencia. Todos bailan, hablan, sonríen y muestran lo mejor de sí mismos.

—Qué maravilla...

Olly nota que alguien le aferra un brazo. Se vuelve. Un chico guapísimo con el pelo largo y escalado y un mechón sobre los ojos la mira. Olly ve que lleva colgada al cuello una Nikon D3 profesional. La reconoce porque la vio un día en eBay, cuando buscaba una buena cámara fotográfica. Cuesta al menos cuatro mil euros.

—Perdona pero tengo que...

—Quiero sacarte una fotografía... Eres guapísima... ¿Eres modelo?

Olly sonríe. Es encantador.

—No..., trabajo aquí, pero no soy modelo.

—Lástima, deberías... —La mira intensamente. Olly se ruboriza un poco—. Oye, arriba hay una terraza preciosa... Por favor, me gustaría hacerte unas fotografías. Venga, será sólo un momento... Ah, lo olvidaba, me llamo Christian... Chris para ti.

Olly reflexiona por unos segundos. Christian. Claro. Chris. Es un fotógrafo famoso de Roma, joven y trepa. Desde que trabaja allí ha visto alguna de sus imágenes. La música sigue animando el ambiente. La gente parece divertirse. Olly lo mira de nuevo.

—Me llamo Olly...

—Un nombre precioso..., como tú...

Le coge la mano. Mientras pasan junto a un camarero que lleva una bandeja con copas de champán, Olly coge una al vuelo y se la bebe de un trago. Chris se echa a reír. Una modelo altísima pasa por delante de Tiziano, que la mira con la boca abierta y traga saliva. Erica le da un golpe en el hombro.

—¿Se puede saber qué estás mirando? Si hubiera sabido que se te iba a caer la baba de esa forma no te habría traído a la fiesta.

—¿Que miro, dices? ¡Pues claro! ¡Este sitio está lleno de tías buenísimas! ¡Eres una amiga de verdad! ¡Siempre lo he dicho! —y la besa.

—Soy más que una amiga, digamos que soy una «amiga especial». Además, ¿nunca habías estado en una fiesta de una casa de modas?

—¡Como si tú fueras todos los días! ¡Por supuesto que no! Es la primera vez.. Yo a las modelos las veo sólo en la televisión y en algunas revistas. ¡Nunca en persona! ¡Y tengo que reconocer que la cosa cambia! ¡Mira ésa! ¡Y la rubia! Y esa otra con la melena lisa... Madre mía..., ¡yo me muero! Vamos a beber algo, anda... ¿Crees que Olly podría presentarme a alguna, dado que trabaja aquí? ¡Así podría sacarles unas fotografías con el móvil para hacer rabiar a alguien!

Erica le pellizca en el brazo.

—¡Ay! Pero ¿qué he dicho? ¡Que no me las quiero tirar! Y, aunque así fuese, ¿qué problema hay?

—¡Sólo faltaba eso! ¿Recuerdas que has venido conmigo? ¿Qué clase de caballero eres?

—Bueno, si pretendías que me comportara como un caballero no deberías haberme traído a un sitio como éste. ¿Te das cuenta? Además, no me digas que a ti no te impresionan los modelos. ¿Has visto qué chicos?

—¡Los he visto! ¡Vaya si los he visto! ¡Pero soy educada, considerada y, sobre todo, no me gusta poner en un aprieto a mi acompañante!

Mientras sigue observando a la gente divisa a Olly, que va del brazo de un chico guapísimo de pelo largo. Entorna los ojos y los escruta. No es posible. Sí, lo ha visto alguna vez en televisión. ¡Es Chris, el famoso fotógrafo de moda, uno de los más atractivos y célebres del momento! ¡Y Olly lo acompaña cogida del brazo! ¡Qué suerte! ¡Caramba! Es una tía genial. Así se hace. Erica alza un brazo para llamar la atención de su amiga. Olly la vislumbra mientras sube la escalera con Chris. La ve. La mira. Erica levanta el pulgar en señal de aprobación y le guiña un ojo. Sí, tengo una amiga genial. A saber con cuántas fotos magníficas volverá a casa mañana... Venga, Olly, demuéstrales quién eres.

Justo en ese momento Simone ve también a la pareja y se extraña, pero permanece donde está y sigue bebiendo, procurando pasar desapercibido. Chris y Olly llegan al piso de arriba y cruzan el pasillo que conduce al gran invernadero acristalado que da a una inmensa terraza. Chris hace dar un par de vueltas a Olly y ella le obedece sonriendo.

—Eres fantástica... Muévete con espontaneidad...

Olly vuelve a girar sobre sí misma, se apoya en la barandilla, mira el cielo, sonríe, hace muecas, se atusa el pelo y se levanta un poco la falda con malicia. No se lo puede creer. Se siente bien, ligera, con ganas de relajarse. Y lo hace. Por unos instantes Giampi deja de existir Giampi y también Eddy, que ignora sus diseños, ambos se desvanecen y la fiesta desaparece. Sólo existe ella. Libre de cualquier pensamiento, gracias al champán, gracias a ese espléndido joven que le saca una fotografía tras otra y que da vueltas a su alrededor como si ella fuese una flor y él una bellísima mariposa. Y los pétalos de Olly se abren a la luz de la luna, que resplandece en lo alto del cielo. Christian se acerca cada vez más a ella y deja resbalar la Nikon sobre su cuello. Olly lo mira, seductora. Sus labios se rozan. Y ella se olvida de todo por un instante, se abandona a ese beso nuevo, diferente y misterioso. Sí. La felicidad también es eso. Una pequeña locura, un momento para uno mismo. Y ese abrazo le parece el mejor remedio para su mal.

Un poco más abajo. Pero ¿dónde demonios se ha metido? Simone se lo pregunta en silencio mientras busca en el piso de arriba. Hace una hora que no la veo. Entra en varias habitaciones, llama a la puerta del baño. Nada. Cruza el largo pasillo y llega al invernadero. No ve a nadie. Sólo oye un sonido parecido a una voz, pero más sutil. Simone se acerca. Está oscuro, aunque no lo suficiente como para ocultar la figura de una chica que le gusta a rabiar entre los brazos de ese tipo. Simone no se lo puede creer. No es posible. Creía que ella era distinta.

Los ve. Siente una punzada en lo más hondo. En parte porque sabe de sobra quién es él. Lo conoce. Vaya si lo conoce. Por eso se siente aún peor. Procura que no lo vean. Da media vuelta y se aleja. Vuelve a la fiesta. Y nunca como antes toda esa gente jovial le parece una nota desafinada.

Setenta y ocho

Niki entra en casa echa una furia.

—Mamá, papá..., ¿dónde estáis?

—¡Oh! —Una voz amiga procedente de la otra habitación—. Aquí, en la sala.

—Ah, ahora os veo.

Están sentados en el sofá delante de la televisión.

—Estamos viendo «L'eredità». Carlo Conti es muy bueno. Y además nos gusta mucho la guillotina...

—¿Qué es?

—Un juego en el que salen cinco palabras y tienes que encontrar la que está debajo de la carta que, de alguna forma, está relacionada con todas las demás.

Simona deja de ver la televisión.

—¿Querías decirnos algo?

Niki se pone seria y cambia por completo de expresión.

—Este fin de semana los padres de Alex nos han invitado a la casa que tienen en el campo, así podréis conoceros...

Roberto bebe un poco de agua.

—Ah... Yo creí que lo pensaríais un poco más...

—¿Qué quieres decir?

—Pues que... que ya no te casabas.

—Pero, papá, ¿por quién me tomas? Perdona, pero es una decisión muy importante..., ¡y crees que me la tomo a la ligera! —Se marcha enojada.

Justo en ese momento entra en la sala Matteo, el hermano pequeño de Niki.

—¿Qué pasa? ¿Qué ocurre? ¿Niki ya no se casa?

Simona da unas palmadas en el sofá.

—¡De tal padre, tal hijo! Los dos sois un desastre...

Roberto grita desde la sala:

—¡Niki, perdóname! No pretendía hacerte enfadar... Al contrario...
Quiero que sepas que nosotros te damos toda la libertad...

Niki vuelve a entrar.

—¡De elección! ¿Lo entiendes, hija mía?

Roberto se pone de pie, la abraza y le da un beso.

—Sólo quiero que estés tranquila, cariño.

—Pero si yo estoy tranquila.

—En ese caso, aún más, es decir, nosotros estaremos siempre contigo, decidas lo que decidas. Incluso si sales corriendo cuando ya estás
cerca del altar, como en esa película..., ¿cómo se titulaba?

Simona y Niki le responden a coro:

—¡*Novia a la fuga*!

—Eso es... Yo, mejor dicho, nosotros te comprenderemos... Incluso
en el último momento... —Sonríe mirando a Simona—. Bueno, en fin,
que si alguna vez dudas, vacilas, no acabas de verlo claro, sería estupendo que nos lo comentases antes de que nos pongamos a organizar
la boda... —Roberto insiste—: No, ¿qué digo?, en el último momento,
incluso.

Simona le sonríe con dulzura.

—Imagino que sabes que corresponde a la novia y, por tanto, a sus
padres, pagar el banquete... —Guiña un ojo a Niki sin dejar de sonreír—. Quizá unos cuatrocientos...

Niki se encoge de hombros, indecisa.

—Sí, quizá... Más o menos, no sé.

Simona mira de nuevo a Roberto.

—Bueno... —él vuelve a mostrarse risueño y complaciente—, la novia debe sentirse libre de tomar siempre cualquier decisión, aunque
sea en el último... Claro que si es antes... ¡evitarías que nos arruináse-
mos inútilmente!

—¡Papá...! —Niki hace un amago de volver a su habitación.

—Pero, Niki —Roberto corre detrás de ella—, sólo estaba bromeando...

—Pues tus bromas me parecen espantosas —Niki regresa al salón con él—. ¡Eres *cheap*!

—¿Chip?

Matteo interviene:

—Papá... Pero ¿en qué mundo vives? Quiere decir vulgar, pobretón. ¿Qué pensabas, que se refería a Chip y Chop?

—Está bien... ¡En cualquier caso, seré Chip cuando hable de dinero! O Chop, o lo que queráis. Lo único que pretendo es que mi hija decida con serenidad y no tenga miedo de cambiar de opinión.

Niki lo abraza.

—Gracias, papá, te quiero mucho... Ahora iré a mi habitación e intentaré estudiar un poco... —Se aleja más tranquila y, exhalando un suspiro, enfila el pasillo camino de su dormitorio.

—Yo también me voy a mi cuarto. —Matteo se levanta del puf—. Entraré en el Messenger para hablar con mis amigos.

—Matteo..., pero...

—Mamá, llevo toda la tarde estudiando, ya lo he hecho todo para poder disfrutar ahora de un poco de libertad... —Hace un amago de salir, pero después se detiene en el umbral—. ¿Qué pasa? No me digáis que yo también tengo que ir a esa excursión.

—Sí, por supuesto que sí. ¿Acaso no formas parte de esta familia?

—Sí, pero yo tenía un partido con mis amigos. Además, ¿quién nos asegura que al final se casará con un tipo mucho mayor que ella?

—¡Oye, no te entrometas tú también, eh!

—¿Por qué nunca puedo expresar mi opinión, eh?

—Lo que quieras... Haz una encuesta entre tus amigos de Messenger... Verás qué porcentaje te sale.

—¡Qué rollo! Me hacéis sentir como que no pinto nada...

Matteo sale también y Simona y Roberto se quedan a solas en la sala. Siguen mirando en silencio el programa. Carlo Conti lee las cinco palabras.

—Veamos, la totalidad de los premios ascienden a ciento veinte mil euros, has elegido muy bien las palabras, que, te recuerdo, son:

giro, Napoleón, lobo, anillo y pájaro. Veamos si adivinas cuál es la palabra con la que están relacionadas, tiempo...

Roberto y Simona miran fijamente la pantalla, intentando adivinar la solución al enigma.

—Debemos tener cuidado —le dice Simona a Roberto sin mirarlo siquiera—. Creo que Niki no acaba de estar convencida... En el fondo tiene miedo.

—De eso nada... Ya has visto cómo se ha enfadado, lo tiene muy claro.

Simona niega con la cabeza.

—Lo hace para convencerse a sí misma de su elección.

—¿Tú crees?

—Estoy segura.

—Puede... Oye... —Roberto se vuelve hacia ella—. ¿El banquete no se pagaba a medias?

—No.

—¿Nosotros también lo hicimos así?

—Sí.

—Ah... ¡Por eso la comida dejaba un poco que desear!

Simona le da un golpe.

—Imbécil... Hasta la música era la mejor. Elegí la banda de moda, pagamos una fortuna...

—Bueno, por suerte no malgastamos ese dinero.

Simona lo mira arqueando las cejas.

—De momento parece que no...

—¿Qué quieres decir?, ¿que nuestro matrimonio también puede estar en peligro?

—¡Claro! Eso siempre... ¡Y deja en paz a tu hija!

—Sí, ¡solitario!

—Pero ¿qué dices?

—La palabra del juego...

—Ah...

Simona vuelve a mirar las cinco palabras.

—Sí, es correcta. Solitario...

Y, más que el de la guillotina, le parece un extraño juego del destino.

Setenta y nueve

Un ruido martilleante llega procedente de la calle. Olly se despierta molesta. Se tapa la cara con la almohada. En vano. El ruido se oye igual. Resopla y se incorpora en la cama. Mira a su alrededor. El dormitorio. Está decorado con gusto, es moderno y el suelo está cubierto por parquet de abedul del mismo tono que la puerta y las ventanas. A los pies de la cama, que es baja, redonda y muy grande, hay una alfombra suave. Olly mira a su izquierda. Lo ve. Ve su hermosa espalda morena cubierta con varios tatuajes. Chris sigue durmiendo. No. No es posible. Lo he hecho. Me he acostado con él. Y la verdad es que no tengo la impresión de que haya sido nada espectacular. Me siento como si hubiese dormido mucho. Olly ve la Nikon sobre una mesita. Se levanta. Camina descalza hacia la cámara fotográfica. La enciende. Pasa las fotografías. Son preciosas. Ella aparece en todo tipo de poses. Sí, Chris es realmente un buen fotógrafo. Acto seguido deambula por la habitación. Las paredes están tapizadas con fotografías de modelos. Y de él. Las poses también son de lo más variopintas. Olly arquea las cejas. Sale de la habitación. Camina lentamente por el apartamento de Chris, que es enorme. Y muy bonito. Tiene un altillo al que se accede por una escalera metálica. Olly sube por ella. Arriba hay varias estanterías con libros y unos cuantos aparatos de gimnasia. Vuelve a bajar. En otra repisa ve unas notas enmarcadas. Las coge y las lee. Están escritas a mano con distintas caligrafías. «¡Chris..., te adorooo!», «Llámame cuando quieras», «Ya te echo de menos...», «Estás buenísimo, ya sabes dónde encontrarme...», y otros cumplidos por el estilo.

Junto a ellas hay un bloc y un bolígrafo. Las amigas de Chris deben de haber arrancado las hojas enmarcadas de ahí. No es posible. O sea, que cada vez que viene una de esas tipas, ¿le deja una nota y él la enmarca? Qué asco. ¿Qué clase de tipo es? Olly mira alrededor y de repente se percata de que en ese apartamento vive un auténtico Narciso. En un abrir y cerrar de ojos toma una decisión. Se precipita hacia el dormitorio. Chris sigue durmiendo. Se viste a toda velocidad, va al cuarto de baño, ni siquiera se peina. Se calza las botas, coge el bolso y sale de la casa. En un principio se encamina hacia el ascensor, pero luego le entran ganas de caminar y baja la escalera a pie. Casi corriendo.

Nada más llegar al patio enciende su móvil. En ese preciso instante oye que alguien la llama.

—Olly.

Es Simone, que sale de uno de los edificios contiguos.

—No me lo puedo creer..., ¿qué haces tú aquí? —le pregunta ella mientras trata de sobreponerse.

Simone la mira estupefacto. Nota que se ha vestido a toda prisa. No es propio de ella.

—Yo vivo aquí.

Olly lo mira.

—¿De verdad?

—Sí, de verdad. Y ahora voy camino del trabajo. ¿Y tú? ¿Qué haces aquí? —mientras lo dice, Simone mira hacia el edificio del que ha salido ella. Sabe de sobra quién vive ahí. Ese tipo. El fotógrafo. No obstante, opta por no decir nada. Quizá no sea así... Quizá se equivoque.

—Oh, no, nada... —La verdad es que no sabe qué decir.

—¿Te acompaño al trabajo?

Olly se aturrulla.

—No, no, gracias... Me tomaré un par de horas libres... Iré a casa..., me cambiaré... Nos vemos más tarde, discúlpame tú con los del despacho... —dice, y se aleja a toda prisa. Confusa. Avergonzada. Incrédula.

Simone vive allí. Precisamente él. Caramba. Menudo ridículo. Llega a la calle. Busca el móvil y llama un taxi. Lo espera paseando nerviosa por la acera.

Ochenta

Es sábado por la mañana. Niki se ha bebido un zumo y no ha probado bocado debido a los nervios.

—Mamá, papá, ¿estáis ahí? ¿Estáis listos? —Entra en su habitación.

Simona todavía no ha acabado de preparar la maleta.

—¡Mamá! ¡Nos esperan para tomar el té!

—Lo sé, pero no sé cómo pueden ser las diferentes veladas, de manera que he preferido buscar los vestidos que me parecen más adecuados.

Roberto sale del cuarto de baño con un neceser en la mano.

—Yo he acabado. Todo en orden.

Entra Matteo.

—¿Puedo llevarme al menos la pelota? Así me aburriré menos.

Los tres le responden al unísono:

—¡No!

Al menos en eso están todos de acuerdo. Luego se echan a reír.

—¡Venga, salgamos!

Roberto coge la maleta de Simona.

—Pero ¿cuánto tiempo piensas quedarte? —le pregunta al comprobar lo que pesa—. ¿Un mes?

—Si el sitio es bonito y me quieren, ¿por qué no?...

Matteo lleva la cazadora vaquera desgarrada. Su madre lo aferra por los hombros y lo obliga a dar media vuelta y a volver a su habitación.

—Ponte la nueva azul oscuro que te compré la semana pasada.

—¡Pero, mamá, es demasiado elegante!

–¡Precisamente por eso!

–¡Y péinate!

–¿También?

–Sí, si no, me ocuparé yo misma de hacerlo.

–¡Ni hablar! –Matteo se pone la cazadora nueva, entra en el cuarto de baño, coge el cepillo, lo moja ligeramente y se peina–. Ya está... ¿Salimos?

Roberto también se ha puesto un abrigo de color azul oscuro. Simona, una preciosa chaqueta negra que hacía tiempo que no usaba, y Niki, un Fay, sencillo, pero muy elegante.

Poco después salen del portal del edificio y se encuentran con el portero, que está metiendo el correo en los buzones.

–Buenos días –los saluda con una agradable sonrisa; la familia Cavalli le resulta muy simpática. Después pregunta, curioso–: Pero ¿adónde van ustedes tan peripuestos? ¿A una boda?

Niki se vuelve y sonríe antes de subir al coche.

–¡Sí, a la mía!

El Volvo familiar arranca tranquilamente y se adentra en el escaso tráfico del sábado por la mañana mientras el portero sigue contemplándolos y piensa: Qué simpáticos son, ¡siempre con ganas de bromear!

Roberto conduce con calma, Simona tiene las manos apoyadas en las piernas y sujeta el elegante bolso que ha elegido. Niki mira por la ventanilla. Matteo es el único que de verdad está sereno. Se entretiene jugando con su Game Boy. Tras sortear un muro y obtener una puntuación inmejorable, mira un momento alrededor antes de pasar al siguiente nivel.

–Vaya, ni que fuéramos a un funeral...

Simona se vuelve de golpe.

–¡Matteo!

–Está bien, está bien... Fingiré que todo es normal.

Niki lo fulmina con la mirada.

–Sólo me faltaba el hermanito aguafiestas.

–Oh, ya os dije que prefería no ir... ¡Pero me habéis obligado! Deberías considerarme vuestra mascota... Venga, Niki, hasta el momento todo ha ido bien, lo peor que puede pasar es que este fin de semana nos llevemos un planchazo.

—Pero...

Roberto los interrumpe antes de que estalle una discusión.

—¿Os pongo música?

Enciende la radio. Suena la voz de Tiziano Ferro y todos se relajan un poco. El Volvo recorre la via Aurelia a toda velocidad. El paisaje cambia rápidamente en los sucesivos tramos de carretera. Primero predomina un verde suave, después aumenta la presencia de olivos, del Lacio a la Toscana, con el aroma a mar cada vez más presente. Por fin llegan a Maremma.

—Casi hemos llegado... —Roberto sonríe a Simona.

—Justo a tiempo.

Matteo ha llegado al undécimo nivel y deja de jugar por un momento. Se vuelve hacia Niki, que sigue mirando por la ventanilla.

—Oye, hermanita... —Le estrecha una mano—. Perdona por lo de antes... —Se percata de su nerviosismo y le sonríe—. Ya verás como todo va bien...

Niki le devuelve la sonrisa y piensa: La verdad es que si incluso mi hermano trata de animarme es porque estoy realmente preocupada, mejor dicho, agobiada..., ¡y porque, sobre todo, se me nota!

—¡Hemos llegado!

Roberto abandona la Aurelia y, tras dar varias vueltas, enfila un camino de tierra que asciende hacia una finca grande. Al fondo del camino hay una verja con un letrero de bronce con una inscripción: «VILLA BELLI DEI CEDRI.»

—Es ésta, ¿verdad?

Simona mira la hoja con las indicaciones.

—Sí. Es preciosa... Espectacular...

El Volvo atraviesa el jardín de la mansión, los setos, los prados, los árboles... Todo está perfectamente cuidado.

—Es increíble...

Matteo mira por la ventanilla. El coche está pasando por delante de los establos, donde un hombre cepilla un magnífico semental de pelo brillante.

—¡Incluso tienen caballos! Este sitio es un sueño...

—Sí...

Matteo da unas palmaditas en la pierna de su hermana.

—¡Buena elección!

Roberto y Simona se miran sin añadir nada más. Doblan la última curva y se detienen delante de una espléndida casa de campo de ladrillo rojo.

Un mayordomo se acerca al Volvo para abrir la puerta de Simona. Unos segundos antes, Niki se ha asomado entre los asientos de sus padres.

—Papá, mamá... os agradezco lo que estáis haciendo por mí, ¿eh? ¡Pero procurad no quedar mal!

Dicho esto, abre la puerta y se apea a toda velocidad.

Roberto mira a Simona.

—¿Que no quedemos mal? ¿A qué se refiere?

Simona intenta tranquilizarlo.

—Ya te lo he dicho. Le aterroriza asumir un compromiso tan grande. Bajemos, venga...

Alex, vestido como un perfecto vaquero de la región, sale de la casa a la carrera y va al encuentro de Niki.

—¡Cariño! ¡Por fin habéis llegado!

La besa en los labios y la abraza radiante de felicidad. Acto seguido saluda a los padres de su novia.

—Hola, Roberto, bienvenida, Simona, eh..., ¿cómo estás, Matteo?

—De maravilla. Este sitio es superguay... ¿Después podré montar un caballo?

Alex se echa a reír.

—¡Claro, lo haremos juntos! —Luego Alex se percata de que sus padres se están acercando—. Oh... Aquí están, venid que os los presente. Mamá, papá, ésta es Niki... Y éstos son sus padres, Simona y Roberto.

—Encantado... ¡Por fin! —El padre de Alex estrecha la mano de Simona—. Dos hermanas, parecen dos hermanas..., me refiero a Niki y a usted. ¡Me pregunto cuál de las dos es la que va a casarse con mi hijo!

Roberto interviene siguiendo la broma.

—Es muy sencillo... ¡La que no está casada, porque a la otra la atrapé yo!

—¡Ah, claro! ¡Qué idiota! —Ríe divertido y encantado con la sintonía que se ha creado de inmediato entre ellos.

Silvia recibe a sus huéspedes y a continuación da las órdenes pertinentes a los dos mayordomos.

—Said, Kalim, lleven las maletas de los señores a sus habitaciones y acompáñenlos...

Alex se acerca a Niki.

—Sí, cariño, ve, te esperamos en el jardín... También han venido mis dos hermanas y sus respectivos maridos, además de una amiga.

—Está bien, hasta luego...

Roberto, Simona, Niki y Matteo siguen a los dos mayordomos por la escalera de la magnífica casa. Roberto y Simona miran a su alrededor. Las paredes están cubiertas de tapices antiguos, de trofeos de caza y de pinturas al óleo que representan escenas de caza y retratos de antepasados ilustres. Niki y Matteo también se quedan sorprendidos por la riqueza y la importancia de las salas, de las largas mesas de madera, de las sillas altas con los respaldos tapizados con telas oscuras, de los suelos de baldosas grandes, lisas y enceradas, y de las gruesas cortinas de rico drapeado.

—Joder —suelta Matteo sin poder contenerse.

Niki lo mira y pone los ojos en blanco como diciendo: «¡Lo que nos faltaba!»

—Aquí está su habitación... —Los dos mayordomos indican a los padres de Niki un espléndido dormitorio matrimonial con una cama con dosel y unos aguamaniles de cerámica para lavarse las manos.

—Por favor...

Hacen entrar a los huéspedes y a continuación los siguen, colocan las dos maletas sobre unos arcones que les permitirán abrirlas sin inclinarse.

—Aquí está el baño.

Simona y Roberto ven en el interior de éste dos albornoces y varias toallas de diferentes tamaños colocadas en las posiciones más apropiadas para que puedan ser utilizadas con facilidad. Tienen los bordes de encaje de diferentes tonalidades, de una elegancia refinada y sobria.

—Y aquí tienen el minibar, donde encontrarán de todo: Coca-Cola, champán o agua. En caso de que deseen algo más, pueden tocar esta campanilla...

Les indican la gruesa cuerda de terciopelo que hay junto a la cama y cuyo color combina con el resto de la habitación.

—Gracias. —Cuando Roberto está a punto de sacar la cartera, Simona lo detiene—. Cariño... —le dice en voz baja—, estamos en casa de los señores Belli..., no en un hotel.

—Ah, claro.

Los dos mayordomos sonríen y abandonan la habitación.

Roberto se echa sobre la cama.

—¡En cualquier caso, me parece mejor que todos los hoteles en los que hemos estado hasta la fecha!

Simona se ríe y se sienta a su lado.

—Pues sí... Espero de corazón que Niki sea feliz, decida lo que decida...

—¡Sea como sea, lo que es seguro es que vamos a pasar un fin de semana magnífico!

Los dos mayordomos avanzan por el pasillo con Niki y Matteo.

—Ésta es su habitación.

Dejan las maletas sobre unos arcones similares a los de la habitación de sus padres, sólo que aquí los colores son más claros. Después de enseñarles el cuarto de baño y el minibar los dejan solos.

—¡Qué guay! Mira... —Matteo enciende la televisión—. Tienen el Sky, con todos los canales, y la nevera está llenita. ¡Hay incluso avellanas y patatas fritas! Yo voy a abrirme una Coca-Cola. ¿Quieres una, Niki? ¿O prefieres... champán?

—No. —Niki está cabreada. Se ha tumbado en la cama con los brazos abiertos.

—¿Qué te pasa? —Matteo se acerca a ella.

—¡Me gustaría saber por qué no puedo dormir con Alex!

—Venga, ¿qué más te da? ¡Resiste! ¡Sólo es una noche! Así podrás leerme la revista *Cioè*, como cuando éramos pequeños.

—¡Matteo!

Los dos mayordomos se detienen al fondo del pasillo. Said está ligeramente perplejo.

—¿Sabes cuánto tiempo se quedan, Kalim?

—Creo que sólo el fin de semana... ¿Por qué?

—¡La maleta de esa señora hace pensar en dos semanas!

Said sacude la cabeza.

—No tienen remedio. ¡Cuanto más ricos son, menos los entiendo!

—Pero éstos no me parecen muy ricos, no sé...

—¿Por qué?

—¡El señor ha estado a punto de darme propina!

—Sí, qué vulgar...

Poco después, la familia Cavalli se reúne en el pasillo.

—¡Qué has hecho, Matteo!

Simona se acerca a su hijo y sacude una infinidad de migas de su camiseta.

—He comido patatas...

—Sí, dos bolsas —especifica Niki—. Procura no hacer una de las tuyas, Matteo.

—¡Madre mía, mira que sois pesados! Ha dicho Alex que después montaremos a caballo.

—Sí, pero no se lo recuerdes cada dos minutos...

Bajan la escalinata que da al salón y ven delante de ellos, en el jardín, a un grupo de personas sentadas a una gran mesa bajo una inmensa encina. Entre las mesas puestas y las telas de un cenador que, blancas al igual que los manteles, se agitan ligeras movidas por una delicada brisa.

—Ahí están... —Simona los mira entusiasmada—. Parece la escena de una de esas películas...

Roberto asiente con la cabeza.

—Sí, es cierto, sólo que hay una pequeña diferencia...

—¿Cuál? —pregunta Niki curiosa.

—¡Que aquí todo es de verdad!

La madre de Alex es la primera en verlos.

—¡Aquí están, aquí están, ya llegan!

Alex se levanta y les sale al encuentro.

—¿Te acuerdas de mis hermanas? Margherita, y éste es su marido Gregorio.

—Encantada.

—Claudia y Davide.

—Hola.

—Y ella es Eleonora... Una amiga de la infancia...

—¡Hola! Me alegro de conocerte. He oído hablar mucho de ti, pero no te imaginaba así...

Niki la mira intrigada. «¿Así, cómo?», le gustaría decirle, pero comprende que con toda esa gente alrededor no es el momento de provocaciones. En el fondo todos están aquí por mí. De manera que esboza una sonrisa, satisfecha con la respuesta que ha encontrado sin ayuda de nadie. No obstante, quiere aclarar algo.

—Perdona, Alex —le dice al oído mientras toma asiento—. ¿Una amiga de la infancia de quién?

—Bueno... —Alex parece ligeramente cohibido—. Nuestra..., de todos... Cuando íbamos a la playa a Forte dei Marmi venía siempre con nosotros...

—Ah.

Niki la escruta mientras se sirve el té. Es realmente guapa, está en perfecta forma y combina de maravilla... con el mantel. ¡Sí, tanto uno como la otra están cubiertos de encaje! Eleonora se vuelve hacia ella.

—¿Quieres un poco?

—Claro, gracias.

—¿Leche o limón?

—Leche, gracias. —¡Yo no lo tomo ácido como tú!, piensa Niki.

—¿Azúcar?

—No, gracias.

—Yo también procuro guardar la línea.

Niki coge la tacita.

—Oh, yo no, pero el té me gusta sin azúcar. ¡Como de todo, a fin de cuentas, luego quemo todas las calorías!

Matteo se inclina hacia su hermana.

—Sí..., exceptuando esta noche...

Niki le da un codazo.

—Traidor..., ¿quién eres tú?, ¿un amigo de la infiltrada?

Luigi, el padre de Alex, toma el mando de la situación.

—Ya nos hemos enterado de la espléndida noticia...

Roberto se muestra de acuerdo con él y sonríe.

—Pues sí...

—Estamos realmente encantados. Claro que está esa extraña diferencia de edad, pero como hoy en día es tan frecuente que... ¡Basta con que haya amor!

—Pues sí...

Simona le propina un leve codazo a Roberto.

—Cariño, intenta decir algo más aparte de «pues sí», o acabarán creyendo que no tenemos conversación.

Roberto intenta ser más brillante.

—¡Estoy de acuerdo! Nosotros también pensamos lo mismo y, de hecho, nos asusta.

Simona lo fulmina con la mirada. Roberto intenta poner remedio de inmediato:

—¿Nos asusta?... ¡Quiero decir que nos asustaba! Porque el entusiasmo de Niki nos ha convencido.

Luigi aplaude.

—¡Muy bien! Por otra parte —los mira y los señala con el dedo, pasando de uno a otro—, también entre ustedes hay una gran diferencia de edad... Y eso es bueno, el hombre debe ser mayor y más maduro...

Roberto se queda un poco desconcertado.

—La verdad es que yo iba tan sólo un curso por encima de ella... Tenemos casi la misma edad.

—Ah... —El padre de Alex se da cuenta de que ha metido la pata—. ¿Les apetece un poco más de té?

La conversación se va animando poco a poco.

—Entonces, ¿habéis elegido ya la iglesia?

—La verdad es que no.

—¿Y la fecha? No os caséis en sábado, es muy *cheap*.

Roberto los mira divertido. Por lo visto, también ellos están obsesionados con los dibujos animados...

Margherita y Claudia se sientan al lado de Niki.

—Oye, si no es problema nos encantaría echarte una mano.

—Yo..., no, no..., faltaría más.

—Nosotras ya hemos pasado por eso y sabemos los errores que se pueden cometer...

—Sí —apostilla Matteo—. ¡Además del de casarse!

Niki se siente ligeramente cohibida.

—Mi hermano... siempre quiere hacerse el simpático, pero no le sale demasiado bien.

—Qué encanto... —Margherita le sonríe—. Mira, ahí están mis hijas, Celeste y Miriam. ¿Te apetece jugar con ellas? ¡Están en los columpios!

Matteo echa una ojeada y ve a lo lejos, a orillas del campo hípico, unas niñas que juegan en un columpio.

—Está bien... Me voy con ellas —y se marcha balanceándose, pero antes le dice a Alex—: Recuerda que luego tenemos que montar un caballo, ¿eh?

—Por supuesto... Más tarde, o mañana por la mañana.

—Bueno, pero no me engañes, ¿eh? —Luego se acerca a él para que no lo oigan los demás—. Si no, les cuento todas las veces que has venido a casa aprovechando que mis padres no estaban.

—Je, je... —Alex esboza una sonrisa forzada.

—¿Qué te ha dicho, Alex? —le pregunta Silvia a su hijo, curiosa.

—Nada, que tiene un juego de carreras de caballos para Play-Station.

—Ah, estos chicos de ahora ya no distinguen entre la realidad y el mundo virtual.

Gregorio recuerda algo de repente.

—Oh, sí, y ¿habéis oído eso de esa pareja inglesa? Se conocieron chateando y luego lo dejaron porque se engañaban el uno al otro virtualmente.

Davide interviene en la conversación:

—¡Puestos a engañar, hay que hacerlo de verdad, no virtualmente!

Claudia lo mira irritada.

—Así se ahorran el sentimiento de culpa.

Margherita se encoge de hombros.

—Algunos no lo tienen de todas formas.

—Bueno, en nuestra época las cosas eran mejores —asegura Luigi—. No había móviles, ni tampoco todos esos sistemas tan complicados. He leído que la mayor parte de las infidelidades se descubren a través de los sms...

Silvia se suma a la conversación.

—Es cierto... ¡Las palabras vuelan, pero lo escrito permanece!

—Yo entré una vez en un chat —comenta Davide. Todos lo miran con aire de reprobación—. Por trabajo...

—Ah, sí... —Alex sonríe—. Ahora se usan mucho para darse a conocer, pero las generaciones más jóvenes los emplean como si fuera el teléfono de antes... —Mira a Niki, que sigue escuchando las sugerencias de sus futuras cuñadas.

—Para el banquete tienes que probar un gran hotel, es lo mejor...

Luigi pregunta intrigado a Roberto, señalando a Simona.

—Y ustedes, ¿cómo se conocieron?

—Tocábamos en el mismo grupo... *punk*...

Simona lo interrumpe:

—Sí, en el colegio. Además, venía a recogerme al conservatorio, donde asistí a lecciones de piano durante cierto tiempo...

—¿En serio? ¿Podemos escuchar alguna pieza?

—¡No! ¡No! ¡No podría, soy una perfeccionista! Si me equivoco en una nota me siento fatal. Cuando nacen los hijos, ya se sabe…, debes renunciar a todo, ellos se convierten en tu pasión...

—¡Ahhh! —un grito aterrador desgarra el aire.

—¿Qué pasa? Viene de allí, de los columpios.

Davide, Margherita, Gregorio y Claudia se levantan y echan a correr en esa dirección, seguidos de Roberto y Simona. La pequeña Miriam se precipita hacia ellos.

—¿Qué ha ocurrido? ¿Qué ha ocurrido?

Miriam señala los columpios.

—¡Celeste ha salido volando por los aires!

—¿Cómo que ha salido volando?

—Sí..., ha salido volando.

Los padres corren hacia los columpios y ven que, más allá de la empalizada, en el seto que hay delante de los mismos, Celeste llora hundida hasta la cintura en excrementos de caballo.

—Pero ¿cómo has ido a parar ahí?

Celeste señala a Matteo sin dejar de llorar.

—Ha sido él...

—Pero, mamá, me pidió si podía empujarla más fuerte. Insistía: «¿Me empujas más fuerte? Venga, más aún...» Yo hice lo que me decía y ella salió volando por los aires. ¡Cómo iba a saber que pesaba menos que una pluma!

Roberto le da un pescozón.

—¡Deberías tener más cuidado!

—¡Pero si me lo pidió ella!

—¡Puedes dar gracias de que no se haya hecho daño!

—Sí, ha aterrizado en medio de un montón de caca; en el futuro será muy afortunada...

—¡Puede, pero esta noche no! Lo recordará siempre... ¡La has marcado para el resto de su vida!

Gregorio y Margherita consiguen sacar a Celeste del estiércol.

—Bueno, nosotros nos vamos a casa...

—Sí, nos vemos a la hora de cenar.

—Claro, con mucho gusto, siempre y cuando consigamos lavarla bien...

Roberto, Simona, Niki y Matteo se dirigen hacia la casa.

—Menudo ridículo...

—Sí, menos mal que no se ha hecho nada...

—Pues sí...

—Ah... —Matteo se frota todavía la nuca—. Que conste que fue ella la que insistió, ¿eh? Quizá le traiga buena suerte de verdad... No podéis ni imaginar cómo salió volando por los aires... Si en lugar de Celeste se hubiera llamado Stella..., Estrella Fugaz..., yo habría sido el primero en verla y habría pensado de inmediato un deseo: ¡quiero una moto!

Roberto vuelve a darle otro pescozón.

—*Aya*, papá...

—«Ay», se dice «ay»... ¡Otra como ésa y verás quién sale volando esta vez!

Luigi se acerca a él y lo coge del brazo.

—No se preocupe, Roberto... Son niños y esas cosas suceden; por suerte, la naturaleza nos ha protegido...

—Pues sí...

—Bueno, cenamos dentro de una hora. Nos vemos en el salón grande...

—De acuerdo...

Se marchan dejando solos a Roberto y a Simona.

—Son amables, ¿eh? No le han dado importancia.

—No... Digamos que, para seguir con el tema, ésta ha sido nuestra primera cagada...

Y se encaminan riendo hacia su habitación.

Ochenta y uno

Un poco más tarde, en el salón grande, bajo la gigantesca araña con más de doscientas velas, todos han tomado asiento.

—Pero ¿la cera de esas velas no chorrea?

—¡Mateo! —Niki le dirige una sonrisa falsa—. ¡Ojalá! Me gustaría ver caer un alud capaz de taparte la boca.

La cena da comienzo y dos camareros vestidos de manera impecable sirven los entrantes.

—Hemos comprado un poco de jamón serrano; es magnífico, un pata negra, queríamos que lo probaran.

Después llegan los primeros platos.

—He dedicado toda la mañana a cocinar esta salsa de liebre con mis propias manos...

—Luigi cocina de maravilla, yo, en cambio, soy una nulidad. Si él se casó conmigo por amor, yo lo hice por el paladar...

Siguen unos segundos excelentes.

—Hay pato y jabalí... No sabíamos si preferían la caza terrestre... o las aves voladoras.

Matteo mira a Celeste y se echa a reír, pero ella capta la ocurrencia al vuelo y le saca la lengua.

—¡Celeste! —su madre la reprende de inmediato—. No seas maleducada.

—Pero él me estaba tomando el pelo.

—No..., sólo pretende ser simpático.

La cena prosigue regada con los mejores vinos tintos, un Morellino di Scansano, más ligero, y un Prunotto del Brodo, para la carne más apreciada, acompañada de unas magníficas guarniciones, además de patatas al horno y fritas, doradas y todavía calientes. Matteo no puede resistirse y coge una con la mano, pero al notar el pellizco de Niki bajo la mesa, vuelve a dejarla en su sitio.

—¡Aya!

—Se dice «ay»...

—En lugar de corregirme siempre, ¿no sería mejor que dejaras de pegarme?

—No, así aprendes a hablar... ¡Y también a comportarte en la mesa!

Poco después llega un delicioso carrito rebosante de dulces: *panna cotta,* crema catalana, crema pastelera, varios tipos de tartas, confituras y mermeladas para todos los gustos... No faltan tampoco los *cantucci* y el vino de postre.

—Una costumbre muy toscana...

Las hermanas de Alex se echan a reír y se llenan el plato.

—Nosotras no tenemos que adelgazar..., ya estamos casadas...

—Que sepáis que lo ideal es que después de diez años todavía podáis poneros el vestido de novia...

Gregorio es el consabido aguafiestas.

—Yo ni siquiera sé dónde está...

Margherita tiene más clase.

—Aparte de que aún me faltan dos años y, por tanto, todavía tengo tiempo de adelgazar; y, además, ése es un momento mágico... Mira las fotos de todos los que se han casado: ninguno está igual de delgado que el día de la boda...

—¡Y si lo está es porque se ha divorciado! —puntualiza Davide.

Riéndose y bromeando, se dirigen hacia la sala.

—¿Os apetece una copa de oporto? ¿Ron? ¿Grapa? ¿Un digestivo? ¿Queréis un *amaretto*? Lo producimos nosotros, lo hacemos en nuestros campos...

—Mmm, qué rico. Yo lo probaré con mucho gusto...

Y mientras Alex sirve algo de beber a sus cuñados y al resto de los invitados, Niki nota que el móvil le vibra en el bolsillo. Lo abre y lee el mensaje procurando que no la vean. Pero ¿quién me escribirá a estas horas? Será una de las Olas. En cambio, se lleva una buena sorpresa:

«Estoy en el concierto, sólo faltas tú. Es tan fantástico que quizá no habríamos discutido o, en caso de haberlo hecho, nos habríamos reconciliado en seguida. Un beso. Guido.»

¿Guido? Niki se ruboriza. ¿Cómo habrá conseguido mi número? Yo no se lo he dado. No pueden haber sido las Olas... ¿Están locas? Quizá haya sido Barbara o Sara. Luego recuerda aquellas sonrisas, aquella noche en la Facultad de Filología, aquellas miradas que los demás notaron. Giulia. Seguro que ha sido Giulia.

–¿Quién era? –Alex pasa por su lado en ese preciso momento y a Niki le da un vuelco el corazón.

–Oh... Se están divirtiendo un montón, están en el concierto de la facultad... –y a continuación añade algo que jamás habría imaginado–: Era Olly.

–Ah... –Alex sonríe y se dirige hacia Roberto para servirle una copa de ron.

Olly. Era Olly. ¿Por qué lo he hecho? ¿Por qué le he mentido? Tendría que haberle dado muchas explicaciones, habría sido demasiado largo, y además ahora, con toda esta gente alrededor... No era el momento. Sí, es sólo por eso. Vuelve a su sitio tranquila. Sí, ha sido sólo por eso. Ahora está completamente convencida y, para estar aún más segura, apaga el móvil.

Ochenta y dos

—La cena ha sido fantástica.

—Sí, todo era realmente perfecto.

—Nos vemos mañana por la mañana...

Las mujeres se despiden y se encaminan hacia sus respectivos dormitorios. Luigi se acerca a Roberto.

—Mañana tengo reservada una bonita sorpresa, exclusivamente para hombres. ¡Caza del jabalí! Con *Edmond*, mi leal perro, y en nuestra reserva. Será muy divertido. ¿Lo ha probado alguna vez, Roberto?

—Oh..., sí, alguna que otra.

—¡Estupendo! Le hemos preparado un equipo. Nos vemos a las seis en punto.

Roberto traga saliva.

—A las seis..., por supuesto...

—A propósito, Roberto, creo que ya va siendo hora de que nos tuteemos...

—Sí..., faltaría más. ¿Luigi, seguro que quieres que nos veamos a las seis?

—¡Por supuesto! ¡Vamos, a dormir en seguida!

Tras intercambiar los saludos de rigor, todos se dirigen a sus habitaciones. Simona coge del brazo a Roberto.

—Cariño..., ¿por qué no le has dicho la verdad? Tú no has cazado en la vida...

—¡Y qué más da!

—¿Cómo que qué más da? Tienes que usar una escopeta...

—Ya, pero he visto *Bailando con lobos* unas diez veces. Si la cosa no va bien, lo peor que puede pasar es que no cace a ese jabalí y punto...

—Con tal de que no caces a otro... Después del vuelo de Celeste..., ¡sólo nos faltaba matar a alguien!

Entran en su dormitorio.

—Buenas noches, chicos.

—Buenas noches, mamá.

—Buenas noches, papá.

Niki simula entrar en su habitación, pero en cambio se escabulle por el pasillo y espera a Alex.

—Oye, pero ¿de qué va esto? ¡¿Por qué tenemos que dormir separados?! Ni siquiera lo hacía en secundaria...

—¿Qué quieres decir?

—Bueno... —Niki prosigue—, me refiero a que en secundaria tenía más libertad.

—Ah, ya lo entiendo.

En ese momento Eleonora pasa por su lado.

—Hola, Alex, buenas noches, Niki. ¡Esperemos que no haya una tormenta esta noche! ¿Recuerdas que cuando éramos niños los truenos nos asustaban y dormíamos todos juntos, tú, yo y tus hermanas?

—Sí...

Niki sonríe.

—¡Pero si es una noche estrellada! No hay peligro.

—Ya... Bien, buenas noches —y entra en su habitación.

—De manera que dormíais juntos...

—¡Con mis hermanas!

—Ella que lo pruebe..., ni que haya un huracán, ¡que la mando volando por la ventana!

—Me gusta cuando te pones celosa... Ven... —La aferra, la coge de la mano y la arrastra hasta su dormitorio—. Imagina que estamos de nuevo en el instituto... Los dos... —En la penumbra de la habitación, con la luz difusa de la luna entrando por la ventana, Alex empieza a desnudarla—. Me gustas, Niki, me vuelves loco... Me gustas tanto que incluso me casaría contigo.

–Tú a mí también...

Y la idea de estar en esa casa, con los padres de ambos en las habitaciones contiguas, los excita tanto que en un abrir y cerrar de ojos están desnudos bajo las sábanas y se pierden entre abrazos confusos, suspiros rebeldes y caricias prohibidas. Una sonrisa, una boca abierta, ese dulce placer, ese deseo perfecto y esas dos lenguas que hablan de amor en la penumbra.

Ochenta y tres

Después de un ligero pero sano desayuno consistente en huevos, tostadas y café, nuestros cazadores se encuentran a las puertas de la reserva. En lo alto de una gran colina discurre un sendero más claro que se pierde entre los arbustos y los matorrales como si de una gruesa serpiente se tratara. Luigi sonríe al grupo.

—Alex no ha venido... Tenía sueño.

Davide y Gregorio, que se han quedado rezagados, se sonríen.

—Claro, con una veinte años más joven, yo también tendría siempre sueño.

Gregorio lo regaña:

—Chsss..., cuidado que no te oiga su padre. Aunque la verdad es que tienes razón: Alex ha hecho bien. La diferencia de edad puede hacer perdurar el matrimonio.

Davide se encoge de hombros.

—Bah, no sé... En ese sentido Bruce Springsteen siempre me ha parecido un tío ejemplar. Primero se casó con la modelo Julianne Philipps, una mujer que tiraba de espaldas, y después, al cabo de unos cuantos años, se fue con su corista, Patti Scialfa, una mujer insignificante... ¿Sabes cuál es la moraleja de su historia?

—¿Cuál?

—Que el amor es el verdadero secreto del matrimonio.

—Coño, pues sí que te has levantado filosófico esta mañana. Oye, en lugar de soltar tonterías a diestro y siniestro, prueba a ver si le das a un jabalí, anda...

Se acercan al grupo riéndose. Luigi está eligiendo entre sus bracos.

—Ten, Roberto, coge tú éste, es *Edmond*, mi preferido... Pero, sobre todo, el mejor. Es como un hijo para mí, estoy muy unido a él, siempre me ha dado muchas satisfacciones. ¡Si hay un jabalí en los alrededores, lo encontrará! Adelante, mis valientes... ¡A cazar!

Los cuatro hombres avanzan por el bosque. Roberto siente cierto apuro porque los pantalones y la cazadora que le han prestado le quedan un poco estrechos y, en cambio, las botas son demasiado anchas. Empuña el arma como los demás e intenta imitarlos en todo.

Al cabo de un rato Davide se acerca a él.

—¡Eh!

—¿Sí?

—Si no lo sueltas, *Edmond* no podrá encontrar nada.

Sólo entonces se percata de que los demás han liberado a sus perros.

—Ah, sí, claro... Pero la mía es una técnica inglesa...

—¿A qué te refieres?

—Dejas que se vaya poniendo nervioso, lo sujetas, haces que no vea la hora de empezar a cazar, así lo motivas más..., y después... ¡lo sueltas! —Tras decir esto desata el collar de *Edmond* y el perro sale disparado como una flecha y se abalanza sobre los matorrales más cercanos.

—Sí, pero... ¿también empleas una nueva técnica para el seguro?

Roberto se da cuenta de que no ha liberado el seguro de la escopeta y entiende que no debe seguir por ahí.

—No, no... Es que todavía no tengo los cinco sentidos puestos en esto... —Luego le guiña un ojo—. Me movía con seguridad...

Poco a poco se alejan del punto de partida, los cazadores se adentran en los diferentes senderos, buscan entre los arbustos, en el follaje que se expande hacia lo alto por la colina como una gran mancha de aceite verde, cada uno detrás de su correspondiente perro, que escapa como enloquecido, olfatea nervioso el terreno, corre de un sitio para otro siguiendo un rastro cualquiera. Roberto, completamente desentrenado, corre detrás de *Edmond*, que asciende por el sendero y que, al final, hace salir a un enorme jabalí que estaba escondido detrás de unos matorrales de color oscuro. Roberto llega justo a tiempo, primero ve a *Edmond*, después al jabalí, de nuevo a *Edmond*, por segunda vez al jabalí..., y al final dispara.

—¡Le he alcanzado! ¡Le he dado!

Davide, Gregorio y, por último, Luigi corren hacia él procedentes de varios puntos, atraviesan a toda velocidad la maleza hasta llegar donde se encuentra Roberto.

—¿Lo has cogido? ¿Dónde está?

—Sí, ¿dónde está?

—¡Allí!

Todos miran el grueso arbusto que se agita. De detrás de él aparece lentamente *Edmond*, que, tras dar dos o tres pasos, se desploma al suelo herido.

—Le has dado, vaya si le has dado... ¡a mi perro!

Ochenta y cuatro

La puerta se abre. Alex y Niki entran en casa de él y se mueven nerviosos de un lado a otro. Es evidente que han discutido ya en el coche. Niki deja su bolsa en el sofá. Alex se vuelve.

—Niki... Ponla en el suelo. A saber dónde la habrán dejado caer Said y Kalim mientras la transportaban.

—¡Madre mía! Te han contagiado el virus... ¡Si se ensucia algo hay que lavarlo de inmediato! Pero uno debe vivir, ¿lo entiendes?, vivir... No puede estar embalsamado como esa casa...

Alex se vuelve molesto.

—Ah, claro... ¡Gracias a tu padre, nos ha faltado poco para disecar a *Edmond*!

—Pues no habría estado mal, así luego habría hecho juego con Eleonora...

—Y dale con ella, es una chica simpática...

—¡Ay, cómo se nota que los hombres no entendéis una palabra de mujeres!

—¿Yo tampoco? —La mira con intención—. Ten cuidado porque estás tirando piedras sobre tu propio tejado... Recuerda que fui yo quien te eligió..., ¡y el que quiere casarse contigo!

—Recuerda que a la fuerza uno no siempre consigue lo que quiere.

—De acuerdo, perdona..., ¡me encantaría casarme contigo! —corrige de inmediato Alex.

Niki sonríe.

—De todas formas, yo soy la excepción que confirma la regla, ¡un extraño caso en el que un hombre elige a una mujer válida! Aunque empiezo a pensar que te habrías merecido a una tipa como Eleonora...

—¿Qué quieres decir?

—En cuanto agota los cuatro temas básicos, no hace sino dar vueltas a lo mismo, se repite... «Ah —la imita con voz de falsete—, me he comprado una cazadora de Prada preciosa, quiero ir a París a la semana de la moda, no hay que perderse la inauguración del nuevo Just Cavalli...» Venga ya…, no ha dicho otra cosa en todo el fin de semana. Tú te dedicas a la publicidad, ella sólo entiende de marcas, haríais una pareja perfecta... ¡Hasta tiene tu edad! —Niki esboza una sonrisita para recalcar este último hecho—. Además, tus padres estarían encantados...

Alex se sienta estupefacto en el sofá.

—Para empezar, tiene diez años menos que yo...

—Por supuesto, cómo no, eso es lo que asegura ella...

—La conozco desde que éramos niños.

—En ese caso los lleva muy mal.

—Madre mía, qué pérfida eres... Y, en segundo lugar, a mis padres les basta verme feliz para ser felices.

—Sí, pero tus hermanas se alegrarían de ver feliz a Eleonora.

Alex sacude la cabeza.

—Mis hermanas son amigas suyas, punto uno. Punto dos: a mí no me interesa. ¿Por qué te obsesiona tanto? ¿Estás celosa? —La mira con malicia—. En caso de que así sea, es porque tú notas algo especial que a mí me temo que se me escapa...

—Oye, Alex, ¿se puede saber qué estás insinuando? ¿Que yo no estoy a su altura, tal vez?

—¿Yo? ¡Yo no insinúo nada! ¡Eres tú la que no deja de dar la lata con Eleonora! ¡Cuando te comportas así me sacas de quicio!

—¡Si supieses cuánto me saca a mí de quicio estar con tus hermanas! ¡Hasta les he permitido que opinen sobre la boda! ¿Te das cuenta? ¡En el fondo son ellas las que deciden!

—Pero ¿quién te lo pidió?

—¡Tu madre!

—No, lo que dijo mi madre fue que quizá ellas podrían echarte una mano porque, dado que ya están casadas, conocen todos los lugares.

Sólo pretendía que te ahorrases algunas molestias a las que ellas ya han tenido que enfrentarse. Lo único que quería era ayudarte y, además, si no querías podrías haberte negado.

—¡Sí, y eso habría sido el fin del mundo!

—¡Tienes una visión distorsionada de la realidad!

—Sí, y tú de tu familia.

Alex se dispone a responderle, pero se da cuenta de que la discusión está yendo por mal camino. A veces las palabras pueden ser peligrosas, nos toman la delantera y dicen más de lo que en un principio pretendíamos expresar. De manera que poco a poco se va calmando, se queda callado y, por primera vez, ve a una Niki distinta. Otra mujer, mayor, más resuelta y decidida, que sabe incluso ser mordaz. Ella, que siempre se había mostrado encantadora, amable, generosa, hasta en los momentos en que se encontraba en dificultades; incluso cuando él volvió con Elena, le mintió y ella se lo hizo notar con sencillez, como hace siempre, sin una brizna de maldad, al contrario, con ingenuidad y pureza, con el estupor del que resulta herido porque nunca se le ha pasado por la cabeza que ciertas cosas puedan suceder. Alex cae en la cuenta de pronto. Dios mío, ¿qué sucede? ¿Tendré yo la culpa? ¿Soy yo el que la está empujando a hacer todo esto? ¿Estoy forzando la situación? Y en ese instante, mientras la ve con la respiración todavía acelerada, guiñando ligeramente los ojos y aún enojada, se percata de cuánto la quiere, de que lo único que le gustaría es verla feliz, de cómo esas palabras, quizá erróneas, le pertenecen en cualquier caso y también por eso le gustan; no son justas, de acuerdo, pero amar a alguien también conlleva asumir la culpa de los errores ajenos... ¿Todo eso supone amar a alguien? Se lo pregunta y después se responde a sí mismo con el corazón alegre: sí, eso y mucho más. Y por primera vez se siente realmente grande, maduro y seguro de su elección.

También en ese mismo instante Niki se da cuenta. Mirando el rostro de Alex, sus ojos al principio disgustados y luego, de improviso, sonrientes como si subrayaran el amor que siente, ese amor que consigue superar todas las dificultades humanas.

—Cariño... —Corre hacia él, se precipita en sus brazos y él la estrecha entre ellos. Niki esconde la cara en su pecho completamente despeinada–. Perdona, cariño... Tampoco yo sé por qué lo he dicho...

Alex le sonríe, después la aleja un poco de sí y la observa. Tiene los ojos brillantes, casi está llorando. De repente le cae una lágrima por sorpresa y Alex se la enjuga, se la lleva lejos. Niki pone cara larga. Poco a poco, con delicadeza, casi asustada.

–Uf... ¡Me echo a llorar por cualquier tontería!

–No es ninguna tontería... Ven, siéntate aquí a mi lado...

Niki hace una mueca y al final obedece.

–No me trates como si fuese una niña...

Alex ahora está tranquilo.

–Todos somos niños... Depende sólo del momento. A veces deberíamos ser más adultos; otras, deberíamos comportarnos como chiquillos. El quid está en no confundir un momento con otro...

–Y esta vez, yo lo he confundido.

–No. Es normal que estés un poco asustada, la presión a veces nos juega malas pasadas... A mí me ocurre en el trabajo... O, mejor dicho, me ocurría, porque de repente entendí la importancia de vivir..., de saber vivir... ¿Recuerdas que te lo dije? La felididad no es una meta, sino un estilo de vida. Todos los días hacemos, corremos, nos angustiamos por cosas que no valen la pena y, mientras tanto, no nos percatamos de las cosas bonitas que están a nuestro lado y que se nos escapan... Pues bien, una de esas cosas eres tú.

–¡Pero si yo no me estoy escapando, Alex!

Alex sonríe.

–Hoy no... Aquel día te estaba perdiendo y supe dejarlo todo para hacerte comprender hasta qué punto eras importante para mí... Ir al faro de esa isla fue la mejor prueba.

Niki lo mira.

–¿Me perdonas?

–¿Estás loca? ¡No tengo nada que perdonarte!

–¿Cómo que no?... Todas esas sandeces que he dicho sobre tus padres...

–En parte son ciertas...

–Y sobre tus hermanas...

—¡Aún más!

—¡Ahora estás exagerando tú, Alex!

—Oye, Niki —se acerca a ella y le coge las manos entre las suyas—. Es nuestra boda... Nada ni nadie debe entrometerse en nuestras elecciones o decisiones. ¿Que nos gusta? Eso quiere decir que la elección es correcta. Si no te apetece salir con mis hermanas, si no te interesan sus consejos, los sitios que conocen, en fin, si quieres hacerlo todo tú sola, yo se lo diré.

Niki se aparta de repente.

—¿Crees que yo no soy capaz?

—¡No, Niki! Faltaría más... Lo decía porque me doy cuenta de que, por ser educada, te has visto envuelta en una situación que no acabas de controlar, que te gustaría rechazar ahora, sólo que no sabes cómo... Cariño, tenemos que ser un equipo. ¿Sabes cuántas veces yo no conseguiré arreglármelas y entonces deberás ocuparte tú? Es normal.

—Está bien. —Niki se levanta del sofá—. De esto me encargo yo. ¿Quieres beber algo?

Alex sonríe al ver que, de repente, se ha hecho dueña de la habitación. Y también de su casa. Y decide aprovechar la circunstancia.

—¿Sabes lo que me gustaría mucho? ¡Tomarme un mojito! Encontrarás todo lo necesario para prepararlo en la nevera. —Se reclina en el respaldo del asiento, ya más relajado, sólo que, de pronto, lo asalta una duda—: ¿Sabes preparar un mojito, cariño?

—Claro, no es tan complicado —responde Niki desapareciendo en la cocina.

Alex enciende el ordenador que está sobre la mesa y comprueba si tiene algún correo del despacho o si hay nuevas reuniones a la vista.

Niki abre la nevera y encuentra una infinidad de cosas. ¡Pero cuánta comida compra Alex! ¿Y cómo se hará ese dichoso mojito? Sólo le queda una alternativa. Saca el móvil del bolsillo y llama de inmediato a Erica. Su amiga lo tiene apagado. ¡Normal! A Erica le gusta beber y cuando va a la discoteca desconecta el teléfono. ¡A saber lo que estará haciendo! Prueba con el número de Olly. Espera un segundo, como suspendida... «El número al que llama...» Cierra el aparato. No hay nada que hacer. ¡Ella también lo tiene apagado! Pero ¿se puede saber qué estarán haciendo las Olas? Se han ido de vacaciones; cuando más las necesitas te dejan sola para que te ahogues. Prueba con la última. Teclea su número a toda velocidad. Oh, menos mal. Suena. Está libre.

—¡Hola, Diletta!

—¡Eh, Niki! ¿Qué pasa? ¿Por qué hablas en voz baja?

—Nada, no pasa nada, no te preocupes... Se trata de una emergencia.

—¡Ay! ¿Algo grave?

—No... Alcohólico más bien. ¿Cómo se prepara un mojito? No tengo la menor idea...

—¿Un mo qué?

—¡Pues sí que estamos buenos! Un mojito, venga, ¡nos bebimos uno juntas en aquella fiesta! ¿No te acuerdas? Como el cubalibre, la caipirosca, la caipiriña. ¡Esos cócteles tan ricos! ¡Sí, el mojito!

—Sí, sí, buenísimo... ¡Sólo que no sé cómo se hace!

—Bueno, en ese caso haz una cosa por mí: busca la receta en Google y mándame por sms toda la explicación con los ingredientes y las cantidades, ¿vale?

—Entiendo... Quieres emborrachar a Alex...

—No, ¡quiero demostrarle que formamos un buen equipo! ¡Muévete, mojito! —Cuelga.

Alex llama a Niki desde la sala.

—¿Todo bien, cariño? ¿Has encontrado los ingredientes?

—Sí, todo en orden... ¡Lo estoy preparando!

—¡Muy bien, no te olvides de echar zumo de lima!

—¡Claro! ¡Es lo primero que pensé!

Niki mira desesperada el teléfono. Venga, Diletta... Venga, por favor... Si que tardas... Justo en ese momento recibe un mensaje. Ni no ni. Lo abre sin perder tiempo: «He recordado lo rico que está el mojito. Sólo falta un ingrediente. En caso de que lo quieras, debes concederme el premio a la fidelidad: ¡diez mojitos gratis!»

Será traidora... Es una aprovechada... Niki le responde de inmediato: «OK, pérfida Ola.» Antes de que haya pasado ni siquiera un segundo se oye otro ni no ni. Niki abre en seguida el mensaje: «¡Todo el azúcar que quieras!»

Sacude la cabeza. Ésta me la pagará. Deja el teléfono abierto sobre la mesa y saca los ingredientes de la nevera mientras lo va leyendo.

—¿Cómo vamos? —la voz de Alex le llega desde la sala.

—¡De maravilla! —grita Niki desde la cocina. Luego añade en voz baja—: Ya... —En un abrir y cerrar de ojos aparece en la sala—. *Et voilà*, aquí tienes tu mojito... Espero que le guste, señor...

Alex coge el vaso de la bandeja.

—Mmm, el aspecto no puede ser mejor. Veo que has echado también menta. Igual que lo sirven en los bares...

—Y también en las discotecas...

Alex traga saliva.

—Pues sí... —Después lo prueba—. ¡Buenísimo! ¡Te lo juro, Niki! Está realmente bueno... ¿Sabes que no recuerdo haber probado nunca un mojito así?

—¿Por qué me tomas siempre el pelo?

—No, te equivocas... ¡Lo pienso de verdad! ¡Cada vez que te felicito por algo crees que estoy siendo irónico! Ya no sé cómo comportarme contigo...

Niki lo escruta. No. Es evidente que está diciendo la verdad. Serena y satisfecha, prueba la bebida que ha preparado. ¡Eh! La verdad es que le ha salido muy rico... ¡Eres una hacha, Dile! Te has ganado el bono de diez mojitos.

—Entonces, ¿somos un buen equipo? —le pregunta a Alex sonriendo.

Él da un sorbo más grande y le responde risueño:

—¡El mejor!

Niki asiente con la cabeza y bebe un poco del suyo.

—En ese caso, he pensado que... Quiero que tus hermanas participen también.

—¿Estás segura? ¿No lo estarás diciendo porque te he acusado de no saber decir que no?

—¡No! ¿Ves?... Lo he dicho...

—¡Bien! Me alegro por ti. Mejor así. Ya verás como no te estresan; al contrario, puede que te ayuden a no cometer sus mismos errores.

—Mmm... —Niki aspira con la pajita los restos de mojito haciendo excesivo ruido.

Alex arquea las cejas.

—Porque, en el fondo, y si bien quizá todavía no te lo demuestran, te quieren ya mucho, igual que el resto de mi familia.

—En el fondo... —sonríe Niki—. ¡En lo más profundo!

—Te adoran...

—Sí, tengo la impresión de estar viviendo esa película de Woody Allen, *Recuerdos...* ¡Hoy te adoran y mañana te disparan!

Alex sacude la cabeza y sigue bebiendo. No tiene remedio, cuando se obsesiona con una cosa no hay quien la haga cambiar de opinión. ¡Y yo me caso con ella con la esperanza de que estemos de acuerdo en todo! ¡Socorro! Da otro sorbo a su mojito. Está delicioso. No, quizá esté exagerando.

Ochenta y cinco

—¿Te das cuenta? ¡Esa cría resopla cada dos segundos! No entiendo qué ha podido ver mi hermano en ella.

Claudia camina por la sala gesticulando. Davide, que en ese momento está ordenando unos libros que acaba de comprar, asiente con la cabeza y piensa: Yo sí que sé lo que ha visto en ella, vaya si lo sé.

—Por si fuera poco, no ha comentado nada sobre lo que le hemos propuesto; es tan indecisa... ¡No tiene sangre en las venas!

—En cambio, a mí me parece una chica muy educada y amable...

—Claro, es suficiente con que tenga menos de treinta años. Vosotros dividís a las mujeres en función de ese límite de edad... Las que deben abrir la boca y las que, por el contrario, es mejor que se queden calladas...

—¡Te olvidas de las que son un coñazo y las que no lo son!

—¡Maleducado!

—No me refería a ti...

—¡Faltaría más! Me refiero al taco. No existe ninguna mujer que sea un coñazo. Existen las que te hacen notar las cosas y las que no se dan cuenta o fingen no darse cuenta de nada...

»Bueno, dejemos ya esta charla inútil, voy a preparar un plato de carne y ensalada. ¿Te apetece? Nada de pasta, tengo que seguir la dieta... ¡Y tú también! —De improviso se percata de una cosa—. Perdona, pero ¿por qué estás poniendo los libros así?

—¿Por qué? ¿Qué tiene de extraño? He colocado la novela policíaca de Jeffery Deaver al lado de ésta de suspense, *El niño 44*.

—Pero ¿no ves que las cubiertas no son del mismo color? Yo clasifico los libros por colores... Igual que Fazio.

—Ah, ¿él también?

—Sí. Lo leí en una entrevista, ¡Fabio Fazio hace eso! Y desde entonces yo hago lo mismo, es genial... Los ves en gradación.

—¿Los libros?

—Sí, ¡ordénalos por colores y ya me dirás! —Se encamina resuelta hacia la cocina concediendo un pequeño y último favor sin volverse siquiera—: Gracias.

Davide coge los dos libros y pone la novela policiaca de Jeffery Deaver entre los azules y, en concreto, entre *El puente hacia el infinito* de Richard Bach, azul claro, y *Alta fidelidad* de Nick Hornby, de un azul más oscuro. ¡Ahora dime tú si *La nieve cae sobre los cedros* puede estar entre dos novelas románticas! Y luego dice que las mujeres no son un coñazo... Además de que hay una que las supera a todas... ¡Ella! ¡A su lado, todas las demás son serviciales y dóciles!

—Ahora dime tú por qué, con todas las mujeres que hay en este mundo, mi hermano ha tenido que ir a elegir precisamente a una como ésa. Le he presentado a todas mis amigas, y a mis compañeras de trabajo, y cuando estaba deprimido porque había roto con Elena procuré que lo invitaran a todas partes..., ¿y él qué hizo? Cómenzó a salir con Niki...

Gregorio lee el periódico sentado en el sofá.

—Comprendo, pero si a él le gusta Niki...

—¡Pero a nosotros no nos gusta!

—Escucha, Margherita... Me parece ridículo que digas esas cosas; además, ¿a quién te refieres cuando hablas de «nosotros»?

Margherita resopla y se sienta a su lado con los brazos cruzados sobre el pecho.

—Estoy segura de que a Claudia no le gusta, y eso que todavía no hemos hablado, ¿eh? Te lo aseguro.

Gregorio baja el periódico exhalando un suspiro, renunciando por el momento a la lectura, de la noticia de la compra de un jugador que acaba de efectuar su adorada Juve.

—¿Y por qué crees que no le gusta?

—Porque... porque... ¡porque es demasiado joven, eso es!

—Oye, vosotras dos no la tragáis por la edad. A mí me parece una chica madura, amable y encantadora; incluso se ha mostrado dispuesta a que la ayudéis con los preparativos de la boda...

—Sí, pero en el fondo habría preferido negarse.

—¡Puede! Pero no lo ha dicho. ¿Tú habrías aceptado que mis hermanas te aconsejasen sobre el banquete o las invitaciones?

Margherita se levanta sonriendo.

—¡Tú no tienes hermanas!

—Claro, pero imagina que las hubiese tenido.

—Por suerte no tuve que enfrentarme a ese dilema...

Gregorio levanta el periódico de nuevo y reinicia su lectura.

—Yo te resuelvo ese dramático dilema si quieres: ¡habrías dicho que no!

Margherita se precipita hacia él y le baja el diario con una mano, casi rompiéndolo.

—¡Su hermano estuvo a punto de matar a Celeste!

—¿Y Niki qué tiene que ver en eso? Además de que los niños siempre han jugado así, a lo loco, se caen de los columpios en el campo, acaban entre las zarzas y se hacen daño sin que nadie lo considere una cuestión personal...

—¡Aaaah!... ¡Mamá! —les llega un grito procedente del dormitorio de las niñas.

—¿Ves?... —le dice Gregorio risueño encogiéndose de hombros—. ¡Hasta en casa sucede! ¿O también de esto tiene la culpa Matteo, que podría haberse escondido en el armario?

Margherita se encamina nerviosa hacia la habitación de las niñas sin dejar de hablar.

—Estoy deseando ver lo que ocurrirá el día en que Alex y su futura esposa organicen una fiesta. Los invitados se dividirán en dos grupos. En el bando A, la conversación será de lo más variada, desde temas políticos hasta sociales. Los del bando B, en cambio, se liarán a fumar porros o beberán cerveza mientras comentan uno de los tantísimos episodios patéticos que se producen en los estadios de fútbol...

Una vez a solas, Gregorio se pone a leer de nuevo el artículo que comenta la adquisición del nuevo jugador por parte de su equipo del alma. No obstante, no puede evitar pensar por un momento en lo que acaba de decir Margherita. La verdad es que una fiesta de Alex y Niki, con toda la gente que conocen entre los dos, no estaría nada mal. Pero después lo asalta una duda: ¿en qué bando estaría yo? ¿En el A o en el B? Exhala un suspiro de alivio. A buen seguro, en el bando A... ¡Aunque tal vez me divertiría más en el B!

Silvia y Luigi están en su bonita casa romana sentados a una gran mesa, comiéndose el postre.

—¿Ves, Luigi? *Edmond* se recuperará en unas semanas...

—¡Gracias a Dios! Le dio de refilón... ¡Menos mal que el tipo es torpe!

—Venga, no digas eso, yo me divertí muchísimo, son una pareja diferente de nosotros, pero con unos valores dignos de todo respeto, los mismos que nosotros hemos inculcado a Alex y a nuestras hijas. ¿No eres feliz? Si Niki nos da un nieto, éste llevará tu apellido...

Luigi acaba de masticar un trozo de piña y a continuación se seca la boca con delicadeza valiéndose de la servilleta que tiene sobre el regazo.

—Claro que soy feliz, pero podría haberme dicho que no había empuñado una arma en su vida...

Silvia pela una naranja.

—No, dijo que había disparado alguna vez...

—¡Sí, en la piazza Navona, con las escopetas de perdigones!

—¡Quería resultar gracioso! Y lo fue: ¡nos hizo reír a todos varias veces!

—A mí, no.

—Cariño, reconoce que necesitábamos ampliar un poco nuestro círculo de amistades. Piensa en la boda. ¡Será muy divertida!

Luigi se imagina a sus amigos notarios, jueces, fiscales y abogados mezclándose con...

—¿A qué dijo que se dedicaba el padre de Niki?

—La verdad es que no lo dijo.

—Ah, ya...

—No, espera, sí que lo dijo, ¡tocaba en un grupo de música!

—¡Cuando era joven!

—Quizá lo siga haciendo. ¡Imagínate lo fuerte que sería que tocase en la boda!

—No creo que continúe... ¡De alguna forma tendrá que mantener a su familia!

—Según he leído en *Vanity Fair*, algunas de las personas más ricas del mundo son deportistas y cantantes... Los cantantes cobran derechos de autor durante toda la vida. ¡Ganan cientos de millones de euros!

—¡Sí! ¿Los Beatles, Madonna, George Michael! Pero no creo que sea el caso de Roberto Cavalli; jamás he visto un cartel anunciando uno de sus conciertos...

—Bueno, quizá sea rico de familia. Tal vez sea pariente de Cavalli, el diseñador..., podría ser su hijo.

—¡Es demasiado mayor!

—¿Su hermano?

—Con el mismo nombre... ¡Menuda fantasía entonces, la de sus padres!

—Será... En cualquier caso me parece un tipo tranquilo, se percibe en su mirada... Los ojos son el espejo del alma... Y Luigi es puro. Estaba consternado al ver el daño que le había causado a *Edmond*.

—¿Tú crees?

—¡Claro! ¿Hasta ha llamado por teléfono!

—Porque olvidó el neceser.

—¡Sí, pero ha llamado dos veces!

—¡Porque se dejó también las llaves de casa!

—Pero ha preguntado por *Edmond* y se ha alegrado de saber que estaba mejor...

Luigi se encoge de hombros. No acaba de estar convencido. Silvia sonríe. Claro que, para una madre, un hijo lo es todo. Y el hecho de ver por fin a Alex tan feliz le parece maravilloso. Sí, venga... Esos Cavalli son simpáticos, son buenas personas, y quizá Luigi vuelva a llevar a Roberto a cazar en el futuro. Aunque, en caso de que lo haga, lo hará ir delante y procurará que antes se saque el permiso de armas.

—¿Sabéis que, en el fondo, me gustó salir a cazar? —confiesa Roberto mientras ayuda a Simona a quitar la mesa.

—¿En serio, cariño?

—Sí, tengo la impresión de que acaba de nacer una pasión en mí. Mientras estaba allí sentía correr la adrenalina, el jabalí que, de repente, salió del matorral... Disfruté como un enano.

Simona se seca las manos con un trapo.

—No creo que *Edmond* sea de la misma opinión...

Roberto se encoge de hombros.

—Bueno, cualquiera puede tener un accidente...

—Sí, claro... ¡Cómo no! Matteo que hace salir volando del columpio a Celeste...

Matteo, que está sentado en el sofá, se echa a reír.

—También llamada la estrella fugaz...

—Sí, precisamente... Y tú que, para terminar de arreglarlo, casi matas a ese perro... Dime, ¿qué más se os ocurre que podríamos haber hecho?

Matteo enciende la televisión.

—Bueno, no habría estado mal dar una vuelta a caballo... Alex dijo que me dejaría montarlos... Espero que se casen de verdad... No sabéis cuánto me apetece la idea de poder montar de vez en cuando a caballo en esa especie de castillo.

—Ah, muy bien. —Roberto se acerca a él y le apoya una mano en el hombro—. Veo que tú también sientes una nueva pasión. Montar a caballo debe de ser un deporte precioso.

—No es eso, papá... ¿Sabes lo que ligaré cuando mis amigas se enteren de que puedo entrar en un sitio como ése? ¡Hay que saber jugar las cartas adecuadas! En fin, buenas noches, me voy a la cama, en la televisión no echan nada...

Roberto y Simona se quedan solos en la cocina y acaban de recoger los últimos platos en silencio... De improviso, Roberto obliga a su esposa a dejar lo que está haciendo y la atrae hacia sí con dulzura.

—¿En qué piensas? ¿Estás preocupada? Te prometo que no dispararé a ningún otro perro...

—¡Idiota!

Roberto la acaricia.

—Cuando te ríes estás preciosa, mamá...

—¿Sí? ¿Y cuando estoy seria?

—Sensual... —Prueba a morderle en el cuello—. ¡Ñam!...

Luego se dan un beso tranquilo, sereno, dulce, profundo y maravilloso. Como el viaje que han compartido hasta ese momento. Roberto esboza una sonrisa.

—¿Sabes qué? Al final me alegro de que Niki se case con Alex. La suya es una historia muy bonita, y si algo le falta a este mundo es precisamente eso —se mete las manos en los bolsillos y se encamina hacia la sala, pero antes de llegar a ella se detiene y se vuelve—. Y además, ¡menuda mansión!

Simona se pone verdaderamente seria.

—¡Anda ya! ¡Eres peor que tu hijo!

—Era una broma, cariño... ¿Quieres que mire qué película ponen esta noche?

—Sí, de acuerdo...

Simona se demora un momento en la cocina, se sirve un poco de agua y la bebe a pequeños sorbos. Sí, yo también me alegro por Niki. El mundo necesita historias bonitas. Pero, sobre todo, con un final feliz. Eso es lo que le preocupa.

—Ven, Simo...

—¡Voy! —Deja el vaso y se dirige a la sala sonriendo de nuevo. Se sienta al lado de su marido—. ¿Qué vamos a ver al final?

—*The Game.*

—¡Pero si me la sé de memoria!

Entre bromas y risas buscan otro filme para pasar la velada. Quizá lo encuentren. Una cosa es, sin embargo, segura: una madre difícilmente se equivoca.

Ochenta y seis

Diletta echa un vistazo a su móvil. Nada. No me ha contestado. ¿Será posible? Hace días que le mando un sms detrás de otro y él todavía no se ha dignado responderme. Nerviosa, vuelve a abrir el menú. Mensaje nuevo. Teclea a toda velocidad. «¿Dónde te has metido? ¿Cuándo nos vemos?» Pasados unos minutos el móvil vibra. Diletta se apresura a mirar la pantalla. El sobrecito parpadea. Bien. Lo abre. «Hola, amor. ¿Te apetece ir a correr al parque dentro de dos horas?»

Filippo. ¿Ir a correr? Pero ¿es que ya no se acuerda de la situación en la que nos encontramos? Parece que lo ha olvidado por completo. «Hola, cariño. No tengo ganas. Esta mañana he tenido náuseas.» Lo envía. Pasados unos segundos se produce una nueva vibración. «Ah... OK. Lo siento. Si esta noche estás mejor, ¿quieres que vayamos al cine?» Genial, ni siquiera me pregunta cómo estoy ahora. «Te llamo más tarde.» Se lo envía. Y si tengo ganas... Todavía no me encuentro muy bien.

Uf, pero ¿por qué no contesta? Jamás hace eso. Me está haciendo enfadar. Basta. No se me vuelve a escapar, ahora verás. Diletta coge de nuevo el móvil. Busca el nombre en la agenda. Aquí ésta. Tecla verde. Una, dos, tres llamadas. Como no me conteste me planto debajo de su casa.

—Diga.

—Niki, ¿se puede saber dónde te habías metido?

—¿Quién es?

—¿Cómo que quién soy? ¿Qué te pasa? ¿Has perdido el seso? ¡Soy yo! ¡Diletta!

—Ah, hola..., perdona, es que he cogido el móvil sin mirar la pantalla... No he visto tu número... ¿Cómo estás?

¿Que cómo estoy? Confundida. Asustada. Excitada. Hormonalmente inestable. Por un instante a Diletta le gustaría decírselo: «Oh, bien, estoy embarazada.» Pero no se puede anunciar algo así por teléfono. No.

—Estoy bien. Un poco cansada, pero bien. Y ahora dime, ¿por qué no me has contestado a los mensajes que te he enviado en los últimos días? ¡Te habré escrito al menos siete!

—Tienes razón, perdóname... Los he leído, pero luego nunca encontraba tiempo para contestarte... Me odio... Estos preparativos me están matando.

Diletta nota algo extraño en el tono de su amiga. Es bajo, un poco arrastrado. Parece cansada. No es su voz habitual. Da la impresión de ser otra persona.

—¿Todo bien, Niki?

Niki se sienta en la cama. Se le saltan las lágrimas. Indomables. Rebeldes. Cabezotas. Aun así, consigue contenerlas.

—Sí, sí... Sólo que creo que estoy metida en un buen lío. Tengo una infinidad de cosas que hacer. Me están ayudando las hermanas de Alex...

—Ah... —Diletta se extraña. Siente una ligera punzada en el estómago que no tiene nada que ver con el embarazo—. Pero bueno, podrías haberlo dicho, ¿no? Las Olas estaremos siempre dispuestas a echarte una mano... Pero si no nos lo pides... —Niki se muerde el labio. Es cierto. No logra involucrarlas. A ellas. A sus mejores amigas. Las ha dejado al margen, las hermanas de Alex la han fagocitado. Pero ¿de verdad es ése el problema? Sigue escuchando a Diletta—. También Olly y Erica llevan días intentando ponerse en contacto contigo y están preocupadas. Desde la noche en que nos dijiste que te casabas prácticamente no hemos vuelto a tener noticias tuyas... —Diletta intenta no recargar demasiado las tintas, pero se da cuenta de que está irritada.

¿Cómo es posible que nuestra amiga se case y nos haga a un lado? Algo no funciona. En el fondo, nunca lo confesarías. Siempre lo hemos hecho todo juntas, hemos compartido las cosas, tanto la risa como el llanto, nos hemos ayudado y comprendido. Y ahora, ¿qué sucede? Justo cuando está a punto de suceder algo tan importante, ¿qué ocurre? Qué rabia. De repente cae en la cuenta de que también a ella le resulta difícil tener a su lado a sus amigas en un momento tan delicado como el que está viviendo. Y se siente culpable.

—Sea como sea, Niki, ya sabes que nosotras te queremos mucho y que nos gustaría estar a tu lado, colaborar... ¡Venga! ¡Será divertido! ¿Qué haces hoy, por ejemplo?

—Voy a echar un vistazo a una de esas tiendas de vestidos de novia...

—¡Ah! ¡Genial! ¿Podemos acompañarte? Mando un sms a Olly y a Erica y nos vemos donde prefieras. Basta con que me digas a qué hora.

—He quedado ya con las hermanas de Alex.

—No, de eso nada, ¡hoy eres nuestra! Diles que has cambiado de idea y que vienes con nosotras. Te recojo dentro de una hora, ¿de acuerdo?

Niki reflexiona durante unos segundos. Es evidente que Margherita y Claudia se enfadarán. Quedamos ayer. Les sentará mal...

—¿Todo bien, Niki?

—Sí, a ver cómo puedo arreglarlo. Nos vemos dentro de una hora —dice, y cuelga.

Satisfecha, Diletta manda un sms doble a Olly y a Erica. «Acabo de ganar el premio al mejor investigador del año. ¡He conseguido sacar a Niki de su madriguera! Liberaos de todo. Paso a recogeros dentro de treinta minutos y luego iremos a su casa. Hoy se prueba el vestido de novia.» Lo envía.

Pasados unos segundos le llegan las respuestas de sus amigas. «¡Sí, genial, de acuerdo!», «A mí no me contestaba, ¡me va a oír!».

Niki coge el móvil y exhala un hondo suspiro. Acto seguido busca el número y llama.

—¿Sí..., Margherita?

—Buenos días, Niki, sí, dime, pasamos a recogerte a las seis, ¿de acuerdo?

—Gracias, pero... quería decirte que hoy no puedo. ¿Podemos dejarlo para otro día?

—Pero si ya le he dicho a Claudia que vamos, e incluso ha dejado a los niños en casa de su abuela...

Niki resopla, algo molesta. Se siente mal, pero ahora no puede llamar a Diletta para cancelar la cita. Se enfadaría a rabiar, y con razón. Hace días que no se ven.

—Sí, ya me imagino, perdona... Lo que ocurre es que mis amigas van a pasar ahora a recogerme, se lo he prometido.

—Pues vaya un problema. Primero sales con ellas y después con nosotras. ¡En el taller de costura nos esperarán aunque lleguemos a las seis y media! Quedamos así, entonces. ¡A las seis y media en tu casa!

—Está bien... Hasta luego.

No. No me lo puedo creer. No he sabido decirle que no. ¿Y ahora qué hago?

Ochenta y siete

Una serie de vestidos preciosos están expuestos sobre los maniquís que hay colocados en varios puntos de las estancias. Faldas largas, ajustadas o amplias, corpiños magníficamente bordados, toreras de encaje, velos, sombreros y mantillas. El taller de costura está muy bien decorado, lleno de cuadros, de espejos y de sofás para que los clientes puedan asistir sentados a las largas pruebas que, por lo general, acompañan la elección de un vestido tan importante. La dueña recibe a las chicas y, poco a poco, empieza a mostrarle a Niki algunos vestidos.

Mientras tanto, Diletta, Erica y Olly ríen y bromean. Han empezado ya en el coche, cantando una canción a coro, burlándose de un transeúnte y acribillando a preguntas a Niki sobre los preparativos. Y Niki les ha contestado un poco de mala gana intentando, en cambio, concentrarse en sus amigas y en sus bromas.

Olly y Erica tocan algunos vestidos que están colgados de unas perchas en un carrito. Cogen uno y se lo apoyan contra el pecho para ver cómo les sienta. Pasa una dependienta y las ve.

—Disculpen, señoritas, pero esos vestidos cuestan varios miles de euros... Tengan cuidado —y las mira con severidad antes de alejarse.

Olly la imita en voz baja y Erica se echa a reír. Niki pone cara de apuro al verlas.

—Venga, chicas...

Olly y Erica se miran sorprendidas.

—Venga Niki, pero si no hemos hecho nada.

—Sí, lo sé, pero aquí... —Sigue a la dueña del taller de costura, que se dirige hacia la otra estancia.

Erica mira a Olly.

—¿Qué le pasa? ¿Se ha vuelto loca?

—No lo sé, ¿has visto que ya en el coche no quería hablar de la boda?

—Y lo entiendo, pero no sirve de nada ponerse así...

Diletta se acerca a ellas.

—Venga, chicas..., está nerviosa, sí. Yo también me he dado cuenta. Debemos apoyarla.

—Sí, pero, en fin..., ¡un poco de relax!

Erica llama a Olly.

—Mira qué chal tan bonito —lo coge. En ese momento Niki pasa de nuevo por su lado.

—Pero, bueno, ¿queréis dejar de tocarlo todo?

Olly pierde los estribos.

—Oye, Niki, ya basta. Hace días que has desaparecido, que no das señales de vida, no respondes al móvil, no nos haces partícipes de nada..., ¿y ahora pretendes que estemos aquí como si fuéramos unas estatuas? Hace apenas unos meses tú habrías sido la primera en bromear en una tienda como ésta.

—¿Y eso qué tiene que ver? Sólo he dicho que quizá deberíamos comportarnos un poco mejor: no nos conocen y ya veis de qué sitio se trata...

—Ah, sí. Es verdad. Desde ahora mismo empezaré a portarme bien.

Olly sale a paso ligero del taller de costura. Erica pasa junto a Niki, la mira un momento a los ojos y después sigue a Olly. Diletta, que ha contemplado la escena, intenta detenerlas.

—Venga, chicas... —Luego se vuelve hacia Niki—: Anda que tú también...

—¿Se puede saber qué he hecho? —pregunta, sabiendo de antemano la respuesta.

Diletta la mira con dureza.

—Niki, la verdad es que no sé lo que te está pasando, pero cuando estés dispuesta a decírnoslo, ya sabes dónde encontrarnos —le espeta antes de abandonar a su vez la estancia.

Niki se queda sola en el centro de la sala. Echa un vistazo alrededor. Observa los vestidos, los maniquís y los cuadros. Acto seguido se vuelve hacia la puerta de entrada. Se han marchado. Me han dejado aquí sola. Pero ¿por qué se han enfadado de esa forma? Olly y Erica sólo estaban bromeando. Antes yo habría hecho lo mismo...

–Por favor, señorita, venga por aquí. He ordenado que le preparen algunos vestidos para que se los pueda probar, tal y como me ha pedido... Pero ¿y sus amigas? ¿Dónde están?

Niki se queda pensativa por un momento y acto seguido coge la cazadora y el bolso, que había dejado en una silla.

–Perdone, pero ¿qué ocurre?

–Nada. Acabo de acordarme de que tengo un compromiso. No puedo quedarme. Gracias y disculpe las molestias. –Se marcha dejando a la encargada estupefacta.

Nada más salir Niki, la mujer sacude la cabeza. Estas jóvenes de hoy. Quieren casarse a los veinte años y luego ni siquiera saben asumir la responsabilidad de elegir un vestido y de respetar el trabajo de los demás. ¿Qué se habrá creído? ¿Que me dedico a seleccionar vestidos que me parecen adecuados para ella porque la cosa me divierte? Es mi trabajo. Todavía nerviosa, vuelve a la otra sala para ordenarlo todo.

Niki da algunos pasos por la acera antes de detenerse. Tiene los ojos empañados. Está enfadada. Con las Olas, que se han marchado, que no han entendido el momento de dificultad y de fragilidad por el que está pasando. Con las hermanas de Alex, a las que no puede quitarse de encima. Pero, sobre todo, consigo misma. Aunque no acaba de entender del todo la razón. Mira alrededor y, de repente, se siente perdida.

Ochenta y ocho

Algunos días más tarde.

—Mamá, ¿de verdad no puedes venir con nosotros?

—Cariño, debo ir a una reunión con los profesores de tu hermano... Y, por si fuera poco, haría falta un milagro para salvarnos de esa situación. No sé qué decirte... Ve, pero no debes decidirlo todo en seguida... Elige los lugares que prefieras, quizá podrías sacar algunas fotos o coger unos folletos, y después hablamos.

Justo en ese momento suena el interfono. Cuando Niki responde oye la voz chillona de Claudia.

—¿Está Niki? ¿Puede bajar? ¡Somos las hermanas de Alex!

—Soy yo, bajo en seguida. —Cuelga el auricular y mira desconsolada a su madre—. Pero ¿por qué no le he dicho que no?

Simona sale en su ayuda esbozando una sonrisa.

—Cariño... Quizá te sirva para evitar los errores que cometieron ellas, las triquiñuelas con las que pueden engañarte en esos sitios, que, por otra parte, ¡son preciosos!

—Sí, mamá, tienes razón.

Simona parece más serena.

—Sólo hay un problema..., ¡eso fue también lo que me dijo Alex y yo me lo tragué!

Apenas sale del portal, Niki oye sonar un claxon. Se vuelve. ¡Es un Mercedes como el de Alex, sólo que éste es rosa! No me lo puedo creer. Que alguien me diga que se trata de una pesadilla y que, sobre todo, me despertaré.

—Eh..., estamos aquí —Claudia vuelve a tocar la bocina y se asoma por la ventanilla—. ¡Aquí!

Niki se aproxima a ellas y sube al coche.

—Aquí estoy, gracias...

Luego se inclina sonriente hacia ellas.

—Así, ¿todavía estáis seguras de que queréis echarme una mano? —Niki cruza los dedos debajo del asiento—. Es que a veces algunas cosas se dicen por cortesía y después uno se arrepiente...

Permanece con los dedos cruzados y con la esperanza de que una de ellas diga una frase tipo: «En efecto, estos días estamos muy ocupadas» o «Gracias, no sabes cómo me cansa volver a pensar en todas las vueltas que dimos, ¡y repetirlas de nuevo! Es aún más agotador». En cambio, Margherita se vuelve hacia ella con una sonrisa radiante en los labios.

—No, en absoluto. Sólo queremos asegurarnos de que Alex tenga todo lo que desea, y como él está siempre tan ocupado nos parece natural echarte una mano. —Luego hace ademán de volverse, pero se detiene y mira a Niki con aire de asombro—. ¿No será que esas cosas las piensas tú y no sabes cómo decírnoslo? A lo mejor te gustaría ser más independiente... Que no suponga un problema, ¿eh?

—¡Yo! —Niki esboza una sonrisa—. Ni por asomo...

—¡En ese caso, andando! —Claudia mete la marcha y el coche arranca a toda velocidad dejando a sus espaldas esa extraña retahíla de mentiras.

Ochenta y nueve

—Este sitio es precioso, mira, se ve el lago y hay una iglesia en el interior. ¡Aquí se podría hacer la cena, aquí el baile y la tarta, y aquí los fuegos artificiales!

El Mercedes rosa asciende por los senderos campestres. Margherita enseña a Niki los diferentes lugares donde podría celebrarse la ceremonia.

—La vista del lago de Bracciano es magnífica, y ahí tienes los vestuarios para los novios. La cena podría servirse en parte dentro y en parte al aire libre...

A Niki apenas le da tiempo a sacar algunas fotografías, porque el coche sale a toda velocidad por el camino de San Liberato.

—En vuestra opinión, ¿cuánto debe de costar un sitio así?

—Doce mil euros sólo el alquiler.

—Ah...

—Bueno, a fin de cuentas, uno se casa sólo una vez, ¿no? —Las dos se echan a reír mientras Niki arquea las cejas. ¡Dios mío, menuda ocurrencia he tenido!

Claudia conduce a toda velocidad y el coche casi entra en dirección contraria en la explanada que hay delante de la entrada.

—Aquí se casaron Eros Ramazzotti y Michelle Hunziker...

—¡Pero han roto!

—Pues sí, pero la culpa no es del castillo, ¿no?

El portero abre la verja y las deja entrar. Margherita se vuelve risueña hacia Niki.

—Conocemos a una de las Odelscalchi... Es muy simpática.

El coche asciende veloz por la cuesta. A la izquierda se extiende, tranquilo y apacible, el lago de Bracciano. Niki mira por la ventanilla.

—¡Es precioso! —Saca una fotografía.

—Sí, ¡este sitio es un poco más caro, pero aquí la velada sería fantástica! Las salas son estupendas, con todas esas armaduras, cuadros antiguos y cortinajes. ¿Ves ese patio de allí? —Margherita le indica un claro cubierto con unos preciosos rosales y rodeado por los muros del castillo, que en otoño se recubren con una hiedra ligeramente amarilla—. Ahí quedaría precioso el aperitivo.

—Sí, pero las frituras...

Claudia añade, divertida:

—Frituras servidas en cucuruchos, unas sartenes enormes sobre el fuego y el aceite que chisporrotea... Adoro las bodas así.

—Oh..., claro —dice Margherita—. Pues así será: jamón cortado en lonchas, trozos de parmesano, una deliciosa trenza de mozzarella fresca...

Claudia vuelve a intervenir:

—Sí, las de Latina o Salerno, que están buenísimas... Y también una buena *burrata*, ¿eh? Deberíamos traerla de Puglia. —Cierra los ojos soñadora—. Mmm... ¡Me está entrando una hambre!

—Venga, Claudia, sigamos con el paseo. Ésos son, a fin de cuentas, los detalles. ¡Niki tiene que verlo todo!

—Esto... Gracias... —Niki sonríe entre las dos hermanas mientras el coche arranca a toda velocidad rumbo a nuevos e increíbles lugares. Poco después se encuentran en la via Appia.

—Ésta es la villa de los Quintili, un lugar de ensueño.

Después pasan a la Aurelia.

—Éste es el camino del Acqua Fredda, precioso, con una atmósfera particular... ¡Y de noche es aún mejor!

Poco después ven también algunas de las viejas mansiones que hay en la Cassia, inmersas en el verde del parco di Veio.

—Ésta es fabulosa, aquí han estado un montón de vips.

Después llegan a Palidoro, la última etapa, que se encuentra en las proximidades de la Posta Vecchia.

—La acaban de rehabilitar. ¡El catering es delicioso y las vistas al mar, ni te cuento!

Y siguen subiendo y bajando por la costa y la campiña del Lacio hasta que por fin aparcan de nuevo bajo la casa de Niki.

—Gracias por todo...

—Entonces, ¿qué te parece? Las posibilidades son infinitas, ¿verdad? Es conveniente verlas todas en seguida y después decidir... Aunque la boda sea dentro de cinco meses... ¡Luego, sin saber por qué, los días vuelan!

Claudia asiente.

—Sí, recuerdo que cuando me iba a casar las semanas pasaban en un abrir y cerrar de ojos... Llegabas al lunes con la ansiedad de que todavía no habías concluido nada, y luego, cuando por fin elegías la casa... Bueno, pues para esa fecha ya la había reservado otro.

—¡Esperemos que no!

—Sí... Cuando te interesa algo hay que pedirlo en seguida, porque de otra manera... Parece una broma del destino... ¡pero siempre sucede lo mismo!

—Bueno, nos vemos mañana...

—¿Mañana?

—Sí, hemos pensado que... —Margherita abre una hoja repleta de apuntes—. Veamos, mañana tenemos que ocuparnos de los regalos para los invitados, de la organización de las mesas y de las invitaciones... Pasado mañana, del vestido, del maquillaje y del peluquero... Es conveniente hacerlo todo en seguida.

—Porque después, la semana que viene —interviene Claudia indicando las notas de Margherita—, hay que ver los regalos para los novios y la lista de bodas...

—Sin olvidar la luna de miel... —le recuerda Margherita—. Tenéis que decidir adónde queréis ir, y luego, si os parece bien, podéis incluirlo en la lista.

—Sí, pero la verdad es que no es conveniente hacer eso porque la gente, con la excusa de que tiene que poner dinero, se gasta menos de lo que cuesta el cubierto.

—Sí, nosotros cometimos ese error y fuimos a la Polinesia. Quince mil euros de viaje. Bueno, pues lo incluimos en la lista y apenas cubrimos la mitad del precio.

—No te preocupes, te salvaremos de los típicos listillos que hay en todas las bodas...

Niki suspira y a continuación esboza una sonrisa.

—Vale, nos vemos mañana a la misma hora.

Las dos hermanas se alejan dejando a Niki junto al portal. Sí, puede que me salven de los listillos que hay en todas las bodas... pero ¿y de ellas? ¿Quién me salvará? De golpe le viene a la mente la película que protagonizó Julia Roberts, *Novia a la fuga,* cuando ella dice: «Tú quieres un hombre que te acompañe hasta la playa, que te tape los ojos con la mano para que puedas descubrir la sensación de la arena bajo tus pies. Un hombre que te despierte al amanecer ansioso por hablar contigo y que se muera de ganas de saber qué dirás.» Eso es. A mí también me gustaría tener eso mismo. ¿Por qué las cosas más bonitas sólo suceden en las películas?

Noventa

—¿Y bien? ¿Qué tal ha ido, Niki? —Simona se precipita en dirección a su hija, a la que ha oído entrar por la puerta de la sala.

—He sacado más de sesenta fotografías y he recorrido al menos cien kilómetros... He visto treinta posibles sitios donde podríamos celebrar la fiesta... Y ahora tengo ganas de vomitar.

—¿Por el coche? ¿Te has sentido mal?

—Sí, pero no por la forma en que conducían, ¡sino por lo que decían! ¡Esta boda me está estresando mucho, mamá!

—He pedido que me den el día libre mañana en el trabajo para poder acompañaros, ¿te parece bien?

—¡Gracias, mamá! —Niki abraza a su madre saltándole al cuello.

—Haremos lo que tengamos que hacer pero con calma, no debes agotarte, tiene que ser una bonita boda y punto.

—Esperemos...

Simona abraza con fuerza a su hija.

—Será así, ya lo verás.

Niki, destrozada por el día, por el parloteo y la dificultad de dilucidar cuál de todas esas preciosas mansiones es la más apropiada, se dirige hacia su habitación casi arrastrando los pies. Simona la mira con una sonrisa de ternura en los labios. Será un bonito día, Niki, ya lo verás, y al final todo resultará más fácil de lo previsto; de repente todo se pondrá en su sitio, pum, así, como por arte de magia. La oye cerrar la puerta de su habitación. Siempre y cuando tú lo desees de verdad, Niki.

Niki arroja el móvil sobre la cama en el preciso momento en que éste empieza a sonar.

—¡Alex!

—¿Cómo estás, amor mío?

—Bien. Bueno, bien...

—¿Qué ha pasado?

—Nada.

—Ah... Por un momento me has preocupado... ¿Cómo te ha ido con mis hermanas?

—Bien...

—¿Bien de verdad o lo dices sólo por educación?

—Bien porque son tus hermanas.

Alex se echa a reír.

—Lo sé... Las conozco... Bueno, cariño, cuando superes esta prueba tendrás la impresión de que el resto de tu vida discurre cuesta abajo.

—Preferiría una llanura tranquila...

Alex esboza una sonrisa.

—Tienes razón... Yo te di la posibilidad de echarte atrás...

—No, no, venga, ahora ya está, no te preocupes. Aunque me dijiste que colaborarías y...

—He tenido una infinidad de cosas que hacer, cariño.

—Ya está, lo sabía..., así que tampoco nos veremos mañana...

—No creo...

—¿Y durante los próximos días?

—Será difícil...

—¡No, si al final parecerá que tenga que casarme con una de tus hermanas!

—Pasaremos juntos el sábado por la tarde...

—Oh... Estupendo... ¿Y adónde piensas llevarme?

—Esto... —Alex permanece por unos instantes en silencio, no sabe muy bien cómo decírselo—. Tenemos el cursillo prematrimonial...

—¿También eso?

—Es obligatorio...

—Está bien... Hablamos luego, venga. Ahora quiero comer algo, me muero de hambre.

—Como quieras... Hasta luego, amor mío...

—Ah, una última cosa, Alex... Tus hermanas no vienen al cursillo prematrimonial, ¿verdad?

Pero al día siguiente, y a pesar de la presencia de Simona, las distintas etapas que han programado Margherita y Claudia vuelven a ser un auténtico *tour de force*.

—Miren, éstas son las invitaciones Pineider, las mejores de todas, las tienen en diferentes gramajes...

Niki mira intrigada a la propietaria del precioso establecimiento de la via degli Scipioni. Ésta le sonríe.

—El peso del papel determina, naturalmente, su coste... Disculpen... —mira primero a Simona, después a Margherita y, por último, a Claudia—, ¿cuál de ustedes es la novia?

Las tres se vuelven y señalan a Niki.

—¡Ella!

—Ah..., bueno... En ese caso tenemos también invitaciones más modernas y, además, depende siempre del tipo de letra que decidan emplear... Eso es lo que marca la diferencia, tanto en lo relativo al coste como a la importancia y la modernidad de la invitación.

—Pero ¿cuánto cuesta cada invitación? —Simona no consigue contener la curiosidad.

Margherita y Claudia hacen como si nada. La señora parece ligeramente avergonzada.

—Bueno, digamos que antes debería elegir una, así podría decírselo con mayor precisión.

Niki decide salir en ayuda de su madre y coge al vuelo la primera de las que están esparcidas por la mesa.

—Ésta, por ejemplo.

La señora la coge

—Hum, veamos..., número de referencia 30..., ¿cuántos invitados?

—Aún no lo sabemos, ¿verdad, Niki? —le pregunta Simona a su hija.

—Ah.

Margherita y Claudia sonríen.

–Digamos que aproximadamente...

–Unos...

–Unos...

Niki y Simona se miran.

–Bueno, digamos que unos...

–Bueno, más o menos...

–Cien... –aventura finalmente Simona.

Al ver la expresión de asombro de Margherita, cambia de opinión:

–Doscien...

Ve la de Claudia y vuelve a cambiar:

–Trescien...

Las dos hermanas asienten con la cabeza risueñas.

Niki interviene de repente:

–¡Cuatrocientos! Mis invitados serán cuatrocientos... –dice risueña a la señora, que le devuelve la sonrisa y se pone en seguida a hacer unos cuantos cálculos.

–Bien, supongo que querrán que las enviemos a los correspondientes domicilios, ¿verdad?

–Sí, claro...

–En ese caso el coste de esta invitación, que pesa treinta gramos, y del envío a casa a los cuatrocientos invitados oscilará entre los mil ochocientos y los dos mil cuatrocientos euros...

Simona abre desmesuradamente los ojos.

–Bueno, si reciben una invitación que cuesta eso... ¡Tendrán que asistir todos a la fuerza!

Luego continúan con la frenética resolución de los diferentes preparativos de la boda.

–¿Te parecen bien éstos?

Niki niega con la cabeza desechando un pequeño colgante de plata como obsequio para los invitados.

–¿Y esto? –Una jarrita de cerámica.

Niki vuelve a negar con la cabeza. Y así consideran uno a uno los objetos más variopintos, desde un pequeño marco de fotos a un lazo de plata, pasando por una bandejita con un hombre y una mujer estilizados que van en bicicleta, al estilo de los dibujos de Peynet, o un servilletero. Y eso no es todo.

—¿Cómo organizamos la disposición de los invitados?

Margherita es incansable.

—Pues...

—Pero ¿es que nunca descansan? —le comenta Niki en voz baja a su madre.

Simona se ríe.

Margherita avanza por la calle.

—Mis amigas siempre han encontrado una manera encantadora de distribuirlos.

—Yo, sin ir más lejos —explica Claudia—, usé nombres de flores... Rosa, tulipán...

Margherita, en cambio, está más orgullosa de su elección.

—Pues yo utilicé piedras preciosas... Mesa diamante, mesa jade, esmeralda o turquesa.

—Nuestra amiga Ballarini optó por las frutas —prosigue Claudia—. Mesa melocotón, ciruela, pera... Se casó en verano...

Simona esboza una sonrisa recordando su boda.

—Nosotros organizamos las mesas pensando en la música: cada una llevaba el nombre de un grupo. En esa época la música nos volvía locos —se dirige sobre todo a Niki—. Mesa U2, mesa Wham! o mesa Aerosmith...

Margherita y Claudia se miran de nuevo estupefactas.

—¡Ah, qué simpático! —dicen con una sonrisa forzada.

Niki, por el contrario, parece entusiasmada.

—¡Me encantaría hacer como vosotros! Sólo que con grupos actuales... No sé, tipo... mesa Negramaro...

Margherita se sorprende.

—¿Quiénes son? Parece el nombre de un digestivo.

Claudia empuja a su hermana.

—¡Desde luego, mira que eres antigua! Yo sí que los conozco... Él se llama Giuliano y canta como los ángeles.

En esta ocasión son Niki y Simona las que sonríen.

Noventa y uno

Alex elige un tema musical para emplearlo de fondo en una parte de su filmación. Eh, es fácil trabajar con este programa de Mac. Hay que reconocer que son unos genios. Steve Jobs es muy bueno, y la verdad es que lamento que esté tan enfermo. La pequeña manzana nació gracias a su deseo de simplificar las cosas a las personas corrientes...

Alex prosigue con su trabajo. Fundido, imagen, fundido. ¿Le gustará? Espero que sí. Mira los últimos fotogramas, ella se vuelve despacio, y luego el último encuadre, que se concentra en sus ojos, en lo que reflejan, en esa mirada, en esa historia de amor... A continuación esa sonrisa, fundido, encuadre largo, y ella que aparece corriendo por las calles de Nueva York. Sí. Le gustará. No tardará en estar listo y lo colgaré en nuestra página web. Toc, toc. Llaman a la puerta.

—¿Se puede, Alex?

—Adelante.

Entra Leonardo, el director.

—Estoy muy contento. Era justo lo que esperaba, lo que quería, el motivo por el que he luchado, y ahora lo he conseguido.

Alex se vuelve en su sillón.

—No entiendo a qué te refieres... Creo que se me escapa algo y, en caso de que me estés atribuyendo el mérito o la culpa de algo, he de decir que yo no tengo nada que ver... —Sonríe intentando comprender algo más.

De manera triunfal, Leonardo pone una hoja sobre su escritorio. Luego, con la mano derecha, la vuelve hacia Alex para que éste pueda leerla. Él la coge. Todavía está caliente, la acaban de imprimir. Cuando está a punto de empezar a leer, Leonardo se le adelanta.

—Es tu promoción a escala internacional, sólo supondrá hacer algún que otro viaje más, un máximo de seis desplazamientos al año, y tu lugar de trabajo seguirá siendo éste. Así que... —Leonardo sonríe feliz, abriendo los brazos— máxima ganancia, mínimo esfuerzo. Prácticamente te doblan el sueldo...

Alex apoya el folio sobre el escritorio.

—No entiendo a qué viene ahora este ascenso. Porque es un ascenso, ¿verdad? No me parece que hayamos mandado ningún proyecto, no recuerdo haber firmado ninguna campaña en particular últimamente, como mucho hemos presentado diversas propuestas...

—De hecho... —Leonardo se sienta delante de Alex—. ¿Recuerdas esa prueba que hicimos, de la que se encargó Raffaella, tu nueva ayudante?

—Por supuesto... Me acuerdo perfectamente, y también me acuerdo de ella, de la ayudante que yo no quería y que tú me obligaste a aceptar.

—Me parece absurdo rechazar a una mujer por el mero hecho de que ésta pueda hacerte caer en la tentación. Si sucede una cosa así es porque algo no funciona, y entonces es inútil simular... Además, es muy buena.

—Sobre eso no tengo nada que decir.

—Ni yo tampoco, el caso es que al final acabamos el proyecto y enviamos esas pruebas de documental, ese juego sobre los animales, sobre la naturaleza y el producto en sí...

—¡A mis espaldas!

—Estabas en Nueva York cumpliendo tu otro sueño... Mandamos el documental en tu nombre. —Leonardo se pone serio—. Pero no estás obligado... Puedes seguir con la producción cinematográfica del anuncio que hemos acordado sólo si te apetece. Lo importante es que nuestra sede de Londres ha dicho que «el creador de LaLuna ha conquistado el mundo. Tiene a la industria a sus pies». Están encantados. Los has ayudado a firmar un contrato por valor de cincuenta millones de dólares... Y por eso te han concedido este ascenso. Era lo mínimo que podían hacer, ¿no? —Leonardo se levanta del sofá—. Mínimo esfuerzo, máxima ganancia. Hecho esto, puedes irte otro mes a alguna parte si quieres..., a algún faro en cualquier lugar del mundo, para variar. ¡Ya está! ¡Se me acaba de ocurrir una idea preciosa para tu luna de miel! —Leonardo abre las manos y, como si dejase fluir un eslogan en el vacío, lee un título sobre el escritorio de Alex. «Noches de ensueño en los faros más bonitos del mundo.» ¿Qué te parece?

Alex parece titubear por unos instantes.

—Te lo agradezco; me parece una idea magnífica, serías un buen planificador de bodas... Pero, si no te importa, de mi casamiento prefiero ocuparme yo.

—Me parece justo... Al igual que me lo parecerá que compartas tu decisión, sea cual sea, con la persona que, de alguna forma, ha contribuido a hacerla posible... ¿La puedo llamar? —Sin darle tiempo a responder, Leonardo se encamina hacia la puerta, la abre y se asoma risueño—. Ven, Raffaella... ¡Quiere hablar contigo!

Temerosa, ligeramente cohibida, ella aparece en el umbral al cabo de unos segundos. Es un spot publicitario viviente. Tiene una cabellera brillante, rizada y voluminosa. Su sonrisa resplandeciente produce el mismo efecto que los anuncios que animan a comprar chicles o pasta de dientes blanqueadora. Pero su sonrisa supera cualquier artificio.

—Hola, Alex —Raffaella se detiene en la puerta—. Quería felicitarte por el ascenso... —Se queda parada, enmarcada en el vano, ella, una imagen natural y provocadora, más pecadora que santa, salida a saber de qué nuevo y excitante círculo dantesco.

Leonardo, consciente del efecto que la mujer produce en Alex, lo mira con una expresión amistosa, como diciendo: «Oye, somos hombres, no puedes negar todo esto, no puedes hacer como si nada. De acuerdo, estás a punto de casarte, pero ella es como un superanuncio de carne y hueso, ¡reconócelo!» O, al menos, eso es lo que Alex lee en la mirada de su amigo.

—Bueno, sí... Estoy contento. Pero creo que debo darte las gracias a ti, el éxito es tuyo...

Raffaella consigue controlar ahora su embarazo y recupera la seguridad en sí misma, sin dejar por ello de seguir siendo agradable.

—Venga ya, no me tomes el pelo. Sabes de sobra que me diste unas indicaciones muy claras; yo me limité a seguirlas y a aplicarlas.

—Sí, pero ya sabes lo que dicen: «Buenas ideas hay muchas, pero lo que cuenta es cómo las llevas a cabo.» Tu realización era perfecta. Eso fue lo que los impresionó...

—De acuerdo, pero sin tu intuición...

—Está bien..., está bien... —los interrumpe Leonardo—. Ambos sois muy buenos, y yo no sabría qué hacer sin vosotros. Ha sido gracias a vosotros que Londres se ha embolsado todo ese dinero, gracias a vosotros yo todavía soy el director y la Osvaldo Festa va viento en popa... ¿De acuerdo? Y ahora me gustaría salir a comer algo con los dos, ¿os apetece? ¡Celebraremos este día en el mejor restaurante! —Mira a Alex, acto seguido a Raffaella, luego de nuevo a Alex—. No podéis negaros... —Sonríe—. En parte porque seré yo el que pague la bendita comida, pero sobre todo... ¡porque soy vuestro director!

Alex y Raffaella se miran fugazmente y a continuación sueltan una carcajada.

—Bueno, si te pones así, no podemos negarnos.

Leonardo parece visiblemente satisfecho.

—Mi chófer nos acompañará dentro de una hora. Mientras tanto podéis acabar lo que estabais haciendo y recoger...

Raffaella sonríe y sale del despacho.

—Hasta luego.

Leonardo hace ademán de salir a su vez.

—Piénsalo bien, Alex... No corres ningún riesgo, alguna que otra reunión breve en el extranjero a cambio de mucho dinero... Pide consejo en casa... No puedes rechazar esta oferta.

—Está bien, gracias, Leo... Lo pienso y luego hablamos.

Leonardo no logra entender sus vacilaciones. Debería haber aceptado ya encantado. Bah. No hay quien entienda a estos jóvenes de hoy en día. Tienen un montón de cualidades, son intuitivos, decididos, ambiciosos, pero después se arredran ante el menor cambio. Entra en su despacho sacudiendo la cabeza y pensando en lo que últimamente agita como una tempestad las reuniones con sus superiores: «Son unos críos...» Se sienta al escritorio y responde al e-mail de Londres.

«Alex Belli está sorprendido y contento con vuestra propuesta...» Reflexiona un momento acariciándose la barbilla con la mano. Ya está. Lo plantearé así. Y, resuelto, se pone manos a la obra. «Ha decidido llevar a cabo el proyecto. En lo tocante al ascenso y a sus nuevas funciones en el ámbito europeo, desea reflexionar con detenimiento.» Satisfecho de sus palabras, aprieta la tecla de envío. Después se apoya en el respaldo. Prácticamente les he dicho que Alex hará las películas que producimos y que si no acepta en seguida es porque se trata de una persona que atribuye a las cosas la importancia adecuada. Ellos sonreirán y comprenderán que eso significa también un sí, implícito, pero, a fin de cuentas, un sí. Claro que como Alex se entere se cabreará. No obstante, un director debe asumir también sus responsabilidades, ¿no? Y tras esta última consideración, llama a su secretaria por el intercomunicador.

—Sí, señor, dígame.

—Stefania, por favor, reserve de inmediato una mesa para tres...

—Por supuesto, ¿dónde? ¿Tiene ya alguna idea?

—No... Un sitio importante para quedar bien. ¡Sorpréndame! ¡Asuma usted la responsabilidad!

Stefania esboza una sonrisa.

—Por supuesto, señor director... Buscaré el mejor. —Corta la comunicación y sacude la cabeza. «Asuma la responsabilidad...» Y ¿por qué no me encarga también que le organice su vida privada? Bah... Lo que está claro es que aquí todos reciben un ascenso y que yo, que me ocupo del trabajo sucio, quedo siempre relegada a un segundo plano.

—Buenos días, querría reservar una mesa para tres, por favor... Sí, para dentro de una hora más o menos, con la mejor vista que tengan. Gracias.

Noventa y dos

Una vez a solas, Alex teclea de inmediato el número. Una llamada, dos, y por fin responde.

—¡Niki! Cariño... No sabes qué noticia... —Se para a pensar un segundo—. ¿Cómo estás? Buenos días... ¿Todo bien?

Niki sonríe mientras camina apresurada por la avenida que conduce a la universidad.

—Sí, todo bien, exceptuando que he tenido una pesadilla.

—¿Qué quieres decir?

—He soñado que, en lugar de mis amigas las Olas, tus hermanas eran mis testigos.

Alex suelta una carcajada.

—Entiendo, veo que la situación no hace sino empeorar... ¿Estás segura de que no quieres que hable con ellas?

Niki sigue andando apresuradamente. Se acomoda la bolsa llena de libros sobre el hombro, que la hace ladearse un poco. Por un instante, ese nuevo ofrecimiento la deja perpleja. La verdad es que no estaría mal. Pero también podría empeorar las cosas. Significaría abandonar la lucha, retirarse y, de una forma u otra, sería como servirles la victoria en bandeja de plata.

—No, cariño, te lo agradezco... No te preocupes. ¡Estoy segura de que es sólo cuestión de estrés! ¡Dentro de nada no volveré a verlas, ni siquiera en sueños! Pero ¿qué era lo que querías decirme?

—¡Que me han ofrecido un ascenso!

—¡Magnífico! ¿Y a qué se debe?

Alex reflexiona por unos instantes. No le parece conveniente mencionar a su ayudante y a lo que ésta ha hecho.

–Por nada en concreto. Ha gustado mucho una propuesta que hice para una campaña y me lo han ofrecido...

Nike sube por la escalera de la facultad y ve que el aula está llena a reventar.

–¡Perdona, Alex! Me alegro mucho por ti, pero tengo que entrar a buscar sitio. ¿Puedo llamarte luego?

–Es tan bonito poder compartir cualquier decisión sobre el trabajo con la persona que amas...

–Te refieres a mí, ¿verdad?

–Por supuesto... ¡Tonta!

–¿Y qué ocurre si la persona que amas tiene una clase en ese momento? No querrás que suspenda por haberme dedicado a hablar de tu ascenso, ¿verdad?

Alex sacude la cabeza. Siempre consigue embrollarme.

–Vale, hablamos luego.

–Alex... –Niki ha notado su tono–. No tienes que decidir en seguida, ¿verdad? Hablaremos en cuanto tengamos un momento...

Él sonríe.

–Sí, tienes razón, cariño... Que te vaya bien la clase. –Cuelga y mira el teléfono. No tiene remedio. Es demasiado rápida. ¡Parece una ametralladora! ¡Dispara ocurrencias como si fuesen pequeños eslóganes! ¿Tendrá preparada alguna para la iglesia? La verdad es que en poco menos de dos años ha cambiado mucho, parece una flor. Con la diferencia de que las flores, cuando brotan por las mañanas, son siempre iguales. Niki, en cambio, da la impresión de que se oculta debajo de los pétalos para ofrecer una sorpresa cada vez que uno de ellos se abre. La verdad es que me habría encantado comentar con ella esta decisión, porque sé que, si bien Leonardo lo ve muy sencillo, en el fondo puede complicarme mucho la vida. Quiero decir que como poco se trata de viajar a menudo al extranjero, además de tener que asumir el compromiso de la campaña y las consabidas reuniones, que, además, esta vez son sobre un producto muy diferente y en un medio nuevo, un cortometraje. A la fuerza será un lío.

Llaman a la puerta.

—¿Se puede?

Raffaella se asoma.

—Deberíamos ir saliendo... —sonríe ladeando la cabeza.

—En seguida voy.

—Vale. Te espero allí.

Alex se levanta del sillón y coge su chaqueta. «Deberíamos ir saliendo...» No está nada mal, la frase. Deberíamos ir saliendo. Resulta un poco extraña, pero expresa bien la idea. Se pone la chaqueta y sale de la oficina pensando que quizá el lío sea precisamente Raffaella.

Noventa y tres

Niki trata de abrirse paso entre los estudiantes que abarrotan la puerta del aula.

—Perdonad, por favor, ¡me han guardado un sitio delante!

No es verdad. O, mejor dicho, se lo pidió a Barbara y espera que su amiga se haya acordado. Pero apenas consigue superar un poco de gente y llegar a las primeras filas, los estudiantes se levantan al mismo tiempo y se dirigen a la salida casi arrollándola.

—¿Qué pasa? ¿Qué pasa?

Los empujones casi la hacen tropezar hasta que, justo cuando está a punto de caerse al suelo, una mano la aferra por debajo de la axila y la levanta, ayudándola a ponerse de pie y a recuperar el equilibrio.

—Gracias.

Ve la sonrisa de Guido.

—De nada... Te he visto. Dos tipos se han pegado por un sitio.

—¿Están locos?

—Sí, pero es que además hay una nueva ocupación.

—¿Otra vez? ¿Por qué?

—Bah, contra las nuevas leyes de recortes del ministro y porque, según parece, además está prevista una visita del papa. ¿Por qué le gustará tanto venir a la facultad? A mí me parece un auténtico coñazo...

Al final consiguen llegar a la salida sin que se produzcan nuevos incidentes. Niki le sonríe.

—No es cierto, la clase de literatura italiana es preciosa, el profesor parece un poeta cuando menciona esas citas y da esos saltos temporales, establece unas relaciones absurdas… me parece genial.

—«Para conservar durante largo tiempo el amor de un amante es indispensable que nunca falten ni la esperanza ni el temor.» Émilie du Châtelet. ¿Ves?, yo las hago continuamente y no veo que me aprecies tanto…

—¡No es cierto! Estoy aquí contigo…

—¿Y eso qué tiene que ver? Sólo estás ahora aquí porque te he salvado la vida. Pero tengo una duda, ¿no te habría gustado que te aplastasen para que tu fotografía y tu nombre salieran después en todos los periódicos?

—Pero ¿de qué hablas?

—¡Aquí todos quieren exhibirse! ¿Sabes lo que pagarían éstos por estar en «GH» en lugar de aquí?

—¿«GH»?

—Sí, en la casa de «Gran Hermano»… o en «La isla de los famosos». En fin, en cualquiera de esos *reality shows* que te hacen sentir rico y famoso por un momento y que, a raíz de ello, te empujan a dejar a tu esposa o a tu marido, o a cambiar de trabajo. Sales de allí pensando que te vas a comer el mundo y, en cambio, al cabo de unos cuantos meses vuelves a ser un don nadie, mejor dicho, vuelves a ser la persona que eras antes y te sientes de nuevo insignificante…

—¡Eh, eso es pura filosofía!

Guido sonríe.

—Pues sí… *El ser y la apariencia en la sociedad moderna*, de Guido Desio. No estaría mal como tratado, ¿verdad?

—No, es cierto. Sólo que me parece que tú estás demasiado al día sobre esos *reality*, ¿no será que te has presentado a alguna prueba?

—No, pero los he vivido en primera persona: mi ex quería entrar como fuese en «GH» y, como la rechazaron, montó un pollo increíble, cayó en una depresión y luego quiso intentarlo con todos: «La granja», «La isla de los famosos»… ¿Moraleja? Dado que al final no podía ser importante para el público, optó por serlo para el profesor… ¿Te das cuenta? Puede parecerte absurdo, pero a uno puede sucederle de todo con las chicas, porque las tentaciones de esta sociedad son infinitas…

—De nuevo el tratado Desio. En realidad yo creo que tu teoría puede aplicarse también a algunos hombres...

—Más en el caso de las mujeres...

Guido sonríe, pero Niki se percata por primera vez de que sus palabras traslucen cierta amargura, un disgusto sincero, el sabor del fracaso. Lo esperaba todo de ella. No hay nada peor que creer en una persona, en el amor, sobre todo, y lanzarte sin pensarlo dos veces... En un segundo pasan por la mente de Niki mil imágenes. Lanzarse desde un trampolín con los ojos cerrados... a una piscina vacía. Y ese extraño ejercicio que hacen en el gimnasio en el que uno se deja caer hacia atrás mientras otro, que está a sus espaldas, debe cogerlo... Cierras los ojos y te lanzas demostrando que confías en tu compañero, pero ¿y si por casualidad éste se mueve de repente porque, pongamos por caso, alguien lo llama?... «Eh, amigo, ven aquí un momento.» Y el tipo en cuestión se va sin advertirte y alza las manos en el preciso momento en que tú te dejas hacia atrás. Niki entorna los ojos... ¡Madre mía, menudo batacazo! En realidad, alguien ha volcado al suelo un banco de madera. Un chico se levanta masajeándose las nalgas.

—Ay, qué daño... ¡Qué caída tan tonta!

—Ya te he visto... ¡Estabas en la ventana con los pies apoyados en el respaldo y te resbalaste! —Se aleja riéndose con sus dos amigos, ¡sobre todo porque el porrazo no se lo ha dado él!

También Guido se echa a reír.

—¡Vaya susto te has llevado!

—Sí... Madre mía, menudo golpe se ha dado... Si me hubiera ocurrido a mí, me habría quedado tiesa.

—No... Pareces una persona muy atlética —Guido observa su cuerpo, pero sin segundas intenciones—. Lo digo en serio, es más, me gustaría retarte... ¿Te apetece?

—¿Retarme, a qué?

—Es una sorpresa... ¿Te apetece o no?

Niki reflexiona por un instante. Hoy no tiene que hacer ningún preparativo para la boda y la clase se ha suspendido. Quizá podría ir a casa a estudiar... Guido comprende que titubea.

—Venga, no es nada peligroso... Vendrán también Barbara, Luca,

Sara y Marco. Vamos, no lo pienses más, nos divertiremos sin correr ningún riesgo.

Niki se deja convencer.

–Vale.

De manera que se encaminan hacia la salida de la facultad hablando de sus cosas. No corres ningún riesgo... ¿Qué habrá querido decir?

Noventa y cuatro

Por la tarde. Un tibio sol ilumina los senderos de Villa Borghese. Varios jóvenes hacen *jogging* mientras escuchan música con sus auriculares. Un grupo de niños juega mientras sus madres, algo apartadas de ellos, hablan de los temas que comparten. Una pareja joven se besa sentada en un banco.

—Qué día tan bonito, ¿eh, cariño?

—Sí, precioso...

—¿Cómo estás? ¿Has tenido más molestias?

—No, todo está bajo control. Además, ya oíste lo que dijo la doctora Rossi cuando le llevamos los análisis de sangre, dijo que era normal..., que incluso los síntomas no son demasiado molestos. Me siento bien, ¿sabes? Cuando pienso que llevo una vida dentro de mí me emociono muchísimo... No imaginaba que sería así...

Filippo da una patada a una piedra, pero ésta apenas se mueve, de manera que lo intenta de nuevo. Esta vez lo hace mejor y la piedra sale volando; en unos instantes empieza un *dribbling* imaginario hasta que acaba en un seto.

—¡Gol! ¿Has visto, cariño? —Filippo regresa risueño—. Soy un as. ¡Tu campeón!

—¡Muy bueno, ya lo he visto! Puede que algún día estés aquí con tu hijo haciendo eso mismo y que él quiera jugar contigo. ¿No sería estupendo?

Filippo vuelve a su lado y le da un abrazo. Prosiguen su paseo.

—No lo sé, no lo he pensado... ¿Sabes? Para mí ha sido una sorpresa enorme..., algo que no había programado.

–¡Pues imagínate yo! No obstante, tenemos que pensar en ello, aunque todavía nos queda tiempo para decidir... Decírselo a nuestros padres..., pensar si queremos...

–¡Mira! –Filippo se detiene en seco y le señala algo–. ¡Ahí abajo! ¡Son Pier y Fabrizio! –dice, y echa a correr hacia dos chicos que están jugando a la pelota en el centro de una avenida.

Filippo llega a su lado, los saluda y les indica a Diletta, que mientras tanto se aproxima a ellos y los saluda con la mano. Filippo se pone a jugar con sus amigos. Diletta lo mira y sacude ligeramente la cabeza. Pero ¿qué hace? ¿Por qué no quiere hablar del tema? ¿Qué cree, que a mí me resulta fácil? Lo necesito, esta decisión debemos tomarla juntos. Un hijo te cambia la vida, sobre todo cuando eres tan joven. Pero un hijo es también una cosa maravillosa, es la razón de nuestra presencia aquí, nuestro verdadero puente hacia el futuro. Mira a su alrededor. Ve a una chica empujando tranquilamente un cochecito mientras le habla al niño que va dentro, sin importarle que éste no pueda entender lo que le dice. Sin embargo, ese contacto es importante, es el vínculo que los une, de manera que ella sigue hablando. Diletta sonríe. Siente una gran ternura. A continuación se vuelve de nuevo hacia Filippo. Lo contempla mientras juega, se divierte y bromea. Como un niño.

Noventa y cinco

—He pasado las vacaciones de verano en Elba con mis padres...

—Ah, debe de ser una isla preciosa... ¡Nunca he estado allí!

—Pues alguien como tú, a la que le gusta el surf, debería haber estado en la Toscana. Hay un lugar a la altura de Civitavecchia desde el que se ven unas marejadas increíbles... Tipo *El gran miércoles*...

—Sí, bueno, en nuestro mar no hay olas así.

Las únicas Olas fuertes y hermosas que conozco son mis amigas, piensa Niki.

—¡En ese caso mejor decir... *Un jueves de mierda*! ¡Aun así, hay alguna que otra ola que merece la pena! Tenemos que ir alguna vez...

Niki sigue caminando y sonríe para sus adentros. «Tenemos que ir...» ¿Cuándo? Dentro de nada me caso. Me temo que a partir de entonces será más complicado. Guido la mira.

—Con los demás, ¿eh? —No comprende la verdadera perplejidad de su amiga—. Organizamos un grupo y vamos todos juntos. Es fantástico hacer surf por la noche.

—Pero ¿no es peligroso?

—No, en absoluto, ponemos los faros de los coches enfocando hacia el mar y no veas lo guay que es. Te pone la adrenalina a mil. Y si, además, hay luna llena y estrellas... Bueno, entonces es inevitable enamorarte...

Niki arquea las cejas.

Guido vuelve a sonreír.

–Del mar. Y para siempre. Ya no puedes pasar sin él. No entiendo a los que se drogan. A veces la naturaleza me emociona tanto que se podría decir que para mí es como una verdadera droga. ¿Sabes?, he estado en Brasil, en Fortaleza, donde hay unas dunas blancas tan altas como montañas. A veces, al atardecer, se organiza una especie de peregrinaje y se sube a pie hasta lo alto de una de esas montañas blancas. Hay gente de todas partes y se llega a la cima para contemplar el sol rojo que, poco a poco, se va hundiendo en el mar. Todos se sientan en esas enormes dunas con las piernas cruzadas. Es un espectáculo único.

–Te creo... Basta oír cómo lo cuentas para comprender que se te ha quedado grabado en el corazón.

–Allí, las olas eran espectaculares, y también la arena. Todas las noches subíamos para ver el atardecer y a veces algunos de nosotros nos llevábamos unas tablas cortas de madera para poder deslizarnos sobre la arena, por la pendiente más rápida, hasta llegar abajo.

–No me digas...

–Pues sí, yo lo hice; sin embargo, es peligroso.

–¿Por qué?

–Porque si te caes no hay quien te pare hasta que llegas a los pies de la duna. Ruedas muy rápido porque la pendiente es muy pronunciada.

–¿Y a ti te pasó alguna vez?

–Sí..., pero ya casi había llegado abajo... Fue un descenso increíble, más espectacular que otra cosa... No me pasó nada.

–Ah, a propósito de problemas... –Niki apoya las manos en las caderas–. La otra noche casi me creas uno enorme con el mensaje que me mandaste.

–¿Por qué? Que yo recuerde, no escribí nada malo...

–No deberías haberlo escrito y punto.

–¿Por qué? ¿Acaso no somos amigos?

–No, y lo sabes... O, al menos, todavía no. En cualquier caso, no habría sido fácil explicarle tu mensaje a mi novio.

–¡Qué exagerada! Imagínate que hubiese escrito una frase como ésta: «Me falta el aliento cuando estás lejos...» ¡Es de Keats! ¡Entonces debería haberse enfadado con él!

Niki sacude la cabeza.

—Ya puestos, podrías haberme enviado directamente esa tan estupenda de Oscar Wilde: «Resisto a todo excepto a la tentación.»

—Eso es... Oscar Wilde siempre me ha gustado. ¿Sabes por qué? Porque no fingía y decía siempre la verdad.

Llegan a la salida de la facultad. Guido se detiene delante de su Harley Davidson y abre un gancho que sujeta el casco.

—Ten...

Niki se lo pone. Guido sube a la moto mientras se coloca el suyo y alarga el brazo izquierdo para que ella se apoye en él y pueda subir más fácilmente. A continuación la pone en marcha y da un poco de gas. El tubo de escape suena potente y resuelto en el gran piazzale Aldo Moro. Algunos chicos que charlan sentados en su moto se vuelven a mirarlos. Otros sonríen al ver salir como un rayo la espléndida 883, que, serpenteando veloz entre el tráfico, desaparece por los pasos subterráneos rumbo a la piazza del Popolo.

Guido se vuelve hacia ella.

—Si tienes miedo puedes abrazarme, Niki.

Ella esboza una sonrisa y sus miradas se cruzan en el espejo retrovisor.

—¡Ya te he dicho que no tengo miedo!

Guido sonríe.

—¿Estás segura? —Acelera de repente.

La moto da un salto hacia adelante y Niki se ve obligada a abrazarse a él para no caerse. Se aferra a su cazadora y lo estrecha con fuerza, mientras él acelera de nuevo y enfila a toda velocidad una curva bajando por la strada del Muro Torto.

—Muy bien, así irás más segura...

Niki se siente ligeramente molesta, pero no le queda más remedio que agarrarse a él. Guido sigue corriendo entre los coches, los adelanta por la derecha y por la izquierda, sale y entra, ladeándose, como si estuviese esquivando unos bolos. Poco a poco, esos movimientos lentos y constantes la van calmando. Niki se pierde en el viento, ensimismada en sus pensamientos. Pero ¿qué hago yo aquí, detrás de este tipo? ¿Y si tenemos un accidente? ¿Qué iba a contarle a Alex? ¡O, peor aún, si llego a la boda con una pierna rota! Vestida de blanco y escayolada. No podría escribir nada en el yeso, o quizá sí: «¡Recién casados!» Además, podría colgar de él unas latas vacías. No estaría mal. Ya me imagino a los padres de Alex... ¡Y a sus hermanas! Mientras piensa eso, abraza más fuerte a Guido y se deja llevar perdiéndose aún más en el viento.

Noventa y seis

Llaman a la puerta. Olly va a abrir y entra Erica con una bandeja de pizzettas.

—¡Aquí estoy! ¡La doctora Erica a su servicio! —Pasa junto a su amiga y se dirige a la cocina. Abre la nevera, coge dos Coca-Colas y dos vasos, y a continuación regresa junto a Olly y le tira de un brazo.

—Pero ¿qué haces?

—¿Cómo que qué hago? Cuando hemos hablado por teléfono me has parecido muy triste, y he decidido que necesitabas a alguien que te levantara la moral...

La obliga a sentarse en el sofá y lleva hasta allí la bandeja con las pizzettas, los vasos y la botella de Coca-Cola. Después se sienta a su lado. Olly la mira risueña. Es una amiga de verdad. Empiezan a bromear y a parlotear.

—¿Sabes que a mi amiga Ilenia la han aceptado para un programa de televisión, en el cuerpo de baile? Es una cadena local, pero aun así ella está encantada. Un cabaret con cómicos romanos.

Olly se vuelve hacia ella.

—¿Ilenia?

—Sí, ¿te acuerdas de ella? La invité también a la fiesta de Niki.

Olly coge una pizza.

—La recuerdo, la recuerdo...

—Es muy simpática, y vale mucho. Su padre murió hace poco y ella se ocupa ahora de su madre. Además, estudia y baila, y ahora ganará también algo de dinero. Lleva toda la vida enamorada de su novio,

¿sabes? Una de esas relaciones eternas que cuesta creer que puedan durar tanto y, sin embargo, se adoran después de todos estos años. Yo jamás viviré algo así...

Olly acaba su pizzetta y coge otra.

—Así que tiene novio...

—Sí..., y está enamorada, que es lo más importante.

Olly da buena cuenta de la segunda pizzetta. Se sirve un poco de Coca-Cola en el vaso y da un sorbo. Erica se levanta y enciende el equipo de música. Pone una canción y empieza a bailar en medio de la sala.

—¡Venga, Olly, acércate! ¡Terapia para el cuerpo! ¡Vamos, no te hagas de rogar! —insiste sin dejar de balancearse.

Olly permanece pensativa en el sofá, y entiende hasta qué punto son estúpidos sus celos. Piensa en cómo se comportó aquella noche, en la fiesta, cuando poco menos que ignoró a Ilenia. Y en cómo trató después a Giampi, acusándolo de nada. Qué imbécil. Me dejé engañar por mis temores. Dejé que la superficialidad me venciese. Yo, que siempre estoy lista para aconsejar a los demás, para criticar a los que son demasiado celosos, justo yo me caí con todo el equipo. Mira a Erica mientras su amiga baila ligera, despreocupada y alegre. Se levanta y se une a ella. Se deja llevar por la música, por las palabras de Tiziano Ferro y, después, al azar, por R.E.M, Coldplay, The Fray, Oasis, Nelly Furtado... La radio no sigue un orden preciso. Como los pensamientos de Olly.

Noventa y siete

Lungotevere, piazza Cavour, la moto corre ligera. Piazza Belle Arti, de nuevo el Lungotevere, piazza Mancini. La moto parece como hechizada, todos los semáforos que va encontrando en su camino están en verde, ponte Milvio, corso Francia, lungotevere dell'Acqua Acetosa. La moto frena gradualmente y, tras doblar una amplia curva, entra en el aparcamiento.

—¡Ya está! ¡Hemos llegado!

Niki se quita el casco mientras baja.

—¡Caramba! ¡Así que la sorpresa era ésta! ¡Estamos en la bolera!

—Sí, y ahora puedes decidir si aceptas o no el desafío..., ¡o si prefieres hacer de bola!

—Idiota... Ten... —Niki le lanza el casco a la barriga. Guido lo coge al vuelo inclinándose hacia adelante—. ¿Ves?... Lanzo con fuerza... ¡Derribo los bolos! —Niki sube apresuradamente la escalera y entra en la gran sala de la bolera.

Guido se echa a reír, pone el candado a la moto y corre en pos de ella.

—Espérame.

Nada más llegar a su lado oye que alguien los llama.

—¡Eh, vosotros dos! ¡Al final os habéis decidido a venir!

Marco, Sara, Luca y Barbara se aproximan a ellos desde la pista central.

—¡No me lo puedo creer! —Marco da un empujón a Luca.

—¿Has visto? Guido dijo que vendría con Niki y tú te negaste a creerlo...

Niki se vuelve, irritada con él. Guido abre los brazos.

—Les dije que con tu ayuda les ganaríamos... ¡Tenían miedo! Nos temen... Has sido muy amable de aceptar... Venga, vayamos a cambiarnos de zapatos.

—¡Sí, daos prisa, que en seguida empezamos otra partida!

Guido y Niki se encaminan hacia el rincón donde la gente se cambia los zapatos.

—¡Yo no te dije que sí! ¡No sabía que el reto era éste!

Él trata de calmarla.

—En cualquier caso me habrías dicho que sí, ¿no?

—¡No!

—Pero ¿por qué? Mira que eres cabezota... ¡Ya verás como nos divertimos!

—Eso sin duda... Pero no me ha gustado que les dijeses de antemano que vendrías conmigo.

—Lo hice para reservar la pista, de lo contrario quizá se habría apuntado otro y luego habríamos sido demasiados. Si no hubieses querido acompañarme habría venido de todas formas, pero con otra...

Niki se sienta y lo mira enojada mientras se descalza. Guido se disculpa.

—Sólo en el caso de que tú no hubieses querido venir... Aunque no habría sido lo mismo, eso seguro...

—¡Por supuesto!

—También podría haber venido con un amigo.

—Sí, tú con un tío... Cuesta de imaginar. —Niki entrega sus zapatos a un empleado—. El treinta y ocho, por favor...

También Guido se los da.

—Para mí el cuarenta y dos.

Les entregan los zapatos para jugar a bolos. Luega se sientan uno al lado del otro en un banco para atárselos. Guido la mira y le sonríe.

—¿Por qué has dicho esa maldad?

—¿Cuál?

—Que no me imaginas saliendo con un amigo.

—No es una maldad, creo que es cierto.

—La verdad es que después de ella no he vuelto a salir con ninguna chica...

—¿Me estás diciendo que te han dado calabazas? ¡No me lo creo!

—No, la verdad es que...

Niki se ata el segundo zapato y se levanta apresuradamente del banco.

—Venga, muévete... —y se encamina hacia la pista dejándolo con la palabra en la boca.

—¿Cómo jugamos? ¿Chicos contra chicas o por parejas?

—Como queráis...

Barbara y Sara se miran.

—Venga, chicas contra chicos es más divertido.

—¡Pero ellos lanzan más fuerte!

—Sí, pero aquí lo que cuenta es la precisión.

—¡Vale, en ese caso chicas contra chicos!

Niki pasa junto a Guido.

—Os machacaremos...

—¡No me cabe la menor duda!

Niki levanta una bola. Pesa mucho, así que opta por otra más ligera. Veamos... Ésta es perfecta.

—Hago dos lanzamientos para calentar y después empezamos, ¿os parece bien?

Niki toma impulso, echa el pie derecho hacia atrás y lanza la bola dejando que ésta se deslice perfectamente por el centro del parquet. A continuación se incorpora y la observa avanzar a toda velocidad hasta llegar al fondo. La bola parece frenar un poco, pero al final golpea el primer bolo y a continuación todos los demás.

—¡Caray! ¡Buen comienzo! *¡Strike!*

Guido mira a Marco y a Luca.

—Ay, mal lo veo...

—Claro, ¡has traído a la mejor de la universidad, mejor dicho, de Roma!

—Pero ¿es que vienes todos los días aquí, Niki?

Ella coge una nueva bola y la sopesa.

—¡De eso nada, la última vez que estuve aquí fue cuando hice novillos en el instituto! Tenía dieciséis años. ¡Eso fue en la prehistoria!

—Sea como sea, hay cosas que una vez las aprendes jamás se olvidan. Como montar en bicicleta.

Guido lanza una bola en ese momento. Ésta sale disparada, pero después se frena, se desvía hacia la derecha y va a parar al pasillo lateral antes de chocar contra los bolos. Cero puntos.

Marco mira a las chicas.

—Eh, podríamos dejarlo como *handicap*. ¡De lo contrario, se acabó la partida!

Guido se echa a reír.

—Venga, estaba emocionado... Además, como dice Frak Wilczek: «Si no cometes errores significa que no intentas resolver los problemas verdaderamente difíciles. Y eso es ya de por sí un grave error.»

—¿Qué? Pero ¿de qué estás hablando? ¡¿Se puede saber a qué problema verdaderamente difícil te refieres?! —dice Marco.

—Confiad en mí, joder, confiad en mí... Y cuando yo os lo diga..., ¡desencadenad un infierno!

—Eso era lo que decía el gladiador... Perdona, pero ¿qué tiene que ver?

—Bueno, sólo era por decir algo... Ahora hay que combatir y ha sido lo primero que se me ha ocurrido.

—Faltaría más, el poeta ha descendido entre nosotros... —responde Marco—. ¡Pero para hacernos perder!

Guido lo coge del brazo.

—Te juro que me esforzaré. Sólo puedo mejorar...

—¡Eso sin lugar a dudas!

Guido se dirige entonces a los demás.

—¿Os apetece algo de beber?

Luca mira a Marco.

—¡Intenta sobornarnos!

—Digamos que me gustaría remediar el error. Vosotras también, chicas, ¿queréis algo?

—Vale. Yo, una Coca-Cola.

—¡Yo también!

—¡A mí me gustaría una cerveza!

—Para mí un zumo de piña...

Guido los mira preocupado.

—No sé por qué, pero tengo la impresión de que, de ahora en adelante, me conviene no equivocarme más —y se dirige desconsolado al bar a buscar lo que sus amigos le han pedido.

Noventa y ocho

—Es un lugar precioso... La vista es verdaderamente espectacular.

Alex sonríe al ver el entusiasmo de Raffaella.

—Ése es el Altar de la Patria, ¿verdad?

—Sí, creo que sí.

Leonardo vuelve a la mesa.

—Entonces, ¿os gusta este sitio?

—¡Es de ensueño!

—Sí, es magnífico, en serio —responde Alex sinceramente. Mira a su alrededor. A las mesas contiguas hay sentada gente muy elegante y una música *dub* ambienta el local con el volumen justo, sin molestar—. ¿Cómo consigues encontrar estos restaurantes tan especiales?

—Me gustan los sitios vanguardistas pero que, a la vez, sean excelentes. El otro día probé Gusto, en la piazza Augusto Imperatore, sirven *salad bar, brunch*...

—¡Menudo riesgo! ¿Qué sabes tú de todo eso?

—¡Es cierto! Sólo que a mí me gusta arriesgarme... Leo un artículo, oigo lo que se comenta por ahí y me lanzo, pruebo, me aventuro...

Alex lo mira asombrado.

—Pues esos canallas del despacho aseguran que tu secretaria es la que se ocupa de todo...

Leonardo se pone serio.

—Bueno... Sí, en parte es cierto, quiero decir que es ella la que se ocupa de las reservas, pero digamos que la creatividad, la elección del local..., las cosas más importantes, vaya..., ¡ésas las hago yo!

Alex observa con más detenimiento el restaurante. Zodiaco. En la cima de Monte Mario, junto al observatorio científico universitario y a la base militar para las radiocomunicaciones. Según parece, en una ocasión Claudio Baglioni estuvo allí y eso le sirvió de inspiración para *La vita è adesso*. Es cierto, la vida es ahora. ¿Cómo decía? «Giran las nubes... sobre el café al aire libre y te preguntas quién eres, si eres tú el que empuja hacia adelante el corazón y la ardua tarea de ser un hombre y de no saber qué te deparará el futuro.» Alex sonríe. Era algo así. Qué canción tan maravillosa. La ardua tarea de ser un hombre y de no saber qué te deparará el futuro... A continuación desdobla la servilleta y se la coloca sobre el regazo.

Cuando llega el camarero Leonardo decide pedir.

—Veamos, ¿qué les apetece comer?

Raffaella se ha concentrado ya en el menú.

—Mmm... Qué rico, me lo comería todo.

—Sí, los nombres hacen pensar en grandes cosas. —Alex también echa un vistazo a la carta. Hum, sí, me apetece un primer plato, pero debo conservar la línea. Yo, al menos, sé lo que me depara el futuro próximo: mi boda—. Una ensalada y un filete.

Raffaella sonríe.

—Ah... Veo que ya estás pensando en el traje de boda, ¿eh?

No se le escapa nada.

—Ja, ja...

—¡Pero si todavía tienes tiempo! ¡Podrías saltarte la dieta por una vez! ¡Hoy celebramos tu ascenso!

—También es verdad. Pese a que todavía no he aceptado. Está bien, en ese caso añada unas patatas fritas.

Raffaella arquea las cejas como diciendo: ¿sólo eso?

—¡Y como entrante, un poco de *foie-gras*!

Ahora sonríe contenta.

—¡Yo también me comeré un buen entrante y después un estupendo primer plato! Y luego un segundo. Todo pescado, eso sí, una ensalada templada, unos espaguetis con almejas y tomatitos, y después gambas y cigalas. ¡Con una vista así uno tiene la impresión de poder tocar el mar!

Leonardo cierra su menú.

—¡Yo no tengo ninguna justificación! Debo seguir la dieta y lo haré. ¡Una deliciosa *amatriciana*! Para empezar.

Alex y Raffaella se miran y sueltan una carcajada.

—¿Qué pasa?

—No, no, nada... —Alex lo mira preocupado—. Dime una cosa, ¿tu secretaria se ocupa también de la dieta?

—Bueno... —Leonardo no puede mentir—, para serte sincero, sí. Pero, en cualquier caso, sigo una dieta disociada. De manera que a mediodía puedo comer un primer plato, ¿verdad?

Raffaella lo mira titubeante.

—Sí... Claro... ¡Aunque quizá no precisamente una *amatriciana*!

Alex se encoge de hombros.

—Sí..., ¡pero él ya está casado!

—¡En efecto!

—¡En ese caso, tráiganos también una botella de champán!

—Perdonad un momento, tengo que hacer una llamada.

—Alex se levanta y sale del restaurante.

Echa a andar por la pequeña avenida que hay justo delante y marca el número de Niki. Tuuuu, tuuuu. Está libre. Alex contempla la ciudad que tiene a sus pies. Autobuses abarrotados de gente se alejan por el camino que bordea el río, algunos coches avanzan en fila por las circunvalaciones que se ven a lo lejos; al fondo, las cimas de las montañas nevadas cierran esta maravillosa tarjeta postal. Alex mira el móvil. Nada. No responde. Cuelga y vuelve a probar. Mira la hora. Qué extraño, debería haber acabado ya las clases. Quizá esté yendo en moto. Después se lleva de nuevo el aparato a la oreja y espera un poco más confiado. Su mirada se posa sobre la placa de la calle. Alex sonríe. Un día tengo que traer a Niki aquí arriba. La avenida de los enamorados.

Noventa y nueve

El teléfono de Niki vibra silencioso en el bolso que está sobre el banco, a espaldas de la pista donde los seis están jugando. La bola rueda rápidamente por el mismo centro de la pista hasta alcanzar los cuatro bolos que quedan en pie y derribarlos.

—¡Caramba! ¡Otro *strike*! —Niki salta de felicidad y abraza a Sara y a Barbara—. ¡Los estamos machacando!

—Sí, somos demasiado buenas...

Luca espera a que el mecanismo cargue de nuevo los bolos al fondo de la pista.

—No, esperad, que ahora nos recuperamos...

Luego, convencido y con los cinco sentidos puestos en el juego, lanza la bola. Un tiro rápido, seguro y preciso que da de lleno en el bolo central y hace saltar todos los que están detrás.

—¡Caray! ¡Esta vez el *strike* lo hemos hecho nosotros, y a la primera! —Luca hace chocar la palma de la mano con la de Marco y a continuación con la de Guido—. Guapas... —dice dirigiéndose a las chicas—. El *strike* a la primera vale el doble, ¿no? Ni se os ocurra intentarlo...

—¿Y quién pretende hacerlo? —Niki comprueba los puntos que llevan hasta ese momento—. Ni siquiera con cuatro seguidos lograríais superarnos...

Marco sacude la cabeza y se acerca a Sara.

—La próxima vez jugaremos por parejas... ¡Nosotros dos les habríamos ganado a todos! —La abraza y le da un beso en la boca, pero

Sara se separa de él–. No trates de comprar al enemigo... ¡No servirá de nada!

Luca estrecha entre sus brazos a Barbara a la vez que alza la barbilla en dirección a Marco.

—En cualquier caso, y con el mismo número de jugadas, en estos momentos Barbara y yo iríamos en cabeza... Qué digo en cabeza, en supercabeza. ¡Tenemos el máximo de *strikes*! ¡Muy bien, cariño! –Y la besa también. Esta vez, sin embargo, Barbara le devuelve el beso y le dedica una sonrisa suave y enamorada–. Ya os dije que teníamos que jugar por parejas... Es que ellos son unos envidiosos... ¡Sabían de antemano que los destrozaríamos!

Siguen riendo y bromeando, alegres y divertidos por el desafío y por el amor que sienten los unos por los otros.

Guido mira a Niki y abre los brazos.

—No habría estado mal jugar en pareja contigo... ¡Eres una campeona!

—Sí, aunque me gustaría poder decir lo mismo de ti. Tú, en cambio, habrías hecho que perdiéramos.

Guido esboza una sonrisa.

—Pero si lo he hecho adrede... –Se acerca a ella y añade en voz baja–: He fallado para dejarte ganar... Entre otras cosas, porque nos estamos jugando una cena, paga el que pierde... y yo no te permitiría pagar en ningún caso.

—Puede, pero no puedes demostrarlo.

—¿Quieres decir que no vendrías a cenar conmigo?

—Eso además... Pero me refiero a que vais perdiendo.

Guido se aproxima aún más a ella.

—Ya te lo he dicho, estamos perdiendo porque quiero que tú ganes.

—Vale... Pero no me lo creo.

—En ese caso te propongo una cosa. Si cada vez que lance ahora hago un *strike*, saldrás a cenar conmigo. ¿Trato hecho?

—Trato hecho.

—Prométemelo.

—Te lo prometo.

—¿Me das tu palabra?

—Mira que eres pesado, ya te he dicho que sí. A fin de cuentas, ¿qué más da?, no lo conseguirás...

Guido la mira a los ojos escrutándola mientras ladea la cabeza.

—Vale, me has convencido. Chicos... Ahora haré un lanzamiento perfecto... ¿Estáis listos? ¿Queréis ver un tiro perfecto?

—Sí, claro...

—¡Ya va siendo hora!

Guido retrocede, introduce los tres dedos en la bola, a continuación la apoya en la mano izquierda, la acaricia un poco y después parte resuelto y convencido, da dos pasos, se detiene y se agacha levemente para lanzarla con un leve impulso, haciéndola resbalar por el centro de la pista en dirección a los bolos. Luego se vuelve hacia Niki risueño. Arquea las cejas. Ella lo mira por un momento. Después mira de nuevo la bola, que, poco a poco, ni demasiado de prisa ni demasiado despacio, sigue su trayectoria hasta que alcanza el primero de los bolos y lo hace caer. Acto seguido derriba los dos que hay detrás, los cuatro y, por último, los seis, que, después de balancearse levemente, caen al suelo rebotando uno sobre otro y desaparecen engullidos por la oscuridad.

Guido espera a que Niki se vuelva hacia él. No ha mirado ni por un momento el avance de la bola, hasta tal punto estaba seguro y convencido del resultado, y lo confirma esbozando una sonrisa.

—*Strike*...

—¡Muy bien! ¡Campeón!

—¡Un lanzamiento magnífico!

—Menos mal. Pero ¿qué te ha pasado? ¿Te has despertado...?

—Sí, ha tomado un Viagra especial para jugar a los bolos.

Guido mira a Niki, que no puede ocultar su irritación.

—Digamos que ahora me siento más motivado...

Luca lo escucha intrigado.

—¿Qué quieres decir?

—Que he reflexionado sobre la condición masculina en general... Mujeres soldado, mujeres policía, mujeres fiscales, mujeres tan guapas como la Carfagna y tan jóvenes como la Meloni, ministras... En nuestro país, los hombres nos estamos quedando atrás. De manera que se me ha ocurrido que, al menos en los bolos, tenemos que ganar, ¿no?

—Se acerca a Niki y le susurra al oído—: En parte porque la recompensa no puede ser más agradable, ¿no estás de acuerdo?

Niki le hace una mueca.

—Por el momento sólo has hecho un *strike*... Todavía te faltan cinco para acabar la partida... Me parece un poco prematuro para cantar victoria.

—Sí, pero ya sabes que yo soy optimista por naturaleza. Piensa que ellos dijeron que no vendrías y, en cambio...

—¿Qué?

—Pues que te lo estás pasando en grande, juegas de maravilla y me has hecho un favor enorme...

—¿Qué favor?

—Quisieron apostar cien euros a que no vendrías, de forma que cuando salgamos a cenar... ¡Seremos sus invitados! ¿Puedes imaginarte algo mejor?

Niki sonríe y sacude la cabeza.

—Bueno, muy bien... De manera que te he hecho ganar cien euros... ¡Sin querer! Así que cincuenta son míos...

—¡Eso, en caso de que tú hubieses estado de acuerdo! Pero no es así, ¿verdad?

Niki sonríe.

—No, la verdad es que no... Además das por sentado que iremos a cenar... Te recuerdo que hemos apostado a que eso sólo sucederá si haces *strike* en los cinco lanzamientos, ¿no?

—Tienes razón. ¿Por qué te preocupas entonces? A fin de cuentas, has dicho que no lo lograré...

Niki siente una extraña punzada en el estómago.

Luca y Marco se acercan a ellos.

—¡Te toca de nuevo, Guido!

—Venga, que si haces otro tiro bueno nos recuperaremos.

—Vale... —Guido elige la bola, se coloca en posición y, cuando está a punto de lanzar, mira a Niki—. A propósito... ¿Qué prefieres, carne o pescado?

—Pero ¿qué dices?... ¡Tira ya de una vez! —Niki lo mira a los ojos un poco preocupada—. ¡Y además, prefiero una pizza!

Cien

—Veamos, me gustaría alcanzar un éxito a escala mundial. —Leonardo les sonríe mientras se seca la boca y luego prosigue—: Una película que sorprenda, que asombre, que conmueva y que haga reír... ¿Habéis entendido lo que quiero decir?

—Sí —Alex asiente con la cabeza—, estás hablando de un milagro...

—No, estoy hablando de algo que Alessandro Belli sabe hacer. ¿Sabes lo que me gusta de ti? Que ves cosas donde los demás sólo ven oscuridad. Que sabes crear emociones a partir de una simple hoja en blanco, que cuando miras por la ventana ves el mar o las montañas...

—No olvides que, junto al mío, han puesto el anuncio de Calcedonia, y que eso sí que es una bonita vista... —Alex se echa a reír y se lleva a la boca un pedazo de carne. Después se vuelve divertido hacia Raffaella—: Se puede mirar, pero no tocar. También eso puede ser una fuente de inspiración...

—Ah, claro. ¿Sabes que antes de ser redactora de textos publicitarios hice un anuncio?

—¿Qué quieres decir?

—Fui modelo en una importante campaña publicitaria... Me encantó trabajar con mi cuerpo...

—¿Y cuál era?

Raffaella coge una gamba con los dedos y se la come.

—No te lo digo... A ver si me reconoces... Te enseñaré varias y tú tienes que decirme quién soy yo.

—Vale —Alex come a toda velocidad otro pedazo de carne—. Sí, sí, vale...

—Sí, este juego me divierte... En cualquier caso, el anuncio es precioso, no se me ve la cara, de manera que no es tan fácil reconocerme...

—Ah, entiendo...

—¿Puedo probar un poco del tuyo? —Raffaella se inclina con el tenedor hacia el plato de Alex sin aguardar su respuesta—. Parecen deliciosas.

—Faltaría más...

Raffaella se mete una patata en la boca y sonríe a Alex.

—Me lo imaginaba... ¡Están buenísimas! La cocina es magnífica, director... ¡Te felicito por la elección!

Leonardo sirve un poco de champán a Raffaella, después a Alex y, por último, llena también su copa.

—Me alegro de que os guste... ¡La calidad de lo que hacemos a veces depende de la calidad con la que vivimos!

Alex lo mira sorprendido.

—Ésa es tuya, ¿verdad?

Leonardo parece un poco cohibido.

—Sí..., quiero decir, la leí en algún sitio y después la retoqué un poco...

Raffaella alza su copa.

—Bueno..., como dice Alex: ¡por nuestro milagro!

Alex sonríe, se seca la boca y levanta la suya. El director se une al brindis.

—¡Chin, chin!

Raffaella mira fijamente a los ojos de Alex.

—¿No lo sabes? Hay que mirarse mientras se brinda, de lo contrario no es sincero... —Después, casi para enfriar el momento, prueba las *puntarelle* que hay en el plato de la guarnición—. Mmm, éstas también son deliciosas... ¡No todos las saben cocinar! Hay que macerarlas hasta que están en su punto, hay quien echa la salsa de cualquier manera y entonces no se mezclan bien... ¡Te lo digo en serio, director, este sitio es genial! Cuando hagamos la proyección para los americanos podríamos poner una pantalla colgada ahí afuera... —indica la vista de Roma que se ve desde la ventana.

Leonardo está de acuerdo con ella.

—Sí.

—El efecto sería increíble —prosigue Raffaella—, pese a que la película será bonita en cualquier caso... —tranquiliza a Alex—. A los americanos les vuelven locos estas cosas, consideran que el *packaging*, en todas sus expresiones, desde la mesa hasta la caja, pasando por la presentación de la idea, es fundamental.

Alex se encoge de hombros.

—En cierta medida es una lástima, porque eso refleja la teoría de la apariencia y no la del ser... La misma que está combatiendo Barack Obama.

—Sí... —sonríe Raffaella—. He trabajado con los americanos, siempre te hacen creer que aceptan un cambio, pero después depende de cuál sea éste. En cuanto a la apariencia y el ser, y sin poner en duda la gran capacidad de Obama, hará falta un poco de tiempo... Y eso que ha dicho: «América, éste es nuestro momento, nuestro tiempo. El tiempo de volver la página respecto a la política del pasado. El tiempo de aportar una nueva energía y nuevas ideas para enfrentarnos a los retos que tenemos delante. El tiempo de ofrecer una nueva dirección al país que amamos...» Los dejó muy impresionados, pero aun así necesitarán tiempo... Oye, estas *puntarelle* llevan muchísimo ajo... Menos mal que no tengo que besar a nadie... —Le guiña un ojo a Alex—. Entre casados y casi casados no corro ningún riesgo, ¿verdad?

Leonardo la mira sorprendido.

—No estés tan segura... Nunca se sabe...

Alex le sonríe.

—No cuentes conmigo. Si caigo en la tentación antes de partir, será duro llegar a la meta.

—¿Por qué dices eso? —le pregunta Raffaella intrigada—. ¿Lo consideras un maratón? Eso significa que te parece arduo.

—No. Lo veo como una vuelta al mundo... en mil días tuyos y míos, para seguir con el tema..., sin dejarse en ningún momento.

—Qué bonito.

—Pues sí, precioso.

Leonardo parece reflexionar.

—Eh, podría servir como eslogan para...

Alex lo fulmina con la mirada.

Leonardo abre los brazos.

—Vale, vale, no he dicho nada.

—Está bien, en ese caso iré a lo seguro —bromea Raffaella—. ¡Ésta me la puedo acabar! —y empieza a coger las *puntarelle* que quedan en el plato con el tenedor.

Alex sonríe y a continuación, procurando que no lo vean, echa un vistazo al móvil, que ha puesto en silencio. Nada. No tiene ninguna llamada. Niki no me ha buscado. Estará ocupada.

Ciento uno

Cristina cierra la puerta del lavavajillas, que inicia de inmediato un programa de lavado corto. Después acaba de recoger la cocina y se sienta en el sofá. Hay que reconocer que en la casa reina el silencio. Se levanta y pone en marcha el equipo de música. Dentro hay un viejo CD de Elisa. La música se difunde por la habitación. Aunque, a decir verdad, también antes era así. Flavio se pasaba fuera todo el día. Sólo nos veíamos por la noche, nunca a la misma hora, y el sábado y el domingo, siempre teníamos infinidad de cosas que hacer. Sí. Pero ahora me siento sola por la noche. Tengo este piso enorme a mi entera disposición, puedo hacer lo que quiero, entrar, salir, cenar a la hora que me da la gana, cocinar lo que me apetezca, dormir en el sofá o no, ordenar la casa, en fin, que no debo rendir cuentas a nadie. Ni siquiera debo justificarme si tengo ganas de llorar. Lo hago y punto, y nadie se da cuenta. He pasado muchos años intentando adaptarme a otra persona, comprimiendo mi espacio para ofrecerle un poco a él, en fin, viviendo en pareja, con todo lo que eso conlleva. La gente se une para no sentirse sola, para compartir las alegrías y las dificultades, ¿y al final qué pasa? Que todo se apaga. Y el «parasiempre» escrito en una sola palabra del que hablaba Richard Bach en ese libro..., ¿cómo se titulaba?..., *Ningún lugar está lejos,* se va a hacer puñetas. Y ahora la libertad. A raudales. Me siento muy confusa.

Suena el móvil. Cristina se levanta y va a cogerlo a la habitación. Lo desenchufa del cargador.

—Dígame.

—Hola, Cri, ¿qué haces?

—Bah, acabo de recoger la cocina y me estaba relajando un poco...

—Oh, ahora no te conviertas en una mujer desesperada, ¿eh?

—La verdad es que me siento un poco así...

—No, no... En ese caso te salvaré yo —Susanna se ríe—. Nos divertimos mucho la otra noche, ¿verdad? ¡Así que te propongo que hagamos un bis! ¡Salgamos otra vez! Te llamo por eso...

—Pero no volveremos a hacer idioteces, eso sí que no...

—No, claro. Voy a darte una sorpresa..., ¿te acuerdas de Davide, mi profesor de *kickboxing*?

—¿Ese tan guapo?

—Exactamente. Tiene un amigo, entrenador del gimasio, que da clases de *spinning*, entre otras cosas. Es simpático. ¡Y ahora está libre! Se llama Mattia.

—¿Y por qué me lo cuentas?

—¡Porque vamos a salir a cenar con ellos! ¡Ya he hecho una reserva!

—Pero no tengo ganas... Además, ni siquiera los conozco.

—Sí que tienes ganas, y si salimos a cenar es precisamente para que los conozcas, ¿no? Mejor dicho, para conocer a Mattia, ¡porque Davide es cosa mía!

—¡Pero, Susanna...!

—¿Susanna, qué? ¿Tengo que sentirme culpable por el mero hecho de que pretendo disfrutar un poco de la vida? No lo entiendo... Además, ¿quieres dedicarte a ejercer de ama de casa también esta noche? De eso nada, escúchame bien, esta noche te quiero preparada y echa un primor a las ocho en punto. ¡Un beso! —Cuelga sin darle tiempo a replicar. Cristina mira el móvil y cuelga. Menuda energía tiene, Susanna es imparable. Pero, en el fondo, no puedo por menos que reconocer que me ayuda. Si no me obligase a salir, me conozco, me encerraría en casa con un chándal, despeinada, y me dedicaría a comer chocolate y a deprimirme. Sí, tiene razón. Quizá me divierta. Además, ¿qué alternativa tengo?

Ciento dos

—Muy bien, chicas... ¡Cuando queráis la revancha aquí estaremos!
—Luca les toma el pelo a Barbara, a Sara y a Niki.

Marco lo secunda.

—¡Sí! En el fondo nos hemos divertido... ¿Queréis saber cuál ha sido la mejor parte? ¡Cuando por un momento pensabais que ibais a ganar! ¡Ja, ja!

—¡Sí, eso ha sido genial!

Barbara le da un empujón.

—¡Se lo debéis todo a Guido! Sin él os habríamos aplastado, destruido, aniquilado...

—¡Sí, no nos habríais ganado ni con la Wii!

Sara es aún más pérfida:

—Pero ¿qué le habéis dado? Debéis de haberlo drogado... ¡Parecía Jesús Quintana, el de esa peli de los hermanos Coen!

—Ah, sí, esa peli es buenísima. ¿Cómo se titulaba?

Guido sonríe divertido.

—Pero bueno... *El gran Lebowski*... El mítico Nota.

Niki lo mira curiosa.

—Sí que te acuerdas...

—La he visto un montón de veces... Me encanta esa película. Está llena de citas interesantes... «Esto no es Vietnam, en los bolos hay reglas.» Bueno, chicos, nos vemos...

—Sí, hasta luego, ¿a las diez en clase mañana?

—Vale, si me levanto a tiempo...

—Lo mismo digo.

Tras despedirse, cada uno de ellos se dirige a su moto con su correspondiente chica detrás. Niki y Guido se quedan solos. Guido camina junto a ella con las manos en los bolsillos.

—Bueno, veamos... Pizza, pizza... Tenemos el Cassamortaro Caffè de corso Francia, donde las preparan muy ricas; si no, está también Baffetto y Montecarlo, detrás de corso Vittorio, o la Berninetta, junto a piazza Cavour, ahí también hacen unas frituras de ensueño...

—Eres un mentiroso terrible.

—¿Qué quieres decir?

—Que me hiciste creer que no sabías jugar...

—¿Yo? —Guido se lleva la mano izquierda al pecho—. ¿Me crees capaz de engañarte de ese modo?

Niki esboza una sonrisa forzada.

—Desde luego.

—Pues de eso nada, te equivocas... Lo que ocurre es que después tuve suerte con los lanzamientos... Quiero decir, que probé y me salió bien. Ya sabes lo que dicen: la suerte favorece a los valientes. Pues bien, fui valiente y la suerte me sonrió. Como me gustaría que tú hicieses ahora...

La sonrisa de Niki se torna aún más falsa.

—Un liante, eso es lo que eres.

—Ya está...

—¿El qué?

—¡Ya sé adónde llevarte! Esta noche iremos a comer a Soffitta, en la via dei Villini, preparan unas pizzas fantásticas y te las sirven en la mesa con una pala de madera, ¡la misma que usan para meterla en el horno!

—De eso nada.

—¿Qué? ¿Has perdido una apuesta y ahora te niegas a pagar? En ese caso la lianta eres tú, y diría incluso que una de las peores. Más aún, eres deshonesta, me prometiste... ¡No me lo puedo creer! ¡No me lo puedo creer!

—¡Ya vale, Guido! ¡Eres un exagerado!

—Te niegas a pagar nuestra apuesta... ¡Después de haberla perdido!

Niki está muy enfadada, pero entiende que las cosas son así y que no puede hacer nada para cambiarlas. No debería haber aceptado. Pero ¿quién se iba a imaginar que haría seis *strikes*! Era una apuesta imposible. Y, en cambio, la ha ganado...

Guido le lee el pensamiento.

—Pensabas que no lo lograría, ¿eh? Jamás hay que desafiar lo imposible y no creer en la posibilidad... Como en ese anuncio de Adidas que me gusta tanto: «*Impossible is nothing.*» Y tú has perdido por eso, ni más ni menos... Creo que demostrarías una gran elegancia si ahora pagases tu «deuda»...

—Vale, me parece justo.

—Oh, bueno. En ese caso, ¿a qué hora paso a recogerte?

—Esta noche no puedo.

—¿Cómo? ¿Ya empiezas otra vez?

—No, es que... —Niki sonríe—. Pagaré mi apuesta, cenaremos juntos, pero esta noche no.

Guido se siente estafado.

—Lo sabía, sabía que de una manera u otra me ibas a engañar.

—Eso no es cierto, quedamos en que, si perdía, saldría a cenar contigo..., pero no dijimos cuándo. Como ves, no te miento.

—Ya lo creo que me mientes, incluso diría más... ¡Eres muy astuta!

—Ya será menos...

—¿Porque te casas?

—¡Idiota! Porque no debería haber caído en tu trampa. Venga, llévame a recoger mi moto.

Guido se echa a reír, monta en la suya, ayuda a Niki a hacerlo y le pasa el casco.

—Una sola cosa, Niki...

—¿Qué?

—Ahora, mientras conduzco...

—¿Sí?

—¡No me achuches demasiado!

—Venga ya... —Niki le da un puñetazo en el hombro bromeando.

—Ay, tampoco vale que me pegues...

—Sí, sí, venga, Guido, conduce y calla, ¡a menos que quieras que tu hipotética cena salte por los aires!

—Ya sé qué pizza vas a pedir...

—¿Cuál?

—La Caprichosa... Te va como anillo al dedo...

Y siguen avanzando entre risas y bromas, jóvenes y despreocupados, hablando de sus cosas, en medio del tráfico de un día cualquiera, haciéndose amigos y sin pensar en nada, con esa ligereza tan rara que pertenece a los momentos únicos e irrepetibles, que es patrimonio de esa edad, de esos extraños días que preceden a lo que sucederá después. En todos los sentidos.

—¿De verdad te gusta Vinicio Capossela? Jamás me lo habría imaginado.

—¿Por qué? —Guido le sonríe volviéndose un poco—. ¿Cómo puedes saber si me gusta o no alguien como él?

—Debes de tener una visión especial de la vida...

—La tengo, aunque quizá no haya logrado mostrártela... «Boca, beso de melocotón que devoras el silencio de mi corazón...» Es la letra de una de sus canciones...

—Hum... ¿Y Paolo Nutini?

—No lo conozco.

—En ese caso no superas esa visión especial...

—Pero me gustó mucho el último de Marco Carta.

—¡A eso me refiero! Sólo tenemos que comer una pizza, ¿verdad?

—Depende...

—¡Idiota, vale, dos pizzas! Me refería que imagino que no habrás previsto también un concierto...

—Ah, no... Pero si quieres perder otra apuesta para justificar una segunda salida... En ese caso te llevaría a un concierto de Negramaro.

—Vaya, eso ya me gustaría más. Sólo que hay un pequeño problema.

—¿Cuál?

—Jamás volveré a hacer una apuesta contigo.

Guido le sonríe por el espejo retrovisor.

—Mejor.

—¿Qué quieres decir?

—Así, si vienes al concierto, si aceptas mi invitación para escuchar a Capossela o a los Negramaro, no será porque hayas perdido una apuesta, sino sólo porque quieres estar conmigo.

—¡O ver a Capossela! Déjame bajar, venga, que ya hemos llegado. Mi moto está ahí.

Guido dobla una curva cerrada y se detiene a un paso de la SH de Niki.

—Ya está. ¿Quieres que mañana pase a recogerte? Tenemos la misma clase...

—No, gracias. —Niki le pasa el casco—. Mañana no iré a la facultad.

—En ese caso puede que yo tampoco. Quizá podríamos volver a la bolera. ¡Me encantaría darte algunas lecciones! A veces se trata tan sólo de captar el movimiento y, después, ¡tac! Es coser y cantar.

—Te lo agradezco, pero tengo que hacer otra cosa.

—¿Quieres que te acompañe?

—No, gracias. Venga, nos vemos, ahora tengo que marcharme.

Niki le da un beso en la mejilla y se encamina hacia su moto. Luego se vuelve por última vez. Guido está lejos. Lo saluda con la mano. Él le devuelve el saludo y desaparece al fondo de la avenida. Niki se agacha para quitar el candado a la moto. Genial. «¿Quieres que te acompañe?». ¡Sí, claro! Mañana tengo que probarme el vestido de novia... Ya me lo imagino. Sentado en un sofá con una copa de champán y yo entrando y saliendo del probador cada vez con un vestido diferente. Sólo que esto no es *Pretty Woman*, ni siquiera *La fiesta*. ¡Es mi boda! De repente la invade una extraña sensación de pánico y se da cuenta de que los días están pasando a una velocidad increíble, que debe hacer mil cosas aún y, sobre todo..., ¡esa decisión! Se queda sin aliento.

Mira alrededor y contempla a los grupos de chicos y chicas que salen de la universidad. A cierta distancia de ella, una pareja se besa apoyada en una moto como si nada, como si estuviesen solos en una playa, como si no existiera nada ni nadie. Se besan con pasión, sin parar ni por un momento, indiferentes al mundo, con las manos hundidas en el pelo del otro, hambrientos de amor, de una pasión rebelde, desconsiderada, loca, sin pensar en los demás. Pero ¿en quiénes? Sigue asustada, su respiración es entrecortada, siente miedo, pánico, la adrenalina a mil por hora. Debo hablar con alguien. Tengo miedo. Socorro.

—Hola..., perdona...

Niki para a una chica al azar.

—¿Sí?

En ese momento Niki casi se avergüenza, enrojece y luego se sobrepone.

—¿Qué hora es? Se me ha parado el reloj...

La chica mira el suyo.

—Las tres y cuarto.

—Ah, gracias.

—De nada... —La chica la observa con más detenimiento—. Perdona, pero... ¿no eres la modelo de ese anuncio de caramelos? El sol... ¿Cómo se llamaban?

—LaLuna...

—Eso es.

—Sí, soy yo.

—Ya me parecía a mí... A veces la casualidad... —Se quedan en silencio durante algunos instantes. Luego la chica retoma la conversación—: Te lo digo porque yo lo he intentado un montón de veces, me gustaría tener algún trabajo para poder mantenerme aquí, en Roma. Soy de Macerata. Estudio derecho, quiero ser abogada, pero si se presentara una oportunidad no me importaría hacer algún anuncio, o incluso una película. Tengo posibilidades, ¿no?

Niki la mira y le sonríe feliz. El pánico se ha evaporado y la situación, ahora, le da risa, le parece absurda. Que la reconozcan por esas fotos, que uno pueda hacerse famoso mientras duerme. No está nada mal. Luego examina a la chica.

—Me llamo Paola —se presenta ella.

—Niki... Encantada. Mira, si quieres te doy el número de esa oficina... La encargada de los *castings* se llama Michela, selecciona a las chicas para los anuncios... Puedes escribirle...

Le da el número del despacho de Alex, que se sabe de memoria. Mientras Paola lo copia en su móvil, Niki reflexiona. Es guapa, quizá un poco vulgar, sí, pero basta con que no abra la boca... Físicamente es muy mona, tiene las piernas delgadas y largas. Paola cierra el móvil.

–Bien, gracias... –Sonríe–. ¿Tú no tienes móvil?

Niki se encoge de hombros.

–Sí...

–En ese caso podrías haber mirado ahí qué hora era...

–Ah, tienes razón... Qué tonta soy, ni siquiera se me ocurrió.

Paola le sonríe como si pretendiera restar importancia al hecho.

–En cualquier caso, ha sido un placer conocerte... Quiero decir que me parece una situación extraña, de manera que tal vez tenga un significado especial; esta clase de encuentros jamás se producen por casualidad.

–Ya... –Niki recuerda su ataque de pánico y en cierta medida se avergüenza un poco–. Bueno, ahora tengo que marcharme, Paola.

–Sí... Adiós. Ah, te llamas Niki, ¿verdad?

–Sí.

–Bueno, pues tengo que decirte que estabas genial en ese anuncio del tranvía, tu imagen estaba por toda Roma.

–Ah, gracias...

–Bueno, adiós... –Paola se aleja, se vuelve por última vez y la sigue un poco con la mirada.

Niki quita el candado de la rueda y lo mete en el baúl de la moto. ¿«Genial en ese anuncio»? ¿¡Pero si lo único que hacía era dormir!? Creo que me confunde con otra. Lo más bonito de la publicidad de LaLuna es lo natural que salgo en esa fotografía. ¿Y sabes por qué? Porque Alex me la sacó mientras dormía. Alex. Hoy no me ha llamado. ¿Cómo es posible? Al menos para saber, yo qué sé, dónde estoy, qué estoy haciendo... Niki coge el casco del baúl, saca el móvil del bolso y lo abre. ¡Nooo! ¡Seis llamadas perdidas! ¿Cómo es posible? Examina el aparato. Caramba, pulsé la tecla de silencio. Por eso creía que no me había llamado nadie... Ni Alex ni los demás: ¡casa, mamá, papá, las Olas...! Comprueba las llamadas perdidas. ¿Qué? Olly, a saber lo que quería..., y Alex..., ¡cuatro llamadas! Me ha llamado cuatro veces y yo no le he contestado ni una. Verifica los detalles. A las doce y quince minutos y a las doce y dieciséis, después otros dos intentos a las catorce treinta. A saber lo que habrá ocurrido, lo llamo en seguida. Teclea rápidamente su número y pulsa el botón de llamada. Tuuu, tuuuu.

—¡Hola, cariño! Pero ¿dónde estabas? ¡Por lo visto tu clase era interminable!

Niki se muerde los labios.

—No, de eso nada... Hice todo lo posible para entrar, llegué a las primeras filas, me habían guardado un sitio, pero luego se organizó un barullo impresionante.

—¿Qué quieres decir?

—Dos tipos se pegaron y luego ocuparon la clase...

Alex sonríe.

—Por un momento pensé que habías hecho como Julia Roberts...

—¿Qué quieres decir? —Niki todavía se siente culpable.

—*Novia a la fuga*... Creía que te habías escapado.

—No... —Le gustaría añadir «todavía no», recordando el momento de pánico, los chicos que, como ella, salían de la universidad, despreocupados...

Alex se percata de su extraño silencio.

—Niki...

—¿Sí?

—¿Qué pasa? ¿Va todo bien?

—Sí, sí, perdona... Todo bien.

Alex está tenso, pero procura disimular.

—Recuerdo que cuando iba a la universidad también se suspendían un montón de clases...

—Sí, lo sé, pero en este último período son más las que se suspenden que las que conseguimos dar.

Alex intenta tranquilizarla.

—Verás como las cosas no tardarán en arreglarse. Son las consecuencias naturales del cambio de gobierno. Siempre es así... Alguien se dedica a agitar a los estudiantes, puede que los grupos más relevantes de la sociedad, que pretenden transmitir la sensación de que el sistema es frágil... Lo malo es que a menudo el que se manifiesta ni siquiera sabe por qué lo hace. Si preguntas a los chicos de la Ola por la razón de sus manifestaciones, ¿cuántos sabrán decirte algo sensato?

—Sí, eso es cierto... Algunos lo hacen porque está de moda...

—Otros porque se liga más... —En ese momento Niki piensa en Guido. Alex prosigue—: Como sucedía en mis tiempos... Creo que es una de esas cosas que valen para cualquier generación...

—Pues sí.

—Pero, si la clase se suspendió, ¿por qué no contestabas el teléfono?

Niki se ruboriza de golpe, le arde la cara y siente que el corazón le late a dos mil por hora. ¿Y ahora qué hago? ¿Qué le digo? Pero, bueno, no he hecho nada malo, ¿no?

—He ido a jugar a los bolos con mis amigos.

—¿Con las Olas?

—No... Con unos de la facultad... —Niki cierra por un momento los ojos antes de continuar—: Barbara, Sara, Marco, Luca... En fin, el grupo con el que estudio.

—Ah...

Guido. No ha mencionado a Guido. Lo ha excluido adrede. ¿Por qué lo has hecho, Niki? ¿Qué estás tramando? Ahora no puedes remediarlo diciendo: «Ah, por cierto, también vino un tal Guido...» Sonaría falso a más no poder, pondría en evidencia hasta qué punto eres culpable. Pero ¿culpable de qué? ¡Oh! Niki, está pasando demasiado tiempo... Demasiado. Di algo.

—¿Y tú qué has hecho, Alex? ¿Todo bien en el trabajo?

Nunca antes esa frase había sonado tan extraña y fuera de lugar. Da la impresión de que en realidad no le interesa saber verdaderamente la respuesta a lo que ha preguntado, que sólo trata de distanciarse de su mentira. Mentira... Ausencia absoluta de verdad. Aunque sólo he omitido la presencia de Guido, eso es todo. ¿O, por el contrario, hay mucho más? ¿Qué pasa, Niki? ¿A qué vienen todas estas preguntas? ¿Qué está ocurriendo? ¿Te estás volviendo loca? No es posible, Niki. Lo sabes, ¿verdad? Menos mal que Alex retoma la conversación. Pero ella tiene la impresión de que ha pasado un siglo, de que la pausa ha sido larguísima, y que durante la misma no ha dejado de elucubrar, de devanarse los sesos. ¿Cómo decía esa canción de

Battisti? Me la enseñó Alex cuando empezamos a salir juntos: «Confusión... Lamento que seas hija de la consabida ilusión y te pierdas en la confusión...» Y luego esa otra... «Pero yo les he dicho que no y ahora regreso a ti con mis miserias, con unas esperanzas que nacieron muertas y ahora no puedo pintar con la vida porque me falta el valor...» Pero ¿qué estoy diciendo? ¿Qué estoy pensando? ¿Qué tiene que ver todo eso? Niki se percata de que Alex sigue hablándole por teléfono.

—De manera que al final fuimos a comer a Zodiaco, un sitio precioso, cariño, tenemos que ir...

—Ah..., ¿y quiénes fuisteis?

Alex se detiene por un segundo. Se queda como suspendido, víctima de una preocupación repentina.

—Pero, Niki, si te lo acabo de decir: Leonardo, yo, y la nueva ayudante, Raffaella, que me echa una mano en este proyecto...

—Ah...

Alex la nota extraña. Puede que esté cansada. Preocupaciones no le faltan: la facultad y los preparativos de la boda.

—Cariño, ¿quieres que nos veamos más tarde? Intentaré acabar cuanto antes en el despacho y quizá podríamos salir después. Podríamos ir al cine o a cenar. Lo que prefieras.

Niki reflexiona por unos segundos.

—Gracias, pero no creo. Me gustaría aprovechar para estudiar esta noche. Si lo consigo. Quiero adelantar un poco porque luego no sé cómo irán las cosas...

—¿Con los dos monstruos?

—Eso es... —Niki se ríe—. Quizá me hagan pasar una semana superestresada como ésta... Cuando llegue el día de la boda no me reconocerás, cariño. Mañana también hemos quedado...

—¿Algo importante?

—Lo más importante de todo: el vestido de novia... Estoy muy preocupada.

Alex sonríe.

—Tesoro... Poco importa qué es lo que te pongas, incluso con el vestido más sencillo estarás despampanante...

—¿A qué viene eso, Alex? Acabas de decir una de esas típicas frases para enmendar algo.

Alex piensa por un instante en Raffaella, pero sabe que es del todo inocente.

—Tienes razón. Perdóname. He perdido demasiado tiempo. Debería haberte pedido que te casases conmigo la primera vez que subiste a mi coche, cuando nos conocimos...

—¡Pero si tu única preocupación era que quitase los pies del salpicadero!

—Claro, porque de lo contrario no podría haber dejado de mirarte las piernas y habría acabado chocando contra...

—¡Mentiroso!

—¡Es cierto! Oye, te llamo más tarde, ahora tengo una reunión...

—Vale, hasta luego, cielo.

Alex cuelga. Qué raro. No me ha preguntado cómo es Raffaella. Por lo general, las mujeres se preocupan en seguida por las nuevas ayudantes.

—Alex... —En ese momento la susodicha aparece en la puerta—. ¿Puedo enseñarte una cosa?

—Por supuesto, pasa... —Alex la contempla mientras se acerca a su escritorio.

Se ve a la legua que ha sido modelo. Mejor dicho, que todavía lo es. Cuando Raffaella pone sus diseños sobre el escritorio y se inclina hacia adelante, quizá en exceso, a Alex no le cabe ya ninguna duda, en caso de que la tuviese. Si hay alguien al que le preocupa realmente esa nueva ayudante es precisamente a él. Raffaella se da cuenta, pero hace como si nada y sonríe.

—¿Te gustan?

—¿Eh?

—Me refiero a los diseños, ¿te gustan?

—Sí, sí, eres muy buena. Son perfectos —y, al decirlo, enrojece un poco a su pesar.

Ciento tres

Susanna ha elegido un restaurante étnico. Ella, Cristina, Davide y Mattia están sentados a una mesa de Sawasdee, el restaurante tailandés próximo a la piazza Bologna. El ambiente es refinado y elegante.

—Entonces, ¿os gusta? Espero que la cocina tailandesa os inspire... ¡Hay quienes aseguran que es afrodisíaca! —sonríe Susanna—. Además, aquí cocinan muy bien. Viene a comer incluso el personal de la embajada. El *curry* rojo con pollo y bambú está muy bueno, se llama *Kaang nar Mai*, el cerdo frito en salsa agridulce, el buey al *curry*. Yo sólo he venido una vez...

Cristina mira alrededor. Hay que reconocer que el local es bonito.

—La verdad es que tenías razón, Davide.

Él se vuelve y mira a Mattia.

—¿Qué quieres decir?

—Que valía la pena... ¡Nuestras dos invitadas son fascinantes! —sonríe mirando a Cristina, que se ruboriza.

Mattia es muy atractivo: musculoso, moreno y con los ojos claros. Sus modales son refinados pero masculinos. Le ha impresionado a primera vista.

—Ya te lo dije, soy un tipo exigente y estaba seguro de que Susanna tendría amigas al menos tan guapas y simpáticas como ella.

Davide llena las copas y brindan. La velada transcurre serena, divertida, amena y llena de novedades. Cristina vuelve a sentirse mujer, admirada y viva. Y eso, por una parte, la asusta. Aunque por otra no.

Ciento cuatro

Olly está trabajando en la enésima lista de direcciones. Son las nueve de la mañana y ya está en el despacho. De repente suena el teléfono en su escritorio. Qué extraño. Nadie me llama nunca aquí. Se habrán equivocado. Coge el inalámbrico y responde.

—¿Hola?

En un primer momento Olly no reconoce la voz. El tono es perentorio.

—¿Hola? ¿Hola?

—¿Sí? —responde Olly.

—¿Hablo con la guardería? ¿Estás ahí, criatura?

Olly palidece. Es Eddy.

—Sí, sí, aquí estoy. Dígame.

—No tengo nada que decir..., tengo que verlos. Tus diseños. Después de comer.

Olly palidece aún más. Los diseños. De manera que el otro día hablaba en serio. ¿Y ahora qué hago? ¡No los tengo preparados!

—Esto..., sí, claro. Se los llevo luego —y cuelga.

¿Y ahora cómo me las arreglo? Abre rápidamente el cajón. Coge la carpeta. Hojea los diseños buscando algo que pueda servir. No. No. No. Éstos no, ¡además, ya ha visto por lo menos la mitad! Caramba. Simone entra en el despacho y nota la agitación de Olly. Su primera reacción es poner pies en polvorosa. Todavía está un poco decepcionado por su comportamiento. Hasta el momento no le ha dicho que sabe por qué estaba delante de su casa aquella mañana. No quería avergonzarla. La mira de nuevo. Salta a la vista que está bloqueada. Pero ¿qué le habrá pasado? Decide acercarse a ella.

—Hola, Olly...

Ella alza la cabeza de golpe.

—Ah... Hola, Simo...

—¿Qué te pasa?

—Estoy acabada... Hace unos días Eddy me pidió que le hiciese unos diseños. Bueno, la verdad es que no me dijo precisamente que los quería, pensé que me estaba provocando, de manera que no le hice caso. Creía que bromeaba. Sólo que ahora me ha llamado y me ha dicho que quiere verlos después de comer. Estoy acabada, muerta. —Se lleva las manos a la cabeza y a continuación se frota los ojos.

Simone la mira.

—¿Ves como quería darte una oportunidad?

—Eh, sí..., eso parece. Y yo lo he echado todo a rodar.

Simone sonríe.

—Si te rindes en seguida es porque no eres lo suficientemente dura... En el mundo de la moda hay que hacer posible lo imposible.

—Pero ¿qué hago? Tengo que combinar los tejidos... Soy un desastre. —Está a punto de echarse a llorar. Simone reflexiona por unos segundos y luego acerca una silla.

—Coge el álbum...

Olly lo mira con los ojos empañados.

—¿Qué quieres decir?

—Veo que esta mañana estás aún un poco dormida, ¿eh? Saca el álbum y los lápices.

Olly le obedece.

—Nos inspiraremos en estos tres... —saca tres diseños de Olly—, y los modificaremos. Después iré abajo y elegiré las telas que van bien. Venga, si empezamos ahora acabaremos entre la una y la una y media.

Olly lo mira. Acto seguido se inclina y le planta un beso en la mejilla.

—Eres un cielo...

—Lo sé. Sólo que tú aún no te has dado cuenta..., ¿o qué creías? —Se pone a dibujar. Olly lo secunda.

Después de cuatro horas de trabajo ininterrumpido, sin una pausa ni siquiera para tomar un café y durante el cual se intercambian consejos, borran, vuelven a dibujar y, por último, consideran las telas que Simone ha cogido en la sastrería, Olly sale del despacho y cruza apresuradamente el pasillo. Llama a la puerta de Eddy. Nadie le responde. Lo intenta por segunda verz. Nada. No es posible. No está. Tengo que encontrarlo. No quiero que piense que he llegado tarde. O que se marche. Baja corriendo la escalera. Pregunta a la chica de la recepción. No saben dónde está. Lo busca en el bar. Nada. Va a la sala de reuniones. Nada. Vuelve a subir y llama de nuevo a su puerta.

–¿Quién es?

Menos mal. Ha vuelto.

–Olimpia Crocetti.

–Ah, sí..., pasa. A ver si conseguimos ascenderte.

Olly acciona el picaporte, respira hondo y entra. Eddy está sentado en su sillón de piel con los pies sobre el escritorio. La mira. Olly empieza a hablar un poco agitada.

–Menos mal... Creía que ya no estaba... Quiero decir, que se había ido... Eso es, sí..., que pudiera pensar que me había retrasado..., que no tengo palabra…, en fin...

–Estaba en el baño, eso es todo.

–Ah, claro...

Olly se queda de pie petrificada.

–¿Bueno, qué? ¿Te acercas o tengo que levantarme yo?

–No..., quiero decir, sí... En fin, que aquí estoy –Olly se aproxima a él y se sienta.

Tiende a Eddy la carpeta con los tres diseños. Él la abre de mala gana. Observa el primero. A continuación el segundo. El tercero. Impasible. Como siempre. Olly lo conoce ya. Pasados varios minutos de silencio interminable en que las manos de Olly empiezan a sudar y sus orejas se encienden, Eddy la mira. La escruta por unos instantes. Examina una vez más los diseños. Después a Olly. De nuevo los diseños. Por último a Olly.

–¿Los has hecho tú?

—Sí...

Por unos segundos le gustaría decirle que en realidad los ha terminado gracias a Simone, que las ideas son suyas, eso sí, pero que si no hubiera sido porque Simone las modificó un poco, les dio el último toque y eligió las telas...

—No me lo acabo de creer. Si estuviésemos en el colegio diría que has copiado.

—De mí misma...

Eddy la mira y hace una mueca.

—Encima graciosa... —Examina otra vez los diseños—. Considérate ascendida.

Olly apenas puede creer lo que está oyendo. No sabe qué decir. Tiene unos ojos abiertos como platos y la boca seca.

—Puedes respirar, ¿eh?...

—¿Eh? Ah..., sí..., no, es que...

—¿Pero tú tartamudeas siempre? Mira que una estilista cuyos tres diseños están a punto de entrar en producción... —Eddy se interrumpe un momento, consciente del peso de sus palabras— no puede permitirse el lujo de tartamudear. Imagínate el ridículo que haremos...

Olly lo mira. Y de golpe siente que lo quiere. Hace ademán de levantarse, querría abrazarlo. Él se da cuenta.

—Por el amor de Dios, ni se te ocurra, quítatelo de la cabeza de inmediato. Y ahora márchate. Coge los diseños y llévalos a producción. Los llamo ahora mismo. Venga, venga, hasta luego —con un gesto de la mano le indica que salga.

Olly coge al vuelo las hojas de la mesa y la carpeta, se despide de él, tropieza con la alfombra, sale y cierra la puerta. Se apoya en ella cerrando los ojos. Respira profundamente. No me lo creo. No es posible. Luego se repone y baja corriendo la escalera. Cuando llega a la mitad se detiene, retrocede, vuelve a cruzar el pasillo y entra en el departamento de Marketing. Simone está mirando algo en la pantalla de un portátil. La ve entrar corriendo. Feliz. Loca. Con la cara roja. Un poco sudorosa.

Ella se abalanza sobre él y lo abraza.

–¡Los ha incluido en producción, los ha incluido en producción! –Salta mientras lo arrastra. Todos la miran estupefactos.

Después Olly se separa, le da un beso en la mejilla a Simone y escapa de nuevo, esta vez hacia el piso de abajo. Sí –piensa–, Simone es un verdadero ángel. De torpe, nada. Si Olly supiese hasta qué punto le ha costado lo que ha hecho lo apreciaría aún más.

Ciento cinco

Durante los días siguientes, Margherita y Claudia no sueltan a Niki ni por un momento.

—Mira que debe ser perfecto. Nuestra madre nos toma el pelo.

Niki interviene, curiosa:

—Pero ¿de qué estáis hablando? No entiendo nada.

—Oh —Margherita sonríe, alza las manos y a continuación las deja caer—. Ya sabes cómo es, ¿no?

La verdad es que no, piensa Niki. Sólo la he visto una vez.

—Bueno, en fin —prosigue Margherita—, es una mujer muy exigente y se divierte poniéndonos en apuros. Se lo toma todo como si fuese un desafío.

Claudia le sonríe.

—¡Sí, no es lo que se dice una suegra fácil!

Suegra. ¡¿Suegra?! ¡Dios mío, es cierto! Y como si, de golpe, hubiese entrado en su mente un rayo, un trueno, una bomba, en fin, un auténtico atentado a su tranquilidad, Niki es víctima de un nuevo ataque de pánico. Pero Margherita y Claudia no se dan cuenta y siguen como si nada.

—Por ejemplo, cree que no logramos hacerte cambiar de idea...

Claudia coge a Niki del brazo.

—¡Pero nosotras estamos de acuerdo en todo, ¿verdad?!

Niki se deja llevar, se ha quedado casi sin aliento, asiente con los ojos como platos y nota que la cabeza le da vueltas.

—Sí, sí..., claro —logra responder al fin con un hilo de voz.

Las dos hermanas la arrastran sin darle la posibilidad de detenerse.

–Bueno, él es Aberto Tonini, un fotógrafo excepcional.

–Buenos días, señoras.

–A nosotras nos parece ideal. Nos hizo unos reportajes preciosos de nuestras bodas. Mira... –Abren bajo sus ojos un gran libro de piel con una serie de fotografías de todas o de casi todas las ceremonias importantes de Roma–. Aquí tienes... Ésta es la familia Vassilli... Ésta es la hija del doctor Brianzi, ésta es la señora Flamini, ésta...

Le muestran todo tipo de bodas, con vestidos y novias para todos los gustos, rubias, morenas, con el pelo recogido, monas, feúchas, guapísimas, jóvenes, mujeres con joyas más o menos costosas, con peinados más o menos sofisticados, que se ríen mientras los invitados lanzan el arroz a la salida de la iglesia, ramos de flores que dan vueltas por los aires, las manos de los novios con las alianzas recién puestas y todavía resplandecientes, sin un solo arañazo, sólo el reflejo dorado de un amor feliz, y después sonrisas y velos que ocultan lágrimas de alegría, y la carrera de los dos novios bajo los pétalos de rosa, y besos, besos a la puerta de la iglesia, besos risueños y prometedores, entre las risas de los amigos y los pequeños granos de arroz que se quedan inmóviles como minúsculos puntos blancos resaltando ese momento y contribuyendo a que se quede grabado en la memoria para siempre. Para siempre. Niki oye retumbar esas palabras en su mente en tanto que el fotógrafo sigue hablando imperturbable.

–Aquí tiene también el paseo romántico de los novios, varias fotos que realicé en la rosaleda del Aventino, otras a orillas del Tíber, éstas son de la isla Tiberina...

Para siempre. Niki mira fijamente las fotografías que pasan bajo sus ojos, que desfilan veloces arrastrando historias, amores repentinos, grandes pasiones, locuras de juventud y encuentros casuales destinados a prolongarse en el tiempo. Para siempre. Para siempre.

–Aquí, en cambio, hicimos el reportaje fotográfico de los novios en el lago de Bracciano.

Niki ve a la pareja paseando y besándose en el puente. El fotógrafo sigue pasando las páginas.

—Aquí tiene un atardecer, con el sol reflejándose en el lago y ellos entre las flores blancas de los rosales.

Cuando el fotógrafo se dispone a proseguir, Niki lo interrumpe de repente:

—Espere. —Baja con delicadeza la página, la apoya, la sujeta, se inclina un poco y la mira con más detenimiento—. A éste lo conozco: es ese cantautor tan famoso... Hace unos días vi su fotografía en un periódico. Ahora está con otra.

—Sí, esos tipos son los que menos duran. Como alternativa tiene también estas fotografías en la ciudad, con los monumentos de fondo... —Sigue hojeando su libro indiferente a ese matrimonio roto o a las restantes historias de amor, más ligeras que el papel de seda que protege las fotografías.

—¿Cuántas?

—¿Disculpe?

—¿Cuántas de estas parejas que ha fotografiado todavía están juntas?

Alberto Tonini se detiene por un momento, coloca el libro sobre la mesa y la mira pensativo.

—Creo que más o menos la mitad. La posibilidad de que una unión dure depende de la capacidad de aguante y de la tolerancia de las dos personas. Es sólo una cuestión de inteligencia. Es obvio que al principio lo que cuenta es el amor, pero hay que alimentarlo con la confianza y la paciencia. ¿Sabe que a veces la gente rompe nada más casarse? Algunos apenas duran unos meses. Y digamos que la resistencia es inversamente proporcional a la riqueza...

—¿Qué quiere decir?

—Cuanto más dinero se tiene, más fácil resulta romper; no se lo piensan dos veces. ¿No funciona? Bien, se acabó... Bien... ¡Mejor dicho, mal!

»¿Sabe? Algunas personas son así, no les importa nada, quizá no piensan que el final de un matrimonio es un fracaso...

Niki se siente confusa. Para siempre o un fracaso. No hay término medio. O se consigue y todo va de maravilla, dura para siempre y te sientes permanentemente feliz de estar al lado de una persona, de amarla y de ser amado o... es un fracaso. En unos instantes repasa todas las relaciones que ha tenido en su vida. Todas... ¡Pero si son muy pocas! Algún que otro amor de verano. Sólo se acuerda de dos. Fabrizio y John, el americano. Los conoció en la playa. Con Fabrizio se dio el primer beso y algo más al año siguiente. Después todo concluyó porque conoció a John. Un tipo atractivo; el problema era que Niki no hablaba bien inglés. No se entendían pero se reían tanto... Podría haber sido una bonita historia, y en parte lo fue, pero el hecho de tener que despedirse inevitablemente al final de cada verano frenaba su amor. Y al amor no se lo puede pausar, igual que cuando escuchas una canción que te gusta: si alguien te llama ni siquiera te das cuenta. Luego llegó Fabio. La primera vez que me enamoré y la primera vez en todos los sentidos, pero después se acabó, no nos entendíamos, estábamos siempre nerviosos, no me gustaba lo que decía, cómo se comportaba o el modo en que trataba a los camareros cuando salíamos a cenar. Qué raro. Tengo la impresión de que de eso hace ya toda una vida. He madurado mucho desde entonces. Cuando vives un amor piensas que durará para siempre, y luego... Después todo pasa en un abrir y cerrar de ojos. Y te encuentras mayor, diferente, cambiada en ciertos aspectos, una mujer distinta. Sin ir más lejos, ahora me avergüenzo cuando recuerdo algunas salidas con Fabio o algunas de nuestras peleas. No obstante, una noche en su casa, antes de aquel verano, después de que sus padres se hubieron marchado, nos dijimos unas cosas preciosas, desnudos, aturdidos por la pasión, plenamente partícipes, turbados, hasta el punto de que hicimos el amor hasta el final, olvidando las preocupaciones y los problemas, porque tanto él como yo sentíamos profundamente el afecto que nos unía y nos juramos amor... Para siempre. En esa ocasión dije: «Para siempre.» Por primera vez, para siempre. Y, en cambio, se acabó. Esos días no dejaron ninguna huella, no queda rastro de él en mi vida, sólo en mi corazón y en mi mente, algunas fotografías, algunas en blanco y negro, entre mis recuerdos, como un simple álbum de piel... Ahora estoy enamorada de Alex y estoy a punto de casarme para siempre... Como dije entonces y no fue así... Hoy lo es, sí, claro... Pero ¿y mañana, y pasado mañana? ¿Lo será todavía? Él es rico... Puede permitirse un fracaso. Pero ¿y yo? Incluso si fuese la persona más rica de este mundo me negaría a prometer algo que de antemano sé que no voy a poder cumplir. Porque las cosas después cambiarán y yo no puedo responder también por esa otra mujer y por ese otro hombre que podríamos llegar a ser algún día. Alberto Tonini interrumpe sus cavilaciones:

—Además existe la posibilidad de hacer un vídeo que nosotros mismos montamos después de haber filmado en la iglesia y en el banquete, y al que añadimos música, que la novia puede o bien elegir personalmente o dejarlo en nuestras manos.

El fotógrafo pone en marcha un reproductor de vídeo y aparecen las imágenes de una boda con la canción *Ti sposerò perché* como música de fondo. Un chico y una chica caminan cogidos de la mano entre unos árboles. Octubre, una alfombra de hojas rojas. Primer plano de los dos, su beso a cámara lenta y, justo en ese momento, la música aumenta de volumen. «Por ti me casaré, por tu sonrisa, porque estás casi tan loca como yo...» La chica se separa de él y, siempre a cámara lenta, se ve una sonrisa preciosa. Después los dos empiezan a correr y se pierden en el bosque. Vuelve a oírse la canción: «Por ti me casaré, porque te gusta viajar y luego estar en medio de la gente cuando te apetece...» Y, después de un fundido con unas nubes libres en un cielo al atardecer, vuelven a verse paseando en la fiesta entre los invitados, charlando y riéndose sin soltarse de la mano. Más besos, más sonrisas, una botella, el tapón que salta y la canción que acaba: «Por ti me casaré, cuando te encuentre, cuando sepa dónde estás, quién eres tú...»

Niki se queda mirando el último beso de esa pareja tan enamorada. De ahí la fuerza de la canción. *Ti sposerò perché* habla de una mujer que él todavía no ha conocido. ¿Por qué la fuerza del amor es la fantasía, el deseo de amar que a veces la realidad transforma en una amarga desilusión? ¿Por qué el mero hecho de que un sueño se transforme en realidad constituye ya de por sí una decepción? ¿Por qué soñar es la auténtica fuerza del amor? Porque es la canción de un enamorado. Y mientras busca a la mujer todo va bien, se habla de amor y se sueña con él. Pero cuando la encuentra todo se acaba, sólo es cuestión de tiempo. Eros Ramazzotti se casó con Michelle Hunziker. Yo estaba enamorada de esa canción y de ellos dos, de su historia de amor, de la maravillosa boda que celebraron en Bracciano y de la canción dedicada a ella, escrita y cantada para ella. «No existe nada más hermoso porque eres única, inmensa, cuando quieres, gracias por existir...» Gracias por existir. ¿Se puede decir una frase más bonita a una mujer? Es como admitir que sólo porque ella está, porque ella existe..., sólo eso es ya un regalo para el mundo. Y, sin embargo, lo dejaron. No bastaron esas palabras. Esa espléndida canción, una hija, su poesía, las sonrisas y los besos de esa boda, no fueron... para siempre. Si ellos no lo lograron, ¿por qué debería ser diferente en mi caso? ¡Alex incluso desafina cuando canta! No sé muy bien por qué se me acaba de ocurrir algo tan estúpido, quizá por desesperación, porque comprendo que el matrimonio es como la ruleta rusa... Ya que hablamos de música... *Uno su mille ce la fa,* Gianni Morandi, uno de cada mil lo consigue.

—Esto... —El fotógrafo interrumpe de nuevo sus pensamientos con delicadeza y educación—. Esta pareja quería que los siguiésemos incluso durante su luna de miel, imagine hasta qué punto les gustó cómo trabajamos...

—¡También durante el viaje!

—Sí, pero mis ayudantes y yo no podíamos, nos habíamos comprometido ya para otra boda.

—Ah...

—En cualquier caso... —el fotógrafo le enseña la imagen de los novios besándose al final del vídeo—, si le interesan las estadísticas, estos dos siguen juntos. Y tengo que confesarle que cuando empiezo a sacar las fotografías, a la décima ya sé si durarán o no...

Niki lo mira con cierto escepticismo.

Él le sonríe.

—Le aseguro que es así. Como decía Neil Leifer: «La fotografía no muestra la realidad, sino la idea que uno tiene de ella.» Es muy sencillo... A la décima fotografía, si uno de los dos no sonríe, resopla o parece de un modo u otro molesto, eso significa que no pasarán del año. Después de la décima, en cambio, podrían durar para siempre. ¡Es la magia del amor!

Niki sonríe. Debe reconocer que el fotógrafo es simpático. Luego nota cómo la mira y cómo le sonríe intentando alentarla y tranquilizarla. Es el único que se ha dado cuenta de que tiene miedo. Se ha percatado perfectamente. El hombre apoya una mano sobre la suya.

—La magia del amor es capaz de obrar cualquier cosa. No se preocupe. Al final él decidirá por todos...

Se queda sorprendida, aturdida, aliviada por fin de que alguien, el amor, pueda arreglarlo todo, decidir en su lugar.

Ojalá fuese así... ¡Por ahora tengo la impresión de que los únicos que decidimos somos nosotros dos!

—¡Ya estamos aquí! ¿Habéis acabado? —Margherita y Claudia los interrumpen de repente—. Si no te convence, Niki, podemos presentarte a otros... ¡Tan buenos como él!

Alberto Tonini sonríe sereno: sabe de sobra que es el mejor.

—Claro... Aquí tienen mi tarjeta y el folleto con todas las posibilidades...

Margherita interviene en seguida.

—Y con los precios. Pero nos tratará bien, ¿verdad? Nos hará un buen descuento, ¿eh? ¡Si no, no le traeremos más bodas!

Tonini vuelve a sonreír.

—Claro... Les haré un precio conveniente, como de costumbre. —Da la mano a Niki—. Decida sin prisas... ¿Cuándo se casan ustedes?

—El 27 de junio.

—En ese caso todavía tenemos tiempo. Le reservaré la fecha reservada durante un mes, mejor dicho, dos. ¿Le parece bien? Así puede pensarlo con calma...

—Está bien, gracias...

Margherita y Claudia se entretienen mirando el álbum.

—Mira... Pero ¿ése no es Giorgio Ballantini?

—Pues sí.

—¿Y se ha casado? Creía que estaba con otra...

—Todavía sigue con ella.

—Lo vi en el Bolognese... Es una amiga.

—Están todos locos.

Alberto Tonini aprovecha la distracción de las dos mujeres para acercarse a Niki.

—Son un poco eufóricas y particularmente ruidosas, pero ninguna de las dos resopló a la décima fotografía. Su boda era importante para ellas... Lo recuerdo muy bien.

Niki le sonríe.

—Claro... Me alegro.

Se aleja con la tarjeta y el folleto en la mano. Pero el problema no es si ellas resoplaron o no a la décima fotografía. ¡El problema soy yo! Y que cuando llegue el momento será ya demasiado tarde, tanto si resoplo como si no.

Ciento seis

Alex llega jadeando, corre sudoroso con su bolsa de piel marrón de la marca The Bridge. Sube a toda prisa la escalinata de la iglesia.

—¡Aquí estoy, aquí estoy!

—¡Menos mal! Los demás han entrado ya.

—Perdona, Niki... —La besa apresuradamente en los labios—. Es que estoy adelantando todo lo que puedo en el trabajo para poder tener más tiempo libre al final, así podremos hacer un viaje más largo. ¡De mil y una noches!

—Sí, sí, pero mientras tanto me has cargado con todas las responsabilidades, ¡como después no te guste algo, te aguantas!

—Estoy seguro de que todo saldrá de maravilla y de que me gustará mucho —hace además de abrazarla.

—¡No puedes, idiota! —Niki aprieta el paso mientras cruza el pasillo de la iglesia y pasa por delante de la sacristía.

Alex la sigue a duras penas.

—Pero ¿qué hay de malo? Debería ser al revés: éste es el sitio más adecuado para las demostraciones de amor...

—Sí..., ¡y así luego hasta puedes confesarte si quieres! En cualquier caso, no confíes en que yo elija todo lo que me proponen tus hermanas, ¿eh? Algunas cosas no me gustan y, en mi opinión, deberían ser distintas.

—Sí, lo sé, ya me lo han dicho.

Niki se vuelve de golpe.

—¿Has hablado con ellas?

Alex abre los brazos en ademán de disculpa.

—Claro que sí, ¿qué quieres que haga? ¿Que no les conteste? ¡Me llamaron!

Niki parece algo irritada.

—Faltaría más...

—¡Son mis hermanas, Niki!

—¿Y qué te dijeron?

—Que todo va a pedir de boca, que será maravilloso, que nuestra madre se quedará asombrada... —Después decide añadir algo de su proia cosecha—: ¡Y que tienes muy buen gusto!

—Sí... —Niki se vuelve entornando los ojos—. Eso no lo han dicho.

Alex sabe que Niki pilla al vuelo las mentiras.

—Bueno, no de esa forma, pero me lo dijeron.

Niki echa a andar de nuevo apretando el paso.

—Lo sabía.

Alex corre detrás de ella.

—Me lo dieron a entender...

—¿Qué dijeron exactamente?

—Que el fotógrafo te pareció bien.

—Sí, eso es cierto.

Niki recuerda la anécdota de la décima fotografía y esboza una sonrisa. Luego le viene a la mente el folleto que ha enseñado a sus padres y el precio: seis mil euros. Ellos no se han reído tanto.

—Aquí es, hemos llegado, debería ser aquí dentro —Niki se detiene y llama a la puerta.

—Adelante... —una voz profunda y cálida los invita a entrar. Niki abre la puerta y se encuentra con el semblante afable de un hombre con entradas en la frente y el pelo entrecano—. Pasad, por favor. Sentaos ahí, os hemos reservado un sitio.

—Perdonen...

Niki y Alex entran en la habitación poco menos que deslizándose, intentando pasar desapercibidos ante el grupo de doce parejas que han acudido allí por la misma razón que ellos.

—Veamos, estaba explicando la importancia de este cursillo pre-matrimonial.

El cura sonríe a los recién llegados.

—El matrimonio es una fantasía, un sueño, pero también puede convertirse en una pesadilla. —Entonces, el hombre afable, de unos cincuenta años, risueño, amable y tranquilizador cambia repentinamente de expresión—. Al Señor no le gusta que le tomen el pelo... De manera que si habéis venido para contentar a vuestros padres, para guardar las apariencias en esta estúpida sociedad, las convenciones que uno acepta una vez superada cierta edad... —Al decir esto el sacerdote mira a un hombre de unos cuarenta años y acto seguido observa a Alex. Niki se da cuenta y esboza una sonrisa, está a punto de echarse a reír. Es la primera vez que le sucede desde hace al menos una semana. El cura prosigue—: Por lo que a mí respecta podéis incluso cambiar de idea; a fin de cuentas, será sólo cuestión de tiempo. El matrimonio es un sacramento importante que hay que vivir con sinceridad y con serenidad, no podéis engañaros, tarde o temprano deberéis miraros al espejo de vuestra alma... Y entonces lloraréis, sinceros y culpables de vuestra decisión, una decisión que nadie, ni ahora ni nunca, os obliga a tomar. ¡Nuestro Señor os ama aunque estéis solteros y no os caséis!

Sergio, un macarra con el cuello de la camisa levantado, las cejas espesas, un grueso collar de acero que resalta llamativo en su pecho cubierto de vello, el pelo hirsuto y lleno de gel, mastica un chicle con la boca abierta y mira alrededor visiblemente irritado.

El cura se enardece.

—No debéis tener miedo, si no estáis convencidos, decididos y felices de dar este paso, y, sobre todo, enamorados, no sólo de vuestra futura esposa, sino también de la idea del matrimonio. En ese caso es mejor que renunciéis a él... No os caséis, os lo ruego. Incluso aunque hayáis elegido ya algunas cosas, aunque os hayáis expuesto... No lo hagáis.

El sacerdote guarda silencio y escruta a las parejas que tiene delante de él. Sergio y su novia Fabiola, con el pelo a mechas y unos pendientes de aro; Alex y Niki, con la diferencia de edad que los separa; y después otra pareja particularmente cómica, ya que él es alto, delgado y con la nariz aguileña, y ella, en cambio, es achaparrada, con las mejillas abultadas, la boca con la forma de una pequeña rosa y los ojos grandes y azules. Otras dos parejas: en la primera él es serio, lleva gafas y tiene el pelo corto y canoso, mientras que ella tiene un semblante alegre y unos ojos oscuros y rebosantes de vida; en la segunda él es rechoncho y jovial en tanto que ella es delgada, enjuta y severa, lleva el pelo recogido y tiene una boca prominente con unos dientes grandes, como de caballo. Casi sería natural intercambiar a los integrantes de estas dos últimas, de manera que, al menos para quien las mira, pareciesen compatibles.

El cura exhala un suspiro antes de continuar.

—Bien. ¿Qué hay más hermoso que una elección de amor? Os lo preguntaré al principio de todas las reuniones; a los que no les apetezca pueden marcharse ya...

Sergio mira por última vez alrededor y luego, sin dejar de masticar el chicle con la boca abierta, se levanta, echa una última ojeada a Fabiola, a continuación al resto del grupo y, sin pronunciar palabra pero balanceando los hombros con aire arrogante, se mete las manos en los bolsillos y se dirige hacia la puerta.

El sacerdote mira a Fabiola apenas su novio la cierra.

—Es mejor ahora que cualquier otro día, por muy lejos que esté. Si se ha marchado así..., ha demostrado tener valor en este momento de sinceridad.

Fabiola asiente, pero agacha la cabeza y una lágrima silenciosa se desliza por su mejilla. Acto seguido se levanta y el cura la acompaña a la salida mientras le acaricia el pelo.

—Tus padres lo entenderán... Vete a casa y procura descansar un poco.

Ella asiente de nuevo con la cabeza y sale sorbiendo por la nariz.

Niki se vuelve hacia Alex.

—No me hagas una cosa así. Me moriría.

Alex apoya una mano sobre la suya.

—No sería capaz, cariño. Tomar una decisión tan importante delante de todos sin haber hablado antes contigo, sin haberte dicho algo... No podría. Además, yo no necesito las palabras de un cura para decidir lo que quiero hacer con mi vida. Estoy aquí porque quiero... Nada más.

El sacerdote se da cuenta de que Alex y Niki están hablando en voz baja.

—¿Todo bien por ahí? ¿También vosotros tenéis algo que decir?

Alex sonríe.

—No, no, todo en orden. Hablábamos de otra cosa.

Y todos los que están alrededor, el resto de las parejas, se vuelven hacia ellos y después se miran a los ojos intentando adivinar quién seguirá en esa habitación antes de que finalice el curso. De manera que, cada uno de ellos empieza a apostar en silencio por una pareja u otra.

—Bueno, Sergio y Fabiola nos han dejado. Quizá se reconcilien, aunque también cabe la posibilidad de que no sea así. Eso querría decir que, en cualquier caso, éste no era su momento, el momento para la vida en pareja, para compartir un camino. Quizá se reencuentren más adelante, cuando estén más serenos y determinados a ir hasta el final... —El cura recorre con la mirada el grupo de parejas, una a una, de izquierda a derecha, lentamente, sonriendo—. Antes de que finalice este curso, alguno más de vosotros nos dejará...

Varios de ellos se miran, algunas mujeres sonríen cohibidas mirando fugazmente a sus futuros maridos como si les dijesen: «No se refiere a nosotros, ¿verdad, cariño?»

Don Mario prosigue.

—La belleza de la pareja se encuentra en el mantenimiento de la individualidad de cada uno, en el pensamiento personal... Quizá, sin que lo sepáis, el otro está pensando ya en esa eventualidad...

Uno de los jóvenes se mete la mano en el bolsillo buscando en ese gesto de conjuro un apoyo inútil. El sacerdote se da cuenta y esboza una sonrisa.

—Y hasta puede que nunca lleguéis a saberlo, ese momento pasará y todo seguirá hacia adelante hasta llegar a la boda, y después de ella... Con gran serenidad. Éstos son los misterios de la pareja. Debéis respetar el espacio y los silencios de la otra persona. —Se sienta detrás de una mesa y se relaja—. Pensad que, una vez, de treinta parejas que querían casarse al final sólo quedaron dos.

—Don Mario... —interviene Pier, un joven y futuro esposo con el pelo largo y cara risueña—. ¿No será que nos pone demasiado a prueba? Quiero decir, que usted casi parece un saboteador de matrimonios...

Todos se echan a reír.

—Nosotros estamos seguros y decididos a dar este paso... ¡Pero el que no tenga miedo de fracasar está loco! Perdone, pero si usted no nos echa una mano... ¿Sabe lo que me dicen a mí todas las noches? ¿Estás seguro? ¿No irás a hacer una gilipollez? ¿Lo has pensado bien? Oh, yo estaría seguro... —Pier se aproxima a su chica y le da la mano—, pero si me hacen sentir toda esa angustia constantemente, finalmente acabaré derrumbándome. ¡Me agotan, la verdad!

Todos se miran sonrientes. Esa divertida intervención ha aplacado un poco la tensión que había generado la salida de Sergio y el llanto silencioso de Fabiola.

Alex se vuelve aliviado hacia Niki.

—No te desanimes, ¿eh?

Niki asiente con la cabeza.

—Sí, sí, claro. —Luego esboza una tímida sonrisa.

Alex se da cuenta.

—Eh, nada de bromas, ¿eh?

—Sí, pero tú no te separes de mi lado.

Alex le aprieta con fuerza la mano.

—¿Y quién te deja?...

Don Mario se apoya en la mesa y comienza de nuevo a hablar.

—Gibrán escribió: «Nacisteis juntos y juntos permaneceréis para siempre. Estaréis juntos cuando las alas blancas de la muerte dispersen vuestros días. Y también en la memoria silenciosa de Dios estaréis juntos. Pero dejad que los vientos del cielo libren sus danzas entre vosotros. Amaos con devoción, pero no hagáis del amor una atadura. Que sea, más bien, un mar que se mueve entre las orillas de vuestras almas. Llenaos el uno al otro vuestras copas, pero no bebáis de la misma. Compartid vuestro pan pero no comáis del mismo trozo. Cantad y bailad juntos y estad alegres, pero que cada uno de vosotros sea independiente.» Aunque a veces: «El amor gusta más que el matrimonio por la misma razón que las novelas gustan más que los libros de historia», como dice Nicolas Chamfort. No obstante, vosotros debéis amar la historia. La historia es duradera. Antes de que se concrete esa gran decisión habrá muchas cosas que intentarán echarla por tierra. No cedáis. Reflexionad, tomad una decisión y mantenedla. Mientras seguís hacia adelante pensaréis que casi parece una broma del destino, pero a medida que os vayáis acercando al día de la boda y que las tentaciones vayan aumentando...

Niki alza de golpe la cabeza con los ojos algo entornados. Parece que esa última frase le ha impresionado particularmente. La escucha con atención, la memoriza e intenta comprender su significado. Como si supiese de antemano que a ella le va a suceder algo por el estilo. Y su instinto, naturalmente, no se equivoca.

Ciento siete

Suena el timbre. Cristina va a abrir. Cuando lo hace aparece delante de ella un precioso y abigarrado ramo de flores. Enorme. Unas espléndidas rosas rojas combinadas con florecitas verdes y blancas, y varios tipos de hojas. Todo envuelto en un delicado papel con un gran lazo de seda. Cristina se queda boquiabierta. Detrás del ramo asoma el repartidor, que la saluda con cara de aburrimiento.

—Buenos días, señora. ¿Es usted Cristina Bertelli?

A Cristina le produce cierta impresión que se dirijan a ella por su apellido de soltera.

—Sí...

—Es para usted —el repartidor le tiende el ramo.

Cristina lo coge.

—Espere...

Entra por un momento en casa. Coge varias monedas de un cestito que hay sobre una repisa y se las da al chico. Él le da las gracias y se marcha.

Cristina cierra la puerta. Mira el ramo. Busca una tarjeta. La encuentra y la abre: «Gracias por las emociones que me regalaste anoche... ¿Te gustaría volver a salir conmigo? Si aceptas me harás muy feliz.»

Cristina pone los ojos en blanco y corre a coger el móvil. Busca apresuradamente el número en la agenda. Aquí está. Tecla verde. Tono de llamada. Varios de ellos.

—Dígame...

—Hola, Susanna... ¿Se puede saber qué has hecho? —se lo pregunta en tono enojado.

—¿Qué he hecho? —Susanna se ha quedado estupefacta.

—¡Venga! ¡¿Le has dado a Mattia mi dirección?!

—¡Sí! ¿Y qué?

—¿Cómo que y qué? ¡Cómo has podido hacer una cosa así! ¡Ahora sabe dónde vivo! ¡Incluso le has dicho mi apellido! A saber qué pensará...

—Oh, calma, calma... ¿Qué quieres que piense? ¡No es un psicópata! Anoche te divertiste, tú misma me lo dijiste, hablasteis todo el tiempo, y hoy en el gimnasio Davide me ha dicho que a Mattia le gustaría volver a verte, sólo que tú no le habías dado tu dirección... ¡De manera que lo he hecho yo!

—¡Ah, muy bien! ¿Y si yo no quería?

—¿Por qué? ¿Quieres decir que no te gustó?

—¡Sí, ¿pero eso qué tiene que ver?!

—¡Ya lo creo que tiene que ver! Te ha gustado, así que no le des tantas vueltas y disfruta el momento. ¡Hablamos! —Susanna cuelga el teléfono.

Cristina contempla pasmada el aparato. ¡Mira ésta! Le da mi dirección al primero que pasa sin que yo me entere. Coge un jarrón de cristal, lo llena de agua, quita el papel del ramo y lo coloca dentro con esmero. Hay que reconocer que es precioso..., ha sido muy amable. Hacía mucho tiempo que nadie me regalaba flores. Y yo en seguida he pensado mal. Sin disfrutar del momento, como dice Susanna. Es cierto. Me he convertido en una persona seca y desconfiada. Hace algunos años, un gesto como éste me habría hecho enloquecer de alegría. Vuelve a leer la tarjeta. Biiip. El móvil. Un sms. Cristina lo abre. Es de Susanna: «Dado que te has enfadado tanto, te diré otra cosa: ¡le he dado también tu número de móvil!»

Cristina no se lo puede creer. ¡Está como una cabra! Antes de que pueda seguir pensando, suena el teléfono. Un número desconocido. Cristina responde.

—¿Hola?... —Es una cálida voz masculina. La reconoce. Es Mattia. No es posible.

—Ah... Hola...

—Hola, Cristina..., ¿has recibido mi regalo?

—Sí, es precioso, gracias.

—¿Sabes? No acababa de decidirme con las flores... Hablé mucho con la florista, le describí tu belleza, le dije que eres simpática, y al final me dijo que las rosas rojas eran perfectas... —Después bromea—: Cada una de ellas parecía hablarme de ti.

Cristina se echa a reír y siguen charlando un poco.

—Venga, ya que nos divertimos tanto..., paso a recogerte dentro de un rato y salimos juntos. Pero esta vez los dos solos, ¿eh?

Cristina vacila por unos instantes, pero luego recuerda las palabras de Susanna: «Disfruta el momento.»

—Está bien, te espero. ¿Te parece bien dentro de una hora? Tú eliges el sitio...

—Perfecto. ¡Hasta luego!

Cristina cuelga. Se precipita hacia el cuarto de baño, se ducha y a continuación se arregla sin pasar por alto ni un solo detalle. Se pinta las uñas, se pone un par de preciosas medias de liga, un conjunto de ropa interior muy mono y, encima, un vestido negro. Empieza a peinarse. Llaman a la puerta. Cristina corre a abrir.

—Llegas antes de tiempo...

Cristina no se lo puede creer. Flavio está frente a ella. La encuentra guapa, bien vestida, lista para salir. A continuación mira a sus espaldas y ve el ramo de flores en el jarrón. Y de repente lo entiende. Querría decirle algo. Que está preciosa. Que es una lástima que rompan así. Que quizá... Y mil cosas más. Siente miedo de volver a perderla. Más aún. No sabe quién le ha mandado esas flores. Si la quiere. Si ella lo quiere a él. Además, ¿con qué derecho te lo pregunto? ¿Qué nos une en el fondo? Ni siquiera tenemos hijos en común. No es como en el caso de Pietro. De manera que, sin decir nada, la mira por última vez a los ojos, sacude la cabeza y se va.

Ciento ocho

—¿Estás lista?

Niki se mira al espejo. Le entran ganas de echarse a llorar. No le gusta nada ese vestido de novia, y ya es el décimo que se prueba.

—Venga, Niki... Sal del probador para que podamos verte...

Genial, ahora se entromete incluso su madre. ¡Como si no bastase con esas dos! Hoy ha querido acompañarlas y la carga es aún más insoportable.

—¡Voy en seguida!

Niki se pone la diadema en el pelo y deja caer el velo hacia adelante. Si tengo que hacer las pruebas, al menos las hago bien. De manera que coge el ramo compuesto de rosas blancas y de unas delicadas florecitas malvas y abre la puerta del probador. Simona está sentada entre Margherita y Claudia esperándola con impaciencia. Cuando la ve salir no puede por menos que llevarse las manos a la boca.

—Oooh... Mi hija, mi hija se casa —dice, como si sólo en ese momento se diese cuenta por primera vez, quizá debido a la belleza única y absoluta del vestido. De repente se echa a llorar—. ¡Estás guapísima, cariño!

—¡Pero qué dices, mamá! ¡Con este vestido parezco una mujer del siglo xix! Mira qué mangas, mira cómo se hinchan en los hombros, y el escote bordado... ¡Ni hablar! ¡Creía que aquí encontraría algo más moderno!

Simona sacude la cabeza sin apartar las manos de la boca; tiene los ojos anegados en lágrimas, que, indecisas, no acaban de decidirse a resbalar por sus mejillas.

—Estás preciosa...

—Pero ¿es que sólo sabes decir eso, mamá? ¡Mira cómo me queda en la cintura! ¡No es mi estilo! ¡No es lo que quiero!

Margherita y Claudia se miran sorprendidas.

—Lo siento, pero nosotras estamos de acuerdo con tu madre...

—Sí, sí... —corrobora Claudia.

—¡Del todo de acuerdo! Quizá porque no puedes verte desde fuera, pero es como dice ella. Estás guapísima...

Margherita se echa a reír y remacha añadiendo un nuevo argumento:

—¡Si Alex pudiese verte ahora, se casaría contigo dos veces!

—El problema es que quien se casa soy yo, y una sola vez. ¡Espero! De manera que este vestido no me gusta en absoluto, es el peor de todos, al menos los otros eran menos...

—¿Menos...? —pregunta Margherita.

—Menos... —Niki no atina con la palabra, pero la dueña de la tienda, Gisella Bruni, le echa un cable.

—Abultados.

—¡Eso es! —Niki sonríe aliviada—. Sí, menos abultados.

Gisella coge del brazo a Niki.

—Ven conmigo, vamos a buscar otras soluciones —y se la lleva robándosela a las hermanas de Alex y a Simona, su madre, pero dedicándoles una sonrisa y un guiño antes de salir, como si les dijese: «No se preocupen, sólo está un poco nerviosa y estresada»—. Ven conmigo, querida, yo te encontraré el vestido que te conviene.

Margherita, Claudia y Simona se miran y exhalan un suspiro de alivio. Simona se enjuga las lágrimas con el pañuelo que acaba de pasarle Margherita.

—¡Estaba tan guapa con ése!

Claudia le sonríe.

—No se preocupe. Gisella tiene mil recursos. Tarde o temprano encontrará el más adecuado.

Margherita interviene:

—Niki es tan mona que poco importa el vestido que se ponga, estará bien de cualquier manera.

Simona se siente halagada.

—Sí... Gracias.

Claudia se sirve un poco de té.

—Es la verdad. ¿Le apetece un poco, señora?

—Sí, gracias... —Claudia le sirve en otra taza—. El problema es que tiene que gustarle a ella, porque a veces, si no te encuentras bien contigo misma, quiero decir, con el vestido que has elegido, acabas agobiándote en la velada o la fiesta a la que vas... ¡Piensas que te ves horrible y estás incómoda todo el tiempo!

Margherita se encoge de hombros riéndose.

—Recuerdo cuando me preparaba para mi boda... estaba tan histérica que lloraba cada dos minutos.

Claudia sacude la cabeza.

—¡Yo todas las noches les decía a mis padres que había cambiado de idea! Los estresé de tal manera que... ¡casi los mando al manicomio! Figúrese que, cuando al final me casé, se fueron de viaje... ¡a hacer una cura antiestrés!

—Sí... —Simona las sorprende—. ¡Yo también estaba nerviosa a más no poder antes de mi boda! ¡Pensaba que me volvería loca! Me pasaba las noches paseando por la terraza, no conseguía conciliar el sueño y, además, todos aquellos con los que me encontraba, desde el día en que mi marido me pidió que nos casásemos hasta que por fin lo hicimos, me parecían potenciales novios, hombres, amantes, maridos, cómplices... En fin, que cualquiera representaba una buena ocasión para huir. Me montaba unas películas... ¡Aunque, naturalmente, nunca le he dicho ni una sola palabra de ello a mi marido!

Justo en ese momento Niki se reúne con ellas.

—Perdona, mamá, ¿puedes venir un momento?

—¡Tu madre es simpatiquísima, Niki!

—¡Sí, lo sé!

—¿Te apetece un poco de té?

—No, gracias...

Simona se acerca a Niki y ésta se aparta un poco para que no la oigan.

—Perdona, mamá...

—¿Qué pasa?

—¡Deberías apoyarme y, en cambio, te pones de su parte!

—De eso nada... Ese vestido te sentaba realmente bien. Era precioso, pero si a ti no te gusta...

—No, no me gusta.

—¡En ese caso, a mí tampoco! Es más..., ¿sabes qué te digo? ¡Que, pensándolo bien, era muy feo!

Niki se echa a reír finalmente, luego a llorar, y luego de nuevo a reír.

—Estoy muy cansada, mamá...

Simona le da un abrazo.

—Ven aquí, cariño. —La aparta aún más de sus futuras cuñadas, detrás de un biombo, y le enjuga las lágrimas con el pulgar—. Es sólo el cansancio debido a los nervios, Niki, relájate, verás como todo irá bien... Será una fiesta estupenda, como todas las que has celebrado, pero ¿qué digo?, tan bonita como la que organizaste cuando cumpliste dieciocho años... ¡Sólo que en este caso la celebraréis en pareja!

Niki trata de sobreponerse e inspira profundamente. Su madre le acaricia el pelo.

—Te estás encargando de demasiadas cosas. Tómatelo con más calma... Tienes que ocuparte de todo, de la elección del vestido, del sitio, de los recordatorios para los invitados..., pero debes divertirte mientras lo haces, en lugar de agobiarte.

Ya. Niki se muerde el labio. Con más calma. Pero ¿cómo lo hago? Me siento abrumada. Simona, sin embargo, parece estar esperando una respuesta.

—Está bien, mamá, lo intentaré.

—Bien... —Simona la coge del brazo y vuelve con ella junto a las demás mujeres—. Bueno, yo diría que ya está bien por hoy.

Margherita y Claudia se quedan sorprendidas y se miran preocupadas.

—La verdad es que...

—Sí, nos queda la prueba del maquillaje...

Simona sonríe a las dos hermanas.

—Sí, lo sé, pero Niki está un poco cansada.

–No, mamá, no te preocupes. Si sólo queda eso... –Niki le sonríe–, todavía me quedan fuerzas.

Simona se aproxima a ella.

–¿Estás segura? Podemos posponerlo sin problemas.

–No, no, haré como dices tú...

–¿Qué quieres decir?

–Con calma.

De manera que mientras Samanta Plessi, la maquilladora, prueba las diferentes posibilidades, Mirta, su ayudante fotógrafa, saca varias imágenes. Inmediatamente después, Chiara, la peluquera, estudia unos cuantos peinados. Caterina, su ayudante, saca más fotografías. El pelo hacia arriba, hacia abajo, ondulado, liso, sólo en la parte de delante, con flequillo, adornado con unas pequeñas flores, con una trenza rodeando la frente, mil extrañas combinaciones, el color de los ojos que pasa del celeste al azul oscuro, del verde al marrón, con las tonalidades y los matices más variopintos, con purpurina y brillantitos, con el fondo negro o blanco. Y luego más peinados y fotografías, y recogidos, y más fotografías, y pruebas de vestidos, de ramos y de zapatos, y esta iglesia sí y la otra no, y estas plantas no y las otras sí, y el banquete de esta manera, y los recordatorios para los invitados sí, y las peladillas no, y la lista de bodas y la de los invitados, y la elección de las invitaciones, y el viaje de novios, y las flores tanto a la entrada como a la salida, y el fotógrafo, y el vídeo... Tras pasar una semana de esta forma, Niki se encuentra desfallecida en la cama.

–Alex, ¿se puede saber dónde te has metido?

–¿Cuándo?

–¡Estos últimos días! Tus hermanas no me han dejado ni a sol ni a sombra, a veces nos ha acompañado mi madre, en una ocasión salimos incluso con la tuya... ¡Si no fuese porque tengo tu fotografía en el móvil ni siquiera me acordaría de tu cara!

–Gracias...

–¡De nada! Quizá no lo sepas, pero hace tiempo un tipo que se parecía a ti cogió un helicóptero, inventó unas cosas absurdas y me pidió que me casara con él después de que se iluminara un rascacielos.

—Sí, es..., era... ¡Soy yo! Mierda...

—¿Qué?

—Pues que lo había olvidado... ¿Y tú qué contestaste?

—¡Que sí! ¡Idiota!

Alex se echa a reír.

—Cariño, son las siete, paso a recogerte dentro de una hora, ¿vale? Para empezar te propongo el *hammam* Acquamadre, precioso, en la via Sant'Ambrogio, y después una cena ligera. Compraré un poco de comida japonesa y la llevaré a casa con un fantástico Cerable frío. Escucharemos las canciones de Nick the Nightfly en Radio Montecarlo y, para terminar, un masaje especial. ¿Qué te parece? ¿Podrá eso compensar el estrés que has tenido que soportar estos días y mi ausencia total?

—Bueno, al menos lo reconoces...

Niki recuerda los momentos más difíciles que ha experimentado durante la semana y le gustaría compartirlos con él, pero le parece completamente fuera de lugar contárselo ahora, por teléfono. Podrán hablar de ello más tarde.

—Está bien, Alex. Te espero dentro de una hora, pero no te retrases... En serio, lo necesito...

—Cuando acabe en el despacho paso a recogerte, ¿de acuerdo? A las ocho en punto debajo de tu casa. Llevo el bañador en el coche.

—Está bien, hasta luego...

Nada más colgar, Niki permanece durante un rato echada en la cama, mirando fijamente el techo y pensando en todo lo que le ha sucedido en apenas dos meses, en cómo ha cambiado su relación. Enciende la radio, busca una emisora sin publicidad, sin palabras, sólo quiere escuchar música y relajarse.

Cierra los ojos y recuerda el accidente de moto. Sonríe recordando ese día... Habían discutido en la calle, delante de la gente, después de que ella, al volver en sí, pensó: «Un ángel...», al verlo, tumbado en el suelo tras el accidente, envuelto por el sol, el cielo y unas nubes ligeras que, de alguna forma, lo «santificaban». Y luego, cuando la llevó al colegio, las primeras llamadas, y esa noche en su casa, en la terraza del jazmín. La primera vez que hicieron el amor, sin prisas, en el aire de esa mágica noche. Poco a poco, va rememorando todos los momentos que ha pasado con Alex, las risas, la huida a Fregene, al local de Mastín, la excursión a la montaña, la vez en que escucharon esa canción de Battisti..., ¿cómo se titulaba? Ah, sí. *Perché no.* Y en que intentaron hacer todo lo que decía, y lo lograron, acabar en la montaña y regresar a casa por la noche, sin decir nunca nada a sus padres. «Perdone, pero ¿usted me quiere o no? No lo sé, pero acepto.» Y después el viaje a París... Qué sorpresa tan bonita... Esa noche comprendió que Alex era el hombre de su vida... Luego vino el dolor por el regreso de Elena. La soledad, la rabia, la impotencia frente al final de su relación y, de repente, el renacimiento, la maravillosa escapada a la Isla Azul, la isla de los enamorados, la carta que encontró al volver de las vacaciones, y ella partió, nada más obtener el carnet de conducir se reunió con él. Durante los días que vivieron en esa isla su relación cambió, Alex parecía distinto, más sereno, más tranquilo, sin edad, sin citas, sin prisas, un hombre todo para ella. Entre sus brazos al amanecer, al ocaso, fuera del tiempo, perdido en el amor. Pero eso era un sueño. Luego nos despertamos. Volvimos a la realidad cotidiana. Dos casas, la universidad, los amigos de edades diferentes, las discusiones y las reconciliaciones. No obstante, siguió haciéndome soñar. Niki rememora la última escapada. Nueva York, la limusina, él que la esperaba en el aeropuerto, los días que pasaron de compras en la Gran Manzana. Luego, el paseo en helicóptero y la sorpresa del rascacielos iluminado en medio de la noche. «Perdona, pero quiero casarme contigo.» La felicidad de ese momento, la confusión de esa alegría arrebatadora, el pánico de esa noche, ese miedo repentino que te atenaza, perder el control de la propia vida, encontrarse en una dimensión imprevista demasiado pronto. Y en un abrir y cerrar de ojos ve la secuencia de los días posteriores al regreso, las semanas, los encuentros, las familias, las decisiones que hay que tomar, el doloroso alejamiento de sus amigas, de su vida, de la facultad, de la posibilidad de perder tiempo... Sin prisas, como decía siempre Battisti. «¡Tantos días en el bolsillo para gastar!» Y para no dejarse llevar por el pánico. Niki se tumba boca abajo, abraza la almohada y, como si fuese un globo, uno de esos que se ven ascender por el cielo cuando un niño los pierde después de haberlo comprado a la salida de la iglesia en una mañana azul de domingo, con ese mismo deseo de dejar atrás la realidad, se queda dormida. Un sueño sin sueños. La respiración es en un principio breve, como constreñida, propia del que, por un instante, quiere abandonarlo todo, descansar del exceso de preocupaciones, de los sentimientos de culpa y del deber, de las esperanzas y de las expectativas de los demás. Pero poco a poco se va calmando, como si hubiese regresado a esa isla. La Isla Azul de los enamorados, el Giglio, donde está ese faro... Sólo que ahora Niki está sola en esa isla. Camina tranquila por la playa y de repente ve que alguien se acerca a ella. No. No es posible. Se despierta de golpe, sorprendida, asombrada, estupefacta. ¿Qué hora es? Mira el reloj. No, pero ¿cómo es posible? Las ocho y cuarto... ¿Y el *hammam*? Echa un vistazo al móvil. Ha recibido un sms. Es de Alex. «Perdona, cariño, pero se me ha hecho tarde. Al baño turco iremos en otra ocasión, aunque la cena será perfecta y después haré lo posible para que me perdones..., como a ti te gusta.»

Niki lee el mensaje y después lo borra. Está irritada. Se dirige al cuarto de baño y empieza a maquillarse con parsimonia. Va recuperando la calma lentamente. Le ha sentado bien dormir un poco, aunque, vaya sueño tan extraño... Sonríe. A saber qué querrá decir. El inconsciente trabaja mientras dormimos. Bah. Esta noche quiero ponerme el vestido azul que me compré el otro día. Me hace más mujer, pero me gusta. Se acerca al espejo para maquillarse mejor, sin dejar ningún detalle al azar. Y a continuación se echa a reír. Un vestido de mujer. ¡Pero si yo ya soy una mujer!

Un poco más tarde va a coger algo de beber a la cocina, tiene sed. Oye a sus padres en la sala.

—¿Tenemos que invitarlos también a ellos, Robi? Nunca los ves...

—¿Y qué más da? Son mis primos. Viven fuera, pero no por ello dejan de ser de la familia. Estamos muy unidos. Siempre hemos pasado juntos las vacaciones en San Benedetto del Tronto... Entiéndelo.

—Pero entonces seremos más de doscientos... Si calculamos que nos va a costar por lo menos cien euros por persona, la cifra es altísima, haz cuentas...

La boda. También ellos están hablando de la boda. En esta casa no se habla ya de otra cosa. Mientras Niki está en el pasillo, oye que suena el móvil. Corre para no perder la llamada. Llega a su habitación y apenas le da tiempo de ver quién es y de responder.

—Alex, ¿qué ocurre?

Él está en su casa, metiendo a toda prisa algunas cosas en su bolsa: una camisa, un suéter, unos calcetines, unos calzoncillos, y el neceser con la pasta y el cepillo de dientes.

—Cariño, perdona... pero ha surgido una urgencia en Milán.

—¿En Milán? ¿Y la cena antiestrés y todo lo que planeamos?

Alex sonríe.

—Tienes razón, pero me estoy quitando un montón de trabajo de encima para tener más tiempo libre después. Los americanos nos reclaman. Volamos a las nueve, Leonardo y yo... y nadie más... —Como si eso pudiera tranquilizarla—. Volveremos mañana por la noche. ¿Te parece que lo dejemos para entonces?

—No. No me parece bien, Alex. ¿Nuestra vida va a ser siempre así a partir de ahora? ¿Voy a estar siempre por debajo de los americanos, de los japoneses, de los chinos, de los rusos y a saber de cuántos más? ¿Te vas a casar conmigo para echarme a un lado?

—Pero, cariño, ¿qué estás diciendo?

—Digo que no soy el centro de tu vida. Que antes está tu trabajo y a saber cuántas cosas más. Hoy necesitaba relajarme. Hoy más que nunca...

—Pero, cariño, nos han mandado un avión privado por sorpresa...

—¡Me importa un comino! ¿Acaso crees que puede impresionarme el hecho de que tengas un avión privado a tu disposición? En ese caso creo que no me entiendes en absoluto...

—Pero si no lo decía por eso... Me refería a que ni siquiera yo sabía que teníamos que viajar esta noche...

Demasiado tarde. Niki ha colgado. Alex teclea de inmediato su número. Niki oye sonar el teléfono, lee el nombre en la pantalla y rechaza la llamada. Alex sacude la cabeza y lo intenta de nuevo. Niki lo vuelve a rechazar. No hay nada que hacer. Alex baja a toda prisa de su casa y sube al coche de Leonardo, que lo está esperando.

—¿Todo bien?

—No, Niki se ha enfadado.

Leonardo esboza una sonrisa y le da una palmada en una pierna.

—Las primeras veces siempre sucede lo mismo, luego se acostumbran. ¡Debes traerle un bonito regalo de Milán!

—Sí, lo haré.

Alex está inquieto, pero después piensa en el DVD que Niki recibirá en su casa al día siguiente y eso lo tranquiliza un poco. Lo ha hecho con mucho amor, le ha dedicado mucho tiempo, seguro que le gusta. Es una sorpresa preciosa, una de esas que tanto le gustan a ella, hecha con el corazón y no con dinero. Así que se relaja mientras el coche lo lleva al aeropuerto dell'Urbe. Allí los espera un avión privado en el que viajarán a Milán para asistir a esa reunión tan importante. Alex se arrellana en el asiento. Está cansado, muy cansado, pero las cosas no tardarán en ir mejor. Esta reunión es decisiva, y también la última. A partir de ahora todo será más fácil, un paseo. Sí, así será. Alex no sabe hasta qué punto se equivoca, porque a partir de esa noche nada volverá a ser igual.

Ciento nueve

Cristina y Mattia brindan levantando dos copas de champán mientras se miran a los ojos. En la pequeña taberna del centro a la que han ido apenas hay gente, a fin de cuentas es un día de diario. Comen con apetito, ríen, hablan de todo y se cuentan el uno al otro sus historias. Mattia es divertido, avispado, un hombre que transmite seguridad. Cristina se siente bien en su compañía. Lo mira. Lo escucha. Le parece simpático. Las horas pasan volando. Se sorprende un poco de sí misma. De sentirse tan a gusto. De tener ganas de coquetear.

—¿Sabes que eres estupenda? —le dice Mattia con una amplia sonrisa.

—No me digas…, seguro que eso se lo dirás a todas...

—¿Todas? ¿Quiénes? —Mattia mira alrededor con aire intrigado—. Aquí no veo a ninguna otra que merezca esas palabras. Y tampoco fuera de este local. Que sepas que no soy ningún ligón, ¿eh?

—¿Ah, no?

—¡No! El hecho de que sea profesor de *fitness* no implica que vaya siempre por ahí haciendo el idiota. ¡Yo también tengo mis gustos! Y tú los satisfaces plenamente... —Le acaricia una mano.

Al principio Cristina la retira, pero luego se relaja y acepta el gesto. Mattia le sonríe.

—¿Quieres algo más? ¿Tal vez un postre?

—Si tienen crema catalana, sí... ¿Y tú?

—No, por Dios... Te habrás dado cuenta de que sólo he pedido un

filete y una ensalada. Sigo una buena dieta para estar en forma. Disociada. Jamás como hidratos de carbono para cenar. ¡En cambio, veo
que tú tienes un buen saque!

Cristina lo mira.

—Sí, me gusta comer bien.

—Te lo puedes permitir, tienes una figura perfecta. Además, a las
mujeres que les gusta comer también les gusta gozar... —la mira con
aire malicioso.

Cristina, azorada, busca al camarero con la mirada para salir del
apuro y lo llama.

—Perdone...

—Sí...

—¿Tienen crema catalana?

—Por desgracia no, pero tenemos sorbete, tarta de almendras, tar-
tufo de chocolate blanco, tiramisú y profiteroles...

—Mmm..., en ese caso, no, nada de dulces. Dos cafés, por favor.

—Perfecto. —El camarero se aleja y desaparece detrás de la barra
del bar.

—¿Te ha decepcionado el que no haya crema?

—Un poco... La crema catalana me encanta...

—Bueno, trataré de remediarlo —le aprieta aún más fuerte la mano.

Cristina hace una mueca cómica. No me lo puedo creer. ¿Lo estoy
haciendo de verdad? Estoy aquí con un chico estupendo que incluso
me cae bien, que me dice cosas preciosas y al que le gusto. Y estamos
a punto de salir de este restaurante y quizá...

El camarero les lleva los cafés. Cristina y Mattia se lo beben de un
sorbo. Después él se levanta y va a pagar la cuenta. Varios minutos
después se encuentran en el coche.

—¿Te apetece que antes de llevarte a casa te enseñe la mía? No
queda lejos de aquí, está en la zona de Campitelli. Es un piso que me
dejó mi abuela, vivo en él desde hace dos años. Me gustaría ofrecerte
algo de postre... —dice Mattia, y se echa a reír.

Cristina parece un poco perpleja.

—Lo digo en serio, ¿eh? Tengo una tarta de crema en la nevera.
Sólo me he comido un pedazo.

Cristina sonríe.

—Está bien, de acuerdo..., con tal de que no se nos haga demasiado tarde.

—Te lo prometo. Mira, doblamos aquí y ya casi hemos llegado.

Ciento diez

Niki está delante del espejo, todavía muy cabreada. ¡No me lo puedo creer! ¡No me lo puedo creer! Coge el móvil y lo arroja contra el armario. Después se sienta frente a su escritorio con las manos en el pelo, que le cae por la cara, y empieza a llorar cansada, agotada, exhausta. Justo en ese momento, después de unos anuncios, empieza a sonar en la radio la canción *She's the one*. Su canción. La de Alex y ella, la del día en que se vieron por primera vez. El del accidente. Y de nuevo le parece todo absurdo. Tengo veinte años y estoy aquí desesperada por culpa de la persona con la que voy a casarme, que prefiere ir a Milán para una reunión con unos americanos desconocidos antes que pasar la noche conmigo, justo ahora que lo necesito tanto, que se lo he pedido, que desearía tenerlo a mi lado más que nunca. ¿Y él qué hace? Pues le importa un comino y se marcha sin más, como si eso no supusiera un problema, como si lo que le he dicho no fuera importante.

Niki se acerca a la radio y cambia de emisora mientras la canción de Robbie Williams dice: «Cuando dices lo que quieres decir, cuando sabes cómo quieres jugar, te sientes tan alto que casi te parece volar...» Pone otra. «Y tú, que sueñas con escapar..., con irte muy lejos, lejos, ir lejos, lejos.» *Poster*, de Baglioni. Eso es. Es justo lo que necesito en estos instantes, me hace falta huir, marcharme cuanto más lejos mejor, un año a Inglaterra, a estudiar inglés, sin móvil, sin dejarle mi dirección a nadie, pum, desaparecer. Sería magnífico, me sentaría de maravilla. Se lleva la palma de la mano a la frente, a los ojos, y después exhala un hondo suspiro intentando relajarse. Segundos después, Jovanotti canta en la radio: «Dulce no hacer nada, dulce posponer, balancear los pies contemplando cómo gira el mundo, ir, ir, esperar dulcemente la hora de comer, mirar cómo crece la hierba, cómo se evapora el agua, tranquilamente, a la sombra, dejándose acariciar por una brisa fresca, redondear las pompas de pensamientos que estallan en el aire apenas se hacen demasiado serios o demasiado graves, estar ligeros, transformar las horas en meses como una hoja arrastrada por la corriente de un río, dulcemente vencidos, sííí, estar así...» Niki sonríe. Siempre le ha gustado esa canción, quizá porque habla de rebelión y de independencia, de grandes espacios remotos. En ese momento oye un bip en el teléfono. Claro. Se siente culpable y como le he colgado dos veces me ha mandado un sms. Si piensa que puede resolver las cosa de este modo, va listo. Niki coge el aparato y abre el mensaje. Pero la vida es así. Cuando menos te lo esperas, cuando has dejado de pensar en algo, cuando no sabes que ése es el momento adecuado, algo sucede. Al leerlo se ruboriza.

Ciento once

Olly está bailando en medio del pasillo. Las Olas se han desperdigado aquí y allá. La fiesta de la facultad ha salido a pedir de boca, el *disc-jockey* es muy bueno. Es ya muy tarde. Han acudido un montón de personas, algunas han salido a la terraza a fumar o a beber. Olly se relaja, sigue el ritmo, sonríe. Trata de no pensar en Eddy, en lo difícil que es su carácter. Y, sin embargo, también es capaz de enseñar a tener paciencia y a creer de verdad en lo que se hace. Después recuerda a Simone. El modo en que la salvó ese día, de una forma tan espontánea, trabajando con ella durante cuatro horas ininterrumpidas. Y también en el día en que se cruzó con él en el patio de Chris. A saber si intuyó algo. Luego en Giampi. No ha vuelto a llamarlo, pese a que reconoce lo mucho que se equivocó mostrándose tan celosa. La música sigue sonando. Olly se mueve como si ejecutara una danza tribal que libera la mente, que relaja sin necesidad de pastillas y de ayudas externas, sin artificios, sólo la canción y ella. *Miles Away*, de Madonna, y su nueva felicidad por haber logrado un resultado importante, por haber aprendido una lección y por haber encontrado un amigo. Un verdadero amigo.

Los estudiantes siguen bailando en los pasillos y en las salas de la facultad. La música es actual, los mejores éxitos de las listas de *pop* y disco. Erica rodea una columna y se esconde.

—¿Qué haces? —le pregunta Olly.

—Chsss... No me lo puedo creer. ¡Ha venido!

—¿De quién estás hablando?

—¡De él! —lo señala con el dedo intentando permanecer escondida.

Olly se inclina y mira alrededor, pero no divisa a nadie conocido entre la multitud.

—Oye..., yo no veo a nadie en especial. ¿Me puedes decir de quién se trata? Pareces un agente de incógnito. ¿Qué es, un secreto de Estado?

Erica se inclina ligeramente hacia ella.

—¿Ves a ese tipo alto, moreno, que está buenísimo y va tan bien vestido?

Olly sale de detrás de la columna y se pone de puntillas.

—No…, ¿qué haces? ¡Te va a ver!

—¿Y qué más da? Si ni siquiera me conoce —replica sin dejar de mirar.

—Venga, mira..., ¿lo ves? ¡Mira, mira!

—¿En qué quedamos? ¿Miro o no? Veo a un tipo alto..., ¡pero es viejo!

—¡Qué viejo ni qué ocho cuartos! Todavía no ha cumplido los cuarenta, ¡es como Alex!

Olly se vuelve y escruta a Erica.

—No será..., no me lo digas...

—Pues no te lo digo...

—¿Es tu profesor?

Erica asiente, feliz.

—¡Sí! ¡Es él! ¡Ha venido! ¿Lo entiendes? ¡Ha venido!

Olly lo vuelve a mirar.

—A mí no me parece gran cosa.

—¡Porque desde que no tienes novio te has vuelto muy mordaz! ¡Y no te das cuenta de las cosas!

—Bah. Lo que tú digas. En cualquier caso, ¿qué vas a hacer? ¿Quedarte escondida ahí toda la noche?

Erica reflexiona por unos instantes.

—No..., ¡quiero hablar con él! ¡Esta noche me siento en forma!

—Pero ¿qué vas a hacer?

—¡Quiero darle las gracias por la buena nota que me ha puesto en el examen!

Y sin añadir nada más, Erica sale de detrás de la columna y se adentra en la sala. Se abre paso entre la multitud hasta llegar delante del profesor Giannotti, que está bailando un poco rígido, intentando seguir el ritmo y desplazando el peso de un pie a otro.

—¡Buenas noches!

Giannotti entorna ligeramente los ojos para verla.

—¡Ah! Es usted, señorita. ¿Cómo le va? ¿Se divierte?

Erica baila lo mejor que puede intentando que sus movimientos sean sensuales y fluidos.

—¡Pero, profe, tutéame! ¡Estamos en una fiesta! ¡Somos libres! Me llamo Erica, ¿te acuerdas?

Él asiente con la cabeza.

—Sí, me acuerdo, hiciste un examen conmigo hace poco y ahora estás en otra de mis clases. Te veo siempre sentada en primera fila, tomando apuntes muy atenta.

—¡El mérito es tuyo! ¡Eres muy bueno! —le dice sin dejar de bailar delante de él.

Al cabo de unos minutos se acerca a su oído.

—¿Quieres beber algo? ¡Voy a buscarlo!

Marco Giannotti la mira.

—Pero nada de alcohol...

Erica sonríe maliciosa.

—Pero si nos tomamos un *gin-tonic* no pasa nada, ¿no? —y se aleja sin darle tiempo a protestar.

Olly observa la escena desde lejos. Sacude la cabeza y se une a Niki y a Diletta, que están charlando en un rincón.

—¿Sabéis que Erica está tratando de ligar con su profesor?

Olly les señala el centro de la sala.

—Ahí está, bailando con él...

—Pero ¿qué pretende hacer?

—Y yo qué sé... Ha dicho que quería darle las gracias por la nota del examen, pero por la forma en que se mueve tengo la impresión de que la cosa no quedará ahí...

Mientras tanto Erica ya ha pedido dos *gin-tonic* en el improvisado bar y ahora está cruzando de nuevo la pista en dirección a su profesor.

Cuando llega a su lado le tiende uno de los dos vasos y lo invita a brindar con un gesto. Él la mira estupefacto. Después alza el vaso a su vez y brinda con ella. Pasados unos minutos se alejan de la pista y se sientan en unas sillas de madera. Hablan. Bromean. Giannotti es realmente divertido. Tiene unas salidas muy ocurrentes, y ella se ríe y lo mira con admiración.

–Bueno, Erica, la verdad es que estás muy bien... No me había dado cuenta... –le dice al oído.

Ella se estremece ligeramente. Se aparta y lo mira. Le sonríe. Él le devuelve la sonrisa. Y de pronto sucede algo entre los dos. De nuevo. Indefinido. Diferente. La mirada se prolonga. Siguen unas cuantas palabras. Él se levanta y ella lo sigue. Olly los observa mientras se alejan. No es posible... Se está marchando con él... Y tiene un extraño presentimiento.

Ciento doce

Niki lee otra vez el mensaje: «¿No crees que ya va siendo hora de que pagues la apuesta?»

Su corazón se acelera. No. No es posible. Guido. Justo ahora, justo esta noche me manda este mensaje. Sin duda es cosa del destino. Niki se apresura a responderle: «Sí, tienes razón. Nos vemos en la universidad dentro de media hora.»

Se quita de inmediato el vestido azul de mujer mayor y, con él, unos cuantos años, rejuvenece y se siente más libre que nunca. Se pone un par de vaqueros oscuros, unas zapatillas de media caña, una camiseta con una cremallera y unos bolsillos delante, una gorra, una bufanda, y una cazadora encima.

—Adiós..., ¡voy a salir! —se despide de sus padres mientras sale de casa y cierra la puerta a sus espaldas—. Volveré tarde...

Baja corriendo la escalera escapando de la gravedad de los días pasados, de la infinidad de decisiones, de los invitados, de la fiesta, del vestido, de las hermanas, de él... Y de todas esas responsabilidades. Más ligera que nunca.

Niki sube al coche, enciende la radio y parte a toda velocidad. Baila escuchando a Rihanna, *Don't Stop the Music,* alegre, siguiendo perfectamente el ritmo, ladeándose completamente al doblar la curva. Pero cuando se incorpora siente un desfallecimiento, le falta el aliento, se asusta. Frena y se arrima a la acera. Le vuelve a la mente el sueño que se interrumpió a la mitad. Caminaba tranquila por la Isla Azul y de repente veía que alguien llegaba. Se acercaba a ella risueño. Y sí, ahora lo recuerda con toda claridad. Era Guido. Niki detiene el Micra en la explanada de la universidad y apaga el motor. Mira alrededor. No ve a nadie. Debería haber llegado ya. Quizá también esto sea una señal del destino. Me voy. Pero justo cuando está a punto de volver a poner el coche en marcha una moto se para a su lado. Su moto. Guido tiene una sonrisa preciosa. Y un segundo casco bajo el brazo. Niki baja la ventanilla.

—Hola.

—Hola, Niki... ¿Prefieres ir en moto o en coche? Si quieres tengo el familiar, sólo debo quitarle las tablas de surf de encima...

Ella sonríe.

—En moto me parece bien.

Se apea del Micra y lo cierra con llave. En la plaza hay un extraño silencio, no pasa nadie, ni un autobús, ni un coche, ni un solo joven. Al alzar la mirada Niki ve en el cielo la luna escondida tras unas nubes ligeras, que parecen querer ocultarle algo, pese a que la noche es magnífica. Por unos instantes vacila. ¿Adónde vas? No vayas, vuelve a casa, ésta no es la solución. Casi se responde a sí misma. Lo sé, pero tengo ganas. ¿Ganas de qué? De todo. De libertad. Y casi se siente atemorizada de esos pensamientos. De lo que no puedo hacer en estos momentos. Después mira a Guido, que en esos instantes le está pasando el casco, y se tranquiliza. Sí. No es la solución, pero no pasa nada porque salga con él. Ya, Niki, pero ¿qué va a suceder? ¡No lo sé! Y no quiero pensar en eso ahora. Por favor..., no más preguntas.

Aunque Guido le hace una bien sencilla:

—¿Adónde quieres ir?

Niki sube detrás de él en la moto.

—A donde sea. Quiero perderme en el viento...

Él se queda desconcertado. Luego sus miradas se cruzan y basta un instante. En esos ojos ve a la mujer, a la niña anhelante de libertad, a la rebelde, a la frágil, a la fuerte y a la aventurera. Pasión y vida en una mirada sostenida, que casi lo asusta. Después la Niki de siempre esboza una dulce sonrisa.

—¿Vamos? —le pregunta.

Y en un segundo se pierden en el viento, como ella quería. La moto corre veloz a orillas del Tíber, serpentea sin problemas entre el tráfico molesto y entre unos autobuses repletos de pasajeros a los que transportan lentamente, encontrando todos los semáforos en verde, tan libre como sus pensamientos. Niki se abraza a Guido, que acelera en la noche, se apoya en su espalda y permanece inmóvil, contemplando todo lo que pasa por delante de sus ojos, ese extraño cuadro ciudadano, los reflejos de las luces, los bares que cierran sus puertas y los transeúntes en las paradas de los autobuses. Luego recuerda algo y se yergue en el asiento. Escarba en su bolso, lo encuentra y lo mira. Ninguna llamada. Apaga el móvil. Bah. Como si hubiese cortado ese último hilo sutil, como una goma elástica que se acorta tras haberse roto. Definitivamente libre ya, se apoya de nuevo en Guido, lo abraza con más fuerza y se deja llevar por esa moto que, siempre más rápida, la aleja de todo y de todos.

Ciento trece

Un poco más tarde. Viale Ippocrate, 43. Sahara.

–Mira, se hace así... –Guido mete las manos que acaba de lavarse en la comida y empieza a llevársela a la boca–. Los africanos comen así. Esto sí que es verdadera libertad... ¡Comer con las manos! –Sigue cogiendo el arroz con la punta de los dedos y lo mezcla con una óptima carne roja, condimentada con pimienta y especias, y con unas alubias oscuras. Sonríe y la extraña cuchara humana efectúa su recorrido–. ¡Prueba! ¡Prueba tú también!

Niki no se hace de rogar y, tras superar la primera y estúpida vergüenza burguesa, introduce los dedos y empieza a coger el arroz caliente, luego lo moja en la salsa que tiene al lado y se lo lleva a la boca. Está más rico de lo que imaginaba. Quizá sea ese sabor a libertad, esa nueva extravagancia, la ruptura con los usos y las tradiciones. Se lame los dedos, se come el último grano de arroz que se le ha quedado pegado en uno de ellos y acto seguido sonríe como una niña ingenua y sorprendida a la que han pillado en una actitud hambrienta, sensual y salvaje. Se ruboriza, baja la mirada y, cuando vuelve a levantarla, ve que él la está observando con curiosidad, atento a todos los pasos de esta nueva Niki, que no se parece en nada a la de costumbre, que es mucho más adulta, libertina, alegre y amena.

–¡Está delicioso! De verdad...

Niki se sirve un poco de cerveza y después llena también el vaso de Guido. Beben y se ríen mientras ella sigue comiendo. Luego Guido le prepara una *ingera*. Echa por encima un poco de *zighini* condimentados con *berbere*.

Niki lo prueba.

—¡Socorro! ¡Pica muchísimo!

—Vamos, ¡qué exagerada eres! —Guido lo prueba a su vez—. ¡Ah! ¡Es cierto! ¡Quema!

Tras beber una buena cantidad de agua y permanecer un rato con la lengua fuera, prueban el pollo *saka-saka*, el pollo con cacahuetes y, por último, un trozo con *dongo-dongo*.

—Mmm..., está rico... —A Niki le encanta—. Es delicado... ¡Y, además, no pica!

Se quedan en el restaurante mucho tiempo. Sahmed, el cocinero, sale de vez en cuando y les explica los platos, el tipo de sabores, de dónde viene cada cosa y con qué está hecha.

—No podéis perderos éstas. ¡Es nuestro plato más famoso!

Para terminar comen unos plátanos fritos con patatas dulces y un poco de mandioca hervida, todo ello acompañado de un cuenco de crema de origen francés, al igual que Camille, la mujer que Sahmed conoció en un viaje y que ahora les sonríe desde la ventana de la cocina. Y con una buena copa de Chablis y un pequeño pastel cocinado con aceite de palma concluye su viaje por Etiopía, Somalia y Eritrea, y acto seguido se adentran de nuevo como un rayo en las calles romanas.

Corso Trieste, via Nomentana, viale XXI Aprile y a continuación XXIV Maggio hasta llegar a los Foros Imperiales y, después, todo recto rumbo al Campidoglio y el teatro Marcello, y aún más, hasta llegar a via Locri.

—Chsss...

—¿Qué ocurre?

—No hagas ruido... —Guido abre lentamente la gran puerta de hierro forjado.

Niki le aprieta el brazo.

—Tengo miedo...

Guido sonríe.

—No pasa nada, pero quiero que lo veas sea como sea...

Entran y avanzan con sigilo en la hierba alta, entre plantas exuberantes, gruesos troncos y frías losas.

—Pero, Guido, ¡estamos en un cementerio!

—Sí, no católico. —Le coge la mano y avanzan en silencio en la oscuridad de la noche entre cruces antiguas, fotografías descoloridas, inscripciones en inglés y breves epitafios—. Aquí está... —Se detienen asombrados y Guido se emociona cuando se la enseña—. Cuando estaba en el instituto y discutía con mi padre, cogía la moto y venía aquí con un libro e incluso una cerveza..., y me tendía al sol... sobre la tumba de Keats.

Niki mira las lápidas con más detenimiento.

—¿Ves lo que quiso escribir? «Aquí yace un hombre cuyo nombre se escribió en el agua.» Imagínate... —le explica Guido, risueño—. Sus enemigos habían acabado por amargarlo. No obstante, mira cómo le respondió alguien... —Se hace a un lado, se detiene delante de una losa de mármol y lee—: «¡Keats! Si tu querido nombre se escribió en el agua, cada gota cayó del rostro de los que te lloran...» Precioso, ¿verdad? Alguien quiso que se sintiera amado. Quizá un desconocido..., a saber... Lo más extraño es que a veces no nos damos cuenta de hasta qué punto nos quieren las personas que nos rodean, y quizá el autor de estas palabras jamás le dijo nada, tal vez se conocieron por casualidad o de pasada, o puede que ni siquiera se saludaran nunca...

Siguen caminando entre cipreses centenarios, por ese prado verde y fresco, dejando a sus espaldas la pirámide Cestia, de estilo egipcio, que se recorta con su blancura detrás de los muros romanos. Los gatos se mueven veloces en la penumbra, entre las lápidas con inscripciones en todos los idiomas del mundo. Niki y Guido pasan por delante de la tumba de Shelley, el poeta inglés cuyo barco se hundió en el mar, frente a la costa del Tirreno, y cuyo cuerpo, empujado por las olas, apareció en una playa cercana a Viareggio. También están allí el escritor Carlo Emilio Gadda y William Story, que está sepultado bajo la escultura *L'angelo del dolore*, que acabó poco antes de morir.

—Este lugar es mágico... Los protestantes, los judíos y los ortodoxos, los suicidas y los actores no podían ser sepultados en tierra consagrada, de manera que se los enterraba fuera de las murallas. Y de noche. Se dice que la primera persona a la que enterraron aquí fue un estudiante de Oxford, en 1738. Muchos no católicos morían en la ciudad. He leído que este sitio figura en la lista del Fondo Mundial de Monumentos como uno de los cien lugares más amenazados. En la actualidad lo gestiona una comisión de embajadores extranjeros voluntarios que residen en Roma. Pero falta dinero y quizá tengan que cerrarlo... Absurdo, ¿verdad? Mira qué estatua tan bonita...

—Sí, es cierto.

—Piensa, Niki, que aparece en la portada de un disco de una banda de metal finlandesa, los Nightwish...

—Caramba, qué extraño, a saber cómo se les ocurrió una idea semejante. O, mejor dicho, a saber cómo sabes tú todo eso...

Guido sonríe.

—A veces ciertas cosas nos subyugan, atraen nuestra curiosidad, y lo más bonito, en mi opinión, es cuando eso ocurre sin una segunda finalidad...

A Niki le sorprende mucho esa frase, la serenidad con la que Guido la ha dicho, sin énfasis, sin excesiva importancia, con naturalidad, sin una segunda finalidad, precisamente. Y lo mira por primera vez con otros ojos. Camina delante de ella, pero eso no le impide ver su sonrisa, que la luna borda en su perfil, sus rizos un poco rebeldes y sus labios carnosos.

—Aquí está también el célebre actor Renato Salvatori, que protagonizó *Pobres pero bellas,* una película preciosa. Era un magnífico actor. En una escena se bañan incluso en el Tíber... Imagínate lo limpio que debía de estar por aquel entonces y lo diferente que era esa época.

—Ya lo creo, las películas sólo se rodaban en blanco y negro...

Guido sonríe.

—Sí... —Se detienen delante de una lápida—. «Un paño rojo, como el que llevan anudado al cuello los partisanos y, junto a la tumba, en el terreno calcinado, de un rojo diferente, dos geranios. Allí yaces, señalado con adusta elegancia no católica, en el elenco de los muertos desconocidos...» *Las cenizas de Gramsci.* Los versos son de Pasolini. Gramsci fue sepultado en este cementerio no católico porque por aquel entonces su cultura se consideraba «diferente» de la dominante... Absurdo, ¿no? —Guido la mira con una intensidad especial—. Si hay algo a lo que nunca renunciaré es a mi libertad.

Permanecen así por unos instantes, envueltos en el silencio de la noche. La luna se ha liberado de las nubes y domina la ciudad con su ojo vigilante, si bien sólo se ve la mitad. Se miran risueños y entre ellos parece surgir un nuevo entendimiento, como si hubiesen decidido dejar de pelear tontamente, deponer las armas y sellar un pacto silencioso con esa simple mirada. De repente, al fondo del cementerio, entre la hierba alta y las cañas mecidas por una ligera brisa nocturna, se divisa una tenue luz. De detrás de un gran ciprés aparece una mujer que avanza lentamente con un vestido largo y una melena blanca y enmarañada que le cubre la cara. Con una mano protege la débil llama de una vela, mientras que a sus pies una multitud de gatos hambrientos la siguen esperanzados. Guido hace detener a Niki, que, asustada, se aferra a su brazo de inmediato.

—¿Qué sucede?

—Chsss... Mira, mira allí.

—¿Dónde? —le pregunta ella en voz baja.

—Entre esos árboles. ¿Ves a esa mujer?

—Sí, ¿es una mendiga?

—No, es una mujer enamorada. La primera vez que la vi yo debía de tener unos dieciséis años. Ella había decidido venir a vivir aquí a pesar de que era rica y tenía numerosas propiedades. Cuando su marido la engañó, se volvió loca, perdió el juicio. Ama el amor más que nada en el mundo, de manera que ahora es ella la que se ocupa de Keats, el único que jamás la ha decepcionado...

—No me lo creo, te lo estás inventando, es una leyenda...

—¡Te lo juro! «Sin ti no puedo existir. Olvido todo lo que no sea volver a verte: mi vida parece detenerse ahí, no veo más allá. Me has absorbido.» Y todavía hay más: «Tú, novia intacta aún de la quietud, prohijada del silencio y de las lentas horas, selvático rapsoda, que prefieres un cuento florido...». Es de Keats. ¿No crees que una mujer loca de amor pueda haber elegido dedicar su vida entera a un poeta como él? ¿Qué puede haber más hermoso? Ella ha renunciado a las cosas prácticas, a la moda y a sus propiedades inútiles para recuperar aquí el sentimiento, para dedicarse con devoción a la poesía y al amor... Mira...

La mujer acaba de echar en unos platos la comida para los gatos, después se acerca a la tumba de Keats y pone a sus pies una pequeña flor, todavía fresca, y una vela. Lo hace con delicadeza y luego permanece allí, ensimismada, recordando un verso cualquiera, fiel al recuerdo de ese hombre que supo amar el amor. Los gatos la rodean poco a poco, giran en torno a ella, se frotan contra sus piernas, ronronean y levantan la cola. Más que el amor, lo que les hace felices es la comida, y esa sencilla mujer, ya anciana, los acaricia. Luego coge una silla plegable y se sienta delante de la vela, envuelta en su chal y ajena a toda prisa.

Niki aprieta el brazo de Guido.

—Vayámonos, por favor...

—¿Por qué?

—Me parece un momento tan especial, algo suyo, personal, y a nosotros nadie nos ha invitado.

Guido asiente, y sin pronunciar palabra, igual que llegaron a ese prado verde, sus pasos se deslizan veloces por ese manto que reviste a los difuntos, famosos o no.

Suben de nuevo a la moto y vuelven a cruzar la ciudad, con calma, sin programas, en medio de una noche misteriosa que desaparece de repente como una elegante mujer objeto de la admiración y del deseo de todos en un baile abarrotado de gente. Poco a poco, entre ramas verdes, en la penumbra, ante el fluir del río, entre los ligeros reflejos de una luna escondida, dos cervezas chocan. Cling.

Guido le sonríe a Niki.

—Por lo que quieras... Por tu felicidad.

Ella le devuelve la sonrisa.

—Brindemos también por ti —dice, y bebe un buen trago de su Coronita.

Felicidad. Mi felicidad. ¿En qué consiste mi felicidad? Y poco menos que perdida en esa reflexión, sin límites, sin una realidad sólida, en silencio, da un sorbo tras otro a su cerveza hasta que se detiene. Permanece en silencio escuchando el ruido del Tíber.

Un trozo de madera, quizá la pequeña rama de un árbol, sobresale entre la espuma del agua, arrastrado por la rápida corriente, aparece, desaparece, baila entre las olas, se sumerge, sale de nuevo a flote y, con una repentina pirueta, cual ágil bailarín, prosigue con su danza y desaparece en la silenciosa música del río. Eso es. Así me siento yo. Como ese pedazo de madera en manos de las olas. Niki contempla el agua oscura asustada por la fuerza de la naturaleza, aún más por el momento que está viviendo. ¿Qué estoy haciendo con mi vida? ¿Por qué estoy ahora aquí? Y lo mira. Silencioso. Guido se está bebiendo su cerveza. Después, como si se sintiera observado, se vuelve lentamente y le sonríe.

–¿Has pedido un deseo?

Niki asiente con la cabeza. A continuación baja la mirada. Él se acerca aún más a ella y se sienta a su lado. Se quita la cazadora y se la pone sobre los hombros.

–Ten. He visto que temblabas un poco. Hace frío. Es la humedad del río.

Niki alza la mirada y sus ojos se encuentran con los de él.

–Gracias.

Permanecen en silencio, sin sentirse cohibidos. Apurando sus cervezas.

–Eh, se me ha ocurrido una idea –Guido le sonríe en la penumbra.

–Dime...

–Es algo bonito. Metamos una nota en la botella y lancémosla al río, destinada al que lo encuentre, ¿te parece? Como en esa película... *Mensaje en una botella,* de Kevin Costner y Robin Wright Penn...

Esta vez es ella la que lo sorprende. Ella, a la que le encantó esa larga carta y que se la aprendió de memoria para no olvidarla jamás. Ella, que ahora se relaja, cierra los ojos y declama:

–«A todos los que aman, han amado y amarán. A los barcos que navegan y a los puertos de escala, a mi familia, a todos mis amigos y a los desconocidos: esto es un mensaje y un ruego. El mensaje es que mis viajes me han enseñado una gran verdad: yo he tenido ya lo que todos buscan y sólo unos pocos encuentran, la única persona de este mundo que estaba destinada a amar para siempre. Una persona rica de sencillos tesoros, que se hizo a sí misma y que aprendió por su cuenta. Un puerto en el que me siento en casa para siempre y que ningún viento o dificultad lograrán destruir jamás. El ruego es que todo el mundo pueda conocer esa clase de amor y que éste los sane. Si mi ruego es escuchado se desvanecerán para siempre todos los lamentos y las culpas, y se acabarán todos los rencores...»

—Sí —Guido está boquiabierto—. ¡Te acuerdas de todo! Sí, decía precisamente eso.

Niki no se lo puede creer. Es su película favorita. La ha visto infinidad de veces, el amor que sobrevive a la desaparición de ella... El amor más allá de la muerte. Eros y Tánatos. Y el hecho de que Guido haya mencionado justo esa película le hace sentir una punzada. Lo escruta y ve que ha arrancado una hoja de su Moleskine y está escribiendo algo. Observa su perfil, sus labios, sus rasgos firmes. ¿Es un muchacho? ¿Es un hombre? Su cuerpo robusto, tranquilo, protegido del viento de la noche por un suéter ligero. Su cintura estrecha. Sus piernas largas. Y, además, esa sonrisa.

—Ya está, ya lo he escrito. Te lo leo: «A ti, que me has encontrado... Te grito amor, que tú puedas amar con una locura rebelde, con una pasión insana, que estas palabras sean para ti el comienzo de una temeraria felicidad...»

Niki guarda silencio, impresionada por la belleza de esas frases, por su importancia, por la increíble sintonía con lo que ella misma está experimentando. Siente algo nuevo. Tiene la impresión de haber superado un obstáculo, de haber rasgado un velo, de haber descubierto algo al doblar una esquina. Como esa canción que irrumpe repentina, que rompe el silencio y te turba. Y él está ahí. Guido. El mismo del primer día, el del desafío continuo, el de las ocurrencias fáciles, el de la respuesta siempre a punto. En ciertas ocasiones inoportuno, en otras no. De repente se siente muy cerca de él, en perfecta armonía. Como si estuviesen tocando juntos una canción que los demás no pudieran oír. Y nadie se lo habría imaginado. Ni siquiera Niki.

—Son unas palabras preciosas.

—Me alegro de que te gusten. Ten, coge este folio y el bolígrafo: escribe una tú también.

–No... No me apetece.

–Venga. Es un juego, quizá le resulte útil a la persona que encuentre la botella, quizá la ayude a reflexionar sobre el momento que está viviendo...

Niki piensa por un instante. Guido la observa. Se miran fugazmente. Después, él ladea la cabeza.

–¿Y bien?

Niki acepta al fin, conquistada por ese extraño juego.

–Dame el folio.

Guido se lo pasa risueño.

–Bien. Me alegro... –La contempla mientras ella busca inspiración en el cielo. Niki lo nota–. Venga, no me mires tanto, que así no se me ocurre nada.

–Vale. En ese caso lanzaré mi botella mientras escribes.

Encuentra un trozo de rama del diámetro adecuado, dobla el folio, lo enrolla y lo mete dentro de la Coronita vacía. Acto seguido introduce el palo. Da unos golpecitos con la palma de la mano para encajarlo bien y luego lo parte por la mitad. Coge la botella con el nuevo tapón de madera improvisado y la suelta dulcemente en el río. El agua se la arrebata, casi se la arranca de las manos y se la lleva a toda prisa, veloz, rumbo a un destino desconocido. Entretanto, Niki ha acabado de escribir.

–Ya está –dice, enrolla el folio y lo mete dentro de la botella.

–¿No me lo lees?

–No, me da vergüenza.

–Vamos... –Guido le sonríe y simula estar decepcionado–. Estoy seguro de que es precioso.

–No lo sé. He escrito lo primero que me ha venido a la cabeza. Lo leerá el que encuentre esta botella.

Guido comprende que no debe insistir, que ella necesita su independencia, la posibilidad de elegir, y que el mero hecho de que haya decidido jugar con él ya es un gran logro. De manera que la ayuda a introducir otro trozo de rama a modo de tapón y a continuación se acerca con ella a la orilla del río para botar la segunda botella. Contemplan por un momento cómo sube y baja en el agua, el cuello desaparece de vez en cuando y vuelve a emerger en otro sitio, hasta que, por fin, se pierde en la oscuridad.

—Qué afortunado será quien lea tus palabras. A saber si será capaz de imaginar la belleza de su autora...

Niki se vuelve y ve que está muy cerca. Mucho. Demasiado. Los envuelve la penumbra de ese recoveco que se encuentra bajo la copa verde de un gran árbol. Las ramas más largas descienden sobre ellos formando un gran paraguas natural. Los protegen incluso del más simple rayo de luna. Están ahí, lejos de todo el mundo. Un viento ligero, más cálido, agita algunas hojas y el pelo de Niki. Ese mechón rebelde se desliza por su cara y se diría que traza sobre ella un bordado vacilante, un signo de interrogación, un rizo curioso que acaba su recorrido en el borde de la mejilla. Un silencio hecho de mil palabras. Sus miradas y esos ojos que sonríen serenos, conscientes de la belleza del momento. De ese instante que parece durar una eternidad.

Guido mueve la mano, la alza con delicadeza hacia su cara, aparta ese rizo rebelde y le acaricia el pelo. Sin dejar de mirarse, lentamente, sus bocas se aproximan con un movimiento milimétrico a la vez que se abren como flores en ese lecho del río. Esos labios rojos, esos delicados pétalos de dos jóvenes sonrisas, casi se rozan ya. ¿Niki? ¿Niki? Pero ¿qué estás haciendo? ¿Lo vas a besar? Y entonces, como si despertara de un dulce sueño, de una hipnosis imprevista, Niki vuelve en sí y casi se avergüenza de haber cedido lentamente, de la debilidad que ha demostrado en ese momento, de la loca, tonta y sencilla atracción humana. Mortificada, se retira y baja los ojos.

—Perdona, pero no puedo.

No, no quiero, piensa Guido. No, no me gustas. No, no te deseo. Sólo ha dicho que no puede. Como si en realidad quisiera, como si el deseo existiera, como si pudiera suceder algún día pero no ahora. Y entonces, sin prisa, sin irritación, esboza una sonrisa sencilla y ligera.

—No te preocupes. Te acompaño a casa.

En un abrir y cerrar de ojos, Niki se encuentra de nuevo en su moto detrás de él, atontada, confundida, desorientada, y el viento fresco del Lungotevere no basta para aclarar su mente y, sobre todo, su corazón. La moto avanza lentamente y, llegado un cierto momento,

Niki siente que la mano izquierda de Guido, que ha soltado el manillar y ahora se apoya sobre la suya, la aprieta como si quisiera reconfortarla, evitar que se sienta perdida.

—¿Todo bien? —Sus ojos se encuentran con los de ella, que lo espían risueños por el espejo retrovisor. Le gustaría transmitirle tranquilidad y confianza. Prosigue e insiste—: ¿Todo OK?

—Sí, todo bien.

Entonces sonríe y asiente serena con la cabeza. Recorren parte del trayecto cogidos de la mano, lejos ya de cualquier riña, broma estúpida o tomadura de pelo. Como si hubieran entrado en una nueva dimensión. Cómplices. Niki mira hacia abajo, hacia su pierna. Su mano estrecha la de Guido durante largo tiempo, inmóvil, casi en señal de rendición. Cómplices. Y no se siente culpable. En el fondo, ¿qué he hecho?, se pregunta. Y, sin embargo, sabe de sobra que está respirando un aire nuevo. Que está exhalando un suspiro prolongado, profundo y pleno. Cómplices. Jamás habría imaginado que podría estar así con otro. Otro. Otro. Casi tiene ganas de gritar esa palabra, hasta ese punto le parece extraña, absurda, ajena e imposible. Mira de nuevo su mano, está allí, sobre la suya, y le parece imposible. No obstante, es así. Entonces cierra los ojos, se apoya en su espalda y se deja llevar completamente rendida por las calles de esa extraña noche. Silencio. Ni siquiera se oye ya el ruido del tráfico. Silencio. Da la impresión de que la ciudad se ha quedado con la boca abierta. Y una lágrima rebelde le recorre la cara. Sí, es así. Soy cómplice. Sin apenas darse cuenta, se encuentra de nuevo frente a la facultad.

—Ya está, hemos llegado...

Niki se apresura a apearse de la moto y luego, sirviéndose del pelo para ocultar su cara, huidiza incluso consigo misma, se despide de él

—Adiós... —y escapa sin darle siquiera un beso.

Corre hacia su coche y lo abre sin volverse. Pone en marcha el motor y parte, conduce hasta su casa distraída. Cruza el portal y lo cierra a sus espaldas. Después llama el ascensor. Jadea y, desesperada, intenta recuperar el equilibrio. Entra en el ascensor y, cuando se mira al espejo, le cuesta reconocerse. El pelo enmarañado tras el viaje en moto, salvaje, rebelde a pesar del casco, y también su cara, tan diferente, los ojos divertidos, astutos, locos, animados por una sana y excesiva locura. Ese deseo de libertad, de rebelión increíble de todo y de todos, de no tener límites ni deberes, de pertenecer al mundo y a sí misma. Sí, sólo a sí misma. Entra en casa. Por suerte, todos duermen. De puntillas, se dirige a su habitación y cierra sigilosamente la puerta. Suspira. Saca el móvil del bolso. Lo coloca sobre la mesa y lo mira fijamente. Está apagado. ¿Me habrá buscado? A saber. Pero no quiero encenderlo ahora. No quiero enterarme. No quiero depender de nada ni de nadie. ¿Dónde estabas? ¿Qué has hecho? No lo sé. Sí, estaba con mis amigas. De repente se rebela también frente a eso. Frente a tener que engañarlo, que mentir. ¿Por qué? ¿Acaso no es mi vida? ¿Por qué debo mentir? ¿Por qué ya no tengo la libertad de ser yo misma? ¿A qué se debe que tenga que controlarme, limitarme, simular que no siento algo sólo porque «no es propio» de una mujer que está a punto de casarse? ¿En qué me estoy convirtiendo? Niki camina nerviosa por su dormitorio. Siente que un grito sofocado la llena, exige espacio y atención. Pero ¿qué estoy diciendo? Yo quiero a Alex, estoy con él, he luchado por él. Yo, que siempre he criticado ese modo de comportarse cuando lo veía en los demás, ¿qué estoy haciendo ahora? ¿Soy peor que ellos? Erica, Olly, mis compañeras del colegio, mis amigos del instituto. Cada vez que me contaban una historia como ésta disparaba sobre todo y sobre todos sin avenirme a razones. ¿Y ahora? Ahora soy una de ellos. Diría que aun peor, porque hasta he tenido el valor de hablar, de criticar, de juzgar, de reírme pensando que a mí nunca me sucedería algo parecido. Qué asco, decía, yo jamás podría hacer eso. Y en cambio ahora me encuentro en una situación así. Me siento indecisa, insegura, infeliz, veloz y radiante hacia un único él, encendiendo una vela a Dios y otra al diablo. Y al oír cómo retumba en su mente esa última frase, como un cañonazo, como un estruendo repentino, como un posible ataque a todo lo que ha construido hasta el día anteiror, Niki deja de dudar. No tiene elección. Ya no. De manera que se acerca a la mesa donde estudió para la selectividad, donde ha llorado, sufrido y comprobado mil veces el móvil esperando en vano un mensaje suyo. Cuántos puñetazos le dio cuando rompió con Alex deseando que él volviera, que reconociera que se había equivocado, que le rogara que volviera con él, que le pidiera perdón. Aparta la silla. Cuántos días, cuántas lágrimas. Cuánta desesperación. ¿Y ahora? Se sienta en silencio. Ahora todo ha cambiado de nuevo. De manera que se aparta el pelo de la cara y se ve obligada a hacer lo que jamás se habría imaginado.

Ciento catorce

El apartamento de Mattia es bastante grande, pero no está particularmente cuidado. La decoración se compone de una mezcla de muebles de los años setenta y de algunas cosas compradas en Ikea. Da la impresión de que su abuela vivió allí hasta hace poco. Sobre un par de muebles hay incluso unos tapetes de ganchillo, y en el pasillo, una cómoda con un espejo que ocupa casi todo el espacio. El salón se ha transformado en una especie de gimnasio. Hay varios aparatos y una cinta de correr.

—Aquí es donde me relajo... La actividad física es el mejor remedio contra el estrés y el dolor de cabeza. Ven...

Entran en una pequeña cocina. Mattia enciende el fluorescente del techo y abre la nevera. Después saca un cuchillo de un cajón, y un platito y un vaso de un armario. Coloca sobre la mesa el servilletero y una botella de malvasía que está por la mitad.

—Ponte cómoda, por favor. No podemos dejar a una princesa sin postre.

Cristina sonríe y se sienta. Mattia también. Luego le corta un buen pedazo de tarta y se lo pone delante. Cristina se lo come de buena gana.

—Hay que reconocer que tienes un apetito impresionante..., eres insaciable...

Mattia le roba un poco de crema con el dedo y, sin que ella se dé cuenta, le mancha un poco la nariz. Cristina se echa a reír. Bromean. Luego le mete a Mattia en la boca un pedazo de tarta. Juegan. Mattia se acerca a ella.

–Deja que te pruebe... –dice, y empieza a besarla lentamente haciendo como que le muerde.

Al principio Cristina está un poco tensa, pero luego se relaja. Un beso suave, largo e intenso. Y una caricia. Dos. Luego se ponen de pie, una camiseta que vuela, un vestido que se desliza y cae al suelo, él que la levanta y la lleva al otro lado de la casa. El pasillo, una puerta oscura que se abre, un dormitorio y una lámpara de mesa que se enciende. Y más besos, caricias y pasión. Cristina siente bajo sus dedos ese cuerpo perfecto, los músculos definidos y la piel lisa y caliente. Mira alrededor como puede. Y nota que esa habitación es la única que está decorada con estilo moderno, con muchos espejos en las paredes y unos cuantos muebles blancos. Nota también otra cosa, que Mattia de vez en cuando se vuelve y mira su imagen en el espejo. Complacido. Quizá de sí mismo, de ser el protagonista de esa escena. Cristina nunca lo ha hecho rodeada de tantos espejos y se siente un poco cohibida. Pero Mattia es dulce y al final se deja llevar por él. Tras besarse un poco más, él se pone encima de ella. En ese momento Cristina se percata de otra cosa. En el estante que hay junto a la ventana ve una pequeña bola de cristal, una de esas con nieve dentro. En su interior hay un muñequito con un cartel que reza «Te amo». Cristina se entristece de golpe. Se parece a la que compró para Flavio para darle una pequeña sorpresa... Y él se echó a reír. Y me abrazó. Y luego volteó la esfera de cristal con el muñequito dentro una vez, otra, y contempló cómo caía la nieve. Ahora la tiene en la mesilla de su dormitorio. Siempre me ha gustado mucho. Quizá también a Mattia se la haya regalado alguien especial. Y le gusta. La simpatía que siente por él aumenta. Se deja acariciar. Pero mil recuerdos afloran a su mente mientras él la besa ajeno a todo.

Más tarde. Los ruidos de la ciudad se han ido apagando. Es casi la una. Cristina vuelve a vestirse con calma. Mira de nuevo el muñequito. Mattia está tumbado en la cama y la luz de la luna que se filtra por la ventana lo ilumina y crea un juego extraño con los espejos. Tiene los ojos cerrados. Los abre.

–¿Te vas, tesoro?

–Sí, es tarde...

Mattia se incorpora.

—Te acompaño.

—No, no importa, hace un rato he llamado un taxi...

—¿Cuándo? No me he dado cuenta...

—Antes. Quizá te quedaste dormido... Además, no quiero hacerte salir ahora. Con el taxi llegaré en un momento...

—Me gustas, eres una mujer independiente...

Cuando oye esa palabra Cristina experimenta una extraña sensación. Se levanta. Mattia también. Cristina coge el bolso y el abrigo que dejó en la cocina. Mattia la acompaña a la puerta. Cristina se vuelve al salir.

—¿Quién te regaló ese muñequito que tienes en la habitación? Me refiero al de la bola de nieve.

Mattia se queda perplejo. Reflexiona por unos instantes.

—Pues... una..., la verdad es que no recuerdo su nombre... ¿Por qué?

Resulta curioso cómo un pequeño objeto, un souvenir tan insignificante, pueda tener un valor tan distinto para dos personas. Demasiado distinto. Ni siquiera se acuerda de ella. Una mujer que quizá se lo regaló con amor como hice yo con Flavio. Una mujer afectuosa, que quizá era mona y paciente, y que tal vez estaba convencida de que él también la consideraba especial. Y ahora él ni siquiera recuerda su nombre. Cristina lo mira por unos instantes. Mattia sonríe.

—Entonces, espléndida mujer, ¿puedo llamarte mañana?

—No...

Mattia se queda sorprendido.

—Puede que estés ocupada... ¿Pasado mañana?

—No...

—¿Dentro de unos días?

—Tampoco...

Cristina se despide de él, sonríe y acto seguido desaparece por el pasillo. Mattia la contempla mientras se aleja. No entiende ese cambio repentino de humor. Bah. Mujeres. No hay quien las entienda. Además, nunca digas nunca jamás.

Ciento quince

Erica se vuelve de golpe. Al principio no entiende nada. Nota que el colchón es un poco duro. Pero ¿qué ocurre? Abre los ojos. Trata de enfocar la vista pero no reconoce ni los objetos ni la habitación. Se incorpora y escruta alrededor. Y lo ve. A su lado. Respira pesadamente y durmiendo se ha destapado. La sábana está prácticamente en el suelo. Está tumbado boca arriba. Su cuerpo desnudo deja a la vista su flacidez. Qué extraño. Vestido no daba esa impresión. Erica mira la mesilla de noche. Un reloj digital señala las tres de la madrugada. Se percata de que ella también está desnuda bajo la sábana. Ve sus ropas desperdigadas por el suelo. Se vuelve de nuevo hacia él. Y recuerda. Salieron de la facultad. Él la invitó a dar una vuelta en coche por la zona. Una vez en él bromearon y rieron. Él le dio a entender que ella le gustaba. Y ella se sentía feliz. Luego llegaron a un portal. Él le propuso que subieran para beber un café y le prometió que luego la acompañaría a casa. Hablaron un poco y al cabo de un rato la besó. Cada vez con mayor intensidad. Erica le dejó hacer y ahora, al verlo, se siente irritada. Ahí está, tumbado, dormido, un poco pálido. Ya no le parece tan guapo como antes. Pero ¿qué habré visto en él? Y eso que pensaba que estaba buenísimo. Quería llamar su atención a toda costa y ahora que me he acostado con él me siento así. Erica se levanta. Deambula descalza por la habitación iluminada por el reflejo de una farola que se filtra por entre las persianas. Varios libros. Una cómoda. El espejo. Y un marco sobre un mueble. Erica lo coge. Es la fotografía de una mujer guapa y morena con el pelo largo y dos niños de unos ocho y diez años. A su lado, acurrucado en el suelo, sonriente, está él, Marco Giannotti. Otra fotografía más grande con un marco de plata muestra a Marco y a esa misma mujer el día de su boda. Conque está casado... Erica se vuelve a mirarlo. Ahora duerme, si cabe, más profundamente aún. Está roncando. Erica sacude la cabeza. Qué tristeza. No es posible. A saber qué estará haciendo aquí solo. Quizá su esposa y sus hijos estén fuera. O tal vez éste sea uno de esos pisos a los que lleva a las tipas como yo. Al pensar esa frase se bloquea. ¿Una tipa como yo? Un tipo como él, más bien. Yo no he hecho nada malo. Me he limitado a seguir mi instinto. Él me gustaba. Eso es todo. El mentiroso es él, que engaña a su mujer y que toma el pelo a sus alumnas. Pero esas palabras le hacen sentir que se está mintiendo a sí misma.

Ciento dieciséis

El chófer aparca el coche bajo la casa de Alex, que se apea a toda prisa y saca su maleta con ruedas del maletero. Leonardo baja la ventanilla.

–Tómate el día libre si quieres.

Alex sonríe.

–Está bien, gracias. En cualquier caso me parece que ha salido redondo, ¿no crees?

–Sí, perfecto –Leonardo sonríe, entusiasta–. Los americanos han anticipado ya buena parte del presupuesto para el próximo año a su sociedad y han quedado impresionados por la belleza de las filmaciones. Debo decir que tanto Raffaella como tú sois unos máquinas. Lamento que ella no haya venido.

–Pues sí... –reconoce Alex–. El trabajo que hizo gustó mucho. Si pasas por el despacho, díselo. Nosotros nos vemos pasado mañana.

El coche con el chófer y con Leonardo arranca de nuevo mientras Alex entra en el edificio y llama el ascensor. Echa un vistazo al móvil. Qué extraño. Niki no me ha llamado. Ni siquiera un mensaje. Ayer probé una vez y no tenía cobertura, luego volví a intentarlo durante la cena con los americanos y tampoco lo conseguí. Bueno, es normal. En cualquier caso, ahora se calmarán los ánimos. Ha sido el momento decisivo para la elección de la línea de la campaña, ahora todo será cuesta abajo. Abre la puerta de su apartamento. De ahora en adelante todo será más fácil, mucho más, así también podré ocuparme de la boda. Entra en casa y deja las llaves en la repisa de la entrada. La verdad es que hasta ahora no he hecho demasiado.

—Niki..., ¿estás ahí? —Quizá haya salido ya—. ¿Niki?

Puede que no haya venido, tal vez haya preferido quedarse en su casa porque me parece que hoy tenía que salir con su madre para reservar la iglesia... Pero, de repente, ve el armario y varios cajones de su escritorio abiertos. La puerta del dormitorio idéntico al de Niki está abierta y el armario está vacío.

—No..., pero ¿qué ha pasado? ¿Han entrado ladrones? —y lo dice titubeante, casi esperanzado, preocupado de que, en cambio, pueda ser otra cosa, temiendo que tras ese inexplicable desorden pueda existir otro motivo.

No. Que alguien me diga que no es así. Alex deja la bolsa de viaje en el suelo y echa a correr por la casa, cada vez más agitado, hasta que llega al dormitorio y la encuentra. Una carta. Otra.

—Oh, no...

Abre el sobre casi frenéticamente y saca la carta, la desdobla con fuerza, con rabia, sacudiéndola en el aire, veloz, ansioso por saber lo que hay escrito en ella.

«Querido Alex, quizá no sea el mejor modo de decírtelo, pero en este momento me siento demasiado cobarde.» Alex no puede creer lo que ven sus ojos, cree que se va a desmayar, le entran ganas de vomitar el delicioso desayuno que se ha comido esa mañana y devora frenético todas y cada una de las palabras de la misiva. La lee a toda velocidad saltándose los conceptos, las frases, las líneas, buscando, hurgando, con el temor de encontrar esa afirmación: «Me he enamorado de otro.» Y al final se detiene un poco, algo más tranquilo, sobrepuesto, ligeramente más sereno. «Lo siento, es un paso demasiado grande para mí. Me he dado cuenta de que tengo miedo, de que no estoy preparada.» Ahí está. Respira más lentamente. Sólo es eso, nada más, bueno, de todas formas es importante, pero no definitivo. Sigue leyendo hasta la última línea. «De manera que es mejor que no nos veamos durante cierto tiempo, necesito reflexionar.»

Pero yo dejé el trabajo por ti, me fui a una isla, a un faro, a esperarte, y después regresamos juntos porque decidimos que queríamos volver. Cambié de casa para borrar cualquier recuerdo de Elena, recreé tu dormitorio para que pudieras venir aquí a estudiar y te sintieras como en tu casa, libre o, en cualquier caso, independiente. Fui hasta Nueva York, me puse en contacto con Mouse y me inventé un sinfín de cosas para pedirte que te casaras conmigo del modo que tú soñabas, con la fábula que amas, porque la vida puede ser una fábula si uno quiere, si uno decide vivir soñando... ¿Y ahora renuncias a ese sueño? ¿No estás preparada? ¿Tienes miedo? ¿Renuncias a todo esto? ¿Por qué, Niki? ¿Por mi culpa? ¿Porque he estado demasiado ocupado? ¿Porque has tenido que soportar a mis hermanas? ¿Por los preparativos de una boda? ¿El peso de una decisión? Dímelo, Niki, te lo ruego. Permanece en silencio en esa casa vacía, entre esas paredes que todavía huelen a risas y a amor, a divertidas persecuciones, a fugas simuladas y a suaves caídas entre las sábanas, a besos en todas las habitaciones y a suspiros que aún retumban en el aire como leves sonrisas que lentamente se van descoloriendo. De repente a Alex esa casa le resulta triste, como si hubiera perdido todo el esmalte, como si los colores de los sofás, de las alfombras, de las sillas, de los cuadros y de todas las cosas que eligieron juntos se hubieran desteñido de improviso, hubieran quedado desenfocadas, ofuscadas, disueltas en el agua. O, al menos, así es como las ve a través de sus lágrimas.

Ciento diecisiete

Olly ordena la casa al vuelo escondiendo unas cuantas cosas en el armario, quitando distraída el polvo aquí y allá. Pone el agua a hervir. Coge una bolsita del pequeño mueble que hay junto a la pila. Con una cucharita echa un poco de carcadé en el filtro que después introducirá en el hervidor. De una repisa coge cuatro tazas grandes y las coloca sobre la mesa, donde ya ha puesto unas cuantas galletas, el limón y el azúcar moreno.

Luego sigue limpiando. Al cabo de un rato suena el interfono. Tres veces, rápidamente. Bien. Debe de ser una de ellas. Olly va a abrir y espera a que llegue al rellano.

—Ah, eres tú. —Es Erica—. Hola, entra.

Olly se encamina de nuevo a la cocina y baja el fuego.

—Ven aquí, así controlo el agua.

Erica la sigue. Justo en ese momento llaman de nuevo al timbre. Olly corre hacia la puerta.

—Oh, aquí estás...

Diletta la abraza.

—Pero qué seria estás... ¿Se puede saber qué os pasa?

—Tienes razón, perdona... Es una época un tanto especial. Además, cuando Niki nos convoca de esta forma siempre me da mala espina... ¡Estoy nerviosa por su culpa!

Entran en la sala.

—¡Hola, Erica! —Diletta se acerca a su amiga y le da un beso—. ¿Y bien?

—Aquí estamos.

Diletta se sienta en un taburete alto que hay junto a la barra.

—La verdad es que esta buhardilla es preciosa, la has decorado con mucho gusto.

Olly sonríe.

—Gracias. Sí, me gusta mucho, y además se duerme muy bien, es silenciosa. Creo que cada casa tiene su propia atmósfera, una energía especial, ¿no os parece?

—Sí, ¿y ésta cómo es?

Olly vuelve a sonreír.

—Muy positiva. ¿Qué pensáis que querrá decirnos Niki?

—Bah... Supongo que quiere que dos de nosotras le hagamos de testigos.

Erica abre los ojos desmesuradamente.

—¿Dos? ¿Sólo dos? ¿Y por qué no las tres? ¡En ese caso, seguro que me excluye a mí!

Olly parece sorprendida.

—¿Por qué? Si alguien tiene que quedarse fuera, ésa soy yo. La he llamado infinidad de veces y nunca me ha contestado.

—A mí me ha pasado lo mismo. Anoche quise hablar con ella pero tenía el móvil apagado.

Diletta coge una galleta.

—¿Puedo? Me muero de hambre.

—Sí, sí, claro, perdonad. ¿Os apetece algo?

Erica niega con la cabeza.

—No, no, yo no, tengo que adelgazar, me he puesto como un tonel.

—Pero ¿qué dices? ¡Estás estupenda! —Olly mira a Diletta—. En todo caso, es ella la que se ha echado encima unos cuantos kilos.

Diletta se hace la sueca, sonríe y trata de esconderse en vano detrás de la galleta que se está comiendo.

—¿Yo? Puede ser. Últimamente siempre tengo hambre. —Luego se echa a reír—. ¡Tendré que moverme un poco más para intentar recuperar la figura!

—Sí, eso es —asiente Erica—. Con Filippo, quizá...

Diletta le hace una mueca burlona.

—Envidiosa. ¿Cuánto tiempo hace que no ligas?

—¿Yo? ¡Pero si no sé a quién dar las sobras!

Diletta se dirige entonces a Olly.

—Bueno, sea como sea, estamos de acuerdo, ¿no? —dice mientras ordena sobre la mesa las galletitas de mantequilla y almendras que ha traído.

—Bueno... — contesta Olly—. Todavía me da un poco de rabia.

—Sí, a mí también —corrobora Erica mientras apaga el fuego.

—Lo sé, chicas, en cualquier caso somos sus amigas. Ya hemos hablado de ello por teléfono, venga, el día del taller de costura Niki estaba cansada y estresada, igual que los días anteriores, cuando no respondía... No está enfadada con nosotras y no nos quiere menos por eso..., lo único que sucede es que lo que tiene entre manos la supera.

—Hasta ahí de acuerdo, pero ¿qué culpa tenemos nosotras? Sólo tratábamos de ayudarla... —dice Olly introduciendo el filtro con la tisana en el hervidor.

—Ella también es consciente, sólo que por un momento ha perdido la lucidez. ¿No os disteis cuenta de lo aturdida que estaba el otro día? Chicas, somos las Olas. Para bien y para mal. No somos perfectas. No podemos ser siempre las mejores. Y a cualquiera de nosotras nos puede ocurrir algo inesperado... que nos asusta y que da al traste con nuestros planes. —Se acaricia la barriga de un modo que sólo ella puede entender—. Pero somos las Olas, ¿recordáis? Siempre y en cualquier circunstancia. Somos cuatro. Y tenemos que permanecer unidas cuando una de nosotras se aleja un poco, está en apuros y quizá nos rechaza y nosotras no la entendemos. Las amigas también riñen, no están siempre de acuerdo. En caso contrario, ¿qué clase de amistad sería? Puro teatro. Lo importante es que seamos capaces de aclarar las cosas, de tener el valor de derrumbar el muro de silencio que erigimos algunas veces. Alguien tenía que dar el primer paso. Pues bien, hemos sido nosotras. Ya veréis como todo se arregla. Pero debemos recuperar la armonía... Vamos, ¿me lo prometéis? De lo contrario, luego nos sentiremos mal por haber dejado las cosas así...

Erica y Olly se miran fugazmente.

—Oye, Diletta, que quede claro que nosotras queremos mucho a Niki. La adoramos, ya lo sabes, igual que a ti. Pero lo que me da rabia es que Niki, en un momento de dificultad, se haya encerrado en sí misma, no haya acudido a nosotras... Es ella la que nos aparta. Se va a Nueva York, decide que se casa, se aísla, se deja ayudar por las hermanas de Alex, y a nosotras no nos hace ni caso... Es ella la que no quiere estar con nosotras...

–Venga, Olly, no seas tan dura... porque en el fondo no lo eres... Tú también lamentas que se haya aislado de esa forma, y precisamente por eso deberíamos entender que no está bien. Atacarla en este momento no sirve de nada, ¿no te parece? Y, además, te repito que somos amigas. Basta. Y no de boquilla. Está a punto de llegar, ¿no? Casi son las cuatro. Ya veremos.

Pasados unos minutos suena el interfono. Olly va a abrir y después se vuelve hacia las demás.

–Es ella.

De repente todas se sienten tensas, emocionadas y asustadas. El corazón de Olly late a toda velocidad como antes de un desafío o de una difícil prueba. Diletta pasea nerviosa por la habitación. Erica hace girar entre las manos una cucharilla de café. Hablar. Aclarar las cosas. Volver a empezar. Es la primera vez que les sucede. Una pequeña fractura que si no se remedia a tiempo corre el riesgo de hacerse demasiado grande. Una amiga a la que deben acudir, proteger y ayudar más allá de lo que ella misma es capaz de entender. Y luego, entre las frases, entre todas esas frases que han escrito durante años en sus diarios, que se han dedicado recíprocamente para reforzar el vínculo que las une, ese proverbio árabe: «Amigo es aquel a quien puedes abrirle tu corazón, ofrecerle cualquier grano o granito, sabiendo que sus manos delicadas los pasarán por el tamiz y sólo conservarán lo valioso, que desecharán el resto con un delicado soplo...» O esa otra frase de Khahil Gibran: «Amigo mío, tú y yo seguiremos desconociendo la vida, y el uno al otro, y a nosotros mismos, hasta el día en que tú hables y yo escuche considerando mía tu voz; y cuando permanezca en silencio ante ti pensando que estoy delante de un espejo...» Y la de Antoine de Saint-Exupéry: «Amigo mío, contigo no debo disculparme por nada, no tengo que defenderme de nada, encuentro la paz... Más allá de mis torpes palabras, eres capaz de ver en mí sencillamente al hombre.» Pues bien, ahora es el momento de ver sencillamente a Niki. Más allá de cualquier posible enojo o irritación.

En ese preciso instante llaman a la puerta. Olly va a abrir.

—Hola...

Niki la abraza en seguida pillándola desprevenida. Olly deja caer los brazos desconcertada por ese gesto. Diletta y Erica se miran. Erica tuerce la boca, como si dijese: «Hum, aquí pasa algo raro.» Las demás la abrazan también. Diletta le sonríe.

—Esta boda te ha apartado de todo y de todos...

Niki se separa y asiente.

—Sí, es cierto, tienes razón.

No, obstante, sus palabras no reflejan la habitual alegría, y las Olas, como no podía ser menos, se dan cuenta de inmediato. Niki cierra los ojos por un instante, sólo un instante, y a continuación los abre de nuevo. Diletta, sin dejar de masticar un trozo de galleta, sonríe intentando quitar hierro a la situación.

—¿Sabes lo que hemos apostado? Que hoy elegirás a tus dos testigos. Tengo que confesarte que hemos hablado y que una de nosotras se va a sentir decepcionada... De manera que elimíname a mí, que soy la más fuerte, o... haznos testigos a las tres... Debo decirte, Niki, que las Olas corremos un gran riesgo con esta decisión.

Niki se apoya en la barra que tiene a sus espaldas como si pretendiera sostenerse, sentirse más segura para poder dar la noticia que está a punto de comunicarles. Acto seguido sonríe titubeante y avergonzada.

—No corréis ningún riesgo... —Se interrumpe por un momento y las mira a los ojos convencida de su decisión. Y de su apoyo, que ahora necesita más que nunca—. Ya no me caso.

—¿Qué? —Diletta casi se atraganta con el último pedazo de galleta.

Erica, pese a su constante deseo de ser transgresiva, esta vez se queda realmente estupefacta.

—Estás bromeando, ¿verdad?

Olly permanece en silencio, está desconcertada y no sabe qué decir, pensar, sentir, duda entre alegrarse o entristecerse, entre ser niña o mujer. Al final opta por ser amiga sin más.

—Cuéntanoslo todo.

Ciento dieciocho

—No es posible.

Flavio, Enrico y Pietro están asombrados, atónitos. Apenas pueden creer lo que acaban de oír. Ver, mejor dicho, porque se están pasando la carta de Niki y todos la han leído ya por turnos al menos tres veces.

—No es posible —repite Pietro sacudiendo la cabeza.

Flavio lo mira.

—Es la tercera vez que dices eso.

—Y vuelvo a decirlo: no es posible.

Alex está sentado, confuso, en el sofá del salón.

—Pues yo os digo que sí es posible, chicos. Es así. Lo ha escrito. No me lo he inventado.

Enrico intenta puntualizar.

—Dejando de lado que me parece una carta escrita a toda prisa, me he dado cuenta de que hay un error...

Flavio abre los brazos.

—¡Y qué más da! ¿Puedes decirnos cuál es? Porque yo no lo he visto...

—Yo sí, mira. —Pietro coge la carta—. Aquí está: «Me resulta imposible andar siguiendo a tus hermanas...» Te refieres a esto, ¿no?

—Eh... —Flavio abre los brazos—. ¡Pues vaya! Hoy en día eso se dice...

—De eso nada, debería haber dicho «seguir» y punto.

—¡Venga ya! ¡Eso, en tu caso, cuando escribes a una de tus empresas! Ésta es la carta de una chica..., perdona que lo diga, ¿eh? –dice mirando a Alex–, que acaba de dejar a su novio.

–¡Eh! Gracias...

–Bueno, lo ha escrito aquí, ¿no?

Pietro asiente con la cabeza.

–Además, no se puede decir que haya sido muy delicada...

–¡Precisamente!

Alex los mira desconsolado.

–Exceptuando el error, ¿qué os parece?

Enrico interviene:

–Bueno, creo que tu decisión no es la más acertada.

–¿Qué decisión?

–¡La de dejarnos leer la carta a todos!

–¡Pero qué dices! Yo no te he preguntado eso; además, me da igual, sois mis amigos de siempre. ¡Si no hablo con vosotros, ¿con quién lo voy a hacer?! ¿Con los del trabajo, con Andrea Soldini, con Leonardo...?

Pietro interviene.

–Bueno, el otro día pasé a buscarte por tu despacho y no puedo por menos que decirte la verdad: yo afrontaría muy a gusto con Raffaella cualquier tipo de problema...

–Ya, pero en estos momentos para mí es Raffaello, un hombre.

–En ese caso, te veo mal.

–De pena, diría yo. Es la segunda vez que le pido a una mujer que se case conmigo...

–Y que te encuentras con los armarios de tu casa vacíos y con una carta.

Pietro se sienta delante de Alex.

–Tienes que admitir que algo no funciona...

Alex lo mira preocupado.

–¿A qué te refieres?

–Bueno, cuando les pides que se casen contigo, los preparativos de la boda y todo el resto les transmite un nerviosismo, un miedo..., es más, yo hablaría incluso de terror, que al final las empuja irremediablemente a poner pies en polvorosa...

—Bueno, con Elena ni siquiera llegamos a los preparativos...

Flavio se vuelve hacia Pietro.

—¡Así que tu teoría carece de valor!

—Puede, pero creo que con la próxima...

Alex lo mira boquiabierto.

—¿Con la próxima? ¿Qué próxima? Nooo... De eso ni hablar. ¡Yo quiero a Niki!

Pietro intenta calmarlo.

—Y lo más probable es que vuelva a tu lado. Pero con ella la historia de la boda ya no ha salido muy bien. En caso de que las cosas no marchasen con ella... —la mera idea hace que Alex se sienta desfallecer, pero Pietro prosigue como si nada—, creo que lo mejor sería que, de ahora en adelante, simules invitar a las mujeres a una fiesta importante, muy elegante, de manera que ellas se preparen, salgan debidamente arregladas y luego..., ¡tachán!, las lleves al lugar donde lo has preparado todo de antemano: la fiesta, los testigos, las peladillas, las flores y las alianzas... ¡Y os casáis al vuelo! Sin darles la oportunidad de vaciar los armarios..., de dejarte la consabida carta y todo ese drama que ya has vivido en demasiadas ocasiones, ¿no te parece? No creo que puedas soportar una tercera carta...

Alex los mira uno a uno.

—Quizá no os dais cuenta, eso debe de ser. Comprendo vuestra situación personal, el hecho de que los tres, de una manera u otra, quien más quien menos, hayáis vivido dificultades en vuestro matrimonio, y que todo lo que os ha sucedido os impida seguir creyendo en el amor... Pero no es mi caso. No es mi historia. No es mi fábula.

Pietro se queda un poco sorprendido.

—¿Qué fábula?

—La fábula que vivimos los dos, Niki y yo. ¡Yo la quiero!

Flavio, Enrico y Pietro exhalan un suspiro y se dejan caer sobre el sofá que está delante de Alex.

Pietro es el primero en hablar.

—Si a los cuarenta años sigues creyendo en fábulas, el problema es más grave de lo que pensaba.

Alex lo mira sonriente.

—Quizá el hecho de haber dejado de creer sea aún más grave.

Pietro asiente con la cabeza.

—Vale, vale, eres un cabezota y quieres tener razón. En ese caso te propongo que analicemos bien esta carta. En uno de los párrafos, Niki dice que le habría gustado que la secuestraras, que la hubieras alejado de todo y de todos con una moto... Una versión moderna del príncipe azul en clave de tercer milenio, con moto en lugar de caballo.

Enrico interviene:

—Ya, pero quizá olvida que después del accidente que tuviste con tu padre a los catorce años, la moto te aterroriza...

Pietro la justifica.

—Puede que no se lo haya dicho.

Alex lo ataja.

—Sí, se lo he dicho, se lo he dicho.

—Entonces no tiene justificación.

—No, entonces es peor: ha querido subrayar ese miedo, de manera que...

Alex parece intrigado.

—¿Qué?

—Pues que te considera demasiado viejo.

—¿Viejo? ¿A mí? ¿Y por qué?

—¡Porque no haces las cosas propias de cualquier joven! ¿Cuántas veces la has llevado a una discoteca?

Alex reflexiona por unos instantes.

—Una.

—Bien.

—Era la presentación de una campaña de la empresa; elegimos una discoteca porque el producto era una cerveza.

—Mal.

—¿Por qué?

—Has dicho discoteca. Y lo era, sí, pero era también trabajo. ¿Vas en moto?

—No, no tengo moto y, además, como ha dicho Enrico, me aterran.

—Fatal.

—¿Cuántas cervezas te has bebido con ella?

—Ella bebe Coca-Cola y yo, a veces, ron.

—¡Mal! El hecho de tomar una cerveza juntos da cierto sentido de libertad y, además, recuerda mucho a un anuncio publicitario. ¿Tatuajes? ¿*Piercings*? ¿Teorías sobre fenómenos extraños? ¿De sexo cómo andamos?

Alex lo interrumpe bruscamente.

—Oye, Pietro, lo único que la asusta es la idea del matrimonio.

—¿Ah, sí? Pues en esta carta yo también veo otra cosa.

—¿Qué? ¿Y dónde? ¿Cómo? ¿Por qué?

—No lo sé. No creo en ese miedo repentino. Por desgracia la vida es así y detrás de una carta como ésa siempre hay... —Pietro la agita en el aire—. En la mayor parte de los casos revela la incapacidad de contar lo que sucede realmente.

Alex se levanta y va a servirse algo de beber. Enrico y Flavio miran enojados a Pietro, él se lleva el puño a la barbilla como diciendo: «¿Qué queréis que haga?» Justo en ese momento vuelve Alex con un vaso lleno de Red Bull.

—¡Muy bien, eso te animará! Podrías derrumbarte psicológicamente.

Alex da un sorbo y después lo mira sereno.

—¿Sabes, Pietro? Hablas así porque te has pasado la vida engañando.

—He engañado para evitar que me engañasen. Me sucedió cuando era joven. Estaba muy enamorado de una chica que era una zorra y que salía con otros. Cuando lo descubrí me juré a mí mismo que no me volvería a suceder, que yo me anticiparía a ellos, que engañaría antes de que los demás me engañasen a mí.

Alex bebe otro sorbo.

—Mal, porque eso significa que has perdido dos veces. La primera cuando has engañado y la segunda cuando dejaste de creer en el amor. Yo, en cambio, quiero creer.

—Y si tuviese a otro, ¿cómo te sentirías?

Alex reflexiona unos segundos. Sus amigos se miran preocupados. A continuación les habla de nuevo sin perder la calma.

—Podría estar con otro y no ser lo suficientemente valiente como para decírmelo..., pero ¿por qué no iba a hacerlo? ¿Qué habría de malo en ello? La belleza del amor consiste precisamente en que uno se enamora sin una razón determinada, involuntariamente y en el momento más inesperado. ¿Tú sabías de antemano que te enamorarías de Susanna?

—¡No!

—¿Y tú de Camilla?

—Tampoco.

—¿Y tú de Cristina?

—Siempre he estado enamorado de Cristina, y no me la nombres porque eso me hace sentir fatal.

—Está bien, en ese caso, lo tuyo no cuenta. Sea como sea, y volviendo a Niki, podría ser que ella se hubiese enamorado de otro, pero también cabe simplemente la posibilidad de que la boda la haya asustado. Las probabilidades son del cincuenta por ciento en uno y otro caso, y yo, tal vez porque quiero seguir creyendo en mi fábula, elijo el segundo. —Se sienta en el sofá más tranquilo, sigue bebiendo su Red Bull y mira a sus tres amigos—. Entre otras cosas porque, como esté con otro, me mato.

—¡Ah, claro! ¡Ya me parecía absurda, tu actitud! —Pietro sonríe—. La fábula, la fábula..., y luego, en cuanto ésta se desvanece, todo es un desastre.

Alex se acerca a él.

—Oye, esa casa me parece verdaderamente desoladora sin Niki... ¿Puedo quedarme aquí con vosotros?

Flavio le da un abrazo.

—¡Por supuesto que sí! Vaya una pregunta. Considérate en tu casa.

Pietro le da unas palmaditas en el hombro.

—Bueno, dado que la casa es mía, creo que soy yo el que debería decidir si se queda o no. —Hace una larga pausa en la que Alex y Flavio parecen pender de sus labios. También Enrico sigue el asunto con el mayor interés. Finalmente, Pietro esboza una sonrisa y abraza a Alex—. ¡Faltaría más! Pero ¿qué clase de preguntas son ésas? ¡Ésta es tu casa! Entre otras cosas, porque tú me has acogido infinidad de veces con las rusas y el resto de mis líos; estoy encantado de poder devolverte ahora el favor. Ven, te enseñaré tu habitación —Pietro lo coge del brazo para acompañarlo al otro extremo del pasillo–. ¡La mejor! A Alex le doy la mejor... ¡porque se la merece! –Salen del salón.

Enrico y Flavio permanecen sentados en el sofá.

Flavio está visiblemente disgustado.

–Joder, lo que nos faltaba. Alex estaba tan contento, todo estaba saliendo a pedir de boca... Al menos para él.

Enrico asiente con la cabeza.

–Pues sí, ¡la verdad es que no estaba mal que al menos uno de nosotros viviese esa fábula! Ahora somos del montón...

–¿Qué quieres decir?

–La gente se deja, se separan o siguen juntas por pura costumbre, por comodidad, por interés, jamás por amor. ¡Joder! Yo contaba con Niki y Alex, eran mi apuesta ganadora, el premio gordo del amor.

Flavio abre los brazos.

–En cualquier caso, todavía no es definitivo, podrían volver, casarse y vivir una espléndida fábula... Después del faro, del rascacielos...

–¡Sí, la luna! –Pietro regresa al salón–. ¡Vivís todos en la luna, parecéis alienígenas!

–¿Qué quieres decir?

–¡Pues que esa chica tiene veinte años y que es normal que tenga las hormonas revolucionadas! Después de haber vivido una experiencia diferente con un tipo mayor que ella, ahora vuelve, como es normal, a tener una bonita historia de sexo con uno de su edad... ¡Venga, chicos, seamos sinceros, se ve a la legua que está con otro!

Flavio y Enrico le indican con una seña que se vuelva. Alex está detrás de él, boquiabierto, con los brazos caídos a los lados.

–He venido a por un poco de agua, pero dadas las circunstancias creo que será mejor que me tome un vaso de whisky.

–Sí –Pietro asiente–. Yo también beberé uno, doble. Perdona, Alex, pero es mejor pecar de pesimistas que de ingenuos. Estoy convencido de que, dada la situación, sólo tienes dos alternativas: o te enfrentas a ella o la olvidas del todo y para siempre.

Alex hace chocar su vaso de whisky con el de Pietro.

–La primera solución es mejor. En cuanto a la segunda, olvidarla, necesitaría más de una vida. Jamás olvidaré a Niki.

Ciento diecinueve

Olly es la primera en hacerse cargo de la situación.

—Lo sabía, lo sabía... Alex es demasiado perfecto. Simpático, divertido, guapo, siempre atento, de puta madre incluso con nosotras, el faro, después la sorpresa de Nueva York... Sabía que había algo detrás... Está con otra. No, espera, peor aún... Algo contra lo que tú no puedes luchar... ¡Es homosexual!

—No...

—¡Ahora lo entiendo! ¡Está casado y no te lo había dicho!

—No...

—Quiero decir, que nunca se ha divorciado.

—Olly..., si me dejas hablar os lo cuento.

—Sí, tienes razón, perdona.

Las tres amigas, las tres Olas, están delante de ella, ligeramente inclinadas hacia adelante, muertas de curiosidad.

Niki sonríe.

—Bueno, pues... he sido yo. —Sus amigas se quedan aún más sorprendidas—. Tengo miedo. No sé qué me ha ocurrido, llegó un momento en que estaba como enloquecida, no podía resistirlo más, tenía una sensación horrible..., tenía la impresión de ser una clepsidra rota. Cuando le daba la vuelta me daba cuenta de que estaba agujereada, el agua se deslizaba por completo y se acababa, se salía por un agujero...

—Olly, Diletta y Erica la escuchan en silencio. Niki prosigue—: Ya no entendía nada, tenía ataques repentinos de pánico, sentía que el tiempo fluía, pasaba, volaba, se quemaba, mi tiempo... —Rompe a llorar—.

No sé qué me ocurrió. Y, sin embargo, Alex era muy importante para mí. Ya no entiendo nada. Estoy desesperada. Lloro por la belleza del amor que sentía... ¡Y que ya no siento!

Olly es la primera que se sienta a su lado y la abraza.

—Venga, Niki, no te pongas así, me siento fatal, me vas a hacer llorar.

—Sí. —Diletta y Erica se sientan al otro lado—. Sí, a nosotras también. Vamos a llorar como Magdalenas... Mira... —Diletta le indica sus ojos—. No consigo contenerlas, ¡uf! Me gustaría ser mayor, estar a tu lado para poder consolarte, ser una roca para ti... Y, en cambio, ¡lloro más que tú!

Se echan a reír. Niki y Diletta sorben por la nariz. Se estrechan en un abrazo. De repente Niki siente que ha recuperado a sus tres amigas, como si todo el tiempo que ha pasado sin ellas se hubiese desvanecido. Ese abrazo cancela las culpas, reduce las distancias, anima a retomar el hilo y a volver a ser como antes, como si nada hubiese sucedido. Ya tendrán tiempo de hablar, de disculparse, de aclarar lo ocurrido mientras disfrutan de un buen carcadé. Pero ese abrazo cuenta más que cualquier palabra.

Erica deposita sobre la mesa su taza vacía. Tiene los labios ligeramente manchados de rojo. Olly se lo hace notar y le da un pañuelo.

—Ten, te has ensuciado con el carcadé.

Erica lo coge y se limpia. Después sonríe.

—¡Siempre me mancho!

—¡Eres un desastre! —le dice Niki—. Cuánto echaba de menos todo esto...

—¿A quién se lo dices?... Habías desaparecido... ¡Siempre estabas pegada a Griselda y a Anastasia!

Niki se echa a reír.

—¡Pero si no se llaman así!

—¡Da igual!

—Por lo visto piensas que soy como Cenicienta... La verdad es que no te falta razón..., sólo que yo he perdido al príncipe en lugar de encontrarlo...

Niki se entristece.

Diletta alarga una mano, busca la suya y se la aprieta. También Olly. Erica se levanta y rodea la mesa, se detiene detrás de Niki y la abraza.

—Escúchame bien y recuerda el cuento... ¡Cenicienta no tenía unas amigas como nosotras!

Niki se conmueve. Todas la abrazan.

—Es verdad, no tenía a las Olas, menuda suerte tengo. Os quiero mucho, habéis aguantado lo indecible, estaba insoportable...

Olly trata de ser racional y práctica.

—¡Está bien! Ya basta, venga, chicas... Que no estamos en secundaria. Tenemos que estar tranquilas, ser fuertes, mujeres, pensad que a nuestra edad podríamos ser ya madres...

Diletta la mira y sonríe procurando que sus amigas no la vean. No sabes a quién has ido a decirle eso, piensa.

—Mira, Niki —prosigue Olly—, la cosa es más sencilla de lo que parece... Significa tan sólo que no es el momento adecuado. ¡No es ningún problema! Quiere decir que era demasiado pronto... Quizá baste con aplazarlo un poco, ¿no crees? Tú no has hecho nada malo... No tienes culpa de nada.

Pero el silencio de Niki es muy elocuente. Olly, Diletta y Erica la escrutan.

—¿Niki?

Ella baja la mirada.

—He salido con otro.

—¿Qué? —Olly no se lo puede creer—. ¡Eres una sorpresa constante!

Diletta no sabe qué decir. Erica pasa de inmediato a la carga.

—¿Y cómo fue? ¿Te gustó?

Niki la mira asombrada.

—¡Erica!

—¿Por qué? ¿Acaso me estás diciendo que no te acostaste con él?

—No lo hice. Resistí. —El mero hecho de decirlo le produce una herida inmensa. Es la primera vez que lo admite en voz alta: «Resistí.» Y se avergüenza de todas formas. Se siente sucia.

Olly, Diletta e incluso Erica se dan cuenta de inmediato. Olly le sonríe con afabilidad.

—¡Venga! No exageremos, la vida es así. Uno se cae, se vuelve a levantar y sigue adelante. Todo el mundo tiene derecho a cometer un error, y en caso de que ni siquiera hayas cometido nunca ninguno, hasta dos.

Erica cambia de expresión de repente, casi parece otra persona.

—¿Por qué resististe?

Niki levanta la cara de repente y la mira.

—Dímelo, por favor —prosigue Erica—. ¿Por qué te detuviste? Lo deseaste por un momento y, sin embargo, algo te frenó. ¿Qué fue?

Niki reflexiona durante unos instantes.

—No lo sé. Varias cosas a la vez; eso sí, todas muy simples. Me acordé de Alex. Pensé en dónde podía estar en ese momento, en qué estaría haciendo, en la serenidad que debía de estar experimentando, quizá estaba pensando en mí y me sonreía, tal vez suponía que yo ya estaba durmiendo... Tenía el móvil apagado... Y entonces, al imaginar su cara y su sonrisa, pensé en cómo éstas podrían cambiar si me viera en ese momento... Eso fue lo que me detuvo y me hizo resistir. Así, pase lo que pase, lo recordaré siempre con amor, atribuiré la justa importancia a mi relación con Alex, nunca tendré nada de que avergonzarme. —Luego las mira algo más reflexiva, más pensativa, como si hubiese excavado en lo más hondo de sí misma, como si esas palabras perteneciesen a una Niki más adulta—. Sí, quizá lo hiciese por mí misma... Egoístamente quise resistir para estar bien.

Erica se encoge de hombros.

—Sentía curiosidad —dice, pero luego le replica—: Aunque quizá en ese momento él no estaba pensando en ti en absoluto, quizá estaba hablando con sus colegas de trabajo, o peor aún, tal vez estuviera haciendo el tonto con alguna... Eso es, quizá estuviera diciéndole esas estupideces que en ocasiones dicen ciertos tipos para impresionar, y, en lugar de ser sinceros, de reconocer sin más que les gustas, dan toda una serie de rodeos. Quizá estuviese dando uno de esos rodeos... Y tú renunciaste a algo que podrías haber vivido. Porque hay cosas que no vuelven a ocurrir, que existen sólo en determinados instantes y luego se acaban... Quiero decir que quizá resististe en vano.

Niki sonríe.

—Sí, puede que tengas razón, quizá estaba dando uno de esos rodeos que a veces dan los hombres... Pero no resistí en vano. Me alegro de haber tomado esa decisión, al igual que hasta ayer me alegraba de mis circunstancias. Ahora, algo ha cambiado.

Olly se rasca la frente.

—¿Has hablado con Alex?

—No, todavía no. Le escribí una carta.

Olly la mira preocupada.

—¿Y le has contado eso?

—No. —Niki le sonríe—. ¿Estás loca?

Olly exhala un suspiro. Diletta sacude la cabeza.

—¡Si yo encontrara una carta poco antes de casarme en la que mi futuro esposo me dice que me deja, no sé lo que haría! Creo que me suicidaría. —Después se percata de lo que acaba de decir—. No..., quiero decir que me sentaría muy mal, pero aun así intentaría comprender lo que ha ocurrido... Lo que es seguro es que te llamaría de inmediato, me plantaría debajo de tu casa y te acribillaría a preguntas...

Niki le sonríe.

—Pero tú no eres Alex. Además, en la carta le decía también que necesitaba un poco de tiempo para mí, que tengo que pensar, comprender... Alex es una persona adulta, entenderá mi exigencia, estoy segura.

Erica interviene intrigada:

—¿Y qué has pensado hacer con el otro?

—Todavía no lo sé.

Olly sonríe.

—Es el tipo de la facultad que querías presentarnos, ¿no?

Niki asiente con la cabeza y se avergüenza ligeramente de su seguridad. En cuestiones de amor, nunca hay que estar demasiado seguros.

Ciento veinte

Al otro lado de la ciudad. En un *loft* que todavía es un caos, Pietro, Enrico y Flavio están de pie junto a una puerta cerrada.

Enrico pregunta en voz baja a los otros dos:

—Pero ¿qué está haciendo? No lo entiendo.

Pietro sacude la cabeza.

—¿Cómo que qué está haciendo? ¡Llorar!

—¡Venga ya, no me lo puedo creer!

Pietro se aleja un poco y los demás lo siguen.

—¿Hablas en serio?

—Sí, se oía perfectamante. ¡Hasta sorbía por la nariz!

Pietro abre los brazos.

—Anda que echarse a llorar a los cuarenta por una que... ¡Bah! Es absurdo.

Flavio le sirve de beber.

—No entiendo qué tiene que ver la edad con todo esto. ¡Lo mismo da que sean veinte o cuarenta! Eso depende de lo que sientes por una persona, del tipo de emoción o de sentimiento, de hasta qué punto estás enamorado, ¡y no de los años que tienes!

—Pues a mí no me parece que esté diciendo ninguna estupidez: creo que es ridículo llorar por una mujer a los cuarenta años. ¿Lo entiendes?

Flavio se irrita.

—¡Porque no es una cualquiera! Es su mujer, la mujer de su vida, su esposa, la madre de sus hijos...

Pietro puntualiza:

—Para empezar, deberías usar el condicional, podría haber sido la mujer de su vida, su esposa y la madre de sus hijos. —Acto seguido señala la puerta cerrada de la habitación de Alex—. De momento no es nada de todo eso, y la posibilidad de que Alex pueda casarse realmente con ella es, siendo objetivos, muy, pero que muy baja.

Flavio sacude la cabeza.

—Me das asco, y pensar que eres amigo suyo...

—¡Precisamente por eso le digo la verdad! No le engaño, no le doy falsas esperanzas como querrías hacer tú, asegurándole que las fábulas existen... Lo que existe es una realidad... ¿Y sabes cuál es? —Indica con la mano el cuarto donde está Alex—. Que él tiene cuarenta años y está encerrado ahí llorando, y que ella, en cambio, tiene veinte y también está encerrada, sólo que follando... No se trata de una fábula ni de una pesadilla; es, ni más ni menos, la realidad de las cosas. Y ésta puede ser a veces hermosa, a veces hermosísima, otras así y otras asá, y en algunos casos puede llegar incluso a dar asco. Pero lo mires como lo mires, empieza y acaba, y ésa es la realidad.

Ciento veintiuno

Olly, Diletta, Erica y Niki están ahora más tranquilas delante de sus tazas vacías. Olly se siente orgullosa.

—Mirad, en momentos como éste es cuando una debe relajarse...

Erica no está de acuerdo.

—Sí, la tisana se inventó precisamente para cuando has decidido que ya no vas a casarte.

Diletta la mira irritada.

—Tarde o temprano tú también experimentarás algún sentimiento sincero, no puedes pasarte la vida jugando a la cínica desencantada. Un día el amor dará un vuelco a tu vida...

Erica le sonríe abriendo los brazos.

—Ojalá sea así... Y que todo eso suceda gracias a un tío estupendo de sonrisa arrebatadora y un cuerpo que quite el hipo, en fin, una mezcla entre Clive Owen, Brad Pitt, Matthew McConaughey, Ashton Kutcher y Woody Allen...

—¿Woody Allen? ¿Y qué tiene que ver Woody Allen?

—¡Bueno, no me negarás que si, después de un buen polvo, el tipo incluso te hace reír, es que has llegado al cielo!

—¡Erica!

—No, no... —Niki la defiende—. Si la ocurrencia no ha estado mal. Incluso allí arriba deben de haberse reído...

Diletta apura su té, que se ha quedado frío.

—Sí, sí, ríen... Pero dudo que la dejen entrar algún día...

Erica se encoge de hombros.

—¡Y quién tiene prisa! Ya hablaremos más adelante, siempre hay tiempo para convertirse y pedir perdón. Mira sino a Claudia Koll... Primero salía en las películas de Tinto Brass, y ahora le ha faltado poco para meterse a monja. ¡Deja que viva al menos lo que ha vivido ella y después te aseguro que me haré santa!

Olly mira a Niki.

—A propósito de santos..., tus padres deben de ser fabulosos... Después de todo el tiempo que habéis dedicado a los preparativos, de conocer a sus padres, del dinero que deben de haber desembolsado ya para esa boda de ensueño..., no se lo toman a mal, no se enfadan, no te reprochan tu decisión... Bueno, tienes que reconocer que eso no es muy habitual, ¿no?

Diletta siente curiosidad por ese punto.

—Es verdad, ¿cómo se lo han tomado?

—Bueno, por ahora están muy tranquilos.

Olly asiente con la cabeza.

—Me parece fantástico. Eso es lo que debería suceder en todas las familias.

Niki arquea las cejas.

—Básicamente porque todavía no se lo he dicho...

—Ah.

Ciento veintidós

Cierra poco a poco la puerta y a continuación camina de puntillas confiando en que sus padres estén durmiendo ya o al menos estén acostados. Pero de eso nada. Unas voces le llegan nítidas desde el salón.

—Yo creo que no se enterarán.

—Sí, pero ¿y si se enteran?

Niki se asoma al salón y ve a Roberto y a Simona sentados a la mesa con varios folios delante. Simona insiste:

—Quedarás fatal con ellos. Ya sabes cuánto les gustaría, son gente de pueblo, para ellos una boda es un gran acontecimiento, y tu no los invitas a la de tu hija, ¡su adorada sobrina! ¿Eres consciente de que después de una cosa así no podrás volver a poner un pie allí? ¿Qué digo?, en toda la región...

Roberto asiente con la cabeza.

—Está bien, en ese caso habrá que invitarlos. ¿Cuántos son los Pratesi? Tres, ¿verdad?

—¡Seis! ¡Justo el doble! ¡Caramba! Con eso llegamos a doscientos cuarenta y un invitados... ¡Son muchísimos! —Simona ve a su hija en la puerta, se levanta y se precipita hacia ella—. ¡Niki! ¿Cómo estás, cariño? Esta mañana has salido muy pronto, he visto que ni siquiera has desayunado.

—Sí, tenía una clase a primera hora..

Simona la abraza.

—Estarás destrozada...

—Pues sí.

Naturalmente, como cualquier madre, se percata de inmediato de que algo no va bien, pero disimula y no dice nada. Sabe de sobra que en ocasiones hay que esperar y que, llegado el momento, su hija sentirá la necesidad de abrirse y de hablar.

—Siéntate, si quieres, Niki... nosotros seguimos con lo nuestro. Estábamos calculando la disposición de las mesas y el número de invitados.

Roberto se rasca la frente.

—Pues sí, los Belli han dicho que los suyos serán unos doscientos cincuenta, nosotros por ahí andaremos... Así que al final llegaremos a los quinientos invitados, y como la comida que has elegido...

Simona lo regaña:

—Roberto...

—Bueno, que habéis elegido tú, las hermanas de Alex y tu madre, en resumen, vosotras, las mujeres, sin lugar a dudas debe de ser deliciosa pero cuesta un ojo de la cara...

Simona vuelve a intervenir.

—Venga, Robi... —le reprocha, aunque lo hace riéndose.

Él abre los brazos.

—No estoy diciendo nada malo. Es pura matemática. Será una comida magnífica, pero costará unos cien euros por persona, lo que multiplicado por quinientos... —Empieza a teclear en la calculadora que tiene sobre la mesa junto a los folios—. Ni siquiera me da el resultado, no cabe en la pantalla, hasta la calculadora se asusta... —Roberto se vuelve hacia Niki—: En pocas palabras, que tu madre y yo estábamos pensando en esas parejas que se escapan y luego se casan en Nueva York por sorpresa. ¡¿No te parece mucho más bonito?! Nosotros podemos fingir que no sabemos nada y luego te regalamos una luna de miel fantástica, una vuelta al mundo si quieres, todo incluido, ¡con lujos de todo tipo!

—¡Roberto! —Esta vez Simona se ha enfadado de verdad—. ¡Eres un cafre! ¿Cómo puedes pensar en el dinero tratándose de la boda de tu hija? ¿Prefieres ahorrar en lugar de asistir a la ceremonia? ¡Deberías estar dispuesto a pagar el doble con tal de no perderte ese momento!

Roberto intenta quitar hierro al asunto.

—Por supuesto, pero si era una broma. —Luego se dirige a Niki—:

No te preocupes, cariño. Gasta todo lo que quieras, no escatimes en nada.

Niki los mira alternativamente. Se muerde el labio sin saber muy bien cómo abordar el tema. Quizá en estos casos es mejor empezar con una broma. Vacila. Es la primera vez que le sucede algo parecido. No obstante, al final piensa que es la mejor solución, de manera que sonríe y se lanza.

—Ahorraremos en todo.

—¡Bien! —exclama Roberto, que a todas luces no ha entendido nada.

Simona, en cambio, se pone en seguida seria, pese a que sabe que en momentos como ésos no hay que perder la sonrisa.

—¿Qué quieres decir, cariño?

Niki escruta a su madre intentando averiguar si está enfadada.

—Quiero decir que por el momento no tendremos que gastar todo ese dinero porque..., bueno, porque hemos decidido que por el momento es mejor que no nos casemos.

La mandíbula de Roberto se va abriendo poco a poco.

—Ah, claro... —dice, como si estuviese acostumbrado a los cambios de ese tipo—. Habéis decidido que por el momento es mejor así...

Niki asiente con un movimiento de cabeza.

—Sí...

Simona la estudia, la observa.

Roberto, en cambio, se pone a hojear los folios, por un lado piensa en todos esos invitados y en el dinero que se va a ahorrar; por otro, en los anticipos que ha entregado ya y, en consecuencia, en el dinero que ha perdido. Pero hace como si nada, intenta no sobrecargar con sus pensamientos una situación que ya de por sí es tensa.

—Bueno, si eso es lo que habéis decidido...

Después Simona exhala un largo suspiro y decide sacudirse la curiosidad de encima. Sabe muy bien que es imposible que dos personas cambien a la vez de opinión, sobre todo cuando se trata de algo tan importante y tan difícil de decidir.

—Perdona que te lo pregunte, Niki... ¿Ha sido una decisión conjunta? Quiero decir, ¿la habéis tomado los dos juntos o ha sido uno de vosotros el que ha propuesto primero esa posibilidad?

–¿Por qué me lo preguntas?

–Bueno, digamos que por curiosidad.

–¿Y qué sería mejor para ti, mamá?

Simona sonríe.

–Entiendo, Niki. Me acabas de responder. Si tú eres feliz, nosotros también lo somos..., ¿verdad, Roberto?

Él mira a Simona, después a Niki y, por último, mira de nuevo a su mujer.

–Sí, sí, claro, somos felices.

Niki se levanta, corre hacia ella y la abraza con todas sus fuerzas.

–Gracias, mamá. Te quiero mucho.

A continuación abraza fugazmente a Roberto y escapa a su habitación.

Roberto se acaricia la mejilla, todavía un poco turbado.

–No lo entiendo... ¿Al final ha sido Niki la que ha decidido no casarse?

Simona juega con los anillos entre los dedos.

–Sí.

–¿Y cómo lo sabes?

Simona lo mira risueña.

–Porque me ha respondido con una pregunta. Si la decisión la hubiese tomado él, ella no se sentiría culpable y no me habría preguntado qué era lo que prefería, sino que se habría limitado a responderme que lo había decidido él.

–Ah... –Roberto sigue sin estar muy seguro de haberlo comprendido. Pero después le viene a la mente una pregunta aún más sencilla. ¿Por qué no hacérsela a su mujer, dado que, a fin de cuentas, ella lo entiende todo?–. Pero, en tu opinión, cariño, ¿es una decisión serena o hay algo más detrás?

Simona lo mira con más detenimiento.

–¿Qué quieres decir? ¿En qué estás pensando?

–No lo sé... ¿Habrán reñido sin más, o lo que sucede es que hay una tercera persona?

–No, Niki no tiene a nadie.

–No me refería a ella.

Esta vez Simona no sabe qué contestar.

—En cualquier caso, el problema no es ése.

Sólo está segura de una cosa: a ella no le gustan las mentiras. A continuación coge el paquete y lo lleva a la habitación de Niki. Llama a la puerta.

—¿Puedo pasar, Niki?

—Sí, mamá.

Simona entra. Niki está echada en la cama con las piernas apoyadas en alto contra la pared.

—Dime.

—Nada... Han traído esto para ti, te lo dejo aquí —lo coloca sobre la mesa.

—Sí, gracias... —Se detiene por un momento en el umbral antes de salir—. Sabes que me tienes siempre a tu disposición, ¿verdad? Pase lo que pase. —Niki sonríe y se avergüenza un poco. Su madre ya lo ha entendido todo—. Estaré a tu lado siempre y en cualquier circunstancia. —Luego, sin mirarla siquiera o buscar su aprobación, Simona abandona el dormitorio.

Niki se queda inmóvil y en silencio sobre la cama por unos momentos. A continuación gira las piernas con un movimiento ágil y rápido. Se acerca a la mesa. Mira el paquete. Reconoce su caligrafía. Alex. Niki lo sopesa por un momento entre las manos. Es ligero. Y no se le ocurre qué puede ser, aunque en esos instantes ni siquiera siente curiosidad, sólo ganas de llorar. Y eso nadie se lo puede impedir.

Ciento veintitrés

Los días posteriores suponen para Alex un gran esfuerzo. Un esfuerzo grandísimo. Tiene la impresión de que, de repente, nunca como en ese momento, nada tiene razón de ser. Ni el éxito, ni el trabajo, ni sus amigos. De improviso se siente perdido en esa ciudad, en su ciudad, Roma. Y hasta tiene la impresión de que no la conoce, las calles de siempre le parecen nuevas y carentes de color; las tiendas y los restaurantes famosos pierden de golpe todo su interés, su razón o su motivo. Deambula sin rumbo fijo durante varios días, sin mirar el reloj, sin saber adónde ir, sin una meta fija, un porqué, o un deber. Battisti canta en su interior. Tiene la impresión de estar dentro de una batidora con todas sus canciones. «Qué sensación de ligera locura tiñe de color mi alma. Sin ti. Sin raíces ya. Tantos días en el bolsillo para gastar. Y si de verdad quieres vivir una vida luminosa y más fragante... Luces, ah, a menudo no se hace.» Confundido. Por los gritos, por la rabia, por el amor reventado, por el dolor físico, un corazón roto, una amistad partida, una emoción despedazada, un sentimiento turbado, curvado y cortado. Así se siente. Con la música zumbando incesantemente en su cabeza y una fragilidad interior, una sutil aflicción, una lágrima repentina y el deseo de no hablar. Fluye la noche y esa luna inmóvil parece saberlo todo, aunque no habla. Fluyen los días iluminados por un sol que casi ciega con su perfecta redondez, con su dolorosa distancia, con su molesta permanencia. Un día tras otro. Una noche tras otra. Todo le aburre. Alex pasea con su coche.

«¿Hola? No, Andrea, hoy no iré al despacho.» «¿Hola? ¿Mamá? Quería decirte una cosa. –Silencio y el miedo a las preguntas, a la curiosidad humana, a la razón y a la manera en que finalizan las cosas–. No, no es un simple aplazamiento. Paradlo todo.» Aplazado hasta un posible mañana, quién sabe. Pero ellos insisten, quieren saber: «Pero ¿por qué? ¿Hay otra persona? ¿Por ti? ¿Por ella? ¿Os habéis peleado? ¿Puedo hacer algo? Me parece feo no llamarla, y además están sus padres. ¡Dinos la verdad, Alex! ¿Podemos hacer algo por ti? Nuestra casa siempre está abierta. Pasa y nos lo cuentas, te lo ruego...»

Al otro lado sienten una curiosidad ávida, como si los asuntos humanos fueran en todo caso un motivo de sorpresa, despertasen el deseo de hurgar, de buscar, de abrir cajones, de leer cartas, de conocer noticias, verdades sorprendentes o descubrimientos dramáticos. Hambrientos de la vida de los demás. Pero ¿qué queréis saber? ¿Qué otra cosa hay que saber más allá del hecho de que el amor se ha acabado? Se ha acabado y ya está. ¿Acabado? Esa palabra es casi un grito desgarrador. Al oírla pronunciada en su mente su corazón parece retorcerse y extenderse como un elástico de absurdas capacidades, tenso como un arco violento y listo para lanzar la dolorosa flecha, más y más tenso, hasta lo inverosímil, hasta romperse como cinco cuerdas de un instrumento llevadas a la exasperación, el último y lacerante hálito de un viejo cantante de *rock* en su último bis, el último canto de un viejo cisne, ya ronco. Así se siente Alex, hincado de rodillas, extenuado, derrotado y arañado frente a la belleza y a la grandiosidad del amor que siente por Niki. Sólo ahora entiende hasta qué punto la ha querido, sólo ahora se arrepiente de haberla hecho sufrir, de haber borrado, aunque sólo fuese por unos instantes, esa preciosa sonrisa de su rostro, y le gustaría castigarse por haber hecho verter algunas lágrimas, querría desdoblarse, clonarse, crear otro Alex inocente al que poder dar un látigo y rogarle que lo azote, sentir en su espalda los golpes cortantes y teñirse las marcas con ese maravilloso rojo, idéntico al de los labios de Niki, y más marcas, nuevas, sutiles, pero feroces y profundas, que arañan como garfios, que arrancan su piel, tan perfectos como la sonrisa de ella... Cuánto echa de menos esa sonrisa. Querría sentir todo eso y mucho más. Ni siquiera el peor de los dolores físicos puede compararse con el que siente en esos momentos su corazón. El absurdo de ese vacío neumático, la ausencia total de todo, como respirar en un mundo sin aire, como beber de un vaso vacío, como tirarse a una piscina sin agua, el silencio de las profundidades marinas, la ausencia de cualquier sonido, palabra, color, alegría, felicidad, sentimientos cristalizados, como si el mundo se hubiera partido por la mitad y, de repente, esa sonrisa robada, impresa, crucificada, disecada e inanimada. Así es el vacío desgarrador que siente Alex. ¿Quién me ha privado de la emoción, del sentimiento y de la felicidad? Ladrón, maldito ladrón del amor, te lo has llevado y después lo has escondido, lo has metido en una botella y lo has arrojado a las más frías profundidades de esta tierra que hoy me acoge. Avanzo día tras día sin notar ya el calor del sol, todo me aburre y me tortura dolorosamente, estoy destinado a sufrir para siempre, como un condenado a cadena perpetua que, sin embargo, no ha visto en ningún momento un tribunal, unos jueces o alguien que pudiese decirle algo, el motivo de sus culpas, cualesquiera que éstas sean. No. Se quedará para siempre en esa habitación, solo con sus pensamientos y sus recuerdos, intentando imaginar quién es el que lo ha encerrado y cuál puede ser su culpa... En caso de que la tenga. Como esa película que me turbó, violenta, dramática y desgarradora en su extraña absurdidad. *Old Boy,* un filme coreano. Una historia increíble que se adentraba en lo más hondo de la mente, en el negro más oscuro. Como si un enorme pulpo gigantesco emergiese del abismo, rodease con sus enormes tentáculos la barca de un pobre náufrago que duerme y se lo llevase corriente abajo, a la oscuridad del mar, sin que él se diese cuenta, desapareciendo sin más, plof, como por encanto. Cuando se sufre de ese modo cuesta creer que pueda existir un dios, que de verdad haya alguien entre las estrellas que no se compadezca de tu desesperación. Por un momento recuerdas la felicidad del amor, y el mero hecho de vislumbrar la belleza de ese paraíso te hace comprender mejor las atrocidades del infierno que estás viviendo. Alex mira la televisión. Un presentador extraordinario, que ha conquistado todo y a todos, jadea sudoroso en un escenario, se tira al suelo, salta, intenta dirigir una orquesta, luego se detiene de repente y habla de algo. Pero

Alex ha quitado el volumen. De manera que no oye lo que dice, aunque puede ver sus labios y leer en sus ojos. Parece cansado, su mirada es triste y sus ojos reflejan cierto sufrimiento. En ese momento Alex comprende que ni las palabras ni el dinero o el poder sirven para poder reconquistar esa luz, esa pequeña y enorme llama que es la felicidad. Y no existe tienda ni documento, papel ni recomendación que te la pueda devolver. Nada es cierto, entonces. Al otro lado del arco iris no hay ninguna olla llena de monedas de oro. Después del «*The End*» de las películas románticas, después de esa bellísima película de amor, después de ese beso apasionado y antes de que todo se oscurezca en medio de una música maravillosa, no queda nada. Nada. ¡Puede que incluso los actores protagonistas se odien! Después del «*Stop!*» del director dejan de hablarse, se encierran en sus respectivos camerinos y llaman a alguien para poner verde al otro: «¿Sabes qué ha hecho? Ha intentado meterme mano, es un cerdo, en la pantalla parece un tío muy guay, pero la verdad es que da asco.» O, si el que se desahoga es él: «¡No tienes ni idea de lo mal que besa! Además, le huele el aliento y tiene el cuerpo fofo. Deberían pagarme el doble por rodar esa escena con ella.»

Alex sigue ensimismado en su dolor, como ebrio, a pesar de que no ha bebido ni una sola gota. Trata de dar un sentido a esta vida, pero en algunos casos Vasco tiene razón cuando dice que cuando se sufre así la vida carece de él. Sin amor no tiene sentido. Sin ti, Niki. De nuevo esas palabras en la batidora. «Tantos días en el bolsillo para gastar. Pero ¿por qué ahora sin ti me siento como un saco vacío, como una insignificancia abandonada?» Y sigue poniendo las canciones de Battisti como si, de alguna forma, sólo él y Mogol supiesen de verdad a qué se refiere Alex, como si sólo ellos dos supiesen de verdad el dolor infinito que se siente cuando se pierde el amor. Y resiste y sufre en silencio, y sigue adelante con su vida como si ésta estuviera sujeta a unas gruesas cuerdas que se engancha en los hombros como si del yugo de un buey se tratara, y arrastra sufriendo el peso de la vida, un día tras otro, en el trabajo, en el despacho, bromeando y riéndose con todos como si nada hubiese ocurrido, entre la gente, por la calle, en las tiendas, en el supermercado y también entre sus amigos, por la noche, durante ese único silencio que de vez en cuando se concede. Y, sin embargo, resiste. Pasan las semanas y resiste. Y le parece imposible. Y cada noche le parece aún más dolorosa, como si aumentara el espacio y el tiempo que separan todo lo que tenía de esa partida repentina hacia un viaje imprevisto, quizá sin retorno. ¿Todo se ha acabado? ¿De verdad todo se ha acabado? No. No puede ser. Vivir con esa incertidumbre le hace aún más daño. Da la impresión de que Alex quiere permanecer en la duda, no saber del todo lo que será de ellos, esa misma frase que se decían siempre alegremente, como si se tomasen el pelo: «Sólo viviendo lo sabremos.» ¿Y ahora? ¿Qué queda por descubrir ahora? Quizá la nada de su silencio. Frío, cínico, pérfido, malvado y divertido. Ah, es terrible. Sólo resta esa canción. *Orgoglio e dignità*. Orgullo y dignidad. Hasta el infinito. Resistir. «Lejos del teléfono, de lo contrario..., ya se sabe.»

Ciento veinticuatro

El parque de Villa Pamphili está iluminado por un bonito sol. Muchas personas disfrutan de un breve paseo antes de la comida dominical. Enrico empuja el cochecito mientras Ingrid se ríe señalando unos niños que corren a cierta distancia.

—¿Qué haces? —pregunta él volviéndose.

Anna se ha parado a mirar una encina muy grande. La observa con atención.

—¿Has visto qué bonito es este árbol? Está muy sano. Me gusta.

—Eres ecologista, ¿eh?

—Sí, los árboles son muy importantes... ¿Sabes que fijan el carbono?

—Sé que dan sombra en verano... ¿Qué ocurre, Ingrid? Cuidado no te ensucies. —La niña está intentando coger un sonajero que se le ha caído al suelo.

Anna se acerca a ellos corriendo y, cuando llega a su lado, se agacha y se lo recoge. Se lo tiende a Ingrid, que se echa a reír. Anna se incorpora y retoman su paseo, uno al lado del otro, ahora.

—¿A qué se debe esa pasión por la naturaleza?

—Se la debo a mi padre..., me enseñó muchas cosas y me hizo comprender la importancia de amar, de entender y de proteger el medio ambiente. Me llevaba a dar largos paseos por el campo y las colinas, íbamos a la playa en bicicleta, en fin, a pasear, nunca en coche. Me divertía mucho. Él me lo explicaba todo, los nombres de los animales, el motivo de su comportamiento, la razón de que un árbol tuviese las hojas de una determinada forma y muchas otras cosas... Mi padre era genial. Vino a vivir a Roma cuando tenía veinte años para trabajar como diseñador gráfico y salió adelante.

—¿Y antes dónde vivía? —le pregunta Enrico mientras le pone bien la chaqueta a Ingrid.

—En Holanda. Mi padre era holandés. ¡Por eso soy tan guapa y tan rubia! —Anna agita un poco su melena con aire provocador, pero después no puede contenerse y se echa a reír en seguida. Enrico la mira. Hay que reconocer que es guapa. Pero ella está ya en otra cosa. Habla a toda velocidad mirando al frente—. ¡Sííí! Bromeaba... La verdad es que guapa, lo que se dice guapa, no soy. ¡Pero rubia, sí! En cualquier caso, era un gran hombre. Murió hace tres años y lo echo mucho de menos.

Un velo de tristeza cubre de repente los ojos de Anna. Se para y se acerca al cochecito de Ingrid para jugar con ella intentando alejar esa nostalgia que difícilmente pasa. Enrico la mira de nuevo. Y siente una ternura repentina. Casi le gustaría abrazarla para consolarla. Echan de nuevo a andar.

—El legado más bonito que me dejó fue el del amor. Quiso muchísimo a mi madre, que era romana. Formaban una pareja fantástica, dos personas muy unidas y cómplices. Por eso yo tengo mis propias ideas con respecto al matrimonio. No quiero conformarme con una historia cualquiera, para mí tiene que ser algo único, un auténtico proyecto entre dos personas que se adoran y que se ayudan la una a la otra, que se gustan mucho y que incluso, después de muchos años, siguen teniendo ganas de besarse..., como les pasaba a ellos, que se buscaban siempre, físicamente incluso... —prosigue Anna.

Una brisa ligera agita su pelo y hace caer un mechón sobre su frente. Ella lo aparta con delicadeza y sigue andando.

—¿Así que sueñas con casarte? —le pregunta Enrico.

—Sueño con una familia, cómo se formalice después ya se verá en su momento. Pero quiero una familia alegre, auténtica, que no se rompa con las primeras dificultades... Una familia integrada por un hombre y una mujer que se respetan de verdad, que desean el bien del otro y que no se rinden..., sólo que veo que a menudo no es así. Hoy en día las parejas se resquebrajan al primer problema, parece que están juntas sólo porque vivir en pareja está de moda, no porque se crea de verdad en ello. Hablo en serio... ¿Has visto cuántos matrimonios fracasan después de poquísimo tiempo juntos? –De repente se interrumpe. Claro que lo ha visto. A él también le ha pasado–. Perdona, Enrico, no pretendía...

Él sonríe con cierta amargura.

–No te preocupes..., tienes razón..., yo también opino lo mismo. Sólo que después miro alrededor y veo, entre otros, a mis amigos: Flavio, Pietro, el propio Alex..., tampoco sus relaciones van bien... Nuestra sociedad cambia y al final uno tiene que aceptar la imposibilidad de realizar su propio sueño y conformarse con el común, que es menos bonito y romántico... «Los castillos en el aire que se construyen sin apenas esfuerzo son difíciles de derribar.»

Anna lo mira.

–Qué frase tan bonita...

Por unos instantes Enrico se siente como Pietro, «el hombre de las citas», a quien tantas veces ha criticado porque usa las frases de los demás para llamar la atención.

–Sí, pero no es mía, es de François Mauriac... –reconoce, algo avergonzado.

Siguen andando en dirección al aparcamiento. Es casi la hora de comer e Ingrid tiene hambre.

–¿Te quedas a comer con nosotros? Venga... Podríamos preparar un primer plato. También tengo un poco de queso, fiambre y achicoria fresca que podemos aliñar con vinagre balsámico si quieres... –sugiere Enrico.

Anna sonríe.

–Sí, vale, tengo la nevera vacía... ¡Me has salvado la vida!

Un poco más tarde, en casa de Enrico. Anna está en la cocina metiendo los platos en el lavavajillas. Enrico está acabando de quitar la mesa. Ingrid se ha quedado dormida en el sofá. Suena el teléfono. Enrico responde.

−¿Hola?

−Dígame... −Enrico se queda petrificado. Ha reconocido de inmediato la voz. Al fondo se oyen unas conversaciones. Parece un restaurante−. Camilla...

−Sí. ¿Cómo va todo? ¿Cómo está la niña?

−Bien, está con la canguro. ¿Cuándo vas a venir a verla?

−La semana que viene... Oye, ¿no te olvidas de algo?

Enrico frunce el ceño. No entiende. Repasa rápidamente sus diferentes compromisos pero no se le ocurre nada.

−No, no creo. ¿Te refieres a Ingrid?

−No, a mí. Ayer era mi cumpleaños.

−¿Y qué?

−Pues que no me dijiste nada..., no me felicitaste...

Enrico se queda pasmado. No es posible. Llama cuando le parece y ahora me reprocha que me haya olvidado de su cumpleaños. Hay personas que no saben lo que es el respeto por los demás, que no son conscientes de sus actos, que no tienen en cuenta lo que le han hecho a la persona que aseguraban amar.

−No creo que hubiese nada que celebrar, la verdad, Camilla..., y se me fue el santo al cielo. Es más, te diré una cosa: el hecho de que lo olvidara me produce una extraña felicidad.

Cuelga sin darle tiempo a contestar.

Enrico sigue asombrado cuando entra de nuevo en la cocina.

−¿Qué te pasa, Enrico? ¿Qué ha ocurrido? −Anna se percata de su extraña expresión.

−Nada... Un problema absurdo que no se puede resolver... −y se pone de nuevo a recoger la cocina.

Anna prefiere no insistir, se da cuenta de que no es el momento. Enrico mete la botella de agua en la nevera y la mira.

−Oye, Anna, ¿cuándo es tu cumpleaños?

Ella se vuelve un poco sorprendida.

−Pues es el mismo día que nos encontramos en el rellano por primera vez..., hace ya algún tiempo.

Enrico hace un cálculo rápido. Menos mal, no es del mismo signo que Camilla.

—No te he contado cuál fue el regalo más bonito que recibí ese día... Me lo hizo Ingrid..., nada más acabar la entrevista contigo, cuando la cogí en brazos...

—¿Cuál fue?

—Una sonrisa preciosa... Parecía que supiera lo que celebraba.

Enrico sonríe. El año que viene lo recordaré y, sobre todo, espero poder desearte muchas felicidades.

Ciento veinticinco

En otro lugar, la fiesta continúa. Los jóvenes bailan en grupos, ríen y beben. La música sale de la mesa de mezclas y los altavoces del *disc-jockey* en un *crossover* que va desde los años setenta hasta los éxitos más recientes. Niki ha invitado también a las Olas. Olly se está desahogando como una loca, salta con todas las canciones. Erica bebe un poco de bíter y balancea su copa siguiendo el ritmo. Filippo se acerca a Diletta con un vaso de zumo de piña.

—¡Ten, cariño, está fresco!

Diletta lo coge y empieza a beber.

—¡Mmm, está delicioso!

—¡Nooo! Escucha ésta, qué guay...

Filippo se pone a bailar. Poco a poco, acaba en medio del pasillo que hace las veces de pista de baile. Encuentra a Olly y a Niki y se une a ellas.

—¡Hola!

—Hola, ¿cómo va?

Siguen bailando y gritando para poder oírse a pesar de la música.

—¡Todo bien! ¿Habéis visto qué guapa está mi Diletta? —Se vuelve hacia ella y la saluda con la mano. Diletta le devuelve el saludo alzando su vaso de zumo de fruta.

—¡Claro, Diletta siempre está guapa! —corrobora Olly—. Sólo me parece algo más rellenita, ¿verdad?

—Sí, ligeramente... —responde Niki—. ¡Pero está muy bien! ¡Hasta diría que parece mayor!

Esas palabras impresionan a Filippo como si un rayo hubiese desgarrado el cielo nocturno.

—¡Yo también lo creo! A mí me gusta mucho más así..., más blandita... ¡en todos los sentidos!

Vuelve a mirarla mientras la música sigue sonando y por primera vez nota algo diferente, una sensación inusual en su interior. Mientras baila no deja de pensar en esa nueva Diletta, tan diferente, tan dulce y tan madura. Recuerda el valor que demostró los primeros días en la consulta de la doctora Rossi, cómo fue ella la que lo sostuvo y la que trató de hacerlo todo más sencillo pese a que ella estaba también muy asustada. Vuelve a verse confuso, enfadado y desconcertado en casa, en la facultad, con sus amigos y con ella. Como si estuviese esperando algo sin saber a ciencia cierta qué. Como si alguien pudiera elegir por él. Y esa noche, cuando hablaron hasta muy tarde sobre la posibilidad de abortar, de lo que eso significaría para ella, para los dos, intentando imaginarlo todo después de haber ido juntos al consultorio. Esas palabras, las suposiciones, todo a cámara lenta. Y él, que trató por todos los medios de negar la evidencia y rechazó de plano esa nueva realidad. Pero Diletta no perdió ni por un momento la calma, demostró ser más valiente que él, capaz de transmitirle una energía enorme. La vuelve a mirar. Le sonríe. Diletta le devuelve la sonrisa y percibe algo diferente en los ojos de él.

Ciento veintiséis

Llueve con insistencia desde hace una hora. Susanna sale a la calle y lo ve.

—¡Eh! ¿Qué haces aquí fuera?

Davide se da media vuelta.

—Eh, el Smart... —señala el coche—. No me arranca. Seguro que es un problema eléctrico del encendido, pero no sé cómo voy a volver a casa. ¡Y por si fuera poco, llueve! Aunque tarde o temprano parará, ¿no? No puede...

—... llover eternamente. La película...

—Muy bien, veo que la recuerdas.

—Sí, y también recuerdo que te debo un favor, así que...

Davide la mira con aire inquisitivo.

—¡Sí, así estaremos en paz, tú me llevaste la otra vez!

—Ah, está bien, gracias, acepto encantado.

Durante el viaje no dejan de reírse y de bromear. Susanna pone un CD de Paolo Conte.

—Caray, vaya un gusto refinado... —Davide la mira—. Aunque en el fondo me lo imaginaba...

—¿Por qué?

—Porque eres una mujer fascinante —le dice con alegría, si bien con aire distraído.

Pero ¿por qué hace eso? Nunca se sabe lo que está pensando... ¿Le gusto? ¿O me está tomando el pelo sin más? Aunque, de hecho, ¿qué más me da? Susanna sigue conduciendo.

–¿Dónde vives?

–Sigue recto por aquí; ya casi hemos llegado. –Pasados unos minutos, Davide le indica que doble a la derecha en una pequeña plaza–. Busca un sitio para aparcar, a esta hora quizá lo encontremos.

Susanna hace como si nada, pero mientras da un par de vueltas a la manzana buscando aparcamiento se pregunta qué está pasando. Me ha dicho que aparque el coche y yo lo estoy haciendo. ¿Eso significa que acepto quedarme con él? ¿Que él lo ha dado por supuesto? Pero ¿qué me pasa? No he dicho nada.

–Ahí, ahí tienes un sitio... Cabe. –Davide señala hacia adelante. Susanna le obedece y aparca.

Él se apea del coche y coge las bolsas de los dos. Susanna baja a su vez.

–Vivo ahí, en ese edificio amarillo, en el tercer piso. Y vivo solo... –También esa frase la suelta así, como quien no quiere la cosa.

–Ah, bien.

¿Bien? Pero ¿qué estoy diciendo?

–¿Puedo ofrecerte un té para darte las gracias? –Davide no le da tiempo a pensar ni a responder. Le sonríe y echa a andar delante de ella.

Una vez más, Susanna no se opone, le devuelve la sonrisa y lo sigue. Después reflexiona. Es demasiado tarde para un té. Me desvelará. Aunque subo de buena gana. Sonríe serena y, de repente, vuelve a ser dueña de sus decisiones.

Ciento veintisiete

La música enloquece. Diletta, Erica, Olly y Niki bailan juntas, cada una a su manera, con el deseo y la necesidad de desahogarse. Con las manos en alto y la melena al viento. «Baila para mí, baila, baila toda la noche, eres bella...» Nunca una canción fue más adecuada para una noche de sana euforia en la que todos tienen ganas de gritar, de cantarse a la cara. «No te detengas, baila hasta que se acaben las estrellas, hasta que el alba disuelva el ocaso, ¡yo no completo mi canto y te canto!» Riendo, bromeando, empujándose al ritmo de la música, golpeándose, locos de simpatía, de amor por la vida, de fuerza y de fragilidad, de entusiasmo y de deseos, de anhelos ocultos, de sentimientos palpables, de profunda amistad, de valor fingido y de miedo atroz. Y siguen así, bajo las miradas de todos, jóvenes y alegres de nuevo, amigas hasta el final. Al fondo, algunos profesores intentan recuperar la juventud perdida. Unos grupos de jóvenes toman bebidas de colores. Un *disc-jockey* escucha con los auriculares el próximo disco para enlazar a la perfección un tema con el siguiente.

—Eh, yo voy a beber algo. No lo resisto más... ¿Os traigo algo?

Niki es la primera que cede, sonríe sudorosa a sus amigas y espera su respuesta.

—¿Y bien? Bueno, yo voy, ¿eh?

—Ve, ve, ve...

—¡Venga! ¡Nos vemos luego!

—Mira que dejarlo ahora, ¡estás hecha una abuela! ¡Baila con nosotras, venga!

Niki se aleja bajando la mano. En ese preciso momento empieza a sonar *Alala,* de los CSS, perfectamente mezclada.

Diletta parece enloquecer.

—¡Ésta es genial, por favor, por favooor!

Y empieza a cantar a voz en grito: «Ah, la, la, ah, la, la... ¿Me haces un favor? Dame algo más y no podré estar mejor...» Baila saltando a la pata coja, da una pequeña vuelta con los ojos entornados, apuntando hacia lo alto a saber hacia dónde o hacia quién, y todas la imitan de inmediato.

—Una Coca-Cola *light*, por favor...

Después de pedirla, Niki sigue el ritmo con las manos mientras contempla a sus amigas, que, a lo lejos, bailan eufóricas. Sacude la cabeza saboreando desde la distancia la espléndida felicidad que transmiten sus sonrisas, sus risas sin sentido cuando se abrazan, saltan juntas y dan el mismo paso.

—Son guapas y tú las miras con un amor infinito...

El corazón le da un vuelco al oír esa voz. Lo reconoce de inmediato, pese a que no ha vuelto a saber nada de él desde aquella noche. Guido. No se imaginaba que lo vería en esa fiesta. O quizá sí. Lo que está claro es que se alegra de verlo. Sonríe mientras sorbe con su pajita. Guido la mira divertido.

—¿Cómo estás?

—Bien...

—¿Bien, bien o muy bien?

—Bien regular

—Ah, ésa no se me había ocurrido...

—¿Ves...? —Niki sonríe mientras da un último sorbo a su Coca-Cola *light*—. A veces hay cosas que se te pasan por alto...

—O finjo que es así. —Niki apoya el vaso en una mesa y lo mira. Guido prosigue—: Cualquier decisión conlleva inevitablemente un momento de dolor y de felicidad.

—Pero...

Él le tapa la boca con la mano.

—Chsss... No hablemos de eso ahora. Yo no tengo nada que ver. La decisión es tuya, y sólo debes responder sobre ella a ti misma y a tu corazón, ahí donde los demás no están invitados a entrar. Sólo lo sabes tú... ¿No?

Niki sonríe.

—Gracias.

—Ven conmigo —dice Guido y, no le da tiempo a responder.

La coge de la mano y la lleva lejos de toda esa gente, entre brazos alzados que se mueven rítmicamente, chicos y chicas que charlan, amores que nacen o simples amistades que deciden darse otra oportunidad. Quizá como ellos dos. ¿Es así?, piensa Niki. ¿Y para él? Lo mira mientras la saca a rastras de la enorme sala de la facultad, y de repente se encuentran lejos de los demás, y se da cuenta de que se ríe precisamente por eso, porque es feliz, esa distracción le resulta agradable, le gusta que Guido la haya secuestrado apartándola de la normalidad y de la costumbre. ¿Todo esto está sucediendo por él? ¿Es él el motivo de mi confusión? ¿Es él el motivo de mi repentina rebelión? Cierra los ojos casi asustada y después los vuelve a abrir justo a tiempo de ver que Guido se vuelve hacia ella risueño.

—¿Cómo va?

Esta vez Niki también sonríe.

—Todo bien.

Y se deja llevar hasta la salida.

—Ya está. Párate aquí. —Se detienen junto a la escalinata de mármol. Guido está ahora a su lado y no le suelta la mano—. Cierra los ojos. —Niki obedece sin ningún tipo de temor. Él se coloca delante de ella—. «Deambularé siempre por estos litorales, entre la arena y la espuma del mar. La marea alta borrará mis huellas, y el viento diseminará la espuma. Pero el mar y la playa permanecerán para siempre.» Es de Khalil Gibran. ¿Oyes el ruido a lo lejos? ¿Oyes lo que te susurra el viento? —Se apoya delicadamente sobre su hombro, poco menos que rozándola, y luego, temeroso y educado, se acerca a su mejilla—. Las olas lejanas nos llaman, nos retan, insolentes e intrépidas, robustecidas por su propia fuerza, se ríen de nosotros... ¿No es cierto, Niki? Nosotros aceptamos su reto, ¿verdad? —y lo dice casi implorando, rogando, pidiendo que ese momento tan hermoso y tan perfecto no se vea despedazado por un simple y pequeño «no».

Niki abre los ojos en ese instante, lo mira y todas sus dudas se desvanecen como por ensalmo. Sonríe.

—Nosotros no podemos tener miedo.

Guido casi enloquece de alegría.

—¡Sí! ¡Lo sabía, lo sabía! Vamos —y baja corriendo la escalera tirando de Niki, que casi tropieza y lo sigue riéndose.

—¡Tranquilo! ¡Más despacio! ¡Estás loco, caramba!

Pero Guido no se detiene, salta los últimos peldaños, corre hasta quedarse sin aliento y, tras doblar la esquina de la calle, llega a su coche.

—Mira, éstas serán nuestras armas... —le dice indicando las dos tablas de surf que ha cargado ya en la baca.

—Pero yo no he traído nada.

Guido abre el maletero.

—Tengo un traje de mujer de talla treinta y ocho.

Niki se siente ligeramente cohibida. Es justo la suya. Guido decide ser sincero.

—Se lo pregunté a Luca y a Barbara... Una vez hicisteis surf juntos, Barbara me dijo que el suyo te quedaba como un guante. Y ella usa la treinta y ocho.

Niki se siente aliviada. Agradece que Guido le haya dicho la verdad. La ha conquistado por completo.

—Lo compré ayer... Es nuevo.

—¿Y si te hubiera dicho que no?

—Pues te lo habría regalado para tu cumpleaños. La bondad nunca supone un riesgo... —La mira.

Niki se rinde con una sonrisa y después se deja llevar, sube al coche en silencio, cierra los ojos y oye cómo arranca. Es un instante. Luego se pierde tranquila por las calles de la ciudad.

Ciento veintiocho

El apartamento es pequeño pero está bien conservado. Suelo de parquet. Iluminación con focos. Decoración esencial y moderna. Sobre una mesita de madera blanca hay abierto un ordenador portátil. Varios estantes de metal ligero con libros de deporte y *fitness*, una lámpara de estilo años sesenta y un iPod.

—Éste es mi reino... Deja la bolsa donde quieras. Voy a poner el agua a hervir para preparar un buen café de cebada. ¿Te apetece?

Susanna sonríe.

—Sí. Perfecto.

Davide desaparece detrás del tabique que separa la pequeña cocina del comedor.

Susanna mira a su alrededor. Las paredes están cubiertas con grandes fotografías de Davide posando de manera sexy, tipo calendario, o haciendo *kickboxing*. Es guapísimo. Nota un ligero rubor en las mejillas. Me siento como una niña. A saber qué pensarían mis amigas. ¿Y mis hijos? Ahora están haciendo deporte y mi madre pasará a recogerlos. No puedo quedarme mucho rato. Susanna mira el reloj. Davide regresa en ese momento.

—Eh, de eso nada, espero que ahora no te quieras marchar... ¡no puedes perderte el famoso café de cebada *à la kick*! —dice, y esboza esa sonrisa maravillosa que tanto la impresionó el primer día en el gimnasio.

—Descuida, no me lo perderé...

—Ya está casi listo... Pero ponte cómoda, yo te lo traeré.

Desaparece de nuevo y vuelve pasados unos segundos con una

pequeña bandeja, dos tacitas de colores y dos cuencos de azúcar: moreno y refinado. Lo coloca todo sobre la mesita que está delante del sofá donde Susanna acaba de sentarse. Toma asiento a su lado.

—Sírvete...

Ella coge la cucharilla, elige el azúcar moreno y se lo echa en el café. Lo remueve y después da un sorbo.

—Mmm..., ¡pero si está fortísimo!

—Eh..., es café de cebada con una gota de Baileys, ¡café *à la kick*! Fuerte como un puñetazo... ¡en el ojo de un marido! —Sonríe y da un sorbo—. Vamos, Susanna, nunca he tenido ocasión de hablar contigo, pero hace tiempo que te observo y que pienso en ti. Eres una mujer preciosa, alegre y resuelta. Una madre que nunca se rinde, una mujer que puede dar y que da mucho. Confía y lánzate de nuevo a la vida, hay un sinfín de cosas que puedes descubrir y apreciar... Te lo mereces. Sé que te lo mereces.

Davide deja la taza ya vacía sobre la bandeja. Coge la que Susanna tiene entre las manos. Acto seguido la mira. Ella le sonríe y desvía la mirada. Davide le coge la barbilla y la atrae hacia sí. Y un beso lento, cálido, tierno y a continuación más intenso la subyuga. No sabe qué pensar. Se niega a seguir pensando. En lugar de eso se abandona a ese abrazo que la envuelve, el sofá es cómodo y cada vez están más juntos. Pasa el tiempo. No sabe cuánto. Indefinido. No sabría decir si poco o mucho. Susanna sólo sabe que es feliz. Por unos momentos se olvida de todo. Se siente ligera. Ella misma.

Davide la abraza con fuerza y ella se tapa con la manta amarilla de pelo que hasta hace unos momentos estaba bien doblada sobre el brazo del sofá.

—¿Sabes? La otra vez, cuando me acompañaste a casa...

—Eh...

—Pensaba que intentarías algo, y al ver que no lo hiciste me pregunté si no serías homosexual.

—Pues sí que... Si no lo intentamos, somos homosexuales, y si lo hacemos somos unos cerdos... En fin, que nunca vamos bien...

—No, no, tú vas muy bien, ya lo creo que vas bien... —Susanna lo abraza con más fuerza y a continuación sonríe serena sin pensar en nada.

Ciento veintinueve

Una canción se difunde lentamente por el coche. *Lovelight*. Es la música perfecta. Niki sigue sonriendo con los ojos cerrados. ¿Qué dice esa canción? Ah, sí... «¿Qué se supone que debo hacer para no hundirme más? Estás cavando agujeros en mi corazón y, sí, éste empieza a mostrar...» Qué cómico. No lo había pensado. Nota que aceleran y al cabo de un rato se encuentran en la campiña del Lacio, en la via Aurelia, rumbo a Civitavecchia. Rumbo al mar. El verde de los árboles cambia para dejar paso a los campos de trigo, a los colores más claros, a las retamas todavía ocultas. Las plantas van cambiando, los jóvenes olivos que hay junto a los márgenes del camino se inclinan en unos saludos nocturnos, doblados por la fresca brisa marina, sus mil hojas plateadas brillan besadas por los reflejos de la luna. El coche familiar con las tablas de surf en lo alto reduce la marcha y abandona la Aurelia. Enfila un camino de tierra, trota, rebota en las piedras redondas, entre las copas polvorientas de los árboles, que, ligeras, lo acarician a su paso, y un dulce raspar lo acompaña durante cierto tiempo hasta que el vehículo llega a la playa, luego lo abandona. Éste sigue su viaje, ahora más silencioso. Poco después el mar se abre ante sus ojos. El gran reto. El mar y su fuerza. El mar y su poderosa respiración. El mar y su rabia divertida. Unas olas grandes rompen en la orilla. Restallan espumeando encolerizadas, corren hasta la orilla y rompen contra los pequeños escollos que delimitan la playa. Varios coches con los faros encendidos en dirección al mar tiñen de luz esas olas. Unos surfistas temerarios aparecen y desaparecen deslizándose por las crestas, descendiendo como unos impávidos esquiadores marinos. «¡Yujuuu!». Los gritos llegan hasta tierra, mientras que en la playa las hogueras encendidas con ramas de pino y algún que otro viejo madero procedente de una barca que se hundió vete tú a saber dónde chisporrotean calentando a los surfistas que acaban de salir del agua y que cuentan exaltados las gestas que acaban de realizar en la oscuridad de la noche.

—¿Estás lista? —Guido le sonríe mientras se apea del coche.

—Para esto, siempre.

Niki baja también y lo ayuda a cargar las tablas. Poco después las coloca en el suelo, se mete de nuevo en el coche y empieza a desnudarse. Al darse cuenta de que él está cerca, se detiene.

—Eh..., ¿podrías dejarme un rato sola?

Guido se vuelve.

—Claro.

Niki apaga la luz del interior del coche. Luego escruta lentamente alrededor. No hay nadie, está a oscuras. Sigue desnudándose y luego se pone el traje de surf. Le queda perfecto. Se apea del coche, dobla la camisa, el suéter y los pantalones y los deja en el asiento trasero.

—¿Guido?

Unos segundos después, él se encuentra delante de ella.

—Ya está, ¿todo bien?

—Sí. —Guido se ha cambiado también. Deja su ropa junto a la de Niki, cierra el coche y esconde las llaves sobre la rueda delantera—. Las dejo aquí, ¿eh?, para cualquier cosa...

—Chsss. ¿Y si te oyen? —pregunta Niki.

Él se encoge de hombros.

—¿Y qué? No hay nada que robar. —Le indica el mar con un gesto de la mano—. ¿Vamos?

—Sí.

Cogen las tablas, se las colocan bajo el brazo y se dirigen hacia el agua. Niki recuerda de repente que no le ha dicho nada a Olly, a Erica y a Diletta. Quizá me estén buscando, se preocuparán... Mis padres. Tengo que avisar a mis padres. Pero de inmediato piensa. ¿Cuánto tiempo hace que me preocupo por todo? Demasiado. Ahora es de noche y todo es precioso. Poco a poco, Niki hace a un lado sus preocupaciones y a cada paso que da se siente más y más tranquila. La arena está fría. Pasan junto a una hoguera, alrededor hay unos jóvenes que están cocinando algo.

—Eh, Guido, te guardo dos... Cuando hayáis acabado venid a calentaros un poco, ¿vale?

—¡Por supuesto, gracias, Cla'! —Luego se dirige a Niki—: Cuando salgamos nos comemos un par de salchichas y bebemos un poco de cerveza, ¿te apetece?

—Sí, claro... —Al final Niki se olvida de sus amigas, de sus padres y del resto del mundo.

— Eh, está fría.

Ella entra también en el agua y se tumba en seguida sobre su tabla.

—Sí, helada, pero de noche es superguay... Nunca lo había hecho.

Da dos brazadas veloces, no tarda en ser arrastrada por la corriente y al cabo de un rato se encuentra mar adentro. Perdida en la oscuridad, entre los haces de luz de los coches que hay en la playa, con la luna a lo lejos, que todavía no está llena. Niki mira hacia el mar abierto esperando la ola. Algo la roza, pero no tiene miedo. Debe de ser un pez, puede que incluso grande. Silencio. Ahora no piensa en nada. Ni en sus amigas ni en sus padres. Está sola en medio del mar nocturno. Y lo más extraño es que no se ha acordado de Alex ni por un instante. Al contrario, se siente ligera. Ligera. ¿Cuánto tiempo hace que no vivía un momento como ése? Mucho. Demasiado tiempo. Y casi por arte de magia siente que el mar se retira debajo de ella y a continuación se hincha como si estuviera respirando profundamente. Está llegando una ola grande y Niki lo sabe. No necesita verla para entenderlo. Bracea a toda velocidad mar adentro y empieza a correr sobre su vigorosa estela. Para Niki es un instante, dobla las piernas y salta hacia arriba, se pone de pie, sin vacilaciones, sigue la ola, juega con la tabla, pasea por encima de ella, se dirige hacia la derecha, ahora a la izquierda, haciendo pequeñas curvas, subiendo y bajando a toda prisa sobre la empinada panza de la ola. De vez en cuando se cruza con otro surfista, lo adelanta, lo esquiva y prosigue con su juego. Sube y baja, aparece y desaparece, ella, maravillosa amazona sobre las olas salvajes hechas de agua que espumean, se encrespan debajo de ella, hasta que, después de haber domado algunas, consigue adentrarse por fin en un tubo. Acaricia con la mano la pared de agua que corre a su lado y después se deja llevar dulcemente por la última ola hasta la orilla. Mientras se está quitando la sujeción del tobillo, Guido se acerca a ella.

—Uf... ¡Aquí estoy! Ha sido fantástico.

Niki está radiante.

—Sí, precioso. Es una emoción única, en serio.

—¿Nunca habías hecho surf de noche?

—Nunca. —Ella está conmovida, casi se le saltan las lágrimas—. Qué tontería, ¿verdad? Estas cosas se apoderan de mí de un modo increíble, te lo juro, me producen una emoción, no sé qué será...

Guido le sonríe algo avergonzado de que lo que experimenta él no sea tan intenso.

—Lo que te envuelve es la hermosura de la naturaleza, estás en perfecta armonía, sobre esas olas te sientes parte de este mundo y, además, durante la noche, en la oscuridad, no tienes puntos de referencia, de manera que... Bueno, uno oye mejor. Aunque es un privilegio al alcance de pocos. —Vuelve a sonreír—. De gente como tú...

—Qué tonto eres...

—¡Es cierto! Es así.

—En cualquier caso, ha sido una experiencia preciosa y te la debo a ti. De manera que gracias.

Guardan silencio unos momentos. Al final, Niki dice algo para romper la turbación.

—Al principio pensaba que tendría un poco de miedo, ¿sabes? Pero no quería que lo notaras. No quería darte esa satisfacción.

—Oh, de todos modos me di cuenta...

—¡Anda ya!

—Claro que sí... Después de la primera ola los problemas se acabaron...

Niki sonríe.

—He cogido al menos cinco.

—Seis...

–¿Y tú qué sabes?

–Iba siempre detrás de ti. Estaba en la ola detrás de la tuya, ¿qué te creías? No te dejé ni por un momento; en cierto modo, me sentía responsable... –Niki no sabe si creerlo o no. En cualquier caso es normal, podría haber sido peligroso–. Venga, Niki, acerquémonos al fuego, así comemos algo...

–Una sabia decisión...

Echan a andar.

–¿Te estás divirtiendo de verdad?

–Claro –Guido le sonríe–. Era tu ángel de la guarda marino...

–No sé si creerte.

–Tú misma. En cualquier caso, te has metido muy bien en el tubo. Yo no lo he conseguido... ¡Aquí estamos, chicos! ¿Nos habéis guardado las salchichas o las habéis engullido ya?

Guido se sienta en medio del grupo. Niki lo mira. Entonces es cierto: siempre ha estado junto a mí. De otra forma, no sabría nada.

–¿Qué haces? ¡Venga, que se enfría, Niki!

Ella se sienta a su lado, saluda a los otros surfistas y en un abrir y cerrar de ojos está bebiendo cerveza y, sobre todo, tiene en la mano una magnífica salchicha todavía caliente.

–¡Mmm! ¡Qué hambre! Ésta es una cena verdaderamente digna... Está riquísima.

Una chica rubia le pasa un trozo de pan.

–Ten, todavía está caliente.

Otra le da una cestita de plástico.

–Aquí tienes unos tomates, los he lavado.

–Gracias...

Se sonríen. No se conocen, pero no hay necesidad de presentaciones. El amor por las olas es la mejor tarjeta de visita. De manera que siguen comiendo, sonriendo, charlando de sus cosas, pasándose la cerveza, contando las anécdotas de los surfistas que se han enfrentado a olas más grandes por todo el mundo. La noche va pasando y el fuego, lentamente, se va extinguiendo.

–Brrr..., empieza a hacer frío.

Niki se pasa las manos por los hombros; el traje se ha secado.

—Debería habérmelo quitado. Tengo el frío metido en los huesos...
¿Nos vamos?

—¡Yo tengo el remedio justo para evitar que te pongas enferma!
¿Sabes que cuando te empapas con agua fría, haciendo surf o en la
moto, bajo la lluvia, lo mejor es darse una ducha caliente?

—Claro, pero ¿dónde voy a darme ahora una ducha? Aquí no
hay...

—No, aquí no. ¿Confías en mí?

Niki ladea la cabeza y lo mira indecisa.

—Perdona, te has fiado hasta el momento... Y lo que has hecho te
ha gustado, ¿no? ¿Por qué debería engañarte precisamente ahora?

Niki vuelve a mirarlo arqueando las cejas. Pues sí, ¿por qué debería? Luego da su brazo a torcer.

—Está bien, vamos, pero que no se nos haga muy tarde, ¿de acuerdo?

—Te lo prometo.

De manera que suben al coche con la calefacción a toda marcha y
la música, en cambio, *soft*. El aire caliente que les llega es agradable.
En unos instantes da la impresión de que están en un desierto en el
que el viento caliente lo seca todo. Mientras tanto, las notas de Vinicio Capossela llenan el aire. Ni que lo hubieran hecho adrede. *Una
giornata perfetta*. Un día perfecto. «La vida es un rizo ligero en el va-
por de un hilo, cielo color mañana, cielo color cestito azul claro de un
niño. Silbar cuando pasan las chicas como primaveras, silbar y permanecer sentado a la mesa, sin perseguir nada, ni trampas ni embozos
porque... Es un día perfecto, paseo aguardando sin prisas...»

Sí. Es una velada perfecta. Niki lo mira risueña. Él también. A
continuación cierra los ojos. No quiero pensar, esta noche no. Capossela sigue cantando y ella está de acuerdo con sus palabras: «No estamos hechos para sufrir, si es hora de acabar hay que marcharse, confiar en la vida sin temores, amar a la persona con la que estás o dar al
que te da y no desear siempre y sólo lo que se va...»

Ciento treinta

El coche familiar azul avanza a toda velocidad por los senderos campestres. Niki abre la ventanilla para que le dé un poco el aire.

—Mira, quiero enseñarte una cosa...

Guido apaga los faros y prosiguen su camino a oscuras, únicamente iluminados por la luz de la luna, que ahora parece más intensa.

—Qué bonito, ¿no? Estamos bajando solos por esta pendiente... —Guido levanta el pie del acelerador y quita la marcha.

El coche vuela silencioso en la noche bajo un cielo oscuro, entre el verde de los bosques. Ni siquiera se oye el ruido del motor, da la impresión de que están sobre una extraña tabla de surf, el viento entra por las ventanillas y perciben calor por debajo de las piernas. Al cabo de un momento vislumbran algo raro en la espesura.

—Mira, Guido...

Él sonríe, acto seguido mete de nuevo la marcha y vuelve a encender los faros.

—¿Sabes qué son esas lucecitas?

—No, ¿qué?

—Luciérnagas. —Acelera un poco y desaparece detrás de la colina. Conduce seguro, curvas largas, lentas, atravesando grandes prados verdes y trigales, definitivamente solos ya en medio de la campiña toscana—. Aquí es, hemos llegado.

Niki se levanta en el asiento, curiosa, divertida, de nuevo niña. Sí. Tras doblar una curva, el vehículo desciende por una cuesta inconexa, salta hasta que por fin se detiene en un pequeño claro. Guido apaga el motor. Delante de ellos, un humo claro y ligero asciende lentamente hacia el cielo y se pierde en él. Están en las termas de Saturnia. En la penumbra, y como si se encontraran en un pequeño infierno natural, varios hombres y mujeres están sumergidos en unas pequeñas piscinas de agua sulfurosa; parece un alegre círculo dantesco, natural y agradable, sin particulares penas aunque quizá sí con algún que otro culpable... Procedente de la oscuridad del bosque, una gran cascada de agua caliente salta desde una roca y cae de lleno en el centro de la gran piscina. Se vislumbran varias personas que se mueven lentamente en el interior de ese extraño borboteo, que aparecen y desaparecen de vez en cuando entre los efluvios de azufre.

Guido observa a Niki. Esa imagen infernal la fascina y la arrebata.

—¿Y bien? ¿Lista para sumergirte? Será maravilloso.

Niki lo mira y sonríe.

—Me parece una idea fantástica.

En un abrir y cerrar de ojos se apea del coche, da unos pasos descalza sobre la roca fría y porosa que rodea la piscina y después entra en el agua poco a poco vestida con su traje de hacer surf. Se sumerge.

—¿Qué me dices? No te he decepcionado, ¿verdad? Este sitio es estupendo... ¿Habías estado ya aquí?

—No. —Guarda silencio y a continuación, metida hasta la barbilla en el agua caliente, reconoce—: Es precioso, de verdad, es muy relajante...

Guido le sonríe.

—Y no sabes cómo deja la piel... —Luego se corrige—: Aunque la tuya es ya de por sí maravillosa.

Niki evita su mirada y se hunde aún más, el agua le llega ahora casi bajo el labio. Tiene la impresión de estar en una bañera, le recuerda cuando se preparaba un baño en casa. Hace ya mucho tiempo. Es de verdad relajante.

—Lo extraño de estas piscinas es que en cuanto te alejas del centro el agua se enfría...

Guido asiente con la cabeza.

—Ajá... —Luego se le ocurre una idea—: ¡Sígueme!

Le coge la mano y la hace salir.

—¡Pero tengo frío!

—Ven, verás que todavía podemos estar mejor.

Como buenos surfistas, trepan por el borde de la cascada hasta llegar a la piscina superior. Aquí hay otra cascada más alta todavía y donde no hay nadie.

—¡Ven!

Guido es el primero en entrar. Niki lo sigue.

—Está calentísima, es estupendo...

—Sí, metámonos debajo.

—¿Cómo?

—Así. —Guido nada hacia el centro y se mete debajo de la cascada que, caliente, cae desde unos dos metros de altura y rompe en sus hombros, en su cabeza y en su espalda haciéndole un vigoroso masaje—. ¡Ven, Niki! ¡Es genial! ¿Qué pasa? ¿Tienes miedo?

—¡Yo no tengo miedo de nada! —replica, y en un abrir y cerrar de ojos se planta a su lado, bajo el agua que casi la arrastra.

Niki resiste, mueve los hombros bajo el potente chorro, sus músculos se desentumecen y ella se siente cada vez más relajada y serena. Hacía meses que no estaba tan bien. Cierra los ojos bajo el agua caliente y se deja llevar por esa idea, exhala un hondo suspiro, cada vez más largo, y se abandona por completo. Ah... Qué maravilla, cuánto lo necesitaba. De repente nota que un brazo la aferra. Abre los ojos y se aparta del chorro de agua. Es Guido. Tira de ella hacia sí, entre la cascada y las rocas, escondidos de todo y de todos, y la lleva hasta una pequeña cueva donde el agua que cae desde lo alto por delante de ellos parece una cortina. A través de ella se vislumbra la luna flanqueada por la oscuridad del bosque.

—¿Qué dices, Niki? ¿Te gusta?

—Muchísimo... Este sitio me devuelve al mundo, en serio. Te hace recuperar todas las energías, ahora podría hacer surf durante horas.

Guido, que no ha soltado su mano en ningún momento, la mira a los ojos.

—«¿Adónde van mis palabras, adónde huyen?... ¿Tienen quizá miedo de decir que te quiero?»

Niki se queda boquiabierta, no se lo puede creer.

—Pero si es mi frase, ¡la que metí en la botella!

Él le sonríe.

—Después de acompañarte a casa corrí durante toda la noche por la orilla del río. No podía permitir que otro la encontrase en mi lugar... —Vuelve a sonreír y después aproxima lentamente a ella sus labios bajo la cascada.

Niki ve su preciosa sonrisa cada vez más cerca. Esas palabras, además... «Corrí durante toda la noche por la orilla del río.» Aún más cerca... «No podía permitir...» Cada vez más... «Que otro la encontrase en mi lugar...» Niki cierra los ojos y ya no ve nada, ni con la mente ni con el corazón, ni ese faro lejano, otros días, otras épocas, esa Isla Azul, el mar, los recuerdos. Nada más. Se lanza por fin, salta y cae entre sus brazos, y se pierde en ese dulce beso compuesto de unos labios cálidos y olvidados, de confusión humana, de culpa y de perdón al mismo tiempo. Ella, una niña arrastrada por un tonto y estúpido deseo: volver a ser libre. Instantes después se encuentran bajo esa cascada, casi liberatoria, se separan y se buscan, se ríen avergonzados y divertidos de haber dado ese extraño paso, tan ligero, tan hermoso, tan límpido... Y no sólo por el agua. Niki flota. Echa la cabeza hacia atrás. Tiene los oídos tapados y los ruidos llegan a ella lejanos, extraños ecos marinos en esa piscina sulfurosa. Su pelo cae hacia abajo, al igual que sus brazos, abandonados sobre sus costados. Bajo el agua roza con los dedos algunos guijarros que el azufre ha redondeado. Los vapores de la piscina y todo lo que ha sucedido hacen que se sienta perdida. ¿Quién soy? ¿Dónde he acabado? ¿Qué será de mí? ¿Y mi amor? Mi amor fuerte, sólido, firme, casi rabioso, determinado y decidido a pesar del mundo, que se oponía a nuestra diferencia de edad. Alex... ¿Por qué me has abandonado? Mejor dicho. ¿Por qué te he abandonado yo? Aunque, ¿acaso la culpa no es siempre de dos? Permanece inmóvil en el agua, apabullada por esa infinidad de preguntas sin respuesta. Silencio. Necesito silencio. No me preguntes nada, corazón, deja que me vaya, mente. Sólo una lágrima cae entonces de sus ojos, resbala por su mejilla al amparo de todo y de todos, furtiva, escondida, como una pequeña ladronzuela que acaba de sisar algo en el mercado y se escabulle así, perdiéndose entre la gente, de la misma

manera que esa lágrima acaba en el agua poniendo fin a su breve recorrido y a todos los porqués que la habían generado. Niki permanece
un poco más de tiempo en el agua. Después se levanta y le sonríe a
Guido. Él la mira curioso, casi preocupado, quizá ligeramente arre-
pentido.

—¿He cometido algún error?

Niki se echa a reír.

—Si alguien ha cometido un error soy yo... Pero lo sabía... Y, además...

Guido la mira esperando el final de la frase.

—¿Y además, qué?

—Nada...

—No, te lo ruego, dímelo... —Le coge de nuevo la mano, las dos,
mejor dicho, temeroso por unos instantes, casi prudente, dudando si
rebasar de nuevo el límite o no—. ¿Y, además...?

Niki le sonríe.

—Y, además..., tenía ganas de darme un baño.

Sale de la piscina. Guido la mira. Por primera vez en ese traje de
surf pintado por la luna, enmarcada en el verde de ese bosque oscuro,
ve a una mujer. Ve su cuerpo dibujado, decidido, femenino, suave y
redondeado. Y por primera vez no se trata de un simple juego. Ahora
es auténtico deseo. Siente un escalofrío fuerte, intenso, que le recorre
la espalda, que le encoge el estómago, que no le concede una tregua
en ese instante que parece eterno. Niki se vuelve y lo ve en la piscina,
sumergido en el agua y rodeado de los vapores que emanan de ella. Ve
sus ojos en la oscuridad, sus labios carnosos, la evidencia de deseo
bajo esa luz nocturna.

—¿Qué haces? ¿Vienes?

Guido sale en silencio. Sin pronunciar palabra entran de nuevo en
el coche. Poco después se encuentran al otro lado de las colinas, en la
Aurelia y, por fin, de nuevo en la ciudad. Se paran delante de la casa
de Niki. Ha sido un viaje silencioso. Guido la mira. Ella conserva todavía la campiña en la mirada y no tiene ningunas ganas de enfrentarse de nuevo a la realidad. Se vuelve hacia él.

—Gracias, ha sido una velada preciosa —y tras darle un ligero beso en los labios escapa. Es tan ligero que casi parece que no se lo ha dado, que todavía deja mil interrogantes a sus espaldas.

¿Qué somos? ¿Amigos? ¿Amantes? ¿Enamorados? ¿Novios? ¿Nada? Y con esta última pregunta, Guido la ve desaparecer en el portal.

Niki no llama el ascensor. Sube a pie intentando hacer el menor ruido posible. No me lo puedo creer, son las cuatro y media. ¿Cuánto tiempo hacía que no llegaba tan tarde? Una vida... Una vez delante de la puerta de casa, introduce la llave en la cerradura y la hace girar lentamente. Clac. Por suerte no han echado el pestillo. Entra y cierra la puerta con las dos manos, acercándola con cautela para no hacer saltar la cerradura. A continuación se descalza y se dirige a su habitación de puntillas. Cuando pasa por delante del dormitorio de sus padres mira bajo la puerta. El resquicio está oscuro. Han apagado la luz. Menos mal. Niki no sabe que, en cambio, Simona está otra vez despierta. Le ha bastado el ligerísimo ruido de la puerta de entrada para hacerle abrir los ojos, o quizá haya sido otra cosa, a saber. El hecho es que sigue los pasos de su hija como si pudiese verla y, como cualquier madre, ha comprendido. No se sabe bien hasta qué punto..., pero ha comprendido. Cuando oye que la puerta del dormitorio de Niki se cierra, exhala un hondo suspiro y trata de volver a conciliar el sueño. Da vueltas en la cama. ¿Debo hacer algo? ¿Tengo derecho a intervenir en la vida de mi hija? ¿Quién soy yo para decirle nada? Su madre. Sí, es cierto. Pero ¿puedo estar al corriente de su amor? ¿Cómo puedo interpretar, decidir, traducir sus sentimientos, lo que experimenta, lo que siente, lo que sueña...? Si ahora está feliz, triste o asustada... ¿Lo estará pensando mejor? Está sopesando qué hacer. Niki es joven, en ocasiones madura, demasiado adulta para su edad. De manera que ahora es justo que viva su vida, sin importar que ésta sea una fábula o la cruda realidad, que se caiga y vuelva a levantarse, que avance con facilidad o a duras penas, que viva a tres metros sobre el cielo o bajo tierra. El papel de una madre consiste precisamente en eso, en permanecer en todo momento al lado de su hija sin decir nada, lista para acogerla y para animarla cuando sea necesario, en dejarle la máxima libertad de elección y en estar de acuerdo con sus decisiones esperando que éstas la hagan feliz. Soy un fastidio. Vaya una madre pesada. Sus cavilaciones la hacen sonreír. ¿Sabes qué pienso hacer, Niki? No te daré la lata. Aceptaré todas tus decisiones esperando que éstas te hagan feliz. Eso es... Luego mira a Roberto, que duerme junto a ella, y que incluso ronca ligeramente. ¿Será posible? Debería hacer como él. Duerme a pierna suelta, todo le importa un comino, ¡sobre todo lo que ocurre en casa! ¡Y, por si fuera poco, ronca! De modo que, al menos por ese motivo, le da una patada rotunda y seca en la pierna. Roberto se sobresalta, pero acto seguido empieza a respirar de nuevo aún más profundamente de lo habitual. Mueve un poco los labios como si tuviera hambre, como si buscara algo en el aire, y acto seguido se vuelve hacia el otro lado y sigue durmiendo como si nada. ¡No me lo puedo creer! No es posible. Duerme como un angelito, él duerme mientras yo me devano los sesos con mi dilema..., que, a decir verdad, ¡debería ser nuestro! Roberto se da media vuelta de nuevo. No puede ser, piensa Simona, y se siente aún más desconsolada. ¡Ronca otra vez! ¿Será posible?

Ciento treinta y uno

Niki empieza a desvestirse. Se olfatea la piel. Se lleva el codo a la nariz. Hum... Qué extraño es este olor. Se parece al jabón que usaba de vez en cuando papá. Pero es bueno. Y fuerte. ¡Además es cierto! Tengo la piel muy suave. Es increíble el efecto del azufre en el pH, va muy bien para los hongos, para las ampollas, protege la piel... En fin, que uno debería sumergirse en esas piscinas al menos una vez a la semana. Sí. ¿Y luego? Sonríe. ¿Qué sucedería, dado que ha bastado un solo baño para que lo besase? Lo he besado. Esa palabra le resulta de repente muy extraña. Lo he besado. Acto seguido se mira al espejo. El pelo, encrespado y enmarañado, le rodea la cara dándole un aspecto diferente, casi no se reconoce bajo esa nueva luz. Lo he besado. Y vuelve a mirarse, vacilante, como si buscara en sus ojos las huellas de un auténtico cambio. Como en esa película, ese *remake* protagonizado por Nicole Kidman que trata sobre unos alienígenas que adoptan una apariencia humana, que van introduciéndose poco a poco en las personas, de manera que éstas empiezan a comportarse de manera diferente de la habitual. Niki se aproxima un poco al espejo. ¿Habrá entrado un alienígena en mi cuerpo? Sonríe. Esa película no me gustó. ¿Y esta noche? ¿Te ha gustado esta noche? Se queda absorta, suspendida delante del espejo. Después sonríe a esa extraña chica de aspecto rebelde. Tenía ganas de darme un baño, ¿vale? ¿Podemos considerarlo así? Pues bien. Digamos eso, por favor. Sigue desnudándose, se quita los pantalones, los coloca sobre una silla y, justo en ese momento, le llega de improviso otra pregunta, repentina, inesperada, que casi la deja sin sentido. ¿Y Alex? ¿Qué diría Alex de todo esto? ¿Le gustaría? Se siente en un aprieto, se siente morir. No, no creo. No creo. ¿La estáis oyendo? Es como si otra persona se estuviera riendo en su interior. ¡No me lo puedo creer! ¿Cómo puedes decir algo semejante? Has estado a punto de casarte con él, durante días, semanas, meses, más de un año y medio, en pocas palabras, habéis construido juntos cosas importantísimas, ¿y ahora vas y dices que no crees que le gustara? ¡Por supuesto que no! Le haría muchísimo daño. Lo que has hecho es inconcebible, inimaginable... De manera que, al igual que tantas otras veces, la vida es socarrona, se divierte contigo, te busca las cosquillas, te provoca, te ridiculiza... Sus ojos lo ven ahora. Está ahí, en ese rincón, el mismo donde lo dejó hace cierto tiempo. El paquete que Alex le mandó. Y casi en trance, pese a que no quiere o, al menos, no querría, porque le gustaría resistir, meterse en la cama, dormir..., lo coge. Lo mira por un instante y a continuación se derrumba. Empieza a desenvolverlo, ávida, curiosa, arranca el papel como si pretendiera precipitar el castigo, hacerse daño cuanto antes para poderse azotar de alguna forma y expiar de inmediato y por completo ese deseo juvenil... de darse un baño. El último trozo de papel cae al suelo. Y aparece entre sus manos.

«Para ti, para Niki.»

Un DVD. ¿Qué será? ¿Cuándo me lo habrá mandado? ¿Había encontrado ya mi carta? Después ve la fecha. No, lo mandó el día que se marchó. La noche en que salí por primera vez con Guido. Y sólo de pensar en ese nombre y en lo que ha sucedido desde entonces todo le parece absurdo, una eternidad, otra época, otro mundo, otro planeta. Antes de que la domine un ataque de pánico, Niki se aferra al DVD, lo abre, lo sujeta entre las manos, con las dos a la vez, como si fuese un documento importantísimo hallado después de varios años de búsqueda. Lo levanta poco a poco. Es delicado, frágil, fundamental, es el mapa de la verdad, el testimonio de esa leyenda que siempre se cuenta sin acabar de revelar del todo. Estoy segura de que aquí dentro encontraré todo cuanto necesito. Lo introduce en su ordenador y pasados unos segundos aparece el icono negro con la palabra «Play» escrita encima. Nik hace clic sobre ella y tiene la impresión de abrir una puerta, de asomarse a una dimensión desconocida. «Yo era ella, ella era yo, éramos uno, éramos libres.» La canción del día en que nos conocimos, cuando tuvimos ese accidente, cuando me caí. *She's the One*... Las notas prosiguen lentamente. «Éramos jóvenes, estábamos equivocados, estuvimos bien desde el principio...». Y en la película aparece Alex. Sonríe. La música va bajando de volumen y él empieza a hablar: «Amor mío... Me gustaría decirte que soy feliz, pero no he encontrado suficientes palabras... Este mundo no ha inventado palabras bastantes para poder expresar lo que siento por ti. Así que lo que pretendo es que estas imágenes hablen por mí...» El vídeo sigue pasando. La música sube de nuevo y se ven, una tras otra, las fotografías de los dos juntos. Alex y Niki en una fiesta, Alex y Niki aprendiendo a conducir, fotografías sacadas con el móvil. Niki que duerme y se enoja porque se da cuenta de que él la está filmando mientras se despierta. De vez en cuando se oye la voz de él: «Aquí estabas preciosa, aquí te amé durante toda la noche, aquí tuve miedo... Miedo porque me estaba enamorando de ti...» La música se eleva de nuevo y empiezan a verse las fotografías de Alex solo en el faro durante los días en que la estuvo esperando. «Aquí era cuando mi vida ya no tenía sentido...» Niki sonríe. «Aquí, cuando comprendí que renacía.» Unas breves imágenes de él saliendo de la casa del viejo guardián del faro.

«¡A la mesa!», su voz, la de ella, Niki. Qué ridícula estaba vestida de ese modo... ¡Era la primera sopa de mi vida! Y más fotografías e imágenes. «Aquí comprendí que era un idiota, que sólo había perdido el tiempo...» Una música diferente. Coldplay. Empiezan las imágenes de Nueva York. Niki siente una punzada en el corazón. Los contempla en silencio a los dos corriendo por las calles de Manhattan, ella que entra en Gap y a continuación en Levi's, ella que se prueba algunos vestidos y camisas, ella que empuja con una mano la cámara. Ella que dice: «Venga... No me grabes ahora... Que sepas que si lo haces no me casaré contigo...» Ese día lo dijo de broma, como si se tratara de una frase tonta que nunca, jamás, se haría realidad. Niki se echa a llorar lentamente, en silencio, sus lágrimas resbalan veloces, una tras otra, como un río en crecida, como una ola que se hincha, enorme, que ya no puede contenerse, de manera que se abandona, se deja llevar, se siente turbada por un alud de sentimientos confusos y su llanto va en aumento. La música prosigue. Aparece el paseo en helicóptero, la vista de Nueva York desde lo alto. El letrero sobre el rascacielos del Empire State. «Perdona, pero quiero casarme contigo.» Y el primer plano final de Alex. «Perdona, pero no he sido preciso. Perdona, pero siempre te querré.» Niki no puede resistirlo más, empieza a sollozar y se tapa la cara avergonzándose de ese beso, de su repentino deseo de rebelarse, de alejarse de todo lo que tenía, del maravilloso amor de Alex. Y entonces, pequeña náufraga por elección, se desespera en silencio, se enjuga las lágrimas con el dorso de la mano, apenada, desconcertada, desorientada y también enfadada por no poder culpar a nadie más sino a sí misma de ese extraño e inesperado cambio. Pero ¿por qué las cosas han salido así? ¿Qué ha sucedido realmente? Un vacío enorme la embarga y se siente más sola que nunca, a pesar de que sus padres, que están en la habitación de al lado, la quieren y la apoyan en todas sus decisiones. Y lo mismo puede decirse de sus espléndidas amigas, que siempre están en sintonía con ella, además de presentes en cualquier ocasión. En ese momento Niki se siente como un globo deshinchado. Hay algo que nadie puede apartar de mí. Algo de lo que ni siquiera puede hablar porque no sirve de nada, no se puede ni explicar ni comprender. La falta del amor. Perder el amor, el final de un amor, la fuga de un amor. Cuando eso sucede te sientes desnuda y vacía. Aunque quizá estés bien contigo misma, no dejas de ser una belleza sin alma. Impelida por esa inmensa soledad, se mete en la cama. Tal vez mañana lo vea todo distinto. Puede ser. Transida de dolor, exhausta, se tira sobre la almohada como si buscara un refugio, una playa segura, un meandro tranquilo en el que poder refugiarse de todos esos pensamientos. Pero ¿quién es el verdadero culpable de todo esto?

Ciento treinta y dos

Una preciosa caja envuelta de amarillo y naranja descansa sobre la mesita de cristal de la sala. Al lado, dos vasos de naranjada y dos pedazos de tarta de chocolate y coco. Diletta mira a Filippo sonriendo.

—Pero ¿por qué?

—¿Cómo que por qué? ¡Porque te lo mereces!

Diletta mira entonces el paquete.

—¡Pero si no es nuestro aniversario, ni tampoco mi cumpleaños!

—¡No, pero es una fiesta!... ¡Confía en mí!

Diletta coge la caja. La observa, la voltea y la sacude para adivinar lo que hay dentro.

—No hace ruido...

Filippo no le contesta y sonríe.

—¡Venga, ábrela!

Se ve a la legua que Diletta no lo resiste más. Finalmente lo complace y empieza a desenvolver la caja poco a poco procurando no arrancar el papel. Nunca le ha gustado romperlo. Lentamente va apareciendo el contenido. Diletta apenas puede creer lo que ve. Después repara en la tarjeta. La coge y la lee.

—No me lo puedo creer... —Se vuelve, lo mira y se abalanza sobre él loca de felicidad. Lo cubre de besos, lo abraza y se ríe conmovida.

Filippo se deja hacer y se ríe también, sorprendido y satisfecho de esa explosión de alegría. Porque es más que un regalo. Es una promesa, una elección, una toma de conciencia y un viaje juntos rumbo a numerosas y diferentes sorpresas. Es un salto al vacío, pero con un paracaídas capaz de protegerlos a los dos. Diletta se levanta y coge la mano de Filippo. Lo mira dulcemente.

—Ven..., ven conmigo...

Lo lleva a su habitación, cierra la puerta y lo hace acomodarse en la cama. Empieza a besarlo. Se sienten muy próximos, más unidos que nunca, en cierto modo adultos y conscientes, todavía temerosos pero preparados. Finalmente preparados.

En la sala, en el sofá, rodeada del papel sin romper y del gran lazo que lo envolvía, hay una caja abierta con un buzo de bebé tierno a más no poder. Es de color amarillo pálido y tiene unos ositos bordados encima. Además, la tarjeta dice: «Amarillo como el sol que ilumina tu mundo, amarillo como una flor que brilla a mediodía, amarillo como tu pelo, rubio como el oro, amarillo como un sueño que se hará realidad. Poco importa que sea niño o niña: será tan maravilloso como tú...»

Ciento treinta y tres

Varios días más tarde. Un cielo azul sin nubes. Un tráfico lento y sin bocinas que intenten acelerar el ritmo de la ciudad. Alex acaba de cerrar el coche. Se dirige apresurado hacia el patio y entra en el edificio.

—Buenos días, señor Belli, arriba lo están esperando.

—Bien, gracias.

¿Me están esperando? Pero ¿quién? ¿Y por qué? ¿Qué habrá pasado? Mientras entra en el ascensor lo asalta una idea extraña, un recuerdo del pasado se asoma dolorosamente a su mente. Aquel día, al teléfono…

—Hola... Tu secretaria no me ha dejado hablar contigo.

—Lo siento, pero ¿dónde estás?

—Fuera de tu despacho.

Alex sale corriendo de él y la ve allí, sentada en la sala de espera, en un sofá de colores, con su chaqueta azul y las zapatillas Adidas de media caña, y sus piernas, y la carpeta con los dibujos de la campaña de LaLuna... En un instante tiene la impresión de haber vuelto atrás en el tiempo y le parece imposible que Niki ya no forme parte de su vida. Lo nota particularmente cuando se detiene delante del sofá. ¿Dónde estás, Niki? ¿Qué ha sido de nuestra vida? ¿Por qué? Siente una especie de vértigo al pensar en lo absurdo que es todo lo ocurrido. Pero justo en ese momento se abre la puerta de la sala de reuniones.

—Alex, te estábamos esperando. ¡Ven! —Leonardo le sale al encuentro corriendo y lo coge del brazo. Después, casi a rastras, compone la mejor de sus sonrisas—. ¡Aquí está mi número uno: Alessandro Belli! —y lo hace entrar.

En la sala de reuniones lo recibe un grupo alegre de publicistas, redactores, creativos, productores, contables, el presidente e incluso el administrador de la empresa.

—«¡Felicidades!» «¡Muy bueno!» «¡Excelente!»...

Lo reciben con esos adjetivos para celebrar su éxito. Alex los mira aturdido, gira lentamente la cabeza de izquierda a derecha, de derecha a izquierda. Los conoce a todos de sus numerosos años de trabajo, desde sus inicios en el nivel más bajo, su porvenir hecho de cargas, de mejoras, de tenacidad, de aplicación, de ingenio, de pequeñas metas, de enormes esfuerzos, de infinitas carreras, de horas interminables y de grandes éxitos. Y, sin embargo, cambiaría de buena gana todo eso y a toda esa gente por una sola persona. ¿Dónde estás, Niki? ¿Qué supone un éxito cuando no tienes a tu lado a una persona con quien compartirlo, la única que amas?

—¡Ha tenido un éxito increíble en Estados Unidos! —Leonardo le rodea los hombros con el brazo devolviéndolo a la realidad—. Habéis acertado en todo... Les ha gustado hasta el eslogan.

Al volverse ve a Raffaella, tan guapa como siempre, más aún, elegante, circunspecta, silenciosa, perfecta tanto en las maneras como en el sentido de la oportunidad, que le sonríe desde lejos y le guiña un ojo con simpatía, sin malicia, y a continuación lo señala como diciendo: «Eres tú, todo esto te lo debemos a ti, este momento de gloria es cosa tuya.» Y Alex esboza una sonrisa, aturdido por todas esas palabras.

—Ponlo en marcha, venga.

En la sala reina un silencio casi religioso cuando la pantalla motorizada desciende desde lo alto. Alex apenas puede detenerse, ya que en un instante lo envuelven las imágenes de su película. Animales corriendo, un león, un guepardo, una pantera, un antílope que salta, una gacela capturada al vuelo por las garras de un jaguar y, al fondo, unas manos oscuras que aporrean continuamente un tambor de piel. Tum-tum-tum. Tum-tum-tum. Las imágenes prosiguen y poco a poco se difuminan. Después aparece la palabra «Instinto», que emerge del fondo con una música cada vez más fuerte. Un primer plano de la boca de una pantera que se abre liberando un rugido. Después, «Amor»: un león y una leona copulando salvajemente mientras se muerden en el cuello, poco menos que despedazándose de pasión. Y de nuevo varios antílopes cada vez más veloces, centenares, que escapan, corren, saltan y casi atraviesan la pantalla: es el momento de la palabra «Motor», que va de inmediato seguida de un coche negro que aparece como un rayo en primerísimo plano y a continuación dobla una curva y se detiene. Una pantera pasa por su lado, lo mira, restriega su costado contra él y luego se aleja mientras aparece el nombre del coche y su eslogan: «Instinto, amor, motor.» Cuando se encienden las luces, todos aplauden entusiasmados. Alex está sorprendido, se diría que desconcertado.

—¡Genial, muy bien!

Todos siguen aplaudiéndolo, de vez en cuando le dan unas palmaditas en la espalda.

—¡Buenísimo! ¡Felicidades, la campaña es magnífica, la mejor que he visto en mi vida sobre un coche!

Alex sonríe sin acabar de creérselo. ¿Cómo puedo haber hecho todo eso? He usado el eslogan de mi vida, de mi filosofía, mi corriente de pensamiento, para un coche, para un pedazo de hierro que, algún día, me sobrevivirá fríamente, que no piensa, que no razona, que no sufre ni se alegra. «Amor... motor.» ¿Hasta ese punto he llegado? No es posible. Sonriente, saluda todavía a varias personas, después abandona la sala y corre hacia su despacho. Se encierra en él y empieza a rebuscar entre los folios, entre las carpetas, bajo los diseños, bajo los diferentes tipos de letras que ha considerado, elegido, valorado. Hasta que la encuentra. «Amor... motor.» Es su caligrafía. ¡Lo he hecho yo! Un poco más abajo encuentra otro folio lleno de signos de interrogación, otro con un corazón y varias letras escritas, siempre las mismas: A y N. Eso es. Debía de estar borracho, debía de haber bebido, ¿cuándo fue? Cuando estuve mal. Hace ya semanas que estoy mal. Me he sumergido en el trabajo y también en él he organizado un buen lío. Se lleva las manos a la cabeza... Pero ¿cómo es posible? Justo en ese momento llaman a la puerta. Alex alza la mirada.

—¡Adelante!

Es Raffaella.

—¡Hola! ¿Cómo va? ¿Has visto qué éxito?

—No... ¡Lo que he visto ha sido otra cosa! —Alex le muestra furioso las palabras «amor, motor»—. ¿Esto lo elegiste tú?

—No, Alex. Jamás me habría permitido hacer una cosa semejante. Lo dejaste sobre la mesa. Después, la noche en que debíamos ultimar la película te fuiste a casa porque... No estabas, lo que se dice, demasiado bien...

Él la mira y recuerda. Se refiere al día en que él se emborrachó y ella lo acompañó a casa en taxi. Lo ayudó a entrar y luego se marchó... Fue muy amable porque, sobre todo, en los días sucesivos no se lo recordó, hizo como si nada, y no le dijo una palabra a nadie. Alex baja el folio. Raffaella le sonríe. Se da cuenta de que él acaba de hacer memoria.

—Después Leonardo me dijo que te había llamado a casa y que tú mismo le habías dictado la frase del eslogan: «¡Instinto..., amor, motor!» —Raffaella vuelve a sonreír—. Es preciosa. Puede que no te des cuenta, pero tú sólo sabes hacer cosas preciosas —y tras decir esas palabras con voz trémula, sale de la habitación.

Alex sacude la cabeza y da un puñetazo sobre la mesa, después se arrellana en el sillón. Sólo me faltaba esto. La he humillado. Lo ha hecho todo ella, la película, la elección de la música..., el montaje, el ritmo, las escenas de animales del *National Geographic*, el primer plano de la pantera e incluso el del coche. Instinto y yo..., yo encontré el eslogan. ¡Pero qué digo, no lo encontré! Usé uno que ya existía. ¡Incluso he copiado! De mí mismo..., ¡pero he copiado! Y encima me he enfadado. Soy un desastre... Bueno, de una manera u otra tendré que resarcirla, en el fondo el éxito es más suyo que mío y todos me han felicitado a mí... En ese momento oye un *bip* en su móvil. Un sms. Saca el teléfono del bolsillo casi sin pensar. ¿Quién será ahora? ¿Otro agradecimiento? ¿Uno de sus colegas, un publicista, un redactor, Leonardo que quiere invitarme a comer...? Esperemos que no. Hoy no tengo hambre. Cuando abre el mensaje y ve el nombre, la habitación empieza a darle vueltas, el techo parece caer, las paredes tiemblan, la tierra tiembla, un remolino repentino, un terremoto emotivo.

Niki. Vuelve a mirar bien el mensaje. Aleja el aparato de su cara. Sí. Niki. Es ella. Y se queda paralizado, en vilo, al borde de un precipicio, de una sima, frente al abismo de un volcán en erupción..., ¿o tal vez está a orillas de un paraíso? ¿Qué habrá escrito en ese mensaje? ¿Será de nuevo feliz o ya no tiene derecho a esperar eso? De inmediato, un sinfín de suposiciones, de frases que Alex imagina que encontrará al abrir el mensaje.

«Perdona, pero estoy con otro.» No, te lo ruego, no me digas que es eso. Otra, en cierto modo, aún más dolorosa: «Perdona, pero ya no te quiero.» Otra, aún peor: «Perdona, pero nunca te he querido.» A continuación, una leve mejora: «Perdona, pero pienso en ti.» «Perdona, pero todavía estoy indecisa.» «Perdona, pero he reflexionado.» Todavía mejor: «Perdona, pero me gustaría que volviéramos.» «Perdona, pero... quiero casarme contigo.» Sí. Quizá. Mira fijamente por unos minutos el sobre cerrado. Sólo ella sabe lo que contiene. Ella, que lo ha escrito. Sigue escrutando ese mensaje. Antes de abrirlo puedo imaginar cualquier cosa, después sólo tendré la certeza de lo que encuentre. Podría borrarlo sin leerlo, pasar el resto de mi vida imaginando lo que podría haber encontrado. Pero luego comprende que no puede ser, que la vida hay que vivirla hasta el fondo. En una ocasión, uno de sus amigos, ahora no consigue recordar quién, le dijo: «Hay que apurar la copa cuando es amarga, sólo entonces puedes sobreponerte.» Cierra los ojos por unos instantes, respira profundamente, vuelve a abrirlos y pulsa la tecla para leerlo.

Contempla las palabras en silencio. Las relee varias veces. Después decide responder. Pero precisamente en ese momento llaman de nuevo a la puerta.

—¿Se puede? —Leonardo entra sin aguardar respuesta—. ¡Te he traído un café y un cruasán! Para celebrar con dulzura tu éxito personal...

No le da tiempo a acabar la frase. Alex se levanta del sillón, coge la chaqueta, a continuación la bolsa y abandona el despacho a toda velocidad.

—No... Perdona...

—Alex... Pero tu éxito..., en un día como éste todos quieren hablar contigo...

Alex entra en el ascensor. Sin responderle aprieta el botón del «0».
Las puertas se cierran delante de él. Leonardo todavía dice algo, pero
Alex no lo ve, no lo oye. Para él sólo cuentan las palabras de ese mensaje: «Alex, me gustaría hablar contigo. Estoy en Villa Glori. ¿Te apetece pasar por aquí?» Su respuesta ha sido muy clara: «Sí.»

Ciento treinta y cuatro

Un viento ligero agita las hojas de los grandes árboles. Otras, las que se han caído ya, convierten ese gran prado verde en una abigarrada alfombra. Algunas personas suben la cuesta que lleva a la cruz de los caídos. Otros, menos holgazanes, corren por el camino que rodea las atracciones y las estructuras arquitectónicas que un fantasioso escultor puso en su día allí.

Alex camina de prisa. Desde que ha salido del despacho sólo ha pensado en ese mensaje. «¿Te apetece pasar por aquí?» Como si fuese algo normal, como si entre ellos no hubiera ocurrido nada, como si uno de los dos hubiera estado de vacaciones durante un breve período de tiempo, o trabajando en el extranjero... Y, sin embargo, la llamó en alguna ocasión, le mandó varios mensajes en los que le decía que tenía ganas de verla, de entender, de hablar, de aclarar las cosas, de charlar un poco para poder mirarla a los ojos. Para poder enfrentarse a su mirada. Alex estaba seguro de que así podría comprender. Le habría bastado un silencio, un tiempo lo suficientemente largo, para descubrir la verdad en sus ojos. Si los hubiera bajado, si hubiera mirado hacia otra parte, si se hubieran mostrado huidizos o nerviosos, habría despejado todas sus dudas. Habría sabido que se había acabado. De manera que ahora camina cuesta arriba, por ese lugar donde se han visto mil veces, donde se han reído y bromeado, por donde han paseado cogidos de la mano. Hasta han hecho *jogging* juntos. Alex sonríe. Cuando corrían tenía que frenar el paso para no dejarla atrás, para oír cómo resoplaba de vez en cuando como si estuviera dándose ánimos a sí misma. La ayudó, le enseñó a hacer estiramientos, a correr sobre la punta de los pies, a subir de espaldas una cuesta escarpada para trabajar al máximo las nalgas, por las que tanto se preocupaban las mujeres, y por otros motivos, también los hombres. ¿Y ahora? Alex camina jadeando, nervioso y con una sonrisa tensa en los labios. También el parque ha cambiado. Casi parece cosa de otros tiempos. De un momento diferente de mi vida. Algo que en apariencia sucedió hace muchos años, que ya no existe, que se ha perdido lejos, en el tiempo del que se ocupa con celo un extraño, y ya, obtuso recuerdo, además de confuso. Alex llega a la explanada y empieza a dar la vuelta al recorrido. Mira a derecha e izquierda los campos que rodean el camino. Aquí y allá, varias personas pasean con las manos metidas en los bolsillos y un cigarrillo en la boca, mientras un perro suelto corretea por todas partes a la espera de que aparezca un animal cualquiera. Algunos chicos adelantan a Alex, quizá con el objetivo de batir un récord personal. Dos chicas pasan por su lado. También ellas están haciendo *jogging*. La primera, la rubia, tiene unos grandes senos que se balancean y rebotan al ritmo de su paso; la otra, más delgada y bajita, tiene el pecho más pequeño y su cabellera oscura salta sobre sus hombros. Charlan mientras corren, respiran como es debido y mantienen un buen ritmo. Cuando pasan junto a Alex las dos se vuelven para mirarlo por un instante. Después, nada más alejarse un poco, la rubia dice algo y la morena se vuelve de nuevo para mirarlo. A continuación asiente con la cabeza y le contesta a su amiga. Las dos se echan a reír y, alegres y deportivas, desaparecen al doblar la curva. Pero, como suele sucederles a los que sufren por amor, Alex no se percata de nada de todo eso. Busca a lo lejos, entre los árboles, por las pequeñas explanadas, en los breves espacios verdes que hay entre una estructura y otra, hasta que la ve. Ahí está. Camina con un abrigo azul oscuro, moderno, un poco *vintage*, un abrigo militar. ¿Dónde se lo compró? Ah, sí. En el Governo Vecchio, poco antes de llegar a la piazza Navona, en una pequeña tienda de segunda mano. Lo compraron juntos una noche que paseaban por esa zona. Niki casi hizo enloquecer al propietario de la tienda. Se lo probó todo, y cada prenda fue una ocasión para desfilar cómicamente en su honor. Alex lo recuerda como si fuese ayer. Estaba sentado en un viejo sillón de piel admirando a su modelo preferida, la protagonista de la campaña publicitaria de su vida. Amor motor. La misma que a diario le daba fuerzas para ser feliz, para sonreír a la lluvia, para celebrar el sol y todo cuanto sucedía sobre la tierra... A saber lo que dirá Niki cuando vea ese eslogan, que, prácticamente, ha sido acuñado a partir de nuestra historia. Alex enfila un atajo y se dirige hacia ella. Niki camina con las manos metidas en los bolsillos de los vaqueros, pateando de vez en cuando alguna cosa. Mira el suelo con la cabeza gacha y a veces la sacude como si no estuviera de acuerdo con alguien, como si estuviera discutiendo por teléfono... De hecho, ahora que está más cerca, Alex ve que tiene un auricular pegado a la oreja. ¿Con quién estará hablando? Lo invaden unos celos absurdos. ¿Qué estará diciendo? ¿Se reirá? ¿Pronunciará palabras de amor, tiernas, ocurrentes, pasionales, frases románticas? Ese repentino alud de sentimientos lo confunde hasta tal punto que siente deseos de echar a correr, de marcharse y de escapar lo más lejos posible. Después la mira mejor y se da cuenta de que en la otra oreja también lleva un auricular. Uf... Exhala un suspiro de alivio. Por eso mueve la cabeza, está bailando al ritmo de una canción. Niki debe de haber advertido su presencia, sin verlo, porque alza la cabeza. Su mirada es delicada. Alex reconoce de inmediato esos ojos. Han llorado mucho. Han sufrido. Están cansados, agotados, y necesitan hablar. Nota un retortijón en el estómago. Niki... Te lo ruego, no digas nada. Ella esboza una sonrisa leve, empañada, débil, y se quita los auriculares.

—Hola... Estaba escuchando a James Morrison. ¿Cómo estás?

¿Que cómo estoy?, piensa Alex. ¿Cómo se supone que debería estar? Como un hombre acabado, destruido, sin una razón para vivir, sin motivos... Pero decide no mostrarle ese estado de ánimo, facilitarle la vida, ayudarla a dar un paso, en caso de que quiera, y animarla a hablar.

—Bien... —Alex sonríe—. Ahora estoy bien, mejor...

Tenía que decir algo, de otra forma no habría resultado creíble. Habría sospechado algo, no le habría permitido decir serenamente lo que piensa a un hombre maduro en lugar de a un chico frágil, afligido, hecho trizas, despedazado por el amor, por los celos, por las dudas, por las inseguridades, por las películas que uno se monta en la cabeza cuando no sabe, cuando ya no lo resiste más, cuando, exhausto, dejando a un lado el orgullo y coge el teléfono, llama a su amada y encuentra su móvil apagado a una hora en que no debería ser así y durante demasiado tiempo. Pero Alex sonríe y en un instante es como si se hubiesen cancelado todos esos minutos, esos días y esas semanas de los que ya ha perdido la cuenta. Ánimo, tengo que mantener el ánimo, se repite una y otra vez en su fuero interno. Aprieta los dientes, Venga, disimula, adelante, que se vea la rabia, la voluntad y la resistencia. Y a continuación la frase más dolorosa, más estúpida e inútil, pero a la vez tan necesaria para poder entablar una conversación:

—¿Qué me cuentas?

Niki baja de inmediato los ojos tratando de hacer acopio de todas sus fuerzas para decírselo todo, para contárselo todo con detalle, sin dejarse nada en el tintero.

—¿Sabes? Creo que nos precipitamos... Quizá todavía no había llegado el momento, tal vez aún necesitaba vivir mi libertad... —A medida que va hablando se da cuenta de que no le está contando toda la verdad, de que en parte le está mintiendo, porque no lo menciona a él—. Además, tus hermanas..., tener que elegir todas esas cosas...

En ese momento sus miradas se cruzan. Sigue un silencio demasiado largo. Después ambos desvían la vista hacia otro lado y la bajan. Alex siente que el corazón le da un vuelco y lo comprende de inmediato. Es como había imaginado. Le gustaría escapar muy lejos, solo, volver a ese faro rodeado por el mar, envuelto en el silencio. Solo. Solo. En cambio, permanece allí y siguen hablando de sus cosas, de todo y de nada, imaginando cómo sería con una mayor libertad.

—Pospongamos la boda; quizá podamos casarnos más adelante... O tal vez nunca.

—¿Qué?

Niki parece casi sorprendida, desconcertada de oírlo hablar así, pero de repente se da cuenta. Alex está cansado, tenso, agotado. Es uno de esos momentos en los que uno haría de todo por amor, incluso más, en los que uno se arrastraría por el suelo, unos momentos que nunca se olvidan cuando los has vivido, y que cuando al cabo del tiempo te vienen a la mente te hacen avergonzarte de haberte humillado hasta ese punto. Esos momentos no se confiesan a nadie, ni siquiera a los mejores amigos. Te pertenecen en exclusiva, y al recordarlos te das cuenta de hasta qué punto has llegado a amar.

—Sólo sé que no me siento preparada.

Niki no añade nada más. No quiere decir nada más. En parte porque no sabe qué decir. Después de haber oído hablar a Alex vuelve a sentirse confundida. Ha acudido a la cita para contarle que está saliendo con un chico y, sin embargo, no le ha dicho ni una palabra. Nada. Quizá es importante que Alex lo sepa, podría ayudarlo a superar ese momento. Es ella la que admite la presencia de otra persona en su vida. Pero ¿existe de verdad esa presencia? En realidad no ha vuelto a suceder nada porque ella todavía no está segura, está asustada, está mal, llora a menudo, le gustaría ser muy feliz y, en cambio, no lo consigue. No es justo. No es posible. ¿Por qué me tiene que ocurrir esto precisamente a mí? Niki se desespera. En silencio, se debate en su dolor.

Alex se da cuenta.

—Niki, ¿qué pasa? ¿Puedo hacer algo por ti? Te lo ruego, dímelo, me encantaría poder ayudarte, me siento culpable del estado en que te veo, de lo que estás experimentando... Tengo la impresión de que todo es por mi culpa, porque yo, con mis veinte años de diferencia, te he obligado a quemar etapas, es como si tú te hubieras visto forzada de repente a dar un salto hacia adelante, a hacer a un lado todo lo que, justamente, debes vivir...

Niki exhala un suspiro. Le encantaría poder explicarle lo que siente, decirle que no es culpa suya o, al menos, no sólo suya, que ella es una tonta, una niña, una insensible que no ha sabido vivir por su cuenta, reflexionar, esperar y decidir antes de dar un paso como ése. Y ahora sólo se siente confundida y cansada. Alex vuelve a ver esa mirada algo triste, remota, como ofuscada. Todo lo que Niki no era antes. De manera que, sufriendo por esa sonrisa que ya no encuentra, intenta distraerla.

—No me has dicho nada... Te mandé un DVD con un vídeo que hice para ti..., contigo... ¿Lo viste?

Niki recuerda esa maravillosa película, aunque, sobre todo, el momento en que la vio. La noche en que besó a Guido. Alex sigue hablando:

—¿Sabes? Quise poner *She is the One* porque la considero nuestra canción... Cuando chocamos...

Cuando la mira a los ojos, sin embargo, se percata de que ella está llorando. En silencio, lentamente, las lágrimas caen una detrás de otra sin detenerse. Y Alex no entiende, no sabe qué decir, está completamente desconcertado.

—Amor mío..., ¿qué pasa?... ¿Es por la película? No debería haberla mandado, pero ya lo había hecho cuando recibí tu carta, no lo hice para reconquistarte; tírala si no te gusta, no es tan importante...

Alex se acerca a ella e intenta abrazarla, le gustaría estrecharla entre sus brazos, transmitirle todo el amor que siente por ella, hacerle sonreír, hacerle sentirse de nuevo feliz, como siempre, más que nunca, ella, su Niki.

Pero Niki lo rechaza, se aparta.

—No, Alex... —Sigue llorando y sólo consigue decir—: Perdóname, no debería haberte buscado.

Y a continuación se aleja corriendo, escapa por el prado, el mismo lugar donde se amaron tanto, donde se abrazaron rodando entre las flores en un día de sol, cubriéndose de besos en una tarde primaveral. Y, en cambio, ahora escapa sin decir nada más, así, sin una verdadera razón, y a Alex le viene a la mente una canción de Battisti. Sin una razón, sin pies ni cabeza, así le parece su vida. ¿Cómo eran esas palabras? «Una sonrisa y he visto mi final en tu cara, nuestro amor evaporándose en el viento... Recuerdo. Morí en un instante.» Alex sigue mirando en esa dirección. Niki ya no está. Allí ya no hay nada. No es posible. Le parece estar inmerso en una pesadilla, en una dimensión absurda, en un mundo paralelo. Y ve gente corriendo, niños riéndose, personas hablando, enamorados besándose, esas dos chicas que pasan de nuevo por su lado, esta vez más cansadas, pero que lo miran tan risueñas como antes. No es posible. ¿Por qué? Deteneos también vosotros, os lo ruego. Echa a andar. Le vienen a la mente otros versos de esa misma canción. «Un ángel caído en vuelo, eso eres ahora en mis sueños...» ¿Eso eres para mí ahora, Niki? ¿Un ángel caído en vuelo? Y aún varias palabras más: «Cómo te querría... Cómo te querría...» Y, por último: «De repente me preguntaste quién era él... Una sonrisa y vi mi final en tu cara, nuestro amor evaporándose en el viento...» De eso hablaba esa canción. Ahora está claro. De un engaño.

Ciento treinta y cinco

Una semana después.

Última hora de la tarde. Olly abre la puerta y arroja su cartera de trabajo sobre el sofá. A continuación se descalza y se dirige a la cocina. Abre la nevera, coge una botella de Coca-Cola, la abre y bebe un sorbo. Luego la vuelve a colocar en su sitio. Mira alrededor. Sí, por hoy puede pasar, el caos en casa no es excesivo. Sólo algunas cazadoras desperdigadas por doquier, las zapatillas de andar por casa bajo la mesa y algunas fundas de CD abiertas. Mira el reloj que está colgado de la pared. Llegarán en menos que canta un gallo. A saber cuántas cosas tendrá que contarnos...

Pasados unos minutos llaman al interfono. Ya están aquí. Olly corre a abrir la puerta y las ve a las tres.

–¡Hola! ¡Nos hemos encontrado en el portal! ¡Mira, Diletta ha traído cosas deliciosas para comer! –dice Erica.

Diletta sonríe mientras le enseña una bolsa del supermercado.

–¡Sí, esta vez invito yo, he comprado un montón de porquerías maravillosas!

Entran en la casa y se acomodan en el sofá grande. Diletta empieza a sacar de la bolsa las botellas de Coca-Cola, los zumos de fruta, unos tentempiés de arroz y chocolate, avellanas y pistachos...

–Pero bueno, ¿ni siquiera un poco de vino?

–¡Erica! ¿Se puede saber qué estás diciendo? ¡A estas horas de la tarde!

–¡Bueno, lo decía como aperitivo!

—¡El aperitivo lo haremos con los zumos de fruta! —dice Diletta mientras acaba de colocar las cosas sobre la mesa—. ¡Son más saludables!

Niki se echa a reír.

—Bueno, en fin, lo que has comprado no es lo que se dice muy sano, ¿eh?... ¿Qué pasa? ¿Ahora te ha dado por los aperitivos? Por eso has engordado, ¿no?

—De vez en cuando me doy el gusto, es cierto y, además, por el momento no he dejado de correr.

Olly la mira.

—¿Qué era eso tan importante que tenías que contarnos? Nos has convocado con un sms muy extraño: «Os anuncio una pequeña ola...» ¿Qué querías decir?

—Sí, la verdad es que yo tampoco lo he entendido —corrobora Erica mientras se come un puñado de avellanas.

Diletta esboza una sonrisa y las mira una a una. Sus amigas. Juntas desde siempre. Divertidas. Guapísimas. Tan diferentes, tan unidas. Y ahora están ahí por ella, listas para responder y para hacer acto de presencia en todo momento. Luego mira a Niki y piensa en lo mucho que se ha alejado de ella debido a sus problemas. Pero hoy ha acudido a la cita y está a punto de escuchar la noticia...

—Mis queridas Olas..., ¿qué tenéis planeado hacer dentro de seis meses?

Ellas se miran entre sí sin comprender una palabra.

—No lo sé —responde Erica—. ¡Quizá estaré saliendo con un tío que esté buenísimo!

—¡Y yo tal vez estaré haciendo un buen trabajo para la agencia! —exclama Olly.

—Yo, la verdad es que no lo sé... —dice Niki triste.

Olly le aprieta la mano.

—Bueno, pues yo sí que lo sé...

Todas se vuelven para mirar a Diletta.

—Sí, lo sé... ¡Estaréis en el hospital!

Olly hace cuernos con la mano izquierda, Erica pone los ojos en blanco y Niki la mira con expresión de asombro.

—¿A qué viene eso? ¿Quieres traernos mala suerte?

—Estaréis en el hospital... buscando mi habitación.

Las chicas se miran aún más sorprendidas.

—Nos estás asustando, Diletta. ¿Qué te pasa? —Niki parece realmente preocupada.

Diletta sonríe sacudiendo la cabeza.

—Buscaréis mi habitación en la sección de Maternidad.

Niki mira a Olly. Erica se atraganta con un pistacho y empieza a toser.

Niki se lleva la mano a la boca.

—No..., pero...

Olly salta de repente sobre el sofá.

—Pero..., pero... ¿no estarás diciendo que...?

Diletta mira a sus amigas risueña y se acaricia la tripa con una mano.

—Os lo he escrito en el mensaje, ¿no? Está a punto de llegar una pequeña ola...

Olly, Erica y Niki se miran y de improviso empiezan a gritar y abrazan a Diletta, la besan y rompen a llorar.

—¡Con cuidado! ¡De lo contrario, ¿cómo podré haceros una pequeña ola?!

A continuación la acribillan a preguntas sin dejar de gritar y de reírse. Diletta les cuenta sus dudas, la idea de abortar y la indecisión de Filippo. Y, luego, la determinación que han tomado, el valor de seguir adelante y las ganas de ambos de tener ese hijo. Las Olas le preguntan más cosas, quieren saber cómo está, cómo se siente, si está contenta.

—¡Oh, ahora tendré que llamarte «mamá»! ¡Mamá Dile! —exclama Erica.

—¡Sí, y yo iré a pedirte consejo cuando mi madre me estrese! —bromea Olly.

—Eres valiente... —reconoce Niki.

—¿Sabes, Niki? Basta con querer las cosas... —dice Diletta, y le sonríe.

A Niki le impresionan esas palabras. Simples, verdaderas, capaces de hacerla reflexionar. Por un instante las repite en silencio, una, dos, tres veces. «Basta con querer las cosas.» Es cierto. La vida depende de nosotros. Al igual que la felicidad. Lo que en un principio nos asusta puede convertirse en una fuente de fuerza y de belleza. Se queda pensativa mientras Erica y Olly hablan con Diletta conmovidas por la estupenda noticia que cambiará la vida de su amiga. Y en parte también la de ellas.

Ciento treinta y seis

—Eh, pero ¿dónde te habías metido?

Niki está sorprendida. No esperaba encontrarlo. Al menos, no ahora. Guido.

—Hace muchos días que no te veo en clase... —Guido sonríe. Intenta no parecer demasiado entrometido—. ¿Todo bien?

En el fondo, él no tiene nada que ver. A fin de cuentas no es culpa suya, ¿no?, piensa Niki.

—Sí, todo en orden. Es que ciertas cosas nunca son fáciles.

—Tienes razón. Casi siempre son las más difíciles.

Esa manera de hablar a medias tintas que deja espacio a la imaginación. Permanecen por unos momentos en silencio ensimismados en sus pensamientos. Niki. A saber qué habrá entendido. Siempre es difícil interpretar el propio corazón, saber qué rumbo ha tomado, dónde nos llevará... Cuánto daño te hará en esta ocasión. Guido la mira fijamente. Se pregunta qué decisión habrá tomado. De un tiempo a esta parte parece muy distraída. Aunque lo cierto es que sólo la ha visto dos veces y siempre rodeada de gente... No hemos podido hablar mucho. Pruebo.

—¿Te apetece venir a estudiar a mi casa?

Niki lo mira perpleja y a continuación arquea las cejas.

—¡Pero a estudiar de verdad! Voy muy retrasada con el programa.

Guido sonríe y cruza los dos dedos índices sobre los labios.

—¡Te lo juro!

De manera que poco después se encuentran en su casa.

–Ven... Mis padres se han ido ya, qué suerte tienen... –sonríe–. Se lo toman con calma. Tenemos una casa en Pantelleria y suelen irse unos meses antes del verano para arreglarla... A mí me viene de maravilla. A fin de cuentas, me dejan a Giovanna, la asistenta, que me limpia la casa y me hace la compra y la comida todos los días. ¿Qué más se puede pedir? Libertad... Y comodidad.

De manera que están a solas en un piso grande y tranquilo.

–¿Quieres un té?

Niki sonríe.

–Puede...

Entran en la cocina y charlan de sus cosas, de los amigos de la universidad que han empezado a salir juntos o de los que lo han dejado.

–¡Qué pena, eran tan monos!

–Sí, la verdad es que hacían una buena pareja.

Por unos instantes Niki piensa en su situación y se sobresalta, el corazón le da un vuelco, siente una punzada sutil.

Guido parece darse cuenta, aunque también es posible que no, el caso es que, sea como sea cambia de tema.

–Nosotros hemos reservado ya el apartamento en Fuerteventura... ¡Al final vienen todos!

Niki parece encantada de poder distraerse un poco.

–¡¿Quiénes son todos?!

–Bueno, Luca, Barbara, Marco y Sara. Erica y Olly han dicho también que sí, puede que Diletta y Filippo...

–¿En serio? Me comentaron algo al respecto, pero todo parecía estar aún en el aire.

Guido sonríe, apaga el fuego e introduce las bolsitas de té en el hervidor.

–No, no, lo que ocurre es que tus amigas te están dejando al margen...

–Ellas nunca harían eso, son mis Olas. Con ellas hago surf en la vida y como la líes al que te tirarán será a ti. En alta mar, ¿eh?

–Vale, vale, olvídalo. Me rindo. ¿Quieres leche o limón?

–Limón, gracias...

Guido sirve el té en las dos tazas que ha cogido de los armaritos que están encima de la fregadera y ambos se sientan a la mesa de la cocina esperando que la bebida humeante se enfríe un poco.

—Ah, nunca te lo he preguntado pero... ¿cómo conseguiste mi número?

Guido esboza una sonrisa y bebe el primer sorbo.

—¡Ay, todavía quema!

—¡Te lo tienes bien merecido! Bueno, ¿quién te lo dio?

Guido abre los brazos.

—¡Se dice el pecado, pero no el pecador!

—Sí..., pero en este caso el pecador se sabe ya quién es..., ¡tú!

—¿Yo? ¿Por qué?

—Deja ya de hacerte el moralista y asume las responsabilidades de tus actos... ¿Sabes cuánta gente se comporta como tú en este mundo? ¡Muchísima! Porque no tienen huevos... Pero tú sí tienes, ¿verdad?

Guido parece desconcertado por la conversación. No se lo esperaba.

—Claro...

—Bien, pues, en ese caso imagino que eres consciente de que, de alguna forma, has contribuido al hecho de que ya no me case, ¿verdad?

Guido se queda perplejo por unos instantes.

—Veamos..., ¿me estás diciendo que de no haber sido por mí te habrías casado? Me halagas..., pero quizá, de no ser yo, el causante habría sido otro...

—Sí, bueno... ¿Ves como no tienes huevos? Estás apartando de ti esa responsabilidad...

Niki lo mira y se encoge de hombros, después da un sorbo a su té, que ya se ha enfriado. Guido le detiene la mano.

—Está bien, asumo la responsabilidad. Me alegra que no te hayas casado por mi culpa, ¿vale? —Acto seguido esboza una sonrisa—. Bien... Ahora puedes beberte el té... Pero antes me gustaría hacerte una última pregunta. ¿Eres feliz?

Niki exhala un suspiro. La pregunta más difícil de este mundo.

—Digamos que estoy buscando mi felicidad... Y que voy por el buen camino. ¿Sabes lo que decía un japonés? Que la felicidad no es una meta, sino un estilo de vida.

Guido reflexiona por un instante.

—Hum, me gusta...

Niki sonríe.

—Lo sé. Porque es bonita. Me la dijo mi novio, Alex. —Le parece imposible, inimaginable, hablar de él con otro, con Guido, y, sin embargo, es así—. Sea como sea, y volviendo a nosotros, aún no me has dicho quién te dio mi número.

Él apura su té.

—¿De verdad quieres saberlo?

—¡Claro!

—¡Probé todas las combinaciones posibles!

—¡Venga ya! ¿Lo ves?... No sabes afrontar un tema.

—Está bien, me lo dio Giulia.

—¡Lo sabía!

—¿Cómo que lo sabías?

—¡Estaba segura! Es una hipócrita. Lo hizo adrede.

Guido trata de calmarla.

—No te enfades con ella. Les di la lata a todos: a Luca, a Marco, a Sara y a Barbara, ¡pero ninguno daba su brazo a torcer! No querían darme tu número, hice de todo para conseguirlo... Al final probé con Giulia y lo logré...

—¿Cómo lo hiciste?

—Se percató de nuestras miradas. Comprendió que había algo entre nosotros. Le dije que si no me daba tu número cargaría siempre en su conciencia con el peso de no haber impedido un mal matrimonio.

Niki enmudece. Bebe su té poco a poco, a pequeños sorbos, sin dejar de darle vueltas a lo que acaba de oír. De manera que todo ha sucedido por mérito o por culpa de Giulia, de una chica que simplemente se dio cuenta una vez de que nos mirábamos. Qué extraño, una persona tan ajena a mi vida, tan alejada de todo esto..., que influye en la decisión más importante que he tomado en mi vida. A veces las circunstancias, la manera en que las cosas van adelante, suceden, empiezan y se acaban, están determinadas por razones inexplicables o insignificantes. De improviso recuerda una película, *Magnolia*, la casualidad, los pormenores de varias vidas, las combinaciones, algo parecido a *Crash*, de Paul Haggis. Sí, la vida es un buen embrollo, sujetar las riendas de ese caballo encabritado es difícil, en ocasiones incluso imposible, y lo que sucede sólo puedes decidirlo en parte, ya que en buena medida todo depende de la buena suerte.

Niki apura su té.

—Venga, estudiemos un poco... Giulia no va a Fuerteventura, ¿verdad? ¡Si es así, yo no voy!

Guido mete las dos tazas en la pila y hace correr el agua por encima.

—¡Ni siquiera sabrá cuándo nos vamos! ¿Contenta?

Se ponen a estudiar en la habitación de Guido y al principio todo va bien, tranquilo, sereno. Repasan juntos algunos temas de historia del teatro y del espectáculo. Comentan una frase de De Marinis. Niki la lee: «El teatro es el arte de lo efímero, está continuamente en movimiento: el teatro es el símbolo por excelencia de todas esas muertes con la que a diario sembramos el camino. Lo que hoy somos y pensamos difiere de lo que éramos y pensábamos ayer, y no nos ayuda a prever lo que seremos y pensaremos mañana.» Se miran. Niki sigue leyendo:

—«Si hay un lugar donde uno no se baña nunca en el mismo río, ése es el teatro.» Es lo mismo que decía Heráclito, ¿recuerdas?

Guido asiente con la cabeza. Pero esas palabras lo subyugan de alguna manera. Los dos piensan en el sentido del cambio, en la diferencia entre ayer y hoy. Guido está cerca de ella. Muy cerca, demasiado. El aroma de su pelo, su sonrisa vista de perfil, sus labios que pronuncian las palabras del libro, que se mueven casi al ralentí. Y él, que mientras tanto la mira, la sueña y la desea. Y además están esas manos que, de vez en cuando, vuelven la página, que avanzan indecisas para retroceder después. Permanecen así, con una página en vilo, a mitad del libro, como suspendida, entre el pulgar y el índice.

—¿Lo has entendido?

Guido oye por primera vez sus palabras. Fascinado todavía, no le contesta. En lugar de eso, se inclina hacia ella, cierra los ojos y aspira el aroma de su pelo. Niki se vuelve.

—¿Has entendido algo? Pero bueno, ¿me estás escuchando?

Guido no lo puede resistir más y la besa. Niki se queda sorprendida, estupefacta, sus labios acaban de ser secuestrados por un joven sinvergüenza y atrevido, ese libro de historia ha hecho las veces de alcahueta y ha facilitado ese beso robado. Y Guido insiste, empujado por el deseo, la abraza y le acaricia el pelo, los hombros y, quizá demasiado de prisa, se desliza hacia su pecho. Con dulzura pero resuelta, Niki se deshace rápidamente de su abrazo.

—Dijiste que estudiaríamos...

—Sí, claro... Intentaba interpretar lo mejor posible la pasión que me han transmitido tus palabras...

Ella está visiblemente molesta. Aunque, a decir verdad, ¿qué pensabas que sucedería después de haber aceptado venir a su casa? ¿Qué pretendías? ¿Quizá que de repente no le importase nada? ¿Que no te deseara, que no quisiera ir más allá? ¿Qué esperabas? Eres tú la que se lo ha hecho creer, la que se lo ha metido en la cabeza, eres tú la que ha tomado esa decisión. De repente recuerda la frase de Guido: «¿Me estás diciendo que de no haber sido por mí te habrías casado?» Vuelve a oír en su mente el eco de esas palabras, en su repentina soledad, en el silencio en que parecen retumbar. Otro en su lugar... Sí, quizá podría haber ocurrido así. De manera que él no es el único causante de mi no boda, el motivo es otro.

Guido se inmiscuye en sus pensamientos.

—Vale, perdóname, había dicho que estudiaríamos, pero no soy capaz. Estoy deseando volver a besarte desde el día de Saturnia, no veía la hora de poder pasar un poco de tiempo contigo, de tenerte..., quiero decir, de tenerte a mi lado, de poder abrazarte y sentirte mía.

—No, te lo ruego, no digas eso.

Guido se levanta y la abraza con ternura, con sinceridad y calma, sin segundas intenciones.

—No quiero discutir, no quiero que te alejes, tienes razón. Soy yo el que se comporta como un niño cuando hago eso. —Acto seguido se separa de ella y la mira a los ojos—. Te prometo que intentaré contenerme...

Niki lo mira arqueando las cejas.

—¿Estás seguro? Oscar Wilde dijo una vez una frase que no puede ser más sincera: «Resisto todo salvo la tentación.»

Guido esboza una sonrisa.

—Sí, era un genio. Aunque yo sé otra igualmente bonita de Mario Soldati: «Somos fuertes contra las tentaciones fuertes y débiles contra las débiles.» Venga, basta ya de estudiar. —Le coge la mano—. Vayamos a divertirnos —y, corriendo, la saca a rastras de casa.

Ciento treinta y siete

Alex ha querido estar un rato a solas. Ha vuelto a su casa. Acaba de servirse algo de beber. Una copa de Saint Emilion Grand Cru de 2002, a pesar de que no tiene nada que celebrar. Su éxito personal en el trabajo no es un auténtico motivo de felicidad. Da un sorbo mientras mastica un pedazo de camembert con un Tuc. Aunque también es cierto que cuando logras algo lo das por descontado. De repente tiene una especie de visión. La vida es como una gran red de pesca hecha de innumerables tramas, y uno, un simple pescador, sólo tiene dos manos, de manera que apenas coge una parte se le cae la otra, sube una y se le resbala otra. La vida es tan compleja y articulada que las manos no bastan por sí solas para sujetarlo todo, unas veces se pierden cosas, otras se encuentran. Hay que elegir, decidir y renunciar. ¿Y yo? ¿Soy feliz? ¿Qué podría haber hecho para no perderla? Ese pensamiento lo bloquea de repente. Oye algo. El interfono. Su interfono. Es ella. Niki. Ha cambiado de opinión. Quiere pedirme disculpas, perdón, o simplemente quiere estar conmigo. Y yo no diré nada. No le preguntaré qué ha pasado, por qué se marchó, si hay alguien en su vida, en nuestra vida...

—¿Sí? ¿Quién es?

Una voz. No es la de ella.

—¿El señor Belli?

—Sí.

—Le traigo un paquete.

—Suba, es el último piso.

Un paquete. Alguien ha pensado en mí. ¿Qué podrá ser? Aunque, sobre todo, ¿quién lo habrá enviado? ¿Tal vez ella? ¿Y por qué un paquete? El mejor regalo habría sido que viniese esta noche... Alex abre la puerta, espera a que llegue el ascensor y, cuando las puertas se abren, la sorpresa es increíble. Jamás se lo habría imaginado. Lleva un paquete en la mano y está elegantísima. Además de más guapa de lo habitual.

—Raffaella... —sonríe.

—¿Llego en mal momento? —Se detiene a pocos pasos de él—. No quisiera ser un problema... Tal vez no estés solo...

Por desgracia, es así, piensa Alex. Me habría encantado tener el «problema» Niki, pero ella no está. No hay peligro.

—No, no... Estoy solo. ¡No te he reconocido por el interfono!

—Lo he hecho adrede, he cambiado un poco la voz —entra de nuevo en el personaje y falsea el tono—: «Señor Belli, un paquete para usted.» —A continuación se echa a reír—. Te lo has tragado, ¿eh?

—Pues sí. —No se mueven del rellano. Al cabo de un rato resulta incluso una falta de cortesía. Alex se da cuenta y se siente en la obligación de remediarlo de alguna forma—. Qué idiota soy, mejor dicho, vaya un maleducado, ven, ¿te apetece entrar?

—Por supuesto que sí...

Entran en casa y Alex cierra la puerta.

—¿Puedo ofrecerte algo de beber? Estaba disfrutando de una copa de vino... ¿O prefieres otra cosa? No sé, un bíter, una grapa, un zumo de fruta, una Coca-Cola...

Sin querer le viene a la mente la misma frase, la que le dijo a Niki cuando la invitó a subir a su casa. Basta. Alex se esfuerza por alejar ese recuerdo. He dicho que basta.

—¿Y bien? ¿Qué puedo ofrecerte? —Se percata de que se lo ha preguntado con cierto nerviosismo. Ella no tiene nada que ver, Alex, al contrario, ha sido muy amable.

—Lo que tú estás bebiendo me va bien, gracias...

Él exhala un suspiro.

—¿Quieres un trozo de queso? —pregunta acto seguido un poco más calmado—. Un *cracker*... Otra cosa... No sé...

—No, no, una copa de vino me vale.

Se encuentran en el salón saboreando el vino con el paquete justo delante de ellos sobre la mesita baja. Raffaella lleva una preciosa falda de seda estampada con mariposas, flores y olas. Combina los colores morado, rosa y fucsia con un ligerísimo celeste que parece unir suavemente esas imágenes, como si un delicado pintor se hubiera valido de ese tono pastel para hacer el fondo. En la parte de arriba lleva una camiseta sin mangas azul claro con los bordes morados y algunos botones de la misma tonalidad. Cruza las piernas. Tiene una figura estupenda. Y también una espléndida sonrisa que ahora emplea. Es guapa. Realmente guapa. Una chica divertida con unos rizos castaños que la envuelven en una imagen ligera como si de un refinado perfume se tratara, en absoluto penetrante. Sus ojos se esconden detrás del borde de la copa.

—Bueno, Alex...

—Dime... —responde él, cohibido, como si supiera de antemano cuál va a ser el tema de su conversación.

Pero se equivoca. Raffaella sonríe.

—Lo he traído para ti... Me encantaría que lo abrieses.

—Ah, sí, claro.

Alex se libera de ese momento, coge el paquete y empieza a desenvolverlo. Raffaella sigue dando sorbos a su vino. Sonríe, sabedora de lo que contiene. Él lo alza con ambas manos delante de su cara.

—Pero... Es precioso... —Quita el último trozo de papel que seguía ocultándolo.

—¿De verdad te gusta?

—¿Cómo lo has hecho? —dice él mientras contempla admirado el pequeño plástico.

Es la maqueta de su campaña, unas fotografías transparentes de animales que se atacan y se muerden en primer plano y, a continuación, el coche y el lema: «Instinto. Amor. Motor.»

Alex le da vueltas entre las manos sinceramente sorprendido. Raffaella apura su vino.

—Oh... Es fácil. He impreso las fotografías sobre papel transparente en el ordenador. —Se sienta a su lado—. Pero no te has dado cuenta de lo que hay al fondo.

Detrás de la última imagen de la pantera aparece el despacho de Alex y éste absorto delante de los folios con la barbilla apoyada en una mano.

Él se queda boquiabierto.

—¿Cómo lo has hecho, en serio?

Raffaella esboza una sonrisa.

—Esos días siempre dejabas la puerta abierta... Ya sabes cuánto me gusta la fotografía. Te saqué varias de ellas mientras pensabas...

Alex se imagina esas fotografías. En ellas habrá captado momentos de amor, de dudas, de dolor y de búsqueda infructuosa. A saber en cuántas pensaba en Niki.

—¿Has visto ésta? —Raffaella lo devuelve a la realidad y le indica un punto al otro lado de la maqueta.

—Pero... eres tú —Se trata de una imagen de ella mientras le saca las fotografías. Aparece detrás de una columna enfocándolo con su cámara fotográfica—. ¿Quién te la hizo?

—Oh, no me acuerdo... —responde Raffaella, cohibida.

Claro, a ella todos querrían sacarle una fotografía…, además de hacerle otras cosas..., piensa Alex, que ahora mira la maqueta con otros ojos.

—Si quieres puedes quitar mi fotografía, Alex, no la he pegado adrede... Si te apetece que esté, por mí encantada, pero si no es así... —lo mira fijamente.

Están muy juntos en el sofá, mucho, demasiado. Alex siente su aroma, ligero, elegante, seco, ni excesivamente intenso ni agobiante. Como ella. «Si te apetece que esté, por mí encantada, pero si no es así…» Alex la mira y esboza una sonrisa.

—¿Por qué debería quitarte? La idea es preciosa. Me gusta. Me recordará el trabajo que hicimos juntos.

Aunque también me recordará todo este período, piensa Alex. Será un regalo doloroso.

—Y espero que sea una idea para todo lo que hagamos en el futuro...

Raffaella se acerca a él. Su proximidad es dolorosa. Alex la escruta.

—Pues sí... Para todo lo que hagamos...

Luego permanecen en silencio en el sofá. Alex mira la maqueta, las fotografías, los animales, las películas transparentes, el lema. La marca del coche. Instinto. Su eslogan: amor motor. El silencio parece infinito. Se le ocurre una nueva idea, un nuevo eslogan para una campaña terrible: «Silencio. Amor. Dolor.» Raffaella lo arranca de sus pensamientos con su voz alegre.

—Pero mi sorpresa no acaba aquí... ¿Te apetece venir conmigo?

Ciento treinta y ocho

La moto corre a toda velocidad por el tráfico lento de la tarde, se escabulle con facilidad, ágil, esbelta y silenciosa a orillas del Tíber. Niki va detrás de Guido, que, al notar cómo su amiga se coge a él con fuerza frena un poco.

—¿Tienes miedo? —le sonríe en el retrovisor.

Niki afloja el abrazo.

—No...

Guido decide ir más despacio.

—Vale, ahora iremos así.

Y avanza más tranquilo dando un poco de gas con la mano derecha mientras que la izquierda, libre, se desliza por la pierna de Niki buscando su mano. Al final la encuentra y la aprieta. Ella mira su reflejo en el retrovisor. Qué extraño estar detrás de él con una mano en la suya... Es una sensación insólita. No la retiro, no sé por qué, pero no la retiro, y, sin embargo, no me hace del todo feliz sentirme así... Bah, no sé, me siento como oprimida, eso es, oprimida. Quiero decir que necesito absoluta libertad, completa, sin límites de ningún tipo.

Le aparta la mano y la empuja hacia adelante.

—Agarra el manillar.

—Pero si también conduzco bien con una sola...

—Lo sé, pero tú agarra el manillar, me siento más segura.

Guido resopla pero decide no contradecirla; quiere hacer todo lo que ella desea, lograr que se sienta serena. Le llevará cierto tiempo, lo sabe, aunque a saber cuánto. Y si bastará. Entonces acelera un poco.

Niki se sujeta en los asideros laterales que tiene debajo de ella y empiezan a correr de nuevo, esta vez hasta llegar a la piazza Cavour, después Guido dobla a la izquierda y se detiene en una esquina.

—Hemos llegado. Aquí preparan unos aperitivos extraordinarios... ¿Te apetece?

—¡Muchísimo!

—Bien, yo también tengo un poco de hambre. —Pone el caballete a la moto y la ayuda a bajar.

Poco después están dentro de local. Hay una radio encendida. En ella suena alguna que otra vieja canción, aunque también algunas más recientes. Niki reconoce la emisora Ram Power. Una la vives, una la recuerdas. Alex la escucha siempre. Pero no presta mayor atención.

—¿Qué vas a tomar? —Guido le indica algunas cosas de comer que hay al otro lado del cristal—. Esos rústicos son deliciosos, pero también las pizzetas; son secos, con un aceite ligero...

Justo en ese momento les llega desde los altavoces otra melodía: «¡Tómatelo así! No podemos hacer un drama de esto, dijiste que conocías los problemas de mi mujer.» Niki la escucha. Cuánta razón tiene. No hay nada peor que una canción que dice las verdades.

—Yo tomaré unas cuantas pizzetas y un rústico... sin anchoas.

—¡Vale! —Guido se dirige al camarero—. ¿Nos podemos sentar fuera?

—Sí, claro, voy en seguida.

De manera que salen y se sientan a una mesa mientras la canción sigue sonando. «No te preocupes, tendré que trabajar mucho...» Niki se aleja con el pensamiento. Imagina, recuerda y reflexiona. A saber qué estará haciendo ahora, quizá esté trabajando realmente.

—¿En qué piensas?

Niki casi se ruboriza al ser pillada por sorpresa.

—¿Yo? En nada... Nunca había venido aquí.

—Ya verás como te gusta.

Guido le sonríe y le acaricia la mano. Otra vez, piensa Niki. Quiero ser libre. Le viene a la mente otra idea. Además, no me gusta mentir. Quiero poder pensar en lo que me apetece.

Ciento treinta y nueve

—Este Fiat 500 es precioso, además este azul me gusta muchísimo...

Raffaella lo mira risueña.

—¿En serio? Vi también uno amarillo, pero no acababa de decidirme...

Alex acaricia el salpicadero.

—A mí este color me encanta y, además, hace juego contigo.

—Venga... Ya sabes que el azul es sinónimo de tristeza.

—¿Estás segura? A mí me pareces una persona muy alegre... En cualquier caso, no sería capaz de imaginarte con el amarillo.

Raffaella parece complacida con su respuesta.

—Sí, es cierto. Además, esta noche estoy muy contenta... —Lo mira—. ¿Quieres que ponga un poco de música?

—Claro, cómo no...

Enciende la radio, aprieta el botón tres y del estéreo del coche les llega todavía la canción de Ram Power: «No es que no quiera, después corro y llego pronto...» Raffaella sonríe.

—He memorizado las mismas emisoras que tienes tú en la radio del despacho.

Alex se queda sorprendido.

—Espero que no te moleste.

—No, en absoluto.

Raffaella nota que Alex se ha entristecido. Quizá porque está escuchando esas palabras. «No serás menos hermosa...» Yo fui quien le enseñó esa canción a Niki. No conocía a Battisti. Siempre lo había escuchado distraídamente. A saber dónde estará ahora. La canción prosigue: «Y dado que es fácil encontrarse también en una gran ciudad...» Justo en ese momento el nuevo Fiat 500 azul metalizado atraviesa el ponte Cavour, gira un poco más allá, ni más ni menos que delante de Ruschena, y acelera en el Lungotevere. «Trata de evitar todos los lugares que frecuento y que tú también conoces...»

—¿Has visto qué buenos están los rústicos de Ruschena?
—Sí, deliciosos.

Niki se come otro y a continuación da un sorbo a su Coca-Cola. Ha abandonado el pensamiento de antes y no sabe que Alex acaba de pasar a apenas unos metros de ellos. «Y tú sabes que, por desgracia, yo podría no estar solo...»

Alex sonríe a Raffaella. No quiero pensar en eso. Ahora no.

«Nace la exigencia de evitarse... para no hacerse más daño...» Roma es muy grande, será difícil que nos encontremos. No sabe hasta qué punto acaban de estar cerca.

—¿Adónde vamos?

Raffaella niega con la cabeza.

—Ya te he dicho que es una sorpresa —y acelera adelantando a un coche por la izquierda y dirigiéndose a toda velocidad hacia su meta.

Guido coge la nota y deja el dinero sobre la mesa.

—¿Te ha gustado?

Niki le sonríe.

—Sí, era perfecto.

—¿Quieres que vayamos a otro lado?

—¿Adónde?

—Al local de unos amigos míos.

—Siempre y cuando no volvamos muy tarde.

–Te lo prometo.

Niki lo mira perpleja.

Guido abre los brazos.

–Perdona, pero ¿ahora te das cuenta de que yo mantengo mis promesas?

Niki sacude la cabeza.

–Un poco sí y un poco no. A veces no las respetas.

–No es cierto.

–Teníamos que estudiar...

–Es verdad.

–En ese caso júrame que no volveremos tarde, así deberás cumplir con tu palabra a la fuerza.

–Vale, está bien. –Cruza los dedos delante de la boca y los besa–. ¡Lo juro!

Niki se pone el casco y sube detrás de él.

–Hay algo que no entiendo: ¿por qué haces ese gesto tan antiguo cuando juras?

Guido se echa a reír.

–¡Porque no tiene ningún valor!

–Qué idiota... ¡En ese caso dame tu palabra de que no volveremos tarde! ¡De lo contrario, me bajo ahora mismo!

–Sí, de acuerdo...

Niki se pone de pie sobre los estribos de la moto.

–¡Vale, vale! –Asustado, Guido la obliga a sentarse–. Te doy mi palabra de que no llegaremos tarde.

Siguen acelerando a lo largo del Tíber. Niki se percata entonces de que él se está riendo.

–¿Qué te parece tan gracioso?

–Pues que hemos dicho que no volveremos tarde, ¡pero no hemos decidido qué significa tarde!

Niki le da un puñetazo.

–Ay.

–¡Tarde es cuando lo decido yo!

–Vale... –Guido prueba a acariciarle la pierna.

–Y pon las dos manos en el manillar.

—Aquí tienes mi sorpresa... ¿Te gusta?

Alex y Raffaella se apean del coche.

—La barcaza es una novedad. Se cena mientras recorres el Tíber... Es precioso.

—¿Has estado ya?

—No, me hablaron de ella y tenía muchas ganas de probarla contigo.

Alex se queda pensativo por unos instantes.

—Será un placer.

—Pero con una condición: invito yo.

—¿Por qué?

—Porque el éxito que hemos tenido es sobre todo tuyo.

—No, sólo aceptaré si pago yo.

—Pero entoces me haces sentir como una mujer que no tiene poder de decisión, que no es independiente, sino que debe someterse a las decisiones de su jefe... O sea, tú.

Alex reflexiona un poco.

— Está bien. En ese caso te propongo que lo hagamos a la romana. Dejemos a un lado a los jefes y a las mujeres demasiado independientes. Seremos dos amigos que comparten el precio de una cena.

Raffaella sonríe.

—Vale. ¡Así me parece bien! —dice, y sube sonriente a la barcaza.

—Buenas noches.

El chico de la caja la saluda.

—Buenas noches.

—Hemos reservado una mesa para dos. Pedí una mesa al fondo. Dejé el nombre de Belli...

El chico comprueba la hoja de reservas.

—Sí, aquí está. Es la última mesa de la proa. Les deseo una feliz velada.

Raffaella se dirige a la mesa seguida de Alex. Éste sacude la cabeza divertido.

—Perdona... ¿Les dijiste mi apellido?

—Sí.

—¿Y si no hubiese podido venir esta noche? ¿Y si, cuando hubieras llegado a mi casa, yo no estaba, o estaba con un amigo o una amiga o, sencillamente, me negaba a salir contigo?

Raffaella se sienta y le sonríe.

—Estamos aquí, ¿no? Corrí el riesgo. De otra forma, la vida sería muy aburrida.

—Ya... —Alex también toma asiento.

—Además, tranquilo... Me han dicho que se come muy bien...

—Estupendo. Sólo una cosa... ¿Quedan más sorpresas?

Raffaella desdobla la servilleta y se la coloca sobre el regazo.

—No... —A continuación sonríe—. Por el momento.

Deja que pase el resto de la velada con esa curiosidad. Sólo una cosa es indudable: su belleza. La barcaza se aleja lentamente del muelle con los motores diésel un poco ahogados y, casi borboteando, se dirige al centro del Tíber. Después, empujada por la corriente, acelera y se desliza silenciosa en la noche rumbo a Ostia.

Ciento cuarenta

—¡No! ¡Lo sabía! ¡No lo hemos conseguido!

La moto de Guido se detiene en el ponte Matteotti justo a tiempo de ver cómo la barcaza que navega por el centro del río aumenta la velocidad y alcanza en breve el puente de más abajo.

—¡Ése es el local de mis amigos, del que te hablaba antes! ¡Te habría gustado un montón!

Niki se encoge de hombros.

—¡Vaya, qué lástima! Otra vez será.

—¡Qué fastidio! Es culpa tuya que hayamos llegado tarde: no me has dejado correr.

—¡De eso nada! Tampoco tenía que ser obligatoriamente esta noche, ¿no?

Niki no sabe hasta qué punto habría cambiado su vida de nuevo si hubiese llegado a tiempo.

—Sí, tienes razón...

Aun así, Guido no puede por menos que pensar en la atmósfera que se habría creado en el río con las luces tenues, la música de *jazz* de sus amigos…, todo ello le habría echado una mano.

—Sé de otro sitio tan encantador como ése..., vamos.

La barcaza navega por el Tíber. Una cantante francesa que entona a la perfección y que posee una voz cálida y agradable sigue el ritmo de dos chicos que redondean agradablemente las notas con su bajo y su saxofón. Alex escucha la amena conversación de Raffaella.

—He estado en Berlín. Allí todo es más barato, incluso las casas. Esa ciudad ofrece un sinfín de posibilidades. Además, es muy bonita, llena de arte y de cultura, creo que de allí se podrían sacar un montón de ideas... ¿Por qué no vamos alguna vez, Alex?

Él da un sorbo al magnífico vino blanco que está tomando. Viajar a Berlín con otra mujer. Con Raffaella, además. Con esa mujer tan hermosa.

—¿Qué me dices? Por trabajo, claro...

«Por trabajo, claro...». Es aún peor oír cómo pronuncia esa frase con una maliciosa sonrisa mientras sorbe por la pajita.

—Este daiquiri está delicioso. Lo preparan muy bien. Bueno, ¿qué me dices? ¿Vamos?

Alex se sirve de nuevo de beber.

—¿Por qué no?

Raffaella apenas puede dar crédito a lo que acaba de oír.

—¿Me trae otro, por favor? —le pide a un camarero que pasa, como si quisiera celebrar esa inesperada victoria.

Alex que cede un poco. Le sonríe. Poco después llega el nuevo daiquiri.

—Son rapidísimos —dice Raffaella, y le da un sorbo de inmediato.

La música prosigue y las canciones francesas interpretadas en clave de *jazz* resultan preciosas. El barco recorre silencioso el río, luces de casas a lo lejos, reflejos de faros sobre el agua, la luna que se asoma tímida en el cielo y la cena deliciosa. Raffaella sonríe; está un poco borracha y resulta aún más fascinante.

—Me alegro de que estemos aquí.

—Ya. —Alex guarda un momento de silencio y esboza una sonrisa cortés—. Yo también.

Pero no añade nada más. Raffaella se pone de nuevo a comer, un último bocado. Aún queda mucho para llegar a Ostia. En todos los sentidos. Y ella lo sabe. Alex la mira por última vez, ella le sonríe y él baja la mirada. Esa canción: «Le sonrío, bajo los ojos y pienso en ti. No sé con quién estás ahora...»

—Entonces, ¿te ha gustado?

—Es muy guay, y hemos comido realmente bien.

—Piensa que es un piso de verdad, Niki. Es como si te invitaran a cenar a casa de alguien, por eso el restaurante se llama El Apartamento. Cocinan de maravilla.

—Por eso los platos son estilo casero, ¿no?

—Pues sí, lo hacen a propósito. Si lo buscas en la guía, en las páginas amarillas o en Internet, no lo encontrarás.

—El único que conoce esa clase de sitios eres tú...

—Sí, no sabes cuánto lamento lo de la barcaza, ¡te habría gustado aún más!

—Da igual, éste también me ha gustado.

—Mira si son listos mis amigos que, desde Ostia, vuelven a traer a la gente a Roma en autobús. Volver a subir por el río les llevaría demasiado tiempo.

—Ah..., es una buena idea, sí.

Guido le pasa el casco.

—Quizá podríamos ir con los demás, con Luca, Barbara, Marco y Sara.

—Basta con que no venga Giulia.

—Vale —Guido se pone el casco a su vez y arranca la moto.

Ciento cuarenta y uno

El autobús se dirige rápidamente hacia el ponte Matteotti. Acaba de regresar a Roma procedente de Ostia. Se detiene en la plaza.

—Hemos llegado, señores.

Los clientes se apean tras dar las gracias por la maravillosa velada. Hay que reconocer que lo ha sido. La cena, la música, todo era perfecto, piensa Alex.

—¡Vaya! —Raffaella tropieza con un adoquín y, de no ser porque Alex la sujeta por un brazo, habría estado a punto de caer al suelo—. Gracias... —sonríe, lánguida—. No me he caído por un pelo. Si no hubieses estado tú...

Está achispada, casi borracha.

—Ya veo... Creo que será mejor que conduzca yo.

—Claro.

Raffaella busca confundida las llaves en su bolso hasta que las encuentra. Alex desactiva la alarma del coche, le abre la puerta y la ayuda a subir, luego rodea el vehículo, sube a su vez, ajusta el retrovisor y arranca.

—¿Dónde vives?

—Cerca del despacho, en la via San Saba.

—Ah, qué cómodo, así puedes dormir un poco más por la mañana —comenta él, y se dirige tranquilo a esa dirección.

Guido se detiene delante de casa de Niki.

—¿Has visto? He mantenido mi juramento: no hemos llegado tarde...

Niki se quita el casco.

—Ya. No sabes las hostias que te habría dado si no lo hubieses hecho.

—Pero debemos mantener una buena relación, serena, tranquila... ¡Ésta no debe estar basada en el terror!

—¿A qué terror te refieres?

—¡Al que generas tú!

Unos pisos más arriba, Roberto está en la terraza de casa fumándose un cigarrillo.

—No fumes demasiado, ¿eh? —Simona acaba de salir.

—Pero si es el primero de la noche.

—¿Seguro? —Se apoya a su lado en la baranda con una taza en la mano.

—¡Claro! No te miento. ¿Qué bebes?

—Una tisana.

—Ah, que rica, es cierto. Se nota el aroma. —Roberto da otra calada y después, casi sin querer, mira la esquina de la calle que queda debajo de su casa—. Oye, ¿ésa no es Niki?

Simona bebe otro sorbo de su tisana y a continuación se acerca a su marido.

—Sí, creo que sí.

En un abrir y cerrar de ojos, la suposición se transforma en certeza. Junto a Niki hay un chico que acaba de bajar de la moto.

Roberto se vuelve desarmado hacia su esposa.

—Es Niki, en efecto..., ¡pero no está con Alex!

—Eso parece.

—¡Es otro!

Guido mete el brazo por dentro del casco y sonríe.

—Venga..., estoy bromeando. Ha sido una velada preciosa.

Niki asiente con la cabeza.

—Sí, es cierto. Gracias.

—Bueno... —Guido la atrae hacia sí—. ¿Quieres que pase a recogerte mañana para ir a clase?

—No, gracias. Tengo otras cosas que hacer durante el día, así que iré con mi moto.

Lo cierto es que no sabe muy bien qué hacer, dar vueltas para organizar la boda no, por descontado, pero quiere ser de todas formas independiente.

–Vale... –Guido le sonríe–. Como quieras...

Roberto y Simona se miran. Roberto está visiblemente preocupado.

–No es lo que parece, ¿verdad?

Simona sacude la cabeza.

–No sé qué decirte.

En el preciso momento en que vuelven a mirar a la calle, Guido abraza a Niki y la besa. Es un beso ligero, no demasiado largo ni tampoco apasionado, pero un beso a fin de cuentas.

Niki se separa de él.

–Adiós. Nos vemos en la facultad –dice.

Se escabulle y Guido sacude la cabeza. No tiene remedio. Es dura. En Fuerteventura las cosas irán mejor, estoy seguro. Arranca la moto y se aleja.

Niki cruza la verja y antes de llegar al portal mira hacia arriba. No sabe a ciencia cierta por qué lo hace, el caso es que tiene una extraña sensación. Ve a Roberto y a Simona asomados. ¡Oh, no, lo han visto todo! Entra en el edificio.

Roberto mira aturdido a Simona.

–Te lo ruego, dime que no es verdad, dime que no es así, dime que es una fantasía, mejor dicho, una pesadilla, que ha sido un sueño. ¡Te lo ruego, dímelo!

Simona niega con la cabeza.

–Te estaría mintiendo...

Y tras dejar el cigarrillo y la tisana corren hacia la puerta del salón para esperarla.

Ciento cuarenta y dos

—Ahí está, es ése...

Raffaella le indica un pequeño portal. Alex aparca el Fiat 500 justo delante con una rápida maniobra y a continuación apaga el motor. Ha bebido menos que ella. Mucho menos. Raffaella se apoya en el respaldo y saca las llaves de casa del bolso. Después, todavía un poco achispada, pero lúcida, le sonríe.

—¿Puedo invitarte a subir?

Alex permanece en silencio y en ese instante mil pensamientos se apoderan de su mente. Positivos, negativos, contradictorios, pasotas, lujuriosos, deseosos y correctos. Trabaja contigo. ¿Y qué más da? Es ella quien se la está buscando, Alex. Mira sus piernas, mira su cuerpo, es guapísima, Alex. ¿Quién podría decir que no? ¡Quién podría decir que no! Nota su perfume ligero, sus profundos ojos y el vestido ligeramente ladeado que resalta la parte de la pierna que queda al aire, haciéndola, si cabe, aún más deseable. En ese instante Raffaella parece leerle todos sus pensamientos o, al menos, buena parte de ellos.

—No he bebido mucho, Alex... —Como si ése fuera el único y auténtico problema—. O, en todo caso, no lo suficiente.

Él piensa en esas palabras. «O, en todo caso, no lo suficiente...» ¿Qué habrá querido decir? ¿No lo suficiente para hacerlo, o no lo suficiente como para hacerlo de manera inconsciente? De modo que, si decido hacerlo, es porque quiero, no porque esté borracha. En fin, ¿qué quiere decir esa frase? De no ser porque, de nuevo, ella sale en su ayuda, le habría faltado poco para embriagarse con esas palabras.

—Venga, sube... Tengo una sorpresa para ti.

De nuevo unos instantes de silencio. Alex sonríe finalmente.

—Y después te vas.

Así pues, nada comprometido, o al menos, no en ese sentido. Además, Raffaella vuelve a sonreír. Alex se apea del coche sin decir una palabra.

Ciento cuarenta y tres

La puerta del salón se abre. Apenas entra Niki, Roberto se abalanza sobre ella.

—¡Nos lo podrías haber dicho! ¡Al menos podrías habernos explicado que ése era el motivo por el que lo has echado todo a rodar!

—Pero ¿qué estás diciendo, papá?

—¡Digo que estás saliendo con otro!

—¿Yo? Te equivocas por completo.

—¿Ah, sí? ¡Pues entonces es todavía peor! ¡No sales con él, pero lo besas! ¿Alex lo sabe? Eh, dime, ¿al menos sabe eso?

—Oye, papá, no tengo ninguna intención de ser sometida a un interrogatorio a estas horas de la noche.

Niki echa a correr por el pasillo. Roberto la sigue de inmediato.

—Ah, claro, porque debes de creer que soy un payaso que va a casa de la gente a hacer promesas... ¡Les digo que mi hija se casa y unos meses después la veo en el portal besándose con otro!

—¡Papááá! —Niki grita como una loca, como si no quisiera seguir escuchándolo, como si se negara a aceptar la verdad que su padre le está echando en cara. Su verdad.

Se encierra en el cuarto de baño. Roberto empieza a aporrear la puerta.

—Quiero saber qué pasa, ¿me entiendes? ¡Abre! ¡Abre!

—¡No! ¡No pienso abrir!

—¡He dicho que abras!

—¡No!

Simona detiene el brazo de Roberto, que sigue llamando a la puerta del cuarto de baño y, poco a poco, dulcemente, lo hace salir de nuevo a la terraza.

—Siéntate aquí, tranquilo, así...

Roberto toma asiento en un sillón.

—Esa chiquilla no me tomará el pelo...

—Roberto, esa chiquilla que tú dices es tu hija, y en un momento como éste nos necesita... Ten —Simona enciende un cigarrillo y se lo pasa—. Esta noche te concedo el derecho de fumarte otro, ¿de acuerdo? Pero tranquilízate. Yo hablaré con ella.

Roberto da una calada al cigarrillo.

—Sí, pero dile también...

—Chsss... Calma... Le diré lo que deba decirle. ¿De acuerdo? Tranquilízate.

Roberto exhala un largo suspiro, da otra calada a su cigarrillo; parece haberse serenado un poco.

Poco después Simona se detiene delante de la puerta del cuarto de baño, que sigue cerrada.

—Niki, abre, soy yo.

Silencio.

—Venga, cariño. Quiero hablar contigo, estoy sola.

De nuevo silencio, pero unos instantes después oye que Niki quita el pestillo.

Simona sonríe y entra en el baño.

Ciento cuarenta y cuatro

—Tienes un piso precioso.

Raffaella deja su chaqueta sobre el sofá.

—¿Te gusta? Me divertí mucho decorándolo. Compré muchas cosas en Londres, otras en Amsterdam... Trabajé cierto tiempo en esas dos ciudades. ¿Puedo ofrecerte algo de beber? Tengo un ron buenísimo, un John Bally Agricole milesimado. Es delicadísimo, a la vez que intenso...

También entiende de licores. Increíble, es una mujer realmente especial.

—Sí, gracias.

Raffaella entra apresuradamente en la cocina.

—¿Con hielo? Yo suelo echarme dos cubitos.

—Lo prefiero solo...

Alex se ha quedado en el salón y se dedica a mirar la librería. Ve algunos volúmenes interesantes. *Hacia rutas salvajes*, el libro que inspiró la película del mismo nombre, todos los libros de la Kinsella, *La casa de las alondras*, *El cazador de cometas*, algunas monografías de directores y actores, libros de fotografía de Walker Evans, Stephen Shore, William Eggleston y Robert Frank. Algún que otro pequeño souvenir de sus viajes por el mundo y unas cuantas fotografías enmarcadas de forma muy moderna. Alex coge una. Raffaella con el pelo recogido hacia un lado, cayendo sobre los hombros, y un vestido largo con un escote vertiginoso. En otra se la ve junto a un piano blanco luciendo un vestido negro y un collar de perlas de color claro. La deja y coge otra donde aparece en traje de baño. Tiene un cuerpo increíble. El bañador es precioso, en parte porque es minúsculo.

–En ésta estaba en Saint Barth, en el Caribe, un sitio estupendo donde elaboran un ron delicioso... –Le pasa el vaso, luego se dirige al equipo de música y pone un CD. Suena una música *lounge*, cálida y sensual–. ¿Te gusta?

–¿El ron o la música?

–Las dos cosas...

–Sí... El ron es estupendo –Alex da otro sorbo–. Y la música no puede ser más adecuada.

Raffaella se sienta a su lado.

–Es Nick the Nightfly. Me parece que esta música tiene una sensibilidad especial... No se puede desperdiciar...

Alex sigue bebiendo.

–¿Qué quieres decir?

–¿Has visto *Vicky Cristina Barcelona*?

–Sí.

–¿Recuerdas cuando Javier Bardem se acerca a la mesa de las dos chicas?

Alex precisa:

–De Scarlett Johansson y Rebecca Hall.

–Sí, eso es... Y les dice: «La vida es hermosa y no podemos desperdiciarla: buen vino, música y hacer el amor...» Me parece una gran verdad, Alex. Creo que no debemos desperdiciarla.

Silencio. Esta vez se prolonga más o, al menos, eso es lo que le parece a Alex.

–Tengo una sorpresa para ti... ¿Puedo?

Él asiente con la cabeza. Raffaella sonríe.

–Vuelvo en seguida.

Y desaparece en su habitación.

Ciento cuarenta y cinco

Simona se sienta en el suelo junto a Niki y se rodea las piernas con los brazos. Imita la posición de su hija. Apoya la cabeza en la pared y exhala un hondo suspiro, a continuación empieza a hablar.

—Cuando estaba a punto de casarme con tu padre tuve un repentino ataque de pánico, me escapé de casa dos días antes de la boda y mis padres se llevaron un buen susto. Él también, claro está. Sentía miedo del matrimonio, aunque la verdad es que yo creía haberme enamorado de otra persona...

Niki alza la cabeza de los brazos.

—¿En serio, mamá?

—Claro... —Sonríe—. ¿Acaso crees que he entrado aquí y me he sentado a tu lado en el suelo para contarte una sarta de mentiras? Estuve con ese hombre, se llamaba Sandro, y después, casi de inmediato, sentí una especie de repulsión. Quiero decir que no me gustaba... En realidad lo que me empujó a dar ese paso fue el miedo, el deseo de seguir siendo joven... No estaba realmente enamorada de él, sino sólo asustada de todo lo demás.

Niki exhala un suspiro y se limpia la nariz con el puño de su camiseta.

—¡Niki!

—¡Perdona, mamá! —Después se echa a reír—. Pero en estas situaciones creo que es lo propio.

—Sí —sonríe Simona—. Tienes razón... No sé en qué lío te has metido, pero recuerda que nosotros estaremos siempre a tu lado y que, sea lo que sea lo que hagas, te apoyaremos en tu decisión...

–¿Papá también?

–Por supuesto que sí. Diría incluso que él el primero... Al principio reacciona así, pero ya sabes cómo es. Te adora y sólo desea tu felicidad. Así que serénate y vete a dormir. Con el tiempo lo entenderás todo. –Simona se levanta y se dirige hacia la puerta–. Claro que, cuanto antes lo comprendas, mejor...

Niki esboza una sonrisa.

–Sí, lo sé, mamá.

–Bien... Buenas noches.

–Adiós... Ah, mamá...

–¿Sí?

–No te preocupes, no le contaré nada a papá de esa historia de Sandro.

Simona le sonríe.

–Vete a la cama.

Sale del cuarto de baño y se reúne con Roberto en la terraza.

–¿Y bien? ¿Cómo ha ido?

Simona se sienta a su lado y mira el cenicero.

–¡Te has fumado cuatro!

–Es que con tanta tensión...

–¡Ya sabes que es malo!

–¡De acuerdo, no fumaré más! Pero, bueno, ¿qué tienes que contarme?

Simona se arrellana en el sillón.

–Creo que sólo está asustada. El otro no le interesa...

–¿En serio?

–Sí.

–¿Cómo puedes estar tan segura?

–Le he contado que yo también me escapé y salí con Sandro.

–¿De verdad? A saber qué pensará ahora...

–Me ha servido para tirarle de la lengua; he pensado que al saber que yo también me había comportado así me lo contaría todo. ¡Si incluso le he confesado que me acosté con él!

–¿También eso?

—Sí... Si ve que su madre se comportó así, Niki no se avergonzará de contármelo todo...

—Ah, ya... —Roberto se calla por unos instantes, luego se levanta del sillón ligeramente tenso—. Pero fue sólo un beso, ¿no?

—Sí, cariño, sólo un beso... Hace veintidós años.

Ciento cuarenta y seis

Alex apura su ron. La canción que suena en ese momento es preciosa. *The Look of Love*, de Nina Simone. La escucha mirando ensimismado el vaso vacío y a continuación las fotografías de esa chica tan hermosa y atractiva, tan sensual, tan divertida, tan solícita y tan fascinante. De repente todo le parece fácil y claro, fuera ya de toda duda.

De manera que se levanta del sofá. Raffaella ha terminado de preparar su sorpresa.

—Ya estoy aquí, Alex...

Pero apenas le da tiempo a oír cómo se cierra la puerta de entrada. Se detiene en medio del salón. Lástima. Le habría encantado que viera ese conjunto de lencería azul de La Perla que compró ex profeso para él, para que se lo quitara y la amara sin hacerle demasiadas preguntas, sin hipotecas sobre el futuro, sin demasiados porqués. Lástima. Raffaella corre el pestillo de la puerta y atraviesa el pasillo con sus tacones altos, luciendo sus esbeltas piernas y sus nalgas perfectas.

La repentina determinación de Alex tiene un motivo muy sencillo. Llama a un taxi, lo espera en la calle, lo ve llegar y se sube a él.

—Quiero dar un paseo..., por unos cincuenta euros, después lléveme a via Ripetta.

El taxista se pone en marcha.

—Eh, esa frase la he oído ya... Era una escena de *Michael Clayton*, ¿verdad, señor? Esa película me gustó un montón, era realmente buena.

Alex se arrellana en el asiento. No tiene ganas de hablar con nadie. Ahora lo ve todo más claro. Ama, totalmente y sin ninguna clase de dudas, a Niki. Y su vida jamás podrá colmarse sin ella, cualquier éxito, cualquier riqueza o propiedad no le impedirá echarla de menos. A todo le faltará siempre esa pequeña pieza que ella representa en todas las cosas. Alex mira por la ventanilla. La noche. La ciudad. Los coches. Los semáforos. Las tiendas cerradas. La gente que sale de los locales. Ahora sé lo más hermoso. No quería casarme con ella porque ya soy mayor, o porque ella es una chica guapa y decente, honesta y sincera, que no te engaña y que, en cualquier caso, nunca te decepciona. Quería casarme con ella porque, haga lo que haga, siempre será Niki, y eso me basta. Ésta es la prueba de amor más grande, es la primera vez que logro comprenderlo y que descubro que puedo sentirlo. Sí. Sin la menor duda. Niki y ya está.

Ciento cuarenta y siete

Muchos días después.

Olly deambula descalza por la casa mientras habla por el móvil. Camina arriba y abajo muy excitada.

—Bueno, sí, ¡es una idea fantástica! ¡Fuerteventura es superguay! ¿Y cuándo nos vamos?

Erica le da todas las indicaciones desde el otro extremo de la línea. Como siempre, demuestra que es una perfecta organizadora.

—Salimos el 15 y nos quedaremos dos semanas. He encontrado un complejo de apartamentos espectacular, donde podremos alojarnos todos a buen precio. El vuelo lo pillamos en el último momento, pues salen ofertas cada dos por tres. ¡Y somos unas diez personas! Vendrán todos...

—¿Todos, todos?

—Claro, nosotras, las Olas, Filippo, Guido y otras dos amigas de Niki de la facultad. Invita a alguien si quieres, basta con que me avises a tiempo para hacer la reserva.

—Muy bien. ¡Lo pienso y cuando sepa algo te lo digo!

Qué maravilla. Unas vacaciones en una isla como Fuerteventura. Es justo lo que necesitaba. Sí, me las merezco. De vez en cuando hay que concederse algún capricho, ¿no? Recuerda la frase de Erica: «Invita a alguien si quieres.» Pues sí. No estaría nada mal. Me habría gustado ir con Giampi. Pero lo he perdido. Se sienta en el sofá. No, iré sola. Como Niki y Erica. Nos divertiremos de todos modos. Después sonríe, en todo caso se lo podría decir a Simone. Me encantaría que viniera. Luego le viene a la mente Diletta. Es estupenda. Ha tomado una decisión muy importante. Me siento muy orgullosa de ella. Será una madre estupenda. Olly se tumba y se desentumece un poco. Sí, es una bonita época, tengo que reconocerlo. Sólo espero que Niki encuentre también su felicidad.

Ciento cuarenta y ocho

Roma. En el interior del *loft* se están llevando a cabo importantes preparativos.

—Póngalo ahí, ahí arriba... Sí, así.

Pietro mira satisfecho al técnico que está colocando el altavoz del equipo de música en un rincón de la librería.

—¿Así, señor?

—Sí... Sí, así está bien.

Flavio está vertiendo vodka dentro de una jarra.

—Chicos, yo me he bebido ya tres, ¿eh?... Además de naranja mezclada con pomelo rosa y piña, un poco de lima... ¡Y la «bomba» está lista!

Pietro la prueba con una cucharilla.

—Mmm..., ¡qué rica! ¡Nada más probarla se tirarán de cabeza a mi cama!

—Vamos... —Flavio lo mira enojado—. Intenta ser generoso y deja algo para los demás.

Enrico está sentado en el suelo jugando con Ingrid.

—Pero ¿todavía está con ese tema? —Mira a la niña—. A saber qué es lo que piensa de vosotros.

Pietro se queda pasmado.

—¡Pero si no entiende una palabra de lo que decimos!

Enrico acaricia a la pequeña.

—¡Te equivocas! Los niños lo entienden todo, son muy sensibles... ¡A diferencia de ti!

Pietro sigue dando instrucciones sobre los altavoces del estéreo.

—¡Ah, ahora, como de costumbre, es culpa mía! Pero cuando crezca...

Flavio lo mira, curioso.

—¿Quién? ¿Enrico?

Pietro se echa a reír, consciente de que su amigo se está mosqueando.

—¡No, su hija! Apenas tenga la edad justa, me dejaré caer por su casa con un descapotable y la invitaré a salir. ¡Me gustará ver qué cara pone su padre!

Enrico ni siquiera se digna volverse.

—Una cara sombría... ¡Entre otras cosas porque no la dejaré salir!

—Ah, ¡de manera que tú serás uno de esos padres autoritarios!

—No, seré un padre que salva a sus hijos de conocer a piltrafas como tú.

Pietro enarca las cejas.

—Ésa sí que no me la esperaba... En cualquier caso, iré a buscarla cuando cumpla dieciocho años; quizá esté buenísima, y será ella la que decida lo que quiere hacer.

El técnico sale de debajo de un mueble.

—Ya he sujetado los altavoces, señor. ¿Quiere que lo probemos?

—Sí, mejor. ¡Probemos con éste! —Le pasa un CD—. He traído una recopilación que me ha grabado mi librero de confianza.

Flavio lo mira sorprendido.

—¿El librero te graba CD?

—Sí. ¡Mezcla canciones que tú puedes elegir de varios CD y te los vende a buen precio!

Flavio se queda estupefacto.

—Ah, que encima te los vende... ¿Y no sabe que se arriesga a acabar en la cárcel?

—De hecho, yo soy su abogado, lo libré de un buen lío y ahora me los graba gratis. Tú le das el título y él se ocupa de meter las canciones más adecuadas para la ocasión.

—¿Y qué título le diste?

—*Noche ardiente.*

—¡Genial! —exclama Flavio.

Justo en ese momento el técnico pulsa una tecla y empieza a sonar *Single Ladies*, de Beyoncé.

—¡Súbela! ¡Súbela!

Todos empiezan a moverse divertidos al ritmo de la música.

—Mira, hasta la niña se ha puesto a bailar.

Ingrid sigue la melodía con la cabeza en tanto que Enrico se tapa la boca con las manos, conmovido. En ese preciso momento se abre la puerta de entrada y aparece Alex.

—Pero ¿qué pasa? ¿Qué estáis haciendo?

El técnico baja poco a poco el volumen.

Pietro le indica con un ademán que le parece perfecto.

—Ya puede apagarlo, ha quedado fantástico.

El técnico apaga el reproductor de CD.

Alex se detiene sorprendido en el centro del salón.

—¿Se puede saber qué estáis organizando?

Pietro abre una carpeta que hay sobre la mesa y saca unas fotografías de unas chicas guapísimas.

—¿Que qué estamos organizando? Por el momento, nada... ¡pero no te digo la que montaremos esta noche! Mira esto, ¿te gustan? Españolas, para tu nueva campaña...

—¿A qué te refieres?

—He hablado con tu despacho, al que, si lo recuerdas, represento como abogado y con el que realizo importantes negocios a diario...

—Claro... —Alex sonríe—. En cambio, yo te recuerdo que todo eso es así gracias a mí...

Pietro traga saliva.

—Por supuesto... Pues precisamente por eso, para facilitar tu próximo trabajo, es decir, la campaña española..., ¡tachán!, nos daremos el gusto de elegir esta noche a las modelos. Las hemos invitado a una superfiesta con música, diversión garantizada y champán...

Flavio precisa:

—Bueno, la verdad es que aquí sólo hay vodka.

—Da igual; es más, cuanto más fuerte sea la bebida antes perderán la cabeza...

Alex mira sucesivamente a Pietro, a Flavio y a Enrico.

—Si por vosotros fuera, seguiríais llevando siempre esta vida, ¿verdad? Todo vale: fiestas, vodka, música, tías estupendas...

Los demás se miran. Pietro, quizá el más convencido de no estar haciendo nada malo, asiente satisfecho.

—Os importa un comino construir o no una auténtica relación —prosigue Alex. Después señala a Pietro—. Tú has roto con Susanna, has seguido haciendo como si nada, y después de unos días de falso pesar vuelves a la carga y organizas fiestas sin sentido que sólo sirven para llenar el vacío que tienes dentro... Aunque también podría equivocarme. Quizá tú seas verdaderamente así. Quizá te encuentras cómodo en ese vacío... En ese caso, nos has engañado a todos... Tal vez ni siquiera te importe nuestra amistad...

Pietro abre los brazos.

—No, no puedes decir eso. ¡Te equivocas de medio a medio y lo he demostrado sobradamente!

—Ah, es cierto... Te interesa nuestra relación, al menos la que tienes conmigo, de no ser así, no podrías invitar a las españolas...

—Qué rebuscado eres...

—¡Soy realista! —Alex continúa, dirigiéndose ahora a Flavio—: Y tú no te quedas a la zaga: tu esposa decidió que vuestra relación había acabado y tú, en lugar de reaccionar, te resignas y no mueves un dedo... ¿Eres feliz con la vida que llevas? ¿Debías romper para poder vivirla? ¿No podías haberla vivido desde siempre? ¿Por qué te casaste? ¿Es ésta la vida que te gusta? Quizá tu esposa haya encontrado ya a otro... y a ti te da igual. Y tú... —señala a Enrico— ¡sigues jugando con una niña porque no tienes el valor de salir por esa puerta y empezar de nuevo tu vida, la tuya!

—¡Pero yo quiero a Ingrid de verdad!

—¡Faltaría más! Vaya una respuesta. Seguro que ella también te quiere y, si pudiera, te criaría ella, te enseñaría que uno no puede esconderse, que debe tener el valor de seguir creyendo en el amor... Además del que siente por su hija. El amor de pareja. Construir juntos, un día tras otro, caer, volver a levantarse, equivocarse, perdonar y amar. Amar, ¿lo entendéis? —Sacude la cabeza y sale dando un portazo.

Todos se miran, pero el técnico es el único que tiene agallas para hablar.

–Bueno... Creo que tiene razón. Yo vivo con mi esposa desde hace treinta años... Algunas veces la mataría, pero otras comprendo que sin ella sería muy infeliz... Y esto último me sucede con más frecuencia que lo primero...

Pietro, Flavio y Enrico se miran. Después, sin pronunciar una palabra, Enrico coge en brazos a Ingrid, Flavio se seca las manos y los dos salen de casa. Pietro coge a su vez las llaves del coche. Y los tres echan a correr en diferentes direcciones. Cada uno con sus preocupaciones, con sus miedos y sus contradicciones a cuestas.

Ciento cuarenta y nueve

La maleta está casi lista. Diletta ha cogido de todo. Incluso más.

–Amor mío, pero si sólo vamos a estar diez días.

–Sí, pero nunca se sabe. ¡Mejor llevar varias mudas! También he comprado algunos vestidos de premamá, mira qué monos... –Los pone sobre la cama.

–Sí, estarás guapísima... Oye, ¿crees de verdad que podemos marcharnos?

Diletta lo mira extrañada.

–Por supuesto que sí, ¿por qué lo dices?

–Porque estás embarazada, si te cansas...

–¡Tú lo has dicho, estoy embarazada, no enferma! Además, perdona..., ¿sabes lo bien que le sentará la brisa marina al bebé? ¡Olas de verdad para una olita que está a punto de llegar! Lo más. Nos bañaremos, pasearemos por la playa y bailaremos. ¡Nos lo pasaremos en grande! Además, así también te relajas tú... –Sigue metiendo las cosas en la maleta. Una camiseta. Otro par de chanclas. Pantalones. Camisetas sin tirantes. *Tops*. Después corre al cuarto de baño y coge el neceser–. Por otra parte, las mujeres embarazadas están incluso más guapas, lo he leído en una revista... ¡Así que quiero lucirme todo lo posible!

Filippo se echa a reír.

–¡Sí, pero sin exagerar! ¡Tú eres mi Diletta y llevas una olita en la tripa! –Se acerca a ella y la besa con ternura–. Bueno, venga, vayámonos ya, los demás nos esperan. Mi maleta está ya en el maletero del coche. ¡Al aeropuerto! –Abre los brazos imitando a un avión y se aleja.

Diletta sonríe sacudiendo la cabeza. Es como un niño. Pero en el fondo también es bonito que sea así. Acaba de hacer la maleta. Sí, dentro de unas horas estaremos volando con las Olas y los amigos de Niki rumbo a Fuerteventura. Niki. Cómo me gustaría que en estos momentos fueses tan feliz como yo. Pequeña e indecisa Niki. ¿Qué harás? Espero que estas vacaciones te ayuden.

Ciento cincuenta

El tráfico es particularmente intenso. Erica repiquetea nerviosa con el dedo en la ventanilla. Después mira a su madre, que va al volante.

–Venga, mamá, muévete... ¡Me esperan en el aeropuerto! ¡Ya sabes que odio llegar tarde cuando organizo un viaje!

La madre de Erica sonríe.

–¡Ni que yo tuviera una varita mágica capaz de hacer desaparecer todos esos coches! Además, la próxima vez, en lugar de perder tres horas haciendo las maletas intenta darte un poco más de prisa y así podremos salir antes.

Erica mira afuera. A fin de cuentas, ella siempre tiene razón. Aunque no me importa. Esta vez no quiero enfadarme. Quiero disfrutar. Fuerteventura. Un nuevo inicio. Mar. Playa. Discotecas. Sin preocupaciones por fin. Sin chicos rondándome por la cabeza. Nada. Mis amigas y yo, nada más. Y varios compañeros de la facultad de Niki. Sí. Sencillez. Sin problemas. El mar y yo. Acto seguido mira de nuevo a su madre y le planta un beso en la mejilla. Como no se lo esperaba, casi le hace dar un bandazo.

–Pero ¿qué haces, Erica? ¡Casi nos matamos! Avisa, ¿no?

Ella se echa a reír.

–Claro, te diré: «¡Perdona, mamá, pero voy a besarte! Prepárate, ¿eh?» ¿Ves?, ése es precisamente el problema de los tiempos que vivimos. Nadie está ya acostumbrado a los gestos de afecto. Ni siquiera tú. Pero, en cambio, nos equivocamos. Es algo parecido a esa historia de los abrazos gratis..., ¿sabes que por la calle regalan abrazos gratis a los desconocidos? Existe incluso el día mundial, que se celebra desde hace unos años. Me parece precioso. La gente se abraza, a menudo sin conocerse, por un único motivo: intercambiar un afecto sincero. De modo que, como estás conduciendo y no puedo abrazarte, acepta mi beso y calla.

La madre de Erica sacude la cabeza.

—Tengo la impresión de que necesitas estas vacaciones, tesoro... ¡Estás un poco estresada! —y sigue conduciendo hasta que, al final, vislumbran el aeropuerto.

Ciento cincuenta y uno

El aeropuerto está lleno de gente que camina arriba y abajo arrastrando maletas de todo tipo. Los grupos organizados rodean a la correspondiente guía y escuchan sus indicaciones. Algunos se despiden con un abrazo y mil advertencias. Otros, en cambio, parten solos y miran los paneles horarios con ansia o aburrimiento, según el caso. Los anuncios ininterrumpidos en varios idiomas llenan el aire. Niki, Diletta, Filippo, Erica y varios chicos de la facultad, entre los cuales se encuentra también Guido, están de pie junto a un quiosco. Hablan felices, imaginan cómo será el viaje y bromean. Filippo abraza por detrás a Diletta y le muerde una oreja. Erica enseña a las otras chicas unos folios que ha impreso de Internet y que muestran varios locales e itinerarios de Fuerteventura. Niki deambula silenciosa. Guido la mira desde lejos. Últimamente está un poco distante. Pero es normal, después de todo lo que le ha sucedido quizá necesite un poco de tranquilidad. En cualquier caso, en Fuerteventura tendrán tiempo de solucionarlo todo.

—Oh, pero ¿cuándo llegará Olly? El mostrador de facturación no tardará en cerrar.

—Y yo qué sé, cuando tenemos que ir a algún sitio siempre llega tarde.

De repente, del fondo del pasillo, en medio de la multitud, aparece Olly corriendo. Arrastra una maleta enorme y lleva una bolsa en bandolera. Erica la ve.

—¡Menos mal, aquí está!

Olly les sonríe desde lejos y alza la mano en un gesto de saludo. Al cabo de unos instantes llega a su lado.

—¡Hola, chicos! ¡Aquí estoy!

Todos la saludan.

—Bien, en ese caso podemos ir al mostrador —dice Erica.

—No, esperad un momento —replica Olly.

—¿Aún? ¿Por qué?

—Tiene que venir alguien más, ha entrado un momento en el servicio...

Erica, Diletta y Niki se miran. Después miran a su amiga.

—¿Se puede saber quién es? Pero ¿no habías dicho que vendrías sola?

—Lo sé, pero encontró plaza en el avión y no creo que en el hotel nos pongan pegas por una persona más o menos...

—No... —reconoce Erica—. Pero te dije que me avisaras...

—Tienes razón, sólo que entonces no sabía nada...

Pasados unos instantes llega Simone tirando de dos maletas con ruedas. Casi tropieza con una de ellas, se detiene de golpe y mira intimidado al resto del grupo.

—Hola..., encantado... Soy Simone, trabajo con Olly.

Todos lo observan. Niki, Erica y Diletta sonríen. Saben de sobra quién es, Olly les contó toda la historia de los diseños. Aunque la verdad es que jamás se habrían imaginado verlo allí.

—Sí, él es Simone...

Erica se acerca a toda prisa a Olly y le da un codazo.

—¡Así que estás con él!

Simone, mientras tanto, se ha puesto a hablar con Filippo.

También Diletta y Niki se acercan.

—¡Venga, sí, si salta a la vista! ¡Te traes a un chico a Fuerteventura! ¡Sales con él seguro, digas lo que digas!

Olly trata de explicar lo que ocurre a sus tres amigas.

—No..., no salgo con él. Le he invitado para darle las gracias, eso es todo. Ya os conté el favor que me hizo, ¿no? Me salvó de morir a manos de Eddy.

Ninguna de sus amigas se cree una palabra.

—Sííí... ¡Claro! —Erica se tapa los ojos como si se negara a ver—. ¡Te gusta y punto!

Diletta está aún más convencida.

—Ni hablar... Le gusta mucho, ¡de lo contrario no lo habría traído!

Se echan a reír y Olly les da unos empujones.

—¡Sois unas víboras!

—¡Y tú estás enamorada!

Y, golpeándose entre bromas, se acercan al mostrador de facturación.

Ciento cincuenta y dos

Pietro está en el coche, mira la hora y acelera, seguro de su destino. También Flavio corre con su coche, toca el claxon y sonríe, en apariencia feliz. Sigue tocando. Pí, pí, pí.

—¡Apartaos! ¡Vamos! ¿A qué esperas? ¡Échate a un lado, muy bien, así, lo has conseguido, ¿eh?! —y adelanta a un señor que lo mira como si estuviera loco.

También Enrico conduce de prisa, aunque no demasiado, comprueba que el cinturón de la niña esté bien sujeto y, en cualquier caso, bloquea a Ingrid con la mano mientras ella juega apretando los dedos de su padre. Pietro es el primero en llegar. Baja al gimnasio, su gimnasio, y mira alrededor.

—¿Susanna? —Ella se vuelve y se acerca a él, cohibida a la vez que un poco preocupada—. ¿Qué ocurre? ¿Ha pasado algo? ¿Se trata de uno de los niños?

—No... De nosotros.

—¿De nosotros? ¿De quiénes?

—Nosotros podríamos... Sí, eso es, intentarlo de nuevo. Me parece absurdo que las cosas hayan ido de esta forma...

—Te parece absurdo, ¿eh? —Susanna lo mira y casi se echa a reír, irritada—. Pues lo que yo encuentro absurdo es que no me diera cuenta antes. Tú siempre has llevado tu vida, en la que yo no tomaba parte para nada, una vida frecuentada por una infinidad de mujeres a las que debías de contarles de todo. ¿Sabes lo que me dolió más? Pensar que ellas tenían retazos de tu vida de los que yo carecía, cosas que decías, que hacías, quizá habías visto algún sitio, habías leído una noticia, habías comido un plato especial, en fin, algo que, en cualquier caso, no habíamos hecho juntos.

Pietro sonríe, la coge por los hombros y la sujeta delante de él.

—¡Pero eso es amor!

—Puede que lo fuera. Quítame las manos de encima a menos que quieras que alguien te dé un castañazo...

Pietro mira alrededor y después deja caer las manos lentamente.

—¿Quién? ¿Qué quieres decir?

Susanna levanta la bolsa.

—Pues que ya no siento nada por ti. Comparte tu vida, tus palabras y tus momentos con quien quieras, pero no conmigo. Para mí sólo existías tú. Ahora existe otra persona. Y soy optimista, espero que las cosas vayan mejor... —Se dirige hacia la salida.

Pietro corre detrás de ella y sacude la cabeza riéndose.

—No, no me lo creo, me estás tomando el pelo, lo único que pretendes es hacerme sufrir..., pero yo sé que no tienes a otro...

Justo en ese momento se detiene delante de la entrada del gimnasio un BMW oscuro que le hace señas con los faros.

—Es él, me está esperando... Los niños están en casa de mi madre y nosotros salimos a cenar...

—Ah... —Pietro mira el coche sin comprender de quién puede tratarse.

—Es mi profesor de *kickboxing*.

—Ah... —Pietro entiende de inmediato que quizá sea mejor no hacer ninguna tontería.

—Sea como sea, quiero decirte que he pensado en la historia del cuadro de Schifano. Tú no lo querías y yo, en cambio, insistí. Es cierto que lo compramos juntos, pero mi voluntad fue la que prevaleció, de modo que me lo quedaré yo.

—Claro, faltaría más. Si quieres... —dice, y la contempla mientras se aleja con aire altanero, como si pretendiese darse importancia. Pietro echa un último vistazo al BMW y acto seguido sube en su coche y arranca.

Susanna se lo queda mirando hasta que dobla la esquina. A continuación sacude la cabeza sonriendo. Baja los ojos y camina hacia el

BMW. Piensa que es una de las pocas veces que se siente segura y feliz de su elección. Es tan raro no dudar. Al subir al coche vuelve a sonreír.

—Hola, disculpa.

Davide le devuelve la sonrisa.

—Disculpa, ¿por qué?

Coge la bolsa y la pone en el asiento trasero.

—¿Todo bien?

Susanna asiente con la cabeza.

—Sí, de maravilla.

—¿Adónde quieres ir?

Hacía mucho tiempo que no se sentía tan serena. Se apoya en el respaldo y cierra los ojos.

—Tú decides.

Ciento cincuenta y tres

Suena el timbre. De nuevo.

—¡Voy! —se oye la voz de Anna.

Enrico hace brincar a Ingrid entre sus brazos.

Anna abre la puerta tras haber echado un vistazo por la mirilla.

—¡Hola! Vaya una sorpresa... —Sonríe a Enrico, se alegra mucho de verlo—. ¿Me dejas cogerla?

—Sí..., claro.

Anna le coge a Ingrid de los brazos y la estrecha entre los suyos.

—¿Tienes que ir a algún sitio? Yo estoy estudiando, puedo quedármela...

—No, tenía ganas de verte... Mejor dicho, de veros juntas... Sois una maravilla. —Enrico se acerca a Anna y le da un leve beso en los labios. Mira a Ingrid, de nuevo a Anna, y le sonríe—. Nos está mirando... A saber qué pensará.

Anna sonríe.

—Pensará que su padre es feliz y, en consecuencia, ella también lo será.

Enrico se queda sorprendido.

—¿Crees que puede pensar ya cosas así?

Anna asiente con la cabeza.

—Ella, no lo sé. Yo lo hice desde el primer día.

—Igual que yo.

Enrico le da otro beso. Después le acaricia el pelo y la mira con ternura. También Ingrid, divertida y curiosa, coge el pelo de Anna y juguetea con él. Anna y Enrico imitan los gestos de la pequeña y luego se miran emocionados. Ingrid toca entonces el pelo de Enrico y éste la mira sacudiendo la cabeza.

—Ya entiendo, ¡de mayor quiere ser peluquera!

Y los dos se echan a reír.

Ciento cincuenta y cuatro

Cristina abre la puerta de casa y se lo encuentra plantado delante.

—¿Qué haces aquí, Flavio? —Se pasa una mano por la ropa para comprobar cómo va vestida.

Flavio se percata. Por primera vez después de mucho tiempo, lo nota. Y decide decírselo, porque a veces no basta con pensar las cosas, sino que hay que decirlas.

—No te preocupes, estás muy guapa.

Cristina se queda asombrada, quizá porque hacía mucho tiempo que no oía esa frase. Pronunciada por él.

Flavio sonríe, la observa y nota cosas a las que hacía mucho tiempo que no prestaba atención: el pelo, el color, el recogido, las pequeñas arrugas de sus labios y esa profundidad en su mirada. Recuerda de golpe las palabras de Alex: «Quizá tu esposa haya encontrado ya otro... y a ti te da igual.»

Flavio baja la mirada. Cristina lo nota y lo escruta frunciendo el ceño, preocupada por la idea que puede haberle pasado por la mente.

Flavio alza los ojos.

—Me gustaría preguntarte algo, Cristina...

Ella aguarda en silencio. Flavio exhala un suspiro y lo suelta.

—¿Crees que podríamos intentarlo de nuevo? Esta separación me ha hecho comprender muchas cosas. Quizá tengamos ocasión de encontrar nuevos amores y de que nos vaya bien con ellos, pero también podemos fracasar de nuevo. Durante los primeros meses todo funciona..., las dificultades llegan al cabo de un año o dos, y nosotros hemos pasado muchos juntos. No te lo digo por apego a la costumbre, o porque piense que, tratándose de dos personas que ya se conocen y que ya han superado ciertas cosas, es más fácil... Te lo digo porque te quiero, porque todos los días eres una novedad, y yo no supe darme cuenta de ello. Lo eres desde hace muchos años —Flavio sonríe—. Al principio todo iba de maravilla, pero después nos aposentamos, nos perdimos, nos dormimos... ¿Te apetece despertarte conmigo todos los días en ese sentido?

Cristina no le responde. Se acerca silenciosa a él y lo abraza.

—No sabes cuánto he deseado que vinieras y me dijeras todas esas cosas.

Flavio la besa y de inmediato se echa a llorar. Unas lágrimas saladas resbalan por sus mejillas, entre sus labios, mezclándose con sus sonrisas y sus carcajadas.

—Parecemos dos críos...

Flavio la mira y la abraza.

—Te amo... Perdóname...

Cristina se esconde en ese beso. Después se aparta un poco y se apoya en su mejilla cerrando los ojos.

—Perdóname tú, amor mío...

Recuerda todo lo que ha sucedido desde que Flavio se marchó de casa. Él, en cambio, cierra los ojos y vuelve a pensar en las palabras de Alex, pero esta vez no tiene derecho a hacerle esa pregunta, porque crecer implica también dejar de necesitar ciertas respuestas, no buscar seguridad, sino saber darla.

—Amor... Estamos aquí. Eso es lo único que cuenta.

Cristina lo abraza aún más fuerte y siente de nuevo todo el amor que los une.

Ciento cincuenta y cinco

Simona va a abrir la puerta de casa, a la que acaban de llamar. Cuando lo ve se queda estupefacta.

—Alex...

—Hola. —Es evidente que está cohibido, pero sonríe–. Me alegro de verte.

Entonces aparece Roberto con el periódico en las manos.

—¿Quién es? ¿Es para mí? Estoy esperando un paquete. —Cuando lo ve se queda boquiabierto–. Alex, qué bueno verte... —Lo dice en serio, lamenta profundamente cómo terminaron las cosas, y en parte la situación lo incomoda–. Entra, por favor. ¿Te apetece algo de beber?

—No, no, gracias.

—Entra, venga, no te quedes en la puerta.

Simona la cierra a sus espaldas. Mira a Roberto arqueando ligeramente las cejas como si dijese: «Y ahora ¿qué hacemos?» Mientras tanto, Alex da unos pasos mirando alrededor. En ese preciso momento llega Matteo.

—¡Eh! ¡Hola, Alex!

—Hola, ¿cómo estás? —Se estrechan la mano de una forma algo cómica.

Esta vez son Roberto y Simona los que sonríen divertidos al contemplar la escena.

—¿Sabes? —prosigue Matteo–. Lo sentí mucho por una cosa... Quiero decir, es cosa vuestra..., claro..., y en eso no quiero meterme...

Pero me prometiste que daríamos una vuelta a caballo y después no lo hicimos...

Alex sonríe divertido de su ingenuidad.

–Tienes razón. Lo haremos, te prometo que, suceda lo que suceda, daremos ese paseo a caballo... –y le acaricia el pelo con ternura, despeinándolo.

Matteo lo mira como iluminado por una gran intuición.

–¿Pero es que has traído otra carta?

–No... –Pero a Alex no le da tiempo a responder.

–Vete a tu habitación, Matteo. –Simona se levanta y se encamina hacia su hijo.

–Pero no es justo, ya soy bastante mayor, ¡puedo entender toda esta historia!

–He dicho que te vayas a tu habitación... –y poco menos que lo empuja por el pasillo hasta que por fin Matteo se convence, acelera el paso y se encierra enfadado en su dormitorio dando un portazo.

Simona sacude la cabeza y vuelve a toda prisa al salón, intrigada, emocionada, y con el corazón latiéndole a toda velocidad. ¿Qué pasará ahora?, se pregunta. Acto seguido se sienta delante de Alex y exhala un hondo suspiro.

Roberto vuelve a intentarlo.

–¿Estás seguro de que no quieres nada? Una Coca-Cola..., un bíter..., quizá tengamos también algunos zumos.

–No, no, no quiero nada, de verdad. –A continuación hace una pequeña pausa y luego prosigue tranquilo–: Lamento mucho lo que sucedió, fue todo tan... tan... caótico, en fin, ¡me habría encantado que las cosas fueran de otra forma!

Roberto asiente con la cabeza.

–¡A quién se lo vas a decir!

Simona le da un golpe en la pierna.

–¡No lo interrumpas!

–Sólo pretendía mostrarme solidario con él, quería que supiese cuánto lo sentimos nosotros también.

–Pues bien... –Alex sonríe–, lo único que yo quiero es que vuestra hija sea feliz.

Roberto lo interrumpe de nuevo.

—Nosotros también...

Simona lo mira irritada, pero Alex hace como si nada.

—He venido a veros para hablar... —prosigue—. Me gustaría aclararle a Niki algunas cosas que estoy seguro que...

Esta vez es Simona la que interviene para evitar que hable demasiado.

—Alex..., me encantaría que pudieses hablar con Niki ahora, pero se ha marchado...

Ciento cincuenta y seis

Unas largas olas rompen en la playa Blanca, cerca de Puerto del Rosario. Un viento fuerte, tenso, ha soplado durante todo el día barriendo con fuerza la arena. Las gaviotas extienden sus alas y se ladean dejando que el viento las lleve muy lejos. Juegan temerarias, huyendo repentinamente del grupo y volviendo a él después de haberse lanzado entre las olas. Rebeldes, de vez en cuando hambrientas, rapaces en busca de una presa, arrancando al mar unos pequeños peces plateados que luego engullen sin dejar de volar.

Niki pasea sola por la playa. El pelo le cae a menudo hacia adelante, le tapa los ojos, le cubre la cara, y ella mueve las manos como una niña, imprecisa y confusa, tratando de apartárselo de los ojos. Con la palma, casi frotándolo contra la cara, se lo lleva hacia atrás, con fuerza, con rabia, pero es cuestión de unos instantes. Porque no sirve de nada. El viento vuelve a despeinarla y la obliga a repetir todos esos gestos cada vez con mayor irritación.

Niki se detiene en un escollo. Se sienta, contempla el mar, apoya los codos sobre las rodillas. Y busca más allá, en la línea del horizonte, como si algo o alguien, un barco pirata, un velero o cualquier otra cosa pudiese acudir en su ayuda. Pero no es posible. Y no hay nada más terrible que sentirlo, que darte cuenta, que la inquietud te asalte desde lo más hondo, te secuestre, te posea, te golpee con fuerza contra la arena, te sujete las muñecas y se suba sobre tu barriga para mantenerte clavada al suelo. Así se siente Niki, bloqueada por esa sensación. Todo le resulta repentinamente claro, tan nítido como ese atardecer, como el sol abrasador que ha golpeado durante todo el día esa playa. Sí, Niki ahora lo sabe. No es feliz. Y es además consciente de otra cosa. Se ha equivocado. No hay nada más terrible que darte cuenta de que has tomado una decisión errónea que no puedes cambiar o, mejor dicho, que no te permite dar marcha atrás porque es definitiva. Sí, no hay nada peor. No, piensa Niki. Es aún peor cuando esa decisión, esa elección imprudente concierne al amor. De improviso se siente pequeña, sola, nota una punzada en el corazón, sus ojos se empañan de lágrimas y le gustaría gritar, llorar... Pero lo cierto es que se ha quedado ya sin lágrimas. Nadie se ha dado cuenta, pero desde que empezaron esas vacaciones no ha hecho otra cosa más que llorar a escondidas, en el apartamento, en el baño, durante sus paseos solitarios, en la cama. Sólo se ha reído en una ocasión. Cuando recordó la primera vez que Erica rompió con Giò, su primer novio, y empezó a salir con otro. Estaban en el instituto, Erica se pasó toda la clase de matemáticas llorando y ella le tomó el pelo. Lo recuerda como si fuese ayer. «¿Veis?, todas queréis salir con otro y apenas lo conseguís queréis volver con el de antes... Sois todas iguales, ¿sabes cuántas historias como la tuya he oído?»

Niki se echó a reír evocando ese día. Después pensó en su situación y se sintió ridícula. Ahora era ella una de las que se avergonzaban. La mera idea de hablar de eso con sus amigas la avergonzaba, no digamos con Alex. Es terrible ser tan indecisa, cambiar de parecer en cuestiones de amor... Querer volver con él, con Alex... ¿Qué podría decirle ahora? ¿Cómo me justificaría? Nunca se ha sentido tan sucia, pese a que no lo engañó del todo. La situación le parece absurda. ¿Qué quiere decir «del todo»? ¿Que hay algo que menoscaba y no menoscaba el amor? ¿Que hay algo que te empuja a engañar o no? Sabe de sobra que cualquier relación más estrecha de lo habitual, cualquier sintonía que vaya más allá de la mera amistad, cualquier pensamiento de más sobre otra persona significa alejarse de la historia que uno está viviendo. Es inútil negarlo. Niki se siente morir. Madura, diferente, mujer y lejana. El mero hecho de haber pensado en otro, de haber imaginado una nueva relación con él, una nueva posibilidad, un nuevo futuro, sólo eso ya implica el mayor de los engaños. Permanece en silencio mirando el mar y escuchando los chillidos de las gaviotas y las palabras del viento. Siente un repentino pesar. «Un amor sólo durará para siempre si no se consume del todo.» Alguien lo dijo una vez, ¿o lo vi en una película?... El caso es que se siente mal. ¿Dónde estará Alex ahora? Yo no quiero que nuestro amor dure para siempre si no puedo tenerlo a mi lado. Ahora, aquí. Pienso en él sin cesar y mi obsesión, en lugar de aplacarse, no hace sino aumentar. Te añoro, Alex...

–Eh, pero ¿qué haces, Niki? –Olly se acerca a ella por detrás–. Te hemos estado buscando por todas partes...

Niki se enjuga al vuelo la lágrima que todavía no había tenido tiempo de caer.

–Eh... –Olly se ha dado cuenta–. ¿Todo bien?

–Sí –Niki sonríe–. Todo bien...

Olly sabe de sobra que no es así.

–Eh, si te apetece hablar... Yo estoy aquí, ya lo sabes.

Niki vacila por unos instantes. Sabe que, en cualquier caso, le iría bien. Pero piensa de nuevo en todo lo que imaginó antes, en lo que, precisamente ella, le dijo a Erica..., y ahora no le apetece verse en su lugar, contar sus dudas, su indecisión a Olly, que la juzgue por haber cambiado de idea. ¿Qué diría Olly si le contara lo que está pasando por su mente? Tal vez le daría un consejo, quizá no la juzgaría, puede que bromeara al respecto. Puede. Pero ¿de qué serviría? ¿Tal vez para que se sintiese mejor? No. Sólo la ayudaría hablar con una persona. Con él, con Alex. Pero él es el único que no está aquí.

Niki sonríe.

–No, te lo agradezco... Se trata tan sólo de recuerdos sin importancia. Todo va bien.

Olly sonríe.

–¡Estupendo! –dice, pese a que no se cree una palabra–. ¡En ese caso, vamos! –y le coge la mano–. Acaba de empezar la sesión del gran Lovat. Acaba de llegar y está poniendo ya los primeros discos. ¡Es un alucine, fantástico!

Y corren por la arena cogidas de la mano, tambaleándose, hasta que superan la última duna.

En la gran playa de la bahía hay ya más de dos mil personas bailando. T. I. con Rihanna en *Live Your Live*. Se mueven al ritmo de la música con sus pareos de colores, camisas blancas, celestes y azules, vaqueros desgarrados, pañuelos en la cabeza, canutos en la boca, las gafas sobre la frente, las de cristal de espejo sobre los ojos, y agitan las manos mientras se mueven en la luz anaranjada y azul del atardecer sobre el mar. Bailan los jóvenes, bailan, con los ojos cerrados, soñando, cantando, imaginándose a ella, a él o a cualquier otro, dejándose mecer por esas notas mágicas. Alguno se ha abrazado a su novia, un tipo grueso con el pelo rizado se ha subido a los hombros a la suya, que se ha quitado la camiseta y la hace girar sobre su cabeza. Y ella permanece así, con los senos al aire, sonriente, admirada, deseada, divertida, sintiéndose parte de esa música con la piel morena, el pelo castaño claro cayéndole por el cuello como un dulce alud de miel, y los vaqueros desgarrados que muestran unas piernas largas e igualmente bonitas.

Olly y Niki se abren camino entre la gente, ondeando poco a poco, a derecha e izquierda, avanzan en medio de la gran masa que se mueve a la vez como si se tratara de un único bailarín. Se acercan al escenario.

—¡Ahí están! —Olly indica al grupo, que está a unos pasos de ella.

Erica, Diletta, Filippo, Simone, Barbara, Luca, Sara, Marco y Guido.

Luego Olly se vuelve hacia Niki.

—¿Vamos con ellos? Pero si lo prefieres podemos quedarnos aquí las dos, ¿eh?

—Venga, no seas tonta... ¡Vamos!

Olly y Niki avanzan entre la multitud en el preciso momento en que el *disc-jockey* cambia de disco. Lo hace gradualmente, cuadrando perfectamente ambas canciones. Y todos se ponen a bailar entonces el fantástico nuevo tema de The Killers, *Human*. Bailan divertidos y alegres.

Simone se vuelve.

—Ahí están... Ya han llegado.

Guido también se vuelve.

—Eh, menos mal, os habéis perdido unos temas fantásticos...

Niki sonríe y se coloca en medio del grupo. Guido se acerca a ella.

–Estaba preocupado, ¿sabes? ¡Lamento la discusión de la otra noche!

Ella se encoge de hombros.

–No te preocupes, además, no fue una discusión. Lo que pasa es que tenemos puntos de vista distintos.

–Ya –Guido también se encoge de hombros, vuelve la cabeza y la sacude como diciendo: «Nada, no hay nada que hacer, no tiene remedio.» De modo que se pone a bailar con sus amigos.

Vaya –piensa Niki–, al parecer estaba preocupado por la discusión, lo lamentaba... Pero ¿qué hizo? No vino a buscarme, no trató de encontrarme, de ver qué ocurría. No, fue Olly la que vino. Dice que lo siente, pero ¿qué hace para remediarlo? Bailar... Bah. Qué extraño modo de cuidar una relación. Quizá sólo sea un niño mimado, tal vez no lo demuestre, pero si no obtiene lo que quiere entonces todo queda en un segundo plano... No sé si es un tipo caprichoso, pero la palabra que he dicho es la apropiada: niño. Puede que ésa fuese la verdadera razón. Yo quería seguir siendo una niña, por eso me volqué en él, por eso renuncié a dar ese paso, a la boda y a todo lo demás... La música es particularmente bonita y, poco a poco, la luz se torna mágica, toda la playa se tiñe de esa tonalidad naranja, suave, como ese sol que a lo lejos, mar adentro, escucha la última canción antes de irse a dormir.

DJ Lovat baila con el público, se mueve risueño sobre el escenario, alza las manos y las hace oscilar al ritmo de la música, después mira su consola, que se encuentra al principio de la escalera, y sonríe asintiendo con la cabeza. Coge el micrófono y baja la música. Y el inmenso pueblo de bailarines que festejan sobre la playa silenciosa se detiene lentamente.

Lovat empuña el micro.

–Perdonad, dentro de unos instantes seguiremos con la fiesta. –Todos lo miran en silencio–. Pero ahora os tengo reservada una sorpresa. He oído una historia que me ha emocionado. No sé si también os convencerá a vosotros. Sólo os pido una cosa: dadle una oportunidad. –Se interrumpe y mira de nuevo hacia la escalera, al fondo de la misma. Le sonríe y le indica con un ademán que suba–. Ven.

Alex sube al escenario. Al verlo, el público empieza a murmurar, se oyen varios silbidos. Niki lo reconoce y siente que le va a dar algo. Olly, Diletta y Erica se vuelven hacia ella casi al mismo tiempo.

Olly sacude la cabeza.

—Es genial...

Niki tiene los ojos empañados, está muy emocionada.

Alex se acerca a Lovat.

—Gracias.

El *disc-jockey* le sonríe y le pasa el micrófono. Alex da dos pasos sobre el escenario y se detiene en el centro. También él parece muy emocionado. Delante de él hay una multitud silenciosa. Algunos parecen irritados.

—Esto... —Alex carraspea un poco—. Buenas noches... Por nada del mundo habría querido interrumpir esta fiesta...

Un chico del público lo estaba deseando.

—Muy bien, así se habla, ¿por qué no te vas entonces y nos dejas seguir bailando?

—Porque un día podría sucederte también a ti. O a ti. O incluso a ti... —Alex señala a varias personas—. Porque puede que una mañana te levantes y te digas que estás echando a perder tu vida, que te des cuenta de que tenías algo maravilloso y que lo estás perdiendo... Y no puedes permitirlo. No puedes seguir sufriendo en silencio y vivir una vida vacía e inútil. Porque cuando conoces a la persona adecuada, la especial, la única, esa que sabes que nunca nadie podrá sustituir, entonces debes hacer un esfuerzo por reconquistarla. Incluso subir a un escenario e interrumpir la sesión de un disc-jockey, parar la música y hacer que suene tu corazón. ¿Os habéis enamorado alguna vez, os ha sucedido no pensar en otra cosa que en él o en ella, desear con todas vuestras fuerzas ver a la otra persona, pasar tiempo con ella, poder tenerla? ¡A mí me está ocurriendo ahora!

Un tipo grita desde abajo y abraza a una chica, que se ríe con él mientras se besan.

—¡Como nosotros!

—Se ve que tienes más suerte que yo. Era mía y yo era el hombre más feliz de este mundo, pero la dejé escapar...

Niki mira a sus amigas. Todas tienen los ojos anegados en lágrimas, pero ninguna osa abrir la boca. Al final Niki se ríe un poco, llora también, vuelve a reírse, y todas, emocionadas, se unen a su llanto.

Alex vuelve a hablar en el escenario.

—Niki, he llegado hoy mismo, he venido hasta aquí esperando encontrarte... Confío en que estés aquí esta noche y en que hayas escuchado mis palabras. En caso de que no sea así, no te preocupes, volveré a intentarlo, por toda la isla, un día tras otro. Porque no bastará una vida, jamás me cansaré de decirte cuánto te quiero...

—¡Estoy aquí! —Niki grita, levanta las manos y las agita para que la vea. Alex oye una voz y la busca entre el público, pero hay demasiada gente. Ella se abre paso a duras penas entre la muchedumbre—. Perdón, por favor, disculpad...

Un chico decide ayudarla.

—Oye, sube aquí, de lo contrario nunca lo lograrás... ¡Antes de que llegues ya habrá encontrado a otra!

Niki sonríe.

—Lo dudo... En cualquier caso, gracias.

De manera que el tipo la coge y la ayuda a subir sobre sus piernas, después sobre sus hombros, y por último sobre una tabla de surf, y en un abrir y cerrar de ojos Niki se encuentra sobre la gente. Los otros surfistas se ponen también sus tablas sobre la cabeza y Niki, procurando no perder el equilibrio, corre sobre esa extraña pasarela, sobre ese mar de brazos extendidos que la sostienen. Y ríe, Niki se ríe mientras hace surf sobre ese extraño mar humano hasta llegar al escenario. Cuando llega a él se baja de la última tabla. Camina lentamente por el escenario y se detiene delante de Alex.

—Hola.

—Hola, veo que he tenido suerte...

—¿Porque he venido al concierto?

—No, por haberte conocido.

Y se besan delante de todos.

—¡Muy bien! ¡Bravo! ¡Viva el amor! ¡Eres el mejor! ¡Eh, si vuelve a dejarte, acuérdate de mí!

El público ríe, se abraza y algunos incluso se besan.

Filippo mira a Diletta a los ojos.

—Te quiero, amor mío...

—Yo más.

También Olly y Simone se besan, al igual que Marco y Sara, y que Luca y Barbara.

Guido sacude la cabeza y permanece en silencio.

Lovat vuelve a pinchar un disco.

—Y ahora, aquí tenéis una canción dedicada a todos los que se quieren como ellos... Guapos y alegres, a los que no tienen miedo al amor y a sus consecuencias, a los que se arriesgan, se lanzan, ¡a los que son felices porque el corazón les late a dos mil por hora! ¡Dedicada a vosotros, chicos! *Love is in the air*...

Todos empiezan a bailar, más locos y desinhibidos que nunca. Bailan cantando, abrazados, besándose, felices, con la emoción de ese maravilloso momento todavía en los ojos: no temer al amor...

—Ven —Alex tira de Niki para que baje la escalera.

—Pero ¿adónde vamos?

—Lejos de aquí... Tengo una sorpresa.

—¿Otra?

—Sí, pero sobre todo quiero estar a solas contigo...

—Yo también.

Salen por debajo del escenario. Alex se detiene justo detrás de la duna.

—Aquí la tienes.

—No me lo puedo creer.

Niki mira estupefacta la fantástica Harley Davidson.

—¿Y quién la ha traído?

—Yo...

—¿Hasta aquí?

—Claro... —Alex sube a la moto y se pone el casco, después le pasa uno a ella—. ¡Hay que superar ciertos miedos, Niki!

—Lo sé... —ella baja la mirada cohibida.

Él le levanta la barbilla y le sonríe.

—Por amor y por ti... Se supera cualquier cosa y, en caso de que no puedas, bueno, te esperaré hasta que estés preparada.

Niki sonríe, lo besa y lo abraza con todas sus fuerzas.

—Te amo.

—Yo también, muchísimo... Hasta el punto de... querer casarme contigo.

Se echan a reír y se alejan, abrazados, por la playa Blanca, rumbo al puerto del Deseo, con la moto que colea un poco sobre la arena pero sin temor alguno. Ninguno de los dos. De nada.

Ciento cincuenta y siete

Apenas dos meses después.

La belleza de una isla como ésa. El barco para llegar hasta ella, la gente que baja, los turistas. El sol es estupendo. Y en el aire se palpa la excitación.

—¡Chicas, pero esto es genial! —Diletta se vuelve hacia Erica—. ¡Y nosotras estamos cañón vestidas así!

—¡Sí!

Se dirigen hacia la iglesia.

—No pensaba que la isla del Giglio fuese tan bonita... —comenta Filippo mientras ayuda a Diletta y la coge del brazo.

—Y yo no pensaba que llegaríamos a vivir este día, ¿os imagináis? —dice Erica intentando no ensuciarse demasiado las sandalias de tacón de diez centímetros.

—Yo sí... Nunca pensé que podría acabar de otra forma... Algunas relaciones están destinadas a durar, se percibe en muchas cosas..., es una energía que no controlas, que vence cualquier duda... —afirma Diletta, luego mira a Filippo risueña y él la abraza más fuerte.

—¡Es el amor! —exclama Erica—. ¡Sin cálculos, sin suposiciones o previsiones, capaz de sorprender y de cambiar las cartas que hay sobre la mesa en todo momento! —La subida la hace jadear—. ¡Caramba, como no vuelva al gimnasio lo voy a tener crudo! —y suelta una carcajada.

A cierta distancia de ellas, Olly mira alrededor. La isla es magnífica. Me siento feliz de estar aquí. Respira profundamente para sentir la salinidad del aire, que se mezcla con el aroma de los matorrales mediterráneos. El sol resplandece y el cielo tiene una maravillosa tonalidad azul. Una gaviota juega a mantenerse en equilibrio en el viento y, en el horizonte, dos veleros distantes entre sí, pero aparentemente cercanos, trazan una línea perfecta.

Erica y el resto del grupo caminan delante de ella con el resto de los invitados. Olly se detiene junto al muro. Simone se aproxima a ella.

—Es precioso... Tus amigos han tenido una magnífica idea celebrando la boda aquí, ¿no crees?

—Sí, Niki y Alex son especiales... Me habría dado mucha pena que no se hubiesen reconciliado. Hay parejas tan perfectas que consiguen salir adelante a pesar de las dificultades. Y ellos son así. Y así es el amor, ¿no? —Olly sigue contemplando el paisaje. Está feliz. Serena.

Simone asiente con la cabeza.

—Y por si fuera poco, yo estoy feliz también por otra cosa... Dentro de una semana trabajaremos juntos. ¡Por fin! Nos veremos todos los días. ¿Se lo has dicho a tus amigas?

—No, todavía no... Ahora sólo piensan en la boda... Se lo diré luego. Daré una fiesta cuando volvamos.

—Así podremos anunciarles a todos dos cosas: que te han contratado en la casa de modas...

—Sí..., ¿y la otra?... Acabas de decir que son dos.

Simone agacha la cabeza y sonríe.

—Bueno..., que tú y yo estamos juntos, ¿no? —Sin esperar una respuesta, y tras haber conseguido hacer acopio de valor, la besa. Es un beso largo, suave y profundo. Olly se abandona, feliz de ese gesto que tanto ha anhelado.

Mientras tanto, Erica, Diletta y los demás se vuelven para llamarlos y comprobar dónde están. Al ver lo que está sucediendo, sonríen.

—Vaya, vaya...

—Pero, bueno, ¿sois vosotros los que os casáis o son Niki y Alex?

—¡Moveos, venga! ¡Siempre besuqueándoos!

Olly y Simone se unen a ellos y se ríen de sus bromas y sus ocurrencias, cogidos de la mano, felices del amor que sienten el uno por el otro y de tener un grupo de amigos como ése.

698 Federico Moccia

Por fin llegan al faro. El grupo se acomoda en los bancos del lado de la novia. Filippo ayuda a Diletta a acomodarse el vestido. Luego le acaricia la tripa, que ya es más que visible y redonda. Erica y Olly se sientan a su lado. Es la hora de la espera. La más hermosa. Gracias al blanco, que se mezcla con el azul del cielo y con los colores de las flores y de la isla, la atmósfera es maravillosa. Erica observa a varias parejas de diferentes edades. A los padres de Niki. A los de Alex. Personas que llevan juntas mucho tiempo. Años. Personas que se quieren. Sí. Eso es el amor. Se respira en el aire. Amor verdadero y sencillo. Amor cotidiano. El amor que un día yo también encontraré. Si bien ahora está sentada sola, sin un compañero a su lado, por fin es consciente.

Ciento cincuenta y ocho

La moto llega desde lejos, corre por las colinas, entre ese verde tan intenso, soleado, como ese día caluroso. Se percibe la respiración de los pinos, el aroma de los bosques, el mar que rodea ese pedazo de costa, y da la impresión de que el latido de sus corazones se oye en ese silencio. Emociones en libertad. A bordo de esa moto que avanza como un rayo por el camino del sol hasta llegar al punto desde el que se puede contemplar el panorama. Niki va detrás de Alex y lo abraza radiante... Tiene los ojos cerrados, la cabeza apoyada en su espalda, y los dos van vestidos de blanco.

Los invitados los esperan en la parte más alta de la isla, en ese trozo de tierra que se asoma al mar junto al acantilado. Los padres de ambos, los parientes, los amigos y todos los que han querido estar presentes ese día en la Isla Azul. La isla de los enamorados. La isla del Giglio.

Bajo el faro, oculto por el bosque que lo rodea, el sacerdote los espera junto al altar. Sonríe saludando a los últimos recién llegados que van tomando asiento. Después los ve.

—¡Aquí están! ¡Aquí están! Ya llegan.

Roberto, Simona, Luigi, Silvia y el resto de los presentes, todos vestidos de blanco por expreso deseo de los novios, se vuelven. La moto se detiene y Alex y Niki bajan de ella sonrientes. Se quitan el casco y se dan la mano. Avanzan entre los bancos de la sencilla iglesia. Caminan con el sol en los ojos y en el corazón hasta llegar al altar. Niki exhala un suspiro, largo, larguísimo. Mira a Alex y en unos instantes pasa por su mente toda su historia. Desde su primer encuentro a la primera salida, desde el primer beso a la primera vez que hicieron el amor. Apenas escucha al sacerdote, que sigue hablando, la homilía de la misa, los invitados que se levantan y vuelven a sentarse marcando los diferentes momentos de la ceremonia. Estoy enamorada. Soy feliz, no tengo miedo, es mi boda, lo he elegido todo y lo mismo sucederá con todos los momentos de mi vida, los elegiremos mi marido y yo, para nosotros y para nuestros hijos. Parece casi una oración, y en ese instante comprende lo que es la belleza, la felicidad, y se da cuenta de lo corta que puede ser la vida y lo absurdo que es no tener el valor suficiente para ser felices. Mira alrededor llorando de alegría en su interior y ve todo lo que ama, lo que siempre ha amado y lo que querría amar eternamente. Pero Niki sabe ya que quizá algún día eso no será posible. Por eso debe apreciarlo, vivirlo y respirarlo ahora. Porque la felicidad sólo llama una vez a la puerta. Porque no hay un mañana si no se vive hoy. Y la alegría no se puede posponer. Si un día todo esto cambia seré feliz por haberlo vivido con profundidad, por no haberlo delegado a los demás, por haber disfrutado mientras tuve la posibilidad de hacerlo. Y no seré yo la que diga basta o la que escape. Jamás.

Oye una voz:

—¿Niki?

—¿Eh?

Alex la mira sonriente.

—Yo he contestado ya a la pregunta de si quiero casarme. He dicho que sí. Ahora te toca a ti. Tienes dos opciones: o dices que sí... —arquea las cejas ligeramente preocupado—, o dices que no...

El sacerdote la observa intrigado. Niki mira detrás de ella. Simona, Roberto, los padres de Alex, los parientes, las Olas y el resto de sus amigos. Todos esperan curiosos y algo asustados su respuesta. Niki exhala un suspiro y vuelve a mirar al frente. Esta vez no tiene ninguna duda. Sonríe. Está preciosa, como siempre, más que nunca.

—Sí, amor mío. Sí. Quiero casarme contigo... —Y después añade, aún más convencida—: Y quiero que sea para toda la vida.

Agradecimientos

Gracias a Stefano, *el Loco*, que me aconsejó magníficamente bien. Y por el día en que me hizo compañía en esa playa llena de olas.

Gracias a Michele por su paciencia y su tranquilidad. Me acompañó al faro con Federica y, después..., ¡se casó con ella!

Gracias a Matteo. Al final resultó ser cierto: ¡vive realmente en Nueva York! Me ayudó a descubrir un montón de sitios, me invitó a comer en un local fantástico y me regaló una maravillosa velada de jazz.

Gracias a Giulio, que vino a verme al plató e incluso se divirtió. Y yo con él.

Gracias a Paolo. El entusiasmo que demostró en México me impresionó mucho.

Gracias a Roberta, a Paola, a Stefano, a Andrea y a Caterina. También a Maria. Han sido magníficos, rapidísimos, increíbles. Me atrevería a decir que «desconcertantes». ¡Esta última palabra, sin embargo, me la querían corregir!

Gracias a Annamaria, a todo el departamento de Prensa y a Federica, que, haciendo gala de una gran paciencia, más que seguirme..., me persigue.

Gracias a Rosella, cuyo increíble entusiasmo consigue arrastrarme.

Gracias a Ked por sus notas siempre atentas y alegres. ¡Y también por todo lo demás!

Gracias a Francesca, que me sigue desde lejos, pero en todo momento con la misma atención, ¡a pesar de que ahora tiene una moto nueva!

Gracias a Chiara y a Luca, unos compañeros fantásticos en este nuevo viaje en la tranquilidad de Torre in Pietra.

Gracias a Loreta y a Romano por su precioso regalo.

Gracias a Giulia por nuestro maravilloso viaje a Nueva York. Mucho de lo que sucede en el libro, pero sobre todo en mi vida, se lo debo a ella.

Gracias a la tía Annamaria por la cantidad de dudas que me resuelve siempre, y al tío Pietro, al que, simplemente, echo de menos.

Gracias a Vale y a Fabi..., ¡que han sido las primeras en casarse!

Y, por último, un agradecimiento lleno de amor a Luce y a mi amigo Giuseppe. Jamás habría sabido contar un matrimonio tan hermoso.